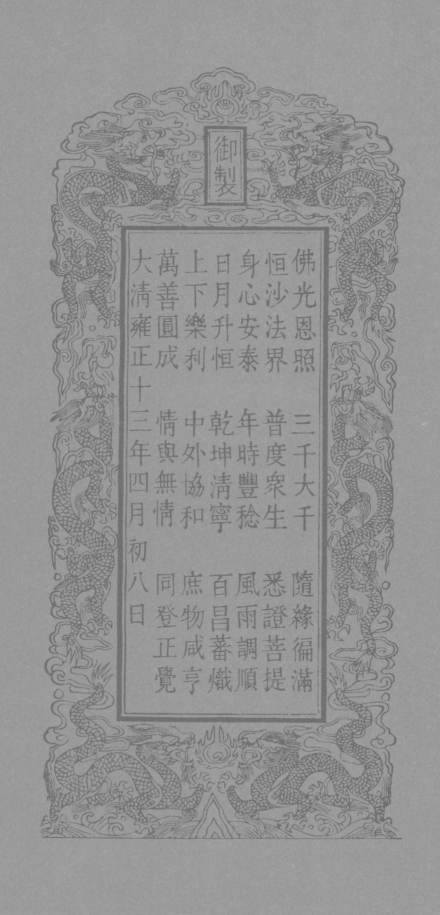

御製

佛光恩照　三千大千　隨緣偏滿
恒沙法界　普度衆生　悉證菩提
身心安泰　年時豐稔　風雨調順
日月升恒　乾坤清寧　百昌蕃熾
上下樂利　中外協和　庶物咸亨
萬善圓成　情與無情　同登正覺

大清雍正十三年四月初八日

第九二册　小乘論（四）

阿毗達磨大毗婆沙論

二〇〇卷（卷一六一至卷二〇〇）　五百大阿羅漢等造　唐三藏法師玄奘奉詔譯……一

阿毗曇毗婆沙論

八二卷（卷一至卷一〇）　迦旃延子造　北涼沙門浮陀跋摩共道泰譯……五四一

阿毗達磨大毗婆沙論

唐三藏法師玄奘奉詔譯

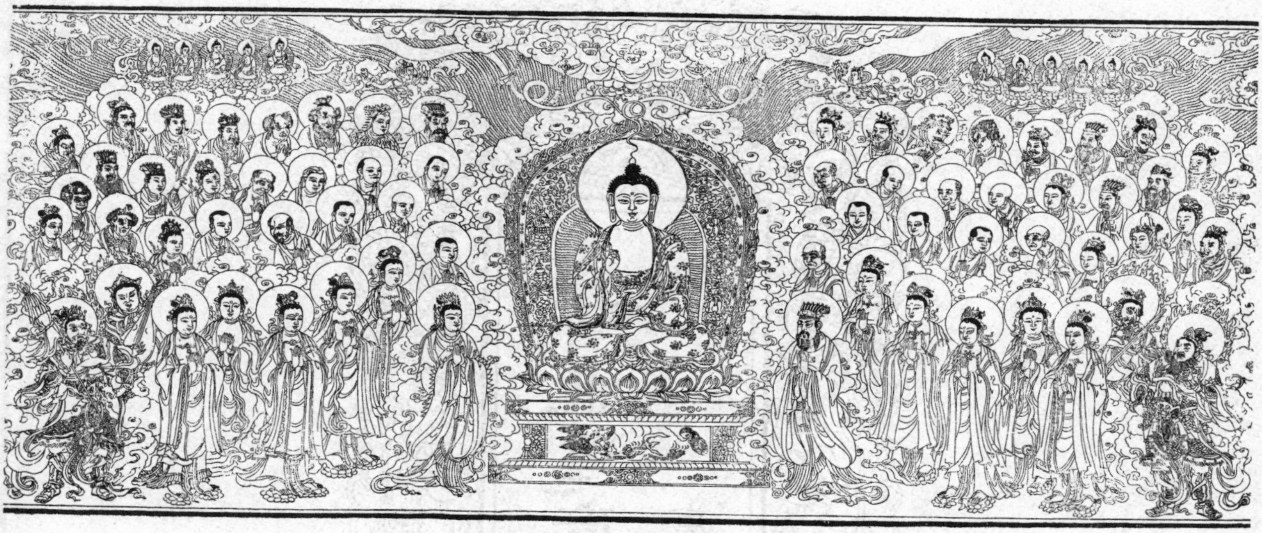

清刻龍藏佛說法變相圖

阿毗達磨大毗婆沙論卷第一百六十一

五百大阿羅漢等造

唐三藏法師玄奘奉詔譯

定蘊第七中得納息第一之五

味相應初靜慮入當言味耶出當言味耶乃至廣說問何故作此論答欲令疑者得決定故謂品類足說初靜慮云何答初靜慮所攝善色受想行識乃至第四靜慮云何答第四靜慮所攝善色受想行識勿令生如是疑靜慮唯善欲顯靜慮非唯是善故作斯論以靜慮通善染無覆無記故味相應初靜慮入當言味耶出當言味耶答於能味當言入於所味當言出乃至味相應非想非非想處入當言味耶出當言味耶答於能味當言入於所味當言出此中愛名爲味三摩地名初靜慮

等即愛相應諸三摩地名味相應靜慮無色問何故但說與愛相應非餘煩惱答是作論者意欲爾故乃至廣說有說亦應說餘煩惱謂應說有身見相應初靜慮入當言取我我所耶出當言取我我所耶答於能取當言入於所取當言出廣說乃至無明相應初靜慮入當言愚耶出當言愚耶答於能愚當言入於所愚當言出乃至非想非非想處說亦如是而不作是說者應知此義有餘有說此中舉愛爲門令知餘煩惱亦爾有說此中說相似者謂愛與定相似非餘煩惱所以者何定於所緣流注相續愛亦如是復次定於所緣審諦而取愛亦如是復次定於所緣繫心不離愛亦如是復次定於所緣攝受而轉愛亦如是復次定能長益諸根大種愛亦如是諸餘煩惱無此相故不說相應問味是愛非靜慮等不應言入以於定有入言故靜慮等是定非愛不應言味以於愛有味言故何故二法更互得名答由此二法展轉相應更互受名斯有何過謂定愛相應故亦可名味愛定相應故亦可言入此中入出者入出有五種一地二行相三所緣四異類心五剎那地入出者謂初靜慮等無間第二靜慮現在前時名入第二靜慮出初靜慮乃至無所有處等無間非想非非想處現在前時名入非想非非想處出無所有處如順次入出如是逆次入出及順逆起入出亦爾行相入出者謂無常行相等無間苦行相現在前時名入苦行相出無常行相餘行相亦爾所緣入出者謂緣色定等無間緣受定現在前時名入緣受

定出緣色定緣餘定亦爾異類心入出者謂欲界心等無間色界或不繫心現在前時名入色界或不繫心出欲界心色界心等說亦爾如欲界等心學等心亦如是餘善等心隨應亦爾剎那入出者謂初剎那等無間第二剎那現在前時名入第二剎那出初剎那餘剎那亦爾於五入出中此依剎那入出而作論於能味當言入於所味當言出者有作是說此中說味相應定流注相續現在前時皆以前剎那爲所味是所緣故後剎那爲能味是能緣故於能味當言入者謂後後剎那味相應靜慮無色現在前時名於能味已入於已起位方成能味故於所味當言出者謂前前剎那味相應靜慮無色已謝滅時名於所味已出於已滅位方成所味故問受相應定能緣三世何故惟說緣過去耶有說此依多分而說謂有情類法爾多緣曾所受順境生愛味故有說過去定於相續中已作饒益現在定從彼而起追戀生愛有說此中依入出定而爲問答未來定未名入出現在定名入未名出過去定名入已出今欲顯於已出位生味故但說緣過去有餘師說此中說淨定無間起味相應定淨定爲所味是所緣故味相應定是能味是能緣故餘如前說評曰應知初說爲善此中入出皆依味定而作論故

諸味相應初靜慮皆有覆無記耶乃至廣說

問何故作此論答前文惟說愛相應定今欲顯定亦與餘煩惱相應故作斯論諸味相應初靜慮皆有覆無記耶設有覆無記初靜慮皆味相應耶答諸味相應初靜慮皆有覆無

記有有覆無記初靜慮非味相應謂除愛餘煩惱現前乃至諸味相應非想非非想處皆有覆無記耶設有覆無記非想非非想處皆味相應耶答諸味相應非想非非想處皆有覆無記有有覆無記非想非非想處非味相應謂除愛餘煩惱現前此中味相應靜慮無色皆有覆無記者能障聖道及聖道加行故名有覆不招異熟果故名無記餘煩惱者謂見疑慢無明此諸煩惱與不染污靜慮無色展轉相續而現在前令瑜伽師名愛上靜慮見上靜慮疑上靜慮慢上靜慮者亦有餘纏隨煩惱垢共相應義煩惱勝故但說煩惱頗有不入初靜慮入第二靜慮耶答入乃至頗有不入無所有處入非想非非想處耶答入問何故作此論答欲令疑者得決定故如品類足說初者謂次第隨順相續連合中數爲初故復次次第隨順相續連合入諸定時此最初故諸契經中亦說九次第定或有生如是疑若不入初靜慮等便不能入第二靜慮等令欲令彼生決定解不入初靜慮等亦能入第二靜慮等故作斯論頗有不入初靜慮入第二靜慮耶答入云何入謂從未至定或靜慮中間或第二靜慮近分或第二靜慮或第三靜慮近分或第二靜慮或第四靜慮等無間第二靜慮現在前此中有說欲界善心等無間惟能入未至定有說亦能入初靜慮有說亦能入靜慮中間尊者僧伽伐蘇說曰亦能入第二靜慮如超定者從初靜慮等無間超第二靜慮入第三靜慮如是亦應從欲界善心等無間超初靜慮入第二靜慮此不

應理欲界善心非定心故不可得說與諸定心同共勢力頗有不入第二靜慮入第三靜慮耶答入云何入謂從初靜慮或第三靜慮近分或第三靜慮或第四靜慮近分或第四靜慮或空無邊處有說亦從第二靜慮近分等無間第三靜慮現在前頗有不入第三靜慮入第四靜慮耶答入云何入謂從第二靜慮或第四靜慮近分或第四靜慮或空無邊處近分或空無邊處或識無邊處有說亦從第三靜慮近分等無間第四靜慮現在前如是乃至頗有不入無所有處入非想非非想處耶答入云何入謂從識無邊處或非想非非想處近分或非想非非想處有說亦從無所有處近分等無間非想非非想處現在前此中遮剎那不遮相續不遮分位不遮衆同分不遮無始時來謂入此定前剎那不入彼定非餘剎那亦不曾入故相續等於此不遮由斯理趣應知亦有遮二遮三乃至遮七謂頗有不入初第二靜慮入第三靜慮耶答入謂依未至定離欲界乃至第二靜慮染命終生第三靜慮或從上地沒生第三靜慮即於彼第三靜慮現在前乃至頗有不入四靜慮下三無色入非想非非想處耶答入謂依未至定離欲界乃至無所有處染命終生非想非非想處即於彼非想非非想處定現在前此依遮剎那乃至遮衆同分不遮無始時來說其有亦不遮衆同分或亦不遮分位義亦無違應准前說頗有不入初靜慮生梵世耶答生乃至頗有不入非想非非想處生非想非非想處耶答生問何故作此論答欲令疑

者得決定故如契經說先入此定後生彼中乃至廣說或有生疑要入彼定方得生彼欲令此疑得決定故顯雖不入彼定亦得生彼故作斯論問若爾經說當云何通答有諸有情先入彼定後生彼中有諸有情不入彼定而亦生彼契經說入定生彼者阿毘達磨說不入定生彼者如是則二說善通問若不入彼定亦得生彼何故世尊惟說入定生彼處耶答有諸外道謂梵天等非修定得故世尊說先此入定後方生彼令決定信果由因得復次有諸有情躭著現在少分欲樂不樂當來離欲勝果世尊爲彼毀呰欲樂讚離欲果彼有情聞已忻樂請說所因故佛爲說先入彼定後生彼處復次有諸有情聞說上界離欲勝果不生信解佛意欲顯若能入彼根本

定時現受勝樂令知彼果更爲勝妙故佛爲說先此入定後生彼中復次有瑜伽師能入彼定雖樂生彼而不現入故佛爲說先此入定後方生彼復次有瑜伽師雖猒欲界苦求離欲樂而於離欲法懈怠不修故佛爲說先此入定後生彼處頗有不入初靜慮生梵世耶答生云何生謂依未至定離欲界染最後解脫道及後時不入初靜慮彼若未離初靜慮染命終必當生於梵世或上地沒生彼天中問不起彼定云何生彼無異熟因故答順後次受業爲異熟因故得生彼頗有不入第二靜慮生極光淨耶答生云何生謂依未至初靜慮靜慮中間第二靜慮近分隨一離初靜慮染不入第二靜慮彼若未離第二靜慮染命終必當生極光淨或上地沒生彼天中

頗有不入第三靜慮生遍淨耶答生云何生謂依未至初靜慮靜慮中間第二靜慮第三靜慮近分隨一離第二靜慮染不入第三靜慮彼若未離第三靜慮染命終必當生於遍淨或上地没生彼天中如是乃至頗有不入非想非非想處生非想非非想處耶答生云何生謂依未至定乃至無所有處隨一離無所有處染未離上染不入非想非非想處命終必生非想非非想處此中遮剎那遮相續遮分位遮衆同分不遮無始時來若得初靜慮非第二靜慮彼命終生何處乃至廣說問何故作此論答欲令疑者得決定故如世尊說苾芻當知我說依初靜慮能盡諸漏依第二靜慮乃至無所有處能盡諸漏勿有生疑惟依根本定能盡諸漏非未至等爲令此疑得決定故顯依九地皆能盡漏謂七根本未至中間餘近分地雖不能盡而亦能斷故作斯論然得有二種一現前得二成就得此中依現前得而作論若得初靜慮非第二靜慮彼命終生何處答或梵世或極光淨或遍淨或廣果或空無邊處或識無邊處或無所有處或非想非非想處或無處所謂現前得初靜慮非第二靜慮者決定已離欲界染而上地不定於中若未離初靜慮染彼命終生梵世若依未至定或初靜慮或靜慮中間或第二靜慮近分隨一離初靜慮染最後解脫道及後時不入第二靜慮未離第二靜慮染彼命終生極光淨即彼若依未至初靜慮靜慮中間隨一離第二靜慮染未離上染彼命終生遍淨若即依前三地隨一離第三靜慮染

未離上染彼命終生廣果如是乃至若即依前三地隨一離非想非非想處染彼命終無生處已離三界染故若得第二靜慮非第三靜慮彼命終生何處答或極光淨或遍淨乃至或非想非非想處或無處所謂現前得第二靜慮非第三靜慮者決定已離初靜慮染而上地不定於中若未離第二靜慮染彼命終生極光淨若依未至初靜慮靜慮中間第二靜慮第三靜慮近分隨一離第二靜慮染不入第三靜慮未離第三靜慮染彼命終生遍淨即彼若依未至初靜慮靜慮中間第二靜慮隨一離第三靜慮染未離上染彼命終生廣果若即依前四地隨一離第四靜慮染未離上染彼命終生空無邊處如是乃至若即依前四地隨一離非想非非想處染彼命終無生處若得第三靜慮非第四靜慮彼命終生何處答或遍淨或廣果乃至或非想非非想處或無處所謂現前得第三靜慮非第四靜慮者決定已離第二靜慮染而上地不定於中若未離第三靜慮染彼命終生遍淨若依未至定乃至第三靜慮隨一離第三靜慮染未離上染彼命終生廣果若即依前五地隨一離第四靜慮染未離上染彼命終生空無邊處如是乃至若即依前五地隨一離非想非非想處染彼命終無生處若得第四靜慮非空無邊處彼命終生何處答或廣果乃至或非想非非想處或無處所謂現前得第四靜慮非空無邊處者決定已離第三靜慮染而上地不定於中若未離第四靜慮染彼命終生廣果若依未至定乃至第四靜慮

隨一離第四靜慮染未離上染彼命終生空無邊處若即依前六地隨一離空無邊處染未離上染彼命終生識無邊處如是乃至若即依前六地隨一離非想非非想處染彼命終無生處若得空無邊處非識無邊處彼命終生何處答或空無邊處乃至或無處所謂現前得空無邊處非識無邊處者決定已離第四靜慮染而上地不定於中若未離空無邊處染彼命終生空無邊處若依未至定乃至空無邊處隨一離空無邊處染未離上染彼命終生識無邊處如是乃至若即依前七地隨一離非想非非想處染彼命終無生處若得識無邊處非無所有處彼命終生何處答或識無邊處乃至或無處所謂現前得識無邊處非無所有處者決定已離空無邊處染而上地不定於中若未離識無邊處染彼命終生識無邊處若依未至定乃至識無邊處隨一離識無邊處染未離上染彼命終生無所有處如是乃至若即依前八地隨一離非想非非想處染彼命終無生處若得無所有處非想非非想處彼命終生何處答或無所有處乃至或無處所謂現前得無所有處非想非非想處者決定已離識無邊處染而上地不定於中若未離無所有處染彼命終生無所有處若依未至定乃至無所有處隨一離無所有處染未離上染彼命終生非想非非想處若即依前九地隨一離非想非非想處染彼命終無生處由斯理趣應知亦有得二得三乃至得七遮亦如是答理無異故不具說問若得欲界善心非初靜慮此中何

故不問彼命終生何處耶有説亦應説若得欲界善心非初靜慮彼命終生何處答或欲界或梵世乃至或非想非非想處或無處所謂現前得欲界善心非初靜慮者彼決定在欲界而離染不定謂彼若未離欲界染命終還生欲界若依未至定離欲界染最後解脱道及後時不入初靜慮未離初靜慮染彼命終生梵世即彼若依未至定離初靜慮染未離上染彼命終生極光淨乃至若依未至定離無所有處染未離上染彼命終生非想非非想處若依未至定離非想非非想處染彼命終無生處應作是説而不説者當知此義有餘有説彼不應問答欲界以此是定蘊正問答定及定果欲界非定非定果是故不説問得初靜慮非第二靜慮等彼命終亦生欲界等此中何故不説有説亦應説彼生一切下地而不説者當知此義有餘有説此是定蘊正顯生定地若説生下則有生欲界不定地過是故不説有説此中説得諸定而死生者諸生下者退捨諸定是以不説問諸生上者於命終時亦捨諸定何故則説答諸生上者雖有所捨猶名勝進況有所得諸生下者雖有所得尚名退墮況有所捨今是定蘊正顯勝進是故不説問契經但説依初靜慮乃至無所有處能盡諸漏云何知有靜慮中間及未至定依之盡漏答世尊説有三三摩地能盡諸漏謂有尋有伺無尋唯伺無尋無伺餘經又説初靜慮名有尋有伺第二靜慮以上名無尋無伺若無靜慮中間更説何等名無尋唯伺由此知有靜慮中間依之盡漏又

契經說佛告苾芻我不惟說依離欲惡不善法有尋有伺離生喜樂初靜慮具足住等能盡諸漏然由慧見亦能盡漏此經則顯有未至定依之盡漏又未離欲染聖者未得靜慮而見聖諦若無未至定依何得起聖道永斷諸漏由此故知有未至定依之盡漏問何不即說初靜慮等能盡諸漏而說依耶有說靜慮有先曾得若世尊說初靜慮等能盡諸漏則無知者謂得靜慮皆已盡漏是故佛說依靜慮等起無漏道方能盡漏有說諸定惟是奢摩他要毘鉢舍那方能盡漏故說依定應須起慧有說諸定多是曾得勿有戀著不欲進修故說依之進求勝道不應生著問如契經說非想非非想處俱行修念等覺支餘經復說乃至想定能正通達能辯聖旨前經亦說依初靜慮乃至無所有處能盡諸漏如是二說豈不相違答初經說能引發後二經說即依彼又初經說方便後二經說成滿問若爾何故說俱行耶答於前後義俱聲亦轉如世尊說曼馱多王起此想俱即便墮落又經復說起此想俱彼諸有情即便殞沒又餘經說毘摩質多羅王起此心俱尋見自身被五繫繫此皆前後而說俱聲修覺支經應知亦爾問若法初靜慮爲因彼法是初靜慮果耶設法是初靜慮果彼法初靜慮爲因耶答諸法初靜慮爲因彼法是初靜慮果有法是初靜慮果彼法非初靜慮爲因謂三界結斷及初靜慮果欲界通果心品乃至第四靜慮亦應作此問答於無色定惟應說結斷問諸捨初靜慮地心得第二靜慮地心皆初靜慮地

心滅第二靜慮地心起耶答應作四句第一句者謂依未至定或靜慮中間或第二靜慮近分離梵世染不入根本地爾時捨初靜慮地染污心得第二靜慮地不染污心而非彼滅此起第二句者謂非離染次第入定時第三句者謂初靜慮沒生第二靜慮時第四句者謂除前相問諸捨第二靜慮地心得初靜慮地心皆第二靜慮地心滅初靜慮地心起耶答應作四句第一句者謂起欲界纏退第二靜慮時第二句者謂逆次第入定時第三句者謂生時第四句者謂除前相問諸捨初靜慮煩惱彼得第二靜慮地善法耶答應作四句第一句者謂依未至定或初靜慮靜慮中間入見道四心頃第二句者謂依第二第三第四靜慮入見道時及聖者離上七地染時第三句者謂離初靜慮染時第四句者謂除前相問諸捨第二靜慮地功德彼得初靜慮地煩惱耶答應作四句第一句者謂退上地對治及上地所修第二靜慮地功德時第二句者謂上地沒生欲界及梵世時第三句者謂極光淨沒生欲界及梵世時及起下地煩惱退第二靜慮時第四句者謂除前相於餘定隨其所應亦應作此問答分別

阿毗達磨大毗婆沙論卷第一百六十一　說一切有部發智

音釋

呰（蔣氏切口毀也）伺（相吏切察也）戀著（戀龍眷切眷戀也著直略切黏也）

阿毗達磨大毗婆沙論卷第一百六十二

五百大阿羅漢等造

唐三藏法師玄奘奉詔譯

定蘊第七中得納息第一之六

思惟何等入慈定答與有情樂思惟何等入悲定答拔有情苦思惟何等入喜定答慶諸有情思惟何等入捨定答於有情捨問此中爲說等無間緣行相爲說慈等俱生行相若說等無間緣行相者慈等現前復何行相若說慈等俱生行相者何故作是說思惟何等入慈定乃至廣說有說此中說等無間緣行相問若爾慈等現前復何行相答即作如是四種行相謂與有情樂乃至於有情捨有說此說慈等俱生行相問若爾何故作是說思惟何等入慈定乃至廣說答此中說已入名入於近說遠聲如說大王從何處來此於已來名來如說依空三摩地入正決定此亦已入名入所以者何非世第一法空三摩地相應故如說入正性離生得現觀邊世俗智此亦已入名入所以者何三類智忍時方得彼智故如說受樂受時如實知我受樂受此亦說已受名受所以者何無有自知現在受故如說斷樂斷苦先喜憂沒不苦不樂捨念清淨入第四靜慮具足住此亦已斷名斷所以者何離欲界染時已斷苦根故如說阿羅漢心解脫欲漏心解脫有漏無明漏此亦已解脫名解脫所以者何離欲界染時已解脫欲漏故此中亦爾已入名入是故無過問慈無量等等無間緣爲亦但作如此行相爲更作餘行相耶答初修業者惟作如是四種行相

能引慈等若已成滿隨其所欲亦作所餘苦等行相引生慈等慈等起時惟作如前四種行相慈斷何繫結答無悲喜捨斷何繫結答無問何故四無量不斷煩惱答行相異故謂十九行相能斷煩惱無量非彼行相四行相是無量斷煩惱不以此行相故復次無量是勝解作意惟眞實作意能斷煩惱復次無量是增益作意惟不增益作意能斷煩惱復次無量惟緣現在要緣三世或無爲道能斷煩惱復次無量緣有情要法想能斷煩惱復次無量緣一分境非緣一分境道能斷煩惱復次無間道能斷煩惱無量是解脫道時得故問若無量不能斷煩惱者經說云何通如說慈若習若修若多修習則能斷瞋悲若習若修若多修習則能斷害喜若習若修若多修習能斷不樂捨若習若修若多修習能斷貪恚答斷有二種一暫時斷二究竟斷契經說暫時斷此阿毘達磨遮究竟斷如是則二說善通如暫時斷究竟斷如是有餘斷無餘斷有影斷無影斷有隨縛斷無隨縛斷摧枝葉斷拔根本斷制伏纏斷害隨眠斷應知亦爾淨初靜慮斷何繫結答無乃至淨非想非非想處斷何繫結答無此中淨初靜慮等謂根本地非近分問何故淨初靜慮等不斷煩惱答下地煩惱雖所應斷而彼斷已此方現前無復可斷自地煩惱雖現可得非所對治無力能斷於上亦然故不斷煩惱問不能斷上是義可爾何故不能斷於自地答自地煩惱所繫縛故如人被縛不能自解又與自地諸煩惱等同一縛故無力勝彼又自地愛所親

愛故如人親友雖劣不捨又自地煩惱所淩
雜故謂展轉無間而現在前故不能斷又自
地善法與自地煩惱不相忌難猶如夫妻又
如旃荼羅子與長者子交不相敬憚故不能
斷又無間道能斷煩惱淨根本地非無間道
故不能斷又無所顧乃能斷之於自地法非
無所顧故不能斷問何故有漏道不能斷自
地及上地無漏道則能斷耶答以無漏道是
不繫法於有漏法無非是勝是故能斷又有
漏道作六行相猒下地欣自地故惟斷下無
漏道作十六行相猒背一切地故能遍斷問
有漏道亦作十六行相何故不能遍斷答彼
雖學作聖道行相不明了故不斷煩惱如師
子子未能害獸初第二第三解脫斷何繫結
答無問何故此三不斷煩惱答行相異故謂
若以此行相斷煩惱不以此行相作前三解
脫若以此行相作前三解脫不以此行相斷
煩惱又前三解脫是勝解作意惟眞實作意
能斷煩惱又前三解脫是增益作意惟不增
益作意能斷煩惱又前三解脫緣自相境惟
共相境道能斷煩惱又前三解脫惟緣現在
要緣三世或無爲道能斷煩惱又前三解脫
惟緣一蘊少分要緣五蘊四蘊或非蘊道能
斷煩惱又前三解脫緣一分境非緣一分境
能斷煩惱又無間道能斷煩惱前三解脫解
脫道時得故空無邊處解脫斷何繫結答或
空無邊處或識無邊處或無所有處或非想
非非想處或無或空無邊處者謂依空無邊
處解脫離空無邊處染諸無間道乃至或非
想非非想處者謂依空無邊處解脫離非想

非非想處染諸無間道或無者謂此諸加行解脫勝進道所攝空無邊處解脫及世俗空無邊處解脫識無邊處解脫斷何繫結答或識無邊處或無所有處或非想非非想處或無或識無邊處者謂依識無邊處解脫離識無邊處染諸無間道乃至或非想非非想處者謂依識無邊處解脫離非想非非想處染諸無間道或無者謂此諸加行解脫勝進道所攝識無邊處解脫及世俗識無邊處解脫無所有處解脫斷何繫結答或無所有處或非想非非想處或無或無所有處者謂依無所有處解脫離無所有處染諸無間道或非想非非想處者謂依無所有處解脫離非想非非想處染諸無間道或無者謂此諸加行解脫勝進道所攝無所有處解脫及世俗無所有處解脫非想非非想處解脫滅受想解脫斷何繫結答無以非想非非想處無無漏故初勝處斷何繫結答無乃至第八勝處斷何繫結答無此中所以如前三解脫說初遍處斷何繫結答無乃至第十遍處斷何繫結答無此中前八如八勝處後二隨應亦如前說法智斷何繫結答或欲界或色界或無色界或無或欲界者謂四法智隨一現前離欲界染諸無間道或色界或無色界者謂滅道法智隨一現前離色界或無色界染諸無間道或無者謂此諸加行解脫勝進道所攝法智類智斷何繫結答或色界或無色界或無或色界或無色界者謂四類智隨一現前離色界或無色界染諸無間道或無者謂此諸加行解脫勝進道所攝類智他心智斷何繫

結答無問何故他心智不斷煩惱有說他心智緣一物爲境非緣一物道能斷煩惱有說他心智緣自相境惟共相境道能斷煩惱有說他心智緣現在要緣三世或無爲道能斷煩惱有說他心智但緣心心所法爲境要緣四蘊或五蘊或無爲道能斷煩惱有說他心智惟緣他相續爲境要緣自他相續或非相續境道能斷煩惱有說無間道斷煩惱他心智解脱道時得故世俗智斷何繫結答或欲界或色界或無色界或無或欲界者謂離欲界染世俗無間道或色界者謂離色界染世俗無間道或無色界者謂離下三無色染世俗無間道或無者謂此諸加行解脱勝進道所攝世俗智及餘欲界善世俗智諸根本地善世俗智并一切染汚無覆無記世俗智如世俗智苦集滅道智空無願無相三摩地亦爾差别者此諸無漏智三摩地皆能通斷九地而不能遍斷五部於中四諦智能斷九地修所斷煩惱空三摩地能斷九地見苦所斷及修所斷煩惱無願三摩地能斷九地見苦集道所斷及修所斷煩惱無相三摩地能斷九地見滅所斷及修所斷煩惱此是無間道與前差别於或無中惟有此諸加行解脱勝進道所攝非餘問若三三摩地亦能斷煩惱者契經所說當云何通如說苾芻我說知故見故能盡諸漏又說我聖弟子以般若劒斷煩惱怨有說惟慧能斷煩惱諸餘覺分助斷名斷如是說者慧俱生品四蘊五蘊皆能斷煩惱以共相念住斷煩惱故然佛或時稱讚般若或稱讚定或稱讚餘皆爲饒益他有情

故慈異熟何處受乃至廣說問何故作此論答是作論者意欲爾故乃至廣說復次欲止他所說故謂或有說諸善不善無異熟果或復有說諸有爲法皆有異熟或復有說一切不善及有漏善定得異熟爲止如是種種異說顯惟不善善有漏法定有異熟而得不定故作斯論然此中有二種定一異熟定二生定異熟定者一切不善善有漏法皆有異熟故生定者若彼異熟生者名或梵世等若不生者名無處所是謂此處畧毗婆沙慈異熟何處受答或梵世或極光淨或遍淨或廣果或無處所或梵世乃至或廣果者謂四靜慮慈無量異熟果生者或無處所者謂四靜慮慈無量異熟果墮不生者如慈悲捨亦爾皆通四靜慮故喜與異熟何處受答或梵世或極光淨或無處所或梵世或極光淨者謂初第二靜慮喜無量異熟果生者或無處所者謂初第二靜慮喜無量異熟果墮不生者淨初靜慮異熟何處受答或梵世或無處所或梵世者謂善有漏初靜慮異熟果生者或無處所者謂善有漏初靜慮異熟果墮不生者如淨初靜慮如是淨第二靜慮乃至淨非想非非想處亦爾差別者說自名初第二解脫異熟何處受答或梵世或極光淨或無處所此如喜無量說俱在初二靜慮地故淨解脫異熟何處受答或廣果或無處所或廣果者謂淨解脫異熟果生者或無處所者謂淨解脫異熟果墮不生者空無邊處解脫乃至非想非非想處解脫異熟何處受答或自地或無處所或自地者謂四地有漏解脫各自異

熟果生者或無處所者謂三地無漏解脫及四地有漏解脫各自異熟果墮不生者滅受想解脫異熟何處受答或非想非非想處或無處所此如非想非非想處解脫說初四勝處異熟何處受答或梵世或極光淨或無處所此如初第二解脫說後四勝處異熟何處受答或廣果或無處所此如淨解脫說如後四勝處前八遍處亦爾後二遍處異熟何處受答或自地或無處所此如淨初二無色說他心智異熟何處受答或梵世或極光淨或遍淨或廣果或無處所或梵世乃至或廣果者謂四靜慮有漏他心智各自異熟果生者或無處所者謂無漏他心智及有漏他心智異熟果墮不生者世俗智異熟何處受答或欲界或色界或無色界或無處所或欲界乃至或無色界者謂三界有漏善及不善世俗智各自異熟果生者或無處所者謂三界無記世俗智及不善善有漏世俗智異熟果墮不生者餘無漏智無異熟故此中不說

定蘊第七中緣納息第二之一

有八等至謂四靜慮四無色有三等至謂味相應淨無漏此中前七各具三種第八惟二謂除無漏如是等章及解章義既領會已應廣分別問何故作此論答欲止他宗顯已義故謂或有說八等至不攝一切等至或有說等至惟淨無漏非味相應或有說欲界非想非非想處亦有無漏或有說無成就等法為止如是種種異執顯八等至攝一切等至乃至有成就等故作斯論問若八等至攝一切等至者毘柰耶說當云何通如說佛所入等

至一切聲聞獨覺尚不知其名獨覺所入等至一切聲聞不知舍利子所入諸餘聲聞不知大目揵連所入除舍利子餘聲聞不知何故言八等至攝一切等至耶答一切等至無不攝在八等至中然由種性般若有差別故令所入出等至亦有勝劣劣者於勝不能測知故作是說由此故說佛般涅槃時入不動明等至舍利子般涅槃時入師子奮迅等至大目揵連般涅槃時入香象頻伸等至尊者阿難陀般涅槃時入旋風等至皆由根慧有差別故乃至般涅槃時所入等至亦有差別問等持等至有何差別答有說等持一物爲體等至五蘊爲體有說等持一刹那等至相續有說諸等持即等至有等至非等持謂無想等至滅盡等至有說亦有等持非等至謂不定心相應等持由此應作四句有等至非等持謂二無心定有等持非等至謂不定心相應等持有等至亦等持謂一切有心定有非等至亦非等持謂除前相初靜慮有三種謂味相應淨無漏味相應者謂愛相應愛能持心於境流注其相順定故獨受其名所餘因緣如前已說淨謂善有漏無漏謂聖道問善有漏定有垢有濁有毒有刺有漏有過失云何名淨答雖非究竟淨而以少分淨故名淨謂不雜煩惱故煩惱相違故引發無漏勝義淨故順聖道故無漏眷屬故問無漏等至是勝義淨何故不名爲淨有說應說而不說者當知有餘有說無漏名淨共所了知有漏名淨非所共知是以偏說有說立名依差別義善有漏定初違染法淨義爲勝故說名淨

聖道斷漏無漏義勝故名無漏如初靜慮三種乃至無所有處三種亦爾非想非非想處惟有二種謂除無漏欲界有頂無聖道故問何故此二地無聖道耶答非田非器乃至廣說復次欲界非定地非修地非離染地有頂昧鈍羸劣要定地修地離染地明利强盛乃有聖道有說欲界掉舉增上有頂沉寂增上要不多掉舉不多沉寂地方有聖道有說欲界散亂有頂猶豫要寂靜決定地方有聖道有說欲界有頂是下上邊聖道居中不在邊故有說欲界有頂是有根本故無聖道謂生死樹或根在下莖等在上或根在上莖等在下欲界是喧雜根本說爲下根具五趣故有頂是難離根本說爲上根最後離故若依喧雜根本爲生死樹則欲界爲根四靜慮爲莖三無色爲枝有頂爲條葉若依難離根本爲生死樹則有頂爲根三無色爲莖四靜慮爲枝欲界爲條葉故說欲界有頂爲有根本以是有根本故無有聖道頗有成就味相應初靜慮非淨無漏耶答有謂欲愛未盡以下地愛未盡者必成就上地愛必未得上根本淨無漏故頗有成就淨初靜慮非味相應無漏耶答有謂異生生欲界梵世梵世愛盡以生此地或下地而此地愛盡者必成就此地淨必不成就此地味相應故又以異生故不成就無漏頗有成就無漏初靜慮非味相應淨耶答有謂聖者生梵世上以聖者生上地必成就下地無漏必不成就下地味相應淨故味相應已斷故淨越界地捨故問生上地者亦成就下地通果心何故說不成就下地淨

耶答有說無覆無記亦名爲淨而此中不說者以彼是上地果故不名下地淨又一切地可得者此中說之通果心無色界無是故不說如是說者此中淨定說有漏善是故非難頗有成就味相應淨初靜慮非無漏耶答有謂異生生欲界欲界愛盡梵世愛未盡及生梵世梵世愛未盡以生此地或下地而此地愛未盡者必成就此地味相應淨故又以異生故不成就無漏頗有成就味相應無漏初靜慮非淨耶答無以成就此地味相應無漏必成就此地淨故頗有成就淨無漏初靜慮非味相應耶答有謂聖者生欲界梵世梵世愛盡以聖者生此地或下地而此地愛盡者必成就此地淨無漏非味相應故頗有成就味相應淨無漏初靜慮耶答有謂聖者生欲界欲界愛盡梵世愛未盡及生梵世梵世愛未盡以聖者生此地或下地而下地愛盡此地愛未盡者必成就此地三種故頗有不成就味相應初靜慮非淨無漏耶答有謂聖者生欲界梵世梵世愛盡如是等文如本論說隨其所應與成就相違應廣說問梵世愛盡者亦不成就淨退分初靜慮此中何故不說有說應說而不說者當知此義有餘有說此中說全不成就彼雖不成就順退分而成就餘是故不說問何故淨定越界地捨非無漏耶答淨定有漏墮在界地生上猒下又無用故則捨無漏雖墮地而不墮界生上不猒下雖無用而不捨頗有得味相應初靜慮非淨無漏耶答有謂從梵世愛盡退時及梵世上沒生欲界時問梵世愛盡退時亦得淨退分

初靜慮此中何故不說有說應說而不說者當知此義有餘有說此中說全得者彼惟得少分是故不說頗有得淨初靜慮非味相應無漏耶答有謂異生欲愛盡時以彼離欲染第九解脫道時得根本淨初靜慮故頗有得無漏初靜慮非味相應淨耶答有謂依靜慮靜慮中間入正性離生及得阿羅漢果時問入正性離生者亦得淨初靜慮謂現觀邊世俗智此中何故不說有說應說而不說者當知有餘有說此中說全得者彼惟得少分是故不說有說入正性離生位中多分不得惟三剎那得是故不說有說惟世第一法滅苦法智忍生時名入正性離生爾時惟得無漏故不說淨問得阿羅漢果時先已得無漏初靜慮謂入正性離生時何故復說得無漏耶答此文但應說入正性離生時不應說得阿羅漢果而作是說者欲顯先時雖得學無漏未得無學是故復說問若爾亦應說起梵世上纏退阿羅漢果時爾時還得學無漏故答理亦應說而不說者欲顯無漏是勝功德於勝進時顯得則順退時顯得則不順是故不說問若爾得學果時及信勝解練根作見至時俱得勝無漏此中何故不說答此先是學今所得亦是學是故不說以是故亦不說無學練根問得阿羅漢果時亦得無量有漏善法何故不說亦得淨耶有說應說而不說者當知有餘有說無漏捨先得後是故則說有漏善捨先而得後是故不說有說今所得者與先所得俱名爲淨義無差別不如學與無學有差別相是故不說有說雖得以不定故

不說謂生欲界梵世得阿羅漢果者得生上地者則不得故有說此中說一切得者彼少分得是故不說頗有得味相應淨初靜慮非無漏耶答有謂梵世上沒生梵世時以中有生時二俱得故頗有得味相應無漏初靜慮非淨耶答無問阿羅漢起梵世纏退時俱得二種何故言無答應說有即向所說者是而言無者當知有餘有說先不成就今成就者名得無漏初靜慮先已成就是故不說有說前已說無漏是勝功德於勝進時顯得則順退時顯得則不順是故不說頗有得淨無漏初靜慮非味相應耶答有謂聖者欲界愛盡時以得不還果時二俱得故頗有得味相應淨無漏初靜慮耶答無問起梵世纏退阿羅漢果時三種俱得何故不說答爾時淨以少

分得故不說無漏如前說問得與成就有何差別有說名即差別謂名得名成就有說未得而得名得已得而得名成就有說最初得名得後數數得名成就有說先不成就而成就名得先成就而成就名成就有說先無繫屬而有繫屬名得先有繫屬而有繫屬名成就有說初得名得得已不斷名成就有說初獲名得得已不失名成就是故得惟在初成就通初後得成就是謂差別頗有捨味相應初靜慮非淨無漏耶答有謂梵世愛盡時如是等文如本論說隨其所應與得相違應廣說問梵世愛盡時亦捨退分淨何故不說答此中說一切捨彼惟少分捨是故不說問得果練根及退位皆有惟捨無漏初靜慮非餘此中何故不說有說應說而不說者當知有

餘有說此中說捨而不得者彼捨還得是故不說問捨不成就有何差別答名即差別名捨名不成就如是等如前得成就相違應廣說頗有退味相應初靜慮非淨無漏耶答無以捨煩惱不名退故頗有退淨初靜慮非味相應無漏耶答有謂異生從欲界愛盡退時頗有退淨無漏初靜慮非味相應耶答有謂聖者從欲界愛盡退時頗有餘退耶答無問起上二界纏退無學果及從種性退時皆有退無漏初靜慮非餘此中何故不說有說應說而不說者當知此義有餘有說此中說退而不得者彼雖退而還得是故不說問捨退何差別有說名即差別謂名爲捨名爲退有說捨通勝進及退時退惟退時有說捨通損減及增益時退惟損減時有說捨通上下時退惟下時有說捨通盛衰時退惟衰時有說捨通味相應等三退惟二種除味相應有說捨通利鈍根退惟鈍根是謂捨退差別應知此中有六成就六不成就五得三捨二退以明初靜慮味相應等三種差別如說初靜慮乃至無所有處說亦如是此是總說於中差別如理應知非想非非想處不具三種故不類顯然於所有二種亦准上應知

阿毗達磨大毗婆沙論卷第一百六十二說切有部發智

音釋

劣 龍輟切弱也　旃荼羅 梵語也此云嚴熾旃諸延切荼音途　敬憚 憚徒案切畏也　羸劣 羸力追切瘦也

阿毗達磨大毗婆沙論卷第一百六十三

五百大阿羅漢等造

唐三藏法師玄奘奉詔譯

定蘊第七中緣納息第二之二

淨初靜慮有四種謂順退分順住分順勝進分順決擇分順退分者謂若住此多分退失順住分者謂若住此多分不退失不勝進順勝進分者謂若住此多分勝進順決擇分者謂若住此多分能入正性離生復次順退分者與諸煩惱相淩相雜煩惱無間此現前此無間煩惱現前順住分者能觀下地爲麤苦障而生猒背能觀自地爲靜妙離而樂安住順勝進分者能觀自地爲麤苦障而生猒背能觀上地爲靜妙離而生欣樂順決擇分者即煖頂忍世第一法等復次順退分者隨順煩惱順住分者隨順自地順勝進分者隨順上地順決擇分者隨順聖道此分或作聖行相或作餘行相而向聖道趣於解脫如初靜慮乃至有頂隨應亦爾頗有淨初靜慮離染故得離染故捨退故得退故捨生故得生故捨耶答有謂順退分初靜慮離欲界染時得離梵世染時捨起梵世纏退時得起欲界纏退時捨從上地歿生梵世時得從梵世歿生欲界時捨乃至有頂隨應亦爾問若欲界歿生第二靜慮第二靜慮終生初靜慮者彼於初靜慮何法徃歿時捨還生時不得何法還生時得徃歿時不捨何法徃歿時捨還生時得何法徃歿時不捨還生時不得耶答彼於初靜慮順勝進分順決擇分徃歿時捨還生時不得順退分及生得還生時得徃歿時不

捨順住分往歿時捨還生時得除前相所餘法往歿時不捨還生時不得問若初靜慮歿生第二靜慮第二靜慮歿生初靜慮者彼於初靜慮何法往歿時捨還生時不得何法還生時得往歿時不捨何法往歿時捨還生時得何法往歿時不捨還生時不得耶答彼於初靜慮順勝進分順決擇分往歿時捨還生時不得順退分還生時得往歿時不捨順住分及生得往歿時捨還生時得除前相所餘法往歿時不捨還生時不得如初靜慮於第二靜慮如是乃至無所有處於非想非非想處亦爾如根本地如是諸近分地亦應廣說

頗有起第二靜慮纏退無漏初靜慮耶答有謂無學初靜慮及上七地對治學初靜慮等

頗有起第二靜慮纏退淨初靜慮耶答有謂阿羅漢所修淨初靜慮及雜修淨初靜慮等

若修淨初靜慮彼亦修無漏耶乃至廣說修有四種謂得修習修對治修除遣修此中前二修謂有爲善法後二修謂有漏法外國師說修有六種謂前四及防護修分別修防護修者即是修根如契經說若於六根善調善覆善防善護善修者能引後樂分別修者即是修身如契經說於此身中有髮毛爪齒乃至廣說此後二修應知即是對治修除遣修攝是故修惟有四此中依二修作論謂得修習修如餘處說若修法智彼亦修類智耶乃至廣說彼亦依二修作論謂得修習修餘處復說若道過去彼道一切已修已安耶乃至廣說彼亦依二修作論謂得修習修如餘處說若修身彼修戒耶乃至廣說彼依二修作

論謂對治修除遣修餘處復說若修眼根彼修耳根耶乃至廣說彼亦依二修作論謂對治修除遣修如餘處說若修空三摩地彼亦修無願三摩地耶乃至廣說餘處復說若修身念住彼亦修受念住耶乃至廣說彼亦皆依二修作論謂得修習修如餘處說若修無常想彼思惟無常想耶乃至廣說有說彼依得修修作論有說彼依習修作論有說彼依二修作論謂得修習修如餘處說云何應修法謂善有為法此法雖復具四修義而彼但依二修作論謂得修習修由此義故應作四句有法有前二修無後二修謂有為無漏法有法有後二修無前二修謂染污無覆無記法有法具有四修謂善有漏法有法俱無四修謂無為法問何故名修答遍修故名修數習故名修熏故名修學故名修令常淨故名修應知此中現在習修所顯未來得修所顯復次現在習故名修未來得故名修復次現在受用故名修未來引發故名修復次現在辦事故名修未來與欲故名修復次現在在身中故名修未來得自在故名修復次現在現前故名修未來成就故名修問何故已得善法現在前時不修未來耶答已衰歇故已受用故已作事故已與果故復次已修故已息故勢用滅故復次已得法現前受用時惟有漸盡更無餘勢云何能修未來如人受用先所積財惟有漸減更無增益復次作功德起者能修未來非起曾得法須作功用故不修未來復次若已得法現在前復能修未來者則佛般涅槃時現起一切靜慮解脫等持等

至爾時亦應更修未來如此則盡智時應不具得一切功德云何得名所作究竟勿有此過故已得法現在前時不修未來諸餘功德若修淨初靜慮彼亦修無漏耶設修無漏初靜慮彼亦修淨耶答應作四句有修淨初靜慮非無漏謂已得淨初靜慮現在前若未得淨初靜慮現在前而不修無漏若未得非初靜慮世俗智現在前而修淨初靜慮非無漏已得淨初靜慮現在前者謂異生及聖者或學或無學或聲聞或獨覺或如來或爲現法樂住故或爲觀本所作故或爲遊戲功德故或爲受用聖財故起曾得世俗初靜慮現在前時彼勢分尚不及自第二刹那況能修餘未來功德然現前位即是習修故得名修淨初靜慮若未得淨初靜慮現在前而不修無漏者謂異生離欲界染若最後解脫道起根本初靜慮現在前時即異生爲離初靜慮染依初靜慮爲加行道時即異生依初靜慮引發五通諸加行道五無間道三解脫道時即異生依初靜慮起四無量初二解脫前四勝處不淨觀念住三義觀煖頂忍世第一法有說亦起持息念時如是等時雖起未曾得淨初靜慮而不修無漏若未得非初靜慮世俗智現在前而修淨初靜慮非無漏者此中餘地以智名說即未至定靜慮中間謂異生離欲界染即依未至定起第九解脫道時即異生爲離初靜慮染依未至定起加行道時即異生已離欲染依未至定起三無量初二解脫前四勝處不淨觀持息念念住三義觀時即異生爲離初靜慮染依靜慮中間起加行

道時即異生依靜慮中間起三無量初二解脫前四勝處不淨觀持息念念住三義觀時如是等時起未曾得非初靜慮世俗智現在前而修淨初靜慮非無漏有修無漏初靜慮非淨謂已得無漏初靜慮現在前若未得無漏初靜慮現在前而不修淨若未得非初靜慮世俗智及未得非初靜慮無漏智彼現在前而修無漏初靜慮非淨已得無漏初靜慮現在前者謂諸聖者或學乃至或如來或爲現法樂住故乃至或爲受用聖財故起曾得無漏初靜慮現在前時彼勢分尚不及自第二剎那況能修餘未來功德然現前位即是習修故得名修無漏初靜慮若未得無漏初靜慮現在前而不修淨者謂依初靜慮入正性離生苦集滅現觀各三心頃道現觀四心頃聖者依初靜慮離初靜慮乃至無所有處染九無間道九解脫道時及離非想非非想處染九無間道八解脫道時信勝解依初靜慮練根作見至無間道解脫道時有說除解脫道時以此時亦修世俗道故如是說者爾時惟修無漏道以同見道得果故時解脫阿羅漢依初靜慮練根作不動九無間道八解脫道時於如是時起未曾得無漏初靜慮現在前而修無漏初靜慮非淨者此中餘地以智名說即從第二靜慮近分乃至非想非非想處謂聖者以世俗道離初靜慮染若即第二靜慮近分爲加行彼加行道九無間道九解脫道時即聖者依第二靜慮近分起三無量初二解脫前四勝處不淨觀持息念念住

三義觀時即聖者依第二靜慮爲離第二靜慮乃至非想非非想處染若世俗爲加行彼加行道時依第二靜慮信勝解練根作見至時解脫練根作不動若世俗爲加行彼加行道時雜修第二靜慮中間心時即聖者依第二靜慮引發五通諸加行道五無間道二解脫道及世俗他心智通解脫道時即聖者依第二靜慮起四無量初二解脫前四勝處不淨觀世俗念住三義觀七處善有說亦起持息念時依第二靜慮起無礙解及世俗無礙解增長時依第二靜慮起空空無願無願無相無相及增長時即聖者以世俗道離第二靜慮染若即第三靜慮近分爲加行彼加行道九無間道九解脫道時即聖者依第三靜慮近分起三無量不淨觀持息念念住三義觀時即聖者依第三靜慮爲離第三靜慮乃至非想非非想處染若世俗爲加行彼加行道時依第三靜慮信勝解練根作見至乃至起空空無願無願無相無相及增長時廣如第二靜慮說差別者除解脫勝處喜無量餘皆如前即聖者以世俗道離第三靜慮染若即第四靜慮近分爲加行彼加行道九無間道九解脫道時即聖者依第四靜慮近分起三無量淨解脫後四勝處前八遍處不淨觀念住三義觀時即聖者依第四靜慮爲離第四靜慮乃至非想非非想處染若世俗爲加行彼加行道時依第四靜慮信勝解練根作見至時解脫練根作不動若世俗爲加行彼加行道時雜修第四靜慮中間心時即聖者依第四靜慮引發五通諸加行道五無間道

二解脱道及世俗他心智通解脱道時即聖者依第四靜慮起三無量淨解脱後四勝處前八遍處不淨觀世俗念住三義觀七處善時依第四靜慮起無礙解及世俗無礙解增長時起無諍願智邊際定及增長時依第四靜慮起空空無願無願無相無相及增長時即聖者以世俗道離第四靜慮染若即空無邊處近分爲加行彼加行道九無間道九解脱道時即聖者依空無邊處爲離空無邊處乃至非想非非想處染若世俗爲加行彼加行道時依空無邊處時解脱阿羅漢練根作不動若世俗爲加行彼加行道時即聖者起空無邊處世俗解脱遍處世俗念住時依空無邊處起二無礙解及世俗無礙解增長時依空無邊處起空空無願無願無相無相及增長時即聖者以世俗道離空無邊處染若即識無邊處近分爲加行彼加行道九無間道九解脱道時即聖者依識無邊處爲離識無邊處乃至非想非非想處染若世俗爲加行彼加行道時餘廣如空無邊處說即聖者以世俗道離識無邊處染若即無所有處近分爲加行彼加行道九無間道九解脱道時即聖者依無所有處爲離無所有處及非想非非想處染若世俗爲加行彼加行道時餘亦廣如空無邊處說差別者除遍處即聖者以世俗道離無所有處染若即非想非非想處近分爲加行彼加行道九無間道九解脱道時即聖者依非想非非想處爲離非想非非想處染加行道時時解脱阿羅漢練根作不動以非想非非想處爲加行彼加行道時

即聖者起非想非非想解脱念住時依非想非非想處起二無礙解空空無願無願無相無相及增長時起入滅定想微細心時於如是時起未曾得非初靜慮世俗智現在前而修無漏初靜慮非淨及未得非初靜慮無漏智現在前而修無漏初靜慮非淨者此中餘地以智名説即從未至定除初靜慮乃至無所有處謂已離欲染依未至定入正性離生道類智時依未至定離初靜慮乃至無所有處染一切無間解脱道時離非想非非想處染九無間道八解脱道時已離欲染信勝解依未至定練根作見至無間解脱道時時解脱阿羅漢依未至定練根作不動九無間道八解脱道時依靜慮中間入正性離生苦集滅現觀各三心頃道現觀四心頃依靜慮中間離初靜慮乃至無所有處染一切無間解脱道時離非想非非想處染九無間道八解脱道時依靜慮中間信勝解練根作見至無間解脱道時時解脱阿羅漢練根作不動九無間道八解脱道時依第二靜慮入正性離生苦集滅現觀各三心頃道現觀四心頃依第二靜慮離第二靜慮乃至無所有處染若無漏爲加行一切加行無間解脱道時離非想非非想處染若無漏爲加行諸加行道九無間道八解脱道時依第二靜慮信勝解練根作見至若無漏爲加行彼加行無間解脱道時時解脱阿羅漢練根作不動若無漏爲加行彼加行道九無間道八解脱道時雜修第二靜慮初後心時依第二靜慮起無漏他心智通無漏念住及無漏二無礙解增長時

如依第二靜慮加行是依第三靜慮依第四靜慮廣說亦爾差別者即離彼上染依空無邊處離空無邊處乃至無所有處染若無漏爲加行一切加行無間解脫道時離非想非非想處染若無漏爲加行彼加行道九無間道八解脫道時依空無邊處時解脫阿羅漢練根作不動若無漏爲加行彼加行道九無間道八解脫道時起無漏空無邊處解脫無漏念住及無漏二無礙解增長時如依空無邊處如是依識無邊處依無所有處亦爾差別者即離彼上染於如是時起未曾得非初靜慮無漏智現在前而修無漏初靜慮非淨有修淨初靜慮亦無漏謂未得淨初靜慮現在前而修無漏若未得無漏初靜慮現在前而修淨若未得非初靜慮世俗智無漏智彼現在前而修淨初靜慮及無漏若未得淨初靜慮現在前而修無漏者謂聖者以世俗道離欲界染最後起根本地解脫道時即聖者依初靜慮爲離初靜慮乃至非想非非想處染若世俗爲加行彼加行道時依初靜慮信勝解練根作見至時解脫練根作不動若世俗爲加行彼加行道時雜修初靜慮中間心時即聖者依初靜慮引發五通諸加行道五無間道二解脫道及世俗他心智通解脫道時即聖者依初靜慮起四無量初二解脫前四勝處不淨觀世俗念住三義觀七處善有說亦起持息念時依初靜慮起無礙解及世俗無礙解增長時依初靜慮起空空無願無願無相無相及增長時於如是時起未曾得淨初靜慮現在前而修無漏若未得無漏初

靜慮現在前而修淨者謂依初靜慮入正性離生苦集滅現觀各一心頃若以無漏道離欲界染最後起根本地解脫道時依初靜慮爲離初靜慮乃至非想非非想處染若無漏爲加行彼加行道時依初靜慮得阿羅漢果初盡智起時依初靜慮信勝解練根作見至若無漏爲加行彼加行道時時解脫阿羅漢練根作不動若無漏爲加行彼加行道及最後解脫道時離修初靜慮初後心時依初靜慮起無漏他心智通無漏念住無漏無礙解增長時於如是時起未曾得無漏初靜慮現在前而修淨若未得非初靜慮世俗智現在前而修淨初靜慮及無漏者此中餘地以智名說即未至定靜慮中間謂聖者以世俗道離欲界染即依未至定起最後解脫道時依未至定爲離初靜慮乃至非想非非想處染若世俗爲加行彼加行道時依未至定已離欲染信勝解練根作見至時解脫練根作不動若世俗爲加行彼加行道時已離欲染聖者依未至定起三無量初二解脫前四勝處不淨觀持息念世俗念住三義觀七處善起無礙解及世俗無礙解增長時起空空無願無願無相無相及增長時即聖者依靜慮中間爲離初靜慮乃至非想非非想處染若世俗爲加行彼加行道時依靜慮中間信勝解練根作見至時解脫練根作不動若世俗爲加行彼加行道時即聖者依靜慮中間起三無量初二解脫前四勝處不淨觀持息念世俗念住三義觀七處善起無礙解及世俗無礙解增長時起空空無願無願無相無相及

增長時於如是時起未曾得非初靜慮世俗智現在前而修淨初靜慮及無漏及未得非初靜慮無漏智現在前而修淨初靜慮及無漏者此中餘地以智名說即從未至定除初靜慮乃至無所有處謂以無漏道離欲界染即依未至定起最後解脫道時依未至定爲離初靜慮乃至非想非非想處染若無漏爲加行彼加行道時依未至定得阿羅漢果初盡智起時依未至定已離欲染信勝解練根作見至若無漏爲加行彼加行道時時解脫練根作不動若無漏爲加行彼加行道及最後解脫道時已離欲染聖者依未至定起無漏念住及無漏無礙解增長時依靜慮中間入正性離生苦集滅現觀各一心頃依靜慮中間爲離初靜慮乃至非想非非想處染若無漏爲加行彼加行道時依靜慮中間得阿羅漢果初盡智起時依靜慮中間信勝解練根作見至若無漏爲加行彼加行道時時解脫練根作不動若無漏爲加行彼加行道及最後解脫道時依靜慮中間起無漏念住及無漏無礙解增長時依第二靜慮入正性離生苦集滅現觀各一心頃依第二靜慮得阿羅漢果初盡智起時依第二靜慮時解脫練根作不動最後解脫道時如說依第二靜慮依第三第四靜慮亦應如是說依空無邊處得阿羅漢果初盡智起時依空無邊處時解脫練根作不動最後解脫道時如說依空無邊處依識無邊處無所有處亦應如是說於如是時起未曾得非初靜慮無漏智現在前而修淨初靜慮及無漏

阿毗達磨大毗婆沙論卷第一百六十三 說一切有部發智

音釋

防護 防符方切 護胡故切

檽 乃管切 煗 溫也

阿毗達磨大毗婆沙論卷第一百六十四

五百大阿羅漢等造

唐三藏法師玄奘奉詔譯

定蘊第七中緣納息第二之三

有不修淨初靜慮亦非無漏謂已得非初靜慮世俗智無漏智現在前若未得非初靜慮世俗智無漏智彼現在前而不修淨初靜慮及無漏若一切染污心無記心現在前若住無想定滅盡定生無想天已得非初靜慮世俗智現在前者此中餘地以智名說即從欲界未至定除初靜慮乃至非想非非想處謂此諸地曾得世俗功德現在前時彼勢分尚不及自第二刹那況能修餘未來功德又非初靜慮故於淨無漏初靜慮俱無修義已得非初靜慮無漏智現在前者此中餘地亦以智名說即從未至定除初靜慮乃至無所有處謂此諸地曾得無漏功德現在前時彼勢分尚不及自第二刹那況能修餘未來功德又非初靜慮故於淨無漏初靜慮俱無修義若未得非初靜慮世俗智現在前而不修淨初靜慮及無漏者此中餘地以智名而說即從欲界未至定除初靜慮乃至非想非非想處謂異生起欲界未曾得不淨觀持息念念住三義觀及餘聞思所成慧現在前時異生離欲界染諸加行道九無間道八解脫道時即異生未離欲染依未至定起三無量初二解脫前四勝處不淨觀持息念念住三義觀煖頂忍世第一法時已離欲染依未至定起煖頂忍世第一法時依靜慮中間起煖頂忍世第一法時即異生依第二靜慮近分爲

加行離初靜慮染彼加行道九無間道九解脱道時即異生依第二靜慮引發五通諸加行道五無間道三解脱道時起四無量初二解脱前四勝處不淨觀念住三義觀煖頂忍世第一法有説亦起持息念時即異生離第二靜慮染一切加行無間解脱道時即異生依第三靜慮引發五通諸加行道五無間道三解脱道時起三無量不淨觀念住三義觀煖頂忍世第一法有説亦起持息念時即異生離第三靜慮染一切加行無間解脱道時即異生依第四靜慮引發五通諸加行道五無間道三解脱道時起三無量淨解脱後四勝處前八遍處不淨觀念住三義觀煖頂忍世第一法時即異生離第四靜慮染一切加行無間解脱道時即異生起空無邊處解脱

遍處及念住時即異生離空無邊處識無邊處無所有處染一切加行無間解脱道時即異生起識無邊處無所有處非想非非想處解脱念住及識無邊處遍處時若諸聖者起欲界未曾得不淨觀持息念念住三義觀及餘聞思所成慧現在前時即聖者以世俗道離欲界染若世俗爲加行諸加行道九無間道八解脱道時以無漏道離欲界染若世俗爲加行彼加行道時未離欲染信勝解練根作見至若世俗爲加行彼加行道時即聖者未離欲染依未至定起三無量初二解脱前四勝處不淨觀持息念世俗念住三義觀七處善時起入滅定微微心時於如是時起未曾得非初靜慮世俗智現在前不修淨初靜慮及無漏若未得非初靜慮無漏智現在前

而不修淨初靜慮及無漏者此中餘地亦以智名說謂未離欲染入正性離生四諦現觀各四心頃已離欲染依未至定入正性離生苦集滅現觀各四心頃道現觀三心頃以無漏道離欲界染若無漏爲加行諸加行道九無間道八解脫道時未離欲染信勝解練根作見至若無漏爲加行彼加行無間解脫道時未離欲染起無漏念住時於如是時起未曾得非初靜慮無漏智現在前不修淨初靜慮及無漏若一切染污心現在前者謂三界煩惱隨煩惱相應心以彼順退體性沉重懈怠相應要順勝進體性輕舉精進相應方能修故一切無記心現在前者謂三界無覆無記心以彼不堅不住不實其性羸劣如朽敗種要堅住實其性强盛方能修故若住無想定滅盡定者以彼無心要由有心方能修故生無想天者有說彼天盡衆同分善心不起有說彼天善心雖起而非修所依故無修義此中但說生在修地而不修者然生餘處亦有不修易知故不說如說初靜慮第二第三靜慮說亦如是以此諸地於離下地染最後解脫道時皆有入根本地有不入故若修淨第四靜慮彼亦修無漏耶設修無漏第四靜慮彼亦修淨耶答應作四句有修淨第四靜慮非無漏謂已得淨第四靜慮現在前若未得淨第四靜慮現在前而不修無漏已得淨第四靜慮現在前者謂異生及聖者或學乃至或如來爲現法樂住等故起曾得世俗第四靜慮現在前時彼勢分尚不及自第二刹那況能修餘未來功德然現前位即是習修

故得名修淨第四靜慮若未得淨第四靜慮現在前而不修無漏者謂異生離第三靜慮染最後解脫道及爲離第四靜慮染若第四靜慮爲加行彼加行道時即異生依第四靜慮引發五通諸加行道五無間道三解脫道時起三無量淨解脫後四勝處前八遍處不淨觀念住三義觀煖頂忍世第一法時於如是時起未曾得淨第四靜慮現在前而不修無漏有修無漏第四靜慮非淨謂已得無漏第四靜慮現在前若未得無漏第四靜慮現在前而不修淨若未得非第四靜慮世俗智及未得非第四靜慮無漏智彼現在前而修無漏第四靜慮非淨已得無漏第四靜慮現在前者謂諸聖者或學乃至或如來爲現法樂住等故起曾得無漏第四靜慮現在前時

彼勢分尚不及自第二剎那況能修餘未來功德然現前位即是習修故得名修無漏第四靜慮若未得無漏第四靜慮現在前而不修淨者謂依第四靜慮入正性離生苦集滅現觀各三心頃道現觀四心頃聖者依第四靜慮離第四靜慮乃至無所有處染一切無間解脫道時離非想非非想處染九無間道八解脫道時依第四靜慮信勝解練根作見至無間解脫道時時解脫阿羅漢練根作不動九無間道八解脫道時於如是時起未曾得無漏第四靜慮現在前而不修淨若未得非第四靜慮世俗智現在前而修無漏第四靜慮非淨者此中餘地以智名說即從未至定除第四靜慮乃至非想非非想處謂聖者依未至定爲離第四靜慮乃至非想非非想

處染若世俗爲加行彼加行道時依未至定已離第三靜慮染信勝解練根作見至時解脱練根作不動若世俗爲加行彼加行道時已離第三靜慮染聖者依未至定起三無量初二解脱前四勝處不淨觀持息念世俗念住三義觀七處善時起無礙解及世俗無礙解增長時起空空無願無願無相無相及增長時即聖者依初靜慮爲離第四靜慮乃至非想非非想處染若世俗爲加行彼加行道時依初靜慮已離第三靜慮染信勝解練根作見至時解脱練根作不動若世俗爲加行彼加行道時離修初靜慮中間心時已離第三靜慮染聖者依初靜慮引發五通諸加行道五無間道二解脱道及世俗他心智通解脱道時即彼依初靜慮起四無量初二解脱前四勝處不淨觀世俗念住三義觀七處善有説亦起持息念時起無礙解及世俗無礙解增長時起空空無願無願無相無相及增長時即聖者依靜慮中間爲離第四靜慮乃至非想非非想處染若世俗爲加行彼加行道時依靜慮中間已離第三靜慮染信勝解練根作見至時解脱練根作不動若世俗爲加行彼加行道時已離第三靜慮染聖者依靜慮中間起三無量初二解脱前四勝處不淨觀持息念世俗念住三義觀七處善時起無礙解及世俗無礙解增長時起空空無願無願無相無相及增長時如説依初靜慮如是依第二靜慮第三靜慮説亦爾差别者依第三靜慮除喜無量初二解脱前四勝處餘皆如前説即聖者以世俗道離第四靜慮染

若即以空無邊處近分爲加行一切加行無間解脫道時即彼以世俗道離空無邊處識無邊處無所有處染若世俗爲加行一切加行無間解脫道時即彼依無色定以無漏道離四無色染若世俗爲加行彼加行道時依無色定時解脫阿羅漢練根作不動若世俗爲加行彼加行道時即聖者起無色世俗解脫及後二遍處時即彼依無色定起世俗念住二無礙解及世俗二無礙解增長時起空空無願無願無相無相及增長時起入滅定想微細心時於如是時起未曾得非第四靜慮世俗智現在前而修無漏第四靜慮非淨及未得非第四靜慮無漏智現在前而修無漏第四靜慮非淨者此中餘地以智名說即從未至定除第四靜慮乃至無所有處謂依未至定離第四靜慮乃至無所有處染若無漏爲加行一切加行無間解脫道時離非想非非想處染若無漏爲加行彼加行道九無間道八解脫道時依未至定已離第三靜慮染信勝解練根作見至若無漏爲加行彼加行無間解脫道時時解脫阿羅漢練根作不動若無漏爲加行彼加行道九無間道八解脫道時即聖者已離第三靜慮染依未至定起無漏念住無漏無礙解增長時即聖者依初靜慮離第四靜慮乃至無所有處染若無漏爲加行一切加行無間解脫道時離非想非非想處染若無漏爲加行彼加行道九無間道八解脫道時依初靜慮已離第三靜慮染信勝解練根作見至若無漏爲加行彼加行無間解脫道時時解脫阿羅漢練根作不

動若無漏爲加行彼加行道九無間道八解脫道時雜修初靜慮初後心時卽聖者已離第三靜慮染依初靜慮起無漏他心智通無漏念住及無漏無礙解增長時靜慮中間如未至定說第二第三靜慮如初靜慮說卽聖者依空無邊處離空無邊處乃至無所有處染若無漏爲加行一切加行無間解脫道時離非想非非想處染若無漏爲加行彼加行道九無間道八解脫道時依空無邊處時解脫阿羅漢練根作不動若無漏爲加行彼加行道九無間道八解脫道時起無漏空無邊處解脫依空無邊處起無漏念住及無漏二無礙解增長時如說依空無邊處如是依識無邊處無所有處亦爾差別者卽離彼上染於如是時起未曾得非第四靜慮無漏智現在前而修無漏第四靜慮非淨有修淨第四靜慮亦無漏謂未得淨第四靜慮現在前而修無漏若未得無漏第四靜慮現在前而修淨若未得非第四靜慮無漏智現在前而修淨第四靜慮及無漏未得淨第四靜慮現在前而修無漏者謂聖者以世俗道離第三靜慮染最後解脫道時卽彼依第四靜慮爲離第四靜慮乃至非想非非想處染若世俗爲加行彼加行道時依第四靜慮信勝解練根作見至時解脫練根作不動若世俗爲加行彼加行道時雜修第四靜慮中間心時卽聖者依第四靜慮引發五通諸加行道五無間道二解脫道及世俗他心智通解脫道時卽聖者依第四靜慮起三無量淨解脫後四勝處前八遍處不淨觀世俗念住三義觀七處

善時依第四靜慮起無礙解及世俗無礙解增長時起無諍願智邊際定及增長時依第四靜慮起空空無願無願無相無相及增長時於如是時起未曾得淨第四靜慮現在前而修無漏若未得無漏第四靜慮現在前而修淨者謂依第四靜慮入正性離生苦集滅現觀各一心頃依第四靜慮爲離第四靜慮乃至非想非非想處染若無漏爲加行彼加行道時依第四靜慮得阿羅漢果初盡智起時依第四靜慮信勝解練根作見至若無漏爲加行彼加行道時時解脫阿羅漢練根作不動若無漏爲加行彼加行道及最後解脫道時雜修第四靜慮初後心時依第四靜慮起無漏他心智通無漏念住及無漏無礙解增長時於如是時起未曾得無漏第四靜慮現在前而修淨若未得非第四靜慮無漏智現在前而修淨第四靜慮及無漏者此中餘地以智名說即從未至定除第四靜慮乃至無所有處謂依未至定乃至第三靜慮離第三靜慮染最後解脫道時即依彼地得阿羅漢果初盡智時及依彼地時解脫阿羅漢練根作不動最後解脫道時依無色定得阿羅漢果初盡智時即依彼地時解脫阿羅漢練根作不動最後解脫道時於如是時起未曾得非第四靜慮無漏智現在前而修淨第四靜慮及無漏有不修淨第四靜慮亦非無漏謂已得非第四靜慮世俗智無漏智現在前若未得非第四靜慮世俗智無漏智彼現在前而不修淨第四靜慮及無漏若一切染污心無記心現在前若住無想定滅盡定生無

想天已得非第四靜慮世俗智現在前者此中餘地以智名說即從未至定除第四靜慮乃至非想非非想處謂此諸地曾得世俗功德現在前時彼勢分尚不及自第二剎那況能修餘未來功德又非第四靜慮故於淨無漏第四靜慮俱無修義已得非第四靜慮無漏智現在前者此中亦以智名而說餘地即從未至定除第四靜慮乃至無所有處謂此諸地曾得無漏功德現在前時彼勢分尚不及自第二剎那況能修餘未來功德又非第四靜慮故於淨無漏第四靜慮俱無修義若未得非第四靜慮世俗智現在前而不修淨第四靜慮及無漏者此中亦說餘地名智即從欲界除第四靜慮乃至非想非非想處謂異生起欲界未曾得不淨觀持息念念住三義觀及餘聞思所成慧現在前時即異生離欲界染一切加行無間解脫道時即異生依未至定起三無量初二解脫前四勝處不淨觀持息念念住三義觀煖頂忍世第一法時即異生依初靜慮為離初靜慮染起加行道時依初靜慮引發五通諸加行道五無間道三解脫道時起四無量初二解脫前四勝處不淨觀念住三義觀煖頂忍世第一法有說亦起持息念時即異生依靜慮中間為離初靜慮染起加行道時依靜慮中間起三無量初二解脫前四勝處不淨觀持息念念住三義觀煖頂忍世第一法時如說依初靜慮如是依第二靜慮第三靜慮說亦爾差別者即離彼上染及第三靜慮除解脫勝處喜無量即異生依第四靜慮近分離第三靜慮染彼

加行道九無間道八解脱道時即異生依空無邊處近分離第四靜慮染彼加行道九無間道八解脱道時即異生依空無邊處起離下地染第九解脱道及起爲離自地染加行道時起空無邊處解脱遍處及念住時即異生依識無邊處近分離空無邊處染彼加行道九無間道八解脱道時如依空無邊處如是依識無邊處無所有處亦爾差別者無所有處除遍處即異生依非想非非想處近分離無所有處染彼加行道九無間道八解脱道時即異生依非想非非想處起離下地染第九解脱道及起非想非非想處解脱及念住時若聖者起欲界未曾得不淨觀持息念念住三義觀及餘聞思所成慧現在前時即彼聖者以世俗道離欲界乃至第二靜慮染

若世俗爲加行一切加行無間解脱道時以無漏道離欲界乃至第二靜慮染若世俗爲加行彼加行道時即彼聖者以世俗道離第三靜慮染若世俗爲加行彼加行道九無間道八解脱道時以無漏道離第三靜慮染若世俗爲加行彼加行道時未離第三靜慮染信勝解依未至定練根作見至若世俗爲加行彼加行道時即彼聖者未離第三靜慮染依未至定起三無量初二解脱前四勝處不淨觀持息念世俗念住三義觀七處善時未離第三靜慮染信勝解依初靜慮練根作見至若世俗爲加行彼加行道時即彼聖者未離第三靜慮染聖者依初靜慮引發五通諸加行道五無間道二解脱道及世俗他心智通解脱道時即彼依初靜慮起四無量初二

解脱前四勝處不淨觀世俗念住三義觀七處善時有説亦起持息念時未離第三靜慮染信勝解依靜慮中間練根作見至若世俗爲加行彼加行道時即彼聖者未離第三靜慮染時依靜慮中間起三無量初二解脱前四勝處不淨觀持息念世俗念住三義觀七處善時未離第三靜慮染信勝解依第二靜慮練根作見至若世俗爲加行彼加行道時即彼聖者未離第三靜慮染依第二靜慮引發五通諸加行道五無間道二解脱道及世俗他心智通解脱道時即依第二靜慮起四無量初二解脱前四勝處不淨觀世俗念住三義觀七處善有説亦起持息念時未離第三靜慮染信勝解依第三靜慮練根作見至若世俗爲加行彼加行道時即彼聖者未離第三靜慮染依第三靜慮引發五通諸加行道五無間道二解脱道及世俗他心智通解脱道時即依第三靜慮起三無量不淨觀世俗念住三義觀七處善有説亦起持息念時起入滅定微微心時於如是時起未曾得非第四靜慮世俗智現在前不修淨第四靜慮及無漏及未得非第四靜慮無漏智現在前而不修淨第四靜慮及無漏智此中餘地亦以智名説即從未至定乃至第三靜慮謂依未至定乃至第三靜慮入正性離生四諦現觀各四心頃以無漏道離欲界染若無漏爲加行一切加行無間解脱道時以無漏道離欲界染若無漏爲加行彼加行道時依未至定離初第二靜慮染若無漏爲加行一切加行無間解脱道時離第三靜慮染若無漏爲

加行彼加行道九無間道八解脱道時未離第三靜慮染信勝解依未至定練根作見至若無漏爲加行彼一切加行無間解脱道時即彼聖者未離第三靜慮染依未至定起無漏念住時依初靜慮離初第二靜慮染若無漏爲加行一切加行無間解脱道時離第三靜慮染若無漏爲加行彼加行道九無間道八解脱道時未離第三靜慮染信勝解依初靜慮練根作見至若無漏爲加行彼加行無間解脱道時即彼聖者未離第三靜慮染依初靜慮起無漏他心智通及無漏念住時依靜慮中間離初第二靜慮染若無漏爲加行一切加行無間解脱道時離第三靜慮染若無漏爲加行彼加行道九無間道八解脱道時未離第三靜慮染信勝解依靜慮中間練根作見至若無漏爲加行彼加行無間解脱道時即彼聖者未離第三靜慮染依靜慮中間起無漏念住時依第二靜慮離第二靜慮染若無漏爲加行一切加行無間解脱道時離第三靜慮染若無漏爲加行彼加行道九無間道八解脱道時未離第三靜慮染信勝解依第二靜慮練根作見至若無漏爲加行彼加行無間解脱道時即彼聖者未離第三靜慮染依第二靜慮起無漏他心智通及無漏念住時依第三靜慮離第三靜慮染若無漏爲加行彼加行道九無間道八解脱道時未離第三靜慮染信勝解依第三靜慮練根作見至若無漏爲加行彼加行無間解脱道時即彼聖者未離第三靜慮染依第三靜慮起無漏他心智通及無漏念住時於如是時

起未曾得非第四靜慮無漏智現在前而不修淨第四靜慮及無漏若一切染污心乃至生無想天者如前初靜慮中説如説第四靜慮乃至無所有處説亦如是以此諸地於離下地染最後解脱道時皆必入根本地故問何故依近分離欲界乃至第二靜慮染最後解脱道或即近分或入根本離第二靜慮乃至無所有處染最後解脱道決定入根本地耶答下三近分與根本地受有差別故於求得根本地時有即能入者有不能入者上三近分與根本地受無差別故於求得根本地時定即能入諸瑜伽師依近分地離下染者必於自根本地生欣樂心力能起者必即起故

阿毗達磨大毗婆沙論卷第一百六十四 一説

切有部發智

音釋

定蘊 蘊於問切聚也 練根 練郎甸切精熟也 加行 行下孟切功行也 瑜伽 梵語也此云相應瑜容朱切伽求迦切

阿毗達磨大毗婆沙論卷第一百六十五

五百大阿羅漢等造

唐三藏法師玄奘奉詔譯

定蘊第七中緣納息第二之四

若最初入無漏初靜慮乃至廣説初有四種一入正性決定初二得果初三離染初四轉根初此中依二初作論謂得果及轉根得果初者謂得阿羅漢果初盡智時轉根初者謂時解脱阿羅漢練根作不動最後解脱道時問何故於四初中但依二初作論答若爾時修一切地功德者此中依之作論惟二初位能如是修故依作論若最初入無漏初靜慮爾時所得諸餘未來無漏心心所法彼一切當言有尋有伺耶答彼或有尋有伺或無尋惟伺或無尋無伺有尋有伺者謂所修未至定及初靜慮無尋惟伺者謂所修靜慮中間無尋無伺者謂所修上三靜慮下三無色若最初入無漏第二靜慮爾時所得諸餘未來無漏心心所法彼一切當言喜根相應耶答彼或樂根相應或喜根相應或捨根相應樂根相應者謂所修第三靜慮喜根相應者謂所修初及第二靜慮捨根相應者謂所修未至定靜慮中間第四靜慮下三無色若最初入無漏第三靜慮爾時所得諸餘未來無漏心心所法彼一切當言樂根相應耶答彼或樂根相應或喜根相應或捨根相應義如前釋若最初入無漏第四靜慮爾時所得諸餘未來無漏心心所法彼一切當言捨根相應耶答彼或樂根相應或喜根相應或捨根相應義如前釋若最初入無漏空無邊處爾時

所得諸餘未來無漏心心所法彼一切當言空無邊處攝耶答彼或空無邊處攝或識無邊處攝或無所有處攝空無邊處攝者謂所修空無邊處識無邊處攝者謂所修識無邊處無所有處攝者謂所修無所有處若最初入無漏識無邊處爾時所得諸餘未來無漏心心所法彼一切當言識無邊處攝耶答彼或空無邊處攝或識無邊處攝或無所有處攝義如前釋若最初入無漏無所有處爾時所得諸餘未來無漏心心所法彼一切當言無所有處攝耶答彼或空無邊處攝或識無邊處攝或無所有處攝義如前釋問何故此中於靜慮問相應於無色問攝答彼作論者意欲爾故隨彼意而作論但不違法相便不應責有說於靜慮無色並應俱問而不問者當知此義有餘有說爲現種種文種種說由種種文種種說故義則易解有說爲現二門二畧二階二炬二明二光二種文影如於靜慮說相應於無色亦爾如於無色說攝於靜慮亦爾有說靜慮麤顯易見易知故問相應無色微細難了難覺故但問攝有說靜慮有種種相互不相似故問相應無色不爾故但問攝有說靜慮有種種受種種根故問相應無色不爾有說靜慮有多功德多勝利故問相應無色不爾有說靜慮有遍緣智故問相應無色但有緣自上智故但問攝問何故此中於靜慮亦攝無色於無色不攝靜慮耶答彼作論者意欲爾故乃至廣說有說於靜慮無色並應俱攝而不說攝者當知此義有餘有說爲現種種文種種說由種種文種種說

故義則易解有說爲現二門二畧二影二光乃至廣說有說無色依屬靜慮以先得靜慮後得無色故於靜慮亦攝無色靜慮不依屬無色故於無色不攝靜慮有說於靜慮亦不攝無色以無尋無伺等言有別意故謂無尋無伺者惟說後三靜慮捨根相應者惟說未至靜慮中間及第四靜慮以靜慮無色其相各異雖互相修而不相攝有說於無色亦應攝靜慮應作是說或未至定攝乃至或無所有處攝而不說者欲顯無色非入靜慮加行以靜慮現前不必因無色故有說生靜慮地能起無色生無色地不能起靜慮有說聖者生靜慮後容生無色生無色後無容生靜慮是故於靜慮攝無色於無色不攝靜慮味相應初靜慮乃至廣說問何故作此論答欲止譬喻者意以彼於緣性中不明了 故說緣非實有令欲顯示諸緣自性令知諸緣皆是實有故作斯論味相應初靜慮與味相應初靜慮等爲幾緣答與自地味相應爲因等無間所緣增上因者三因即相應俱有同類因等無間者謂味相應初靜慮等無間味相應初靜慮現在前所緣者謂味相應初靜慮與味相應初靜慮爲所緣增上者謂不礙生及惟無障此中因緣如種子法等無間緣如開避法所緣緣如住杖法增上緣如與欲法與自地淨爲等無間所緣增上等無間者謂味相應初靜慮等無間淨初靜慮現在前如愛見慢疑上靜慮者煩惱等無間淨定現在前此則總說若別說者淨有四種謂順退分順住分順勝進分順決擇分此中有說味相應等

無間唯順退分現在前有說亦起順住分所緣者謂味相應初靜慮與淨初靜慮爲所緣增上者謂不礙生及唯無障非因者以染污法與善法非如種子法故由此義故味相應與自地淨若總說爲三緣若別說或三或二謂與前二分爲三緣與後二分爲二緣與自地無漏爲所緣增上所緣者謂與苦集類忍類智品爲所緣增上者如前說非因者有漏法與無漏法非如種子法故非等無間者煩惱等無間不起聖道現在前故由此義故味相應與自地無漏若總說爲二緣若別說或二或一謂與苦集類忍智品爲二緣與滅道類忍類智品及一切法忍法智品爲一緣與淨無漏上三靜慮爲所緣增上所緣者彼緣下地味相應故增上者謂不礙生及唯無障

故非因緣者染於不染非種子法故非等無間緣者已離下染方能起上根本地淨無漏故與餘爲一增上餘謂味相應上三靜慮及一切無色增上義如前說非因緣者異界地法因果斷故及異類法非種子故非等無間緣者已離下染上地染方現前故及相違故非所緣者上地煩惱及根本無色不緣下地有漏法故淨初靜慮與淨初靜慮等爲幾緣答與自地淨爲因等無間所緣增上因者三因即相應俱有同類因等無間者謂淨初靜慮等無間淨初靜慮現在前所緣者謂與淨初靜慮爲所緣增上義如前說此即總說若別說者淨有四分順退分與順退分爲四緣與順住分亦爾與餘二分爲三緣除等無間順住分與順住分爲四緣與順勝進分亦爾

與順決擇分爲三緣除等無間與順退分爲三緣除因緣勝非劣因故順勝進分與順勝進分爲四緣與順決擇分亦爾與順退分有說但爲所緣增上順勝進分無間順退分不現前故如是說者亦現在前是故與順退分爲三緣除因緣以彼劣故與順住分亦爾順決擇分與順決擇分爲四緣與順退分爲所緣增上與順住分有說但爲所緣增上以順決擇分無間順住分不現在前故如是說者亦現在前是故與彼爲三緣除因緣與順勝進分亦爾與自地無漏爲等無間所緣增上等無間者謂淨初靜慮等無間無漏初靜慮現在前此但從順決擇分有說亦從順勝進分所緣者謂與無漏初靜慮爲所緣增上者如前說非因緣者有漏法非無漏因故與自地味相應爲等無間所緣增上等無間者如愛見慢疑上靜慮者淨定等無間煩惱現在前當知此從順退分或順住分起由已離未離自地染者起自地煩惱有差別故所緣者味著自地淨靜慮故餘如前說與淨無漏第二第三靜慮爲等無間所緣增上等無間者於第二順次入故於第三順起入故當知從順勝進分入上淨非餘餘如前說與淨無漏第四靜慮爲所緣增上無等無間者以極遠故餘如前說與餘爲一增上餘謂味相應三靜慮及一切無色增上義如前說是中差別者謂與淨無漏無色非等無間者以極遠故餘如前說問亦有等無間緣謂初靜慮善心命終生上地時此中何故不說答應說與彼爲等無間增上而不說者當知義則有餘有

說此定蘊中惟說定善及定煩惱命終結生但是生善及生煩惱是故不說有說此定蘊中惟說根本善及煩惱命終結生惟住近分不住根本是以不說無漏初靜慮與無漏初靜慮等爲幾緣答與自地無漏爲因等無間所緣增上因者三因即相應俱有同類因所緣者謂與道忍道智品爲所緣餘說如前此即總說若別說者法智品與法智品爲四緣與類智品爲三緣除所緣類智品與類智品爲四緣與法智品爲三緣除所緣苦集滅智品與苦集滅智品爲三緣除所緣與道智品爲四緣道智品與道智品爲四緣與苦集滅智品爲三緣除所緣未知當知根品與未知當知根品爲四緣與已知根品亦爾與具知根品爲三緣除等無間已知根品與已知根品爲四緣與具知根品亦爾與未知當知根品爲二緣除因等無間除因者後生於前生非因故除等無間者修道等無間見道不現在前故具知根品與具知根品爲四緣與未知當知根品及已知根品爲二緣除因等無間無學法智品與學類智品爲一增上無學類智品與學法智品爲一增上是故以總說故云與自地無漏爲四緣若差別說則有如是或四三二一與無漏第二第三靜慮爲因等無間所緣增上以無漏法不墮界故異地爲因緣如前說與自地淨及淨第二第三靜慮爲等無間所緣增上此中於自地淨有說除順退分與餘三分爲等無間有說惟與後二分爲等無間於上地淨亦爾如是說者漸次入時亦與勝進分爲等無間超越入時惟

與順決擇分爲等無間問何故超越入時惟順決擇分與無漏道互爲等無間緣餘時不爾答於超越時惟有猛盛堅固善根能相引發順決擇分猛盛堅固餘分不爾與淨第四靜慮及淨無色爲所緣增上以初靜慮類智品是無色對治故與淨無色亦爲所緣餘如前說與無漏第四靜慮及無漏無色爲因所緣增上以無色道類智品亦緣初靜慮類智品故餘如前說與餘爲增上餘謂與一切味相應增上義如前說由無漏與味極相違故無等無間貪不能緣無漏法故非所緣無漏與染非種子法故非因問若無漏與味極相違者云何作增上答於無間起雖極相違而正生時去來無障故得展轉互爲增上味相應第二靜慮與味相應第二靜慮等爲幾緣答與自地味相應爲因等無間所緣增上與淨初二靜慮爲等無間所緣增上與一切無漏靜慮及淨第三第四靜慮爲所緣增上與餘爲一增上餘謂味相應初第三第四靜慮及一切無色此中與淨初靜慮爲等無間者謂瑜伽師第二靜慮淨定無間起諸煩惱其心熱惱如爲火燒遂即歸投淨初靜慮故契經說寧起猒作意俱初靜慮不起劣作意俱第二靜慮問彼起何等淨初靜慮有說起順住分以易起故有說起順勝進分防護上地故又此所說與味相應初靜慮爲一增上者問第二靜慮染心命終生初靜慮則有等無間緣何故不說答應說與彼爲等無間增上而不說者當知此義有餘有說此定蘊中惟說定煩惱命終結生是生煩惱是故不說有

說此定蘊中但說根本地煩惱命終結生惟住近分地煩惱是故不說餘隨所應如前說淨第二靜慮與淨第二靜慮等爲幾緣答與自地淨爲因等無間所緣增上與一切無漏靜慮及淨初第三第四靜慮并自地味相應爲等無間所緣增上與餘爲一增上此亦如前隨應廣說無漏第二靜慮與無漏第二靜慮等爲幾緣答與一切無漏靜慮爲因等無間所緣增上與一切淨靜慮爲等無間所緣增上與淨無色爲所緣增上與無漏無色爲因所緣增上與餘爲一增上此亦隨應廣如前說從第三靜慮乃至非想非非想處有五三一二問答廣說如本論應知問如以世俗道離第四靜慮及下三無色染時一切無間道皆緣下地何故不說第四靜慮下三無色味相應淨與上地淨爲所緣耶答此亦應說而不說者當知有餘有說此定蘊中惟說根本地九無間道但是近分地是故不說問何等無漏第三第四靜慮與淨無漏無色爲等無間耶答惟類智品問何故非法智品有說法智品依下緣下故謂法智品但依欲界但緣欲界諸行及彼因彼滅彼對治道淨無漏無色不爾故法智品非彼等無間緣有說法智品但緣欲界及彼滅道緣欲界及彼滅道無間不得即緣無色地境以極遠故由此法智品非無色等無間緣有說無色地非法智品所依所緣及地故謂四靜慮雖非法智品所依所緣而是法智品地欲界雖非法智品地而是法智品所依所緣諸無色地無如是事故非法智品無間所起問何故淨無漏無

色但縁下地類智品道非法智品道耶答法智品道非彼地對治故問豈不法智品道亦對治彼耶答雖對治彼而非根本亦非全是故不説謂雖是彼修所斷法對治而非彼見所斷法對治又雖滅道法智是彼對治而非苦集法智有説類智品是彼主對治法智品是彼客對治故非彼所縁然淨無漏靜慮無色或下或上無間而起從下起者名順次順超從上起者名逆次逆超同類起者名純異類起者名雜地無間者名次地有間者名超有間惟能越於一地是謂此處畧毘婆沙問所説超定加行云何答修超定時彼修定者先起欲界善心從此無間入有漏初靜慮次入有漏第二靜慮次第乃至入非想非非想處從彼還入有漏無所有處次第乃至復還入有漏初靜慮於此諸地循環修習令善淳熟如王路已復入無漏初靜慮次入無漏第二靜慮次第乃至入無漏無所有處從彼還入無漏識無邊處次第乃至復還入無漏初靜慮於此諸地循環修習令善淳熟如王路已彼入有漏初靜慮從有漏初靜慮超入有漏第三靜慮從有漏第三靜慮超入有漏空無邊處從有漏空無邊處超入有漏無所有處從有漏無所有處還超入有漏空無邊處從有漏空無邊處超入有漏第三靜慮從有漏第三靜慮超入有漏初靜慮於此諸地循環修習令善淳熟如王路已復入無漏初靜慮從無漏初靜慮超入無漏第三靜慮從無漏第三靜慮超入無漏空無邊處從無漏空無邊處超入無漏無所有處從無漏無所有

處還超入無漏空無邊處從無漏空無邊處超入無漏第三靜慮從無漏第三靜慮超入無漏初靜慮於此諸地循環修習令善淳熟猶如王路齊此超定加行成滿從此復入有漏初靜慮從有漏初靜慮超入無漏第三靜慮從無漏第三靜慮超入有漏空無邊處從有漏空無邊處超入無漏無所有處從無漏無所有處還超入有漏空無邊處從有漏空無邊處超入無漏第三靜慮從無漏第三靜慮超入有漏初靜慮如是名爲超定成滿有餘師說修超定時先起欲界善心從此無間入有漏初靜慮次入有漏第二靜慮次第乃至入非想非非想處從彼還入有漏無所有處次第乃至復還入有漏初靜慮於此諸地善串習已復入無漏初靜慮次入無漏第二靜慮次第乃至入無漏無所有處從彼還入無漏識無邊處次第乃至復還入無漏初靜慮於此諸地善串習已復入有漏初靜慮次入無漏第二靜慮次入有漏第三靜慮次入無漏第四靜慮次入有漏空無邊處次入無漏識無邊處次入有漏無所有處從彼還入無漏識無邊處次第乃至復還入有漏初靜慮於此諸地善串習已復入無漏初靜慮次入有漏第二靜慮次入無漏第三靜慮次入有漏第四靜慮次入無漏空無邊處次入有漏識無邊處次入無漏無所有處次入非想非非想處從彼還入無漏無所有處次第乃至復還入無漏初靜慮於此諸地善串習已復入有漏初靜慮從有漏初靜慮超入有漏第三靜慮從有漏第三靜慮超入有漏空無

邊處從有漏空無邊處超入有漏無所有處從有漏無所有處還入有漏空無邊處從有漏空無邊處超入有漏第三靜慮從有漏第三靜慮超入有漏初靜慮於此諸地善串習已復入無漏初靜慮從無漏初靜慮超入無漏第三靜慮從無漏第三靜慮超入無漏空無邊處從無漏空無邊處超入無漏無所有處從無漏無所有處還入無漏空無邊處從無漏空無邊處超入無漏第三靜慮從無漏第三靜慮超入無漏初靜慮於此諸地善串修習是名超定加行成滿從此復入有漏初靜慮從有漏初靜慮超入無漏第三靜慮從無漏第三靜慮超入有漏空無邊處從有漏空無邊處超入無漏無所有處從無漏無所有處還超入有漏空無邊處從有漏空無邊處超入無漏第三靜慮從無漏第三靜慮超入有漏初靜慮從此復入無漏初靜慮從無漏初靜慮超入有漏第三靜慮從有漏第三靜慮超入無漏空無邊處從無漏空無邊處超入有漏無所有處從有漏無所有處還超入無漏空無邊處從無漏空無邊處超入有漏第三靜慮從有漏第三靜慮超入無漏初靜慮如是名爲超定成滿復有說者前來所說皆是加行從此位後自在循環超入諸定無所罣礙乃名成滿然必不能超入第四問何故不能超入第四答過殑伽沙數諸佛世尊及聖弟子超入諸定法皆如是故不應問有說諸超定者本應漸起若從彼超法惟超一勢不過故如登梯時亦應漸上其有越者莫能越二勢不及故有說後起逕路法皆如

前故但超一謂觀行者初超定時從五入五從四入四支數等故易可超入後亦如是故不超二有說如所緣緣故惟超一謂觀行者不念作意於所緣緣惟能超一問云何觀行者於所緣超答彼由不念作意以初靜慮於九地境一一别緣於中惟能起緣一地謂緣欲界無間能上緣初靜慮或第二靜慮非餘緣初靜慮無間能下緣欲界上緣第二靜慮或第三靜慮非餘緣第二靜慮無間能下緣欲界或初靜慮上緣第三靜慮或第四靜慮非餘緣第三靜慮無間能下緣初靜慮或第二靜慮上緣第四靜慮或空無邊處非餘如是乃至緣非想非非想處無間能下緣識無邊處或無所有處非餘如依初定如是依後餘定隨其所應於所緣緣皆應廣說如不能越二地所緣超定亦爾故不入第四問若爾何故說淨解脫次起五心淨解脫心緣於欲界第四靜慮遍行隨眠能緣自上乃至有頂豈非能越二地所緣答許不染心不能超二彼心是染故不相違問如苦法智緣欲界無間起苦類忍乃至緣有頂云何說不染污心不能超二答彼但是總緣不名爲超亦俱緣餘地故是故非難問何處能超定答在欲界非色無色在人趣非餘趣在三洲非北洲男子女人俱能超定尊者僧伽筏蘇說曰惟贍部洲惟男子能超定餘洲及女人所依劣故不能如是說者餘洲及女人亦能超定彼於三摩地亦得心自在故問何等補特伽羅能起超定答是聖者非異生是無學非學無學中是不時解脫非時解脫於不時解脫中要

得願智邊際定等殊勝功德然後能超問何故惟無學不時解脫能超定耶答要相續中無諸煩惱於定自在乃能超定學相續中猶有煩惱時解脫於定不得自在故並不能超定問何等善根無間能超定耶答無量解脫勝處遍處諸通等善根無間皆不能超定惟無常等行相善根無間能超所以者何要猛利增上善根能超定故

阿毗達磨大毗婆沙論卷第一百六十五 說一切有部發智

音釋

串習 串古患切與慣同習也 殑伽 梵語也此云天堂來河名也殑其陵切 梯 士雞切木階也

阿毗達磨大毗婆沙論卷第一百六十六

五百大阿羅漢等造

唐三藏法師玄奘奉　詔譯

定蘊第七中攝納息第三之一

十想謂無常想無常苦想苦無我想死想不淨想猒食想一切世間不可樂想斷想離想滅想如是等章及解章義既領會已應廣分別問何故此中先依十想作論答彼作論者意欲爾故隨彼意欲而作斯論但不違法相便不應責有說爲欲分別契經義故如契經中說有十想無常想乃至滅想契經雖作是說而不廣辯今欲辯之故作斯論問何故此中但說十想答此不應問以是佛經所說故佛於處處經中惟說十想作論者於佛所說中不能增一說十一想不能減一說於九想所以者何佛所說法無增減故不可增減如無增無減無多無少無缺無長無量無邊亦爾無量者義難測故無邊者文難了故譬如大海無量無邊無量者深無邊者廣假使百千那庾多數諸大論師如舍利子於佛所說二句經中造百千論分別解釋盡其覺性亦不能窮其邊量況復多耶問置作論者何故世尊但說十想答所化有情齊此所說事究竟故謂佛世尊凡所說法皆觀有情所應作事令善究竟齊此而止不增不減譬如良醫觀有病者隨應授藥不增不減佛亦如是有說世尊爲顯聖道聖道加行及聖道果故說十想謂說無常想無常苦想苦無我想死想則顯聖道說不淨想猒食想一切世間不可樂想則顯聖道加行說斷想離想滅想則顯

聖道果有說世尊爲顯聖道聖道資糧及聖道果故說十想此中配釋如前應知有說世尊爲顯奢摩他毗鉢舍那及二果故說於十想謂說不淨想猒食想一切世間不可樂想則顯奢摩他說無常想無常苦想苦無我想死想則顯毗鉢舍那說斷想離想滅想則顯彼二果有說世尊爲顯此岸彼岸及船栰故說於十想謂說不淨想猒食想一切世間不可樂想則顯此岸說斷想離想滅想則顯彼岸說無常想無常苦想苦無我想死想則顯船栰有說世尊爲顯諸蘊諸界過失及彼還滅果故說十想謂說無常想無常苦想苦無我想則顯諸蘊過失說不淨想猒食想則顯欲界過失說一切世間不可樂想則顯色界過失說死想則顯無色界過失說斷想離想滅想則顯彼還滅果有說世尊爲顯入正性離生離三界染及彼道果故說十想謂說無常想無常苦想苦無我想則顯入正性離生說不淨想猒食想則顯離欲界染以欲界有婬欲及段食欲於彼染習不能離欲界染故說一切世間不可樂想則顯離色界染以色界有生死中最勝喜受最勝樂受及第四靜慮最勝輕安樂於彼躭著不能離色界染故說死想則顯離無色界染以無色界壽量長遠於彼保著不能離無色界染故說斷想離想滅想則顯彼道果有說世尊爲顯近對治所治障故說於十想謂說無常想顯近對治於諸行中我慢障說無常苦想顯近對治懈怠障說苦無我想顯近對治我見障說不淨想顯近對治色貪障說猒食想顯近對治躭

美食障說一切世間不可樂想顯近對治貪著世間可愛事障說死想顯近對治恃命憍逸障說斷想顯近對治諸非法障說離想顯近對治染著障說滅想顯近對治所依障有說世尊為顯對治外道執見故說十想謂諸外道於無常蘊中多起常執對治彼故說無常想彼由於蘊起常執故便計為樂對治彼故說無常苦想彼由於蘊執有樂故便計有我對治彼故說苦無我想彼由執有我故便計有淨對治彼故說不淨想及猒食想彼由執有淨故便樂著生死對治彼故說一切世間不可樂想彼由著生死故便不求涅槃對治彼故說斷想離想滅想彼由不求涅槃故保愛壽命對治彼故說於死想有說世尊為顯猒逆過失遠離過失及證離彼所得功德故說十想謂說不淨想猒食想一切世間不可樂想則顯猒逆過失說無常想無常苦想苦無我想死想則顯遠離過失說斷想離想滅想則顯證離彼所得功德有說世尊為顯暫時斷究竟斷故說十想謂說不淨想猒食想一切世間不可樂想顯暫時斷說餘七想顯究竟斷如暫時斷究竟斷如是有影斷無影斷有餘斷無餘斷有縛斷無縛斷摧枝葉斷拔根本斷制伏纏斷害隨眠斷亦爾有說世尊為顯離三界染加行離三界染道離三界染故說十想謂說不淨想猒食想顯離欲界染加行說無常想顯離欲界染道說斷想顯離欲界染說一切世間不可樂想顯離色界染加行說無常苦想顯離色界染道說離想顯離色界染說死想顯離無色界染加行

說苦無我想顯離無色界染道說滅想顯離無色界染如是十想界分別者不淨想猒食想一切世間不可樂想欲色界餘三界及非界地者不淨想猒食想在十地謂欲界靜慮中間四靜慮及四近分一切世間不可樂想在七地謂欲界未至靜慮中間根本四靜慮餘七想有漏者在十一地謂欲界未至靜慮中間根本四靜慮四無色無漏者在九地謂未至靜慮中間根本四靜慮下三無色所依者不淨想猒食想一切世間不可樂想依欲界餘依三界行相者無常想作無常行相無常苦想作苦行相苦無我想作無我行相不淨想作不淨行相猒食想作猒逆行相一切世間不可樂想作不可樂行相死想作死行相斷想作斷行相離想作離行相滅想作滅

行相有說後三一切皆作滅靜妙離四種行相問死想亦通無漏云何聖道作死行相耶答死爲所緣故名死想然彼還作無常行相問若爾死想無常想有何差別有說觀察諸行最後無常此想名死想觀察諸行刹那無常此想名無常想有說觀察有執受諸行無常此想名死想觀察有執受無執受諸行無常此想名無常想有說於有情處轉名死想於法處轉名無常想問若猒食想作猒逆行相者彼不淨想亦作猒逆行相此二有何差別答不淨想猒逆於色猒食想猒逆於味有說不淨想對治婬貪猒食想對治食貪諸有欲令十六行相外無聖道者彼說無漏斷離滅想即作滅諦四種行相諸有欲令十六行相外有聖道者彼說無漏斷想即作斷行相

乃至無漏滅想即作滅行相所緣者無常想有漏者三諦爲所緣無漏者苦諦爲所緣無常苦想有漏者二諦爲所緣無漏者苦諦爲所緣苦無我想有漏者一切法爲所緣無漏者苦諦爲所緣然佛此中所說三想惟說緣苦諦非餘不淨想眼識爲加行所引發故色處爲所緣猒食想猒段食故香味觸處爲所緣有說此想亦眼識爲加行所引發故但以色處爲所緣一切世間不可樂想有說惟緣欲界以說此想對治緣世間可愛事貪欲此貪欲惟在欲界故此中有說惟緣世間可愛事有說亦緣可愛事所起貪欲問若惟緣欲界者云何名一切世間不可樂想答一切有二種一一切二少分一切此中說少分一切是故無過有說此想通緣三界以名一切世間不可樂想故問若爾何故說此想對治世間可愛事貪欲彼貪欲惟在欲界故答彼經顯示初起趣入加行故作是說若已數習成滿者亦能斷色無色界貪欲是故無過死想有說以最後剎那命根爲所緣有說以最後剎那命根無常爲所緣有說以最後剎那命根俱生五蘊爲所緣有說以最後剎那命根俱生五蘊無常爲所緣有說以一切衆同分命根爲所緣有說以一切衆同分命根無常爲所緣有說以一切衆同分命根俱生五蘊爲所緣有說以一切衆同分命根俱生五蘊無常爲所緣如是說者以最後命根俱生五蘊無常爲所緣斷想以斷爲所緣離想以離爲所緣滅想以滅爲所緣此後三想隨別如此即是皆以滅諦涅槃爲所緣義念住

者無常想無常苦想苦無我想四念住俱不淨想猒食想身念住俱一切世間不可樂想有說身念住俱有說法念住俱死想斷離滅想法念住俱智者無常想無常苦想苦無我想死想四智相應謂法智類智苦智世俗智不淨想猒食想一切世間不可樂想一智相應謂世俗智斷離滅想四智相應謂法智類智滅智世俗智三摩地者無常想無常苦想死想無漏者與苦無願三摩地相應苦無我想無漏者與空三摩地相應斷離滅想無漏者與無相三摩地相應不淨想猒食想一切世間不可樂想及餘七想中有漏者皆不與三摩地相應根者總說皆與三根相應謂樂喜捨根世者皆墮三世緣世者無常想無常苦想苦無我想緣三世不淨想猒食想一切世間不可樂想過去緣過去現在緣現在未來生者緣未來不生者緣三世死想有說緣三世有說緣未來斷離滅想緣非世善等者一切皆善緣善等者無常想無常苦想苦無我想不淨想緣善不善無記猒食想緣無記一切世間不可樂想有說緣三種有說緣不善無記死想有說緣無記有說緣三種所離滅想惟緣善三界繫不繫者不淨想猒食想一切世間不可樂想欲色界繫餘三界繫及不繫緣三界繫不繫者無常想無常苦想苦無我想死想緣三界繫不淨想猒食想緣欲界繫一切世間不可樂想有說緣欲界以說此想對治緣可愛事貪欲此貪欲惟在欲界故有說緣三界以此名一切世間不可樂想故如是說者初說爲善斷離滅想緣不繫學

等者不淨想猒食想一切世間不可樂想惟非學非無學餘通三種謂學無學非學非無學緣學等者一切皆緣非學非無學見所斷等者不淨想猒食想一切世間不可樂想惟修所斷餘通修所斷及不斷緣見所斷等者無常想無常苦想苦無我想緣見修所斷不淨想猒食想一切世間不可樂想緣修所斷死想有說緣修所斷有說緣見修所斷斷離滅想緣不斷緣名義者無常想無常苦想苦無我想通緣名義死想有說惟緣義有說通緣名義餘六想但緣於義緣自相續等者前七想緣自他相續後三想緣非相續加行得離染得生得者一切加行得離染得非生得有漏無漏者不淨想猒食想一切世間不可樂想惟有漏餘有漏無漏外國師說死想惟有漏所以者何非諸聖道作我當死行相轉故評曰如是說者應說此想有漏無漏以此想加行時雖作我等當死行相若成滿時即於彼境還作無常行相轉故緣有漏無漏者前七想緣有漏後三想緣無漏問此十想幾有漏緣無漏幾無漏緣有漏幾有漏緣有漏幾無漏緣無漏答三少分是有漏緣無漏四少分是無漏緣有漏三全四少分是有漏緣有漏三少分是無漏緣無漏問此十想幾非有漏非不緣有漏乃至廣作四句前第二句作此第一句前第一句作此第二句前第四句作此第三句前第三句作此第四句有爲無爲者一切皆是有爲緣有爲無爲者前七想緣有爲後三想緣無爲問此十想幾自性斷非所緣斷幾所緣斷非自性斷幾自性斷

亦所緣斷幾非自性斷亦非所緣斷答三少分自性斷非所緣斷四少分所緣斷非自性斷三全四少分亦自性斷亦所緣斷三少分非自性斷亦非所緣斷問此十想幾非自性斷非不所緣斷乃至廣作四句前第二句作此第一句前第一句作此第二句前第四句作此第三句前第三句作此第四句問此十想幾是轉幾是隨轉答三是轉謂不淨想猒食想死想餘七是隨轉問若爾何想轉時幾想隨轉答不淨想猒食想轉時各四想隨轉謂一切世間不可樂想及斷離滅想死想轉時七想隨轉謂無常想無常苦想苦無我想一切世間不可樂想及斷離滅想云何不淨想轉時四想隨轉謂修行者起不淨想時先往塚間觀不淨相所謂死屍青瘀膖脹膿爛或蟲獸食噉血肉狼藉支節分離或肉盡筋連惟觀骨鏁次第連接取是相已至一近處閉目思惟若皆分明現前者善若不明了當更往觀如此善觀不淨相已疾還所止洗足敷座結跏趺坐調滑身心令身心柔軟身心堪能身心無熱身心離蓋既令身心離諸蓋已取先外相以方已身如彼此亦爾如此彼亦爾謂我此身具有如前諸不淨相因於足骨以拄踝骨因於踝骨以拄脛骨因於脛骨以拄膝骨因於膝骨以拄髀骨因於髀骨以拄髖骨因於髖骨以拄腰骨因於腰骨以拄脊骨因於脊骨傍連肋骨又因手骨以拄肘骨因於肘骨以拄臂骨因於臂骨以拄肩骨因於肩骨以拄脊骨復因脊骨以拄項骨因於項骨以拄頷輪因於頷輪以拄齒鬘上有

髑髏於此身中骨鎖次第善取相已繫念眉間然其所樂有廣有畧若樂畧者即從眉間入身念住從身念住入受念住從受念住入心念住從心念住入法念住若樂廣者從眉間起復觀髑髏齒鬘頷輪次第觀察乃至足骨次由勝解作意力故令所觀骨鎖漸增漸廣遍滿一牀一房一院一僧伽藍一村一田一城一國乃至大海邊際所有大地皆為白骨周帀遍滿復以勝解作意力故從彼漸畧捨大地骨觀於一國捨一國觀一城乃至捨一房觀一牀復捨一牀所有骨相但觀身骨謂觀足骨次觀踝骨次觀脛骨乃至最後觀髑髏骨捨髑髏骨繫念眉間彼瑜伽師若於如是廣畧自在是名不淨觀成然此不淨觀有所緣少非自在少應作四句有所緣少非自在少謂但思惟自身骨鎖相而能數數入出彼觀有自在少非所緣少謂能思惟大地骨鎖相而不能數數入出彼觀有自在少亦所緣少謂但思惟自身骨鎖相亦不能數數入出彼觀有非自在少亦非所緣少謂能思惟大地骨鎖相亦能數數入出彼觀有此不淨觀有所緣無量非自在無量應作四句謂前第二句作此第一句前第一句作此第二句前第四句作此第三句前第三句作此第四句彼瑜伽師如是觀察不淨相已作是思惟生死諸行何可欣樂爾時便於欲色無色三界諸行都不貪樂由如此故彼先所修一切世間不可樂想便得圓滿彼由不欣樂生死故便欣樂涅槃由此因緣先所修習斷離滅想皆得圓滿如是不淨想轉時四想隨轉

云何猒食想轉時四想隨轉謂修行者起猒食想時觀手中若鉢中食從何而成知從穀等復觀穀等從何而來知從田中種子差别復觀種子由誰故生知由種種泥土糞穢如是觀已便作是念此食展轉從不淨生復能展轉生諸不淨誰有智者於中貪著又彼行者或常乞食或僧中食常乞食者晨朝澡漱嚼楊枝時於水作尿想於楊枝作指骨想著衣持鉢往聚落時於衣作濕人皮想於腰縚作人腸想於鉢作髑髏想於錫杖作脛骨想於道路間所見礫石作骸骨想旣至聚落見諸城壁作塚墓想見諸男女作骨鏁想於乞食時若得餠作人肚想若得麨作骨粖想若得鹽作人齒想若得飯作蛆蟲想若得諸菜作人髮想若得羹臛作下汁想若得乳酪作人腦想若得酥蜜作人脂膏想若得魚及肉作人肉想若得諸飲作人血想若得歡喜丸等作乾糞想其僧中食者若得淨草作死人髮想所處牀座作骨聚想於所得飲食作不淨想皆如前說問行者何故於飲食等作不淨想耶答彼作如是思惟我無始生死由於不淨作淨想故輪迴五趣受諸苦惱今欲違彼趣涅槃樂是故於中觀爲不淨復次彼行者作是念莫令我於飲食生淨想故增益貪心障礙聖道故於飲食作不淨想由不淨想便能猒離彼瑜伽師如是於食起猒想已作是思惟生死諸行何可欣樂便於三界諸行生猒由如此故彼先所修一切世間不可樂想便得圓滿彼由猒生死故便樂涅槃由此因緣先所修習斷離滅想皆得圓滿如是猒

食想轉時四想隨轉云何死想轉時七想隨轉謂修行者起死想時觀察諸法念念生滅彼於春時見諸卉木生華生葉鮮榮紅紺如妙寶色河池津液水漸盈滿魚鳥喧戲便作是念今外物生彼入聚落見諸男女歌舞跳躍飲食喜慶即前問之此何故爾答曰此處生男生女便作是念今內法生復於夏時見諸卉木柯條聳容華葉茂盛河池汎溢波濤輪轉沓沫淩岸便作是念此諸外法今已興盛彼入聚落見諸男女擊鼓吹貝歌舞歡笑車馬雜沓即前問之此何故爾答曰此中有嫁娶事便作是念此諸內法今已壯盛復於秋時見諸草木爲秋日所曝涼風所吹青色銷盡葉皆黃悴河池流水漸漸減縮便作是念此諸外物今已衰悴彼入聚落見諸男女髮白面皺扶杖而行身形曲僂咳逆上氣便作是念此諸內法今已衰老復於冬時見諸草木霜風飄擊葉皆在地摧折枯死河池流水漸皆竭盡乃至乾涸便作是念此諸外法今已復滅彼入聚落見諸男女被髮跳踊搥胷號叫宛轉在地即前問之此何故爾答曰此處父母死喪便作是念此諸內法今已復滅彼於如是內外無常善取相已還其所止洗足敷座結跏趺坐調滑身心令身心柔輭身心堪能身心無熱身心離蓋既令身心離諸蓋已內住其心修於死想謂如所見諸無常相觀察內身一期諸蘊結生時生乃至老死時滅復於一期有爾所位諸蘊各異捨餘隨觀一位諸蘊前生後滅復於一位有爾所歲諸蘊各異捨餘隨觀一歲諸蘊前生後滅

復於一歲有爾所時諸蘊各異捨餘隨觀一時諸蘊前生後滅復於一時有爾所月諸蘊各異捨餘隨觀一月諸蘊前生後滅復於一月有爾所晝夜諸蘊各異捨餘隨觀一晝夜蘊前生後滅復於一晝夜有爾所牟呼栗多諸蘊各異捨餘隨觀一牟呼栗多蘊前生後滅復於一牟呼栗多有爾所臘縛諸蘊各異捨餘隨觀一臘縛蘊前生後滅復於一臘縛有爾所怛剎那諸蘊各異捨餘隨觀一怛剎那蘊前生後滅復於一怛剎那有爾所剎那諸蘊各異以剎那最多故於中漸漸畧觀乃至觀蘊二剎那生二剎那滅是名生滅觀加行圓滿從此無間能觀諸蘊一剎那生一剎那滅是名生滅觀成爾時名爲死想圓滿以諸位滅即是死故彼修行者如是諦觀蘊生滅已便作是念世尊所說諸行無常誠爲善說以生滅即無常故如是行者死想轉時令先所修諸無常想皆得圓滿行者復觀諸蘊相續前剎那蘊由後剎那蘊所逼迫故生已即滅如是觀已便作是念世尊所說無常故苦誠爲善說以逼迫即是苦故如是行者死想轉時令先所修無常苦想而得圓滿行者復觀前剎那蘊纔滅後剎那蘊即生假使前蘊念言我今不滅後蘊念言我今不生彼於所欲皆不自在前蘊後所逼故必滅後蘊前所牽故必生如是觀已便作是念世尊所說苦無我想誠爲善說以不自在即無我故如是行者死想轉時令先所修苦無我想而得圓滿行者復觀諸行生滅不自在故於空行聚中不生貪樂由此便於三界諸行不生樂

著如是死想轉時令先所修一切世間不可樂想而得圓滿彼修行者既於生死不樂著故便樂涅槃如是死想轉時令先所修斷離滅想皆得圓滿由此故說死想轉時七想隨轉問修諸想時有勝解作意有眞實作意彼勝解作意所觀不實何非顛倒答彼修行者知非眞實不生實執故非顛倒問若知不實何故猶作答爲伏煩惱是故須作問此若不實云何能伏煩惱答由作彼想便能制伏如於餘女作母想時不生貪染於怨憎所作親想時不生瞋恚於下人所作尊想時不生憍慢此亦如是故須觀察

阿毗達磨大毗婆沙論卷第一百六十六 說一切有部發智

音釋

評蒲兵切品論也 死屍屍書之切 青瘀瘀依倨切血氣壅積也 胮脹胮匹絳切脹知亮切 膿爛膿奴冬切腫血也爛落旰切腐爛也 狼藉狼魯當切藉秦昔切狼藉離披雜亂貌 筋連筋舉欣切骨絡也 骨鏁鏁蘇果切連瑣也 拄踝拄知庾切支也踝胡瓦切足骨也 脛膝脛胡定切脚脛也膝息七切脛頭節也 䏶髖䏶部禮切股也髖苦官切髀上也 脊肋脊資昔切背呂也肋盧得切脇骨也 肘臂肘陟柳切臂節也臂必至切脘也 項頷項胡講切頸後也頷户感切頤頷也 鬘莫班切 髑髏髑徒谷切髏落侯切髑髏頂骨也 澡漱澡子皓切洗滌也漱蘇奏切蕩口也 嚼在爵切咀嚼也 尿奴弔切 腰縚腰於霄切髂也縚土刀切編絲繩也 骸雄皆切百骸也 麨粖麨尺沼切乾糧也粖莫結切糜碎也 蛆七余切細蟲也 羹臛羹居行切臛黑各切肉羹也 卉木卉詡鬼切草之總名也 跳躍跳他弔切越也躍弋約切踊躍也 汎溢汎芳梵切浮也溢弋質切滿溢也 查沫查鉏加切水中浮木也沫莫葛切水沫也 曝步木切日乾也 減縮減古斬切損也縮所六切退也 皺側救切皺也 僂隴主切俯也

阿毗達磨大毗婆沙論卷第一百六十七

五百大阿羅漢等造

唐三藏法師玄奘奉詔譯

定蘊第七中攝納息第三之二

無常想等攝幾靜慮等耶答無常想攝四靜慮四無色四解脫乃至廣說問何故作此論答欲止他宗義顯已義故如分別論者許他性攝遮自性攝令止彼意許自性攝遮他性攝故作斯論問何故此中不說想還攝想答是作論者意欲爾故乃至廣說有說此中應作是問無常想等攝幾想等耶答無常想攝無常想乃至一切世間不可樂想攝一切世間不可樂想應作是說而不說者當知此義有餘有說此中欲成立未成立義想還攝想不待成立是故不說問若爾後文亦不應說初靜慮等還攝初靜慮等有說靜慮等攝多法體非於多法自性攝義不說自成想惟一法是故非難有說彼亦不應說靜慮等攝靜慮等而說者欲現種種文種種說由種種文種種說莊嚴於義義則易解有說爲現二門二畧二階二炬二明二光二種文影如不說想攝想如是亦應不說靜慮攝靜慮等如後說靜慮攝靜慮等如是亦應說想攝想欲令彼此二義俱通故作二文互相影發有說此中辯攝及相應義以想對想但有攝義無相應義是故不說此不應理於智等持亦不應說無相應故應作是說想自性無雜於攝易了是故不說智與等持或自性有雜或行相有雜於攝難了是故則說無常想攝四靜慮者此即總說然諸靜慮皆五蘊性此無常想

惟攝想蘊不攝餘蘊於想蘊中惟攝無常想不攝餘想於無常想中過去攝過去未來攝未來現在攝現在有漏攝有漏無漏攝無漏學攝學無學攝無學非學非無學攝非學非無學退法攝退法乃至不動法攝不動法於中在初靜慮者攝初靜慮乃至在第四靜慮者攝第四靜慮是故總說攝四靜慮如說攝四靜慮攝四無色四解脫亦爾差别者四無色四解脫四蘊爲性餘想隨應亦准此說然諸想皆以想爲自性故皆不攝智三摩地第八解脫問無常想亦通欲界繫此中何故不說答應說而不說者當知此義有餘有說無常想在欲界者是加行非根本此中惟說根本是故不說有說令此定蘊惟說定地法故不說欲界有說此中以十想對靜慮等門爲問欲界非靜慮等門是故不說餘想不說義亦同此如無常想無常苦想苦無我想死想斷想離想滅想亦爾皆在八等至通有漏無漏故此七想以所緣行相異故不攝初三解脫八勝處十遍處及無量不淨想攝第三第四靜慮初二解脫問四靜慮中皆有不淨想何故惟說攝第三第四靜慮耶答亦應說攝初第二靜慮而不說者當知此義有餘有說若說攝初二解脫當知已說攝初二靜慮以初二解脫在初二靜慮故有說此中舉後顯初舉離喜地顯有喜地故有說初二靜慮無不淨想是故不說所以者何彼二地皆有喜根一切喜根欣歡行轉不淨想猒慼行轉非一心中二行轉故問若爾此想所攝初二解脫在何地耶答在二近分非根本地亦與喜

受相違故問若爾後文不應說初二靜慮攝初二解脫前四勝處答彼說靜慮亦攝眷屬如說城邑亦攝城邑邊問若爾不應說不淨想攝第三靜慮以彼地有樂受亦與不淨想相違故答第三靜慮言亦攝眷屬非根本地是故無過若爾此中亦應說不淨想攝初二靜慮以汝俱許在近分地無差別故如是說者初二靜慮根本地中亦有不淨想及初二解脫若謂無者應無有能離此地染以此地有增上喜動踊其心若無不淨想初二解脫制伏彼者諸瑜伽師豈能離彼地染又彼亦應無苦集忍智以彼猒行轉故由此亦應無無常想無常苦想問云何喜受作猒行轉耶答能自在猒故亦生喜即生喜時於彼亦猒如勝怨時亦猒亦喜有說如王與將士摧怨

敵已共受喜樂如是行者以不淨想等摧欲界已於初靜慮等共受喜樂有說初靜慮中初二解脫及不淨想對治欲界鼻舌二識第二靜慮初二解脫及不淨想對治初靜慮眼耳身識是故初二靜慮中定有初二解脫及不淨想然此中畧故不說不淨想攝初二靜慮有說不淨想實在四靜慮然此惟說攝第三第四靜慮者以第三靜慮有生死中殊勝受樂第四靜慮有生死中殊勝輕安樂難猒難捨故於是中說不淨想初二靜慮中無如是樂故不說攝問何故不淨想但說攝初二解脫不說攝前四勝處耶答不淨想是初修總觀與初二解脫相似故攝勝處是後起別觀故不相攝如不淨想猒食想亦爾問猒食想非解脫自性云何亦攝初二解脫答此文

但應說猒食想攝第三第四靜慮而說如不淨想者欲顯猒食想以不淨想爲加行說猒食想及加行故說如不淨想有說猒食想與不淨想相雜相引有相攝義是故說攝如不淨想有說猒食想亦作不淨行轉如說若得飯時作蟲蛆想乃至廣說是故亦攝初二解脫俱觀色處不淨轉故問若猒食想與不淨想俱觀色處不淨轉者世尊所說猒食想不淨想何差别答體實無别但以所對治愛有差别故建立二想謂不淨想對治婬欲愛猒食想對治段食愛評曰不應作如是說佛所安立十想各各異故又段食愛緣段食起香味觸處是段食性若許此想對治彼愛云何說同不淨想觀色處故攝初二解脫耶是故應知初說爲善此二想所緣行相及地異故

不攝餘解脫勝處及遍處無量一切世間不可樂想攝第三第四靜慮問初第二靜慮亦有此想何故不說攝耶答此文應說攝四靜慮而但說攝後二者當知此義有餘有說此中舉後顯初有說上二靜慮是殊勝可愛樂地以有最勝受樂及最勝輕安樂故於如是地說有此想顯修行者於勝樂地中尚能起不可樂想況於餘處是故惟說攝此二地有說初靜慮爲尋伺風所動第二靜慮爲極喜水所漂雖有不淨猒食一切世間不可樂想而不明淨後二靜慮與此相違故說攝彼此想所緣行相及地異故不攝一切解脫勝處遍處無量初靜慮等攝幾靜慮等耶答初靜慮攝初靜慮四無量初二解脫前四勝處八智三三摩地第二靜慮攝第二靜慮四無量

初二解脫前四勝處八智三三摩地第三靜慮攝第三靜慮三無量八智三三摩地第四靜慮攝第四靜慮三無量淨解脫後四勝處前八遍處八智三三摩地此中四靜慮皆以自根本地五蘊爲性故得攝此諸門功德應知皆是自性攝非他性攝慈無量等攝幾無量等耶答慈攝慈世俗智乃至捨攝捨世俗智此中四無量皆以俱生品諸蘊爲性故得攝世俗智總緣有情爲境故不攝解脫勝處遍處及他心智有漏故不攝餘智三三摩地空無邊處等攝幾無色等耶答空無邊處攝空無邊處及彼解脫彼遍處六智三三摩地識無邊處攝識無邊處及彼解脫彼遍處六智三三摩地無所有處攝無所有處及彼解脫六智三三摩地非想非非想處攝非想非非想處及彼解脫滅想受解脫世俗智此中四無色皆以自根本地四蘊爲性故得攝此所有功德六智者除法智他心智此二不依無色地故初解脫等攝幾解脫等耶答初第二第三解脫攝初第二第三解脫世俗智空無邊處解脫攝空無邊解脫及彼遍處六智三三摩地識無邊處解脫攝識無邊處解脫及彼遍處六智三三摩地無所有處解脫攝無所有處解脫六智三三摩地非想非非想處解脫攝非想非非想處解脫世俗智滅想受解脫攝滅想受解脫此中前三解脫皆以俱生品五蘊爲性故得攝世俗智是初總觀故不攝勝處遍處是有漏故不攝餘智三三摩地緣色故不攝他心智四無色解脫各以自地加行善四蘊爲性是故得攝後二遍處

及六智三三摩地初勝處等攝幾勝處等耶答初勝處攝初勝處世俗智乃至第八勝處攝第八勝處世俗智此中八勝處皆以俱生品五蘊爲性故得攝世俗智勝處是中觀故不攝遍處有漏故不攝餘智三三摩地緣色故不攝他心智初遍處等攝幾遍處等耶答初遍處攝初遍處世俗智乃至第十遍處攝第十遍處世俗智此中十遍處皆以俱生品五蘊四蘊爲性故得攝世俗智有漏故不攝餘智三三摩地緣色及地異故不攝他心智法智等攝幾智等耶答法智攝法智五智少分乃至廣說法智攝法智者法智在六地謂未至定靜慮中間及四靜慮未至定攝未至定乃至第四靜慮攝第四靜慮又法智在三道謂見道修道無學道見道攝見道乃至無學道攝無學道又法智緣四諦苦法智攝苦法智乃至道法智攝道法智又法智在四道謂加行無間解脫勝進道加行道攝加行道乃至勝進道攝勝進道又法智墮三世過去攝過去未來攝未來現在攝現在於中乃至此剎那攝此剎那彼剎那攝彼剎那此中總說故但言法智攝法智攝五智少分者謂法智亦攝他心智四諦智少分他心智通有漏無漏此惟攝無漏無漏中有法智類智此惟攝法智故言少分四諦智各通法智類智此惟攝法智故言少分類智攝類智五智少分者如法智說差別者此在九地他心智攝他心智者他心智在四根本靜慮初靜慮攝初靜慮乃至第四靜慮攝第四靜慮又他心智通有漏無漏有漏攝有漏無漏攝無漏又他

心智有法智類智法智攝法智類智攝類智又他心智有學無學非學非無學攝學乃至非學非無學攝非學非無學又他心智墮三世過去攝過去未來攝未來現在攝現在於中乃至此刹那攝此刹那彼刹那攝彼刹那此中總說故但言他心智攝他心智攝四智少分者謂他心智亦攝法智類智世俗智道智少分法智類智各緣四諦此惟攝緣道諦少分故言少分世俗智在十八地謂欲界靜慮中間四靜慮四無色及彼近分此惟攝四靜慮於四靜慮中有善染汚無覆無記此惟攝善於善中有生得聞所成修所成此惟攝修所成於修所成中有加行無間解脫勝進道此惟攝勝進道於勝進道中有順退分順住分順勝進分順決擇分此惟攝順住分於順住分中有緣過去未來現在及離世此惟攝緣現在於緣現在中有緣自相續緣他相續此惟攝緣他相續緣他相續中有緣心心所有緣五蘊此惟攝緣心心所緣心心所中有緣一法有緣多法此惟攝緣一法緣一法中有是他心智有非他心智此惟攝他心智由如是義故言少分道智在九地謂未至定靜慮中間四靜慮三無色此惟攝四靜慮於四靜慮中有見道修道無學道此惟攝修道無學道於此二中有加行無間解脫勝進道此惟攝勝進道於勝進道中有緣過去未來現在此惟攝緣現在於緣現在中有緣自相續有緣他相續此惟攝緣他相續於緣他相續中有緣心心所法有緣五蘊此惟攝緣心心所法於緣心心所法中有緣一法有緣多

法此惟攝緣一法於緣一法中有是他心智有非他心智此惟攝他心智由如此義故言少分世俗智攝世俗智者世俗智在十八地如前說欲界攝欲界乃至非想非非想處攝非想非非想處又世俗智有善染汚無覆無記善攝善乃至無覆無記攝無覆無記於善中有加行得離染得生得加行得攝加行得乃至生得攝生得復有順退分乃至順決擇分順退分攝順退分乃至順決擇分攝順決擇分復有加行道乃至勝進道加行道攝加行道乃至勝進道攝勝進道復有過去未來現在過去攝過去乃至現在攝現在於中乃至此剎那攝此剎那彼剎那攝彼剎那此中總說故言世俗智攝世俗智一智少分者謂世俗智亦攝他心智少分他心智通有漏無漏此惟攝有漏故言少分苦智攝苦智者苦智在九地在三道在四道墮三世墮剎那隨在何地何道墮何世何剎那即彼地彼道彼世彼剎那攝此中總說故言苦智攝苦智二智少分者謂苦智亦攝法智類智少分法智類智各緣四諦此惟攝緣苦諦故言少分集智攝集智二智少分滅智攝滅智二智少分者皆如苦智說道智攝道智者亦如苦智說三智少分者謂道智亦攝法智類智他心智少分法智類智各緣四諦此惟攝緣道諦他心智通有漏無漏此惟攝緣無漏故言少分空三摩地等攝幾三摩地耶言空攝空無願攝無願無相攝無相空三摩地緣苦諦二行相轉無願三摩地緣三諦十行相轉無相三摩地緣滅諦四行相轉於中一一行相皆在

九地在三道在四道墮三世墮剎那墮何行相在何地何道墮何世何剎那即彼行相彼地彼道彼世彼剎那攝此中總說故言空攝空乃至無相攝無相三三摩地雖通有漏此中依解脫門說故惟攝無漏如攝可得亦爾由自體於自體可得是攝義故謂自體於自體是有自體於自體是實自體於自體是現有是不異是不外是不相離是不解脫是無差別是不空是不無非客非遠非二非諍諸如是等皆是可得義故諸法自體攝自體非如以手攝食以指攝衣但一切法障礙自體令究竟不捨故名爲攝有餘師說此自體攝有四種謂各別界各別物各別剎那各別相續各別界者謂眼界攝眼界乃至法界攝法界各別物者謂法界中有七物即色受想行及三無爲色攝色乃至非擇滅攝非擇滅各別剎那者謂色中有過去未來現在過去攝過去乃至現在攝現在各別相續者謂現在色有墮自相續有墮他相續自相續攝自相續他相續攝他相續由此理趣餘應准知故言如攝可得亦爾攝與可得義無異故無常想等與幾靜慮等相應耶答無常想與四靜慮四無色四解脫四智一三摩地相應乃至廣說問何故作此論答爲止愚於相應法執相應法非實有者意顯相應法是實有故而作斯論無常想與四靜慮相應者四靜慮皆五蘊性此想與彼二蘊全一蘊少分相應與四無色四解脫相應者四無色及四無色解脫皆四蘊性此想與彼二蘊全一蘊少分相應與四智相應者謂與法智類智世俗智苦

智相應一三摩地相應者謂緣苦無願如無常想無常苦想苦無我想死想斷想離想滅想亦爾者此依皆與四智一三摩地相應數同故言亦爾於中一切同者謂死想行相異而名同者謂無常苦想智名同餘不同者謂苦無我想與空三摩地相應故惟有數同餘皆不同者謂斷離滅想與滅智無相三摩地相應故不淨想與後二靜慮初二解脫世俗智相應者此想與四靜慮相應而但言後二靜慮相應者如攝中說如不淨想猒食想亦爾者此想實不與初二解脫相應而說與相應者亦如攝中說一切世間不可樂想與後二靜慮世俗智相應者此想亦與四靜慮相應而但言與後二相應者亦如攝中說初靜慮等與幾靜慮等相應耶答初靜慮與初靜慮四無量初二解脫前四勝處八智三三摩地相應第二靜慮與第二靜慮四無量初二解脫前四勝處八智三三摩地相應第三靜慮與第三靜慮三無量八智三三摩地相應第四靜慮與第四靜慮三無量淨解脫後四勝處前八遍處八智三三摩地相應此中四靜慮皆以自地五蘊爲性一一地俱生四蘊展轉相應故言初靜慮與初靜慮乃至第四靜慮與第四靜慮相應非自性與自性有相應義又以一一靜慮攝多法故得與諸無量等功德相應三無量者除喜無量後二靜慮無喜根故諸有欲令喜無量不以喜受爲自性者亦說此與喜受相應故彼二地惟三無量慈無量等與幾無量等相應耶答慈與慈世俗智相應乃至捨與捨世俗智相應慈等

雖以無瞋善根等爲自性而此中所說總攝自性相應俱有爲慈等體故說慈與慈相應乃至捨與捨相應即是俱生四蘊互相應義空無邊處等與幾無色等相應耶答空無邊處與空無邊處及彼解脫彼遍處六智三三摩地相應識無邊處與識無邊處及彼解脫彼遍處六智三三摩地相應無所有處與無所有處及彼解脫六智三三摩地相應非想非非想處與非想非非想處及彼解脫世俗智相應此中四無色皆以自地四蘊爲性一一地俱生四蘊展轉相應故言空無邊處與空無邊處乃至非想非非想處與非想非非想處相應又以一一無色攝多法故得與餘所說功德相應六智者如攝中說初解脫等與幾解脫等相應耶答初第二第三解脫與初第二第三解脫世俗智相應空無邊處解脫與空無邊處解脫及彼遍處六智三三摩地相應識無邊處解脫與識無邊處解脫及彼遍處六智三三摩地相應無所有處解脫與無所有處解脫六智三三摩地相應非想非非想處解脫與非想非非想處解脫世俗智相應滅想受解脫非相應前三解脫雖皆以無貪善根爲自性而此中所說總以自性相應俱有法爲體故說初第二第三解脫與初第二第三解脫相應即是俱生四蘊互相應義四無色解脫如四無色說滅想受解脫雖有多法如心心所不相離俱時起而無所依所緣行相同義故非相應初勝處等與幾勝處等相應耶答初勝處與初勝處世俗智相應乃至第八勝處與第八勝處世俗智相

應此中八勝處雖皆無貪善根爲自性而此中所説總以自性相應俱有法爲體故説初勝處與初勝處乃至第八勝處與第八勝處相應初遍處等與幾遍處等相應耶答初遍處與初遍處世俗智相應乃至第十遍處與第十遍處世俗智相應前八遍處雖以無貪善根爲自性此中所説總以自性相應俱有法爲體後二遍處總以俱生四蘊爲性故言初遍處與初遍處乃至第十遍處與第十遍處相應法智等與幾三摩地相應耶答法智與三三摩地少分相應乃至廣説法智與三三摩地少分相應者此智不與類智及一切忍俱三三摩地相應故言少分如法智類智亦爾者此智不與法智及一切忍俱三三摩地相應故言亦爾他心智與一三摩地少分相應者此智與苦集滅智及他心智所不攝道智并一切忍俱三摩地不相應故言少分即是與一縁道無願三摩地少分相應義如他心智集滅道智亦爾者此依數同故説亦爾然集智惟與縁集無願三摩地少分相應滅智惟與無相三摩地少分相應道智惟與縁道無願三摩地少分相應皆除忍俱三摩地故苦智與二三摩地少分相應者此智惟與智俱空三摩地及苦智俱無願三摩地相應故言少分三三摩地門不別説相應者對前諸門具已説故於自門中無相應故

阿毗達磨大毗婆沙論卷第一百六十七說一切有部發智

阿毗達磨大毗婆沙論卷第一百六十八

五百大阿羅漢等造

唐三藏法師玄奘奉詔譯

定蘊第七中攝納息第三之三

若成就初靜慮等乃至廣說問何故作此論答爲止撥無成就不成就性者意顯成就不成就性是實有故而作斯論若成就初靜慮等彼於四靜慮等幾成就幾不成就荅若成就初靜慮彼於四靜慮或一二三四一者謂梵世愛未盡此即異生聖者生欲界梵世若生欲界於初靜慮惟離染得故成就若生梵世於初靜慮有離染得有生得故成就彼梵世愛未盡故不成就上三靜慮二者謂梵世愛盡上愛未盡此即異生聖者生欲界梵世及聖者生極光淨若生欲界於初二靜慮惟離染得故成就若生梵世於初靜慮有離染得有生得故成就於第二靜慮惟離染得故成就若生極光淨於初靜慮惟成就無漏非有漏以越地捨故於第一靜慮惟離染得故成就彼極光淨愛未盡故不成就上二靜慮三者謂極光淨愛盡上愛未盡此即異生聖者生欲界梵世及聖者生極光淨遍淨若生欲界於下三靜慮惟離染得故成就若生梵世於初靜慮有離染得有生得故成就於第二第三靜慮惟離染得故成就若生極光淨於初靜慮惟成就無漏於第二第三靜慮惟離染得故成就若生遍淨於初二靜慮惟成就無漏於第三靜慮惟離染得故成就彼遍淨愛未盡故不成就第四靜慮四者謂遍淨愛盡此即異生聖者生欲界梵世及聖者生

極光淨乃至非想非非想處若生欲界於四靜慮皆惟離染得故成就若生梵世於初靜慮有離染得有生得故成就於上三靜慮惟離染得故成就若生極光淨於初靜慮惟成就無漏於上三靜慮惟離染得故成就若生遍淨於初二靜慮惟成就無漏於第三第四靜慮惟離染得故成就若生廣果於下三靜慮惟成就無漏於第四靜慮惟離染得故成就若生無色界於四靜慮惟成就無漏於四無量或無或三或四無者謂生無色界此即聖者生彼四地成就無漏初靜慮非四無量以越界捨故三者謂生遍淨廣果此即聖者生彼二地成就無漏初靜慮及三無量除喜以越地捨故四者謂生欲界梵世極光淨此即異生聖者生欲界梵世及聖者生極光淨若生欲界梵世成就有漏無漏初靜慮及四無量若生極光淨成就無漏初靜慮及四無量於四無色或無或一二三四無者謂色愛未盡此即異生聖者欲愛盡色愛未盡故成就初靜慮非無色一者謂色愛盡上愛未盡此即異生聖者生欲界梵世及聖者生極光淨乃至空無邊處彼皆成就初靜慮及一無色若生欲界梵世成就有漏無漏初靜慮初無色若生極光淨乃至空無邊處成就無漏初靜慮有漏無漏初無色彼上愛未盡故不成就上三無色二者謂空無邊處愛盡上愛未盡此即異生聖者生欲界梵世及聖者生極光淨乃至識無邊處彼皆成就初靜慮及二無色若生欲界梵世成就有漏無漏初靜慮初二無色若生極光淨乃至空無邊處成

就無漏初靜慮有漏無漏初二無色若生識無邊處成就無漏初靜慮初無色有漏無漏第二無色彼上愛未盡故不成就上二無色三者謂識無邊處愛盡上愛未盡此即異生聖者生欲界梵世及聖者生極光淨乃至無所有處彼皆成就初靜慮及三無色若生欲界梵世成就有漏無漏初靜慮初三無色若生極光淨乃至空無邊處成就無漏初靜慮有漏無漏初三無色若生識無邊處成就無漏初靜慮初無色有漏無漏第二第三無色若生無所有處成就無漏初靜慮初二無色有漏無漏第三無色彼上愛未盡故不成就上一無色四者謂無所有處愛盡此即異生聖者生欲界梵世及聖者生極光淨乃至非想非非想處彼皆成就初靜慮及四無色若生欲界梵世成就有漏無漏初靜慮三無色有漏一無色若生極光淨乃至空無邊處成就無漏初靜慮有漏無漏三無色有漏一無色若生識無邊處成就無漏初靜慮一無色有漏無漏二無色有漏一無色若生無所有處成就無漏初靜慮二無色有漏無漏一無色有漏一無色若生非想非非想處成就無漏初靜慮三無色有漏一無色於八解脫或無或一二三四五六七八無者謂生遍淨即彼愛未盡此即聖者生遍淨成就無漏初靜慮而不成就解脫初二解脫越地捨故後六解脫未離遍淨染未得故是故言無一者謂生遍淨即彼愛盡上愛未盡若生廣果即彼愛未盡若生空無邊處即彼愛未盡此即聖者生彼諸地成就無漏初靜慮及一解脫此

中若生遍淨即彼愛盡上愛未盡彼成就淨解脫非餘前二越地捨故後五未得故若生廣果即彼愛未盡彼亦成就淨解脫非餘如前釋若生空無邊處即彼愛未盡彼成就有漏無漏空無邊處解脫非餘前三越地捨故後四未得故二者謂生欲界梵世極光淨遍淨愛未盡若生遍淨廣果廣果愛盡上愛未盡若生空無邊處即彼愛盡上愛未盡若生識無邊處即彼愛未盡此即異生聖者生欲界梵世及聖者生極光淨乃至識無邊處彼皆成就初靜慮及二解脫於中若生欲界梵世遍淨愛未盡彼成就有漏無漏初靜慮及初二解脫非餘未得故若生極光淨遍淨愛未盡彼成就無漏初靜慮餘如前說若生遍淨廣果廣果愛盡上愛未盡彼成就無漏初靜慮及第三解脫有漏無漏第四解脫非餘初二已捨故後四未得故若生空無邊處即彼愛盡上愛未盡彼成就無漏初靜慮及有漏無漏第四第五解脫非餘初三已捨故後三未得故若生識無邊處即彼愛未盡彼成就無漏初靜慮及無漏第四解脫有漏無漏第五解脫非餘如前釋三者謂生欲界梵世極光淨遍淨愛盡上愛未盡若生遍淨廣果空無邊處愛盡上愛未盡若生空識無邊處識無邊處愛盡上愛未盡若生無所有處即彼愛未盡此即異生聖者生欲界梵世及聖者生極光淨乃至無所有處皆成就初靜慮及三解脫於中若生欲界梵世遍淨愛盡上愛未盡彼成就有漏無漏初靜慮及前三解脫非餘未得故若生極光淨遍淨愛盡上愛

未盡彼成就無漏初靜慮餘如前說若生遍淨廣果空無邊處愛盡上愛未盡彼成就無漏初靜慮及第三解脫有漏無漏第四第五解脫非餘前二已捨故後三未得故若生空無邊處識無邊處愛盡上愛未盡彼成就無漏初靜慮有漏無漏初三無色解脫非餘前三已捨故後二未得故若生識無邊處即彼愛盡上愛未盡彼成就無漏初靜慮第四解脫有漏無漏第五第六解脫非餘如前說若生無所有處即彼愛未盡彼成就無漏初靜慮第四第五解脫有漏無漏第六解脫非餘如前說四者謂生欲界梵世極光淨廣果愛盡上愛未盡若生遍淨廣果識無邊處愛盡上愛未盡若生空識無邊處無所有處無所有處愛盡若生非想非非想處不得滅盡定

此即異生聖者生欲界梵世及聖者生極光淨乃至非想非非想處皆成就初靜慮及四解脫於中若生欲界梵世廣果愛盡上愛未盡彼成就有漏無漏初靜慮及前三解脫有漏無漏第四解脫非餘未得故若生極光淨廣果愛盡上愛未盡彼成就無漏初靜慮餘如前說若生遍淨廣果識無邊處愛盡上愛未盡彼成就無漏初靜慮及第三解脫有漏無漏初三無色解脫非餘前二已捨故後二未得故若生空無邊處無所有處愛盡彼成就無漏初靜慮有漏無漏初三無色解脫并第七解脫非餘前三已捨故後一未得故若生識無邊處無所有處愛盡彼成就無漏初靜慮第四解脫有漏無漏第五第六解脫并第七解脫非餘如前說若生無所有處即彼

愛盡彼成就無漏初靜慮及第四第五解脫有漏無漏第六解脫并第七解脫非餘如前說若生非想非非想處不得滅盡定彼成就無漏初靜慮三無色解脫并第七解脫非餘前三已捨故後一未得故或已捨故五者謂生欲界梵世極光淨空無邊處愛盡上愛未盡若生遍淨廣果無所有處愛盡不得滅盡定若生非想非非想處得滅盡定此即異生聖者生欲界梵世及聖者生極光淨遍淨廣果非想非非想處皆成就初靜慮及五解脫於中若生欲界梵世空無邊處愛盡上愛未盡彼成就有漏無漏初靜慮及前三解脫有漏無漏第四第五解脫非餘未得故若生極光淨空無邊處愛盡上愛未盡彼成就無漏初靜慮餘如前說若生遍淨廣果無所有處愛盡不得滅盡定彼成就無漏初靜慮及第三解脫有漏無漏初三無色解脫并第七解脫非餘前二已捨故後一不得故若生非想非非想處得滅盡定彼成就無漏初靜慮初三無色解脫及後二解脫非餘已捨故六者謂生欲界梵世極光淨識無邊處愛盡上愛未盡若生遍淨廣果得滅盡定此即異生聖者生欲界梵世及聖者生極光淨遍淨廣果皆成就初靜慮及六解脫於中若生欲界梵世識無邊處愛盡上愛未盡彼成就有漏無漏初靜慮及前三解脫有漏無漏初三無色解脫非餘未得故若生極光淨識無邊處愛盡上愛未盡彼成就無漏初靜慮餘如前說若生遍淨廣果得滅盡定彼成就無漏初靜慮及第三解脫有漏無漏初三無色解脫并

後二解脱非餘已捨故七者謂生欲界梵世極光淨無所有處愛盡不得滅盡定此即異生聖者生欲界梵世及聖者生極光淨皆成就初靜慮及七解脱於中若生欲界梵世無所有處愛盡不得滅盡定彼成就有漏無漏初靜慮及前三解脱有漏無漏初三無色解脱并第七解脱非第八未得故若生極光淨無所有處愛盡不得滅盡定彼成就無漏初靜慮餘如前説八者謂生欲界梵世極光淨得滅盡定此即聖者生欲界梵世極光淨皆成就初靜慮及八解脱於中若生欲界梵世得滅盡定彼成就有漏無漏初靜慮及一切八解脱若生極光淨得滅盡定彼成就無漏初靜慮及一切八解脱於八勝處或無或四或八無者謂生遍淨即彼愛未盡若生無色界此即聖者生遍淨及無色界俱成就無漏初靜慮非八勝處以生遍淨即彼愛未盡者前四已捨後四未得故生無色界者皆已捨故四者謂生欲界梵世極光淨遍淨愛未盡若生遍淨即彼愛盡若生廣果此即異生聖者生欲界梵世及聖者生極光淨遍淨廣果皆成就初靜慮及四勝處於中若生欲界梵世遍淨愛未盡彼成就有漏無漏初靜慮及前四勝處非餘未得故若生極光淨遍淨愛未盡彼成就無漏初靜慮餘如前説若生遍淨即彼愛盡及生廣果彼成就無漏初靜慮及後四勝處非餘已捨故八者謂生欲界梵世極光淨遍淨愛盡此即異生聖者生欲界梵世及聖者生極光淨皆成就初靜慮及八勝處於中若生欲界梵世遍淨愛盡彼成就

有漏無漏初靜慮及八勝處若生極光淨遍淨愛盡彼成就無漏初靜慮及八勝處於十遍處或無或一二八九十無者謂生欲界梵世極光淨遍淨遍淨愛未盡若生無所有處非想非非想處此即異生聖者生欲界梵世及聖者生極光淨遍淨後二無色皆成就初靜慮非十遍處於中若生欲界梵世遍淨愛未盡彼成就有漏無漏初靜慮非十遍處未得故若生極光淨遍淨遍淨愛未盡彼成就無漏初靜慮非十遍處未得故若生後二無色彼成就無漏初靜慮非十遍處已捨故一者謂生空無邊處即彼愛未盡若生識無邊處此即聖者生彼二地俱成就無漏初靜慮及一遍處於中若生空無邊處即彼愛未盡彼成就一空無邊處遍處非餘前八已捨故後一未得故若生識無邊處彼成就一識無邊處遍處非餘已捨故二者謂生空無邊處即彼愛盡此即聖者生彼成就無漏初靜慮及後二遍處非餘已捨故八者謂生欲界梵世極光淨遍淨遍淨愛盡上愛未盡若生廣果即彼愛未盡此即異生聖者生欲界梵世及聖者生極光淨遍淨廣果皆成就初靜慮及前八遍處於中若生欲界梵世遍淨愛盡上愛未盡彼成就有漏無漏初靜慮及前八遍處非餘未得故若生極光淨遍淨遍淨愛盡上愛未盡及生廣果即彼愛未盡彼成就無漏初靜慮餘如前說九者謂生欲色界色愛盡上愛未盡此即異生聖者生欲界梵世及聖者生極光淨遍淨廣果皆成就初靜慮及前九遍處於中若生欲界梵世色愛盡上

愛未盡彼成就有漏無漏初靜慮及前九遍處非第十未得故若生極光淨遍淨廣果色愛盡上愛未盡彼成就無漏初靜慮餘如前說十者謂生欲色界空無邊處愛盡此即異生聖者生欲界梵世及聖者生極光淨遍淨廣果皆成就初靜慮及十遍處於中若生欲界梵世空無邊處愛盡彼成就有漏無漏初靜慮及十遍處若生極光淨遍淨廣果空無邊處愛盡彼成就無漏初靜慮及十遍處於八智或二四五六七八二者謂異生及苦法忍位此中異生及先離欲染依未至定苦法忍位成就有漏初靜慮若依上五地苦法忍位成就有漏無漏初靜慮彼一切皆成就二智謂他心智世俗智四者謂苦法智苦類忍位此位若依未至定則成就有漏初靜慮若依上五地則成就有漏無漏初靜慮彼皆成就四智謂他心智世俗智苦法智五者謂苦類智集法忍位此二位所成就有漏無漏初靜慮如前分別彼皆成就五智謂前四加類智六者謂集法智乃至滅法忍位此諸位所成就初靜慮如前說彼皆成就六智謂前五加集智七者謂滅法智乃至道法忍位此諸位所成就初靜慮如前說彼皆成就七智謂前六加滅智八者謂道法智以上諸位此中道法智道類忍位所成就初靜慮亦如前說道類智位必成就有漏無漏初靜慮其道類智上諸位中生欲界梵世者定皆成就有漏無漏初靜慮生極光淨以上諸地者惟成就無漏初靜慮彼一切皆成就八智謂前七加道智於三三摩地或無或二或三無者謂

諸異生彼成就有漏初靜慮非三摩地不得故二者謂諸聖者滅法忍未生此前諸位若依未至定惟成就有漏初靜慮若依上五地成就有漏無漏初靜慮彼皆成就二三摩地謂空無願三者謂滅法忍已生此中從滅法忍乃至道類忍所成就初靜慮如前說道類智位必成就有漏無漏初靜慮其道類智上諸位中生欲界梵世者定皆成就有漏無漏初靜慮生極光淨以上諸地者惟成就無漏初靜慮彼一切皆成就三三摩地如成就初靜慮乃至成就第四靜慮隨所應亦爾謂如以初靜慮對四靜慮乃至三三摩地辯成就如是乃至以第四靜慮對四靜慮乃至三三摩地辯成就隨其所應若異生若聖者若離染得故若生得故若有漏若無漏若無若分若具等皆應廣說七補特伽羅謂隨信行隨法行信勝解見至身證慧解脫俱解脫隨信行等於味相應等四靜慮四無色幾成就幾不成就答隨信行於味相應四靜慮或無或一二三四無者謂色愛盡彼離染時皆已斷故一者謂遍淨愛盡上愛未盡彼惟成就上一靜慮地味二者謂極光淨愛盡上愛未盡彼惟成就上二靜慮地味三者謂梵世愛盡上愛未盡彼惟成就上三靜慮地味四者謂梵世愛未盡彼具成就四靜慮地味下染未盡必成就上味上染已盡必不成就下味故於淨四靜慮或無或一二三四無者謂欲愛未盡於淨靜慮皆未得故一者謂欲愛盡上愛未盡彼成就下一地淨二者謂梵世愛盡上愛未盡彼惟成就下二地淨三者謂極光

淨愛盡上愛未盡彼惟成就下三地淨四者謂遍淨愛盡彼具成就四地淨下染未盡必不成就上淨上染已盡身在下者必成就下淨故以隨信行必在欲界故作是說於無漏四靜慮或無或一二三四無者謂依未至定入正性離生此中或未離欲染故或雖離欲染不能修故皆不成就一者謂依初靜慮或靜慮中間入正性離生彼成就下一地無漏非餘或未得或不能修故二者謂依第二靜慮入正性離生彼成就下二地無漏非餘如前說三者謂依第三靜慮入正性離生彼成就下三地無漏非餘如前說四者謂依第四靜慮入正性離生彼具成就四地無漏皆已得能修故見道依下必不修上以是初得道故無漏依上必修下地以自在不繫故於味

相應四無色或一二三四一者謂無所有處愛盡上愛未盡彼成就上一地味彼必未離有頂染故二者謂識無邊處愛盡上愛未盡彼成就上二地味三者謂空無邊處愛盡上愛未盡彼成就上三地味四者謂空無邊處愛未盡彼具成就四地味所以如前說於淨四無色或無或一二三四無者謂色愛未盡於淨無色皆未得故一者謂色愛盡上愛未盡彼成就下一地淨二者謂空無邊處愛盡上愛未盡彼成就下二地淨三者謂識無邊處愛盡上愛未盡彼成就下三地淨四者謂無所有處愛盡彼具成就四地淨所以如前說於無漏三無色皆不成就彼無見道故如隨信行隨法行亦爾以此二補特伽羅若道若地若定若離染若所依皆不異惟根異故

信勝解於味相應四靜慮四無色幾成就幾不成就答信勝解於味相應四靜慮或無或一二三四無者謂色愛盡一者謂遍淨愛盡上愛未盡二者謂極光淨愛盡上愛未盡三者謂梵世愛盡上愛未盡四者謂梵世愛未盡彼成就及所以皆如前說於淨四靜慮或無或一二三四無者謂欲愛未盡若生無色界欲愛未盡者皆未得故生無色界者皆已捨故一者謂生欲界欲愛盡上愛未盡若生梵世即彼愛未盡若生極光淨即彼愛未盡若生遍淨即彼愛未盡若生廣果二者謂生欲界梵世梵世愛盡上愛未盡若生極光淨即彼愛盡上愛未盡若生遍淨即彼愛盡三者謂生欲界梵世極光淨愛盡上愛未盡若生極光淨遍淨愛盡四者謂生欲界梵世遍淨愛盡此中信勝解容有生一切地義有漏善法生上必捨下是故得作如前所說於無漏四靜慮或無或一二三四無者謂欲愛未盡一者謂欲愛盡上愛未盡二者謂梵世愛盡上愛未盡三者謂極光淨愛盡上愛未盡四者謂遍淨愛盡此中依漸次得果離染者說或依隨所得勝靜慮即依彼入正性離生者說若不爾者此文不應作如是說以有梵世愛盡而不成就二極光淨愛盡而不成就三遍淨愛盡而不成就四故何者是耶謂有離梵世乃至遍淨染依初靜慮乃至第三靜慮入正性離生至道類智時不成就無漏二乃至四靜慮故或此所說道類智時雖不成就二乃至四而從此後不久定成故於爾時亦說成就謂道類智後不久必起勝果道時

即修彼故於味相應四無色或一二三四乃至廣說於淨四無色或無或一二三四乃至廣說此中廣釋如靜慮中應知於無漏三無色或無或一二三者無謂色愛未盡一者謂色愛盡上愛未盡二者謂空無邊處愛盡上愛未盡三者謂識無邊處愛盡此中亦依漸次得果離染者說若不爾者此文不應作如是說以有色愛盡而不成就一空無邊處愛盡而不成就二識無邊處愛盡而不成就三故何者是耶謂有離色界乃至識無邊處染入正性離生至道類智時不成就無漏無色故或彼不久必起勝果道即成就彼故於爾時亦說成就如信勝解見至亦爾以此二補特伽羅若道若地若定若離染若所依皆不異惟根異故身證於味相應四靜慮皆不成就於淨四靜慮或無或一二三四乃至廣說於無漏四靜慮皆成就於味相應四無色成就一不成就三於淨四無色或一或四一者謂生非想非非想處四者謂生欲色界於無漏三無色皆成就慧解脫於味相應四靜慮皆不成就於淨四靜慮或無或一二三四乃至廣說於無漏四靜慮皆成就於味相應四無色皆不成就於淨四無色或一二三四乃至廣說於無漏三無色皆成就俱解脫於味相應四靜慮皆不成就於淨四靜慮或無或一二三四乃至廣說於無漏四靜慮皆成就於味相應四無色皆不成就於淨四無色或一或四一者謂生非想非非想處四者謂生欲色界於無漏三無色皆成就此中廣釋如前應知

阿毗達磨大毗婆沙論卷第一百六十八一說一切有部發智

音釋

撥無　撥北末切絶也

阿毗達磨大毗婆沙論卷第一百六十九

五百大阿羅漢等造

唐三藏法師玄奘奉　詔譯

定蘊第七中攝納息第三之四

頗有成就味相應四靜慮非淨非無漏耶答有謂欲愛未盡彼於四靜慮所有善法皆未得故無淨無漏即以此故成就味相應四靜慮頗有成就淨四靜慮非味相應非無漏耶答有謂異生生欲界梵世色愛盡異生故無無漏色愛盡故無味相應生欲界梵世色愛盡故成就淨四靜慮頗有成就無漏四靜慮非味相應非淨耶答有謂聖者生無色界以聖者生彼故成就無漏四靜慮即以生彼處故無味相應淨問若色愛盡依未至定初靜慮靜慮中間入正性離生或練根作見至彼得果已不起勝果道命終生無色界彼皆不成就無漏上三靜慮何故說四耶有說此依漸次得果者說不依餘故有說彼入正性離生者得不還果已必起勝果道修無漏四靜慮然後生上若不爾者應有聖者生廣果以上不成就樂根若爾便違十門所說其信勝解練根作見至者有說彼得果已必起勝果道修無漏四靜慮然後命終生無色界有說彼練根時即亦修上無漏靜慮是故無過頗有成就淨無漏四靜慮非味相應耶答有謂聖者生欲界梵世色愛盡問若色愛盡依未至定入正性離生十五心頃不成就無漏靜慮至道類智但成就一即彼乃至依第三靜慮入正性離生十六心頃但成就三何故說四耶有說此中依漸次得果離染者說有說

彼得果已不久必起勝果道現前修上無漏是故於十六心時雖未成就必當得故亦說成就頗有成就餘二或三耶答無謂成就味相應四靜慮者必不成就四淨四無漏故頗有不成就味相應四靜慮非淨非無漏耶答有謂聖者生欲界梵世色愛盡此如前成就中第六句釋頗有不成就淨四靜慮非味相應非無漏耶答無頗有不成就無漏四靜慮非味相應非淨耶答無此皆如前成就中所無第四第五句釋頗有不成就味相應淨四靜慮非無漏耶答有謂聖者生無色界此如前成就中第三句釋頗有不成就味相應無漏四靜慮非淨耶答有謂異生生欲界梵世色愛盡此如前成就中第二句釋頗有不成就淨無漏四靜慮非味相應耶答有謂欲愛未盡此如前成就中初句釋頗有不成就味相應淨無漏四靜慮耶答有謂異生生無色界異生故無無漏四靜慮生無色界故無味淨四靜慮頗有成就味相應四無色非淨非無漏耶答有謂色愛未盡彼於四無色所有善法皆未得故無淨無漏即以此故成就味相應四無色頗有成就淨無漏四無色非味相應耶答有謂生欲色界空無邊處阿羅漢阿羅漢故無味相應生彼地故具成就四淨三無漏頗有成就餘耶答無此中無第二句惟成就四淨者以必有無漏味隨一或俱故無第三句惟成就三無漏者以必有淨故無第四句成就四味淨非無漏及無第五句成就四味三無漏非淨者以成就四味時必不成就四淨或三無漏故即由此義無第七句

頗有不成就味相應四無色非淨非無漏耶答有謂生欲色界空無邊處阿羅漢此如前成就中第六句釋頗有不成就淨無漏四無色非味相應耶答有謂色愛未盡此如前成就中初句釋頗有不成就餘耶答無此中無惟不成就四淨者以彼必亦不成就無漏故無惟不成就三無漏者如成就中所無第四句釋無不成就四味淨非無漏者如成就中所無第三句釋無不成就四味三無漏非淨者如成就中所無第二句釋無一切皆不成就者以於三中隨一或二必成就故於此靜慮無色成就不成就中具成就者名成就具不成就者名非成就及具不成就者名不成就具成就者名非不成就應知頗有得味相應四靜慮非淨非無漏耶答有謂色愛盡起欲界纏退時若無色界殁生欲界時此中退者通異生及聖者或學或無學起彼纏時具得四味非淨無漏生者惟異生於結生時具得四味非淨無漏頗有得無漏四靜慮非味相應非淨耶答有謂依第四靜慮入正性離生若得阿羅漢果時此中入正性離生時者謂苦法忍起時爾時無漏四靜慮先無而得非味非淨得阿羅漢果時者謂盡智起時爾時無漏四靜慮皆捨而得非味非淨雖淨四靜慮爾時亦有得者然其種類先有不捨今但更得少分於淨四靜慮無一名得何況四耶是故說非味非淨有說此依生無色界得阿羅漢果者說問學諫根時亦有於無漏四靜慮皆捨而得何故不說耶答應說而不說者當知此義有餘有說此中畧舉初後以顯

中間故不具說有說彼所捨所得俱是學類非差別類是以不說由此亦不說無學練根頗有得餘耶答無此中無第二句惟得四淨及無第六句得四淨無漏非味者無有俱時得四淨故問依第四靜慮見道三類智時及得阿羅漢果時豈非具得四淨及無漏耶何故不說答後於爾時於淨四靜慮皆先得不捨今雖更得少分猶於淨四靜慮無一名得況復四耶是故不說無第四句得四味淨非無漏及無第五句得四味無漏非淨者以得四味時必不得四淨或四無漏故即由此義亦無第七句頗有捨味相應四靜慮非淨非無漏耶答無無有俱時離四地染故頗有捨淨四靜慮非味相應非無漏耶答有謂異生遍淨愛盡起欲界纏退時若欲界梵世歿生無色界時此中生無色界通異生及聖者頗有捨淨無漏四靜慮非味相應耶答有謂聖者遍淨愛盡起欲界纏退時頗有捨餘耶答無此中無第三句惟捨四無漏者以退捨時或非全捨故或彼時還得故或兼捨淨故得來捨時還即得故無第四第五第七句者無有俱時斷四味故頗有得味相應四無色非淨非無漏耶答有謂阿羅漢起欲色界纏退時爾時具得四味非淨無漏頗有得無漏三無色非味相應非淨耶答有謂得阿羅漢果時如前靜慮中釋頗有得餘耶答無此中無第二句惟得四淨者無有俱時得四淨故無第四句第五第七句者以得四味時必不得四淨三無漏故無第六句得四淨三無漏非味相應者以於得二無漏時雖亦少分得淨

而不名得故具如前釋頗有捨味相應四無色非淨非無漏耶答無以無俱時離四地染故頗有捨淨四無色非味相應非無漏耶答有謂異生無所有處愛盡起欲色界纏退時頗有捨淨無漏四無色非味相應耶答有謂聖者無所有處愛盡起欲色界纏退時頗有捨餘耶答無此中無第三句惟捨三無漏者如靜慮中說無第四第五第七句者以無俱時斷四味故於此靜慮無色得及捨中全得者名得全不得者名非得全捨者名捨全不捨者名非捨應知頗有退味相應四靜慮非淨非無漏耶答無以於功德法有退非於過失法故亦無俱時捨四味故頗有退淨四靜慮非味相應非無漏耶答有謂異生遍淨愛盡起欲界纏退時頗有退淨無漏四靜慮非味相應耶答有謂聖者遍淨愛盡起欲界纏退時頗有退餘耶答無此中無第三句惟退無漏四靜慮者或與淨俱退故或不全退故或退時還得彼地故無第四第五第七句者於味無退故無惟退四無漏故頗有退味相應四無色非淨非無漏耶答無如前說頗有退淨四無色非味相應非無漏耶答有謂異生無所有處愛盡起欲色界纏退時頗有退淨無漏四無色非味相應耶答有謂聖者無所有處愛盡起欲色界纏退時頗有退餘耶答無此中無第三句惟退無漏三無色者或與淨俱退故或非全退故無第四第五第七句者如靜慮中說問頗有退無漏靜慮非淨耶答有謂學者起無色纏退時爾時退彼對治無漏靜慮非淨故問頗有不起無色纏而

退無漏靜慮非淨耶答有謂無學練根未至第九解脫道位不起煩惱而退所得無門解脫道時問頗有不起纏而退無漏靜慮非淨耶答有即前所說及學練根未至見至位不起煩惱而退所得無間解脫道時問頗有退七地所攝無漏功德而非淨耶答有謂少分離非想非非想處染還起後地所斷品纏退時問頗有惟捨無漏靜慮而得淨無漏耶答有謂得阿羅漢果時問頗有捨淨無漏靜慮惟得無漏耶答有謂阿羅漢起無色纏退時問頗有無漏靜慮與淨俱時得而別捨耶答有謂得阿羅漢果及依靜慮得不還果并學者練根時問頗有淨靜慮與無漏俱時得而別捨耶答有謂聖者離自地染及生上地時問頗有淨無漏靜慮別時得俱時捨耶答有謂聖者離自地染起下地纏退時問頗有淨無漏靜慮俱時得俱時捨耶答有謂聖者巳離下地染起下地纏退時如問靜慮如是無色亦應准問復次如前所說等至畧有二十三種謂靜慮有十二即四味相應四淨四無漏無色有十一即四味相應四淨三無漏此二十三若廣建立成六十五等至謂前二十三加四無量四無礙解八解脫八勝處十遍處六通無諍願智所依問此六十五幾惟緣自地幾惟緣下地幾緣自地及下地幾緣自地及上地幾緣一切地答十等至惟緣自地謂八味相應及空識無邊處遍處二十四等至惟緣下地謂四無量初三解脫八勝處前八遍處及無諍或有欲令無諍緣欲色界者除無諍七等至緣自地及下地謂法詞二無

礙解五通所依九等至緣自地及上地謂淨無漏三無色及下三無色解脫此依緣有漏者說十二等至緣一切地謂淨無漏四靜慮義辯二無礙解漏盡通願智所依此亦但依緣有漏者說若通依緣無漏者說則有二十三等至緣一切地謂即前十二加十一無色謂淨無漏無色及無色解脫問若等至隨以何味相應靜慮爲因即以彼爲等無間耶設等至隨以何味相應靜慮爲等無間即以彼爲因耶答諸等至隨以彼味相應靜慮爲因亦即以彼爲等無間有等至以彼味相應靜慮爲等無間而不以彼爲因於中若等至以味相應初靜慮爲等無間而不以彼爲因者有十六謂淨初靜慮四無量初二解脫前四勝處五通所依若等至以味相應第二靜慮爲等無間而不以彼爲因者有十七謂淨第二靜慮四無量初二解脫前四勝處五通所依及淨初靜慮若等至以味相應第三靜慮爲等無間而不以彼爲因者有十謂淨第三靜慮三無量五通所依及淨第三靜慮若等至以味相應第四靜慮爲等無間而不以彼爲因者有二十三謂淨第四靜慮三無量淨解脫後四勝處前八遍處五通所依及淨第三靜慮問若等至隨以何味相應無色爲因即以彼爲等無間耶設等至隨以何味相應無色爲等無間即以彼爲因耶答諸等至隨以彼味相應無色爲因亦即以彼爲等無間有等至以彼味相應無色爲等無間而不以彼爲因於中若等至以味相應空無邊處爲等無間而不以彼爲因者有四謂淨空無邊

處即彼解脫即彼遍處及淨第四靜慮若等至以味相應識無邊處爲等無間而不以彼爲因者有五謂淨識無邊處即彼解脫即彼遍處及淨空無邊處即彼解脫若等至以味相應無所有處爲等無間而不以彼爲因者有四謂淨無所有處即彼解脫及淨識無邊處即彼解脫若等至以味相應非想非非想處爲等無間而不以彼爲因者有四謂淨非想非非想處即彼解脫及淨無所有處即彼解脫問若等至隨以何淨靜慮爲因即以彼爲等無間耶設等至隨以何淨靜慮爲等無間即以彼爲因耶答諸等至隨以彼淨靜慮爲因亦即以彼爲等無間有等至以彼淨靜慮爲等無間而不以彼爲因於中若等至以淨初靜慮爲等無間而不以彼爲因者有六謂自地味相應無漏及淨無漏第二第三靜慮若等至以淨第二靜慮爲等無間而不以彼爲因者有八謂自地味相應無漏及淨無漏初第三第四靜慮若等至以淨第三靜慮爲等無間而不以彼爲因者有十一謂自地味相應無漏及淨無漏初第二第四靜慮空無邊處即彼解脫若等至以淨第四靜慮爲等無間而不以彼爲因者有十二謂自地味相應無漏及淨無漏第二第三靜慮空識無邊處即彼解脫問若等至隨以何淨無色爲因即以彼爲等無間耶設等至隨以何淨無色爲等無間即以彼爲因耶答諸等至隨以彼淨無色爲因亦即以彼爲等無間有等至以彼淨無色爲等無間而不以彼爲因於中若等至以淨空無邊處爲等無間而不以彼

爲因者有十二謂自地味相應無漏及淨無漏第三第四靜慮識無邊處無所有處即彼二處解脱若等至以淨識無邊處爲等無間而不以彼爲因者有十二謂自地味相應無漏及淨無漏第四靜慮空無邊處無所有處即彼二處解脱淨非想非非想處即彼解脱若等至以淨無所有處爲等無間而不以彼爲因者有十謂自地味相應無漏及淨無漏空識無邊處即彼解脱淨非想非非想處即彼解脱若等至以淨非想非非想處爲等無間而不以彼爲因者有七謂自地味相應及淨無漏識無邊處無所有處即彼二處解脱問若等至隨以何無漏靜慮爲因即以彼爲等無間耶設等至隨以何無漏靜慮爲等無間即以從爲因耶答依一一無漏靜慮皆應作四句依無漏初靜慮作四句者有等至以無漏初靜慮爲因非等無間此有七謂無漏第四靜慮三無色及三無色解脱有等至以無漏初靜慮爲等無間非因此有十九謂淨初第二第三靜慮四無量初二解脱前四勝處二無礙解四通所依有等至以無漏初靜慮爲因亦等無間此有七謂無漏初第二第三靜慮二無礙解他心漏盡通所依有等至不以無漏初靜慮爲因亦非等無間此有三十二謂八味相應淨第四靜慮四無色三解脱後四勝處十遍處無諍願智所依無漏第二靜慮作四句者有等至以無漏第二靜慮爲因非等無間此有六謂無漏三無色及三無色解脱有等至以無漏第二靜慮爲等無間非因此有十九謂淨四靜慮四無量初二

解脫前四勝處法無礙解四通所依有等至以無漏第二靜慮爲因亦等無間此有八謂無漏四靜慮二無礙解他心漏盡通所依有等至不以無漏第二靜慮爲因亦非等無間此有三十二謂八味相應淨四無色三解脫後四勝處十遍處詞無礙解無諍願智所依無漏第三靜慮作四句者有等至以無漏第三靜慮爲因非等無間此有四謂無漏識無邊處無所有處即彼二處解脫有等至以無漏第三靜慮爲等無間非因此有十三謂淨四靜慮空無邊處三無量法無礙解四通所依有等至以無漏第三靜慮爲因亦等無間此有十一謂無漏四靜慮空無邊處即彼解脫二無礙解他心漏盡通所依有等至不以無漏第三靜慮爲因亦非等無間此有三

十八謂八味相應上三淨無色喜無量五解脫八勝處十遍處詞無礙解無諍願智所依無漏第四靜慮作四句者有等至以無漏初靜慮無所有處及無所有處解脫有等至以無漏第四靜慮爲因非等無間此有三謂無漏初靜慮爲等無間非因此有二十八謂淨第二第三第四靜慮空識無邊處三無量淨解脫後四勝處前八遍處法無礙解四通無諍願智所依有等至以無漏第四靜慮爲因亦等無間此有十一謂無漏第二第三第四靜慮空識無邊處即彼解脫二無礙解他心漏盡通所依有等至不以無漏第四靜慮爲因亦非等無間此有三十三謂八味相應淨初靜慮無所有處非想非非想處喜無量四解脫前四勝處後二遍處詞無礙解所

依問若等至隨以何無漏無色爲因即以彼爲等無間耶設等至隨以何無漏無色爲等無間即以彼爲因耶答依一一無漏無色皆應作四句依無漏空無邊處作四句者有等至以無漏空無邊處爲因非等無間此有三謂無漏初第二靜慮及他心通所依有等至以無漏空無邊處爲等無間非因此有六謂淨第三第四靜慮下三無色及空無邊處遍處有等至以無漏空無邊處爲因亦等無間此有十一謂無漏第三第四靜慮三無色及下三無色解脫二無礙解漏盡通所依有等至不以無漏空無邊處爲因亦非等無間此有四十五謂八味相應淨初第二靜慮非想非非想處四無量五解脫八勝處九遍處二無礙解四通無諍願智所依依無漏識無邊處作四句者有等至以無漏識無邊處爲因非等無間此有四謂無漏初第二第三靜慮他心通所依有等至以無漏識無邊處爲等無間非因此有七謂淨第四靜慮四無色非想非非想處解脫識無邊處遍處有等至以無漏識無邊處爲因亦等無間此有十謂無漏第四靜慮三無色及下三無色解脫二無礙解漏盡通所依有等至不以無漏識無邊處爲因亦非等無間此有四十四謂八味相應淨初第二第三靜慮四無量四解脫八勝處九遍處二無礙解四通無諍願智所依依無漏無所有處作四句者有等至以無漏無所有處爲因非等無間此有五謂無漏四靜慮及他心通所依有等至以無漏無所有處爲等無間非因此有五謂淨四無色及非想

非非想處解脫有等至以無漏無所有處爲因亦等無間此有九謂無漏三無色下三無色解脫二無礙解漏盡通所依有等至不以無漏無所有處爲因亦非等無間此有四十六謂八味相應淨四靜慮四無量四解脫八勝處十遍處二無礙解四通無諍願智所依問若等至隨以何味相應靜慮爲因即以彼爲所緣耶設等至隨以何味相應靜慮爲所緣即以彼爲因耶答諸等至隨以彼味相應靜慮爲因亦即以彼爲所緣有等至以彼味相應靜慮爲所緣而不以彼爲因於中若等至以味相應初靜慮爲所緣而非因者有十三謂淨無漏四靜慮義無礙解三通願智所依或有欲令無諍亦緣色界者彼說有十四加無諍如是說者初說爲善如味相應初靜慮味相應第二第三第四靜慮亦爾問若等至隨以何味相應無色爲因即以彼爲所緣耶設等至隨以何味相應無色爲所緣即以彼爲因耶答諸等至隨以彼味相應無色爲因亦即以彼爲所緣有等至以彼味相應無色爲所緣而不以彼爲因於中若等至以味相應空無邊處爲所緣而不以彼爲因者有十五謂淨無漏四靜慮義無礙解漏盡通願智所依淨無漏空無邊處即彼解脫遍處若等至以味相應識無邊處爲所緣而不以彼爲因者有十八謂淨無漏四靜慮義無礙解漏盡通願智所依淨無漏空識無邊處即彼解脫識無邊處遍處若等至以味相應無所有處爲所緣而不以彼爲因者有二十謂淨無漏四靜慮義無礙解漏盡通願智所依淨

無漏下三無色及下三無色解脫若等至以味相應非想非非想處爲所緣而不以彼爲因者有二十三謂即前二十加淨非想非非想處及彼解脫

阿毗達磨大毗婆沙論卷第一百六十九說一切有部發智

阿毗達磨大毗婆沙論卷第一百七十

五百大阿羅漢等造

唐三藏法師玄奘奉詔譯

定蘊第七中攝納息第三之五

問若等至隨以何淨靜慮爲因即以彼爲所緣耶設等至隨以何淨靜慮爲所緣即以彼爲因耶答依一一淨靜慮皆應作四句依淨初靜慮作四句者有等至以淨初靜慮爲因而非所緣此有十五謂四無量二解脫四勝處二無礙解三通所依有等至以淨初靜慮爲所緣而非因此有九謂味相應初靜慮淨上三靜慮無漏四靜慮願智所依有等至以淨初靜慮爲因亦作所緣此有六謂淨初靜慮二無礙解三通所依有等至不以淨初靜慮爲因亦非所緣此有三十五謂七味相應淨四無色無漏三無色後四勝處六解脫十遍處無諍所依依淨第二靜慮作四句者有等至以淨第二靜慮爲因而非所緣此有十四謂四無量二解脫四勝處法無礙解三通所依有等至以淨第二靜慮爲所緣而非因此有九謂味相應第二靜慮淨初第三第四靜慮無漏四靜慮願智所依有等至以淨第二靜慮爲因亦作所緣此有六謂淨第二靜慮二無礙解三通所依有等至不以淨第二靜慮爲因亦非所緣此有三十六謂七味相應淨四無色無漏三無色後四勝處六解脫十遍處無諍詞無礙解所依依淨第三靜慮作四句者有等至以淨第三靜慮爲因而非所緣此有七謂三無量法無礙解三通所依有等至以淨第三靜慮爲所緣而非因此有

九謂自地味相應淨初第二第三靜慮無漏四靜慮願智所依有等至以淨第三靜慮爲因亦作所緣此有六謂淨第三靜慮二無礙解三通所依有等至不以淨第三靜慮爲因亦非所緣此有四十三謂七味相應淨四無色無漏二無色喜無量八勝處八解脫十遍處無諍詞無礙解所依依淨第四靜慮作四句者有等至以淨第四靜慮爲因而非所緣此有二十一謂三無量淨解脫後四勝處前八遍處法無礙解無諍三通所依有等至以淨第四靜慮爲所緣而非因此有八謂味相應第四靜慮淨下三靜慮無漏四靜慮有等至以淨第四靜慮爲因亦作所緣此有七謂淨第四靜慮二無礙解三通願智所依有等至不以淨第四靜慮爲因亦非所緣此有二十九謂七味相應淨四無色無漏三無色喜無量七解脫前四勝處後二遍處詞無礙解所依問若等至隨以何淨無色爲因即以彼爲所緣耶設等至隨以何淨無色爲所緣即以彼爲因耶答下三淨無色若等至隨以彼爲因亦即以彼爲所緣有等至以彼爲所緣而不以彼爲因淨非想非非想處應作四句於中若等至以淨空無邊處爲所緣而不以彼爲因者有十一謂淨無漏四靜慮自地味相應無漏願智所依若等至以淨識無邊處爲所緣而不以彼爲因者有十四謂淨無漏四靜慮無漏初二無色淨空無邊處即彼解脫自地味相應願智所依若等至以淨無所有處爲所緣而不以彼爲因者有十七謂淨無漏四靜慮無漏三無色淨初二無色及初

二無色解脫自地味相應願智所依依淨非想非非想處作四句者有等至以淨非想非非想處爲因而非所緣此有一謂滅想受解脫有等至以淨非想非非想處爲所緣而非因此有十九謂淨無漏四靜慮三無色及三無色解脫自地味相應願智所依有等至以淨非想非非想處爲因亦作所緣此有五謂淨非想非非想處即彼解脫二無礙解漏盡通所依有等至不以淨非想非非想處爲因亦非所緣此有四十謂七味相應四無量初三解脫八勝處十遍處二無礙解無諍五通所依問若等至隨以何無漏靜慮爲因即以彼爲所緣耶設等至隨以何無漏靜慮爲所緣即以彼爲因耶答諸等至隨以彼無漏靜慮爲因亦即以彼爲所緣有等至以彼無漏靜慮爲所緣而不以彼爲因於中若等至以無漏初靜慮爲所緣而不以彼爲因者有十謂淨四靜慮四無色非想非非想處解脫願智所依如無漏初靜慮無漏第二第三第四靜慮亦爾問若等至隨以何無漏無色爲因即以彼爲所緣耶設等至隨以何無漏無色爲所緣即以彼爲因耶答依一一無漏無色皆應作四句依無漏空無邊處作四句者有等至以無漏空無邊處爲因而非所緣此有一謂他心通所依有等至以無漏空無邊處爲所緣而非因此有十謂淨四靜慮四無色非想非非想處解脫願智所依有等至以無漏空無邊處爲因亦作所緣此有十三謂無漏四靜慮三無色下三無色解脫二無礙解漏盡通所依有等至不以無漏空無邊處爲

因亦非所緣此有四十一謂八味相應四無量八解脫八勝處十遍處二無礙解無諍四通所依如無漏空無邊處無漏識無邊處無所有處亦爾問若等至隨以何味相應靜慮爲等無間即以彼爲所緣耶設等至隨以何味相應靜慮爲所緣即以彼爲等無間耶答依一一味相應靜慮皆應作四句依味相應初靜慮作四句者有等至以味相應初靜慮爲等無間而非所緣此有十三謂四無量初二解脫前四勝處三通所依有等至以味相應初靜慮爲所緣而非等無間此有十謂淨上三靜慮無漏四靜慮義無礙解漏盡通願智所依有等至以味相應初靜慮爲等無間亦作所緣此有四謂自地味相應淨二通所依有等至不以味相應初靜慮爲等無間亦非所緣此有三十八謂七味相應淨四無色無漏三無色六解脫後四勝處十遍處無諍三無礙解所依依味相應第二靜慮作四句者有等至以味相應第二靜慮爲等無間而非所緣此有十三謂四無量初二解脫前四勝處三通所依有等至以味相應第二靜慮爲所緣而非等無間此有九謂淨上二靜慮無漏四靜慮義無礙解漏盡通願智所依有等至以味相應第二靜慮爲等無間亦作所緣此有五謂自地味相應淨初二靜慮二通所依有等至不以味相應第二靜慮爲等無間亦非所緣此有三十八謂七味相應淨四無色無漏三無色六解脫後四勝處十遍處無諍三無礙解所依依味相應第三靜慮作四句者有等至以味相應第三靜慮爲等無

間而非所緣此有六謂三無量三通所依有等至以味相應第三靜慮爲所緣而非等無間此有九謂淨二靜慮無漏四靜慮義無礙解漏盡通願智所依有等至以味相應第三靜慮爲等無間亦作所緣此有五謂自地味相應淨第二第三靜慮二通所依有等至不以味相應第三靜慮爲等無間亦非所緣此有四十五謂七味相應淨四無色無漏三無色喜無量八解脱八勝處十遍處無諍三無礙解所依依味相應第四靜慮作四句者有等至以味相應第四靜慮爲等無間而非所緣此有十九謂三無量淨解脱後四勝處前八遍處三通所依有等至以味相應第四靜慮爲所緣而非等無間此有九謂淨二靜慮無漏四靜慮義無礙解漏盡通願智所依有等至以味相應第四靜慮爲等無間亦作所緣此有五謂自地味相應淨第三第四靜慮二通所依有等至不以味相應第四靜慮爲等無間亦非所緣此有三十二謂七味相應淨四無色無漏三無色喜無量七解脱前四勝處後二遍處無諍三無礙解所依問若等至隨以何味相應無色爲等無間即以彼爲所緣耶設等至隨以何味相應無色爲所緣即以彼爲等無間耶答諸等至隨以彼味相應無色爲等無間亦即以彼爲所緣有等至以彼味相應無色爲所緣而不以彼爲等無間於中若等至以味相應空無邊處爲所緣而不以彼爲等無間者有十一謂淨三靜慮無漏四靜慮自地無漏義無礙解漏盡通願智所依若等至以味相應識無邊處爲所緣

而不以彼爲等無間者有十三謂淨無漏四靜慮無漏初二無色義無礙解漏盡通願智所依若等至以味相應無所有處爲所緣而不以彼爲等無間者有十六謂淨無漏四靜慮淨空無邊處即彼解脫無漏三無色義無礙解漏盡通願智所依若等至以味相應非想非非想處爲所緣而不以彼爲等無間者有十八謂淨無漏四靜慮初二淨無色即彼解脫無漏三無色義無礙解漏盡通願智所依問若等至隨以何淨靜慮爲等無間即以彼爲所緣耶設等至隨以何淨靜慮爲所緣即以彼爲等無間耶答依一一淨靜慮皆應作四句依淨初靜慮作四句者有等至以淨初靜慮爲等無間而非所緣此有十五謂四無量初二解脫前四勝處二無礙解三通所依有等至以淨初靜慮爲所緣而非等無間此有三謂淨無漏第四靜慮願智所依有等至以淨初靜慮爲等無間亦作所緣此有十三謂自地味相應及淨無漏初三靜慮二無礙解三通所依有等至不以淨初靜慮爲等無間亦非所緣此有三十五謂七味相應淨四無色無漏三無色六解脫四勝處十遍處無諍所依依淨第二靜慮作四句者有等至以淨第二靜慮爲等無間而非所緣此有十四謂四無量初二解脫前四勝處法無礙無三通所依有等至以淨第二靜慮爲所緣而非等無間此有一謂願智所依有等至以淨第二靜慮爲等無間亦作所緣此有十四謂自地味相應及淨無漏四靜慮二無礙解三通所依有等至不以淨第二靜慮爲等無間

亦非所緣此有三十六謂七味相應淨四無色無漏三無色六解脫四勝處十遍處無諍詞無礙解所依依淨第三靜慮作四句者有等至以淨第三靜慮爲等無間而非所緣此有十謂三無量淨無漏空無邊處即彼解脫法無礙解三通所依有等至以淨第三靜慮爲所緣而非等無間此有一謂願智所依有等至以淨第三靜慮爲等無間亦作所緣此有十四謂自地味相應及淨無漏四靜慮二無礙解三通所依有等至不以淨第三靜慮爲等無間亦非所緣此有四十謂七味相應淨上三無色無漏上二無色喜無量七解脫八勝處十遍處無諍詞無礙解所依依淨第四靜慮作四句者有等至以淨第四靜慮爲等無間而非所緣此有二十七謂三無量淨解脫後四勝處前八遍處無諍法無礙解三通所依淨無漏初二無色即彼解脫有等至以淨第四靜慮爲所緣而非等無間此有二謂淨無漏初靜慮有等至以淨第四靜慮爲等無間亦作所緣此有十三謂自地味相應及淨無漏上三靜慮二無礙解願智三通所依有等至不以淨第四靜慮爲等無間亦非所緣此有二十三謂七味相應淨上二無色無漏上一無色喜無量五解脫前四勝處後二遍處詞無礙解所依問若等至隨以何淨無色爲等無間即以彼爲所緣耶設等至隨以何淨無色爲所緣即以彼爲等無間耶答依一一淨無色皆應作四句依淨空無邊處作四句者有等至以淨空無邊處爲等無間而非所緣此有六謂淨無漏識無邊處無所

有處即彼解脫有等至以淨空無邊處爲所緣而非等無間此有五謂淨無漏初第二靜慮願智所依有等至以淨空無邊處爲等無間亦作所緣此有十二謂自地味相應及淨無漏上二靜慮空無邊處即彼解脫遍處二無礙解漏盡通所依有等至不以淨空無邊處爲等無間亦非所緣此有四十二謂七味相應淨非想非非想處四無量五解脫八勝處九遍處二無礙解無諍五通所依依淨識無邊處作四句者有等至以淨識無邊處爲等無間而非所緣此有五謂淨無漏無所有處淨非想非非想處及彼二解脫有等至以淨識無邊處爲所緣而非等無間此有七謂淨無漏初三靜慮願智所依有等至以淨識無邊處爲等無間亦作所緣此有十三謂自地味相應及淨無漏第四靜慮初二無色及初二無色解脫識無邊處遍處二無礙解漏盡通所依有等至不以淨識無邊處爲等無間亦非所緣此有四十謂七味相應四無量四解脫八勝處九遍處二無礙解無諍五通所依依淨無所有處作四句者有等至以淨無所有處爲等無間而非所緣此有二謂淨非想非非想處即彼解脫有等至以淨無所有處爲所緣而非等無間此有九謂淨無漏四靜慮願智所依有等至以淨無所有處爲等無間亦作所緣此有十三謂自地味相應及淨無漏初三無色即彼三解脫二無礙解漏盡通所依有等至不以淨無所有處爲等無間亦非所緣此有四十一謂七味相應四無量四解脫八勝處十遍處二無礙解無諍

五通所依依淨非想非非想處作四句者有等至以淨非想非非想處爲等無間而非所緣此有一謂滅想受解脫有等至以淨非想非非想處爲所緣而非等無間此有十二謂淨無漏四靜慮空無邊處及空無邊處解脫願智所依有等至以淨非想非非想處爲等無間亦作所緣此有十二謂自地味相應及淨上三無色即彼三解脫無漏上二無色二無礙解漏盡通所依有等至不以淨非想非非想處爲等無間亦非所緣此有四十謂七味相應四無量三解脫八勝處十遍處二無礙解無諍五通所依問若等至隨以何無漏靜慮爲等無間即以彼爲所緣耶設等至隨以何無漏靜慮爲所緣即以彼爲等無間耶答依一一無漏靜慮皆應作四句依無漏初靜慮作四句者有等至以無漏初靜慮爲等無間而非所緣此有十六謂四無量初二解脫前四勝處二無礙解四通所依有等至以無漏初靜慮爲所緣而非等無間此有十四謂淨無漏第四靜慮淨四無色無漏三無色四無色解脫願智所依有等至以無漏初靜慮爲等無間亦作所緣此有十謂淨無漏初三靜慮二無礙解二通所依有等至不以無漏初靜慮爲等無間亦非所緣此有二十五謂八味相應二解脫後四勝處十遍處無諍所依依無漏第二靜慮作四句者有等至以無漏第二靜慮爲等無間而非所緣此有十五謂四無量初二解脫前四勝處法無礙解四通所依有等至以無漏第二靜慮爲所緣而非等無間此有十二謂淨四無色無漏三

無色四無色解脫願智所依有等至以無漏第二靜慮爲等無間亦作所緣此有十二謂淨無漏四靜慮二無礙解二通所依有等至不以無漏第二靜慮爲等無間亦非所緣此有二十六謂八味相應二解脫後四勝處十遍處無諍詞無礙解所依依無漏第三靜慮作四句者有等至以無漏第三靜慮爲等無間而非所緣此有八謂三無量法無礙解四通所依有等至以無漏第三靜慮爲所緣而非等無間此有九謂淨上三無色即彼三解脫無漏上二無色願智所依有等至以無漏第三靜慮爲等無間亦作所緣此有十五謂淨無漏四靜慮空無邊處及空無邊處解脫二無礙解二通所依有等至不以無漏第三靜慮爲等無間亦非所緣此有三十三謂八味相應喜無量四解脫八勝處十遍處無諍詞無礙解所依依無漏第四靜慮作四句者有等至以無漏第四靜慮爲等無間而非所緣此有二十二謂三無量淨解脫後四勝處前八遍處法無礙解無諍四通所依有等至以無漏第四靜慮爲所緣而非等無間此有七謂淨無漏初靜慮淨上一二無色及彼二解脫無漏上一無色有等至以無漏第四靜慮爲等無間亦作所緣此有十七謂淨無漏上三靜慮初二無色及初二無色解脫二無礙解二通願智所依有等至不以無漏第四靜慮爲等無間亦非所緣此有十九謂八味相應喜無量三解脫前四勝處後二遍處詞無礙解所依問若等至隨以何無漏無色爲等無間即以彼爲所緣耶設等至隨以何無

漏無色爲所緣即以彼爲等無間耶答依無漏初二無色各應作四句依無漏後一無色應作順前句依無漏空無邊處作四句者有等至以無漏空無邊處爲等無間而非所緣此有一謂空無邊處遍處有等至以無漏空無邊處爲所緣而非等無間此有七謂淨無漏初二靜慮淨非想非非想處及彼解脫願智所依有等至以無漏空無邊處爲等無間亦作所緣此有十六謂淨無漏後二靜慮初三無色即彼解脫二無礙解漏盡通所依有等至不以無漏空無邊處爲等無間亦非所緣此有四十一謂八味相應四無量四解脫八勝處九遍處二無礙解無諍五通所依依無漏識無邊處作四句者有等至以無漏識無邊處爲等無間而非所緣此有一謂識無邊處遍處有等至以無漏識無邊處爲所緣而非等無間此有七謂淨無漏初三靜慮願智所依有等至以無漏識無邊處爲等無間亦作所緣此有十六謂淨無漏第四靜慮下三無色淨非想非非想處四無色解脫二無礙解漏盡通所依有等至不以無漏識無邊處爲等無間亦非所緣此有四十一謂八味相應四無量四解脫八勝處九遍處二無礙解無諍五通所依依無漏無所有處作順前句者謂若等至以無漏無所有處爲等無間亦即以彼爲所緣有等至以無漏無所有處爲所緣而不以彼爲等無間此有九謂淨無漏四靜慮願智所依問頗有一等至現在前時三十三等至捨而不得八等至得而不捨二等至亦捨亦得二等至少分捨少分得少

分不捨少分不得十三等至少分捨而不得少分不捨不得七等至非捨非得耶答有謂慧解脫阿羅漢起味相應初靜慮退爾時於六十五等至中三十三捨而不得謂淨無漏上三靜慮淨無漏無色五解脫後四勝處十遍處漏盡通所依八得而不捨謂味相應靜慮無色二亦捨亦得謂無漏淨初靜慮捨無學及上所修得學及退分故二少分捨少分得少分不捨少分不得謂有欲令亦有無漏宿住隨念智通者依彼可得作此問答謂宿住隨念他心智通爾時少分捨即一切無學上地有漏及無學位等所修初靜慮有漏者少分得即初靜慮學少分不捨不得即初靜慮餘有漏者若有欲令宿住隨念智通惟有漏者依彼不應作此問答以宿住隨念智通爾時但有少分捨及少分不捨不得故十三少分捨而不得少分不捨不得謂四無量初二解脫前四勝處三通所依即上地一切及自地無學位等所修者捨而不得餘自地者不捨不得七非捨非得謂四無礙解無諍願智所依滅盡解脫以本末得故問頗有得一等至而無所捨耶答有謂得滅盡解脫時問頗有頓得六等至而無所捨耶答有謂阿羅漢初起願智時頓得六等至謂四無礙解無諍願智所依問頗有捨一等至而無所得耶答有謂遍淨歿生廣果時捨淨第三靜慮而無所得問四向四果補特伽羅於六十五等至誰成就幾不成就幾答預流向成就八謂八味相應餘不成就如預流向預流果一來向一來果亦爾不還向極少成就八如前說

即漸次者極多成就四十七即已離無所有處染依第四靜慮入正性離生者謂淨無漏四靜慮淨四無色味相應非想非非想處四無量七解脫八勝處十遍處五通所依不還果極多如向說極少成就二十五謂八味相應淨無漏初靜慮四無量初二解脫前四勝處五通所依或減一二味增一二淨皆亦二十五阿羅漢向極少成就十三即生非想非非想處不得滅盡解脫者謂無漏四靜慮三無色味相應淨非想非非想處四解脫若生無所有處未離自地染者亦成就十三謂增一味減一解脫極多成就五十一即生欲界梵世身證謂一味八淨七無漏四無量八解脫八勝處十遍處五通所依阿羅漢果極少成就十三即生非想非非想處慧解脫阿羅漢謂七無漏一淨四解脫漏盡通所依極多成就五十七謂得無礙解無諍願智者惟除八味相應餘皆具有佛定成就五十七獨覺中部行者如欲界聲聞麟角喻者如佛

阿毗達磨大毗婆沙論卷第一百七十　說一切有部發智

阿毗達磨大毗婆沙論卷第一百七十一

五百大阿羅漢等造

唐三藏法師玄奘奉　詔譯

定蘊第七中攝納息第三之六

頗有味相應四靜慮頓得耶荅有謂色愛盡起欲界梵世纏退時若無色界殁生欲界梵世時問何故復作此論荅前雖明得捨而未分別漸頓今欲顯示漸頓差別又復前以味等三種相對分別今欲於中唯明自類故作斯論斯論頓謂俱時漸謂先後此中顯味相應四靜慮於二時頓得謂退時生時退者從色愛盡生者從無色殁彼起欲界梵世纏退及生欲界梵世時於四味相應俱時得故頗有味相應四靜慮頓捨耶荅無以無俱時能離四地染故頗有味相應四靜慮漸得耶荅有此亦二時漸得謂退及生退者從色愛盡次第起下一一靜慮纏退時生者從無色殁次第生下一一靜慮地時彼於四味相應漸次而得頗有味相應四靜慮漸捨耶荅有以必先離初靜慮染乃至後離第四靜慮染故頗有淨四靜慮頓得耶荅無以無先不成就淨四靜慮今俱時得故頗有淨四靜慮頓捨耶荅有謂徧淨愛盡起欲界纏退時若欲界梵世殁生無色界時此中顯淨四靜慮於二時頓捨謂退時越界地時應准配釋頗有淨四靜慮漸得耶荅有謂先離欲界染時得初靜慮乃至後離第三靜慮染時得第四靜慮故從無色界殁次第生下四靜慮時雖亦名漸得而得一捨一故非此所說頗有淨四靜慮漸捨耶荅有此亦二時漸捨謂退時越界

地時退者謂漸次起下地纏退時越界地者謂從下漸次生上地時從上靜慮次第生下靜慮地時雖亦名漸捨而捨一得一故非此所說頗有無漏四靜慮頓得耶荅有謂依第四靜慮入正性離生若得阿羅漢果有餘於此不說得阿羅漢果以先學位已得無漏四靜慮故然於此應說得阿羅漢果以學所得皆捨今頓得無學故頗有無漏四靜慮頓捨耶荅有謂聖者徧淨愛盡起欲界纏退時雖得果練根及即彼不起欲界纏而退時亦有頓捨無漏四靜慮而即時還得是故不說頗有無漏四靜慮漸得耶荅有以聖者離下地染及有起勝果道時漸次得故頗有無漏四靜慮漸捨耶荅有以聖者徧淨愛盡漸次起下地纏退時漸捨無漏四靜慮故頗有味相

應四無色頓得耶荅有謂阿羅漢起欲色界空無邊處纏退時此中無容有生時得頗有味相應四無色頓捨耶荅無如前釋頗有味相應四無色漸得耶荅有此中若退時於四有漸得生時於三有漸得頗有味相應四無色漸捨耶荅有如前釋頗有淨四無色頓得耶荅無以無先不成就淨四無色分俱時得故問得果練根時於淨四靜慮淨四無色皆有頓修何故前靜慮中及此無色皆荅無耶荅彼皆先有不捨今但更得少分故非此中所說得義頗有淨四無色頓捨耶荅有謂無所有處愛盡起欲色界纏退時此中無容有越界地捨頗有淨四無色漸得耶荅有如前釋頗有淨四無色漸捨耶荅有此中退時於四有漸捨越地時於三有漸捨頗有無漏三

無色頓得耶荅有謂得阿羅漢果時無學練根時雖亦頓得而非別類是故不說又彼亦名得阿羅漢果時故不別說頗有無漏三無色頓捨耶荅有謂聖者識無邊處愛盡起欲色界纏退時所釋如前頗有無漏三無色漸得耶荅有以離下地染及有起勝果道時漸次得故頗有無漏三無色漸捨耶荅有以聖者識無邊處愛盡漸次起下地纏退時漸捨無漏三無色故

身語表無表依何定滅荅身語表依初或未至身語無表依四或未至問何故作此論荅爲止說表無表業非實有者意明表無表業皆是實有又爲遮說身語表業乃至第四靜慮無表業乃至有頂令欲顯身語表乃至梵世無表乃至第四靜慮故作斯論問何故上三靜慮無身語表業耶荅身語表業尋伺所等起若地尋伺可得則有身語表業故契經言尋伺已語非不尋伺身表亦應尋伺已作非不尋伺上三靜慮尋伺滅故無身語表問何故上地無尋伺耶荅尋伺麤動不寂靜上地微細寂靜故問何故身語無表唯至第四靜慮非上地耶荅善無表業對治不善無表故有不善無表惟在欲界無色界於欲界四表所遠故彼不有復有說者色界乃至第四靜慮皆能猒惡欲界惡業上地不爾有說無表依色身大種彼無色身及大種故亦無無表此中身語表業有善不善無記不善者欲界繫依未至定滅善無記者欲界初靜慮繫欲界繫者依未至定滅初靜慮繫者依未至定初靜慮靜慮中間第二靜慮近分滅未至

言通八近分及靜慮中間以皆非至根本定故然此中所說定者有說依無漏定說有說依有漏無漏定說若說依無漏定說者彼說未至言顯未至定靜慮中間若說依有漏無漏定說者彼說未至言顯未至定靜慮中間及第二靜慮近分又此中所說滅者有說通依種類滅說有說惟依究竟滅說若說通依種類滅說者彼說未至言攝三地於未至定中攝有漏無漏以此能滅欲界初靜慮繫身語表故若說惟依究竟滅說者彼說未至言亦攝三地於未至定中惟攝無漏以此能滅初靜慮繫身語表故由此故說身語表依初或未至滅身語無表有善不善不善者欲界繫依未至定滅善者欲界四靜慮繫及不繫欲界繫者依未至定滅初靜慮繫者依初靜慮未至定靜慮中間第二靜慮近分滅乃至第四靜慮繫者依四靜慮未至定靜慮中間及空無邊處近分滅然此中所說定者若說依無漏定說者彼說未至言顯未至定靜慮中間若說依有漏無漏定說者彼說未至言顯未至定靜慮中間及上四近分又此中所說滅者若說依種類滅說者彼說未至言攝未至定靜慮中間上四近分於未至定中攝有漏無漏依此能滅欲界繫乃至第四靜慮繫身語無表故若說依究竟滅說者彼說未至言惟攝未至定靜慮中間空無邊處近分於未至定中惟攝無漏依此能滅第四靜慮繫身語無表故由此故說身語無表依四或未至滅表無表業廣說如業蘊

三惡行三妙行三不善根三善根依何定滅

答依未至此中三惡行欲界繫依未至定滅身語二妙行欲界四靜慮繫及不繫欲界繫者依未至定滅初靜慮繫者依初靜慮未至定靜慮中間第二靜慮近分滅乃至第四靜慮繫者依四靜慮未至定靜慮中間空無邊處近分滅意妙行九地繫及不繫欲界繫者依未至定滅初靜慮繫者依初靜慮未至定靜慮中間第二靜慮近分滅乃至無所有處繫者依七根本未至定靜慮中間非想非非想處近分滅非想非非想處繫者依七根本未至定靜慮中間滅然此中依三惡行近對治說三妙行故但言依未至滅三不善根欲界繫依未至定滅三善根九地繫及不繫所依定滅如意妙行說此中亦依三不善根近對治說三善根故亦但言依未至滅三惡行乃至三善根如業蘊等廣說

四非聖語四聖語四生四種入胎四識住依何定滅答四非聖語四聖語胎卵濕生四種入胎依未至化生後三識住依七或未至色識住依四或未至四非聖語者謂不見言見不聞言聞不覺言覺不知言知問何故作此論答為欲分別契經義故如契經說四非聖語謂不見言見乃至廣說契經雖作是說而不廣分別契經是此論所依根本彼所不說者今應分別故作斯論云何不見言見非聖語答非眼所得非眼識所了名非所見此非所見說名不見若有於所不見不見想轉他問言汝於是事曾見不彼或自為或為他或為名利便覆此想此忍此欲答言我見是名不見言見非聖語復有此類於見不見想轉

而言見成非聖語問何故復說此耶荅爲顯希有事故如說頗有於見言見亦如於不見言見成非聖語耶荅有謂如有一於所見事不見想轉他問言汝於是事曾見不彼或自爲或爲他或爲名利便覆此想此忍此欲荅言我見彼於爾時如不見言見成非聖語是亦名爲不見言見非聖語如廣說不見言見非聖語如是不聞言聞不覺言覺不知言知非聖語廣說亦爾復有四非聖語謂見言不見聞言不聞覺言不覺知言不知云何見言不見非聖語荅若眼所得眼識所了說名所見此所見說名見若有於所見見想轉他問言汝於是事曾見不彼或自爲或爲他或爲名利便覆此想此忍此欲荅言不見是名見言不見非聖語復有此類於不見見想轉而言不見成非聖語問何故復說此耶荅爲顯希有事故如說頗有於不見言不見亦如於見言不見成非聖語耶荅有謂如有一於所不見事見想轉他問言汝於是事曾見不彼或自爲或爲他或爲名利便覆此想此忍此欲荅言不見彼於爾時如見言不見成非聖語是亦名爲見言不見非聖語如廣說見言不見非聖語如是聞言不聞覺言不覺知言不知非聖語廣說亦爾問如是所說便有八非聖語或十六何但說四耶荅以所依事惟有四故謂一切非聖語皆依見聞覺知事起故惟說四復次略故說四廣則有八或十六復次總故說四別則有八或十六如總別如是不分別分別不徧言徧言無異言有異言頓說漸說應知亦爾問非聖語以何爲自性

答以虛誑語爲自性問何故此語名非聖耶答以不善故名非聖復次於非聖相續中現前故名非聖復次非聖所成就故名非聖復次非聖所說故名非聖復次非聖由此得非聖名故名非聖集異門說何故名非聖答由此能引不可愛不可喜不可樂不悅意不如意果故名非聖此顯等流果復次由此能招不可愛不可喜不可樂不悅意不如意異熟故名非聖此顯異熟果此非聖語或不律儀所攝或非律儀非不律儀所攝是業道惟不善問頗有非聖語非業道是無記色界繫耶答有如大梵王對馬勝苾芻所說語等彼雖亦名非聖語然非此中非聖語攝以此中所說事或顛倒或不顛倒而想必顛倒故阿羅漢獨覺等亦有不見言見等事而亦非此非聖語攝以非覆想說故如人想見杌而說見人又如尊者目連記當生男而後生女又言我住無所有處定聞曼陀枳尼池中有多龍象振鼻哮吼應知彼說皆非妄語以事雖倒而想無倒故惟佛世尊無有如是錯謬所說永拔一切無知習故現前了達三世境故四聖語者謂不見言不見不聞言不聞不覺言不覺不知言不知問何故復作此論答爲欲分別契經義故如契經說四聖語謂不見言不見乃至廣說契經雖作是說而不廣分別令欲分別故作斯論云何不見言不見聖語答不見義如前釋若有於所不見不見想轉他問言汝於是事曾見不彼不自爲不爲他不爲名利即時如實不覆此想此忍此欲答言不見是名不見言不見聖語復有此類於

見不見想轉而言不見成聖語問何故復說此耶荅爲顯希有事故如說頗有於見言不見亦如於不見言不見成聖語耶荅有謂如有一於所見事不見想轉他問言汝於是事曾見不彼不自爲不爲他不爲名利即時如實不覆此想此忍此欲荅言不見彼於爾時如於不見言不見成聖語是亦名爲不見言不見聖語如廣說不見言不見聖語如是不聞言不聞不覺言不覺不知言不知聖語廣說亦爾復有四聖語謂見言見聞言聞覺言覺知言知云何見言見聖語荅見義如前釋若有於所見事見想轉他問言汝於是事曾見不彼不自爲不爲他不爲名利即時如實不覆此想此忍此欲荅言我見是名見言見聖語復有此類於不見見想轉而言見成聖語問何故復說此耶荅爲顯希有事故如說頗有於不見言見亦如於見言見成聖語耶荅有謂如有一於所不見事見想轉他問言汝於是事曾見不彼不自爲不爲他不爲名利即時如實不覆此想此忍此欲荅言我見彼於爾時如於見言見成聖語是亦名爲見言見聖語如廣說見言見聖語如是聞言聞覺言覺知言知聖語廣說亦爾問如是所說便有八聖語或十六何故但說四耶荅以所依事惟有四故謂一切聖語皆依見聞覺知事起故惟說四復次略故說四廣則有八或十六復次總故說四別則有八或十六如總別如是不分別分別不徧言徧言無異言有異言頓說漸說應知亦爾問聖語以何爲自性荅實語爲自性問何故此語名聖耶荅以

善故名聖復次於聖者相續中現前故名聖復次聖者所成就故名聖復次聖者所說故名聖復次聖者由此得名故名聖集異門說何故名聖荅由此能引可愛可喜可樂悅意如意果故名聖此顯等流果復次由此能招可愛可喜可樂悅意如意異熟故名聖此顯異熟果此聖語或律儀所攝或非律儀非不律儀所攝是業道惟是善四非聖語惟欲界繫依未至定滅四聖語欲界初靜慮繫欲界繫者依未至定滅初靜慮繫者依初靜慮未至定靜慮中間第二靜慮近分滅然此中依四非聖語近對治說四聖語故但言依未至滅四生中胎卵濕生惟欲界繫故依未至定滅化生依七或未至滅謂化生九地繫欲界繫者依未至定滅初靜慮繫者依初靜慮未至定靜慮中間第二靜慮近分滅乃至非想非非想處繫者依七根本未至定靜慮中間滅然此中所說定者若說依無漏定說者彼說未至言顯未至定靜慮中間若說依有漏無漏定說者彼說未至言顯未至定靜慮中間上七近分又此所說滅者若說依種類滅說者彼說未至言攝未至定靜慮中間上七近分於未至定中攝有漏無漏依此能滅欲界繫乃至非想非非想處繫化生故若說依究竟滅說者彼說未至言惟攝未至定靜慮中間於未至定中惟攝無漏依此能滅非想非非想處繫化生故由此故說化生依七或未至滅四生如大種蘊廣說

四種入胎者有不正知入母胎住出亦爾是第一入胎有正知入母胎不正知住不正知

出是第二入胎有正知入母胎亦正知住不正知出是第三入胎有正知入母胎住出亦爾是第四入胎問何故作此論荅爲欲分別契經義故如契經說有四種入母胎乃至廣說契經雖作是說而不廣分別契經是此論所依根本彼不說者今欲說之故作斯論云何不正知入母胎住出亦爾荅此有二種謂若薄福者於入胎時起顛倒想顛倒勝解見天陰慘寒切風雨多人閙亂大衆聚集便念我今且入如是草棘叢中或稠林間草窟葉窟或往如是墻間樹下以避風雨及諸喧亂念已即見身往其中彼住胎時亦起如是倒想勝解謂我今住如是叢林草窟葉窟墻間樹下須臾止息彼出胎時亦有如是倒想勝解謂我今出如是叢林草窟葉窟或捨墻間樹下而去若福德者於入胎時亦起顛倒想顛倒勝解見天陰慘寒切風雨多人閙亂大衆聚集便念我應入此園苑或華林間或昇殿堂或登樓閣以避風雨及諸閙亂念已即見身入園中乃至登閣於住胎時亦起如是倒想勝解謂我今住如是園苑華林堂閣跏趺而坐於出胎時亦有如是倒想勝解謂我今出如是園苑乃至從於樓閣而下是名第一不正知入母胎住出亦爾云何正知入母胎不正知住不正知出荅有多福者入母胎時不起顛倒想顛倒勝解能自了知我今入母胎彼住胎出胎便不正知如前廣說是名第二正知入母胎不正知住不正知出云何正知入母胎亦正知住不正知出荅有多福者於入母胎住母胎時皆不起顛倒想顛倒

勝解能自了知我今入母胎我今住母胎然於出時便不正知廣如前說是名第三正知入母胎亦正知住不正知出云何正知入母胎住出亦爾荅有多福者入母胎時住母胎時出母胎時皆不起顛倒想顛倒勝解能自了知我今入母胎我今住母胎我今出母胎是名第四正知入母胎住出亦爾問何入胎是誰耶有說第四入胎謂菩薩第三入胎謂獨覺第二入胎謂輪王第一入胎謂餘有情有說第四入胎謂菩薩第三入胎謂獨覺第二入胎謂波羅蜜多聲聞第一入胎謂餘有情有說第四入胎謂菩薩第三入胎謂獨覺第二入胎謂預流一來第一入胎謂餘有情有說諸有情中有求妙智業亦清淨有求妙智而業不淨有業清淨而不求智有不求智業亦不淨初有情作最後入胎第二有情作第三入胎第三有情作第二入胎最後有情作最初入胎謂初有情入母胎時母腹安靜離諸嬈觸住母胎時胎藏寛博清淨無惱出母胎時産門開舒不遭迫迮故入住出皆不失念第二有情於入胎時及住胎時如前安隱而不失念但於出時産門狹小被迫迮故即便失念第三有情於入胎時亦無嬈觸如前安隱而不失念然住胎時胎藏窄隘雜穢所惱及出胎時産門狹小極爲迫迮故於住出俱令失念第四有情入母胎時母腹喧動驚恐不安及住出時如前逼惱故於三時皆令失念復次此四種入胎皆謂菩薩於中有說第四入胎是第三阿僧企耶菩薩第三入胎是第二阿僧企耶菩薩第二入胎是初阿

僧企耶菩薩第一入胎是此前菩薩有說第四入胎是最後身菩薩謂從覩史多天歿下生淨飯王宮時第三入胎是一生所繫菩薩謂當從贍部洲歿生覩史多天時第二入胎是次此前生菩薩謂所從歿生贍部洲迦葉波佛法中修梵行時第一入胎謂此前菩薩評曰不應作如是說以菩薩從九十一劫來常憶宿命於死有中有生有本有常無倒想不失念故由此因緣前說爲善問諸結生位必起染心一切染心皆與不正知相應云何得說正知入母胎耶荅所說正知謂無顛倒想顛倒勝解非要無明不相應故名爲正知然菩薩於結生時亦起自體愛父母愛故如餘有情將入胎時父非父想母非母想由如此故男則於父生恚於母生愛起顛倒想謂與母會女則於母生恚於父生愛起顛倒想謂與父會由此倒想而便結生菩薩不爾將入胎時於父父想於母母想我依彼故增長後蘊當於贍部洲中受尊勝報依此證得阿耨多羅三藐三菩提與諸有情作饒益事作是念已便於父母等生親愛由此結生是故正知謂無倒想非要無染此四種入胎惟欲界繫是故但依未至定滅

四識住中後三識住依七或未至滅謂後三識住九地繫欲界繫者依未至定滅初靜慮繫者依初靜慮未至定靜慮中間第二靜慮近分滅乃至非想非非想處繫者依七根本未至定靜慮中間滅然此中所說定者若說依無漏定說者彼說未至言顯未至定靜慮中間若說依有漏無漏定說者彼說未至言

顯未至定靜慮中間上七近分又此中所說滅者若說依種類滅說者彼說未至言攝未至定靜慮中間上七近分於未至定中攝有漏無漏依此能滅欲界繫乃至非想非非想處繫後三識住故若說依究竟滅說者彼說未至言攝未至定靜慮中間於未至定中惟攝無漏依此能滅非想非非想處繫後三識住故由此故言依七或未至滅色識住依四或未至滅謂色識住五地繫欲界繫者依未至定滅乃至第四靜慮繫者依四靜慮未至定靜慮中間空無邊處近分滅然此中所說定者有說依無漏定說有說依有漏無漏定說隨其所應如前分別又此中所說滅者若說依種類滅說者彼說未至中攝未至定靜慮中間上四近分於未至定中攝有漏無漏依此能滅欲界繫乃至第四靜慮繫色識住故若說依究竟滅說者彼說未至言攝未至定靜慮中間空無邊處近分依此能滅第四靜慮繫色識住故由此故言依四或未至滅四識住廣說如大種蘊

阿毗達磨大毗婆沙論卷第一百七十一 說一切有部發智

阿毗達磨大毗婆沙論卷第一百七十二

五百大阿羅漢等造

唐三藏法師玄奘奉　詔譯

定蘊第七中攝納息第三之七

五蘊五取蘊五趣五妙欲五學處依何定滅

荅色蘊色取蘊依四或未至四蘊四取蘊天趣依七或未至餘四趣五妙欲五學處依未至此中五蘊五取蘊廣說如十門納息然色蘊五地繫及不繫色取蘊惟五地繫此俱依四或未至滅謂欲界繫者依未至定滅乃至第四靜慮繫者依四靜慮未至定靜慮中間空無邊處近分滅然此中所說定者有說無漏有說有漏無漏如前分別所說滅者若說此依種類滅說者彼說未至言攝未至定靜慮中間上四近分於未至定中攝有漏無漏依此能滅欲界繫乃至第四靜慮繫色蘊色取蘊故若說此依究竟滅說者彼說未至言攝未至定靜慮中間空無邊處近分於未至定中惟攝無漏依此能滅第四靜慮繫色蘊色取蘊故由此故說依四或未至滅四蘊九地繫及不繫四取蘊九地繫此俱依七或未至滅謂欲界繫者依未至定滅乃至非想非非想處繫者依七根本未至定靜慮中間滅然此中所說定者有說無漏有說有漏無漏亦如前分別所說滅者若說此依種類滅說者彼說未至言攝未至定靜慮中間上七近分於未至定中攝有漏無漏依此能滅欲界繫乃至非想非非想處繫四蘊四取蘊故若說此依究竟滅說者彼說未至言攝未至定靜慮中間於未至定中惟攝無漏依此能滅

非想非非想處繫四蘊四取蘊故由此故言
依七或未至滅
五趣謂捺落迦傍生鬼人天趣問何故作此論荅爲欲分別契經義故如契經說五趣謂地獄趣乃至天趣契經雖作是說而不廣分別契經是此論所依根本彼所不說者今應分別故作斯論問趣體性是何爲無記爲三種若無記者品類足論當云何通如說五趣一切隨眠之所隨增若三種者云何諸趣不相雜亂謂地獄趣成就乃至他化自在天業煩惱乃至他化自在天成就乃至地獄趣業煩惱故荅應作是說趣體惟是無覆無記問若爾則諸趣不相雜亂然品類足說當云何通荅彼文應說四趣是欲界徧行及修所斷隨眠隨增天趣是三界徧行及修所斷隨眠隨增而不作此說者當知是誦者錯謬有說彼論通說五趣眷屬謂結生位五部煩惱相應之心彼心是一切隨眠所隨增故有說趣體通三種問若爾則品類足說善通云何諸趣不相雜亂荅若以成就則有雜亂若以現行則無雜亂謂地獄趣於地獄趣業煩惱成就亦現行於乃至他化自在天業煩惱成就不現行乃至他化自在天於他化自在天業煩惱成就亦現行於乃至地獄趣業煩惱成就不現行是故諸趣無雜亂過評曰應說趣體惟是無覆無記云何知然如契經中尊者舍利子作是言若地獄諸漏現在前時造作增長順地獄受業彼身語意由穢濁故於捺落迦中受五蘊異熟異熟起已名那落迦除此五蘊彼那落迦都不可得乃至天趣說亦

如是由此故知趣體惟是無覆無記問已知趣體惟是無覆無記於中爲但是異熟爲通長養若但是異熟者品類足說當云何通如說五趣攝五蘊十二處十八界聲處聲界非異熟故若通長養者則趣體雜亂以人趣中亦能引起色界長養諸根大種故答應作是說諸趣體性惟是異熟問品類足說當云何通答彼文應說五趣攝五蘊十一處十七界少分而不作是說者當知是誦者錯謬有說彼論通說五趣眷屬感五趣業及能防護非惟說趣是故無過然由煩惱界有差別由異熟蘊趣有差別是故趣體惟是異熟問何故名趣趣是何義答所往義是趣義是諸有情所應往所應生結生處故名趣已總說諸趣彼一一異相今當說

云何捺落迦趣答諸那落迦一類伴侶衆同分依得事得處得及已生那落迦無覆無記色受想行識是名捺落迦趣此中一類伴侶衆同分言顯彼衆同分依得事得處得言顯彼界蘊處得及已生那落迦無覆無記色受想行識言顯彼自體是異熟非餘問何故彼趣名捺落迦答是那落迦所趣處故是中有那落迦故名捺落迦彼諸有情無悅無愛無味無利無喜樂故名那落迦或有說者由彼先時造作增長增上暴惡身語意惡行往彼生彼令彼生相續故名捺落迦有說捺落迦者是假名假想名施設想施設一切名想隨欲而立不必如義有說彼趣以卑下故名捺落迦謂五趣中無有卑下如彼趣者有說彼趣以顛墜故名捺落迦如有頌言

顛墜於地獄　足上頭歸下　由毀謗諸仙
樂寂修苦行

有說捺落名人迦名爲惡惡人生彼處故名捺落迦有說落迦名可樂捺是不義彼處不可樂故名捺落迦有說落迦名喜樂捺是壞義彼處壞喜樂故名捺落迦有說落迦名歸趣捺是無義彼處有情重苦所逼無歸趣故名捺落迦有說落迦名救濟捺是無義彼處有情衆苦所逼無救濟者故名捺落迦問何故彼趣最下最大者名無間耶荅彼是假名假想名施設想施設一切名想隨欲而立不必如義彼處或名百釘釘身或名六苦觸處或名自受苦受或名無間雖亦有間假說無間有說彼處恒受苦受無喜樂間故名無間問餘地獄中豈有歌舞飲食受喜樂異熟故不名無間耶荅餘地獄中雖無異熟喜樂而有等流喜樂如施設論說等活地獄中有時涼風所吹血肉還生有時出聲唱言等活彼諸有情欻然還活惟於如是血肉生時及還活時暫生喜樂間苦受故不名無間有說衆多有情造作惡業相續生彼滿彼處所故名無間評曰不應作是說生餘地獄多生無間者少所以者何以造作增長上品身語意惡業者乃生彼處有情造作增長上品惡業生彼處者少造作增長中下品惡業生餘地獄者多如造作增長上品善業生有頂者少造作增長中下品善業生餘處者多故應作是說由造作增長增上不善業生彼所得身形廣大一一有情據多處所中無間隙故名無間問地獄在何處荅多分在此贍部洲下云

何安立有說從此洲下四萬踰繕那至無間地獄底無間地獄縱廣高下各二萬踰繕那次上一萬九千踰繕那中安立餘七地獄謂次上有極熱地獄次上有熱地獄次上有大嘷叫地獄次上有嘷叫地獄次上有衆合地獄次上有黑繩地獄次上有等活地獄此七地獄一一縱廣萬踰繕那次上餘有一千踰繕那五百踰繕那是白墡五百踰繕那是泥有說從此洲下四萬踰繕那至無間地獄此無間地獄縱廣高下各二萬踰繕那次上有三萬五千踰繕那安立餘七地獄一一縱廣高下各五千踰繕那次上餘有五千踰繕那千踰繕那青色土千踰繕那黃色土千踰繕那赤色土千踰繕那白色土五百踰繕那白墡五百踰繕那是泥有說無間地獄在於中央餘七地獄周迴圍繞如今聚落圍繞大城

問若爾施設論說當云何通如說贍部洲周圍六千踰繕那三踰繕那半一一地獄其量廣大云何於此洲下得相容受如有頌言

熱鐵地如血　猛火恒洞然　多百踰繕那
周徧焰交徹

荅此贍部洲上尖下闊猶如穀聚故得容受由此經中說四大海漸入漸深又一一大地獄有十六增謂各有四門一一門外各有四增一煻煨增謂此增內煻煨沒膝二屍糞增謂此增內屍糞泥滿三鋒刃增謂此增內復有三種一刀刃路謂於此中仰布刀刃以爲道路二劒葉林謂此林上純以銛利劒刃爲葉三鐵刺林謂此林上有利鐵刺長十六指刀刃路等三種雖殊而鐵仗同故一增攝四

烈河增謂此增内有熱鹹水并本地獄以爲十七如是八大地獄幷諸眷屬便有一百三十六所是故經説有一百三十六捺落迦問何故眷屬地獄説名爲增有説本地獄中一種苦具治諸有情此眷屬中種種苦具治諸有情故名爲增是故天使經説眷屬地獄中以種種苦具治有罪者有説此是增受苦處故説名增謂本地獄中被逼切已復於此處重遭苦故非謂多種苦具名增本地獄中亦多苦具故施設論説眷屬地獄中惟有一種煻煨等故問諸地獄卒爲是有情數非有情數耶若是有情數者彼多造惡復於何處受異熟耶若非有情數者大德法善現頌當云何通如説

心常懷忿毒　好集諸惡業　見他苦生悅　死作琰魔卒

有説是有情數問彼多造惡復於何處受異熟耶荅即於彼地獄受以彼中尚容無間業等極重異熟況復此耶有説此是非有情數由諸罪者業增上力令非有情似有情現以諸苦具殘害其身問若爾大德法善現頌當云何通荅此不必須通以非素怛纜毗奈耶阿毗達磨所説但是造制文頌夫造文頌或增或減不必如義何須通耶若必欲通者彼有别意謂若以鐵鎖繫縛初生地獄有情徃琰魔王所者是有情數若以種種苦具於地獄中害有情者是非有情數大德依有情數作如是説贍部洲下有大地獄贍部洲上亦有邊地獄及獨地獄或在谷中或在山上或在曠野或在空中於餘三洲惟有邊地獄獨

地獄無大地獄所以者何惟贍部洲人造善猛利彼作惡業亦復猛利非餘洲故有説北拘盧洲亦無邊地獄等是受淨業果處故問若餘洲無大地獄者彼諸有情造無間業斷善根等當於何處受異熟耶荅即於此贍部洲下大地獄受問地獄有情其形云何荅其形如人問語言云何荅彼初生時皆作聖語後受苦時雖出種種受苦痛聲乃至無有一言可了惟有斫刺破裂之聲

云何旁生趣荅諸旁生一類伴侶衆同分依得事得處得及巳生旁生無覆無記色受想行識是名旁生起解釋如前問何故彼趣名旁生荅其形旁故行亦旁以行旁故形亦旁是故名旁生有説旁生者是假名假想名施設想施設一切名想隨欲而立不必如義有説彼諸有情由造作增長增上愚癡身語意惡行往彼生彼令彼生相續故名旁生趣有説彼趣闇鈍故名旁生闇鈍者即是無智一切趣中無有無智如彼趣者有説流徧諸處故名旁生謂此徧於五趣皆有捺落迦中有無足者如孃矩吒蟲等有二足者如鐵嘴烏等有四足者如黑駮狗等有多足者如百足等於鬼趣中有無足者如毒蛇等有二足者如烏鵄等有四足者如狐狸象馬等有多足者如六足百足等於人趣三洲中有無足者如一切腹行蟲有二足者如鴻鴈等有四足者如象馬等有多足者如百足等於北拘盧洲中有二足者如鴻鴈等有四足者如象馬等無有無足及多足者彼是受無惱害業果處故四大王衆天及三十三天中有二足者

如妙色鳥等有四足者如象馬等餘行者如前釋上四天中惟有二足者如妙色鳥等餘皆無者空居天處轉勝妙故問彼處若無象馬等者以何爲乘亦聞彼天乘象馬等云何言無荅由彼諸天福業力故作非情數象馬等形而爲御乘以自娛樂問旁生本住何處荅本所住處在大海中後時流轉徧在諸趣問其形云何荅多分旁側亦有竪者如緊捺落畢舍遮醯盧索迦等問語言云何荅劫初成時皆作聖語後以飲食時分有情不平等故及諂誑增上故便有種種語乃至有不能言者

云何鬼趣荅諸鬼一類伴侶衆同分乃至廣說問何故彼趣名閉戾多荅施設論說如今時鬼世界王名琰魔如是劫初時有鬼世界王名粃多是故往彼生彼諸有情類皆若閉戾多即是粃多界中所有義從是以後皆立此名有說閉戾多者是假名假想乃至廣說有說由造作增長增上慳貪身語意惡行往彼生彼令彼生相續故名鬼趣有說飢渴增故名鬼由彼積集感飢渴業經百千歲不聞水名豈能得見況復得觸或有腹大如山咽如針孔雖遇飲食而不能受有說被驅役故名鬼恒爲諸天處處驅役常馳走故有說多希望故名鬼謂五趣中從他有情希望多者無過此故由此因緣故名鬼趣問鬼住何處荅贍部洲下五百踰繕那有琰魔王界是一切鬼本所住處從彼流轉亦在餘處於此洲中有二種鬼一有威德二無威德有威德者或住華林果林種種樹上好山林中亦有宮

殿在空中者乃至或住餘清淨處受諸福樂無威德者或住廁溷糞壤水竇坑塹之中乃至或住種種雜穢諸不淨處薄福貧窮飢渴所苦東毗提訶西瞿陀尼亦有此二北拘盧洲惟有大威德者有說全無以諸鬼趣慳貪所感北拘盧洲是無所攝受有情生處故四大王衆天及三十三天中惟有大威德鬼與諸天衆守門防邏導從給使有說於此贍部洲西有五百渚兩行而住於兩行渚中有五百城二百五十城有威德鬼住二百五十城無威德鬼住是故昔有轉輪王名你彌告御者摩恒梨曰吾欲遊觀汝可引車從是道去令我見諸有情受善惡果時摩恒梨即如王教引車從於二渚中過時王見彼有威德鬼首冠華鬘身著天衣食甘美食猶如天子乘象馬車各各遊戲見無威德鬼頭髮髼亂裸形無衣顏色枯悴以髮自覆執持瓦器而行乞丐見已深信善惡業果問鬼趣形狀云何荅多分如人亦有傍者或面似猪或似種種餘惡禽獸如今壁上彩畫所作問語言云何荅劫初成時皆作聖語後時隨處作種種言或有說者隨從何處命終生此即作彼形即作彼語評曰不應作是說若從無色界歿來生此趣可無形無言耶應作是說隨所生處形言亦爾

云何人趣荅人一類伴侶衆同分乃至廣說問何故此趣名末奴沙荅昔有轉輪王名曼馱多告諸人曰汝等欲有所作應先思惟稱量觀察爾時諸人即如王教欲有所作皆先思惟稱量觀察便於種種工巧業處而得善

巧以能用意思惟觀察所作事故名末奴沙從是以來傳立斯號先末號此末奴沙時人或相呼以爲雲頸或名多羅脛或名底落迦或名阿沙荼有説末奴沙者是假名假想乃至廣説有説先造作增長下身語意妙行往彼生彼令彼生相續故名人趣有説多憍慢故名人以五趣中憍慢多者無如人故有説能寂靜意故名人以五趣中能寂靜意無如人者故契經説人有三事勝於諸天一勇猛二憶念三梵行勇猛者謂不見當果而能修諸苦行憶念者謂能憶念久時所作所説等事分明了了梵行者謂能初種順解脱分順決擇分等殊勝善根及能受持别解脱戒由此因緣故名人趣問人住何處荅住四大洲謂贍部洲毗提訶洲瞿陀尼洲拘盧洲亦住八中洲何等爲八謂拘盧洲有二眷屬一矩拉婆洲二憍拉婆洲毗提訶洲有二眷屬一提訶洲二蘇提訶洲瞿陀尼洲有二眷屬一舍掁洲二嗢怛羅漫怛里拏洲贍部洲有二眷屬一遮末羅洲二筏羅遮末邏洲此八洲中人形短小如此方侏儒有説七洲是人所住遮末羅洲唯邏刹娑居有説此所説八即是四大洲之異名以一一洲皆有二異名故如是説者應如初説此八中洲一一復有五百小洲以爲眷屬於中或有人住或非人住或有空者問人趣形貌云何荅其形上立然贍部洲人面如車箱毗提訶人面如半月瞿陀尼人面如滿月拘盧洲人面如方池問語言云何荅世界初成時一切皆作聖語後以飲食時分有情不平等故及諂誑增上故便

有種種語乃至有不能言者
云何天趣荅天一類伴侣乃至廣説問何故彼趣名天荅於諸趣中彼趣最勝最樂最善最妙最高故名天趣有説先造作增長上身語意妙行往彼生彼令彼生相續故名天趣有説天者是假名假想乃至廣説有説光明增故名天以彼自然身光恒照晝夜等故聲論者説能照故名天以現勝果照了先時所修因故復次戲樂故名天以恒遊戲受勝樂故問諸天住在何處荅四大王衆天住七金山及妙高山四層級上幷日月星中三十三天住妙高山頂夜摩乃至色究竟天皆在空中密雲如地各有宫殿於中居止差别廣説如大種蘊無色界天無形色故無别住處問諸天形相云何荅其形上立問語言云何荅皆作聖語

已説五趣一一差别於彼中有阿素洛今當説謂有餘部立阿素洛爲第六趣彼不應作是説契經惟説有五趣故問何故名阿素洛荅素洛是天彼非天故名阿素洛復次素洛名端正彼非端正故名阿素洛以彼憎嫉諸天令所得身形不端正故復次素洛名同類彼先與天相近而住然類不同故名阿素洛謂世界初成時諸阿素洛先住蘇迷盧頂後有極光淨天壽盡業盡福盡故從彼天歿來生是中勝妙宫殿自然而出諸阿素洛心生嫉恚即便避之此後復有第二天生彼更移處如是乃至三十三天徧妙高山頂次第而住彼極瞋恚即便退下然諸天衆於初生時咸指之言此非我類此非我類由斯展轉名

非同類復由生嫉恚故形不端正即以此故名非端正問諸阿素洛退住何處有說妙高山中有空缺處如覆寶器其中有城是彼所住問何故經說阿素洛云我所住海同一鹹味若彼所部村落住鹹海中而阿素洛王住彼山內有說大鹹海中於金輪上有大金臺廣各五百踰繕那臺上有城是彼所住問若爾何故施設論說內海諸龍見阿素洛軍著金銀吠瑠璃頗胝迦鎧執金銀等種種器仗從阿素洛城出便告諸天耶荅天以諸龍在金山上而爲守邏彼時遥見大鹹海中阿素洛軍從城而出便告天衆如三十三天有四妙苑謂衆車麤惡雜林喜林阿素洛王亦有四苑一名慶悦二名歡喜三名極喜四名可愛如三十三天有波利夜怛羅樹阿素洛王亦有質怛羅波吒梨樹如三十三天帝釋爲主諸阿素洛毗摩質怛羅爲主問阿素洛其形云何荅其形上立問語言云何荅皆作聖語問諸阿素洛何趣所攝有說是天趣所攝問若爾何故不能入正性離生荅諂曲所覆故其事云何荅彼常疑佛朋黨諸天若佛爲其說四念住彼作是念佛爲我等說四念住必爲諸天說五念住乃至若佛爲說三十七助道法彼作是念佛爲我等說三十七必爲諸天說三十八以爲如是諂曲心所覆故不能入正性離生復次不可以不能入正性離生故便謂惡趣所攝如諸達拏及蔑戾車人亦不能入正性離生而非惡趣所攝彼亦應爾如是說者是鬼趣攝問若爾何故經説帝釋語毗摩質怛羅阿素洛王言汝本是此處

天荅帝釋應言汝本是此處鬼而言天者以尊敬婦公故作此愛語又令設芝聞生歡喜
問若是鬼者何以與諸天交親耶荅諸天貪美色故不爲族姓如設芝阿素洛女端正無比是故帝釋納以爲妻亦如大樹緊捺洛王女名爲奪意端正無雙雖是傍生趣攝而蘇迷王太子蘇達那菩薩求娉爲妻此亦如是
問何以復能與天鬬戰荅亦有劣者與勝者共諍如奴與主鬬狗與人鬬
問亦有人所承事以爲天者如筏栗達那神旃稚迦神旃荼履迦神布剌拏跋達羅神摩尼跋達羅神訶利底神末度塞建陀神等爲是天趣爲鬼趣耶若是天趣何故奪人精氣亦斷人命受人祠祀以諸天觀人飲食猶如糞穢不應貪饗以爲香美故若是鬼趣訶利底神所說頌云何通如說

可愛汝應默　唱怛羅亦然　我若見諦時
亦令汝等見

末度塞建陀神所說復云何通如說長者勿怖長者勿怖我次前生名末度塞建陀與長者常爲親友今生四大王衆天中恒住此始縛迦門上守護人衆耶有說彼是天趣問若爾何故奪人精氣亦斷人命受人祠祀耶荅彼無是事但彼所領鬼神有奪人精氣等事如是說者彼是鬼趣問訶利底神頌當云何通荅彼於諦愚實不能見而以深信故發此言又於爾時聞說四諦起增上慢生見諦想故作是說問末度塞建陀所說復云何通荅彼於趣愚實不能辯以自高故說我生天如今富人向僕隸邊自稱高貴彼亦如是又彼

承事四大王衆天而以自身攝同所事故作是說諸依地住神如鳩畔茶藥叉邏刹娑羯吒布怛那等皆鬼趣攝若緊捺落畢舍遮醯盧索迦婆路尼折羅頗勒窶羅等皆旁生趣攝彼形雖上立而猶有旁生相謂或有耳尖或有戴角或執險杖或作諸鳥獸頭或作旁生蹄具是故皆是旁生趣攝

此中前四趣惟欲界繫故依未至定滅天趣依七或未至滅然天趣九地繫欲界繫者依未至定滅乃至非想非非想處繫者依七根本未至定靜慮中間滅然此中所說定者有說無漏有說有漏無漏如前分別所說滅者若說此依種類滅說者彼說未至言攝未至定靜慮中間上七近分於未至定中攝有漏無漏依此能滅欲界繫乃至非想非非想處繫天趣故若說此依究竟滅說者彼說未至言攝未至定靜慮中間於未至定中惟攝無漏依此能滅非想非非想處繫天趣故由此故言依七或未至滅

阿毗達磨大毗婆沙論卷第一百七十二 說一切有部發智

音釋

繕 時戰切　煻煨 煻徒郎切煨烏回切灰火也　嘴 即委切鳥喙也　鵄 赤脂切怪鳥也　粃 昆脂切　鬔 薄紅切髮亂也　裸 郎果切赤體也　拉 盧合切　搋 丑皆切　蔑戾車 梵語也此云惡見箴彌列切戾力霽切　嗢 烏沒切　窶 其矩切

阿毗達磨大毗婆沙論卷第一百七十三

五百大阿羅漢等造

唐三藏法師玄奘奉　詔譯

定藴第七中攝納息第三之八

五妙欲者謂眼所識可愛可喜可樂如意能引欲可染著色乃至身所識可愛可喜可樂如意能引欲可染著觸問何故作此論荅爲欲分別契經義故如契經説眼所識可愛可喜乃至廣説契經雖作是説而不廣分別契經是此論所依根本彼所不説者今應説之故作斯論云何眼所識色妙欲荅若色欲界眼觸所生愛所緣境云何耳所識聲妙欲荅若聲欲界耳觸所生愛所緣境云何鼻所識香妙欲荅若香鼻觸所生愛所緣境云何舌所識味妙欲荅若味舌觸所生愛所緣境云何身所識觸妙欲荅若觸欲界身觸所生愛所緣境問意所識法何故不立妙欲耶荅皆是愛所緣者立妙欲意所識法有非愛所緣故不立妙欲復次若法爲二種愛所緣者立妙欲謂眼觸所生愛意觸所生愛乃至身觸所生愛意觸所生愛意所識法但爲一種愛所緣謂意觸所生愛是故不立妙欲問若爾初靜慮色聲觸應立妙欲亦爲二種愛所緣故荅若法爲二種愛所緣而彼愛是不善者立妙欲初靜慮色聲觸雖爲二種愛所緣而彼愛是無記故不立妙欲如不善無記欲愛色愛説亦爾有説若法爲二種愛所緣而是婬因緣愛者立妙欲初靜慮色聲觸雖爲二種愛所緣而非婬因緣愛故不立妙欲以是義故意所識法不立妙欲復次若法是共所

受用者立妙欲如女相續男所受用男相續女所受用等意所識法非共受用故不立妙欲復次若法體相麤顯多生愛者立妙欲意所識法體相微細非多生愛故不立妙欲已說自性所以今當說問何故名妙欲荅此欲妙故名爲妙欲問此皆有漏多諸過失有何功德說名爲妙荅此中亦有少分功德謂能生喜樂是故云妙復次諸欲下賤而耽欲者分別增益取爲淨妙故說爲妙復次諸欲稱可欲貪者意故說爲妙復次諸欲是耽欲者保護希尚故說爲妙復次此能隨順增長貪欲愛味故說爲妙尊者妙音說曰此是愚夫起妙想處故名爲妙尊者世友說曰此是諸習欲者所愛所喜所樂所求故名妙欲尊者覺天說曰諸欲雖非勝義妙而是世俗妙雖非究竟妙而是暫時妙謂能少時引生喜樂息諸苦故大德說曰諸欲下劣而似淨妙故說爲妙由此因緣故名妙欲如契經說具壽迦莫迦往至佛所頂禮佛足白佛言世尊佛常說欲欲爲顯何事佛言欲者即五妙欲何等爲五謂眼所識可愛可喜可樂如意能引欲可染著色乃至廣說問勝義欲者謂愛何故世尊說色等名欲答是欲具故名欲如樂具名樂垢具名垢漏具名漏此亦如是問何以得知勝義欲惟是愛荅由阿笈摩故如尊者舍利子說伽他言

世諸妙境非真欲　真欲謂人分別貪
妙境如本住世間　智者於中已除欲

爾時有一邪命外道不遠而住即時以頌詰舍利子言

若世妙境非真欲　說欲是人分別貪
苾芻應名受欲人　起惡分別尋思故

時舍利子報外道言起惡尋思實名受欲復爲外道說伽他言

若世妙境是真欲　說欲非人分別貪
汝師應名受欲人　恒觀可意妙色故

時彼外道黙不能報故知實欲是愛非境契經中說欲生有三一有諸有情樂受現前諸妙欲境彼於如是現欲境中自在而轉謂人及天一分人者全攝人趣天一分者謂下四天二有諸有情樂受自化諸妙欲境彼於自化妙欲境中自在而轉謂第五樂變化天三有諸有情樂受他化諸妙欲境彼於他化妙欲境中自在而轉謂第六他化自在天問依何建立此三欲生答依受如生現前欲境故立第一依受如樂自化欲境故立第二依受如樂他化欲境故立第三問何故人及前四天衆合立欲生後二天衆各別建立答人及前四天煩惱麤後二天煩惱細復次人及前四天煩惱利後二天煩惱數復次人及前四天煩惱重後二天衆煩惱輕是故人及前四天總立後二天別立有說人及前四天境不熾盛後二天境界熾盛復次人及前四天境不豐盈後二天境界豐盈復次人及前四天境不淨妙後二天境界淨妙復次人及前四天境不奪心後二天境界奪心復次人及前四天境不能令諸根醉悶後二天境界能令諸根醉悶是故人及前四天合立後二天別立有說人及前四天去離欲道遠婬事難息是故合立後二天去離欲道近婬事易息是

故別立有說人及前四天相觸成婬是故合立第五天共笑成婬第六天相視成婬故各別立此依喻顯婬事時量差別而說如前已辯有說人及前四天同樂受用自然生境故合立一第五天衆獨樂受用自所化境第六天衆獨樂受用他所化境故各立一此五妙欲惟欲界繫是故但依未至定滅

五學處者謂離斷生命離不與取離欲邪行離虛誑語離飲諸酒此五廣說如業蘊皆欲界繫故惟依未至定滅

六內處六外處六識身六觸身六受身六想身六思身六愛身依何定滅答五內處色聲觸外處依四或未至意內處法外處意識身及彼相應觸受想思愛身依七或未至香味外處鼻舌識身及彼相應觸受想思愛身依未至眼耳身識身及彼相應觸受想思愛身依初或未至問何故於此依六法而作論答彼作論者意欲爾故隨彼意而作論但不違法相便不應責復次不應問作論者意此是契經所說故佛於經中處處說此諸六法門而不廣分別契經是此論所依根本彼所不分別者今應分別故作斯論問置作論者意即佛經中何故說此六法門耶有說爲顯五蘊及彼因故謂若說前五內處前五外處及法處一分則顯色蘊若說六受身及法處一分則顯受蘊若說六想身及法處一分則顯想蘊若說六觸身及法處一分則顯行蘊若說六識身及意處則顯識蘊若說六思身六愛身則顯五蘊因如契經說業爲生因愛爲起因生起即是所得五蘊有說爲顯業煩惱

若三種集故謂若說六思身則顯業集若說六愛身則顯煩惱集若說餘六則顯苦集如爲顯業等三集如是爲顯業等三生業等三道應知亦爾諸六自性雜蘊等已說然前五內處及色聲觸外處皆五地繫故依四或未至滅於中欲界繫者依未至定滅乃至第四靜慮繫者依四靜慮未至定靜慮中間空無邊處近分滅然此中所說定者有說依無漏定說有說依有漏無漏定說如前分別所說滅者若說依種類滅說者彼說未至言攝未至定靜慮中間上四近分於未至定中攝有漏無漏依此能滅欲界繫乃至第四靜慮繫五內處及色聲觸外處故若說依究竟滅說者彼說未至言攝未至定靜慮中間空無邊處近分於未至定中惟攝無漏依此能滅第四靜慮繫五內處及色聲觸外處故由此故言依四或未至滅意內處法外處意識身及彼相應觸受想思愛身皆九地繫及有不繫者彼九地繫者依七或未至滅於中欲界繫者依未至定滅乃至非想非非想處繫者依七根本未至定靜慮中間滅然此中所說定者有說無漏有說有漏無漏如前分別所說滅者若說依種類滅說者彼說未至言攝未至定靜慮中間上七近分於未至定中攝有漏無漏依此能滅欲界繫乃至非想非非想處繫意處等故若說依究竟滅說者彼說未至言攝未至定靜慮中間於未至定中惟攝無漏依此能滅非想非非想處繫意處等故由此故言依七或未至滅香味外處鼻舌識身及彼相應觸受想思愛身皆欲界繫故惟

依未至定滅眼耳身識身及彼相應觸受想思愛身皆二地繫故依初或未至滅於中欲界繫者依未至定滅初靜慮繫者依初靜慮未至定靜慮中間第二靜慮近分滅然此中所說定者有說無漏有說有漏無漏如前分別所說滅者有說依種類滅說有說依究竟滅說隨其所應亦如前分別由此故言依初或未至滅

七識住八世法九有情居十業道依何定滅

答初識住八世法初有情居十業道依未至第二識住有情居依初或未至第三識住有情居依二或未至第四識住有情居依三或未至第五有情居依四或未至第五識住第六有情居依五或未至第六識住第七有情居依六或未至第七識住第八第九有情居依七或未至七識住如大種蘊廣說於中初識住惟欲界繫故但依未至定滅第二識住初靜慮繫故依初靜慮未至定靜慮中間第二靜慮近分滅第三識住第二靜慮繫故依初二靜慮未至定靜慮中間第三靜慮近分滅第四識住第三靜慮繫故依初三靜慮未至定靜慮中間第四靜慮近分滅第五識住空無邊處繫故依五根本未至定靜慮中間識無邊處近分滅第六識住識無邊處繫故依六根本未至定靜慮中間無所有處近分滅第七識住無所有處繫故依七根本未至定靜慮中間非想非非想處近分滅然此中所說定者有說無漏有說有漏無漏如前分別所說滅者此中無有種類滅究竟滅二說差別以各各但是一地繫故

八世法者一利二無利三譽四非譽五讚六毀七樂八苦問何故作此論答欲止他宗顯已義故謂分別論者及大衆部師執佛生身是無漏法彼何故作是説依契經故如契經説如來生世住世出現世間不爲世法所染彼依此故説佛生身是無漏法又彼説言佛一切煩惱幷習氣皆永斷故云何生身當是有漏爲止彼意顯佛生身但是有漏非無漏法故作斯論問云何知佛生身是有漏法答如契經説苾芻當知無明所覆愛結所繫愚夫感得有識之身聰明者亦然佛生身既是無明愛果故知非無漏法又契經説十處二少分是有漏由此故知佛生身定是有漏若佛生身無漏者無比女不應生貪央掘利魔羅不應生瞋鄔盧頻螺迦葉波不應生癡慠慢婆羅門不應生慢以佛生身生他貪瞋癡慢故知定是有漏問若爾彼所引經當云何通答彼經密意説佛法身謂如來生世住世者説佛生身出現世間不爲世法所染者説佛法身復次世法者即世八法如來不爲世八法所染故言世法不染非謂無漏謂世八法隨順世間有情世間有情亦隨順世八法世八法隨順如來如來不隨順世八法故説如來非世法所染復次如來離世八法故言不染非謂無漏問如來亦有世八法何故言離有利者如鄔揭羅長者於一日中以三百千衣服施佛時縛迦醫王等八十人於一日中各奉佛百千雙憍舍耶衣無利者如佛一時著衣持鉢入娑羅婆羅門村乞食空鉢而入空鉢而出有譽者佛初生時名至他化自

在天得阿耨多羅三藐三菩提時名至色究竟天轉法輪時名至梵天非譽者如佛一日遭戰遮婆羅門女誹謗又於一時因孫陀利女惡聲聞於十六大國有毀者如跋羅惰闍惡口婆羅門以五百頌現前罵佛有讚者如即彼婆羅門以佛容色不異故便生淨信復以五百頌現前讚佛尊者舍利子以衆多頌現前讚佛無上功德尊者阿難陀以衆多頌現前讚佛希有妙法如是鄔波離婆耆奢尼羅部底等諸大論師皆以百千伽他現前讚佛有樂者佛有殊勝身心受樂及輕安樂一切有情所不能及有苦者世尊亦有背痛頭痛竭地羅刺傷足及迸石傷指出血如是等法世尊皆有何故言離答彼皆不能令佛生染故名爲離謂佛世尊雖遇利等四法而心不高雖遭無利等四法而心不下又雖遇利等四法而心不歡雖遭無利等四法而心不慼又雖遇利等四法而心不染故生喜雖遭無利等四法而心不憎故生憂又雖遇利等四法而不生愛雖遭無利等四法而不生恚譬如妙高山王住金輪上八方猛風所不能傾動世尊亦爾安住戒金輪上世間八風所不能動是故名爲不爲世法之所染汙非謂生身是無漏故說爲不染問如來於一切煩惱并習氣皆已永斷云何當說是有漏耶答雖自身中諸漏永斷而能增長他身漏故又從先時諸漏生故說爲有漏是故爲止他宗顯已義故而作斯論此中利者有二種一有命二無命有命利者謂得象馬牛羊妻子僮僕等無命利者謂得金銀等寶衣服等物無

利者謂即不得前二種利譽者謂不現前讚美非譽者謂不現前毀呰讚者謂現前讚美毀者謂現前毀呰樂者謂欲界身心樂有說惟取五識相應樂苦者謂欲界身心苦有說惟取五識相應苦問此八世法幾界幾處幾蘊所攝答有命利十七界十一處五蘊所攝除聲聲非恒有故即屬身故無命利四界四處一蘊所攝謂色香味觸界處色蘊無利譽非譽讚毀樂苦二界二處三蘊所攝謂聲法界處色受行蘊此中無利法界法處行蘊所攝以無利是不成就故譽非譽讚毀聲界聲處色蘊所攝樂苦法界法處受蘊所攝若總說八世法則十八界十二處五蘊所攝有說利無利俱十八界十二處五蘊所攝以所得及所不得俱通十八界等故餘如前說有說利無利俱法界法處行蘊所攝以利無利用成就不成就性爲體故餘如前說問何故此八說名世法答世間有情所隨順故名爲世法世間有情若遇利等四法其心則高若遭無利等四法其心則下又若遇利等四法心則生歡若遭無利等四法心則生慼又若遇利等四法心則染故生喜若遭無利等四法心則憎故生憂又若遇利等四法心則生愛若遭無利等四法心則生恚故此八種名爲世法如來於此心不隨順故說不爲世法所染問聲聞獨覺愛恚斷故亦不隨順如是八法何故不說答彼不定故謂有不染如不動法者或復有染如退法等復次二乘猶有相似法故謂阿羅漢愛恚雖斷而有愛恚相似餘習如二阿羅漢俱是不時解脫同止一處

一則多得敬養名稱一則不得彼得者便似自高如有喜愛彼不得者便似自下如有憂慼故不說爲世法不染惟佛永拔愛恚習氣假使一切有情皆得勝利恭敬名譽如來不得一毫之分終無自下似憂慼相反生慶悅設佛獨得一切勝利恭敬名譽諸餘有情無一毫分終無自高如喜愛相反生慈愍故佛獨稱世法不染又佛世尊得利不高慢習斷故無利不下樂遠離故得譽不歡愛習斷故非譽不慼得無畏故讚不生喜憍習斷故毀不生憂住空三摩地故樂不生愛住無願三摩地故若不生恚住無相三摩地故此八世法惟欲界繫故但依未至定滅

九有情居廣說如大種蘊於中七種滅義如七識住說第五有情居第四靜慮繫故依四靜慮未至定靜慮中間空無邊處近分滅第九有情居非想非非想處繫故依七根本未至定靜慮中間滅然此中所說定者有說無漏有說有漏無漏如前分別此中亦無種類滅究竟滅二說差別如各各但是一地繫故

十業道廣說如業蘊於中十不善業道惟欲界繫故但依未至定滅前七善業道五地繫及不繫欲界繫者依未至定滅乃至第四靜慮繫者依四靜慮未至定靜慮中間空無邊處近分滅後三善業道九地繫及不繫欲界繫者依未至定滅乃至非想非非想處繫者依七根本未至定靜慮中間滅然此中依不善業道近對治欲界善業道說故但言依未至定滅

四靜慮四無量四無色八解脫八勝處十徧

處依何定滅答初靜慮依初或未至第二靜慮喜無量初二解脫前四勝處依二或未至第三靜慮依三或未至第四靜慮三無量淨解脫後四勝處前八徧處依四或未至空無邊處及彼解脫徧處依五或未至識無邊處及彼解脫徧處依六或未至後二無色後三解脫依七或未至此中四靜慮乃至十徧處如餘處廣說其四靜慮各自地繫及不繫自地繫者各依自下根本地未至定靜慮中間及次上近分滅然所說定者有漏無漏如前分別所說滅者此中無有種類滅究竟滅二說差別以各各但是一地繫故四無量中喜無量初二靜慮繫故依二或未至滅餘三無量四地繫故依四或未至滅於中差別隨應如前然所說定者有漏無漏如前分別所說滅者有說依種類滅說有說依究竟滅說隨其所應如前分別然於未至定中皆惟攝無漏應知四無色中前三無色各自地繫及不繫自地繫者各依自下根本地未至定靜慮中間及次上近分滅後一無色惟有自地繫依七根本未至定靜慮中間滅然所說定者有漏無漏如前分別於後一無色惟應依無漏定說所說滅者此中亦無種類滅究竟滅二說差別亦各惟是一地繫故八解脫中初二解脫如喜無量說下三無色解脫如下三無色說後二解脫如第四無色說淨解脫第四靜慮地繫故依四靜慮未至定靜慮中間空無邊處近分滅此中所說定及所說滅皆如第四靜慮說八勝處中前四勝處如初二解脫說後四勝處如淨解脫說十徧處中前

入徧處如後四勝處說空無邊處徧處惟自地繫故依五根本未至定靜慮中間識無邊處近分滅識無邊處徧處亦惟自地繫故依六根本未至定靜慮中間無所有處近分滅然此中所說定者有漏無漏如前分別所說滅者亦無種類滅究竟滅二說差別亦各惟是自地繫故

他心智世俗智依何定滅答他心智依四或未至世俗智依七或未至此中他心智世俗智如餘處廣說然他心智四地繫及不繫初靜慮繫者依初靜慮未至定靜慮中間第二靜慮近分滅乃至第四靜慮繫者依四靜慮未至定靜慮中間空無邊處近分滅然此中所說定者有漏無漏如前分別所說滅者有說依種類滅說有說依究竟滅說亦隨所應如前分別世俗智九地繫欲界繫者依未至定滅乃至非想非非想處繫者依七根本未至定靜慮中間滅然此中所說定及所說滅皆隨所應如前分別由此故言依七或未至滅

阿毗達磨大毗婆沙論卷第一百七十三　說一切有部發智

音釋

笈極曄切　詰契吉切問也　鄔安古切　慠魚到切慢也　竭其謁切　迸北諍切涌也

阿毗達磨大毗婆沙論卷第一百七十四

五百大阿羅漢等造

唐三藏法師玄奘奉　詔譯

定蘊第七中不還納息第四之一

有五不還謂中般涅槃生般涅槃有行般涅槃無行般涅槃上流往色究竟爲五攝一切爲一切攝五耶如是等章及解章義既領會已應廣分別問何故作此論答爲欲分別契經義故如契經說有五不還謂中般涅槃乃至廣說彼經雖作是說而不明爲五攝一切爲一切攝五亦未曾顯勝劣差別今欲具明故作斯論

爲五攝一切一切攝五耶答一切攝五非五攝一切不攝何等謂現法般涅槃及往無色不還此中一切多非五故一切攝五非五攝一切猶如大器覆於小器非小器覆大一切者謂七不還即前五并現法般涅槃及往無色不還於中後二非五所攝故名爲多問亦有不定般涅槃者謂或於欲界而般涅槃或於色界而般涅槃或於無色界而般涅槃此中何故不說答應說而不說者當知此義有餘復次彼即攝在七不還中故不別說謂彼若在欲界般者即現法般涅槃攝色界般者即五不還攝無色界般者即往無色不還攝問亦有轉生般涅槃者謂彼或從極七返有或從家家或從一來或從一間得不還果彼得果已必於此生得般涅槃彼非現法般涅槃以契經說云何現法般涅槃謂即此生得預流果進斷餘結得一來不還阿羅漢果由此因緣轉生般者非七所攝此中何故不說

答應說而不說者當知有餘復次彼由猒受生故得不還果已未經幾時即般涅槃於其中間時極促故不容建立是以不說復次彼亦攝在現法般涅槃中故不別說以依此生得不還果即於此生般涅槃故

中般涅槃生般涅槃何者爲勝答若住等斷則中般涅槃爲勝若生般涅槃斷結多則彼爲勝謂此二不還若並具初靜慮縛乃至若俱斷第四靜慮前八品結則中般涅槃由三事故勝一受苦少此受一有若彼受二有苦故二速滅煩惱火三疾捨蘊擔若中般涅槃具初靜慮縛乃至斷第四靜慮前七品結生般涅槃斷初靜慮一品結乃至斷第四靜慮前八品結則生般涅槃由一事故勝謂住多

斷中般涅槃乃至上流往色究竟何者爲勝答若住等斷則中般涅槃爲勝若乃至上流往色究竟斷結多則彼爲勝謂中般涅槃若對有行般涅槃無行般涅槃皆如對生般涅槃說若對上流往色究竟則於受苦有差別謂此惟受一有苦彼極少受四有苦故餘如前說如是生般涅槃乃至上流往色究竟有行般涅槃乃至上流往色究竟無行般涅槃上流往色究竟何者爲勝答若住等斷則生般涅槃等爲勝若有行般涅槃等斷結多則彼爲勝謂此諸不還隨所相對若並具初靜慮縛乃至若俱斷第四靜慮前八品結則生般涅槃於有行般涅槃由一事故勝謂生般涅槃有勤修道及速進道有行般涅槃惟有勤修道無速進道於無行般涅槃由二事故勝彼無勤修道亦無速進道故於上流往色

究竟由一事故勝謂受苦少此受二有苦彼極少受四有苦故有行般涅槃於無行般涅槃由一事故勝此有勤修道彼俱無故於上流往色究竟由一事故勝無行般涅槃於上上流往色究竟亦由一事故勝皆如前說若生般涅槃等具初靜慮縛乃至斷第四靜慮前七品結有行般涅槃等斷初靜慮一品結乃至斷第四靜慮前八品結則有行般涅槃等於生般涅槃等由一事故勝謂住多斷

復次集異門說有五種不還補特伽羅謂中般涅槃乃至上流往色究竟云何中般涅槃謂有補特伽羅前生中於五順下分結已斷已徧知於五順上分結未斷未徧知造作增長順起有受業不造作增長順生有受業從彼命終起色界中有即住彼中有得如是種類無漏道由此道力進斷餘結於無餘依涅槃界而般涅槃是名中般涅槃問何故名中般涅槃答此補特伽羅已過欲界未到色界住彼中有而般涅槃故名中般涅槃復次此補特伽羅利根輕煩惱故能於中有而般涅槃故名中般涅槃復次此補特伽羅先得有心有心無間得學心學心無間得無學心無學心無間得非學非無學心即住彼心而般涅槃故名中般涅槃問此言欲差別誰答欲差別餘聖者謂餘聖者學心無間或起無學心或起非學非無學心此則不爾學心無間必起無學心餘聖者非學非無學心無間或般涅槃或更起無學心此則不爾非學非無學心無間定般涅槃以餘聖者數起聖道現在前此不數起故云何生般涅槃謂有補特

伽羅前生中於五順下分結已斷已徧知於五順上分結未斷未徧知造作增長順起有受業順生有受業從彼命終起色界中有生色界天生已未久得如是種類無漏道由此道力進斷餘結於有餘依般涅槃界而般涅槃是名生般涅槃問何故名生般涅槃答此補特伽羅生彼未久得阿羅漢果而般涅槃故名生般涅槃復次此補特伽羅生彼未久得阿羅漢果盡其壽量方般涅槃故名生般涅槃問若彼盡壽方般涅槃者何故名生般涅槃答依煩惱涅槃說非蘊涅槃故無過云何有行般涅槃謂有補特伽羅前生中依有行道恒時作意依不息加行三摩地於五順下分結已斷已徧知於五順上分結未斷未徧知造作增長順起有受業順生有受業從彼命終起色界中有生色界天生已多時復依有行道恒時作意依不息加行三摩地進斷餘結於有餘依般涅槃界而般涅槃是名有行般涅槃問何故名有行般涅槃答此補特伽羅由有行道斷餘煩惱而般涅槃故名有行般涅槃復次此補特伽羅由有行道得阿羅漢果盡其壽量而般涅槃故名有行般涅槃復次此補特伽羅依有為緣道進斷餘結而般涅槃故名有行般涅槃云何無行般涅槃謂有補特伽羅前生中依無行道不恒時作意依止息加行三摩地於五順下分結已斷已徧知於五順上分結未斷未徧知造作增長順起有受業順生有受業從彼命終起色界中有生色界天生已多時復依無行道不恒時作意依止息加行三摩地進斷餘

結於有餘依般涅槃界而般涅槃是名無行般涅槃問何故名無行般涅槃答此補特伽羅由無行道斷餘煩惱而般涅槃故名無行般涅槃復次此補特伽羅由無行道得阿羅漢果盡其壽量而般涅槃故名無行般涅槃復次此補特伽羅依無爲緣道進斷餘結而般涅槃故名無行般涅槃云何上流往色究竟謂有補特伽羅前生中於五順下分結已斷已徧知於五順上分結未斷未徧知徧知得世俗四靜慮將命終時退上三靜慮住初靜慮由即彼愛及彼地造作增長順起有受業順生有受業故從彼命終起色界中有生梵衆天生已復能入世俗第二靜慮由即彼愛及彼地造作增長順起有受業順生有受業故從彼命終生極光淨天生已復能入世俗第三靜慮由即彼愛乃至從彼命終生徧淨天生已復能入世俗第四靜慮由即彼愛乃至從彼命終生廣果天生已復能起下品雜修世俗第四靜慮由即彼愛乃至從彼命終生無煩天如是乃至於餘四品雜修世俗第四靜慮次第徧起於餘四天次第徧生是名上流往色究竟問何故名上流往色究竟答流有二種一生死愛二後有業此補特伽羅於二種流並未斷未徧知由此爲緣及爲因故上行上隨行上往上隨往上受上隨受上流上隨流故名上流往色究竟復次此補特伽羅不下行惟勝進行得轉上轉妙轉勝定及生入彼定受彼生故名上流往色究竟復次此補特伽羅上流上生令上生相續故名上流問異生亦有上流上生令上生相續

何故不名上流耶答若惟上流不下流者名爲上流異生上流亦下流故不名上流有說若上流徧一切處無礙者名爲上流異生不能徧一切處無礙故不名上流彼於淨居則有礙故問聖者上流亦於二處有礙謂大梵王及無想處何故得名上流答彼無別處即梵輔廣果二處攝故猶得名爲徧一切處有說若上流能越界得果永斷順五下分結者說名上流異生雖能越界而不得果亦不永斷順五下分結故不名上流有說具三種流者說名上流謂業煩惱及與聖道異生惟有業煩惱流無聖道流是以不名上流

復次上流有二種一行色界二行無色界行色界者乃至色究竟天行無色界者乃至非想非非想天又行色界者有雜修靜慮行無色界者無雜修靜慮復次上流有三種一全超二半超三一切處歿全超者謂欲界歿生梵衆天梵衆天歿生色究竟或生非想非非想處而般涅槃半超者謂欲界歿生梵衆天梵衆天歿於上一切天處或更生一處或二或三或四或五乃至或惟超一處徧生餘處然後生色究竟或生非想非非想處而般涅槃一切處歿者謂欲界歿生梵衆天梵衆天歿生梵光行天如是次第生上諸處乃至生廣果天從此以上有二路別一入淨居二入無色入淨居者廣果天歿生無煩天次第乃至生色究竟而般涅槃入無色者廣果天歿生空無邊處次第乃至生非想非非想處而般涅槃如一切處歿有二路別應知全超半超亦爾問何等上流入淨居何等上流入無

色答有二上流謂毗鉢舍那行奢摩他行毗鉢舍那行者入淨居奢摩他行者入無色復次有二上流謂樂勝定及樂勝生樂勝定者入淨居樂勝生者入無色復次有二上流謂樂決擇及樂寂靜樂決擇者入淨居樂寂靜者入無色復次有二上流謂雜修不雜修雜修者入淨居不雜修者入無色又一切處歿上流有來所顯非去有去所顯非來有來所顯亦去所顯有來所顯非去者謂生色究竟或非想非非想處有去所顯非來者謂生梵衆天有來所顯亦去所顯者謂生中間諸處非來所顯非去所顯者無問如前說往色究竟者先得世俗四靜慮後退住初靜慮彼往非想非非想處者亦先得世俗四無色後退住初靜慮爲不耶答亦有如先得世俗四靜慮後退住初靜慮命歿生梵世展轉乃至生色究竟如是亦有先得世俗四靜慮四無色後退住初靜慮命歿生梵世展轉乃至生非想非非想處但不必須爾問何故不說彼退初靜慮耶答無有退初靜慮而命終者是以不說又此中顯不還差別彼退初靜慮者非復不還是故不說問如說退住初靜慮生梵衆天作全超半超一切處歿上流彼若退住第二靜慮生少光天退住第三靜慮生少靜天退住第四靜慮生無雲天等彼亦得作全超半超一切處歿上流不耶有說不得以生梵世於上不還所應生處無缺減故依彼建立全超半超一切處歿若退生上地處便缺減故不依彼立全超等有說彼亦得名半超以超少分中間處故有說亦得具名三種彼

說從欲界歿隨生何處即於彼上所應生處亦可施設全超半超一切處歿故問若不還者欲界歿生無色界亦得作全超等不有說不得有說彼亦得名半超有說彼亦具名三種此中所以皆如前釋問如往色究竟上流必先得四靜慮退生梵世然後能往色究竟天彼往非想非非想處上流亦必先得四無色退生梵世然後能往非想非非想處耶答不必爾以生色界不能初起雜修靜慮要欲界時曾起今復重修方能往色究竟生無色者更無如是殊勝類業要於欲界曾起今更重修然後能生有頂是故往有頂者若先得無色而退若先不得彼欲界歿生梵衆天皆能往非想非非想處問所說上流爲但是信勝解爲亦有見至耶答若不退上定而上流者此通二種若退上定而上流者惟信勝解復次即退上定而上流者亦通二種問彼見至云何退耶答彼非本性見至但於退後未命終頃從信勝解練根作見至然後命終而生上界爲上流故

問如色界有中般涅槃欲界亦有耶答無問何故答欲界是不定界非修地非離染地多諸過失災横留難住本有時尚難得果況住中有微劣身耶色界不爾故住中有能般涅槃復次若住欲界中有般涅槃者則依中有能越三界然無依中有身能越三界者復次若住欲界中有般涅槃者則中有中能斷三界煩惱然無住中有身能斷三界煩惱者復次若住欲界中有般涅槃者則中有中能斷不善無記二種煩惱然無住中有身能斷不

善無記二種煩惱者復次若住欲界中有般
涅槃者則中有中能證若二若三沙門果然
無住中有身能證若二若三沙門果者以是
義故惟色界有中般涅槃欲界則無復次中
般涅槃必於前生已離欲界染已離欲界染
者必不起欲界中有故於欲界無中般涅槃
復次欲界煩惱業重非於中有微劣身中所
能除斷復次中有非得不還果所依但是得
阿羅漢果所依復次欲界中有必不能起聖
道現前以劣弱故色界不爾由此義故欲界
無有中般涅槃復次中有微劣惟能起自根
本地聖道現前非未至等以難起故若欲界
中有般涅槃者則與此相違故必無有復次
欲界有違順相應煩惱有外六門煩惱有能
引二果煩惱有無慚無愧相應煩惱及有忿

等種種雜類諸隨煩惱難破難斷難越難離
住本有中作大功用尚難除斷況在中有故
無欲界中般涅槃復次要曾具修九品對治
方於中有能般涅槃欲界中有必未具修九
品對治故彼中有不般涅槃問如欲界歿受
色界中有得般涅槃如是從色界歿受色界
中有亦般涅槃不答不所以者何彼於欲界
多苦多障多諸災橫可猒之身極生猒逆既
捨離已起色界中有現在前時於當所受長
時異熟亦生猒患便般涅槃色界無有如是
災橫極可猒事令生猒逆如於本有有緣礙
故不般涅槃今中有亦爾故從彼歿所起中
有不般涅槃復次若色界歿即彼中有般涅
槃者應亦名上流則五不還便成雜亂謂彼
無有差別因緣惟欲界歿住中有般涅槃者

名中般涅槃非色界殁者又無因縁從彼趣上不名上流由此過失故彼中有不般涅槃問若欲界殁起色界中有由猒逆故得涅槃者何不即於欲界本有得涅槃耶增猒逆故答彼住本有得不還果已起阿羅漢果加行圓滿於未起聖道頃即便命終故由前勢力能於中有進斷餘結而般涅槃問彼加行圓滿何故不起聖道而便命終答彼或壽盡故或業盡故或福盡故或他所害故或爲饒益他故或非意遇惡縁故不及起聖道而便命終有説彼得不還果已修後加行將圓滿時便遭長病或闕資具或遇命等諸難因縁未能盡漏從彼展轉遂至命終既得色界中有雜蘊諸根大種增上力故速能引起聖道現前進斷餘結而般涅槃問若欲界殁生無色界亦有生般涅槃等不答有以欲界殁生上二界更不再生般涅槃者隨在何處即彼生中皆可建立生等三種二生以上隨在何處皆可建立爲上流故問樂慧上流不至色究竟樂定上流不至有頂於下諸處般涅槃者亦得名爲樂慧樂定二上流不答彼亦隨類得二種名然説樂慧至色究竟樂定至有頂者依極處説過此更無行處故如預流者或名極七返有而於中間般涅槃者亦得此名彼亦如是問何故聖者於上二界一一生處但受一生於欲界中不如是耶答欲界是不定界是雜亂地諸煩惱業相凌相雜無分齊法式故令聖者從下生上上復生下或於一處而受多生色無色界是定界非雜亂地諸煩惱業不相凌雜有分齊法式故令聖者惟

上不下一處一生

復次生欲界聖者不名不還而名極七返有等故生上下亦一處重生生上界聖者名曰不還故惟生上亦不重生由此義故不還義滿以尚不生本處況有還生下者

復次不還補特伽羅廣說有無量種今且分別行色界五種當知此依界建立故說一生不生建立故說二分位差別建立故說五謂中般涅槃乃至上流往色究竟即此根建立故說十五謂下中上根各五地建立故說二十謂初靜慮乃至第四靜慮各五種性建立故說三十謂退法種性乃至不動法種性各五處建立故說八十謂梵衆天乃至色究竟天各五種性根建立故說九十謂退法種性下中上根各有五乃至不動法種性亦爾地種性建立故說百二十謂初靜慮六種性各有五乃至第四靜慮亦爾地種性根建立故說三百六十謂初靜慮六種性三根各五乃至第四靜慮亦爾處種性建立故說四百八十謂梵衆天六種性各五乃至色究竟天亦爾處種性根建立故說一千四百四十謂梵衆天六種性三根各五乃至色究竟天亦爾離染處種性根建立故說一萬二千九百六十謂前一千四百四十各有九種離染差別

復次一中般涅槃差別建立亦有多種謂界故說一根故說三地故說四種性故說六離染故說九處故說十六種性根故說十八地種性故說二十四地離染故說三十六地種性根故說七十二處種性故說九十六地離染根故說一百八處離染故說一百四十四

種性離染根故說一百六十二地離染種性故說二百一十六處種性根故說二百八十八地離染種性根故說六百四十八處種性離染故說八百六十四處種性離染根故說二千五百九十二如中般涅槃有爾所乃至上流亦爾如是總有一萬二千九百六十不還差別如行色界不還差別建立如是行無色不還差別建立隨應亦爾

阿毗達磨大毗婆沙論卷第一百七十四 一說切有部發智

音釋

般涅槃 梵語具云摩訶般涅槃那此云大滅度般北末切涅乃結切

阿毗達磨大毗婆沙論卷第一百七十五

五百大阿羅漢等造

唐三藏法師玄奘奉　詔譯

定蘊第七中不還納息第四之二

如契經說佛告苾芻有七善士趣能進斷餘結得般涅槃問云何建立七善士趣爲以界沙門果故爲以地處所故爲以根煩惱故而建立耶設爾何過若以界沙門果故而建立者應但說一謂行色界不還若以地處所故而建立者但應說四或說十六若以根煩惱故而建立者應說有九以彼各有九品故答不以此三緣建立但以生不生品上行故建立七種若由此故立初生品即由此故立初不生品若由此故立第二生品即由此故立第二不生品若由此故立第三生品即由此故立第三不生品復以上行義勝立上流爲一由此建立七善士趣謂生者或有勤修道有速進道或有勤修道無速進道或無勤修道無速進道初爲第一次爲第二後爲第三如生有三不生亦爾復以上行義勝立上流爲一由此建立七善士趣復次生者有上根有中根有軟根如次爲三如生有三不生亦爾餘如前說煩惱差別與此相違說亦爾復次生者有上品道有中品道有下品道如次爲三如生有三不生亦爾餘如前說復次生者有上品業有中品業有下品業如次爲三此依無漏業說若依有漏業說則後爲第一次爲第二初爲第三如生有三不生亦爾餘如前說有說生者有精進增上亦得勝慧有精進增上不得勝慧有得勝慧非精進增上

如次爲三如生有三不生亦爾餘如前說有說生者有常加行亦頓加行有常加行不頓加行有頓加行不常加行如次爲三如生有三不生亦爾餘如前說有說生者有於生死見上品過患有於生死見中品過患有於生死見下品過患如次爲三如生有三不生亦爾餘如前說於涅槃作功德勝解差别說亦爾有說生者或有上品奢摩他毗鉢舍那或有中品或有下品如次爲三如生有三不生亦爾餘如前說餘善根差别說亦如是有說世尊顯示從七分位七種性七門七階七迹七路而越非想非非想處難斷難壞修所斷結得阿羅漢果故說如是七善士趣

問如生不生各有三種上流亦爾謂全超半超一切處沒何故但說一耶答生不生各是一有相續於中分位差别難知欲令知故各說三種上流三種生數自辯差别易知是故但隨上行義勝合說一種復次生與不生一期時促差别義少分齊易知是故分三上流時長差别多種分齊難辯故合立一復次生不生亦有等義上流亦有别義欲以二文互相顯故作如是說復次生與不生善士趣相現前易了以彼速趣般涅槃故各分爲三其上流者善士趣相微隱難知以彼尚經多生死故但合說一

問何故經中不生三種以三喻顯於生三種則不爾耶答如以三喻顯不生三當知亦已顯生三種是故前說若由此故立初生品則由此故立初不生乃至廣說復次以不生者趣生處時如涉路者於中有去未遠便般涅

槃有去少遠而般涅槃有去已遠垂至生處而般涅槃是故世尊以三喻顯生中三種皆至生處更無所趣遠近差別故無別喻復次不生三種微細不現難覺難了故以喻顯生中三種麤現易知不以喻顯復次不生三種界攝非趣生攝非趣相不圓滿故以喻顯生三不爾故無喻顯復次佛觀未來有僻執者於中有中而生誹謗如分別論師等佛因欲決定中有義故以三譬喻顯滅差別於生有等無此誹謗故於生三不復說喻復次中般涅槃於生般等有三事勝一受苦少二速滅煩惱火三疾捨蘊擔故以三喻顯之生等不爾故無喻顯

問中般涅槃起何地聖道進斷餘結得阿羅漢果耶答起自地聖道謂若住初靜慮地中有般涅槃者彼起初靜慮地聖道乃至若住第四靜慮地中有般涅槃者彼起第四靜慮地聖道問彼得果已亦有起未至定靜慮中間聖道耶有說亦有起者謂若先依彼得不還果者今亦能起如是說者應說不起所以者何由法爾故復次以時促故彼得果已疾般涅槃何容更起餘地無漏復次中有惟於根本地聖道隨順非近分地以近分地聖道苦道所攝難現前故復次若地有定亦有生者住中有中起彼聖道未至定有定無生靜慮中間雖亦有生而是異生所生非聖者四根本靜慮有定有生故住中有起彼聖道問彼何故不起無色聖道答切時未得故後時無用故復次彼他地攝難現前故復次彼苦道攝不欲起故

問何故不說預流一來爲善士趣耶答應說而不說者當知此義有餘有說世尊此中以七善士趣讚美中子或時有處讚美長子如伽他言

阿羅漢極樂　以無貪愛心　及我慢已斷
永絕癡網故

或時有處讚美幼子如池喻經廣說今此亦以讚美中子是故不說預流一來有說本爲差别預流一來世尊說此七善士趣謂彼雖得名爲善士如契經言云何善士謂若成就有學正見乃至正定云何勝善士謂若成就無學正見乃至正定然其不得名善士趣以彼尚遠非能近趣勝善士故唯不還者名爲善士亦名善士趣彼是善士又能隣趣勝善士故由此義故預流一來非善士趣有說有學位中若已越界已得果者立善士趣預流一來雖已得果而未越界有說有學位中若已越界永斷不善煩惱業者立善士趣預流一來二俱不爾有說有學位中若已得果及永斷不善煩惱業者立善士趣預流一來不能如是故不立善士趣如不善煩惱業如是有異熟無慙無愧相應二果煩惱業亦爾有說有學位中若已越界及永斷五順下分結者立善士趣預流一來不爾有說有學位中若已得果及永斷五順下分結者立善士趣預流一來不爾有說有學位中若已永斷非善士共有法者立善士趣何等名爲非善士共有法謂樂在家愛戀妻子貪著卧具衣服飲食好著種種華鬘瓔珞及諸香等塗飾其身貯畜一切不淨財物所謂金銀珍寶倉庫

田宅童僕作使諸象馬等及以染心摩觸骨瑣衆惡所集不淨之身而生淨想染習欲事或時發怒起加拳等苦楚有情諸損惱業預流一來猶有此事故不說在善士趣中有說於有學位若更不入黑暗牢獄毋胎臟中稟諸不淨而爲身分生熟二臟中間住者立善士趣預流一來尚有斯事是故不立七善士趣尊者妙音作如是說若學已斷欲貪瞋恚不於毋胎受迫迮苦者立善士趣預流一來不爾有說若學不爲違順境界嬈觸心者立善士趣預流一來不爾有說若趣上生不退還者立善士趣預流一來不爾有說若學已得雜修靜慮雖退而不失靜慮者立善士趣預流一來不爾有說若學惟行善士法不行不善士法者立善士趣預流一來亦行不善士法由如此義預流一來不立善士趣

問行無色不還於行色界不還有五事勝謂界勝地勝斷煩惱勝損減蘊勝三摩鉢底勝何故不立爲善士趣答應說而不說者當知此義有餘有說若麤現易了立善士趣彼不顯了是故不說有說佛爲勸誘未離欲界多過患處染聖者令速離故說行色界不還爲善士趣不爲勸誘未離色界少過患處染聖者令速離故不說行無色不還爲善士趣有說若有色身依有色處有來去等寂靜威儀可令他知是善士者立善士趣行無色者無如是事故不立善士趣有說若處有五不還可施設七善趣者立善士趣行無色不還不具五種不可施設七善士趣是故不說有說若彼界有惟聖者生處立善士趣無色界不

爾有說若已得雜修靜慮雖退而不失靜慮者立善士趣行無色者不爾有說若界已離不善士法有諸善士往還談論於是界中立善士趣無色界不爾故不立善士趣問何故阿羅漢非善士趣答亦應說阿羅漢爲善士趣而不說者當知此義有餘復次趣上生者立善士趣阿羅漢無生是故不立復次趣上果者立善士趣阿羅漢即是上果更無上果可趣是故不立問時解脫阿羅漢亦趣上果謂求不動何故非善士趣答彼趣上種性非趣上果復次若聖者成就煩惱而不成就非善士法者立善士趣阿羅漢不成就煩惱是故不說復次有學位中有成就非善士法者對彼施設七善士趣無學位不爾是故不說復次不還是善士趣阿羅漢是勝善士趣若當說爲善士趣者便是損減非謂如實是故不說

問如所說雜修靜慮以何爲自性答以五蘊爲自性問何故名爲雜修靜慮彼雜修言欲何所顯答徧熏故名雜修合熏故名雜修令嚴好故名雜修令明淨故名雜修譬喻者說緣彼故名雜修徧熏故名雜修者如衣置於一篋以香徧熏諸瑜伽師亦復如是以前後二剎那無漏徧熏中間一剎那有漏合熏故名雜修者如華與苣藤合熏令發香彼瑜伽師亦復如是以二剎那無漏隣雜熏發一剎那有漏令嚴好故名雜修者如以衆華散制多上令其嚴好如是行者以二剎那無漏散一剎那有漏上令其妙好令明淨故名雜修者如以金等置於爐中調鍊銷鎔令轉明淨

如是行者以一剎那有漏置於無漏二剎那中數數調鍊令轉淨妙緣彼故名雜修者彼說以二剎那無漏緣一剎那有漏故名雜修界者所雜修隨色界能雜修不隨界地者能所雜修皆在根本四靜慮地問有雜修無色不有說無以難見故微細故有說佛於無色有雜修非聲聞獨覺所依者依欲色界行相者有說能雜修所雜修皆作十六聖行相所以者何以聖行相無間能起聖道聖道無間復起聖行相故如是說者能雜修作十六行相所雜修或作十六行相或作餘行相謂無量解脫勝處等所緣者有說能雜修以所雜修爲所緣所雜修所緣不定如是說者能雜修緣四聖諦所雜修緣一切法念住者有說若能雜修若所雜修皆作法念住有說所雜修四念住能雜修惟法念住如是說者能雜修所雜修皆容作四念住智者有說能雜修是苦集類智所雜修是世俗智如是說者能雜修是四法四類智所雜修是世俗智若總說者有學七智無學九智除他心智三摩地俱者有說能雜修空無願三摩地俱所雜修非三摩地俱如是說者能雜修三三摩地俱所雜修非三摩地俱根相應者總而言之能所雜修皆與樂喜捨三根相應過去未來現在者能所雜修俱三世緣三世者有說能雜修緣過未所雜修緣三世及離世如是說者俱緣三世及離世前已說能雜修緣四諦故不應異說善不善無記者能所雜修俱是善緣善等者俱緣三種三界繫不繫者所雜修色界繫能雜修是不繫緣界繫不繫者俱緣

三界繫及不繫學無學非學非無學者能雜修或學或無學所雜修非學非無學緣學等者俱緣三種見所斷修所斷不斷者所雜修是修所斷能雜修是不斷緣見所斷等者俱緣三種緣名緣義者俱緣名義緣自相續他相續非相續者俱緣三種何處起者欲色界起然初起在欲界人趣三洲於此起已或退不退後生色界復起現前加行得離染得生得者佛離染得餘加行得云何加行謂瑜伽師先入第四靜慮起多刹那無漏從此即起多刹那有漏此後復起多刹那無漏如是旋還後復漸減乃至最後二刹那無漏無間二刹那有漏現前二刹那有漏無間復二刹那無漏現前齊此名爲雜修靜慮加行圓滿從此已後不由功用能從一刹那無漏無間起一刹那有漏即此無間復起一刹那無漏如是中間刹那有漏前後刹那無漏雜故名雜修靜慮爾時名爲雜修靜慮根本成就如是雜修第四靜慮已乘此勢力隨其所應亦能雜修下三靜慮先依欲界人趣三洲如是雜修諸靜慮已後生色界由慣習力復能如前隨其所應雜修靜慮問何等補特伽羅雜修靜慮答是聖者非異生亦學亦無學謂信勝解見至時解脫不時解脫皆能雜修問彼何故雜修靜慮答三因緣故雜修靜慮一樂等至故二怖煩惱故三樂受生故樂等至者謂爲現法樂住故或爲受用聖法財故或爲遊戲功德故或爲觀本所作故或爲引勝功德故怖煩惱者謂懼退起煩惱現前失勝德故或畏退起煩惱現前燒身心故樂受生者謂

樂生彼不共異生五淨居故信勝解具由三因緣雜修靜慮見至由二因緣雜修靜慮除怖煩惱不退法故時解脫由二因緣雜修靜慮除樂受生背一切生故不時解脫由一因緣雜修靜慮除怖煩惱及樂受生不退法故背一切生故問雜修靜慮有幾品耶答有五一下品二中品三上品四上勝圓滿品五上極圓滿品此一一品於成滿位皆有三心一心有漏二心無漏如是總說有十五心五心有漏十心無漏問此十五心爲不起定爲起定耶有說不起定譬如見道相續現前有說起定譬如修道數起數入如是說者此則不定或有不起定能十五心相續而轉或復起定於中或有起三心已而便起定或有起六心已而便起定或有起九心已而便起定或有起十二心已而便起定是故於彼五品中間或起不起雜修成滿問此十五心幾是曾得幾是未曾得有說五是未曾得十是曾得謂前五現在前時餘十未來修故有說十是未曾得五是曾得謂前十現在前時後五未來修故如是說者此則不定或有十五皆未曾得或有十五皆是曾得或有少分曾得少分未曾得問此十五心幾是轉幾是隨轉有說前五是轉後十是隨轉有說前十是轉後五是隨轉如是說者此則不定或一切皆是轉或一切皆是隨轉或少分是轉少分是隨轉問若此品類轉即此品類隨轉亦餘品類耶有說若此品類轉即此品類隨轉謂智所緣行相念住前後相順方成雜修是故若此轉必此隨轉不爾便於雜修爲障有說若此

品類轉餘品類隨轉謂智所緣行相念住異類相間方成雜修是故若此轉必餘隨轉不爾便應乖雜修義如是說者此則不定謂若法智爲轉或法智或類智爲隨轉若類智爲轉或類智或法智爲隨轉餘智亦爾若緣有爲轉或緣有爲或緣無爲爲隨轉緣餘法亦爾若無常行相爲轉或無常或苦等行相爲隨轉餘行相亦爾若身念住爲轉或身念住或受念住等爲隨轉餘念住亦爾問若轉隨轉或不同者行相所緣有雜亂故云何不於雜修靜慮而作留難答先加行位已熟修故逕路已成雖復雜亂而於雜修不作留難如見道中及世俗道離染雖行相所緣上下雜亂而無留難此亦如是問若轉隨轉或亦同者云何得名雜修靜慮非於一類行相所緣得名雜故答有漏無漏相間相雜說名雜修非謂智等前後異故說名爲雜問何故雜修靜慮要有漏無漏相雜起耶答欲顯於此二類靜慮中俱得入出自在故復次欲以無漏置於前後熏中間有漏令轉勝妙生淨居故復次無始時來淨靜慮爲味相應靜慮之所凌雜今欲令與無漏靜慮更相入出令味相應不復相雜展轉遠故復次行者久入淨靜慮時極受長養徧身充密欲令身中暫時開暢故與無漏相雜而起諸欲雜修四靜慮者要先雜修第四靜慮彼成滿已次復雜修第三靜慮次復雜修第二靜慮後雜修初靜慮若不先雜修第四靜慮彼終不能雜修下地問因論生論何故必先雜修第四然後能修下三地耶答第四靜慮諸靜慮中最圓滿故

是起功德最勝依故能引最勝輕安樂故令所依身徧充溢故是多功德所依止故是不動定故樂行中最勝故最有堪能故復次第四靜慮於無漏定最居中故於上於下各三地故復次第四靜慮過殑伽沙數如來應正等覺並皆依之得阿耨多羅三藐三菩提故復次第四靜慮具五種因五種果故五種因者謂五品雜修五種果者謂五淨居天問雜修下三靜慮有幾品耶有說但有三品謂下中上下地無有五淨居故如是說者亦有五品問彼無五果何故有五品因答雖無五果而其彼定法有五品復次下地雖無五淨居果而有五品根故問因論生論下三靜慮既有五品雜修何緣無有五淨居果答非其田非其器乃至廣說復次聖者猒患異生共生處故求生淨居若下地有淨居者便於異生共生處所不能猒離於二處所未離染故復次聖者欲超異生受生處所故生淨居若下地有淨居者便為不能超過異生受生處所於上猶有異生處故復次聖者猒災患處故求生淨居下三地中皆有災患故無淨居復次淨居勝業所感壽量長遠若下地有者三災起時彼定壽者為命終不若命終者彼壽量定不應中夭若不命終應與災起而作留難如說若處有一有情下至蟻卵災終不壞欲令無如是過故下地無淨居尊者世友說曰何故下地無淨居者以雜修靜慮乃生淨居雜修靜慮時必已離下三地染非於已離染地而得受生是故淨居非下地所有又利根者乃能雜修能雜修者必能速超下不淨

地至純淨處故下地無淨居又彼要得邊際定所依地乃能雜修能雜修者乃生彼處故於下地無有淨居大德說曰下地有情多於世界壞時生上成時生下生淨居者無如是事是故下地無淨居天問何故淨居惟五不增不減脅尊者言此不應問所以者何若多若少俱亦生疑不以疑故便爲乖理然於法相如實義中惟應有五不增不減有說爲對異生不共生處惟有五故聖者生處亦惟有五異生不共生處五者謂三惡趣北洲無想天有說雜修靜慮有五品故所感淨居亦惟有五問即雜修靜慮何故惟五不增減耶答雜修勢力惟爾所故如見道十五心勢惟爾所不增不減如是雜修靜慮勢力亦十五心而無增減復次雜修靜慮是勝功德非下中品所攝惟有上下上中上上上勝上極故惟有五有餘師說雜修靜慮即是調練信等五根如其次第隨一增上而成五品故惟有五是故由雜修有五品故淨居亦惟有五有說第四靜慮有九品善根次第生於九處謂不下善根生無雲天下中善根生福生天乃至上上善根生色究竟於此諸處不可增減是故淨居惟應有五有說第四靜慮有九品煩惱若於九品全未伏者生無雲天伏上上品者生福生天乃至伏下中品者生色究竟無有伏下下品而受生者是故淨居惟有五種問頗有雜修靜慮而不生淨居耶答有謂雜修靜慮已或成現法般涅槃或退生下地或進生無色界此謂不樂淨居而雜修靜慮者問頗有具起五品雜修靜慮而生無雲天等

耶答有謂有先生無雲次生福生次生廣果後乃次第生五淨居

阿毗達磨大毗婆沙論卷第一百七十五一說

切有部發智

音釋

歿莫勃切終也　臟才浪切腑也　錬郎甸切冶金也

阿毗達磨大毗婆沙論卷第一百七十六

五百大阿羅漢等造

唐三藏法師玄奘奉 詔譯

定蘊第七中不還納息第四之三

如施設論說有五淨居謂無煩無熱善現善見色究竟天云何無煩天謂無煩天一類伴侶衆同分依得事得處得及已生彼天無覆無記色受想行識是名無煩天問彼天何故名無煩耶答彼是假名假想名施設想施設隨欲而立不必如名悉有其義復次彼天身無煩擾心無煩擾一期領受純寂靜樂非下所有故名無煩復次彼天審見苦真是苦集真是集滅真是滅道真是道離下所起麤重煩惱故名無煩復次煩者謂廣即廣果天今此天最初超彼故名無煩天云何無熱天謂無熱天一類伴侶乃至廣說問彼天何故名無熱耶答彼是假名假想乃至廣說復次彼天身無熱惱心無熱惱一期領受純清涼樂非下所有故名無熱復次彼天審見苦真是苦乃至道真是道離下所起煩惱蒸熱故名無熱復次無煩天中隣逼下地所起增上煩惱火故猶名爲熱此超彼故名無熱天云何善現天謂善現天一類伴侶乃至廣說問彼天何故名善現耶答彼是假名假想乃至廣說復次彼天形色端正妙好過下二天故名善現復次彼天審見苦真是苦乃至道真是道離諸垢濁心淨顯了故名善現復次彼得上品雜修靜慮善麤顯故名善現天云何善見天謂善見天一類伴侶乃至廣說問彼天何故名善見耶答彼是假名假想乃至廣說

復次彼天形色轉復妙好衆所樂觀故名善見復次彼天審見苦眞是苦乃至道眞是道離諸垢濁心轉淨了故名善見復次彼得上勝圓滿品雜修靜慮所得善法轉麤顯故名善見天云何色究竟天謂色究竟天一類伴侶乃至廣說問彼天何故名色究竟答彼是假名假想乃至廣說復次彼天形色最爲勝妙餘不及故名色究竟復次彼天審見苦眞是苦乃至道眞是道離諸垢濁諸餘色天所不及故名色究竟復次彼得上極圓滿品雜修靜慮餘色界善根所不能及故名色究竟復次彼天於有色界最尊最勝最極故名色究竟復次彼亦名爲礙究竟天礙者謂積集色彼於此礙最尊最勝最極故名礙究竟復次彼亦名爲頂究竟天是一切有色頂亦是究竟故

問淨居天生爲由業感爲由雜修靜慮耶若爾何失若由業者雜修靜慮則爲唐捐若由雜修靜慮者便與品類足論所說相違如彼說雜修靜慮及由業故生淨居天乃至廣說有作是說彼由業感問雜修靜慮豈不唐捐答由雜修靜慮業得決定故非唐捐復次要雜修靜慮後乃能引彼思業現前由此能引彼衆同分有餘師說由雜修靜慮問品類足說當云何通答即雜修靜慮以業聲說復次彼論先說雜修靜慮者爲顯先時入彼定故後說及由業故生淨居者爲顯後時即由彼力生淨居故如是說者亦由業力亦由雜修靜慮謂雖有思業現前若不雜修靜慮則不得生彼雖有雜修靜慮若無思業現前亦不

得生彼是故要有思業牽引雜修靜慮令其決定方得生彼

諸學彼一切爲得未得而學耶設爲得未得而學彼一切學耶答應作四句問何故作此論答始縛迦經是此論根本彼說學所學故名學勿有生疑諸有學者學所學時乃名爲學住本性時不名爲學諸無學者住本性時乃名無學學所學時不名無學欲令此疑得決定故顯諸學者有住本性諸無學者亦學所學故作斯論有學非爲得未得而學謂學住本性有二因緣名住本性一守賢善性而無退轉二守自分德而不進修令但說不進修名住本性謂預流者不進修一來果加行一來者不進修不還果加行不還者不進修阿羅漢果加行信勝解不求作見至又諸學者不求起所未得不淨觀持息念念住三義觀七處善靜慮無量無色解脫勝處徧處不引發諸通不雜修靜慮不入滅盡定不受持讀誦素怛纜毗柰耶阿毗達磨亦不授與他不住阿練若處思惟觀察素怛纜毗柰耶阿毗達磨亦不經營佛法僧事是謂學非爲得未得而學問彼何因緣不學所學答彼或長病或闕資緣作是思惟我已超越度量生死惟餘七有或餘一有或念我已出欲淤泥惟餘上界少許生在今既患苦或資緣闕幸可少息何遽進修由此學者不學所學有爲得未得而學彼非學謂阿羅漢及異生進求上法此中上法謂勝功德即時解脫求作不動及阿羅漢起所未得不淨觀持息念念住三義觀七處善靜慮無量無色解脫勝處徧處

引發諸通雜修靜慮入滅盡定起無礙解無諍願智邊際定空空無願無願無相無相受持讀誦素怛纜毗柰耶阿毗達磨若授與他若住阿練若處思惟觀察素怛纜毗柰耶阿毗達磨或復經營佛法僧事及異生求離欲染色染無色一分染或起不淨觀持息念念住三義觀七處善煖頂忍世第一法靜慮無量無色解脫勝處徧處引發諸通入無想定受持讀誦素怛纜毗柰耶阿毗達磨若授與他若住阿練若處思惟觀察素怛纜毗柰耶阿毗達磨或復經營佛法僧事是謂爲得未得而學彼非學問何故阿羅漢復學所學答彼雖不爲斷煩惱故學而以愛樂勝功德勝故學有學亦爲得未得而學謂學進求上法即預流者進修一來果加行廣說乃至或復經營佛法僧事是謂學亦爲得未得而學有非學亦非爲得未得而學謂阿羅漢及異生住本性即時解脫不求作不動廣說乃至亦不經營佛法僧事及異生不求離欲界染廣說乃至亦不經營佛法僧事是謂非學亦非爲得未得而學

諸無學彼一切不爲得未得而學耶設不爲得未得而學彼一切無學耶答應作四句有無學非不爲得未得而學謂阿羅漢進求上法即時解脫求作不動及阿羅漢起所未得不淨觀持息念廣說乃至或復經營佛法僧事是謂無學非不爲得未得而學有不爲得未得而學彼非無學謂學及異生住本性即預流者不進修一來果加行廣說乃至亦不經營佛法僧事及異生不爲離欲界染廣說

乃至亦不經營佛法僧事是謂不爲得未得而學彼非無學有無學亦不爲得未得而學謂阿羅漢住本性即時解脫不求作不動及阿羅漢不求起所未得不淨觀持息念廣說乃至亦不經營佛法僧事是謂無學亦不爲得未得而學有非無學亦非不爲得未得而學謂學及異生進求上法即預流者進修一來果加行廣說乃至或復經營佛法僧事及異生求離欲界染廣說乃至或復經營佛法僧事是謂非無學亦非不爲得未得而學問爲學所學故名學爲得學法故名學設爾何失若學所學故名學者此文云何通如說學住本性若得學法故名學者經說云何通如說學所學故名學有說得學法故名學謂若學若不學但成就學法即名爲學問若爾經說當云何通答彼經但依現學者說不說一切復次彼經依意樂不息故作是說謂諸學者若起善心若起不善無記心若起加行若不起加行彼一切學意樂未嘗廢息以不永捨加行故如行路者暫休息時他問何往答言往其彼亦以意樂不息故雖住言往此亦如是有說學所學故名學問若爾此文云何通如說學住本性答此依暫息加行而說然以意樂不捨學故名學所學復次學住本性時雖不起學心心所等而其學得恒時現行依此義故名學所學問若學者不學無學者學云何建立學無學異答於聖位中約斷煩惱立學無學不依修勝功德是故有異

順流是何義乃至廣說問何故作此論答爲欲分別契經義故如契經說有四補特伽羅

一順流二逆流三中住四到彼岸契經雖作是說而不廣分別彼經是此論所依根本彼所不說者今應說之故作斯論順流是何義答於諸生諸趣諸有諸種類諸生死爲支爲門爲事爲道爲迹向是順流義逆流是何義答於諸生滅趣滅有滅種類滅生死滅爲支爲門爲事爲道爲迹向是逆流義流有多種或說聖道名流或說業名流或說愛名流或說生死名流此中流者但說生死又契經說順流云何謂習諸欲及造惡業逆流云何謂不習諸欲不造惡業當知彼經依一生建立順流逆流此中所說依多生建立順流逆流復次彼經依暫時起欲惡離欲惡建立順流逆流是故未離欲染聖者亦名順流已離欲染異生亦名逆流此中所說依長時向生死背生死建立順流逆流是故有已離色染者而名順流有未離欲染者而名逆流諸生者謂四生諸趣者謂五趣諸有者謂三有諸種類者謂地處等種類差別諸生死者謂無始時來乃至後際流轉差別爲支者謂十二有支爲門者謂業煩惱爲事者謂所依止爲道者謂趣生死道爲迹向者謂趣薩迦耶進迹向此中前五句顯生死後五句顯生死長養生死攝受生死任持生死無斷絶生死增益隨順如引河流而無有盡逆流義中生等五種如前說差別者於彼得滅爲支者謂八聖道支爲門者謂不淨觀持息念等爲事者謂三解脫門爲道者謂趣生死滅道爲迹向者謂趣薩迦耶滅迹向此中前五句顯生死滅後五句顯能摧滅生死非長養能棄背生死

非攝受能散壞生死非任持能斷絕生死非無斷絕能損減違逆生死非增益隨順如決陂潰漸令枯涸問齊何名順流逆流者有說乃至苦法智忍未生名順流者已生名逆流者有說乃至世第一法未生名順流者已生名逆流者有說乃至增上忍未生名順流者已生名逆流者有說乃至忍法有說乃至頂法有說乃至煖法有說乃至念住有說乃至不淨觀持息念等未生名順流者已生名逆流者如是說者若未種順解脫分善根名順流者已種順解脫分善根名逆流者所以者何無量有情雖能惠施沙門婆羅門貧窮孤獨遠行疲極及苦行者種種飲食衣服卧具醫藥房舍燈明香華及諸珍寶種種所須又設無遮祠祀大會如吠羅摩不剛強等彼由不種順解脫分善根故於生死長夜受彼果已還生餓鬼中受飢渴苦經百千歲乃至不聞飲食之名或生人中貧窮下賤多諸苦惱或復見有無量有情護持禁戒學習多聞受持讀誦素怛纜毗柰耶阿毗達磨通達文義分別解說又能傍通世俗諸論所謂記論因論王論諸醫方論工巧論等或復兼善外道諸論所謂勝論數論明論順世論離繫論等彼由不種順解脫分善根故於生死長夜受彼果已還生傍生趣中作諸牛羊駝驢身等愚癡盲瞑乃至不能言或生人中盲聾瘖瘂闇鈍無智或復見有無量有情修習諸定或離欲染或離色染或離無色一分染住八等至起四無量引發五通彼由不種順解脫分善根故於生死長夜受彼果已還生地獄

受諸劇苦或旁生趣作大蟒身吐毒熾然崩巖裂石或生人中作旃荼羅補羯娑等造穢惡業諸如是等雖暫受福還退墮故皆名順流若諸有情或但惠施一摶之食或惟受持一日夜戒或乃至誦四句伽他或須臾間修定加行而能種植順解脫分善根由此後時雖因煩惱造作種種身語意惡行或作無間業或復斷滅一切善根乃至身中無有少許白法種子墮無間獄受種種苦而得名為住涅槃岸以彼必得般涅槃故此中有喻如釣魚人以食為餌置於鉤上著深水中有魚吞之彼魚爾時雖復遊戲或入穴中當知已名在彼人手不久定當至岸上故由此故說寧作提婆達多墮無間獄不作嗢達洛迦曷邏摩子生非想非非想天所以者何提婆達多雖造三無間業斷諸善根墮無間獄而於人壽四萬歲時當得獨覺菩提利根勝舍利子等嗢達洛迦曷邏摩子雖離八地染住八等至極奢摩他垂越三有近甘露門生非想非非想處經八萬大劫受寂靜樂從彼命終由惡業力生法阿練若苦行林中作著翅飛狸捕食禽獸水陸空行無得免者由此惡行命終當墮無間地獄具受種種難忍劇苦佛不記彼得解脫時由此故說雖住苦行林中而得順流者雖處五欲境界而名逆流者此中有喻如人賷二器行一金二瓦脚跌而倒二器俱破其人爾時不惜金器而惜瓦器以是嗟恨人問其故彼具答之人復詰言金器破壞汝能不惜何乃傷惜一瓦器耶彼復答言汝誠愚癡所以者何金器破已雖失器形不

失器體還付金師可令如本或勝於本瓦器破已形體俱失雖付陶師乃至不堪復作燈盛況本器乎是故我今不歎金器而惜瓦器如是天授已種順解脫分善根故雖造衆惡生地獄中而當成獨覺勝舍利子等如彼金器破已還成猛喜子不種順解脫分善根故雖離八地染生有頂天而終墮惡趣未期解脫如彼瓦器破已不收是故未種順解脫分善根者名爲順流已種順解脫分善根者名爲逆流問順解脫分善根在有情身其相微細已種未種云何可知答以相故知彼有何相謂若聞善友說正法時身毛爲竪悲泣流淚猒離生死欣樂涅槃於法法師深生愛敬當知決定已種順解脫分善根若不能如是當知未種此中有喻如人於田畦中下種子已經久生疑我此畦中曾下種不躊躇未決傍人語言何足猶豫汝今但可以水灌漬以糞覆之彼若生芽則知已種不然則不彼如其言便得決定如是行者自疑身中曾種解脫種子已不時彼善友而語之言汝今可往至說法所若聽法時身毛爲竪悲泣流淚乃至於法法師生愛敬者當知已種解脫種子不然則不故由此相可得了知

自住是何義答非於諸生乃至諸生死爲友乃至爲迹向亦非於生滅乃至生死滅爲友乃至爲迹向是自住義此謂少分所作已辦或一切所作已辦意樂暫息或究竟息不同順流及逆流者於生死涅槃各作所作意樂不息故名自住即是住自分義諸阿羅漢彼一切自住耶設自住彼一切阿羅漢耶答諸

阿羅漢彼一切皆自住彼爲住何處謂住離非想非非想處染阿羅漢果一切結盡斷徧知中有自住非阿羅漢謂不還彼爲住何處謂住離欲染不還果五順下分結盡斷徧知中如世尊言

永斷五煩惱　學滿無引法　得自在定根
是人名自住

五煩惱者謂五蓋及五順下分結不還已盡故言永斷學滿者謂果滿根滿非等至滿無引法者謂欲界業煩惱所不能引得自在者謂得心自在即是於他心智證通得自在究竟義得定根者謂成就靜慮所攝三摩地根是人名自在住者謂住離欲染不還果五順下分結盡斷徧知中

諸得極禁彼一切得極迹耶設得極迹彼一切得極禁耶答諸得極禁彼一切得極迹所以者何無學尸羅名爲極禁四種神足名爲極迹諸有已得無學尸羅必亦逮得四神足故有得極迹非得極禁謂不還如世尊言云何苾芻得極迹謂於五順下分結永斷徧知所以者何以不還者已得四神足未得無學尸羅故或作是說諸得極迹彼一切到彼岸耶設到彼岸彼一切得極迹耶答諸得極迹彼一切到彼岸所以者何一切結盡名爲極迹如契經說迹謂涅槃永斷五結不復輪迴生死名到彼岸諸阿羅漢身已作證名得極迹已斷五順上分結不復輪迴三界生死名到彼岸有到彼岸非得極迹謂不還如世尊言云何苾芻名到彼岸謂於五順下分結永斷徧知以斷此故不復輪迴欲界生死名到

彼岸復次阿羅漢於三界再到彼岸謂斷三界見所斷修所斷時不還者於欲界亦再到彼岸謂斷欲界見所斷修所斷時而未得涅槃故不名得極迹或作是說諸阿羅漢彼一切盡源底耶設盡源底彼一切阿羅漢耶答諸阿羅漢彼一切盡源底有盡源底非阿羅漢謂不還如世尊言云何苾芻盡源底謂於五順下分結永斷徧知此中二釋如到彼岸說齊何名菩薩乃至廣說問何故作此論答爲欲分別契經義故如契經言有一有情是不愚類是聰慧類謂菩提薩埵雖作是說而不分別齊何名菩薩得何名菩薩彼契經是此論所依根本彼所不說者今應說之故作斯論復次爲斷實非菩薩起菩薩增上慢故而作斯論所以者何有諸有情以一食施或以一衣或一住處乃至或以一楊枝施或受持一戒或誦一伽他或一攝心觀不淨等便師子吼作如是言我因此故定當作佛爲斷如是增上慢故顯雖經於三無數劫具修種種難行苦行若未修習妙相業者猶未應言我是菩薩況彼極劣增上慢者是故菩薩乃至初無數劫滿時雖具修種種難行苦行而未能決定自知作佛第二無數劫滿時雖能決定自知作佛而猶未敢發無畏言我當作佛第三無數劫滿已修妙相業時亦決定知我當作佛亦發無畏師子吼言我當作佛齊何名菩薩答齊能造作增長相異熟業問若諸有情發阿耨多羅三藐三菩提心能不退轉從此便應說爲菩薩何故乃至造作增長相異熟業方名菩薩耶答若於菩提決定及

趣決定乃名真實菩薩從初發心乃至未修妙相業來雖於菩提決定而趣未決定未得名爲真實菩薩要至修習妙相業時乃於菩提決定趣亦決定是故齊此方名菩薩復次修妙相業時若人若天共識知彼是菩薩故名真菩薩未修妙相業時惟天所知是故未得名真菩薩復次修妙相業時捨五劣事得五勝事一捨諸惡趣恒生善趣二捨下劣家恒生貴家三捨非男身恒得男身四捨不具根恒具諸根五捨有忘失念恒得自性生念由此得名真實菩薩未修妙相業時與此相違是故不名真實菩薩問菩薩得此自性生念有何利益耶答菩薩得此自性生念離有情過積集多聞深信因果善攝徒衆所說教誡終不唐捐菩提資糧轉復圓滿是爲利益

得何名菩薩答得相異熟業問何故復作此論答欲令疑者得決定故謂先作是說齊能造作增長相異熟業名爲菩薩勿有生疑雖齊此位名爲菩薩而菩薩名或由證得其餘勝法欲顯即由相異熟業得菩薩名不由餘法故作斯論問由阿耨多羅三藐三菩提故名菩提薩埵何故未證得時此名隨轉及證得已便不隨轉而更名佛陀耶答由此薩埵未得阿耨多羅三藐三菩提時以增上意樂恒隨順菩提趣向菩提親近菩提愛樂菩提尊重菩提渴仰菩提求證欲證不懈不息於菩提中心無暫捨是故名爲菩提薩埵彼既證得阿耨多羅三藐三菩提已於求菩提意樂加行並皆止息惟於成就覺義爲勝一切染汙不染汙癡皆永斷故覺了一切勝義世

俗諸爾焰故復能覺悟無量有情隨根欲性
作饒益故由如是等覺義勝故名爲佛陀不
名菩薩復次薩埵是勇猛者義未得阿耨多
羅三藐三菩提時恒於菩提精進勇猛求欲
速證是故名爲菩提薩埵既得阿耨多羅三
藐三菩提已便於菩提勇猛心息惟覺義勝
故名佛陀以能成就最勝覺故

阿毗達磨大毗婆沙論卷第一百七十六 説一切有部發智

音釋

纜盧瞰切 淤依倨切濁泥也 陂班糜切澤障曰陂 潢胡光切積水也
涸下各切水竭也 摶度官切捏聚也 跌徒結切足失也 畦戶圭切 躊
躇躊直由切躇陳如切躊躇猶豫也 漬資四切浸也

阿毗達磨大毗婆沙論卷第一百七十七

五百大阿羅漢等造

唐三藏法師玄奘奉　詔譯

定蘊第七中不還納息第四之四

問相異熟業以何爲自性爲身業爲語業爲意業耶答三業爲自性然意業增上有說惟意業爲自性非身語業所以者何此業猛利身語業鈍故問相異熟業爲在意地爲五識身耶答在意地非五識身所以者何此業有分別要觀察巳行五識無分別隨境界力起故問相異熟業爲加行得爲離染得爲生得耶答惟加行得非離染得非生得所以者何此業必在三無數劫修諸波羅蜜多圓滿身中加行功用作意後而得故有說此業加行得亦生得但非離染得問相異熟業爲聞所成思所成修所成耶答惟思所成非聞非修所以者何此業勝故非聞所成欲界繫故非修所成有說此業通聞思所成但非修所成問相異熟業何處起耶答在欲界非餘界在人趣非餘趣在贍部洲非餘洲依何身起者依男身起非女身等於何時起者佛出世時非無佛世緣何境起者現前緣佛起勝思願不緣餘境問三十二大丈夫相爲一思所引爲多思耶若爾何失若一思所引者云何少業能引多果施設論說復云何通如說如是類業能感足下平滿善住相乃至如是類業能感頂上烏瑟膩沙相若多思所引者云何一衆同分不分分別引耶有說一思所引問云何少業能感多果答先以一思牽引後以多思圓滿是故無過譬如畫師先以一色作

模後塡衆彩問施設論說復云何通答彼論說圓滿業不說牽引業故無過然三十二大丈夫相是衆同分圓滿業果非衆同分牽引業果有說多思所引問云何一衆同分不分分別引耶答爾時菩薩能一注心於一所依所緣行相有多思轉於中有思能感足下平滿善住相乃至有思能感頂上烏瑟膩沙相如是說者三十二思引三十二大丈夫相一一復以多業圓滿問菩薩所起三十二思於諸相中先引何相有說先引足下平滿善住相後引餘相先安其足後及餘故有說先引目紺青相先以慈眼觀世間故如是說者此則不定隨此相緣合則引此相

三十二大丈夫相者一足下善住相謂佛足下平滿不凹不凸於蹴躡時等案觸地是故惟佛跡相分明惡心欲去終不能滅諸在家者若有此相必爲人王賓伏率土諸出家者若有此相必爲法王化導一切二者千輻輪相謂佛於雙足下有文如輪千輻具足轂輞圓滿分明巧妙妙業天子雖極作意不能擬之而別化作所以者何妙業天子所化作事是無覆無記智所引此相是純淨業所引故復次彼天所作是生得智所引此相是增上加行智所引故復次彼天所作是一生所習智所引此相是無量生所習智所引故三者指纖長相謂佛其指纖長牖而漸銳節不麤現並時無隙安布得中光澤圓滿四者足跟圓長相謂佛足跟圓長端嚴廣直五者手足細軟相謂佛手足細軟如妬羅綿六者手足網縵相謂佛手足指間皆有網縵猶如鵝王

指若合時網即不現而無皺緩開時便現而無攣急七者足趺端厚相謂佛足趺圓厚向指牖寫兩邊端直與跟相稱躡時不廣足下如紅蓮華色網内邊如綵樹文爪甲如赤銅葉色網外邊作真金色細毛紺潤如吠瑠璃故佛雙足猶如寶履衆寶莊嚴光明微妙八者緊泥耶腨相謂佛腨脛圓直漸下牖細如緊泥耶鹿王腨九者勢峯藏密相謂佛勢峯藏密猶如馬王若爾云何所化得見有說世尊愍所化故方便示之有說世尊化作象馬陰藏殊妙告所化言如彼我亦爾十者身分圓滿相謂佛身分圓滿如諾瞿陀樹如從齊至頂如是從齊至足上下相稱十一者身毛上靡相十二者孔生一毛相十三者身毛右旋相謂佛身諸毛孔各生一毛如吠瑠璃其色紺潤宛轉右旋毛端上靡所以一一毛孔惟一毛者以菩薩時不亂說法故十四者身真金色相謂佛身真金色映奪世間一切金光令不復現如今時人所用鐵等於今時所用金邊威光不現今時所用金至佛在世時所用金邊威光不現佛在世時所用金若至大海轉輪王路金砂贍部捺陀金邊威光不現此金砂金若至七金山金邊威光不現七金山金至妙高山王金邊威光不現妙高山王金至三十三天莊嚴具金邊威光不現如是展轉乃至樂變化天莊嚴具金至他化自在天莊嚴具金邊威光不現比他化自在天莊嚴具金若至佛身金邊威光不現是故佛身金色最勝映奪一切世間金色十五者常光一尋相謂佛身分周匝常有光明面各一

尋晝夜恒照十六者皮膚細滑相謂佛皮膚細滑塵水不住如吠瑠璃及蓮華葉設佛以足蹈於塵山吠嵐婆風於中繫坌欲令佛身及佛足下一塵染著無有是處十七者七處充滿相謂佛七處充滿於餘身分此為少增兩手兩足兩肩及頂是為七處十八者身廣洪直相謂佛身廣洪直不傴不僂亦不傍攲端雅充實十九者師子上身相謂佛胷臆分齊方廣威肅如師子王上半身分二十者肩髆圓滿相謂佛肩髆圓滿非諸角力姝壯力士之所能及二十一者立手摩膝相謂佛平立舒手摩自膝輪二十二者師子頷輪相謂佛頷輪廣好如師子王二十三者具四十齒相二十四者齒齊平密相二十五者牙齒鮮白有光明相謂佛具四十齒皆悉齊平中無間隙如毛髮許其色鮮白光明皎映如雪山王問餘人但有三十二齒而說彼身中有一百三骨佛具四十齒何故亦言身中有一百三骨而不增耶答餘人頭骨九分合成世尊頭骨但有一段是以俱有一百三骨二十六者得最上味相謂佛舌根淨故令所飲食變成上味有說佛舌根上有一切世間悅意美妙勝味種子若諸苦醋等物至舌根時此種雜變皆成上味有說如來舌根有如是勢力若諸飲食來至舌根於中悅意美妙性者便生舌識麤鄙性者不生舌識有說佛咽喉中有二乳泉若飲食時其乳流出雜諸飲食皆成上味然於此中舌根淨故令味殊勝此理應然二十七者廣長舌相謂佛舌相薄軟廣長出時覆面至耳髮際若還入口而於口中

無所妨礙二十八者目紺青相謂佛眼目脩廣其色紺淨如蘇闍多青蓮華葉二十九者牛王睫相謂佛眼睫安布善好猶如牛王三十者烏瑟膩沙相謂佛頂髻骨肉合成量如覆捲青圓殊妙三十一者眉間白毫相謂佛眉間白毫長半尋量右旋宛轉光明清徹三十二者得梵音聲相謂佛於喉藏中有妙大種能發悅意和雅梵音如羯羅頻迦鳥及發深遠雷震之聲如帝釋鼓如是音聲具八功德一者深遠二者和雅三者分明四者悅耳五者入心六者發喜七者易了八者無厭

問相是何義答幖幟義是相義殊勝義是相義祥瑞義是相義

問何故大丈夫相惟三十二不增不減耶答尊者說曰若增若減俱亦生疑惟三十二亦不違法相有說三十二者世間共許是吉祥數故不增減有說若三十二相莊嚴佛身則於世間最勝無比若當減者便爲闕少若更增者則亦雜亂皆非殊妙故惟爾所如佛說法不可增減佛相亦爾無減可增無增可減故問八十隨好爲在何處答在諸相間隨諸相轉莊嚴佛身令極妙好問相與隨好不相障奪耶答不爾相與隨好更相顯發如林中華顯發諸樹佛身如是相好莊嚴又如金山衆寶雜飾如是佛身威光奇特以如來身極瑩淨故諸祥瑞物皆現其中如至那鏡極磨瑩已隨物遠近影像皆現佛身亦爾是故一切諸魔外道懷惡心者至佛處時無不瞻仰覩之無厭右繞而去問菩薩於身爲有愛慢而莊嚴耶答不爾問云何答菩薩爲欲降伏

世間恃色憍慢不受化者令受化故以諸相好而莊嚴身復次爲顯佛所有法皆殊勝故謂色力族姓眷屬名譽財富自在智見功德皆悉殊勝若不爾者則所說法無人信受是故菩薩莊嚴其身復次欲與阿耨多羅三藐三菩提作所依器故所以者何殊勝功德決定依止殊勝之身彼未來阿耨多羅三藐三菩提義語菩薩言汝欲令我在身中者先令汝身清淨殊勝以諸相好而莊嚴之若不爾者我亦不能於汝身生譬如有人欲娉王女迎至室宅彼密遣使而語之言汝欲令我至舍宅者先應灑掃除去鄙穢懸繒幡蓋燒香散華種種莊嚴吾乃可往若不爾者我亦不能至汝舍宅是故菩薩莊嚴其身問菩薩造作增長相異熟業已中間或作轉輪王時爲即所修相異熟業感彼相果爲餘業耶有說即以所修相異熟業以此業功能廣大假設至今恒作輪王而彼業勢亦不盡故如是說者彼以餘業所以者何菩薩修相異熟業皆爲於最後身受殊勝果未便受用然由彼業爲增上造餘善業感輪王相果譬如大富長者多諸珍寶其中大價寶珠未便出用餘輕價者隨時貿易彼亦如是問菩薩所得三十二相與輪王相有何差別答菩薩所得有四事勝一熾盛二分明三圓滿四得處復次有五事勝一得處二極端嚴三文象深四隨順勝智五隨順離染問菩薩造作增長相異熟業已未至最後身來於諸有情有異相可識知不答有謂生貴族形貌端嚴具丈夫身諸根圓滿得宿命念深信因果喜樂多聞尊重

正法智見猛利有勝辯才志性調柔言音和雅所作決定終無退屈見他受苦情不堪忍要當拔濟所修無不迴向菩提樂與有情作饒益事而不求報此等名爲彼菩薩相

問如契經說佛一一相百福莊嚴何謂百福

答此中百思名爲百福何謂百思謂如菩薩造作增長足善住相業時先起五十思修治身器令淨調柔次起一思正牽引彼後復起五十思令其圓滿譬如農夫先治畦隴次下種子後以糞水而覆溉之彼亦如是如足善住相業有如是百思莊嚴乃至頂上烏瑟膩沙相業亦復如是由此故說佛一一相百福莊嚴問何者是五十思耶答依十業道各有五思謂依離殺業道有五思一離殺思二勸導思三讚美思四隨喜思五迴向思謂迴所修向菩提故乃至正見亦爾是名五十思有說依十業道各起下中上上勝上極五品善思如雜修靜慮有說依十業道各起五思一加行淨二根本淨三後起淨四非尋所害五念攝受有說緣佛一相起五十刹那未曾習思相續而轉問如是百福一一量云何有說若業能感轉輪王位於四大洲自在而轉是一福量有說若業能感天帝釋位於二天衆自在而轉是一福量有說若業能感他化自在天王位於一切欲界天衆自在而轉是一福量有說若業能感大梵天王位於初靜慮及欲界天衆自在而轉是一福量有說娑訶世界主大梵天王勸請如來轉法輪福是一福量

問彼請佛時是欲界繫無覆無記心云何名

福有說彼住梵世欲來請時先起如是善心
我當為諸有情作大饒益請佛轉法輪爾時
即名得彼梵福此不應理所以者何非未作
時已成就故如是說者彼請佛已還至梵宮
後世尊轉法輪時地神先唱如是展轉聲徹
梵宮梵王聞已歡喜自慶發淳淨心而生隨
喜爾時乃名成就此福有說世界成時一切
有情業增上力能感三千大千世界是一福
量有說除近佛地菩薩餘一切有情所有能
感富樂果業是一福量有說此中一一福量
應以喻顯假使一切有情皆悉生盲有一有
情以大方便令俱得眼彼有情福是一福量
復次假使一切有情皆飲毒藥悶亂將死有
一有情令皆除毒心得醒悟彼有情福是一
福量復次假使一切有情皆被縛録臨當斷
命有一有情俱令解脫一時得命彼有情福
是一福量復次假使一切有情壞戒壞見有
一有情能令俱時戒見具足彼有情福是一
福量評曰如是所說皆是淳淨意樂方便讚
美菩薩福量然皆未得其實如實義者菩薩
所起一一福量無量無邊以菩薩三無數劫
積集圓滿諸波羅蜜多已所引思願極廣大
故惟佛能知非餘所測如是所說廣大量福
具足滿百莊嚴一相展轉乃至三十二相皆
具百福佛以如是三十二百福莊嚴相及八
十隨好莊嚴其身故於天上人中最尊最勝
問此相異熟業經於幾時修習圓滿答多分
經百大劫惟除釋迦菩薩以釋迦菩薩極精
進故超九大劫但經九十二劫修習圓滿便
得無上正等菩提其事云何如契經說

過去有佛號曰底砂或曰補砂彼佛有二菩薩弟子勤修梵行一名釋迦牟尼二名梅怛儷藥爾時彼佛觀二弟子誰先根熟即如實知慈氏先熟能寂後熟復觀二士所化有情誰根先熟又如實知釋迦所化應先根熟知巳即念我今云何令彼機感相會遇耶然今一人速熟則易非令多人作是念巳便告釋迦吾欲遊山汝可隨去爾時彼佛取尼師壇隨路先往既至山上入吠瑠璃龕敷尼師壇結加趺坐入火界定經七晝夜受妙喜樂威光熾然釋迦須臾亦往山上處處尋佛如犢求毋展轉遇至彼龕室前欻然見佛威儀端肅光明照曜專誠懇發喜歎不堪於行無間忘下一足瞻仰尊顏目不暫捨經七晝夜以一伽他讚彼佛曰

天地此界多聞室　逝宮天處十方無
丈夫牛王大沙門　尋地山林徧無等

如是讚巳便超九劫於慈氏前得無上覺問近佛地菩薩必於名句文身得未曾得巧妙自在應以別頌異門讚佛何故經七晝夜惟以一頌而讚佛耶答菩薩爾時思願勝故不重文頌若改文頌則思願不淳復次菩薩爾時怖畏散亂如頌差別心亦異故云何而得一心流注

復次菩薩顯巳心無猒倦能於一頌新新發起勝思願故

問何故慈氏菩薩自根先熟所化後熟釋迦菩薩則與此相違耶

答慈氏菩薩多自饒益少饒益他釋迦菩薩多饒益他少自饒益是故皆與所化不並問

如契經說菩薩經三劫阿僧企耶修行四波羅蜜多方得圓滿此是何等劫耶有說是中劫有說是成劫有說是壞劫如是說者此是大劫積此大劫至一阿僧企耶如是至三阿僧企耶修習圓滿問此劫阿僧企耶量云何可知有說以大劫爲一積此一至百千名洛叉至百百千名俱胝百千俱胝名那庚多百千那庚多名頻婆百千頻婆名建他此後非筭數智所及至此所不及位名一劫阿僧企耶量第二第三劫阿僧企耶量亦爾有說以大劫爲一積此一至百千名洛叉至百百千名俱胝百千俱胝名俱胝俱胝百千俱胝俱胝名阿嘶嘶俱胝百千阿嘶嘶俱胝名阿吒吒俱胝百千阿吒吒俱胝名阿庚多百千阿庚多名阿庚多分百千阿庚多分名那庚多百千那庚多名那庚多分百千那庚多分名俱物陀百千俱物陀名俱物陀分百千俱物陀分名鉢特摩百千鉢特摩名鉢特摩分百千鉢特摩分名迦末羅百千迦末羅名迦末羅分百千迦末羅分名捺稚那百千捺稚那名捺稚那分百千捺稚那分名覩胝百千覩胝名覩胝分百千覩胝分名阿波波百千阿波波名阿波波分百千阿波波分名吒吒百千吒吒名吒吒分百千吒吒分名鄔伽百千鄔伽名鄔伽分百千鄔伽分名跋羅百千跋羅名跋羅分百千跋羅分名婆揭羅從此以後非筭數智所及至此所不及位名一劫阿僧企耶量第二第三劫阿僧企耶量亦爾有說非筭數智所不及故名阿僧企耶然有契經說六十數於中有一數名阿僧企耶積大

劫數至此數時名一劫阿僧企耶如彼經言有一無餘數始爲一十一爲十十十爲百十百爲千十千爲鉢羅薜陀十鉢羅薜陀爲洛叉十洛叉爲頞底洛叉十頞底洛叉爲俱胝十俱胝爲末陀十末陀爲阿庾多十阿庾多爲大阿庾多十大阿庾多爲那庾多十那庾多爲大那庾多十大那庾多爲鉢羅那庾多十鉢羅那庾多爲大鉢羅那庾多十大鉢羅那庾多爲矜羯羅十矜羯羅爲大矜羯羅十大矜羯羅爲頻跋羅十頻跋羅爲大頻跋羅十大頻跋羅爲阿芻婆十阿芻婆爲大阿芻婆十大阿芻婆爲毗婆訶十毗婆訶爲大毗婆訶十大毗婆訶爲嗢蹭伽十嗢蹭伽爲大嗢蹭伽十大嗢蹭伽爲婆喝那十婆喝那爲大婆喝那十大婆喝那爲地致婆十地致婆爲大地致婆十大地致婆爲醯都十醯都爲大醯都十大醯都爲羯臘婆十羯臘婆爲大羯臘婆十大羯臘婆爲印達羅十印達羅爲大印達羅十大印達羅爲三磨鉢耽十三磨鉢耽爲大三磨鉢耽十大三磨鉢耽爲揭底十揭底爲大揭底十大揭底爲枯筏羅闍十枯筏羅闍爲大枯筏羅闍十大枯筏羅闍爲姥達羅十姥達羅爲大姥達羅十大姥達羅爲跋藍十跋藍爲大跋藍十大跋藍爲珊若十珊若爲大珊若十大珊若爲毗步多十毗步多爲大毗步多十大毗步多爲跋邏攙十跋邏攙爲大跋邏攙十大跋邏攙爲阿僧企耶此後更有八數及前爲六十數積一大劫至此第五十二阿僧企耶數時名一劫阿僧企耶第二第三劫阿僧企耶亦復如是有說

尊者舍利子依第四靜慮起宿住隨念智通緣過去世齊所及劫爲一劫阿僧企耶量第二第三劫阿僧企耶量亦爾彼不應作是說以劫阿僧企耶量非舍利子等宿住智境故此中或說三劫阿僧企耶量皆是舍利子宿住智境故不應言齊彼智所及劫爲一劫阿僧企耶量有說依一施行分別三劫阿僧企耶量謂若時菩薩雖行惠施而未能捨一切物施一切田齊此名爲初劫阿僧企耶若時菩薩能行惠施亦能捨一切物而未能施一切田或能施一切田而未能捨一切物齊此名爲第二劫阿僧企耶若時菩薩能行惠施亦能捨一切物及能施一切田齊此名爲第三劫阿僧企耶有說依所逢事佛分別三劫阿僧企耶量謂過去久遠人壽百歲時有佛名釋迦牟尼出現於世生刹帝利釋迦種中母名摩訶摩耶父名淨飯子名羅怙羅城名劫比羅筏窣覩多諸釋種侍者弟子名阿難陀第一雙弟子名舍利子大目揵連

爾時世間五濁增盛爲生老死之所逼迫愚癡盲瞑無將導者彼佛世尊以悲願力於中出現精進增上化導有情未曾暫息由如此故爲風所薄肩背有疾時有陶師名曰廣熾佛知時至即告侍者阿難陀言吾今身疾不安汝可往廣熾陶師家求胡麻油及煖水爲吾塗洗侍者敬諾往陶師家住廣熾前愛語問訊已方便讚佛種種功德勝戒定慧三十二相八十隨好圓光赫弈智見無礙辯才無滯復告廣熾如是世尊若不出家當爲輪王王四洲界我及汝等一切世間皆爲僕使然

今棄捨如是王位出家苦行得阿耨多羅三藐三菩提具一切智見斷一切疑網施一切決定能盡一切問論源底視諸有情猶如一子今者在此不遠而住然爲拔濟汝等苦故恒涉道路爲風所薄肩背勞積須油煖水故相造詣頗能施耶爾時廣熾聞已踊躍歎未曾有如何人間有是功德即報尊者仁今且還我當如命自往佛所其去未久廣熾即辦生胡麻油及煖香水持往佛所佛遥見之爲令彼人種善根故脱去餘衣惟留儭身踞几而待廣熾到已發淳淨心以所持油恭敬善巧塗佛肩背種種摩搦復以煖水香湯灌洗佛時風疾釋然除愈以慈輭音慰喻廣熾彼聞歡喜

即發願言願我未來當得作佛名號眷屬時處弟子如今世尊等無有異當知彼陶師者即釋迦菩薩由本願故今名號等如昔不異然從彼佛發是願後乃至逢事寶髻如來是名初劫阿僧企耶滿從此以後乃至逢事然燈如來是名第二劫阿僧企耶滿復從此後乃至逢事勝觀如來是名第三劫阿僧企耶滿此後復經九十一劫修妙相業至逢事迦葉波佛時方得圓滿有說有三種阿僧企耶一劫阿僧企耶二生阿僧企耶三妙行阿僧企耶劫阿僧企耶者謂以大劫爲一積至洛叉俱胝展轉乃至過娑揭羅數生阿僧企耶者謂一一劫經無數生妙行阿僧企耶者謂一一劫修無數妙行由此三種阿僧企耶證無上覺此不應理如實義者此中但說經三劫阿僧企耶修行圓滿

阿毗達磨大毗婆沙論卷第一百七十七

說一切有部發智

音釋

凹凸 凹於交切下不平也凸徒結切高出也 輻 方六切 轂輞 轂古禄切輞文紡切 臃 丑兇切圓直也 跟 古痕切足跟也 攣 呂員切拘也 繄 煙奚切 腨 市兗切腓腸也 𪗋 徂奚切臍同 膊 補各切肩膊也 頷 胡感切題頷也 儷 郎計切 哳 智列切 儭 初覲切近也 攙 楚銜切

阿毗達磨大毗婆沙論卷第一百七十八

五百大阿羅漢等造
唐三藏法師玄奘奉　詔譯

定蘊第七中不還納息第四之五

問如說菩薩經三劫阿僧企耶修四波羅蜜多而得圓滿謂施波羅蜜多戒波羅蜜多精進波羅蜜多般若波羅蜜多當言於何時分修何波羅蜜多而得圓滿有說若菩薩行布施時不爲慳悋之所屈伏當言施波羅蜜多圓滿持淨戒時不爲惡戒之所凌雜當言戒波羅蜜多圓滿起精進時不爲懈怠之所退敗當言精進波羅蜜多圓滿修般若時不爲惡慧之所嬈濁當言般若波羅蜜多圓滿有說若時菩薩但以悲心能施一切一切種物乃至身命頭目髓腦都無少許戀著之心齊此名爲施波羅蜜多圓滿若時菩薩橫被有情斬截手足割劓耳鼻或斫身分乃至無完如芥子許爾時無有一念瞋心況欲加報齊此名爲戒波羅蜜多圓滿若時菩薩心勇猛故經七晝夜一足而立不眴而視以一伽他讚歎於佛而無一念懈倦之心齊此名爲精進波羅蜜多圓滿若時菩薩名瞿頻陀精求菩提聰慧第一論難無敵世共稱仰齊此名爲般若波羅蜜多圓滿或說乃至坐金剛座入金剛喻定將證無上正等菩提齊此方名般若波羅蜜多圓滿如是說者此等所說皆依一時一行增上說爲圓滿如實義者得盡智時此四波羅蜜多方得圓滿外國師說有六波羅蜜多謂於前四加忍靜慮迦濕彌羅國諸論師言後二波羅蜜多即前四所攝謂

忍攝在戒中靜慮攝在般若戒慧滿時即名彼滿故復有别說六波羅蜜多謂於前四加聞及忍若時菩薩能徧受持如來所說十二分教齊此聞波羅蜜多名爲圓滿若時菩薩自稱忍辱被羯利王割截支體曾無一念忿恨之心反以慈言誓饒益彼齊此忍波羅蜜多名爲圓滿此二亦在前四中攝忍如前說聞攝在慧雖諸功德皆可名爲波羅蜜多而依顯了增上義說故惟有四問修此四波羅蜜多時於一一劫阿僧企耶逢事幾佛答初劫阿僧企耶逢事七萬五千佛最初名釋迦牟尼最後名寶髻第二劫阿僧企耶逢事七萬六千佛最初即寶髻最後名然燈第三劫阿僧企耶逢事七萬七千佛最初即然燈最後名勝觀於修相異熟業九十一劫中逢事六佛最初即勝觀最後名迦葉波當知此依釋迦菩薩說若餘菩薩不定如是釋迦菩薩於迦葉波佛時四波羅蜜多先隨分滿相異熟業今善圓滿從此贍部洲歿生覩史多天受天趣最後異熟問何故菩薩惟於覩史多天受天趣最後異熟不於餘天耶脅尊者言此不應問若上若下俱亦生疑然生彼天不違法相有說覩史多天是千世界天趣之中猶如齋法是故菩薩惟生彼天有說下天放逸上天根鈍惟覩史多天離二過失菩薩怖畏放逸猒患鈍根故惟生彼有說下天煩惱利上天煩惱數覩史多天離此二種菩薩猒此二類煩惱故生彼天有說菩薩惟造作增長彼天處業故惟生彼有說惟覩史多天壽量與菩薩成佛及贍部洲人見佛業熟時分

相稱謂人間經五十七俱胝六十千歲能化所化善根應熟彼即是覩史多天壽量是故菩薩惟生彼天若生上天壽量未盡善根已熟若生下天壽量已盡善根未熟故不生彼有說爲化覩史多天無量樂法菩薩衆故謂彼天中有九廊院廊各十二踰繕那量樂法菩薩常滿其中補處菩薩晝夜六時恒爲說法上下天處無如是事有說菩薩恒時樂處中行故於最後生處中覩史多天從彼歿已生中印度劫比羅筏窣覩城於夜中分踰城出家依處中行成等正覺爲諸有情說處中法於夜中分入般涅槃由此惟生覩史多天非餘天處問何緣菩薩於最後有惟從天歿不從人來有說於諸趣中天趣勝故有說從天上來人所重故有說從天來時有神變事從人趣來無如是事有說人中無有如是壽量如覩史多與善根熟時相稱可故有說覩史多天樂法菩薩業增上力令此菩薩必生彼天爲說法故有說菩薩彼時有生天業定應受故有說若菩薩頻生人中而成佛者則生猒賤不受化故問何故不即於覩史多天成正等覺而必來人間耶答隨諸佛法故謂過殑伽沙數諸佛世尊皆於人中而取正覺故復次天趣身非阿耨多羅三藐三菩提所依止故復次惟人智見猛利能得阿耨多羅三藐三菩提故復次諸天躭著妙欲於入正性離生得果離染等事非增上故復次人趣根性猛利多分能受如來正法天趣不爾復次最後有菩薩必受胎生天趣惟化生故復次有二事處佛出世間一有猒心二有猛利

智當知此二惟人趣有復次人天並是法器爲欲俱攝故來人間若在天上則人無由往又不可令天上成佛來人間化人當疑佛是幻所作不受法故是以菩薩人間成佛然菩薩住覩史多宮彼壽量盡將下生時先觀四事一觀時分二觀處所三觀種姓四觀依器觀時分者謂觀世間於何時中佛應出世即知從人壽八萬歲乃至百歲時佛應出世今正是時觀處所者謂觀世間於何方處佛應出世即知於贍部洲中印度佛應出世非邊地達絮蔑戾車中觀種姓者謂觀世間何種姓中佛應出世即知或刹帝利或婆羅門種姓中佛應出世隨彼時强勝者即生其中觀依器者謂觀世間何等女人父母種姓並皆清淨胎藏寬博無諸過失能持菩薩那羅延力所合成身經十月日即知贍部洲中有是女人名字某甲堪爲依器菩薩如是觀四事已即告行道天子言汝可巡告覩史多天衆却後七日補處菩薩當從此歿生贍部洲中印度劫比羅筏窣覩城廣作佛事諸欲隨者當發往願行道天子歡喜敬諾秉已所有迅疾神通徧告覩史多天衆言天仙當知却後七日補處菩薩當下贍部洲生中印度劫比羅筏窣覩城廣作佛事仁等天衆欲隨從者當發往願爾時便有五百天子尋聲即發隨下生願至第七日菩薩便與五百天子一時從覩史多天歿於贍部洲中印度劫比羅筏窣覩城俱時而生皆爲釋種助宣佛事當知此說釋迦菩薩若餘菩薩隨其所應

如說慈氏汝於來世當得作佛乃至廣說問

何故作此論答為欲分別契經故如世尊說於未來世人壽八萬歲時此贍部洲其地寬廣人民熾盛安隱豐樂村邑城都鷄鳴相接女人年五百歲爾乃行嫁彼時諸人身雖勝妙然有三患一者大小便利二者寒熱飢渴三者貪婬老病有轉輪王名曰餉佉威伏四方如法化世成就七寶所謂輪寶象寶馬寶珠寶女寶主藏臣寶主兵臣寶千子具足勇健端正能摧怨敵極大海際地平如掌無有丘坑砂礫毒刺人皆和睦慈心相向兵戈不用以正自守王有寶臺高千尋量廣十六分種種莊嚴持施福田與大福業其後不久剃除鬚髮以信出家勤修梵行於現法中成阿羅漢即能自知我生已盡梵行已立所作已辦不受後有得般涅槃時佛說是語已衆中阿氏多苾芻即從座起恭敬合掌而白佛言世尊願我於未來世當得作彼餉佉輪王威伏四方如法化世廣說乃至得般涅槃爾時世尊訶叱彼曰癡人云何不欲一死而求再死願於來世作餉佉輪王乃至廣說然阿氏多如汝所願汝於來世定得作彼餉佉輪王降伏四方如法化世廣說乃至得般涅槃復告大衆未來人壽八萬歲時有佛出世名曰慈氏如來應正等覺明行圓滿善逝世間解無上丈夫調御士天人師佛薄伽梵如我今者十號具足彼佛復於此世間天魔大梵沙門婆羅門天人衆中自稱我是如來應正等覺乃至佛薄伽梵具足證得自在通慧亦自了知我生已盡梵行已立所作已辦不受後有得大涅槃復為有情宣說正法開示初善

中善後善文義巧妙純一圓滿清白梵行爲諸人天正開梵行令廣修學無量百千徒衆圍繞無量慈種弟子侍衛作大饒益如我今者亦於此世間天魔大梵廣說乃至無量釋種弟子侍衛作大饒益時佛說是語已衆中慈氏菩薩即從座起恭敬合掌而白佛言世尊願我於未來世當得作彼慈氏如來應正等覺廣說乃至如今世尊亦爲無量釋種弟子侍衛作大饒益爾時世尊聞彼語已起前際智審觀慈氏三無數劫修四波羅蜜多得圓滿不即如實知皆已圓滿復審觀彼百大劫中修相異熟業得圓滿不即如實知除金色相業餘皆圓滿由此佛告大生主喬答彌言汝今可以此金色衣布施衆僧若供養僧當知亦名供養於我佛時預知衆僧得此金色衣已有是因緣應慈氏得慈氏得已必當施我乃至廣說由此因緣金色業滿此中或說佛欲令彼金色業滿告阿難陀言汝可爲我覓新金色衣吾欲持與慈氏時阿難陀如教即得尋時跪進世尊得已命慈氏言汝可取此新金色衣慈氏承命然不敢取佛言但取任汝奉施佛上首僧所以者何汝於未來當由此福饒益世間故慈氏敬諾取已奉施佛上首僧由此因緣金色業滿有說慈氏金色相業亦先圓滿然佛令彼施金色衣者欲顯功德雖滿而無猒足勸引他故世尊起前際智觀慈氏前際已復起後際智審觀未來人壽八萬歲時慈氏有得阿耨多羅三藐三菩提所依身不即知彼有復審觀察彼於爾時爲有堪能得菩提不即知彼能世尊觀彼

前後際已即讚慈氏菩薩言善哉善哉汝能發此廣大思願爲欲饒益無量有情誠爲快善復告慈氏如汝所願汝於來世人壽八萬歲時當得作佛名曰慈氏如來應正等覺廣說乃至無量慈種弟子侍衛作大饒益如我今者亦爲無量釋種弟子侍衛作大饒益問阿氏多及慈氏俱求未來八萬歲時身何故世尊訶阿氏多而讚慈氏答阿氏多苾芻於有起意樂起勝解起欣慕起希望起尋求故佛訶之慈氏菩薩不於有起意樂乃至尋求然於利樂諸有情事起意樂乃至尋求故佛讚之復次阿氏多求世間輪王位故佛訶之慈氏求出世法輪王位故佛讚之如是求流轉王位求還滅王位說亦爾復次阿氏多求自利樂故佛訶之慈氏求利樂他故佛讚之如是求自饒益求饒益他說亦爾契經雖作是說慈氏汝於來世人壽八萬歲時當得作佛名慈氏如來應正等覺乃至廣說而不分別此何智於何轉契經是此論所依根本彼所不分別者今應分別故作斯論如說慈氏汝於來世當得作佛名慈氏如來應正等覺此何智答因智道智此即如來觀察慈氏前後際智此於何轉答有於相異熟業轉由此名因智有於無漏根力覺支道支得阿耨多羅三藐三菩提轉由此名道智此即如來觀察慈氏前際相異熟業圓滿不圓滿智於因轉故說名因智及是觀察慈氏後際無漏根力覺支道支得無上正等菩提智於道轉故說名道智然此二智俱是世俗智攝以非十六行相智故或有身中雖有三十二相而無

聖法謂異生轉輪王或有身中雖有聖法而無三十二相謂非輪王聲聞等或有身中有三十二相亦有聖法而非佛謂餉佉王等得聖道已或有身中無三十二相亦無聖法謂餘異生一切佛身必有無上三十二相及無上聖法謂正等菩提問何故此中惟說於相異熟業轉名因智不說於四波羅蜜多轉名因智耶答應說而不說者當知此義有餘復次相異熟業近四波羅蜜多遠此中說近不說遠復次相異熟業修時顯了人天共知四波羅蜜多不爾此中隨顯而說復次修相異熟業時菩提決定趣亦決定修四波羅蜜多時雖菩提決定而趣未決定是故不說復次此中說智身近因菩提近因相異熟業是身近因無漏根力等是菩提近因四波羅蜜多及不淨觀等非一近因是故不說

如說此苾芻即於現法當辯聖旨乃至廣說

問何故作此論答爲欲分別契經義故如自恣經說此苾芻即於現法當辯聖旨能自了知我生已盡梵行已立所作已辦不受後有得般涅槃彼經雖作是說而不分別此何智於何轉彼經是此論所依根本彼所不說者今應說之故作斯論如說此苾芻即於現法當辯聖旨此何智答道智此於何轉答此於無漏根力覺支道支得諸漏永盡轉由此名道智此即如來觀諸苾芻無漏根力覺支道支得諸漏永盡智於道轉故說名道智此亦是世俗智攝以非無漏十六行相智故問此中何故不說因智有說此中應作是說此何智答因智道智此於何轉答有於順解脫分

善根等轉由此名因智有於無漏根力覺支道支得諸漏永盡轉由此名道智而不作是説者當知此義有餘有説無上菩提加行廣大三無數劫百劫乃成彼因可重是故説觀彼智聲聞菩提加行狹小謂極速者三生便得第一生下種第二生成熟第三生解脱因非可重故不説觀彼智有説菩薩相異熟業所依種性等決定故説知彼智聲聞順解脱分善根所依種性等不決定故不説知彼智有説佛有二事勝一所依身二所得菩提故觀彼所因具説二智聲聞但有所得菩提勝非所依身故但説知菩提因智有説知順解脱分善根等智前亦不説故於此中不應爲問願智云何乃至廣説問何故作此論答前雖説願智作用而未説彼自性今欲説之故作斯論願智云何答如阿羅漢成就神通得心自在隨欲知義發正願已便入邊際第四靜慮從定起已如願皆知隨欲知義者問何故阿羅漢欲知義耶答三因緣故一爲饒益弟子故二爲住持佛法故三爲知世間安不安故饒益弟子者謂阿羅漢於諸弟子修觀行時法應觀彼入聖久近我壽盡來某甲能入正性離生不設不能入者我命終後有餘能教令得入不如此皆以願智故知是等名爲饒益弟子住持佛法者謂阿羅漢或有經營窣堵波毗訶羅僧伽藍等佛法僧事時法應觀察久近成辦盡我壽來爲能辦不設不辦者我命終後爲有餘人能續辦不或有國王大臣長者及商主等欲於佛法作衰損事有阿羅漢念欲化之即便觀察彼可化不設

可化者爲久近耶我壽盡來化事果不設不果者我命終後有能續不此等皆以願智故知諸如是事名住持佛法知世間安不安者謂阿羅漢或時觀察所在國土及時分中當有豐儉怖畏安隱疾疫等事欲令自他知趣捨故起願智知如昔於此迦濕彌羅國有王名鑠迦爲縛喝國王入境侵奪時王鑠迦即率兵士欲與交戰彼王本性慈仁恒懼惡業竊作是念不知我今戰必得勝存王位不脫當不遂徒殺人民更招殃罪死墮地獄曾聞其甲僧伽藍中有阿羅漢得妙願智我當往問念已即往歸誠禮敬請決所疑彼阿羅漢便答王曰我雖曾得此智然資緣闕故身力羸劣久不現前時王即以種種飲食上妙資具而供給之尊者未幾能起願智即爲觀察便見彼縛喝王必當奪得鑠迦王位作大饒益見已即報鑠迦王言王當失國願自思勉鑠迦敬諾即率左右及將眷屬捨國而去往投他土由此因緣諸阿羅漢欲知彼義入邊際第四靜慮者問何故名邊際第四靜慮耶答此於第四靜慮爲表爲極爲稠林故名邊際第四靜慮即是最勝品第四靜慮義猶如樹端樹中最勝名樹邊際有說此是表智極智稠林智等諸功德法所依處故名邊際第四靜慮謂無量等種種功德熏相續已方起此定故依此定所起功德於諸功德爲表爲極爲稠林猶如醍醐牛味中勝有說此應名後際第四靜慮際有三一前際一中際三後際此三即過去現在未來如其次第此中前際二智所知謂宿住隨念智及願智中際亦

二智所知謂他心智及願智後際惟願智所知以未來境中惟有此智是故此智名後際智能起此定名爲後際第四静慮有說此應名未至際第四静慮際有三種一未至際二至際三至巳際此三即未來現在過去如其次第如知現在名至際智知過去名至巳際智如是此智多分知未來故名未至際智能起此定名未至際第四静慮有說此但應名邊際第四静慮所以者何邊者名現在藴界處際者名過去未來如於現在藴界處有現見智轉如是於過去未來亦有現見智轉故此智名邊際智能起此定名爲邊際第四静慮從定起巳如願皆知者問爲在定知爲起定知若爾何失若在定知何故此中說從定起巳如願皆知若起定知何故復入邊際第四静慮耶答即在定能知問何故此中說從定起巳如願皆知答此於說時名知由說顯知故復次爾時令他知故說名爲知有說起定能知問何故復入第四静慮答邊際第四静慮是知方便要入彼定此智生故如是說者初說爲善以在定能知起定說故

問願智自性是何答自性是慧如自性如是我物性相本性亦爾巳說自性所以今當說何故名願智答如願能知故名願智問爲如自願能知爲如他願能知耶答如自願亦知如他願亦知隨所有願皆能知故復次知所有願故名願智願有二種謂菩提願及有願菩提願者如慈氏等願有願者如阿氏多等願知此等願故名願智復次智隨願起故名願智謂此智殊勝要由先願作意加行所引

發故如來雖無作意加行而亦必有心願爲先有說此應名期智以所知境微細甚深必起要期方能知故有說此應名妙智以諸智中此最勝故如世間說妙飲食妙衣服等彼於勝說妙聲此亦如是然此願智界者色界地者在第四靜慮地所依者依欲界身行相者作十六行相或餘行相所緣者緣一切法念住者通四念住智者舊阿毗達磨者說惟一世俗智有餘師說八智性除盡無生所以者何彼非見性願智是見性故如是說者惟一世俗智三摩地俱者不與三摩地俱惟有漏故根相應者捨根相應世者墮三世緣三世及離世善不善無記者是善緣三種三界繫不繫者惟色界繫緣三界繫及不繫學無學非學非無學者是非學非無學緣三種見所斷修所斷不斷者是修所斷緣三種緣名緣義者通緣名義緣自相續他相續非相續者通緣三種何處起者欲界起非色無色界欲界中惟人趣非餘趣人趣中惟三洲非北洲三洲中男女身俱能起尊者瞿沙筏摩作如是說惟贍部洲能起非餘洲惟男子能起非女人所以者何願智殊勝要依增上猛利之身餘二洲及女身皆羸劣故如是說者初說爲善三洲男女身皆增上猛利以皆能得心自在及定自在故若不爾者經不應說大生主爲上首五百苾芻尼於一日中俱捨壽行而般涅槃彼若不得邊際第四靜慮則不能捨於壽行既於此得何獨不能發起願智問何等補特伽羅能起此智答聖者非異生聖中無學非有學無學中惟不時解脫非時

解脫所以者何若於定得自在及相續不爲煩惱所持者能起願智諸異生及信勝解二事俱無見至雖於定得自在而相續爲煩惱所持時解脫雖相續不爲煩惱所持而於定不得自在是故皆不能發起願智惟有不時解脫於定得自在及相續不爲煩惱所持故能起願智

阿毗達磨大毗婆沙論卷第一百七十八說一切有部發智

音釋

髓息委切骨中脂也 劓牛利切鼻刑也 眴舒閏切目動也 餉佉餉詩向切佉丘加切 礫郎擊切小石也 鑠書藥切 羸力追切劣也

阿毗達磨大毗婆沙論卷第一百七十九

五百大阿羅漢等造

唐三藏法師玄奘奉詔譯

定蘊第七中不還納息第四之六

問願智爲加行得爲離染得答有加行得有離染得此中有說佛離染得盡智時得故聲聞獨覺加行故得加行故現在前有說佛及獨覺俱離染得盡智時得故聲聞加行故得加行故現在前有說佛獨覺到究竟聲聞皆離染得盡智時得故餘聲聞加行故得加行故現在前如是說者若決定可得者彼離染得盡智時得故後作加行方現在前佛不由加行獨覺下加行聲聞或中或上然有願智由邊際定加行故得加行故現在前問此願智加行云何答以一切地及邊際定爲加行謂修行者將起此智先起欲界善心次此無間入初靜慮次入第二靜慮次第乃至入非想非非想處從非想非非想處起還入無所有處次第乃至入初靜慮從初靜慮起復入第二靜慮次第乃至入第四靜慮彼既如是於上下地一切等至循環入出令極調順第四靜慮已復於第四靜慮從下入中從中入上如是上品名爲邊際第四靜慮從此次第引起願智是故尊者世友作如是言諸阿羅漢爲饒益他故於上下地循環入出令調柔隨順第四靜慮若時加行流注無滯爾時名爲加行成滿從此能引願智現前大德說曰於無間滅無間起及俱生中了知方便若時加行流注無滯爾時名爲加行成滿從此引起願智現前

問宿住隨念智與緣過去願智何差別答名即差別謂此名宿住隨念智此名緣過去願智復次宿住隨念智知前際有漏五蘊此願智知有漏無漏諸蘊復次宿住隨念智知欲色界前際五蘊此願智知三界及不繫諸蘊復次宿住隨念智知諸蘊共相此願智知諸蘊自相及共相復次宿住隨念智此法者有外法者亦有此願智惟此法者有復次宿住隨念智異生有聖者亦有此願智惟聖者有復次宿住隨念智學無學非學非無學者皆有此願智惟無學者有復次宿住隨念智時解脫不時解脫相續中皆有此願智惟不時解脫相續中有復次宿住隨念智依四根本靜慮此願智惟依第四根本靜慮復次宿住隨念智通曾得未曾得曾習未曾習共不共此願智惟未曾得未曾習不共復次宿住隨念智初引發時惟能生生次第隨念後成滿時若生生次第若超百生千生等隨其所欲皆能隨念此願智初引發時及成滿時若次第若超越如其所願皆如實知復次此願智但於宿住隨念智所知境轉者即有六事勝一熾盛勝二增上勝三微妙勝四清淨勝五明白勝六迅速勝況餘多耶是謂宿住隨念智緣過去願智差別

問他心智與緣現在願智何差別答名即差別謂此名他心智此名緣現在願智復次他心智緣一物為境此願智緣一物或多物為境復次他心智緣自相境此願智緣自共相境復次他心智緣他相續此願智緣自他相續復次他心智緣心心所法此願智緣五蘊

復次他心智依四根本靜慮此願智惟依第四根本靜慮復次他心智此法者有外法者亦有此願智惟此法者有復次他心智異生有聖者亦有此願智惟聖者有復次他心智學無學非學非無學者皆有此願智惟無學者有復次他心智時解脫不時解脫相續中皆有此願智惟不時解脫相續中有復次他心智通曾得未曾得曾習未曾習共不共此願智惟未曾得未曾習不共復次他心智有漏無漏此願智惟有漏復次他心智緣欲色界繫及不繫法爲境此願智緣三界繫及不繫法爲境復次此願智但於他心智所知境轉者即有六事勝謂熾盛勝等如前說况餘多耶是謂他心智緣現在願智差別

問云何願智能知未來有說以過去現在比知未來譬如田夫下種子已比知定有如是果生彼亦如是有說若爾願智應是比量智非現量智應作是說此願智不待觀因而能知果不待觀果而能知因是故此智是現量智非比量智問云何願智知無色界有說由觀等流及行差別如觀行路之人知所從至有說若爾願智應是比量智非現量智應作是說此願智不觀因而知果不觀果而知因故此智是現量智非比量智然聲聞獨覺有餘習過患故於所願境加行乃知如來餘習過患永盡故於所願舉心即知問世尊願智云何能知一切有情心相差別有說此不必須問所以者何此是諸佛境界不可思議故有說先已品量而今能知有說由取一分所識知有情心相差別類知餘者如世界壞時

有情多分生極光淨天於彼展轉訪宿住事後以宿住隨念智知佛亦如是有說佛於緣起善達故知有說佛於願智自在故知有說佛於自業善達故知有說佛於等流善達故知有說佛於行差別善達故知尊者說曰佛於有情心界欲知便知不因加行無煩責問以初得阿耨多羅三藐三菩提時此種類智皆已得故問何緣發起如是願智答爲饒益他故謂先起願智觀諸有情意樂差別後隨所應作饒益事譬如良醫先觀病者差別相已然後授藥

願智當言善耶無記耶答或善或無記此中有說願智惟一謂在第四靜慮惟是善有說願智有二謂在第四靜慮及欲界各惟善有說願智有三謂第四靜慮善欲界善無記有說願智有五謂四靜慮及欲界各惟善有說願智有六謂四靜慮善欲界善無記有說願智有七謂上三靜慮惟善初靜慮及欲界各善無記有說願智有十謂四靜慮及欲界各有善無記如是說者應知如前說六者善問願智惟在第四靜慮又惟是善何故乃言四靜慮善欲界善無記耶答願智實在第四靜慮及惟是善然此中依容意說願智及願智後同緣起說智皆名願智故其事云何謂瑜伽師先依第四靜慮發起願智知所知法即緣此法入第三靜慮次第乃至即緣此法起欲界善心從此無間即緣此法起欲界善或無記心說所知法此中若根本若後起皆說名願智是故說或善或無記

云何無諍行乃至廣說問何故作此論答爲

欲分別契經義故如契經說我弟子中善現苾芻諸無諍行無諍行第一雖作是說而不廣辯云何無諍行無諍行名何法彼經是此論所依根本彼所不說者今應說之故作斯論云何無諍行答一切阿羅漢善達內時外不如是若亦善達外時名無諍行云何內時謂自相續中所有煩惱云何外時謂他相續中所有煩惱遮此煩惱名爲善達一切阿羅漢於自相續所有煩惱皆已遮斷於他相續所有煩惱則不決定若亦能遮名無諍行有說時謂三時即日初分日中分日後分於此三時制諸煩惱名爲善達一切阿羅漢於自相續三時煩惱皆已制斷於他相續三時煩惱則不決定若亦能制名無諍行有說時謂六時即日夜各初中後分於此六時制諸煩惱名爲善達一切阿羅漢於自相續六時煩惱皆已制斷於他相續六時煩惱則不決定若亦能制名無諍行尊者妙音說曰非謂無有自相續中煩惱諍故名無諍行但以能遮他相續中煩惱諍故名無諍行所以者何諍是對他之名非對自故問何故遮制煩惱名爲善達答要由方便覺慧現前方能遮制自他煩惱故名善達

無諍名何法答令他相續無雜穢轉謂諸煩惱能爲津潤垢膩雜穢得無諍者不爲他相續中煩惱之所津潤垢膩雜穢即是遠離他相續中諸煩惱義有說此文應言於他相續無餘轉轉謂得無諍者如於自相續煩惱永斷無餘如是於他相續煩惱亦能遮制令無有餘即是徧遮他相續中應令彼起諸煩惱

義有說此文應言於他相續無差別轉謂得無諍者如能遮親相續中煩惱令其不生如是亦能遮怨及中相續中煩惱令其不起即是平等遮制他相續中諸煩惱義問善達外時無雜穢轉有何差別答善達外時謂慧無雜穢轉謂煩惱不起

復次彼阿羅漢行五種法令他相續煩惱不起何等爲五一淨威儀路二應時語嘿三善量去住四分別應受不應受五觀察補特伽羅淨威儀路者彼阿羅漢先一處坐若他來者即觀其心以何威儀令不起結若知由此生彼結者即便捨此住餘威儀若不起結即如本住先住餘威儀亦爾應時語嘿者彼阿羅漢見他來時便觀其意爲應與語爲應嘿耶觀已若見語起彼結雖極欲語即便嘿然若見由嘿起彼結者雖不欲言而便與語若涉道路見二人來即觀誰應先可與語觀已若見與此語時彼起結者即與彼語與彼亦然若俱與語而起結者即便嘿然俱嘿亦爾若語若嘿俱起結者即爲避路令不起結善量去住者彼阿羅漢隨所住處即便觀察我爲應住爲應去耶若見住時起他結者處雖安隱資具豐饒隨順善品而便捨去若見由去生他結者處雖不安資緣匱乏不順善品而便强住分別應受不應受者彼阿羅漢若有施主以資具施即觀其心爲應受爲不應受觀已若見受起彼結雖是所須而便不受若見不受起彼結者雖所不須而便故受觀察補特伽羅者彼阿羅漢爲乞食故將入城邑里巷他家觀察此中男女大小勿有因我

起諸煩惱若知不起便入乞食若知起者雖復極飢而便不入無如是事爲分別故假使一切有情因見我故起煩惱者我即往一無有情處斷食而死終不令他因我起結彼阿羅漢修行如是五種行法則能遮他相續煩惱令不現前

問何故阿羅漢已得解脫而修此法自拘縛耶答彼阿羅漢先是菩薩種性不忍有情造惡招苦爲拔彼故恒作是念我無始來與諸有情互起纏縛輪迴五趣受諸劇苦我幸得免復應救彼又作是念我無始來或作倡妓或婬女等鄙穢之身百千衆生於我起結尚由此故長夜受苦況我今者離貪恚癡爲世福田於我起結而不招苦故我今者不應復作煩惱因縁故阿羅漢雖自解脫而爲有情起無諍行

問彼爲遮他自相煩惱爲共相耶答惟自相可遮非共相所以者何共相煩惱隨其所應一時總縁一界一地一處一類一所得身執我我所或執斷常或撥爲無或執第一或執能淨或起猶豫無明不了一切有情恒住運起不可遮止是故惟遮自相煩惱

問無諍行自性云何爲是定爲是慧耶設爾何失若是定者此文云何通如說善達外時名無諍行善達是慧若是慧者餘說云何通如說應習靜定無諍答應說是慧問若爾何故說應習靜定無諍耶答彼應說應習靜慧無諍而說應習靜定無諍者欲顯與定俱故名定而實是慧是名無諍自性如自性我物等亦爾已說自性所以今當說問云何名無

諍行答此行能對治他煩惱諍故名無諍行然諍有三一煩惱諍二蘊諍三鬪諍煩惱諍者謂百八煩惱蘊諍者謂死鬪諍者謂諸有情互相淩辱言語相違應知此中說煩惱諍爲遮有情起煩惱故復有說者由此能令自他諍無故名無諍行即是善修無我行義是故尊者善現曾於日暮至一毗訶羅扣門而立門內苾芻問言是誰尊者善現由住無諍久時熟修無我行故默不能答言我是善現良久乃曰此是世間假所立名爲善現者又彼尊者曾路行遇雨至一外道門側避之外道問言仁字何等尊者善現由住無諍久時熟修無我行故默不能答我是善現再三問已乃徐答言此是世間假名善現故知善修無我行者令自他諍無說名無諍行有說諸瑜伽師由住此故於愛不愛宜不宜可意不可意有利無利苦樂具中悉皆無諍故名無諍行復次無諍界者色界有說欲色界如是說者初說爲善地者在第四靜慮有說在五地謂四靜慮及欲界如是說者謂初說善所依者依欲界身行相者是不分明行相所緣者緣欲界於欲界中但緣煩惱有說通緣欲界五蘊如是說者初說爲善念住者是法念住有說通四念住如是說者法念住智者是世俗智三摩地俱者非三摩地俱根相應者捨根相應世者墮三世緣未來善不善無記者是善緣不善有說通緣不善無記而多緣不善三界繫不繫者色界繫緣欲界繫學無學非學非無學者若是非學非無學緣非學非無學見所斷修所斷不斷者是修所斷緣

修所斷有說通緣見修所斷多緣修所斷緣名緣義者但緣義緣自相續他相續非相續者但緣他相續有說通緣自他相續而多緣他相續何處起者應言欲界起非色無色界欲界中惟人趣非餘趣人趣中惟三洲非北洲三洲中男子女人俱能起尊者衆世說曰惟贍部洲惟男子能起如是說者初說爲善何等補特伽羅起者是聖者非異生惟無學非學無學中惟不時解脫非時解脫所以者何以要得自在定及相續不爲煩惱所持者方能起故問佛獨覺到究竟聲聞爲亦住無諍不設爾何失若彼亦住無諍者無諍能遮他相續煩惱何故猶有百千衆生而緣彼起煩惱若彼不住無諍者契經說云何通如說尊者善現住無諍第一彼根性劣尚能住無諍佛獨覺等根勝而彼何故不能住於無諍耶答應言佛等亦住無諍問若爾何故猶有百千衆生而緣彼起煩惱耶答佛及到究竟聲聞俱是說法教化他者皆得願智觀察有情我今爲能令彼於我不起煩惱而種善不若知能者便往化之若知不能不起彼結但能令彼種善根者即念寧起彼結要當令種善根所以者何彼若能起毛許勝善必能摧滅如山煩惱諸惡行故若知俱不能者則方便避之勝於善現過百千倍有說佛及到究竟聲聞不住無諍問何故善現能住無諍佛等根勝不能住耶答尊者善現於無諍中愛樂尊重恒時修習佛等不爾非於無諍起極尊重想故然非不能住如是說者佛等亦住無諍然不多住爲化有情故所以者何諸受

化者根性不等或宜慰喻或宜訶責或宜稱讃然後入法彼雖或於訶責等位起貪瞋慢然必因此種諸善根是故如來舍利子等雖能恒住無諍行爲化有情而不多住

問無諍爲加行得爲離染得答有加行得有離染得此中有説佛離染得盡智時得故聲聞獨覺加行故得加行故現在前有説佛及獨覺俱離染得盡智時得故聲聞加行故得加行故現在前有説佛獨覺到究竟聲聞皆離染得盡智時得故餘聲聞加行故得加行故現在前如是説者若決定可得者彼離染得盡智時得故後加行現在前佛不加行獨覺下加行聲聞或中或上然有無諍由邊際定加行故得加行故現在前問此無諍加行云何答以一切地及邊際定爲加行如願智中廣説

如契經説善現苾芻修無諍行證法隨法問無諍不能斷諸煩惱世尊何故作如是説答彼尊者於無諍行從昔以來愛樂修習由此展轉能起聖道斷諸煩惱成阿羅漢從此能起無諍現前依此密意故作是説非謂無諍能斷煩惱其事云何曾聞尊者昔由二緣於無諍中發起正願一由見二由聞由見者謂於往昔見佛弟子由住無諍每至城邑衢路市里將護有情而不起結由聞者謂於往昔聞佛弟子由住無諍餘説如前既見聞已起正憶念隨所修習施戒多聞精勤梵行一切皆以迴向無諍願我未來作佛弟子恒住無諍將護有情如所見聞諸佛弟子由彼願力感衆同分於釋迦牟尼佛法中爲住無諍第

一弟子爲無諍故速疾證得阿羅漢果以無諍必依無學身故由斯審意契經說言修無諍行證法隨法問無諍作何行答作寂靜行爲寂靜他諸煩惱故

如說我弟子中因儒僮黠慧第一乃至廣說

問何故作此論答爲欲分別契經義故如契經中世尊記說五百弟子各隨所能雙雙第一令本論師欲於相似雙中顯差別故而作斯論問何故世尊記諸弟子雙雙第一尊者世友說曰世尊欲顯善說法中師與弟子賢和無諍互不相隱真實功德非如外道爲名利故心懷嫉妬弟子與師互相非毀復次世尊欲顯善說法中弟子尚有真實功德可稱可記何況於師惡說法中師尚無有實德可記何況弟子復次欲顯善說法中慳垢永斷師與弟子互相稱揚真實功德非如外道有慳垢故師於弟子弟子於師尚不欲聞他人稱讚何況自說復次世尊顯已所應作事皆已成辦捨教授擔而自安故復次欲顯苾芻修正加行有所歸趣非悠悠故復次世尊欲令於所讚德隨彼愛樂多住中者生敬重心意望滿故復次佛爲勉勵新學苾芻令生希慕翹勤修故大德說曰由二因緣世尊記說弟子功德一者顯已現法樂住二者哀愍後世有情復次世尊自顯於九十六諸外道衆中我衆最勝故復次世尊欲顯佛出世間有大饒益謂佛出世乃有如是諸第一雙開士出現非無佛時復次世尊欲令於諸功德差別門中別別樂者歡喜勤修捨諸懈怠疾證得故復次世尊欲以弟子所得證已所說是

眞實故復次欲止誹謗善說法中無有現證上人法者故復次世尊欲止見諸苾芻形容顦悴生輕慢者顯此皆有殊勝功德阿毗達磨諸論師言隨諸佛法故謂過殑伽沙數如來應正等覺出現世間法皆記說弟子衆中所有多雙第一功德今佛亦爾復次欲令世間別別愛樂諸功德者聞生歡喜於佛正法起尊重心種諸善根獲大饒益故復次欲與未來諸佛莊嚴徒衆故謂佛記說諸弟子已無量有情若見若聞皆生歡喜發起正願隨所修習施戒多聞正勤梵行皆以迴向第一功德願我來世於佛法中得預如斯諸正士數則爲莊嚴彼佛從衆復次欲令所記弟子自慶願滿故謂因儒僮等五百苾芻曾於過去五百佛所若見若聞彼佛記說弟子功德歡喜發願隨我所有施戒多聞正勤梵行願於來世佛正法中得預如是大弟子數今既願滿復聞佛記歡喜踊躍深自慶幸故有是說一一如來大弟子衆皆於過去五百佛所大誓莊嚴方得成就由如是等種種因緣佛記弟子雙雙第一

如說我弟子中因儒僮黠慧第一婆呬迦等敏捷第一此二何差別答尊者因儒僮心直心無曲心淳質增上尊者婆呬迦等心耎心調柔心和順增上由此俱名第一此中黠慧即是敏捷敏捷即是黠慧而佛各稱第一故須問其異相尊者因儒僮心直心無曲心淳質增上者直無曲淳質名異義一如其次第以後釋前或心直者是總句心無曲者別顯心無諂心淳質者別顯心無誑如黠慧馬善

識人意雖或驚觸無損於人尊者因儒僮亦復如是由黠慧故善知佛意於詰問時隨順正答其事云何如契經說彼在家時豐饒財實親屬豪貴常事日天彼以盛年時當娉婦廣請外道婆羅門衆於自宅中大設祠祀佛於化事終不失時是日晨朝爲化彼故著衣持鉢命阿難陀汝可隨我入城乞食命已便入室羅筏城至因儒僮宅門而住外道梵志遥見叱言今日此家設吉祥會此不祥物何用來爲佛聞便告阿難陀曰汝往語彼諸外道等三界大師吉祥中最汝不欲見吉事豈成此因儒僮定於今日棄捨汝等投我出家盡汝技術能留難不時阿難陀受佛教勑如師子子無所畏難往如羣鹿外道衆中告言如來善逹因果所言誠諦語汝等曰三界大師吉祥中最汝不欲見吉事豈成此因儒僮定於今日棄捨汝等投我出家盡汝技術能留難不外道聞已相視笑言沙門喬答摩隨情詭說何有將臨禮會延屈我等内外慶集而歸汝出家耶奇哉沙門如是妄語時有婆羅門名爲五頂曾見世尊說事不謬告外道衆曰此因儒僮定當出家莫生異念外道咸曰設有斯事我等必能爲作留難即共相率彈指拊掌繞因儒僮室七重而住須臾日出此因儒僮著新淨衣至重閣上燒香發願跪拜日輪爾時世尊知化時至便自化作婆羅門形著烏鹿皮金繩絡體手執金杖從日輪來至因儒僮前敷座而坐儒僮接足歸誠頂敬外道喜曰儒僮福人感大梵天親臨禮席事令已辦快哉沙門所言無實時佛即以所

化作形告儒僮言今作何事如是喧擾儒僮羞赧俯首答曰今隨俗法正欲娶婦佛問所費答言我費三百千金復問所用答言百千與婦作莊嚴具百千爲衆辦諸飲食百千用施諸婆羅門佛言汝設飲食施婆羅門用二百千當獲愛果事容可爾餘百千者用買婦耶彼心直故即答言買佛言汝婦直爾許耶且汝婦髮爲直幾許儒僮答言此無多直若詑倡伎婬女置之直一迦羯尼或惟直半復問彼爪爲直幾耶儒僮答言此無所直佛復次第舉彼身中三十六物一一問之儒僮亦一一而答皆言此無所直然因儒僮曾於過去迦葉波佛法中經十千歲修男方便觀因佛別問不淨物故過去所習善品現前遂伏欲貪離欲界染世尊於是還復本形爲因儒僮説四眞諦彼聞即得不還果證佛時便執因儒僮手上昇虛空説伽他曰

雖極莊嚴而行法　靜調息務修梵行
一切世間累皆捨　即是淨志沙門僧

因此故知彼心質直若不爾者化人問時彼應答言汝是梵志何用知我娶婦事爲娶婦法然云何名買由質直故隨問而答善品成熟得不還果是故世尊讃因儒僮黠慧第一

阿毗達磨大毗婆沙論卷第一百七十九　一説切有部發智

音釋

黠 胡八切慧也　娉 匹政切娶問也　詭 居洧切詐也　赧 乃板切面赤也
費 芳味切散財也

阿毗達磨大毗婆沙論卷第一百八十

五百大阿羅漢等造

唐三藏法師玄奘奉　詔譯

定蘊第七中不還納息第四之七

尊者婆呬迦等心軟心調柔心和順增上者等言即攝尊者頗洛迦尊者至履迦此中心軟心調柔心和順名異義一如其次第以後釋前或心軟者是總句心調柔者别顯無憍心和順者别顯無慢云何得知婆呬迦等有心軟等事曾聞彼三人聞佛出世訪知佛在室羅筏城三人相隨從王舍城往室羅筏世尊知彼經涉往返善根方熟即取别路從室羅筏往王舍城婆呬迦等至室羅筏聞佛已復往王舍城即復相將還趣王舍至已聞佛已往瞻波復更相將往瞻波國至已尋訪聞佛已往婆羅痆斯三人相隨復往彼國至已承佛已往劫比羅筏窣覩城復共詣彼承佛已往吠舍離城如是世尊於六大城循環六返婆呬迦等亦恒尋佛六返往還佛知彼人根熟時至於室羅筏與其相見佛方入城彼從城出忽遥見佛歡喜不堪足未至地得預流果於後不久成阿羅漢然彼三人若不心軟調柔和順便應趣在一城待佛豈能尋佛徧六大城循環六返初無一念勞倦之心纔見佛時便證聖果故佛讃言婆呬迦等敏捷第一

如說我弟子中小路於心迴善大路於想迴善此二何差别答尊者小路多住於心循心觀念住尊者大路多住於法循法觀念住問何故尊者小路多住心念住尊者大路多住

法念住耶答由彼尊者意樂異故復次尊者小路是愛行者彼由心力無始時來於生死中多受苦惱令成無學常訶責心由此多住心念住觀尊者大路是見行者彼由想力無始時來於生死中多受苦惱令成無學常訶責想由此多住法念住觀問此二尊者何故立此名耶答曾聞室羅筏有婆羅門婦數生男生已輒死其婦未幾復産一男即時遣人棄之大路經久不死故立此名彼婦後時復生一子還即遣人棄之小路亦經久不死因立此名尊者大路利根見行至年長大歸佛出家精進修行成阿羅漢尊者小路愛行鈍根樂處居家保戀親屬廣致財産位望奢豪宗族熾盛受諸欲樂後皆衰滅如伽他曰

財積後必盡　位高後必退　親合後必離
壽住後必死

由此小路於後未幾父母喪亡財寶散失退捨豪位眷屬乖離形容顦悴其兄大路見而愍之度令出家受具足戒授倶迦聲頌令習誦之

身語意莫作　一切世間惡　離欲念正知
不受苦無義

彼極闇鈍受此伽他滿四月中勤苦習誦牧牛羊者在路聞之誦皆通利彼猶未得過滿四月處處苾芻爲謁世尊皆來集會每日晨旦新學苾芻皆往鄔波陀耶阿遮利耶所受文請義理所廢忘小路爾時亦效他往將出房戸兄即問言汝欲何往答言欲往鄔波陀耶阿遮利耶所受文請義理所廢忘其兄語言我即是汝鄔波陀耶更何所往然彼小路

是應訶擯而入道者大路即時手搦其項曳出房外叱言愚人我四月中授汝一頌牧牛羊者誦皆通利汝猶未得而今乃言欲往他處受文請義理所忘耶小路既被兄訶擯已至誓多林門啼泣而住佛時從外入誓多林見而問之可憐小路汝何以啼泣彼以上事具白世尊佛便語言汝能隨我理所忘不彼答言能爾時世尊即以神力轉彼所有誦伽他障更爲授之尋時誦得過前四月所用功勞復別授以除塵垢頌而語之言今日苾芻從外來者汝皆可爲拭革屣上所有塵垢小路敬諾如教奉行至日暮時有一苾芻革屣極爲塵垢所著小路拭之一隻極淨一隻苦拭而不能淨即作是念外物塵垢暫時染著猶不可淨況內貪欲瞋癡等垢長夜染心何由能淨作是念時彼不淨觀及持息念便現在前次第即得阿羅漢果問小路何縁如是闇鈍答尊者小路於昔迦葉波佛法中具受持彼佛三藏由法慳垢覆蔽其心曾不爲他授文解義及理廢忘由彼業故今得如是極闇鈍果有說彼尊者曾於婆羅痆斯城作販猪人縛五百猪口運置船上渡至彼岸及下船時氣不通故猪皆已死由彼業力如是闇鈍有說彼尊者昔餘生中曾閉塞瞿陀獸窟門令不得出在中而死由彼業故闇鈍如是如世尊說苾芻當知我不見一法速疾迴轉猶如心者所以者何心速疾迴轉難作譬喻是故汝等應學善知心善知心迴轉問所說心速疾迴轉爲以世爲以所縁設爾何失若以世者則一切有爲法皆於世速疾迴轉若

以所緣則一切心心所法皆於所緣速疾迴轉何故但說心耶答亦以世亦以所緣說心速疾迴轉然依相續不依刹那若依刹那說心速疾迴轉者則應於世有少分速疾迴轉少分不速疾迴轉亦無於所緣速疾迴轉以說若法爲彼所緣此法無時非彼所緣故由此但依相續說心速疾迴轉謂一身中心或時善或時不善或時無記或時依眼乃至或時惟依於意或時緣色乃至或時緣法一一類中復轉易故問諸心所法亦有如是速疾迴轉何故但說心耶答亦應說心所而不說者應知是佛有餘之說亦是隨緣簡略之說有說此中舉心亦攝心所以同聚故有說此中說最勝者如說王來有說心所依心以心故名心所以心是大地故心所名大地所有故說心時亦說心所有說他心智證通無間道但緣於心是故偏說有說此中心聲總說一切心及心所以彼皆有積集義故有說心是前導故但說心如伽他言意爲法前導等有說心名遠行如伽他言心遠行獨行等有說心名爲王如伽他言第六增上王等復次心名爲依如契經說五根行處境界各別意兼受用五根行處及彼境界彼依意故復次心名城主如契經說言城主者即有取識由如是義故但說心復有說者心能發起善戒惡戒是故偏說如契經說善戒惡戒俱依心起有說心險生惡趣心平生善趣故但說心如契經說都提耶子鸚鵡儒僮以於佛邊起惡心故身壞命終如擲貝珠頃當墮地獄彼復於佛起善心故身壞命終如擲貝珠頃當

生天中有說心是內法徧一切處能有所緣是故偏說心是內法者內處攝故徧一切處者下從無間上至有頂皆徧有故能有所緣者能緣一切法故有說心恒相續心所不爾復次心無增減心所不爾有說心於如是所依所緣行相轉時心所隨轉如雄魚行處雌魚皆隨是故偏說有說若心不調伏不密不護不防不修不調柔者即便朽敗心所亦爾若心調伏密護防修而調柔者便不朽敗心所亦爾是故偏說復次若心不制馳散五境心所亦爾若心由制不馳五境心所亦爾如濾水筒上開則漏上閉則止是故但說心非心所問佛於餘處說心猶如猨猴何故乃言心速疾迴轉難作譬喻答非隨人隨力隨時隨慧能作彼喻故說難作不言無喻非隨人者非諸異生隨聞尋思劣定者能作惟佛獨覺及聖弟子善知諸心自相共相者能作非隨力者非不作意無加行作要由作意加行能作非隨時者非無佛時能作要佛日出世方能作故非隨慧者非麤淺慧能作惟深細覺慧乃能作故有說若有於心善知起善知住善知出善知增善知損善知方便善知時分善知所行善知引發者乃能作彼喻故說難作有說誰能作彼喻謂佛誰知能作彼喻謂即佛此二不俱故說難作有說誰能作彼喻謂善知心剎那無間生滅者誰知能作彼喻謂善知心剎那無間生滅者此二不俱故說難作有說彼喻或等或相似等者如說心如心相似者如說心如受等此俱攝在心速疾中是故前說此中心聲總攝一切心及心

所此外更無等及相似故說難作有說若法如心取境勢用可為彼喻然無此法故說難作雖契經說心如獼猴然彼捨一枝取一枝須有百千心於境迴轉故說難作有說世尊但說難作譬喻以無證知者故不說全無譬喻謂佛力能化作一剎那樹以喻於心然無知者故說難作問尊者舍利子可不知耶有說不知極迅速故有說能知但不作意知以無用故脅尊者曰世尊說心如獼猴者即是以心喻心獼猴騰躍輕躁皆心所為故問所說善知心善知心迴轉有何差別有說無差別善知心即是善知心迴轉有說亦有差別謂名即差別名善知心名善知心迴轉復次觀心自性名善知心觀心行相名善知心迴轉復次觀心性差別名善知心觀心行境差別名善知心迴轉復次觀心自相名善知心觀心共相名善知心迴轉有說心念住觀名善知心法念住觀名善知心迴轉復次惟觀識食識蘊意處七心界名善知心總觀四食五蘊十二處十八界名善知心迴轉有說觀心名善知心觀心所名善知心迴轉有說觀識名善知心觀識住名善知心迴轉脅尊者曰觀有貪心名善知心觀轉有貪心為離貪心名善知心迴轉如有貪離貪應知有瞋離瞋有癡離癡散略下舉小大掉不掉不寂靜寂靜不定定不修修不解脫解脫染不染有漏無漏縛解繫不繫亦爾

如說我弟子中舍利子具大慧辯執大藏得無礙解此二何差別答尊者舍利子多住義無礙解尊者執大藏多住四無礙解是故世

尊各說第一問若爾尊者執大藏勝舍利子耶答舍利子勝以能自在住四但捨而住一故問何故舍利子多住於義執大藏多住四耶答尊者舍利子猒離名言愛重於義尊者執大藏於義名言皆生愛重有說尊者舍利子於四無礙解皆得自在而隨樂住一義無礙解彼一切時但求義故尊者執大藏於四無礙解皆未自在世尊記彼得無礙解彼作是思勿我於此四無礙解入住出心有所忘失不稱所記是故於四循環多住如二苾芻俱誦四阿笈摩一皆通利一則生梗彼通利者隨樂諷一其生梗者循環徧理此亦如是故二尊者所住各異

問四無礙解自性是何答自性是慧云何知然如品類足說法無礙解云何謂於名句文身不退轉智義無礙解云何謂於勝義不退轉智辭無礙解云何謂於言辭不退轉智辯無礙解云何謂於無滯應理說及自在定慧中不退轉智由此故知慧爲自性智即慧故是謂無礙解自性是我是物是性是相是本性已說自性所以今當說問何故名無礙解答於所知境通達無滯名無礙解謂法無礙解於名句文身義無礙解於涅槃勝義辭無礙解於諸方言辭辯無礙解於正說及道以不退智解無滯礙有說於所知境現見而知名無礙解如世於一現見事中云我於此解知無礙有說此應名深密解謂解阿毗達磨深密處故有說此應名隨應解謂隨於何境如應解故界者法辭二無礙解隨欲色界義辯二無礙解墮三界及不墮界地者法無礙

解有說在二地謂欲界初靜慮有說在五地謂欲界四靜慮有說在七地謂欲界未至靜慮中間及四靜慮義辯二無礙解有漏者在十一地謂欲界未至靜慮中間四靜慮四無色無漏者在九地謂未至靜慮中間四靜慮三無色辭無礙解在二地謂欲界初靜慮所依者四無礙解並依欲界行相者法辭二無礙解不明了行相義無礙解諸有欲令惟涅槃是勝義者彼說作滅四行相及不明了行相諸有欲令一切法是勝義者彼說作十六行相及不明了行相辯無礙解有說作十二行相及不明了行相有說作道四行相及不明了行相所緣者法無礙解緣名句文身義無礙解或有欲令惟緣滅諦或有欲令緣一切法辭無礙解緣言辭辯無礙解緣道及說

念住者法無礙解法念住義無礙解或有欲令惟法念住或有欲令具四念住辭無礙解身念住辯無礙解四念住智者法辭二無礙解世俗智義無礙解諸有欲令惟涅槃是勝義者有說六智性謂法智類智世俗智滅智盡智無生智有說四智性除盡無生無礙解是見性故諸有欲令一切法皆是勝義者有說十智性有說八智性除盡無生智辯無礙解有說九智性除滅智有說七智性又除盡無生智有說六智性謂法智類智世俗智道智盡智無生智有說四智性又除盡無生智三摩地俱者法辭二無礙解非三摩地俱義無礙解或有欲令惟無相及非三摩地俱或有欲令二三摩地及非三摩地俱辯無礙解有說空無願及非三摩地俱有說惟道無願

及非三摩地俱根相應者總說與三根相應然欲界者喜捨相應初二靜慮喜根相應第三靜慮樂根相應在餘地者惟捨相應世者皆隨三世法辯二無礙解緣三世辭無礙解過去緣過去現在緣現在未來生者緣未來不生者緣三世有說法與辭同有說法辭辯三無礙解過去現在緣過去未來緣三世義無礙解或有欲令惟緣離世或有欲令緣三世及離世善等者皆是善法無礙解緣無記義無礙解或有欲令惟緣善或有欲令緣三種辭辯二無礙解緣三種欲界繫等者法辭二無礙解欲色界繫義辯二無礙解三界繫及不繫法無礙解諸有欲令無色界亦有名句文身者彼說緣三界繫諸有欲令無色界無名句文身者彼說緣欲色界繫義無礙解或有欲令惟緣不繫或有欲令緣三界繫及不繫辭無礙解緣欲色界繫辯無礙解有說緣三界繫及不繫有說緣欲色界繫及不繫學等者法辭二無礙解是非學非無學緣亦爾義辯二無礙解是無學及非學非無學義無礙解或有欲令惟緣非學非無學或有欲令緣三種辯無礙解緣三種見所斷等者法辭二無礙解修所斷緣亦爾義辯二無礙解有漏者修所斷無漏者不斷義無礙解或有欲令惟緣不斷或有欲令緣三種辯無礙解緣修所斷及不斷緣名緣義者法無礙解惟緣名義無礙解或有欲令惟緣義或有欲令通緣名義辭辯二無礙解惟緣於義緣自相續等者法辭辯三無礙解緣自相續他相續有說但緣自相續義無礙解或有欲令但緣

非相續或有欲令緣三種加行得離染得者通加行得及離染得於中有說佛離染得盡智時得故聲聞獨覺加行故得加行故現在前有說佛獨覺離染得盡智時得故聲聞加行故得加行故現在前有說佛獨覺到究竟聲聞離染得盡智時得故餘聲聞加行故得加行故現在前如是說者若定應得彼離染得盡智時得故後加行現在前佛不加行獨覺下加行聲聞或中或上有無礙解由加行故得加行故現在前問曰無礙解加行云何有說法無礙解以習數論爲加行義無礙解以習佛語爲加行辭無礙解以習聲論爲加行辯無礙解以習因論爲加行若於四處未得善巧必不能生無礙解故有說法辭二無礙解以習外論爲加行義辯二無礙解以習內論爲加行如是說者四無礙解皆以習佛語爲加行如於一伽他中應如是說彼名習如是說名是法無礙解加行應如是解彼義習如是解義是義無礙解加行應如是訓彼辭習如是訓辭是辭無礙解加行應如是無滯說習如是無滯說是辯無礙解加行是故四無礙解皆以習佛語爲加行問依何引發此無礙解答依第四靜慮邊際定慧之所引發脅尊者言依四靜慮通慧引發問何處能起此無礙解答惟欲界能起欲界中惟人趣三洲女身男身俱能起尊者衆世說曰惟贍部洲惟男子能起如是說者初說爲善以三洲男女俱能留捨壽故問何等補特伽羅能起無礙解答聖者非異生無學非學不時解脫非時解脫所以者何要相續不爲煩惱所

持及得自在定者方能起故信勝解二事俱無見至雖得自在定而相續爲煩惱所持時解脫雖相續不爲煩惱所持而不得自在定惟不時解脫具有二事是故能起問四無礙解次第云何爲如說而起爲不爾耶有說如說而起如契經中先說義無礙解是故前起乃至後說辯無礙解是故後起謂瑜伽師爲知義故先起義無礙解雖已知義而於名等未善安布是故次起法無礙解雖於名等已善安布而於言辭未能訓釋是故次起辭無礙解雖於言辭已能訓釋而未能無滯應理而說是故後起辯無礙解有說如說而起如阿毗達磨中先說法無礙解是故前起乃至後說辯無礙解是故後起謂瑜伽師爲知名等次第安布是故先起法無礙解雖知名等次第安布而未了所詮義是故次起義無礙解後二如前說有說不如說而起謂先起辭次起法次起義後起辯所以者何以彼行者先應了達世俗言辭次知言辭所依名等次知名等所依義起知三事已方能無滯應理而說是故辭能引法法能引義義能引辯問四無礙解一一而得爲不爾耶答若得一時必具得四如四聖種一時而得隨所愛樂次第現前

問獨覺到究竟聲聞得無礙解不若得者無退轉智名無礙解此智所知應無謬失何故尊者大目揵連記他生男而後生女記天當雨而竟不雨記王舍城軍勝而後反爲吠舍離軍所敗獨覺何緣不能說法伽他所說復云何通

惟佛稱無學　得無礙解者　到功德彼岸
永無諸悞失
若不得者何故經言我弟子中摩訶俱瑟耻羅得無礙解彼尊者根劣佛尚說得大目揵連根勝於彼何故不得耶答應言獨覺到究竟聲聞亦得無礙解
問無退轉智名無礙解何故尊者大目揵連所記有謬答彼於自分所觀境中智無退轉非於異分不觀境中故無有過如彼所記先實是男後轉爲女時天亦雨但羅怙羅阿素洛王接置大海又二國将欲戰時護國藥叉先鬪王舍城藥叉初勝後敗國人亦爾非初不勝然彼尊者於此所記男等事中但觀前位而不觀後若觀後者記亦無謬問若獨覺亦得無礙解者何故不能爲他說法答彼愛寂靜樂獨處故怖畏喧雜猒衆集故見遠離功德憒閙過失故心背徒衆豈能說法有說一切獨覺皆是奢摩他行要毗鉢舍那行方能說法有說一切獨覺不樂安布名身等故有說彼審觀察設我說法彼即能入正性離生得果離染及漏盡者我亦當說然不能如是我何能唐捐其功耶是故不說有說一切獨覺能審度量世間惟有二種所化一者佛所化二者聲聞所化無有獨覺所化有情故不說法有說夫說法者由二因緣一者力所引發二者由隨他教獨覺無力不隨他教又一者無畏引發二者由隨他教獨覺無無畏不隨他教又一者大悲引發二者由隨他教獨覺無大悲不隨他教是故彼不能說法問說法具由一切佛法何故但說力無畏大悲

非餘耶答力能安立自論無畏能摧他論大悲能起說法欲更不待餘故惟說此有說彼獨覺作是思惟能說法者所謂法王及法王子我非法王亦非法王子何能說法是故不說有說彼獨覺作是念我從昔來不曾習學諸說法事是故不說有說若自覺而於三種正調伏事得善巧者乃能說法獨覺不爾有說自覺而能具一切智一切種智者方能說法獨覺不爾有說夫說正法皆爲破我獨覺出世時衆生著我堅固難破故不說法有說彼自覺者於說法時心必依趣涅槃獨覺若起趣涅槃心時第二刹那便入寂滅極樂解脫故如來不爾雖樂解脫而爲大悲大捨所持能久住說有說自覺而能成就無忘失法乃能說法獨覺若在空閑林中能以無礙解安布蘊界處等名句文身若入聚落行乞食時前所安布或有忘失彼作是念我既不得無忘失法何用說法是故不說有說獨覺種性法應如是雖得無礙解而不樂說法欲有饒益惟現神通或但爲他授八齋戒問若聲聞獨覺亦得無礙解伽他所說復云何通答惟佛所得究竟圓滿最勝自在無有錯謬故作是說非謂二乘皆不成就若不爾者二乘亦應不得無學以伽他說惟佛是無學故有餘師言聲聞獨覺一切不得四無礙解問何故經言我弟子中摩訶俱瑟耻羅得無礙解彼根非勝佛尚說得獨覺到究竟聲聞根勝於彼何故言一切不得耶答彼所說得是無礙解相似善根而非眞實以彼尊者於長夜中愛樂此法精勤修習佛隨其意故說彼得

餘雖得此相似善根非極愛樂勤修習故不說彼得問何故二乘一切不得無礙解耶答無退轉智名無礙解聲聞獨覺於諸境界智有退轉以所記說有悞失故非無礙解如是說者初說為善以聲聞獨覺於自分境中智無退故

此中願智攝願智邊際智無諍智四無礙解如願智應知義無礙解亦爾邊際智不攝辭餘如願智說無諍智攝無諍智願智邊際智義無礙解不攝法辭辯三無礙解如無諍應知法辭辯三無礙解亦爾如其所應各說自攝除無諍辭無礙解又不攝邊際智此七種皆依邊際定得邊際定力所引發故邊際靜慮體有六種謂七除辭以第四靜慮最上品名邊際故有餘師說四靜慮最上品皆名邊際是故彼說邊際靜慮具有七種七智相攝亦有差別准上應知然能引發惟是第四靜慮邊際非餘

阿毗達磨大毗婆沙論卷第一百八十 說一切有部發智

音釋

疕尼質切 呬許計切 戀力卷切眷也念也 搦尼厄切按也 屣踈士切華履也 濾良倨切漉也 躁則到切不安靜也 梗古杏切塞也 脅虛業切 憒古對切心亂也

阿毗達磨大毗婆沙論卷第一百八十一

五百大阿羅漢等造

唐三藏法師玄奘奉　詔譯

定蘊第七中不還納息第四之八

如說我弟子中大迦葉波少欲喜足具杜多行薄矩羅少病節儉具淨戒行此二何差別答尊者大迦葉波所得飲食若麤若妙隨次第食無所揀別猶如良馬隨得而食尊者薄矩羅所得飲食或麤或妙揀去妙者而食麤者問何故尊者大迦葉波麤妙等食尊者薄矩羅簡妙食麤答尊者大迦葉波具妙樂欲住沙門法具妙樂欲故不簡妙食住沙門法故不簡麤食但隨所得次第而食尊者薄矩羅具麤樂欲住沙門法具麤樂欲故簡去妙者住沙門法故而食麤者復次尊者大迦葉波廣識大福易得衣服飲食卧具醫藥及餘資具先不受杜多功德而能奉行彼由二緣極爲難事謂易得利養不受杜多功德而能奉行尊者薄矩羅非廣識大福難得衣服飲食卧具醫藥及餘資具先受杜多功德亦能奉行少識苾芻受杜多功德於中隨轉此不爲難彼由二緣非爲難事謂難得利養先受杜多功德隨而奉行有於此文作相違誦謂尊者大迦葉波廣識大福易得衣服飲食卧具醫藥及餘資具先受杜多功德隨而奉行尊者薄矩羅非廣識大福難得衣服飲食卧具醫藥及餘資具先不受此杜多功德隨而奉行少識苾芻不受杜多功德於中隨轉非爲難事彼由二緣非爲難事謂難得利養先不受杜多功德於中奉行此顯迦葉波由三

事故勝謂具妙樂欲易得利養受行杜多功德問何故尊者薄矩羅簡去妙食而食麤者答意樂力故有情意樂不同隨所意樂而食不可責其所以有說精妙飲食多用功成不欲勞費是故不食有說精妙飲食增長貪愛多由起諍是故不食有說好食乃是富家所有爲益貧家是以不食有說美食必因害多生命斷百千頭在於地上以多身分血肉所成愍彼有情是故不食有說美食多生種種過患是以不食問如所說薄矩羅簡去妙者爲初即不受爲受已棄之設爾何失若初即不受云何名受行次第乞食杜多行者若受已棄之云何不損壞施主施物答應言初即不受問若爾云何名受行次第乞食杜多行者答彼尊者得天眼願智將乞食時先觀何

方何村邑里巷惟有麤食知已便往次第行乞如契經說有四聖種一依隨所得食喜足聖種二依隨所得衣喜足聖種三依隨所得卧具喜足聖種四依有無有樂斷樂修聖種問世尊何故說此契經答爲諸弟子安立産業及所作故謂前三安立産業第四安立所作前三安立産業者謂捨四種業行一種業捨四種業者一農務爲業二商賈爲業三傭作爲業四自在爲業於此皆捨行一種業者惟以乞求爲業有說爲顯示無盡資業及所應作故復次爲顯示無罪資業及所應作故復次爲顯示無損害資業及所應作故復次爲顯示不共外道資業及所應作故此中資業謂前三所應作謂第四有說爲顯示道及道資糧故此中前三顯道資糧後一顯道如

道及道資糧如是沙門沙門資糧婆羅門婆羅門資糧梵行梵行資糧應知亦爾由此等義故佛說此聖種契經問聖種自性云何答皆以無貪善根爲自性有說前三是無貪善根後一是精進如是說者初說爲善皆對治貪故問若爾依何別義說四種耶答爲對治四種愛故謂於衣喜足對治衣服愛於食喜足對治飲食愛於卧具喜足對治卧具愛樂斷樂修對治有無有愛由此故說皆無貪性若兼相應隨轉則欲色界五蘊性無色界四蘊性此是聖種自性是我是物是性是相是本性已說自性所以今當說問何故名聖種有說亦聖亦種故名聖種謂善故名聖無漏故名聖即此能生諸功德法相續不斷故名爲種有說聖之種故名爲聖種聖謂一切無倒善法此四能生而相續故說名爲種有說此於聖者相續中行令彼不斷故名聖種有說此於聖者相續中可得令彼不斷故名聖種有說聖謂可愛可喜可樂可意之果此能生彼相續不斷故名聖種此依等流果說有說聖名可愛可喜可樂可意異熟此能引彼相續不斷故名聖種此依異熟果說有說聖者即是佛獨覺聲聞彼從此生相續不斷故名聖種有說正法名聖此能住持令久相續故名聖種是以正法住世經於千載而不滅者皆是聖種之力如椽梁持舍使不散壞由此等緣故名聖種界者皆墮三界及不墮界問色界無飲食無色界無前三云何三界皆具四種答彼雖無食等而有彼喜足功德有說由下界具四種故展轉引生上界者亦具

四種尊者世友作如是說上界雖無食等而有彼對治然對治有四種謂斷對治猒壞對治持對治遠分對治色界於食等具四對治欲界有三除斷對治無色界有二謂持及遠分尊者覺天說曰如雖無有無漏衣食等而有無漏聖種如是雖無色無色界食等而有彼界聖種大德說曰不顧戀身之資具尚名住聖種者況彼亦不顧戀身而當無聖種耶地者有漏在十一地無漏在九地所依者皆依三界行相者皆作十六行相及餘行相所緣者皆緣一切法念住者皆四念住智者皆入智或十智三摩地俱者皆三三摩地俱及非俱根者總說皆與三根相應謂樂喜捨世者皆墮三世緣三世及離世善等者皆是善緣三種欲界繫等者皆三界繫及不繫緣亦爾問若爾施設論說云何通如說四聖種皆不爲煩惱所染所雜答彼遮煩惱相應不遮有漏故無過學等者皆通三種緣三種見所斷等者皆修所斷及不斷緣三種緣名緣義者皆緣名義緣自相續他相續非相續者皆緣三種加行得離染得生得者是加行得離染得非生得有說亦是生得如是說者初說爲善若生得善亦是聖種者蟻卵蚊蛾等亦成就聖種耶是故聖種不攝生得善問聖種爲聞爲思爲修所成耶答通三種攝爲意地爲五識答惟意地非五識有說亦通五識評曰不應作是說所以者何五識中善惟生得故問若是加行善者外道所得靜慮無量無色解脫勝處徧處等亦是聖種耶答彼非聖種所以者何若欣樂解脫猒背生死彼善根

是聖種外道所樂皆是生死故彼善根不名聖種復次於有有具生喜足名聖種外道善根與此相違故非聖種以五頂外道等亦求生天受欲樂故復次聖種皆是出家品善根外道善根皆是在家品攝故非聖種問少欲喜足俱對治貪無貪爲性何故喜足立聖種非少欲耶答少欲之名有過失有增益喜足不爾有過失者但言少欲不言無欲故有增益者於實無欲而名少欲故於喜足中無如是事故立聖種有說少欲於未來處未得事轉喜足於現在處已得事轉不取現在一迦履沙盋拏爲難非於未來轉輪王位似喜足難故立爲聖種有說爲異外道故不說少欲爲聖種若說少欲爲聖種者諸外道輩當作是言我等眞是住聖種者所以者何汝等猶著糞掃衣而我等露形無衣汝等猶乞食自活而我等多自餓不食汝等猶坐樹下而我等或常舉手蹻足而住是故我等眞名住聖種者爲遮彼故但說喜足爲聖種外道於有有具不喜足故問少欲喜足何差別有說少欲惟在意地喜足通六識身有說少欲惟欲界喜足通欲色界有說少欲惟欲色界喜足通三界有說少欲隨三界喜足三界繫及不繫如是說者少欲喜足俱通三界繫及不繫問若爾何差別答少欲於未來處未得事轉喜足於現在處已得事轉是謂差別問病緣醫藥所生喜足何故不說聖種耶答亦應說聖種而不說者當知有餘有說已攝在前所說中謂病緣醫藥有二種一可食二不可食可食者攝食中不可食者攝衣服卧具中有

說爲欲饒益病苾芻故不說於藥喜足爲聖種謂有苾芻身雖有病以少務故不求醫藥若佛立此爲聖種者彼便守病不能勤修聖道加行爲饒益彼令勤修道是故不說彼爲聖種有說若受用時能生放逸於彼喜足立爲聖種病緣醫藥於受用時但能除病不增放逸是故不說有說若一切處一切人一切時受用者於彼喜足立爲聖種病緣醫藥非有如是一切受用故彼喜足不立聖種是以尊者薄矩羅言我於佛法中出家年過八十曾不憶身有疾㽁乃至頭痛亦不憶受用病緣醫藥乃至訶棃怛雞生欲界者尚然何況生色無色界問何故別解脫律儀惟無表立聖種非表耶答前說相續不斷名爲聖種表非相續不斷是故不說有說無表可與聖道俱故立聖種表不與聖道俱是故不說出家者有四聖種在家者亦有四聖種然出家者二因緣故名有聖種一意樂故二受用故諸在家者由一因緣名有聖種謂意樂故非受用故如天帝釋處妙華座有十二那庾多侍女圍繞六萬音樂而自娛樂於四聖種恒有意樂而無受用頻毗娑羅等諸國王蘇達多等諸長者亦爾問爲有一一聖種即名住聖種者耶答不爾要具四種方名住聖種者然得一聖種時必具得四如無礙解得一必具四過去諸佛皆稱讚糞掃衣而不許著今釋迦佛亦稱讚糞掃衣而便許著問何故爾耶答過去時人貪心微薄雖得價直百千衣服染著之心不如今人染著凡衣故有說彼時人衆豐饒財寶諸苾芻等欲求價直百千衣

服易於今時求糞掃衣故尊者世友說曰過去時人意樂廣大見諸苾芻畜上妙資具便生歡喜信敬之心今時人意樂狹劣若見苾芻畜麤弊資具乃生歡喜信敬之心故尊者覺天說曰往昔時人身體細軟若受用麤弊物者則不能自存今世時人身體麤鞕雖受用麤弊則能自存故大德說曰過去諸佛稱讚糞掃衣當知即是亦許受用若不爾者何故稱讚諸佛不以無事而有所說故如世尊說糞掃衣少易得無罪云何少云何易得云何無罪尊者世友說曰少用功而辦故非多人受用故名少隨彼彼時處皆可得故名易得佛所聽許故智者受用故名無罪大德說曰少價量故名少不從他求故名易得無攝受故名無罪由二因緣佛說於衣喜足爲聖種一爲訶責於衣不喜足如難陀等二爲讚美於衣喜足如大迦葉波等由二因緣佛說於食喜足爲聖種一爲訶責於食不喜足如薄矩羅等二爲讚美於食喜足如婆拖棃等由二因緣佛說於卧具喜足爲聖種一爲訶責於卧具不喜足如愚王苾芻等如契經說愚王苾芻白佛言惟願世尊觀我牀座麤弊如是二爲讚美於卧具喜足如頡戾筏多等由二因緣佛說樂斷樂修爲聖種一爲訶責懈怠如闡陀等二爲讚美精進如室路拏等由四因緣則知彼是安住聖種補特伽羅一不樂聞他談得利養二不樂親近貪美食人三所畜資具少而清淨不生染著四於諸利養得與不得不生愛憎如世尊言此四聖種是最勝知是種性知是可樂知是無雜染不

可訶責一切世間若沙門若婆羅門若天若魔若梵若餘世間無能如法說其過者云何名最勝知有說此四聖種能引最勝故得最勝果故趣向最勝故隨順最勝故名爲最勝佛所施設佛所知故說名爲知有說佛說五百聲聞各有最勝之法此四聖在彼最勝法中故名最勝佛知此四是眞喜足故名爲知有說佛及弟子名最勝者彼所讚述名最勝知有說佛知此四是勝寶藏能令住者意望滿足故名最勝知謂諸有情多分意望不滿而死惟住聖種者無不意望滿足而死有說佛知此四是無盡藏令諸智者受用無盡故名最勝知謂住此者不假多求及多積聚亦無防守門戶關鑰隨意受用終無有盡如轉輪王王四洲界所用財寶可速窮盡受用此四而無有盡云何名種性知答過去殑伽沙等諸佛及佛弟子皆從此生故名種性智者所了故名爲知有說種性者是能持義謂能住持聖教令久不滅故名種性是佛所了故名爲知云何名可樂知答此四是智者所樂智者所知故名可樂知有說佛知此四皆能資助樂斷樂修故名可樂知有說佛知此四是於晝夜各三時中智者隨應愛樂安住而無懈倦故名可樂知有說佛知此四是修行者所樂久住謂從此日後分結跏趺坐安住其中乃至明日初分餘緣所奪方從彼起云何名無雜染答此四聖種不爲煩惱惡業所凌雜故云何名不可訶責答若住此四恒爲住正法諸之所讚美未嘗訶責即由此故一切世間沙門婆羅門天魔梵等無能如法說

其過者尊者世友作如是言佛知此四能入聖胎故名最勝知一切聖者皆從此生故名種性知是行修者晝夜所樂故名可樂知遠離四種世間事業故名無雜染四事業者謂農務商賈傭作自在一切功德由此具故名不可訶責於自於他俱無損害故一切世間沙門婆羅門天魔梵等無能如法說其過者如薄伽梵於契經中說伽他言

諸有伏愛憎　常居邊卧具　恒住不放逸
拔有貪隨眠

問此伽他中為辯何義答愛謂貪愛憎謂恚佛聖弟子若伏此二居邊卧具住不放逸便能永拔有貪隨眠復次若於正法毗柰耶中隨有所得味著心轉說名為愛於所未得慼慼心轉說名為憎佛聖弟子於已得不味於未得不慼故能俱伏由俱伏故居邊卧具住不放逸則能永拔有貪隨眠復次若於上妙衣服飲食貪求名愛若於麤弊衣服飲食嫌逆名憎佛聖弟子二俱能伏此句顯示於衣服飲食喜足聖種第二句顯示於卧具喜足聖種後二句顯示樂斷樂修聖種問樂斷樂修有何差別答樂斷煩惱樂修聖道復次無間道名樂斷解脫道名樂修復次見道名樂斷修道名樂修如見道修道如是見地修地未知當知根已知根應知亦爾復次樂斷者顯諸忍樂修者顯諸智樂斷樂修是謂差別如說大名學多住五蓋漸斷乃至廣說問何故作此論答為欲分別契經故如契經說佛告大名學多住五蓋漸斷契經雖作是說而不分別云何學云何學多住五蓋漸斷彼

經是此論所依根本彼所未說者今應說之故作斯論如說大名學多住五蓋漸斷此中云何學答預流或一來云何學多住五蓋漸斷答漸斷漸離漸伏漸背問何故此中不說隨信隨法行名學多住五蓋漸斷耶答應說而不說者當知此義有餘有說隨信隨法行有住五蓋已斷者有住五蓋漸斷者以不定故不說預流一來不爾決定惟住五蓋漸斷是以說之有說若彼身中五蓋煩惱可現行而漸斷者此中則說隨信隨法行有漏善心無覆無記心尚無容現行何況煩惱是故不說問預流一來身中疑蓋已斷惡作雖未斷而更不現行何故說彼多住五蓋漸斷而復說可現行耶答前文應作是說學多住諸蓋漸斷不應言五而言五者事有五故謂貪欲瞋恚睡眠惛沉掉舉有說先斷今斷總說斷五如言斷五順下分結得不還果多住者謂數數住問斷離伏背有何差別有說無差別俱顯斷故有說亦有差別謂斷彼縛故名斷離彼得故名離令不行故名伏猒逆彼故名背復次依無間道說斷依解脫道說離此二依求斷說依近加行說伏依遠加行說背此二依暫斷說復次依無間道說斷依解脫道說離此二依正斷說依加行道說伏依勝進道說背此二依助斷說復次斷者依斷對治說離者依持對治說伏者依遠分對治說背者依猒壞對治說斷離伏背是謂差別

如說苾芻法珊度沙故毗柰耶珊度沙毗柰耶珊度沙故法珊度沙乃至廣說問何故作此論答為欲分別契經義故經說未來有諸

苾芻不修身戒心慧彼不修身戒心慧者法珊度沙故乃至廣說契經雖作是說而不分別云何法云何毗柰耶云何法珊度沙故乃至廣說彼經是此論所依根本彼所不說者今悉應說故作斯論云何法答八支聖道云何毗柰耶答貪瞋癡滅云何法珊度沙故毗柰耶珊度沙毗柰耶珊度沙故法珊度沙答若於八支聖道不修習時彼於貪瞋癡滅不能作證若於貪瞋癡滅不作證時彼於八支聖道不能修習由此因緣故作是說此中珊度沙言有說顯喜足有說顯毀壞若說顯喜足者彼說云何法珊度沙故毗柰耶珊度沙謂於見道生喜足故便於修道不能修習若於修道不修習時便於修所斷煩惱斷不能作證如是法珊度沙故毗柰耶珊度沙云何毗柰耶珊度沙故法珊度沙謂於見所斷煩惱斷生喜足故便於修所斷煩惱斷不能作證若於修所斷煩惱斷不作證時便於修道不能修習如是毗柰耶珊度沙故法珊度沙若說顯毀壞者彼說由毀壞聖道故於貪瞋癡滅不能作證故說法珊度沙故毗柰耶珊度沙由毀壞貪瞋癡滅故便於聖道不能修習故說毗柰耶珊度沙故法珊度沙問聖道與滅無有過失不可毀壞如何言毀壞聖道滅耶答毀壞彼相續說毀壞彼非彼自體實可毀壞謂由煩惱現在前故毀壞相續由相續毀壞故令聖道轉遠由聖道轉遠故於貪瞋癡滅不能作證故說毀壞如契經說此是法此是毗柰耶此是大師教問此三何差別答法謂八支聖道毗柰耶謂貪瞋癡滅大師

教謂佛語有說法謂阿毗達磨藏毗柰耶謂毗柰耶藏大師教謂素怛纜藏是謂此三差別如說法隨法行乃至廣說問何故作此論答爲欲分別契經義故如契經說法隨法行雖作是說而不分別云何法云何隨法云何法隨法行彼經是此論所依根本彼所不說者今應說之故作斯論云何法答寂涅槃云何隨法答八支聖道云何法隨法行答若於此中隨義而行所謂爲求涅槃故修習八支聖道故名法隨法行能安住此名法隨法行者問何故涅槃獨名爲法八支聖道名隨法耶答於諸法中涅槃勝故生老病死不能侵故獨得法名八支聖道次彼順彼如王大臣故名隨法故契經說一切法中涅槃最勝有爲法中聖道最勝然舍利子讃學經中說言

具壽法之隨法所謂離繫彼契經中聖道名法涅槃名隨法以先得聖道後證涅槃故前經依勝劣次第顯法隨法後經依證得次第顯法隨法復次別解脱名法別解脱律儀名隨法若於此中隨義而行名法隨法行謂爲求別解脱故受別解脱律儀得已隨護無有毁犯名法隨法行能安住此名法隨法行者復次身律儀語律儀命清淨名法受此名隨法若於此中隨義而行名法隨法行謂爲求身語律儀命清淨故受及受已隨護名法隨法行能安住此名法隨法行者問身語律儀命清淨即是別解脱律儀所攝何故重説耶答前是不分別說今是分別說前是總說今是別說有說前是律儀所攝妙行所攝非離律儀所攝今是律儀所攝妙行所攝亦離律

儀所攝有說前顯示所發起今顯示能發起前為護所發起故護能發起今為護能發起故護所發起有說前為護於果故隨護於因今為護因故隨護於果如因果能作所作亦爾此中別解脫戒表及初念無表是尸羅是律儀是妙行是般羅底木叉是般羅底木叉律儀是業是業道此後無表是尸羅是律儀是妙行是般羅底木叉律儀非般羅底木叉非初解脫故是業非業道究竟思不於此轉故如說具壽我今當說般羅底木叉汝等諦聽此中何法名般羅底木叉為是尸羅為是說戒者語若是尸羅彼不可說何故言我當說般羅底木叉若是說戒者語彼或善心說或不善無記心說毗柰耶說云何通如說般羅底木叉是諸善法首上首前行有說是尸羅問尸羅不可說云何言我當說耶答依展轉因故名為說如子孫法謂語能起名名能顯義有說是說戒者語問彼或善心說或不善無記心說云何言是諸善法首上首前行耶答彼毗柰耶依不障因故作是說謂說戒者隨何心說聽者若能如說修行皆能與彼一切功德作無障因故言般羅底木叉為說善法首上首等

阿毗達磨大毗婆沙論卷第一百八十一 說一切有部發智

音釋

蹻 丘妖切舉足也
疹 丑刃切病也
鞕 魚孟切堅也
頡 胡結切
惛 呼昆切不明了也

阿毗達磨大毗婆沙論卷第一百八十二

五百大阿羅漢等造
唐三藏法師玄奘奉　詔譯

定蘊第七中不還納息第四之九

云何法輪乃至廣說問何故作此論答爲欲分別契經義故如契經說世尊轉法輪諸餘世間沙門婆羅門天魔梵等皆無有能如法轉者契經雖作是說而不分別云何法輪齊何當言轉法輪契經是此論所依根本彼所不說者今應說之故作斯論云何法輪答八支聖道若兼相應隨轉則五蘊性此是法輪自性是我是物是相是性是本性已說自性所以今當說問何故名法輪答此輪是法所成法爲自性故名法輪如世間輪金等所成金等爲性名金等輪此亦如是有說此輪於諸法性能揀擇極揀擇能覺悟極覺悟現觀作證故名法輪有說此輪能淨聖慧法眼故名法輪有說此輪能治非法輪故名法輪非法輪者謂布剌拏等六師所轉八邪支輪問何故名輪輪是何義答動轉不住義是輪義捨此趣彼義是輪義能伏怨敵義是輪義由斯等義故名爲輪如大四十法門經說有二十善品二十不善品此名梵輪乃至廣說問二十善品可爾二十不善品云何名梵輪耶答佛意不說彼爲梵輪但說於善不善品法有忍智輪名爲梵輪問此何故名梵答極寂靜故離災橫故無罪累故不惱害故說名爲梵問何故名梵輪答以梵世在初可得及具聖道故名梵輪第二第三靜慮非初可得亦不具聖道第四靜慮雖是佛身初得而不具

聖道故不名輪惟有梵世是初可得及亦具足故名梵輪有說修梵行者相續中可得故名梵輪有說對治非梵行故名爲梵輪有說對治三界見所斷非梵煩惱故名梵輪有說此因梵王勸請而轉故名梵輪有說佛是大梵佛所宣說分別開示故名梵輪有說梵音演說故名梵輪有說惟梵世聖道能對治衆多非梵法故名爲梵輪衆多非梵法者謂三界見修所斷煩惱或不善無記煩惱或有異熟無異熟煩惱或生二果生一果煩惱或無慚無愧相應無慚無愧不相應煩惱或有事無事煩惱或忍所治智所治煩惱如是等名衆多非梵法有說惟梵世有多梵行果故名梵輪多梵行果者謂四沙門果上三靜慮惟有二沙門果無色惟有一沙門果惟梵世中具有四果或九徧知果上三靜慮惟有五徧知果無色惟有二徧知果惟梵世具有九徧知果或八十九沙門果惟梵世具有非於上地是故聖道說名梵輪問何故惟說見道名法輪非餘耶答前說動轉不住義是輪義見道是速疾道不起期心道於動轉不住最爲隨順故獨名法輪有說前說捨此趣彼義是輪義見道中捨苦現觀趣集現觀乃至捨滅現觀趣道現觀是故見道獨名法輪有說以四事故名輪一捨此二趣彼三未降伏者降伏四已降伏者守護見道中亦爾捨此者捨苦現觀趣彼者趣集現觀未降伏者降伏即集現觀已降伏者守護即苦現觀乃至滅道說亦如是故名法輪有說迴轉義是輪義猶如車輪周旋迴轉如是見道忍智循環謂忍

後智現前智後忍復現前法品類品循環亦
爾故名法輪有說上下義是輪義猶如車輪
或上或下如是見道緣境上下謂緣欲界已
即緣有頂緣有頂已復緣欲界對治上下說
亦如是故名法輪有說見道猶如輻轂輞法
故說爲輪猶如車輪轂最居中輻依轂住輞
攝於輻如是見道苦集忍智如輻滅忍滅智
如轂道忍道智如輞徧緣道故或有說者苦
集滅忍智如輻三諦如轂道諦如輞或有說
者三諦忍智如輻道忍道智如輞四諦如轂
或有說者正見正思惟正勤如輻正語業命
如轂正念正定如輞或有說者正思惟正勤
正念正定如輻正語業命如轂正見如輞或
有說者惟正定如輞餘如前說有說降伏四
方義是輪義如轉輪王所有輪寶降伏四洲

所有怨敵如是行者以見道輪降伏四諦所
有煩惱故名法輪有說見所斷煩惱名非法
輪能起八邪支故見道是彼近對治故說名
法輪尊者妙音說曰學八支道展轉和合一
時至他相續中轉故名法輪此八支道見道
位勝是故見道獨名法輪齊何當言轉法輪
答若時具壽阿若多憍陣那見法問何故復
作此論答前雖顯法輪自性而未顯作用今
欲顯之故作斯論有說爲止摩訶僧祇部說
法輪語爲自性彼作是說一切佛語皆是法
輪若謂聖道是法輪者則菩提樹下已轉法
輪何故至婆羅痆斯方名轉法輪耶爲止彼
意顯法輪體但是聖道非佛語性若是佛語
者則應菩提樹邊爲商人說法已名轉法輪
何故後至婆羅痆斯國乃言轉法輪耶故知

爾時令他身中有聖道起方名轉法輪法輪聖道爲體故說齊阿若多憍陣那見法名佛轉法輪問若爾佛於菩提樹下已名轉法輪何故於婆羅痆斯國乃言初轉法輪耶答轉法輪有二種一自相續中轉二令他相續中轉菩提樹下是自轉法輪婆羅痆斯是令他轉法輪佛以饒益他爲正事故依令他轉說初轉法輪有說轉法輪有二種一共二不共菩提樹下所轉法輪與二乘共自利法故婆羅痆斯國所轉法輪不與二乘共利他法故依不共說故言彼處初轉法輪有說與此相違名共不共依共共說轉如共不共曾未曾亦爾有說若於轉時勝獨覺者乃言初轉謂諸獨覺亦能自轉但不令他惟佛亦能令他轉故有說若於轉時有人爲證乃說初轉謂五苾芻證無我理方能爲佛作證轉法輪人有說婆羅痆斯所轉法輪是佛昔日三無數劫所修苦行功勞之果故說初轉所以者何佛若欲於過去佛所般涅槃者即得隨意所以經於三無數劫精勤修習百千苦行於蘊處界求善巧者皆爲饒益所化有情恒作是願若我證得無上菩提當爲有情開甘露門令皆解脫生死牢獄故今所轉正是昔日苦行之果有說若能降伏他身煩惱方名法輪正所作用如王輪寶降伏他土非但降伏自所住宫如來法輪亦復如是依此說佛初轉法輪問若彼身中聖道生時即彼名爲轉法輪者何故說佛轉法輪耶答依能轉因故作是說謂彼身中所有聖道世尊若不以言說手爲其轉者則彼聖道無因得生彼聖道生

皆由佛力是故說佛初轉法輪如轉輪王未以輪寶置於左手右手轉之則諸天神亦不能轉要王轉已彼能轉之故說輪王能轉非彼此亦如是有說依開覺緣故作是說謂彼身中雖有聖道乃至若未以佛語光而照觸者無由得生彼聖道生皆是佛力是故說佛初轉法輪譬如池中嗢鉢羅等種種蓮華乃至若未以日光而照觸者則不開不敷不香日光照時則開敷香此亦如是有說依除障緣故作是說謂彼身中雖有聖道若佛不以未曾有善巧名句文身除彼身中所有障者則彼聖道無由得生彼聖道生由佛除障是故說佛初轉法輪有說依資助緣故作是說謂彼身中雖有聖道若佛不以法水灌之則聖道芽無由得生彼得生者由佛資助是故說佛初轉法輪如倉中種子闕衆緣故芽則不生當知芽生由資助力此亦如是有說依示導緣故作是說謂彼身中雖有聖道若無如來言說示導彼者則彼身中聖道不轉佛開示故彼聖道轉是故說佛初轉法輪如闇室中以燈炤了便見種種可取之物此亦如是有說二因二緣生於正見一聞他法音二如理作意由聞他法音故說佛初轉由如理作意故說彼自轉有說若人具足四法名多有所作謂親近善士聽聞正法如理作意法隨法行由親近善士聽聞正法故說佛轉法輪由如理作意法隨法行故說彼自轉法輪問憍陳那住苦法智忍即應說佛初轉法輪何故乃至道類智時方名爲轉答苦法智忍時雖得名轉而未究竟道類智時於轉究竟

有說道類智時三因緣具故說名轉一捨曾道二得未曾道三結斷一味證有說道類智時五因緣具故名爲轉一捨曾道二得未曾道三結斷一味證四頓得八智五一時修十六行相捨曾道者謂捨見道得未曾道者謂得修道結斷一味證者謂集證三界見所斷斷頓得八智者謂頓得四法智四類智一時修十六行相者謂一時修苦四行相乃至道四行相有說道類智時已斷一切見所斷煩惱無事煩惱忍所治煩惱永害見邪性故於爾時方說爲轉有說此所言轉依至果位可稱可數有相可說可得施設法補特伽羅而說非於先時不名爲轉有說此所言轉約可命終受生處說非於先時不名爲轉如契經說佛說此法門時具壽憍陣那及八萬諸天遠塵離垢於諸法中生淨法眼此中遠塵者謂遠隨眠離垢者謂離纏垢於諸法中者謂於四聖諦中生淨法眼者謂見四聖諦淨法眼生問佛說此法門時五苾芻皆見法何故但說憍陣那耶答以憍陣那先見法故謂憍陣那已入見道餘四猶在順決擇分善根位中有說世尊於彼有宿願故以彼爲首而轉法輪是故偏說由此佛告憍陣那言汝已解耶彼言已解第二第三亦復如是因斯號彼爲阿若多問世尊何故三問彼耶答彼憍陣那見聖諦已世尊便起前後際智作是觀察爲憍陣那所應受惡趣相續蘊界處多爲我過去三無數劫所經刹那臘縛牟呼栗多多耶觀已即見憍陣那所應受無間地獄相續蘊界處多非我過去三無數劫所經刹那臘

縛牟呼栗多多見已便作是念我於三無數劫修無量百千難行苦行令得無上正等菩提但令憍陣那爾所無間地獄相續蘊界處住不生法中設我即般涅槃於我劬勞已爲果滿況作餘事以慶慰故三反問之復次佛見從不可知本際已來憍陣那起煩惱縛一切有情一切有情亦起煩惱縛憍陣那又見憍陣那於一切有情相續中受胎一切有情於憍陣那相續中受胎更相損害更相食噉說亦如是如見前際見後際亦爾佛見此已便作是念我但令憍陣那一人於一切有情離如是事於我三無數劫所修苦行便爲果滿況更饒益無量有情欣慰情深是以三問有說爲止誹謗是以三問謂佛爲菩薩時猒老病死出劫比羅伐窣堵城求無上智時淨飯王遣釋種五人隨逐給侍二是母親三是父親母親二人執愛欲得淨父親三人執苦行得淨當於菩薩修苦行時母親二人心不忍可即便捨去菩薩知後苦行非道捨而受食羹飯酥乳以油塗身習處中行父親三人咸謂菩薩狂亂失志亦復捨去於是二女所謂難陀蘇陀跋羅俱來給侍爾時菩薩便作是念若彼五人不捨我者豈令女人來相親近菩薩受食十六轉乳糜已身力轉增從吉祥人邊受取草已詣菩提樹自敷草座結跏趺坐立如是誓我今要當不起此座降魔軍衆永斷諸漏證取無上正等菩提立此誓已尋時摧破三十六俱胝惡魔軍衆以三十四心得阿耨多羅三藐三菩提佛眼徧觀一切世界誰應最初聞我正法我當爲說觀已便

知嗢達洛迦曷邏摩子應先聞我法是時有天即白佛言嗢達洛迦曷邏摩子昨日命過有說七日爾時世尊亦起智見知彼命過便傷歎言彼失大利若彼聞我所說法者當得正解世尊復觀除彼誰應初聞我法我當爲說觀已便知頞邏荼迦邏摩應先聞我法天復白言頞邏荼迦邏摩命過來已經七日有說昨日爾時世尊亦起智見知彼命過而傷歎言彼失大利若彼聞我所說法者當得正解問佛初得阿耨多羅三藐三菩提時何故不爲二人說法而令命過不得聞法將非教化失時耶有說世尊初成佛時未起爲他說法心又未以大悲緣有情界故無化導失時之咎尊者妙音說曰佛初得無上菩提時愛重法故多日思念尚不及起飲食之心況能起心爲他說法復有說者初成佛時未建立有情三聚差別未知所應化道及非所應故無有失有說彼時二人善根未熟未堪聞法所以者何佛成道已彼初一人若更經五十七日有餘命者應堪聞法有說五十六日有說四十九日彼第二人若更經五十一日有餘命者應堪聞法有說五十日有說四十三日由此非佛教化失時世尊或時留自壽行待所化者如待蘇跋達羅等若能留他壽行無有是處問佛何故傷歎耶答佛先以彼二人爲師習世俗定不得真法今佛自證無上真法欲令彼知又欲以已所證饒益於彼而彼命終是以傷歎問前說彼若聞我法者當得正解依何位說得正解耶有說此說入正性離生位有說住順決擇分善根位有說起

順解脫分善根位如是說者乃至令彼除一切智增上慢知惟佛世尊具一切智爾時名得正解世尊復觀除彼二人誰復最初應聞我法我當爲說觀巳即知憍陳那等五人應先聞法即作是念彼皆是我父母親族先來恭敬供養於我今欲酬報爲何所在天即白言今在婆羅痆斯國仙人鹿苑爾時世尊亦起智見知在彼處便捨菩提樹步涉而往婆羅痆斯問佛具最勝神足何以步涉往耶答敬重法故不以神足然於行時足常去地如四指量一一足迹皆有喜旋吉祥可愛千輻輪相分明如畫身影所觸乃至七日能令有情至其處者諸根安悅漸次行到婆羅痆斯爾時五人忽遥見佛遂共立制彼喬答摩懈慢多求狂亂失志空無所獲而今復來欲相呼誘我等宜各勿與言談恭敬問訊但敷一常座任其坐不

爾時世尊漸行近彼威德所逼令捨本期不覺一時從座而起趨走迎逆合掌歸命於中或有攺敷淨座或取佛衣或取佛鉢或有供水或有洗足俱白佛言惟願就座佛便作念如是癡人自立制約須臾還破時佛就座安詳而坐威光奇特如妙高山是時五人雖復恭敬而猶呼佛爲具壽或復稱佛爲喬答摩佛即告言汝等勿呼如來爲具壽亦勿稱觸姓名若故爾者當於長夜獲無義利受諸劇苦所以者何如來巳證無上菩提安隱涅槃度生老病死覺一切法性救護一切爲三界尊成就無邊功德法故時五人言具壽猶是昔喬答摩身形所作不異往日懈慢多求狂

亂失志捨於苦行受好飲食以油塗身皮膚充悅雖知具壽自稱證得無上菩提安隱涅槃誰當相信而不許我稱觸名姓世尊告曰汝今觀我面貌威光諸根容止豈與昔日同耶五人答言我觀具壽實異於昔佛言我若不證法者豈得如是汝應以此證知我得無上菩提何故猶於如來而生不信世尊於是漸漸化誘令其調伏於日初分爲二人說法教誡教授令餘三人入村乞食彼所乞食充足六人於日後分爲三人說法教誡教授令餘二人入村乞食所乞飲食充足五人世尊性離非時食故如是教化經於三月有說四月令彼五人善根熟已於迦栗底迦月白半八日如來爲彼轉正法輪時憍陳那最初見法佛便三問汝已解耶此意問言汝今觀我是懈慢多求狂亂失志不證無上菩提涅槃而誑汝耶故三問解不彼還三反答言已解此意答言我今觀佛實非懈慢多求亦非狂亂失志又實證得菩提涅槃而非誑我我今爲佛證人故三答已解是故爲止誹謗佛三問之有說爲顯本願滿足是以三問其事云何曾聞過去此賢劫中有王名羯利時有仙人號爲忍辱住一林中勤修苦行時羯利王除去男子與內宮眷屬作諸妓樂遊戲林間縱意娛樂經久疲猒而便睡眠內宮諸女爲華果故遊諸林間遥見仙人於自所止端身靜思便馳趣之皆集其所到已頂禮圍繞而坐仙人即爲說欲之過所謂諸欲皆是不淨臭穢之法是可訶責是可猒患誰有智者當習近之諸姊皆應生猒捨離王從睡覺不見

諸女便作是念將無有人誘奪去耶即拔利劒處處求覓乃見諸女在仙人邊圍繞而坐生大瞋恚是何大鬼誘我諸女即前問之汝是誰耶答言我是仙人復問在此作何事耶答言修忍辱道王作是念此人見我瞋故便言我修忍辱我今試之即復問言汝得非想非非想處定耶答言不得次第責問乃至汝得初靜慮耶答言不得王倍瞋念語言汝是未離欲人云何恣情觀我諸女復言我是修忍辱人可伸一臂試能忍不爾時仙人便伸一臂王以利劒斬之如斷藕根墮於地上王復責問汝是何人答言我是修忍辱人時王復令伸餘一臂即復斬之如前責問仙人亦如前答我是修忍辱人如是次斬兩足復截兩耳又割其鼻一一責問答皆如前令仙人身七分墮地作七瘡已王心便止仙人告言王今何故自生疲猒假使斷我一切身分猶如芥子乃至微塵我亦不生一念瞋忿所言忍辱終無有二復發是願如汝今日我實無辜而斷我身令成七分作七瘡孔我未來世得阿耨多羅三藐三菩提時以大悲心不待汝請最初令汝修七種道斷七隨眠當知爾時忍辱仙人者即今世尊釋迦牟尼是羯利王者即今具壽憍陣那是是故憍陣那見聖諦已佛以神力除彼闇障令其憶念過去世事彼便自見爲羯利王佛爲仙人自以利劒斷佛七支作七瘡孔佛不瞋恨反以誓願欲饒益之故佛世尊三問解不此意問言我豈違背昔願豈不如本誓願已酬滿耶時憍陣那極懷恥愧合掌恭敬亦三答已解此意答

言實知世尊不違昔願如本誓願皆已酬滿我本愚癡作斯極惡惟願哀愍赦我重罪是故爲滿本願佛三問之有說世尊顯已說法有善巧力故三問之謂此意言我於三無數劫修無量百千難行苦行所證得法由巧說故令彼須臾即得悟解是故三問有說世尊令餘四人聞生勇勵速入見道故三問之有說世尊欲顯善說法中師及弟子於所證法審諦眞實離增上慢不同外道於未得法起增上慢謂爲已得是以三問問佛初轉法輪時有八萬諸天亦同見法何故但說爲憍陣那等五人轉法輪耶答此中但說正所爲者諸天因五人故得聞非正所爲是以不說有說人先見法故偏說之有說人見現見天非現見有說佛與人趣身相威儀所作悉同天則不爾有說若於是處名爲法滅即於是處名轉法輪謂雖天中有證甘露若人中無便名法滅是故但說爲人轉法輪有說人中佛弟子有四衆差別天中不爾有說佛轉法輪以人爲證不以天證有說人中有能轉者及所爲者是以說之天中惟有所爲無能轉者是故不說有說人中能得種種殊勝功德天中不爾是故但說爲人轉法輪

阿毘達磨大毘婆沙論卷第一百八十二 說一切有部發智

音釋

轂輞 轂古祿切輻所湊也 輞文紡切車輞也 痆 女黠切 嗢 乙骨切

趍 七逾切進趍也 劇 奇逆切尤甚也 勵 力制切勉也

阿毗達磨大毗婆沙論卷第一百八十三

五百大阿羅漢等造

唐三藏法師玄奘奉詔譯

定蘊第七中不還納息第四之十

轉法輪已地神唱聲展轉宣告乃至廣說問會中亦有餘天神衆發聲相告何緣但說地神唱聲答由彼地神先發聲故問地神何故先發聲耶答以彼最近佛所住故復次彼恒隨佛而作衛故謂從菩薩處胎初生踰城出家及修苦行乃至成佛轉法輪時恒隨衛護令無留難令見如來轉法輪已歡喜踊躍自慶先來所施功勞今得果滿故先唱告復次時會雖有餘天神衆而彼地神性輕躁故是以先唱如今衆中性輕躁者多喜高聲彼亦如是復次地神性多喜愛見此希有極懷歡喜故先發聲復次此是近遠次第法故謂地神先唱次虛空神次四大王衆天如是展轉經須臾頃聲至梵世問聲是剎那性若此處生必此處滅云何可說至梵世耶答依展轉義故作是說謂地神唱已虛空神唱展轉宣告乃至梵天如然燈法展轉增廣有說轉法輪時無量天衆皆悉來集既聞法已各還所住宣告自部故說展轉聲至梵世有說彼時發聲亦無決定先後但是說者敘述次第法應如是故作是說地神先唱乃至廣說如契經說轉輪王出世時聲至他化自在天佛爲憍陣那等轉法輪時聲至梵世佛得阿耨多羅三藐三菩提時聲至色究竟天問何故如是三種差別答轉輪王出世時以十善法教導有情此法必於欲界天中受異熟果六欲

天衆皆生歡喜我等眷屬不久增多是故輪王出世聲至他化自在天梵天王請佛轉法輪彼聞佛轉法輪深慶隨喜是故轉法輪時聲至梵世淨居天覺悟菩薩令踰城出家求無上智彼聞菩薩得阿耨多羅三藐三菩提極懷喜慰是故初成佛時聲至色究竟天復次轉輪王是受欲者故出世時聲極欲界不至離欲地佛轉法輪時於一衆會有尊卑勝劣此事惟至梵世是故轉法輪時聲至梵天惟有如來名聲高遠無所不至是故佛得無上菩提時其聲徧及所應至處乃至色究竟天設當有頂有情有耳識者聲亦徹彼所以者何如來久修名稱業故復次諸有情類造作增長大名稱業有上中下下者如轉輪王中者如憍陣那等上者謂佛是故於彼聲有近遠復次諸有情類造作增長淨尊貴業有上中下下者如轉輪王中者如憍陣那等上者謂佛是故聲至有近有遠尊者世友說曰諸有情類恭敬讚歎父母師長沙門婆羅門佛獨覺及佛弟子身語意業有上中下下者如轉輪王中者如憍陣那等上者謂佛是故聲至三處不同問上地亦有聲何故轉法輪時聲惟至梵世答語表業聲惟至彼故復次語言行惟至彼地語言行者所謂尋伺復次乃至彼地得有耳識非上地故有說惟至梵世得具起善染汚無覆無記語有表聲非上地故復次惟至梵世得具起善染汚無覆無記耳識現前非上地故有說若處有衆生差別轉法輪時聲則至彼復次若處作三千世界分齊者聲至於彼有說梵世是世間有情

所尊重處是故轉法輪時聲但至彼復有說者上地諸天亦名爲梵是故轉法輪時聲至梵世者不惟至初靜慮地問佛所說法盡名法輪耶答不也惟令入見道者乃名法輪問若爾聞佛說法入見道者多何故不皆名法輪耶答彼一切雖皆是法輪而最初最後得正解者說爲法輪初謂憍陳那等後謂蘇跋達羅問一切佛轉法輪處爲定不耶若定者然燈佛本事當云何通如說然燈佛於燈光城喝利多羅山轉正法輪乃至廣說若不定者達摩蘇部底所說頌云何通如說

應念過去佛　於此迦尸宮　仙論施鹿林
亦初轉妙法

有說應言轉法輪處定問若爾然燈佛本事當云何通答此不必須通所以者何此非素怛纜毗柰耶阿毗達磨所說但是傳說諸傳所說或然不然若必欲通者應知過去燈光城即是今婆羅痆斯過去喝利多羅山即是今仙人鹿苑若作是說佛轉法輪處定者彼說有四處定二處不定四處定者謂菩提樹處轉法輪處天上來下處現大神變處二處不定者謂佛生處及般涅槃處云何得知菩提樹處定答曾聞過去有轉輪王導從四兵飛空而過至菩提樹上其輪便止欲前不得王遂惶恐作是思惟我今將無欲失王位或命難耶時菩提樹神即白王曰大王勿怖王不失位亦無命難王不見下菩提樹耶此中有金剛座一切菩薩皆於此座證得無上正等菩提王欲過者可避此處從餘道往時王便下種種供養菩提樹已從餘道去以是事

故知菩提樹處定轉法輪處定者如前所引法善現頌復云何知天上來下處定答曾聞佛去世後此處有難事起諸苾芻等並皆捨去外道異學來居其中後諸苾芻來索其處語外道曰此是我師天上來處可速避去諸外道言此是我等常所住處因此二衆大興鬬諍近住城中長者居士諸官僚等來解其諍而不能得乃至王自解之亦不能定時諸苾芻告外道曰今當與汝俱設誠言應屬誰者當有瑞相外道言爾彼遂先請而空無驗苾芻即復作誠諦言此處若是一切如來昇三十三天爲慈母說法經三月已下來處者當現瑞相時彼住處大石柱上有石獅子即便哮吼外道驚恐即時捨去從獅子口復出衆寶華鬘纏繞石柱皆悉周徧時衆觀者歎未曾有於是苾芻遂共居止以是故知佛從天上來下處定復云何知現大神變處定答曾聞外道於六大城被佛追尋無所投跡遂共聚集請與如來捔其神變佛皆不許後至室羅伐悉底城方始許可爲現神變無量外道歸佛出家以此故知現大神變處定有說諸佛轉法輪處不定所以者何若嗢達洛迦曷邏摩子及頞邏荼迦邏摩不命終者佛豈捨摩揭陀國往婆羅痆斯故知但隨應初聞法者所在即於彼處而轉法輪問若爾法善現頌當云何通答此不必須通所以者何此非素怛纜毗柰耶阿毗達磨所說但是文頌夫造文頌或增或減若必欲通者過去亦曾有佛於此初轉法輪非謂一切故非決定若作是說轉法輪處不定者彼說有三處定三

處不定三處定者謂菩提樹處天上來下處現大神變處三處不定者謂生處轉法輪處般涅槃處

如所說佛於婆羅痆斯仙人論處施鹿林中爲憍陣那等轉正法輪問何故名婆羅痆斯答此是河名去其不遠造立王城是故此城亦名婆羅痆斯問何故名仙人論處答若作是說諸佛定於此處轉法輪者彼說佛是最勝仙人皆於此處初轉法輪故名仙人論處若作是說諸佛非定於此轉法輪者彼說應言仙人住處謂佛出世時有佛大仙及聖弟子仙衆所住佛不出世時有獨覺仙所住若無獨覺時有世俗五通仙住以此處恒有諸仙已住今住當住故名仙人住處有說應言仙人墮處昔有五百仙人飛行空中至此遇退因緣一時墮落問何故名施鹿林答恒有諸鹿遊止此林故名鹿林昔有國王名梵達多以此林施與羣鹿故名施鹿林如羯蘭鐸迦長者於王舍城竹林園中穿一池以施羯蘭鐸迦鳥令其遊戲因名施羯蘭鐸迦池此亦如是故名施鹿林

云何正法答無漏根力覺支道支問何故作此論答爲欲分別契經義故如伽他說

三世三佛陀　能破諸愁毒　彼皆重正法
恒住於法性

又契經說有二補特伽羅能住持正法謂說者行者毗柰耶說我之正法應住千歲或復過此由度女人出家更減五百世尊雖於處處說正法言而不分別云何正法契經是此論所依根本彼所未說者今應說之故作斯

論問有漏根力道支是正法不若是者此中何故不說若非者何故無漏是正法有漏非耶有說彼亦是正法問此中何故不說答應說而不說者當知此義有餘復次有漏根等是無漏加行若說根本則已攝加行故不別說復次有漏根等是無漏加行故亦名無漏是故已攝在前所說中有說有漏根等非是正法問何故無漏是正法有漏非耶答以有漏法有過患故要無過患乃名正法復次是清淨是可稱讚名爲正法有漏法與此相違故非正法復次正法者能求出生死得般涅槃有漏不爾故不名正法問念住正斷神足爲亦是正法不若是者此中何故不說若非者何故根力覺支道支是正法念住等非耶答彼亦是正法問若爾此中何故不說答應說而不說者當知此義有餘復次若說根等則於此文隨順念住等非順此文是故不說復次念住正斷神足皆亦攝在此所說中謂四念住即慧根慧力擇法覺支正見所攝四正斷即精進根精進力精進覺支正勤所攝四神足即定根定力定覺支正定所攝齊何當言正法住答若時行法者住齊何當言正法滅答若時行法者滅問何故復作此論答爲欲分別契經義故

如契經說迦葉波當知如來所覺所說法毗柰耶非地界水界火界風界所能滅沒然有一類補特伽羅當出於世惡欲惡行成就惡法非法說法法說非法非毗柰耶說毗柰耶於毗柰耶說非毗柰耶彼能滅我三無數劫所集正法令無有餘契經雖作是說而不分

別齊何當言正法住齊何當言正法滅彼經是此論所依根本彼所不分別者今應分別故作斯論

此中有二種正法一世俗正法二勝義正法世俗正法謂名句文身即素怛纜毗奈耶阿毗達磨勝義正法謂聖道即無漏根力覺支道支行法者亦有二種一持教法二持證法持教法者謂讀誦解說素怛纜等持證法者謂能修證無漏聖道若持教者相續不滅能令世俗正法久住若持證者相續不滅能令勝義正法久住彼若滅時正法則滅故契經說我之正法不依墻壁柱等而住但依行法有情相續而住

問何故世尊不決定說法住時分耶答欲顯正法隨行法者住久近故謂行法者若行正行恒如佛在世時及如滅度未久時者則佛正法常住於世無有滅沒若無如是行正法者則彼正法速疾滅沒

如佛告阿難陀言於我善說法毗柰耶中若當不度女人出家者我之正法應住千歲或復過此由度女人出家故令我正法減五百歲問若正法住猶滿千年何故世尊作如是說答此依解脫堅固密意而說謂若不度女人出家應經千歲解脫堅固而今後五百歲惟有戒聞等持堅固非解脫者皆是度女人出家之過失耳有餘師說此依若不行八尊重法密意而說謂若度女人出家不令行八尊重法者則佛正法應滅五百歲住由佛令彼行八尊重法故正法住世還滿千年問如來正法云何滅耶答如來正法將欲滅時此

贍部洲當有二王出世一王有法二王無法其有法者生在東方威德慈仁伏五印度其無法者生在達絜㦝戾車中性皆頑嚚憎賤佛法相與合蹤從西侵食漸入印度轉至東方志與佛法為大衰損隨所到處破窣堵波壞僧伽藍殺苾芻衆多聞持戒無得免者燒滅經典無有遺餘時東方王聞彼達絜㦝戾車王侵食印度漸至東方乃率兵士與之交戰彼王軍衆即時退走擒獲二王皆斷其命尋時遣使徧諸方維召命一切沙門釋子請都集會住我國中我當盡形供給奉施衣服飲食臥具湯藥及餘所須令無乏短於是一切贍部洲中所有苾芻皆來集會憍餉彌國時王日日設五年會種種供養然諸苾芻由多得利養故及由多有先為活命而出家故不能精勤讀誦經典不樂獨處靜慮思惟晝則羣聚談說世事擾動喧雜夜則疲怠躭著睡眠無所覺察由此於佛所有教誡皆悉慢緩而不遵行是時贍部洲中惟有二行法者一是阿羅漢名蘇刺多一是三藏名室史迦亦名般株而為衆首即於是日正法將滅日初分時憍餉彌城中王為上首五百淨信長者同時造立五百僧伽藍以彼先聞法將滅故舉手議言佛涅槃時以法付囑二部弟子一者在家二者出家勿謂今由在家弟子不能給施諸出家人令乏短故正法滅沒但由仁等出家弟子無正行故令正法滅有說如待客法初及後時皆設豐膳如是正法初出現時及後將滅皆致豐厚資緣供養有說彼作是念乃至佛法未滅世間猶有無量福田

佛法若滅世間但有有量福田我等幸因佛法未滅當共及時作所應作有說釋迦爲菩薩時見過去佛或由資緣闕故或由遭疾疫故令正法滅即時發願願我成佛勿由此事令法滅盡故法雖滅而資緣豐厚住處增廣是夜僧伽藍内爲布灑他故無量苾芻皆共聚集時悦衆者請衆首三藏室史迦爲衆說般羅底木叉三藏許之而欲略說時阿羅漢蘇剌多從座而起偏袒一肩頂禮三藏合掌白言惟願上座爲衆廣說三藏答言於此衆中誰能具行般羅底木叉戒而請我廣說阿羅漢曰如佛在世諸苾芻等於諸學處所行邊際我皆能行若此名爲能具行者願爲廣說作是語時三藏弟子生大瞋恚即叱之言是何苾芻故於衆前違反我師不受敎誨尋共害彼阿羅漢命勝義正法從斯滅沒時有敬重彼阿羅漢天龍藥叉與大瞋忿殺彼三藏有說即彼阿羅漢弟子爲執仇故害三藏命有說王聞彼阿羅漢無辜被殺追戀懊惱而殺三藏世俗正法從斯滅沒爾時世間勝義世俗二種正法皆滅沒已經七晝夜天地冥闇而其世間猶故未知正法已滅所以者何由佛往昔爲菩薩時好掩他惡亦不舉他所隱覆事由此業故法滅七日無有知者過七日已大地震動殞星雨火燒諸方維空中天鼓發聲振吼甚可怖畏天魔眷屬生大歡喜於虛空中張大白蓋空中復有大聲唱言釋迦大仙所有正法從今永滅更無能入正性離生妙甘露門於斯永閉大苦黑闇徧滿世間更無救護將導之者有作是說爾時一

切律儀羯磨結界皆捨如是說者從此已後更無結界羯磨受戒然先所有今時不捨或有諸佛未般涅槃正法便滅或有諸佛般涅槃後經於七日正法便滅然我世尊釋迦牟尼般涅槃後乃至千歲正法方滅彼未般涅槃及般涅槃已經於七日正法滅者依更無有入正性離生說名爲滅釋迦如來正法滅者依甘露界斷說名爲滅雖天中猶有甘露界在然依人中滅故名滅問何故過去諸佛有未般涅槃正法即滅有於般涅槃後七日即滅今釋迦佛千歲方滅耶答過去諸佛壽量長遠於彼正教所應作者佛在世時多已究竟故法速滅今世尊釋迦牟尼出百年時壽量短促正教所作雖佛涅槃多未究竟乃至千歲於中有種善根者有成熟者有解脫者是故經於多時正法方滅有說過去諸佛所有弟子愛重奢摩他非毗鉢舍那由重奢摩他故恒住寂止不樂傳說契經等十二分教故法速滅今世尊弟子愛重毗鉢舍那非奢摩他由重毗鉢舍那故多住觀察皆樂傳授契經等十二分教是故正法多時乃滅問正法滅已無得聖者耶答亦有從預流果得一來果從一來果得不還果從不還果得阿羅漢果而無從順決擇分入正性離生者惟由此故名正法滅若初入無漏初靜慮乃至廣說問何故作此論答欲止他宗顯已義故謂或有說無未來修聖有說聖道是無爲或有說聖道是一爲止彼意顯有未來修亦顯聖道是有爲而非是一故作斯論若無未來修者則功德法無增益義佛盡智時應不具

一切智若聖道是無爲者便不可修以無爲法非所修故若聖道是一者則無三世差別經不應說有三世佛等問若聖道是有爲而非一者何故經說我證得舊道惟一無二答由五因緣故作是說謂加行相似行相相似等廣說如智蘊若初入無漏初靜慮由得此故得諸餘無漏心心所法彼何世攝答未來若初入乃至無漏無所有處由得此故得諸餘無漏心心所法彼何世攝答未來此中初者有四種一入正性離生初二得果初三離染初四轉根初廣說如智蘊未來生時說名爲得若至現在名爲已得故今得者是說生時諸生何世攝乃至廣說問何故作此論答欲止他宗顯已義故謂譬喻者說有爲法但有二時一未生時二已生時除此更無正生正滅今顯實有正生正滅時故作此論復次爲止撥無去來世執現在是無爲法今說未來有生現在有滅故即顯去來非無而現在是有爲故作斯論復次爲止執有爲法惟轉變隱顯而體無生滅今說未來生現在滅故即顯有爲法非但轉變而實有生滅故作斯論諸生何世攝答未來諸滅何世攝答現在以未來名正生現在名正滅現在名已生過去名已滅故

定蘊第七中一行納息第五之一

三三摩地謂空無願無相乃至廣說問何故作此論答爲欲分別契經義故如契經說有三三摩地所謂空無願無相契經雖作是說而不分別若成就空彼無願耶如是等彼經是此論所依根本彼所不說者今應說之故

作斯論復次為止撥無不成就性說成就性但是假有欲顯成就不成就性俱是實有故作斯論復次為止撥無去來二世執現在是無為法顯有二世現是有為故作斯論若成就空彼無願耶答如是設成就無願彼空耶答如是以此二三摩地俱時得故同對治故俱時得者謂若依空三摩地入正性離生苦現觀四心頃亦得無願若依無願三摩地入正性離生苦現觀四心頃亦得空及於修道無學道中若得一必具二同對治者謂彼俱能對治見若所斷煩惱及修所斷雖於見道集現觀四心頃道現觀三心頃時得無願非空而先於不成就得成就時必俱得故恒俱成就若成就空彼無相耶答若得此中得謂已得即滅法智忍已生此後恒成就無相設成就無相彼空耶答如是以成就無相時必先得空故若成就無願彼無相耶答若得設成就無相彼無願耶答如是此如以空對無相說若成就過去空彼未來耶答如是問此說在何位答此說依空三摩地入正性離生苦現觀三心頃集滅現觀各四心頃道現觀三心頃及得預流果乃至阿羅漢果若信勝解練根作見至時解脫阿羅漢練根作不動彼空三摩地已起滅不失設成就未來空彼過去耶答若已滅不失則成就若未已滅設已滅而失則不成就問此說在何位答若已滅不失則成就者此說即前所說諸位若未已滅設已滅而失則不成就者此說若依空三摩地入正性離生苦現觀一心頃若依無願三摩地入正性離生苦集滅現觀各四心

項道現觀三心頃及得預流果乃至阿羅漢果若信勝解練根作見至時解脱練根作不動空三摩地未已起滅已起滅者由得果轉根故失若成就過去空彼現在耶答若現在前謂不起無願或無相或有漏心亦非無心故言若現在前問此説在何位答此説依空三摩地入正性離生苦現觀三心頃及得預流果乃至阿羅漢果若信勝解練根作見至時解脱練根作不動空三摩地已起滅不失及現在前設成就現在空彼過去耶答若已滅不失則成就若未已滅設已滅而失則不成就問此説在何位答若已滅不失則成就者此説即前所説諸位若未已滅設已滅而失則不成就者此説依空三摩地入正性離生苦現觀一心頃及得預流果乃至阿羅漢果若信勝解練根作見至時解脱練根作不動空三摩地現在前而未已滅先已滅者由得果轉根故失若成就未來空彼現在耶答若現在前謂不起無願或無相或有漏心亦非無心故言若現在前問此説在何位答此説依空三摩地入正性離生苦現觀四心頃及得預流果乃至阿羅漢果若信勝解練根作見至時解脱練根作不動空三摩地現在前設成就現在空彼未來耶答如是問此説在何位答此説即前所説諸位若成就過去空彼未來現在耶答未來成就現在若現在前問此説在何位答此説依空三摩地入正性離生苦現觀三心頃及得預流果乃至阿羅漢果若信勝解練根作見至若時解脱練根作不動空三摩地已起滅不失亦現在前

設成就未來現在空彼過去耶答若已滅不失則成就若未已滅設已滅而失則不成就問此說在何位答若已滅不失則成就者此說即前所說諸位若未已滅設已滅而失則不成就者如前現在對過去說若成就未來空彼過去現在耶答有成就未來空非過去現在有及過去非現在有及現在非過去有及過去現在成就未來空非過去現在者謂已得空未已滅設已滅而失不現在前問此說在何位答此說依無願三摩地入正性離生苦集滅現觀各四心頃道現觀三心頃及得預流果乃至阿羅漢果若信勝解練根作見至若時解脫練根作不動空三摩地未已起滅先已起滅者由得果轉根故失亦不現在前及過去非現在者謂空已滅不失不現

在前問此說在何位答此說依空三摩地入正性離生集滅現觀各四心頃道現觀三心頃及得預流果乃至阿羅漢果若信勝解練根作見至若時解脫練根作不動空三摩地已起滅不失不現在前及現在非過去者謂空現在前未已滅設已滅而失問此說在何位答此說依空三摩地入正性離生苦現觀一心頃及得預流果乃至阿羅漢果若信勝解練根作見至時解脫練根作不動空三摩地未已起滅先已起滅者由得果轉根故失而現在前及過去現在者謂空已滅不失現在前問此說在何位答此說依空三摩地入正性離生苦現觀三心頃及得預流果乃至阿羅漢果若信勝解練根作見至時解脫練根作不動空三摩地已起滅不失亦現在前

設成就過去現在空彼未來耶答如是此說即前所說諸位設成就過去現在必成就未來故若成就現在空彼過去未來耶答未來成就過去若已滅不失則成就若未已滅設已滅而失則不成就未來成就者如前現在對未來說過去若已滅不失等者如前現在對過去說設成就過去未來空彼現在耶答若現在前此如前未來對現在說差別者此中必成就過去如空歷作六句應知無顯無相亦爾隨其所應盡當知

阿毘達磨大毘婆沙論卷第一百八十三 說一切有部發智

音釋

躁（則到切不安靜也） 捔（音角校也） 懱（莫結切） 嚚（魚巾切口不道忠信之言曰嚚） 餉（詩向切）

阿毗達磨大毗婆沙論卷第一百八十四

五百大阿羅漢等造

唐三藏法師玄奘奉　詔譯

定蘊第七中一行納息第五之二

若成就過去空彼過去無願耶答若已滅不失則成就若未已滅設已滅而失則不成就問此說在何位答若已滅不失則成就者此說依空三摩地入正性離生集現觀三心頃滅現觀四心頃道現觀三心頃及得預流果阿羅漢果時解脫練根作不動空三摩地已起已滅若得一來果不還果信勝解練根作見至空無願三摩地已起已滅若未已滅設已滅而失則不成就者此說依空三摩地入正性離生苦現觀三心頃集現觀一心頃及得一來果不還果信勝解練根作見至空三摩地已起滅不失無願三摩地未已起滅先已起滅者由得果轉根故失設成就過去無願彼過去空耶答若已滅不失則成就若未已滅設已滅而失則不成就問此說在何位答若已滅不失則成就者此位如答次前問說若未已滅設已滅而失則不成就者此說依無願三摩地入正性離生苦現觀三心頃集滅現觀各四心頃道現觀三心頃及得預流果乃至阿羅漢果若信勝解練根作見至時解脫練根作不動無願三摩地已起滅不失空三摩地未已起滅先已起滅者由得果轉根故失若成就過去空彼未來無願耶答如是此二決定俱時得故問此說在何位答此說依空三摩地入正性離生苦現觀三心頃集滅現觀各四心頃道現觀三心頃若得

預流果乃至阿羅漢果若信勝解練根作見至時解脱練根作不動空三摩地已起滅不失設成就未來無願彼過去空耶答若已滅不失則成就若未已滅設已滅而失則不成就問此說在何位答若已滅不失則成就者此說即前所說諸位若未已滅設已滅而失則不成就者此說若依空三摩地入正性離生苦現觀一心頃若依無願三摩地入正性離生苦集滅現觀各四心頃道現觀三心頃及得預流果乃至阿羅漢果若信勝解練根作見至時解脱練根作不動空三摩地未已起滅先已起滅者由得果轉根故失若成就過去空彼現在無願耶答若現在前謂若不起空或無相或有漏心亦非無心故言若現在前問此說在何位答此說依空三摩地入正性離生集現觀四心頃道現觀三心頃及得預流果乃至阿羅漢果若信勝解練根作見至時解脱練根作不動空三摩地已起滅不失無願現在前設成就現在無願彼過去空耶答若已滅不失則成就若未已滅設已滅而失則不成就問此說在何位答若已滅不失則成就者此說即前所說諸位若未已滅設已滅而失則不成就者此說依無願三摩地入正性離生苦集現觀各四心頃道現觀三心頃及得預流果乃至阿羅漢果若信勝解練根作見至時解脱練根作不動空三摩地未已起滅先已起滅者由得果轉根故失無願現在前若成就過去空彼現在無願耶答有成就過去空非過去現在無願有及過去非現在有及現在非過去有及過

去現在成就過去空非過去現在無願者謂空已滅不失無願未已滅設已滅而失不現在前問此說在何位答此說依空三摩地入正性離生苦現觀三心頃及得一來果不還果信勝解練根作見至空三摩地已起滅不失無願未已起滅先已起滅者由得果轉根故失亦不現在前及過去非現在者謂空無願已滅不失無願不現在前問此說在何位答此說依空三摩地入正性離生滅現觀四心頃及得預流果乃至阿羅漢果若信勝解練根作見至時解脫練根作不動空無願三摩地已起滅不失無願不現在前及現在非過去者謂空已滅不失無願現在前未已滅設已滅而失問此說在何位答此說若依空三摩地入正性離生集現觀一心頃及得一來果不還果信勝解練根作見至空三摩地已起滅不失無願未已起滅先已起滅者由得果轉根故失而現在前及過去現在者謂空無願已滅不失無願現在前問此說在何位答此說依空三摩地入正性離生集道現觀各三心頃及得預流果乃至阿羅漢果若信勝解練根作見至時解脫練根作不動空無願三摩地已起滅不失無願現在前設成就過去現在無願彼過去空耶答若已滅不失則成就若未已滅設已滅而失則不成就問此說在何位答若已滅不失則成就者此說即前所說諸位若未已滅設已滅而失則不成就者此說依無願三摩地入正性離生苦現觀三心頃集現觀四心頃道現觀三心頃及得預流果乃至阿羅漢果若信勝解練

根作見至時解脱練根作不失無願三摩地已起滅不失空三摩地未已起滅先已起滅者由得果轉根故失無願現在前若成就過去空彼未來現在無願耶答未來成就現在若現在前問此說在何位答此說依空三摩地入正性離生集現觀四心頃道現觀三心頃及得預流果乃至阿羅漢果若信勝解練根作見至時解脱練根作不動空三摩地已起滅不失無願現在前設成就未來現在無願彼過去空耶答若已滅不失則成就若未已滅設已滅而失則不成就問此說在何位答若已滅不失則成就者此說即前所說諸位若未已滅設已滅而失則不成就者此說依無願三摩地入正性離生苦集現觀各四心頃道現觀三心頃及得預流果乃至阿羅漢果若信勝解練根作見至時解脱練根作不動空三摩地未已起滅先已起滅者由得果轉根故失無願現在前若成就過去空彼過去未來無願耶答未來成就過去若已滅不失則成就若未已滅設已滅而失則不成就問此說在何位答未來成就過去若已滅不失則成就者此說依空三摩地入正性離生集現觀四心頃滅現觀四心頃道現觀三心頃及得預流果阿羅漢果時解脱練根作不動空三摩地已起滅不失若得一來果不還果信勝解練根作見至空無願三摩地已起滅不失若未已起滅設已起滅而失則不成就者此說依空三摩地入正性離生苦現觀三心頃集現觀一心頃及得一來果不還果信勝解練根作見至空三摩地已起滅不

失無願未已起滅先已起滅者由得果轉根故失設成就過去未來無願彼過去空耶答若已滅不失則成就若未已滅設已滅而失則不成就問此說在何位答若已滅不失則成就者此位如答次前問說若未已滅設已滅而失則不成就者此說依無願三摩地入正性離生苦現觀三心頃集滅現觀各四心頃道現觀三心頃及得預流果乃至阿羅漢果若信勝解練根作見至時解脫練根作不動無願三摩地已起滅不失空未已起滅先已起滅者由得果轉根故失若成就過去空彼過去未來現在無願耶答有成就過去空及未來無願非過去現在有及未來現在非過去有及過去未來非現在有及過去未來現在成就過去空及未來無願非過去現在者謂空已滅不失無願未已滅設已滅而失不現在前問此說在何位答此說依空三摩地入正性離生苦現觀三心頃及得一來果不還果信勝解練根作見至空三摩地已起滅不失無願未已起滅先已起滅者由得果轉根故失亦不現在前及未來現在非過去者謂空已滅不失無願現在前非已滅設已滅而失問此說在何位答此說依空三摩地入正性離生集現觀一心頃及得一來果不還果信勝解練根作見至空三摩地已起滅不失無願未已起滅先已起滅者由得果轉根故失而現在前及過去未來非現在者謂空無願已滅不失無願不現在前問此說在何位答此說若依空三摩地入正性離生滅現觀四心頃及得預流果阿羅漢果時解脫

練根作不動空三摩地已起滅不失無願不現在前若得一來果不還果信勝解練根作見至空無願三摩地已起滅不失無願不現在前及過去未來現在者謂空無願已滅不失無願現在前問此說在何位答此說依空三摩地入正性離生集道現觀各三心頃及得預流果阿羅漢果時解脫練根作不動空三摩地已起滅不失無願現在前若得一來果不還果信勝解練根作見至空無願已起滅不失無願現在前設成就過去未來現在無願彼過去空耶答若已滅不失則成就若未已滅設已滅而失則不成就問此說在何位答若已滅不失則成就者此說即前所說諸位若未已滅設已滅而失則不成就者此說若依無願三摩地入正性離生苦現觀三

心頃集現觀四心頃道現觀三心頃及得預流果乃至阿羅漢果若信勝解練根作見至時解脫練根作不動無願已起滅不失空未已起滅先已起滅者由得果轉根故失無願現在前若成就過去空彼過去無相耶答若已滅不失則成就若未已滅設已滅而失則不成就問此說在何位答若已滅不失則成就者此說依空三摩地入正性離生滅道現觀各三心頃及得預流果乃至阿羅漢果若信勝解練根作見至時解脫練根作不動空無相已起滅不失若未已滅設已滅而失則不成就者此說依空三摩地入正性離生苦現觀三心頃集現觀四心頃滅現觀一心頃及得預流果乃至阿羅漢果若信勝解練根作見至時解脫練根作不動空三摩地已起

滅不失無相未已起滅先已起滅者由得果轉根故失設成就過去無相彼過去空耶答若已滅不失則成就若未已滅設已滅而失則不成就問此說在何位答若已滅不失則成就者此位如答次前問說若未已滅設已滅而失則不成就者此說依無願三摩地入正性離生滅道現觀各三心頃及得預流果乃至阿羅漢果若信勝解練根作見至時解脫練根作不動無相已起滅不失空未已起滅先已起滅者由得果轉根故失若成就過去空彼未來無相耶答若得此謂已得名得即滅法智忍已生問此說齊何位答此說依空三摩地入正性離生滅現觀四心頃道現觀三心頃及得預流果乃至阿羅漢果若信勝解練根作見至時解脫練根作不動空三摩地已起滅不失設成就未來無相彼過去空耶答若已滅不失則成就若未已滅設已滅而失則不成就問此說在何位答若已滅不失則成就者此說即前所說諸位若未已滅設已滅而失則不成就者此說依無願三摩地入正性離生滅現觀四心頃道現觀三心頃及得預流果乃至阿羅漢果若信勝解練根作見至時解脫練根作不動空三摩地未已起滅先已起滅者由得果轉根故失若成就過去空彼現在無相耶答若現在前謂不起空或無願或有漏心亦非無心故言若現在前問此說在何位答此說若依空三摩地入正性離生滅現觀四心頃及得預流果乃至阿羅漢果若信勝解練根作見至時解脫練根作不動空三摩地已起滅不失無相

現在前設成就現在無相彼過去空耶答若已滅不失則成就若未已滅設已滅而失則不成就問此說在何位答已滅不失則成就者此說即前所說諸位若未已滅設已滅而失則不成就者此說若依無願三摩地入正性離生滅現觀四心頃及得預流果乃至阿羅漢果若信勝解練根作見至時解脫練根作不動空三摩地未已起滅先已起滅者由得果轉根故失無相現在前若成就過去空彼過去現在無相耶答有成就過去空非過去現在無相有及過去非現在有及現在非過去有及過去現在成就過去空非過去現在無相者謂空已滅不失無相未已滅設已滅而失不現在前問此說在何位答此說依空三摩地入正性離生若現觀三心頃集現觀四心頃及得預流果乃至阿羅漢果若信勝解練根作見至時解脫練根作不動空三摩地已起滅不失無相未已起滅先已起滅者由得果轉根故失亦不現在前及過去非現在者謂空無相已滅不失無相不現在前問此說在何位答此說依空三摩地入正性離生道現觀三心頃及得預流果乃至阿羅漢果若信勝解練根作見至時解脫練根作不動空無相已起滅不失無相不現在前及現在非過去者謂空已滅不失無相現在前未已滅設已滅而失問此說在何位答此說依空三摩地入正性離生滅現觀一心頃及得預流果乃至阿羅漢果若信勝解練根作見至時解脫練根作不動空三摩地已起滅不失無相未已起滅先已起滅者由得果轉

根故失無相現在前及過去現在者謂空無相已滅不失無相現在前
問此說在何位答此說依空三摩地入正性離生滅現觀三心頃及得預流果乃至阿羅漢果若信勝解練根作見至時解脫練根作不動空無相已起滅不失無相現在前設成就過去現在無相彼過去空耶答若已滅不失則成就若未已滅設已滅而失則不成就
問此說在何位答若已滅不失則成就者此說即前所說諸位若未已滅設已滅而失則不成就者此說依無願三摩地入正性離生滅現觀三心頃及得預流果乃至阿羅漢果若信勝解練根作見至時解脫練根作不動空三摩地未已起滅先已起滅者由得果轉根故失無相已起滅不失亦現在前若成就過去空彼未來現在無相耶答有成就過去空非未來現在無相有及未來非現在有及未來現在成就過去空非未來現在無相者謂空已滅不失未得無相與已得相違說名未得即滅法智忍未已生時問此說齊何位答此說依空三摩地入正性離生苦現觀三心頃集現觀四心頃非餘位以彼必成就未來無相故及未來非現在者謂空已滅不失已得無相不現在前問此說在何位答此說依空三摩地入正性離生道現觀三心頃及得預流果乃至阿羅漢果若信勝解練根作見至時解脫練根作不動空三摩地已起滅不失無相不現在前及未來現在者謂空已不失無相現在前問此說在何位答此說依空三摩地入正性離生滅現觀四心頃及得

預流果乃至阿羅漢果若信勝解練根作見至時解脱練根作不動空三摩地已起滅不失無相現在前但成就現在必成就未來故不別説設成就未來現在無相彼過去空耶答若已滅不失則成就若未已滅設已滅而失則不成就問此説在何位答若已滅不失則成就者此説即前所説諸位若未已滅設已滅而失則不成就者此説依無願三摩地入正性離生滅現觀四心頃及得預流果乃至阿羅漢果若信勝解練根作見至時解脱練根作不動空三摩地未已起滅先已起滅者由得果轉根故失無相現在前若成就過去空彼過去未來無相耶答有成就過去空非過去未來無相有及未來非過去有及過去未來成就過去空非過去未來無相者謂

空已滅不失未得無相問此説在何位答此説依空三摩地入正性離生苦現觀三心頃集現觀四心頃及未來非過去者謂空已滅不失已得無相未已滅設已滅而失問此説在何位答此説依空三摩地入正性離生滅現觀一心頃及得預流果乃至阿羅漢果若信勝解練根作見至時解脱練根作不動空三摩地已起滅不失無相未已起滅先已起滅者由得果轉根故失及過去未來者謂空無相已滅不失問此説在何位答此説依空三摩地入正性離生滅道現觀各三心頃及得預流果乃至阿羅漢果若信勝解練根作見至時解脱練根作不動空無相已起滅不失設成就過去未來無相彼過去空耶答若已滅不失則成就若未已滅設已滅而失則

不成就問此說在何位答若已滅不失則成就者此說即前所說諸位若未已滅設已滅而失則不成就者此說依無願三摩地入正性離生滅道現觀各三心頃及得預流果乃至阿羅漢果若信勝解練根作見至時解脫練根作不動無相已起滅不失空未已起滅先已起滅者由得果轉根故失若成就過去空彼過去未來現在無相耶答有成就過去空非過去未來現在無相有及未來非過去現在有及未來現在非過去有及過去未來非現在有及過去未來現在成就過去空非過去未來現在無相者謂空已滅不失未得無相問此說在何位答此說依空三摩地入正性離生苦現觀三心頃集現觀四心頃及未來非過去現在者謂空已滅不失已得無相未已滅設已滅而失不現在前問此說在何位答此說若得預流果乃至阿羅漢果若信勝解練根作見至時解脫練根作不動空三摩地已起滅不失無相三摩地未已起滅先已起滅者由得果轉根故失亦不現在前及未來現在非過去者謂空已滅不失無相現在前未已滅設已滅而失問此說在何位答此說依空三摩地入正性離生此滅現觀一心頃及得預流果乃至阿羅漢果若信勝解練根作見至時解脫練根作不動空三摩地已起滅不失無相未已起滅先已起滅者由得果轉根故失而現在前及過去未來非現在者謂空無相已滅不失無相不現在前問此說在何位答此說依空三摩地入正性離生道現觀三心頃及得預流果乃至阿羅

漢果若信勝解練根作見至時解脫練根作不動空無相已起滅不失無相不現在前及過去未來現在者謂空無相已滅不失無相現在前問此說在何位答此說依空三摩地入正性離生滅現觀三心頃及得預流果乃至阿羅漢果若信勝解練根作見至時解脫練根作不動空無相已起滅不失無相現在前設成就過去未來現在無相彼過去空耶答若已滅不失則成就若未已滅設已滅而失則不成就問此說在何位答若已滅不失則成就者此說即前所說諸位若未已滅設已滅而失則不成就者此說若依無願三摩地入正性離生滅現觀三心頃及得預流果乃至阿羅漢果若信勝解練根作見至時解脫練根作不動無相已起滅不失亦現在前空未已起滅先已起滅者由得果轉根故失如空對無相作七句應知無願對無相亦爾隨其所應盡當知如小七應知大七亦爾差別者以二對一如以過去空無願對過去無相有七有說此是大七種性故不應言對過去無相所以者何此但是一句故應作是說如以過去空無願對無相有七以此中具有七句故有說此中不應言有七所以者何此但是大七種性故應作是說如以過去空無願對過去無相次對未來次對現在次對過去現在次對未來現在次對過去未來後對過去未來現在無相有七以此中有一七句問一七句答故有說此中所說顯於初句即有七句所以者何此中有七七句問七七句答故如以過去空無願對過去無相作初句

次對未來次對現在次對過去現在次對未來現在次對過去未來後對過去未來現在無相爲第七句復以過去空無願對未來無相作初句次對現在乃至後對過去無相爲第七句復以過去空無願對現在無相作初句次對過去乃至後對未來無相爲第七句復以過去空無願對過去現在無相作初句次對未來現在乃至後對現在無相爲第七句復以過去空無願對未來現在無相作初句次對過去未來乃至後對過去現在無相爲第七句復以過去空無願對過去未來無相作初句次對過去未來現在乃至後對未來現在無相爲第七句復以過去空無願對過去未來現在無相作初句次對過去乃至後對過去未來無相爲第七七句若作是說則唐捐其功於文無益於義無益亦不成七七句若欲於文有益於義有益亦成七七句者應作是說如以過去空無願對過去無相作初句次對未來次對現在次對過去現在次對未來現在次對過去未來後對過去未來現在無相爲第七句復以未來空無願對未來無相作初句次對現在乃至後對過去無相爲第七句復以現在空無願對現在無相作初句次對過去現在乃至後對未來無相爲第七句復以過去現在空無願對過去現在無相作初句次對未來現在乃至後對現在無相爲第七句復以未來現在空無願對未來現在無相作初句次對過去未來乃至後對過去現在無相爲第七句復以過去未來空無願對過去未來無相作初句次對

過去未來現在乃至後對未來現在無相爲第七句復以過去未來現在空無願對過去未來現在無相作初句次對過去乃至後對過去未來無相爲第七七句若作是說則於文有益於義有益成七七句應知諸七義則如是問此中一行歷六小七大七何差别答名即差别此名一行乃至此名大七復次以一行道理爲問名一行以六句爲問名歷六以七句爲問以一問一名小七以七句爲問以二問一名大七復次問不相似法不以世定名一行問相似法以世定名歷六問不相似法以世定以一問一名小七問不相似法以世定以二問一名大七一行歷六小七大七是謂差别

阿毗達磨大毗婆沙論卷第一百八十四

說一切有部發智

阿毗達磨大毗婆沙論卷第一百八十五

五百大阿羅漢等造

唐三藏法師玄奘奉　詔譯

定蘊第七中一行納息第五之三

若修空彼無願耶乃至廣說問何故作此論答為止撥無去來二世及說無未來修者意欲顯有去來世亦有未來修故作斯論修有四種一得修二習修三對治修四除遣修此中依二修作論謂得修習修若修空彼無願耶設修無願彼空耶答應作四句有修空非無願謂已得空現在前此是佛或獨覺聲聞為現法樂住等故起已得空三摩地現在前爾時彼勢力尚不及自類無間剎那況能修餘未來功德然現前位即是習修有修無願非空謂已得無願現在前空若得無願現在前不修空已得無願現在前者如前釋未得無願現在前不修空者謂見道中集現觀四心頃道現觀三心頃以見道中對治決定及是不共對治故不與諦修有俱修謂未得空現在前若未得無願現在前修空若未得無相及未得世俗智現在前修空無願未得空現在前者謂依空三摩地入正性離生苦現觀四心頃若依空三摩地離欲界乃至無所有處染或以空為加行彼一切加行無間解脫道及離非想非非想處染除最後解脫道若依空三摩地信勝解練根作見至或以空為加行彼加行無間解脫道及時解脫練根作不動除最後解脫道若依空三摩地雜修靜慮初後心頃若依空三摩地起念住無色解脫義辯二無礙解有說惟義無礙解於如

是時未得空現在前亦修無願未得無願現在前修空者謂依無願三摩地入正性離生苦現觀四心頃道類智時若依無願離欲界乃至非想非非想處染或無願爲加行彼一切加行無間解脫道若依無願信勝解練根作見至時解脫練根作不動或無願爲加行彼一切加行無間解脫道若依無願雜修靜慮初後心頃若起無漏他心智通若依無願起念住無色解脫義辯二無礙解於如是時未得無願現在前亦修空未得無相現在前修空無願者見道中無於修道無學道中若依無相離欲界乃至無所有處染或無相爲加行彼一切加行無間解脫道及離非想非非想處染除最後解脫道若依無相信勝解練根作見至或無相爲加行彼一切加行無間解脫道及時解脫練根作不動除最後解脫道若依無相雜修靜慮初後心頃若依無相起念住無色解脫義無礙解於如是時未得無相現在前修空無願未得世俗智現在前修空無願者謂聖者以世俗道離欲界乃至無所有處染或世俗道爲加行彼一切加行無間解脫道及離非想非非想處染及信勝解練根作見至時解脫練根作不動以世俗爲加行彼加行道雜修靜慮中間心頃引發五通諸加行道五無間道二解脫道及有漏他心智通解脫道起無量世俗解脫勝處徧處不淨觀持息念世俗念住七處善三義觀世俗無礙解無諍願智邊際智空空無願無願無相無相入滅定想微細心於如是時未得世俗智現在前修空及無願有俱不修

謂已得無相現在前若未得無相現在前不修空無願若已得世俗智現在前若未得世俗智現在前不修空無願一切異生染污心無記心在無想定滅盡定生無想天已得無相現在前者如前釋未得無相現在前不修空無願者謂見道中滅現觀四心頃不修空無願如前釋已得世俗智現在前者如前釋未得世俗智現在前不修空無願者謂聖者聞思所成慧入滅定微微心一切異生者謂此中所說三三摩地惟無漏故異生皆無故無修義染污心者謂染污心是順退分性況重懈怠相應要順勝進性輕舉精進相應心方能修故無記心者謂無記心不堅不住不實羸劣如朽敗種要堅住實强盛心方能修故在無想定滅盡定者謂彼無心要有心位方能修故生無想天者有說生彼於一切時不起善心有說生彼雖起善心而非修所依雖前已遮一切異生而復遮無想定無想天者以彼是世俗所尚或疑有修故於如是時不修空及無願若修空彼無相耶設修無相彼空耶答應作四句有修空非無相謂已得空現在前若未得空現在前不修無相若未得無願現在前修空非無相已得空現在前者如前釋未得空現在前不修無相者謂依空三摩地入正性離生苦現觀四心頃未得無願現在前修空非無相者謂依無願入正性離生苦現觀四心頃有修無相非空謂已得無相現在前若未得無相現在前不修空已得無相現在前者如前釋未得無相現在前不修空者謂見道中滅現觀四心頃有俱

修謂未得空現在前修無相若未得無相現在前修空若未得無願及未得世俗智現在前修空無相未得空現在前修無相者謂依空三摩地離欲界乃至無所有處染廣如前兼修無願說未得無相現在前修空者謂依無相三摩地離欲界乃至無所有處染或無相爲加行彼一切加行無間解脫道及離非想非非想處染除最後解脫道若依無相練根作見至以無相爲加行彼加行無間解脫道及時解脫練根作不動除最後解脫道若依無相雜修靜慮初後心頃若依無相起念住無色解脫義無礙解於如是時未得無相現在前亦修空未得無願現在前修空無相者謂道類智時若依無願三摩地離欲界乃至非想非非想處染廣如前兼修空說未得世俗智現在前修空無相者謂聖者以世俗道離欲界乃至無所有處染廣如前兼修空無願說有俱不修謂已得無願現在前若未得無願現在前不修空無相若已得世俗智現在前若未得世俗智現在前不修空無相一切異生染污心無記心在無想定滅盡定生無想天已得無願現在前者如前釋未得無願現在前不修空無相者謂見道中集現觀四心頃道現觀三心頃已得世俗智現在前者如前釋未得世俗智現在前不修空無相者謂聖者聞思所成慧入滅定微微心一切異生乃至生無想天者如前釋若修無願彼無相耶設修無相彼無願耶答應作四句有修無願非無相謂已得無願現在前若未得無願及未得空現在前不修無相已得無

願現在前者如前釋未得無願現在前不修無相者謂依無願入正性離生苦現觀四心頃集現觀四心頃道現觀三心頃未得空現在前不修無相者謂依空三摩地入正性離生苦現觀四心頃有修無相非無願謂已得無相現在前若未得無相現在前不修無願已得無相現在前者如前釋未得無相現在前不修無願者謂見道中滅現觀四心頃有俱修謂未得無願現在前修無相若未得無相現在前修無願若未得空及未得世俗智現在前修無願無相此隨所應如前廣釋有俱不修謂已得空及已得世俗智現在前若未得世俗智現在前不修無願無相一切異生染污心無記心在無想定滅盡定生無想天此亦隨應如前廣釋頗有結空所斷非無願無相耶乃至廣說有二種決定一對治決定二作用決定此中依對治決定而作論非作用決定所以者何無有道理三三摩地俱時作用何況有三頗有結空所斷非無願無相耶答無以無願如是類結惟是空所對治故頗有結無願所斷非空無相耶答有謂見集見道所斷結無願斷以彼惟是無願所對治故頗有結無相所斷非空無願耶答有謂見滅所斷結無相斷以彼惟是無相所對治故頗有結空無願所斷非無相耶答有謂見苦所斷結空無願斷以彼惟是空無願所對治故頗有結空無相所斷非無願耶答無以無如是類結惟是空無相所對治非無願故頗有結無願無相所斷非空耶答無以無願如是類結惟是無願無相所對治非空故頗

有結空無願無相所斷耶答有謂學見跡修所斷結空無願無相斷即彼是聖者二界修所斷結以彼是三三摩地所對治故頗有結非空無願無相所斷而是所斷耶答有謂異生所斷結即諸異生欲界乃至無所有處見修所斷結是世俗道所對治故問彼結豈非空無願無相所對治耶答是所對治然在聖者非異生彼在異生故說非空等斷有說前依對治決定而作論今依作用決定作論異生相續中三三摩地定無作用故說彼結非空等斷問若爾者聖相續中欲界乃至無所有處修所斷結亦世俗道斷何故但說空等斷耶答前文應說彼結亦是世俗道斷而不說者有何意耶應知聖者無漏道所顯故不說世俗道異生無無漏道故依世俗道說是以前說無過

云何作意入正性離生乃至廣說問何故作此論答欲止他宗顯已義故謂或有說三三摩地隨一皆能入正性離生令遮彼意顯惟三三摩地隨一能入而非無相故作斯論或復有說惟無相三摩地能入正性離生如達摩毱多部說彼說以無相三摩地於涅槃起寂靜作意入正性離生爲遮彼執顯惟無相三摩地不能入正性離生故作斯論云何作意入正性離生答或無常或苦或空或無我由此則止三三摩地及惟無相能入正性離生者意此中無常苦作意與無願三摩地相應空無我作意與空三摩地相應問何故惟此行相入正性離生非餘耶答入正性離生者有二種一愛行二見行愛行者依無願入

見行者依空入菩薩雖是愛行而能依空入正性離生愛行者復有二種謂我慢增懈怠增我慢增者以無常行相入懈怠增者以苦行相入見行者亦有二種謂我見增我所見增我見增者以無我行相入我所見增者以空行相入是故惟作此四行相問此四行相與何位法相應有說與世第一法相應以說入正性離生故有說與苦法智忍相應問若爾何故言入答此說已入名入於近說遠聲如言大王從何處來彼於已來名來此亦如是問爾時亦有餘心所法何故但說作意耶答以惟作意能引發心心所故有說作意於入正性離生最隨順故思惟何繫行入正性離生乃至廣說問何故作此論答欲止尊者達磨怛邏多說頓思惟三界行入正性離生

又爲止說思惟涅槃入正性離生者意故作斯論問思惟何繫行入正性離生答欲界繫由此則止如前二執問何故但思惟欲界繫行入正性離生耶答欲界苦麤顯現見易觀察故有說欲界苦是彼相續現成就故有說欲界繫行具三苦故是以阿毗達磨者說觀三苦諸行入正性離生非如譬喻者惟說觀行苦諸行入正性離生此中不可意諸行名苦苦可意諸行名壞苦順捨諸行名行苦有說欲界苦於修行者現爲逼惱極所猒背故先觀彼入正性離生問涅槃亦是極所欣樂何不觀彼入正性離生耶答諸有情類猒苦心勝非欣涅槃所以者何現逼惱故不現見故如諸有情無不畏苦有不貪樂問緣何諦忍後能入正性離生有說緣道諦如是說者

縁苦諦廣説如雜蘊初納息
盡智當言於身循身觀念住耶乃至當言於
法循法觀念住耶答盡智應言或於身循身
觀念住或於受或於心或於法循法觀念住
如盡智無生智亦爾問何故作此論答爲令
疑者得決定故謂有生如是疑盡無生智非
見性故亦應非念住性今欲決定明此二智
雖非見性而是念住故作斯論復次見蘊中
分別見自性念住令定蘊中分別非見自性
念住故作斯論復次加行地中説修念住有
因此故謂無學地無有念住今欲明無學地
中有念住故而作此論復次經説盡無生智
縁生及後有爲境有因此故謂彼但縁生及
後有今欲顯彼縁一切法惟除虚空及非擇
滅故作斯論復次有執盡無生智惟總縁五
蘊今遮彼意顯盡無生智或總縁五蘊或復
別縁故爲此論盡智應言或於身循身觀念
住者謂縁色蘊或於受循受觀念住者謂縁
受蘊或於心循心觀念住者謂縁識蘊或於
法循法觀念住者謂縁想蘊行蘊及擇滅此
説不雜縁法念住若雜縁法念住則於五蘊
或二二縁或三三縁或四四縁或五總縁二
二縁者謂色受縁色想縁色行縁色識縁受
想縁受行縁受識縁想行縁想識縁行識縁
三三縁者謂色受想縁色受行縁色受識縁
色想識縁色行識縁受想行縁受想識縁受
行識縁想行識縁四四縁者謂色受想行縁
色受想識縁色受行識縁色想行識縁受想
行識縁或五總縁者謂色受想行識一切總
縁其擇滅無爲苦有漏法念住亦與色等餘

法合緣此中所説是無漏故惟不雜緣諸無漏初靜慮樂諸輕安等覺支樂此何差别答無差别諸無漏第二靜慮樂諸輕安等覺支樂此何差别答無差别問何故作此論答爲止説初二靜慮有無漏樂根者意顯彼二地無無漏樂根故作斯論若有者不應答言此無差别所以者何輕安等覺支樂大善地法中輕安爲自性無漏樂根大地法中受爲自性故又輕安等覺支樂行蘊攝無漏樂根受蘊攝如是二樂便有差别而説無差别故知彼二地無漏樂者即輕安樂是故無漏樂根非彼地所有若從等持出彼所緣耶乃至廣説出有五種一地二行相三所緣四異類心五刹那此中但依二出作論謂地所緣若從等持出彼所緣耶設從所緣出彼等持耶答應作四句有從等持出非所緣謂如有一思惟此相入初靜慮彼復思惟此相入第二靜慮此中所緣以相聲説如緣色蘊初靜慮等無間緣色蘊第二靜慮現在前緣餘蘊亦爾是名從等持出非所緣問第二靜慮亦是等持何故言出答以地别故是故前説依二出作論謂地所緣有從所緣出非等持謂如有一思惟此相入初靜慮彼不出初靜慮復思惟餘相如緣色蘊初靜慮等無間緣受蘊初靜慮現在前緣餘蘊亦爾是名從所緣出非等持有從等持出亦所緣謂如有一思惟此相入初靜慮彼思惟餘相入第二靜慮如緣色蘊初靜慮等無間緣受蘊第二靜慮現在前緣餘蘊亦爾是名從等持出亦所緣有非從等持出亦非所緣謂如有一思惟此相入

初靜慮住經多時如緣色蘊初靜慮流注相續多時現前緣餘蘊亦爾如蘊非蘊亦爾如初靜慮乃至無所有處亦爾復有別義若從等持出彼行相耶答應作四句有從等持出非行相謂如有一以此行相入初靜慮彼復以此行相入第二靜慮如無常行相初靜慮等無間無常行相第二靜慮現在前餘行相亦爾有從行相出非等持謂如有一以此行相入初靜慮彼不出初靜慮復作餘行相如無常行相初靜慮等無間苦行相初靜慮現在前餘行相亦爾有從等持出亦行相謂如有一以此行相入初靜慮以餘行相入第二靜慮如無常行相初靜慮等無間苦行相第二靜慮現在前餘行相亦爾有非從等持出亦非行相謂如有一以此行相入初靜慮住經多時如無常行相初靜慮流注相續多時現前餘行相亦爾如初靜慮乃至無所有處亦爾復有別義若從行相出彼所緣耶答應作四句有從行相出非所緣謂如有一以此行相思惟此相彼不捨此相復作餘行相如緣色蘊無常行相等無間緣色蘊苦行相現在前緣餘蘊餘行相亦爾有從所緣出非行相謂如有一以此行相思惟此相即以此行相復思惟餘相如緣色蘊無常行相等無間緣受蘊無常行相現在前緣餘蘊餘行相亦爾有從行相出亦所緣謂如有一以此行相思惟此相復以餘行相思惟餘相如緣色蘊無常行相等無間緣受蘊苦行相現在前緣餘蘊餘行相亦爾有非從行相出亦非所緣謂如有一以此行相思惟此相住經多時如

緣色蘊無常行相流注相續多時現前緣餘蘊餘行相亦爾如蘊非蘊亦爾如說苾芻乃至想定能達聖旨世尊弟子生非想非非想處彼依何定得阿羅漢果答無所有處問何故作此論答欲令疑者得決定故如契經說有七依定我說依彼能盡諸漏謂初靜慮乃至無所有處又契經說苾芻乃至想定能達聖旨想定者謂四靜慮三無色能達聖旨者謂能起智斷煩惱修道盡漏或有生如是疑非想非非想處既無聖道若世尊弟子生彼處者依何能盡諸漏將無彼類不由聖道得阿羅漢耶爲令此疑得決定故說彼依無所有處得阿羅漢果復次爲止分別論者說有齊頂阿羅漢故彼說世尊弟子生非想非非想處於命終時煩惱業障三事俱盡不由聖道得阿羅漢果爲止彼意顯盡非俱必由聖道故作斯論問何故但說依無所有處非餘地耶答此於有頂最隣近故問生下諸地亦有隣近下地無漏何故不說依之盡漏而但說生有頂者耶答下諸地中有自地或上地聖道易可現前非於下地所以者何下地繫善皆已捨故聖道難起由此無有起現前者生有頂不爾自地無聖道又無上地可依不可不由聖道而能盡漏是故下地雖難而起然彼聖道由因力強非加行力暫起現前斷餘煩惱得阿羅漢果已設更住壽經八萬劫終不重起以無用故如說尊者大目揵連言具壽我自憶住無所有處定聞曼陀枳尼池邊有衆多龍象哮吼等聲彼尊者爲在定聞爲起定耶答起定聞非在定問何故作此論

答爲令疑者得決定故如毗柰耶說尊者大目揵連告諸苾芻言具壽我自憶在鷲峯山住無所有處定聞曼陀枳尼池邊有衆多龍象哮吼等聲時諸苾芻共相謂言今此大目揵連自稱得過人法必無是事應共壞之所以者何住初靜慮者尚不聞聲何況住無所有處定便以此事白佛佛時告曰汝等不應壞大目揵連所以者何大目揵連如想而說故毗柰耶雖作是說而不分別由此或有疑彼尊者在定聞聲欲令此疑得決定故顯彼尊者起定聞聲故作斯論問諸餘聲聞亦知在定不聞聲故尚無此說況大目揵連是最勝聲聞何故乃於苾芻衆中說不應說有說此不必須通所以者何此是僞毗柰耶故謂佛滅後有於素怛纜中置僞素怛纜毗柰耶中置僞毗柰耶阿毗達磨中置僞阿毗達磨諸僞文句不應通釋有說定海甚深聲聞如兔不得其底惟佛能盡故彼尊者雖作是說亦無有過問彼尊者豈不知在定不聞聲耶何故作如是說答彼尊者於定自在入出迅疾雖起定聞作住定想謂彼先從欲界善心入初靜慮從初靜慮入第二靜慮如是乃至入無所有處從無所有處起還入識處如是乃至入初靜慮從此欲界善心現前聞龍象等聲不起分別復還從欲界善心入初靜慮從初靜慮入第二靜慮如是乃至入無所有處從無所有處起還入識處如是乃至入初靜慮從此欲界善心現前不審分別便作是語我自憶住無所有處定聞曼陀枳尼池邊龍象等聲彼但於二心起分別知謂初入定

心及後出定心於其中間諸心相續不審分別故作是說亦無有過

阿毘達磨大毘婆沙論卷第一百八十五一說切有部發智

音釋

羸力追切弱也　毱居六切皮毛之丸也

阿毗達磨大毗婆沙論卷第一百八十六

五百大阿羅漢等造

唐三藏法師玄奘奉詔譯

定蘊第七中一行納息第五之四

諸不定彼一切非聰慧無明趣耶乃至廣説問何故作此論答爲欲分別契經義故如契經説諸有情類有定有不定有聰慧明趣有非聰慧無明趣雖作是説而不分別相攝差別彼經是此論所依根本彼所不説者今盡應説故作斯論問諸不定彼一切非聰慧無明趣耶答諸不定彼一切非聰慧無明趣有非聰慧無明趣而非不定謂邪定問諸定彼一切聰慧明趣耶答諸聰慧明趣彼一切定有定彼非聰慧明趣謂邪定此中非聰慧者謂愚夫異生無聖慧故聰慧者謂諸聖者有聖慧故云何知然契經説故如契經説佛告苾芻於汝意云何諸有於苦聖諦如實知於苦集聖諦苦滅聖諦趣苦滅行聖諦如實知或有於此不如實知此中説何是聰慧者苾芻白佛如我解佛所説義者諸有於苦聖諦乃至於趣苦滅行聖諦如實知名聰慧者非不如實知由此故知聖是聰慧異生非聰慧聰慧者是明趣明所依故非聰慧者是無明趣無明所依故諸不定彼一切非聰慧無明趣者謂諸不定必是異生一切異生皆非聰慧無明趣攝有非聰慧無明趣而非不定謂邪定者謂諸邪定亦必異生彼於邪性定故不名不定諸聰慧明趣彼一切定者謂諸聖者於正性定故説名爲定諸不定彼一切不成就等覺支耶答諸不定彼一切不成就等

覺支有不成就等覺支而非不定謂邪定是異生故邪性定故諸定彼一切成就等覺支耶答諸成就等覺彼一切定有定而不成就等覺支謂邪定如前釋有三聚一邪性定聚二正性定聚三不定聚邪性定聚謂成就五無間業正性定聚謂成就學無學法不定聚謂惟成就餘有漏法及無爲是名三聚自性界者邪性定聚一界少分謂欲界正性定聚三界少分不定聚亦爾趣者邪性定聚一趣少分謂人正性定聚二趣少分謂人天不定聚三趣全謂地獄傍生餓鬼二趣少分謂人天生者邪性定聚一生少分謂胎生正性定聚二生少分謂胎生化生不定聚二生全謂卵生濕生二生少分謂餘二生有説邪性定聚三生少分除化生正性定聚四生少分不定聚亦爾處者有説邪性定聚三處少分正性定聚五處全二十四處少分不定聚五處全二十四處少分如是説者諸行有四十處不定聚十一處全二十四處少分譬喻者説從無間地獄乃至有頂皆有三聚彼説般涅槃法名正性定聚不般涅槃法名邪性定聚不決定者名不定聚評曰如前説者好此依集異門説若依施設論説邪性定聚謂五無間業若彼因彼果彼等流彼異熟及成就彼法補特伽羅正性定聚謂學無學法若彼因彼果彼等流及成就彼法補特伽羅不定聚謂諸餘法若彼因彼果彼等流彼異熟及成就彼法補特伽羅是名三聚自性界者如前説趣者邪性定聚二趣少分謂地獄及人正性定聚亦二趣少分謂人天不定聚二趣全

謂傍生餓鬼三趣少分謂地獄人天生者邪性定聚二生少分謂胎生化生正性定聚四生少分不定聚亦爾處所分別如應當知毗柰耶說世尊於菩提樹下建立一切有情爲三聚謂齊爾許名邪定聚齊爾許名正定聚齊爾許名不定聚問爲依有情分齊建立爲依法分齊耶若依有情者云何非是得有情海邊際耶若依法者聲聞亦能如是建立佛與聲聞有何不共有說依有情建立問若爾云何非是得有情海邊際耶答佛得有情海邊際亦無有過然總相得非別相謂一切有情不出四生如是而得有說依法建立問若爾聲聞亦能如是建立佛與聲聞有何不共答聲聞因從佛聞佛無師自能建立是爲不共有說若三千世界及千歲以來依有情建立若餘世界及餘時依法建立問若佛於菩提樹下已建立有情爲三聚者何故復言晝夜六時以佛眼觀世間耶答先雖建立三聚而未觀分位差別誰於何時從邪定聚入不定聚誰於何時從不定聚入邪定聚或正定聚欲知此故復以佛眼晝夜觀察有說欲顯佛於一切時分恒樂思惟利他事故有說欲顯世尊大悲熏心無懈倦故尊者世友說曰有諸有情數數從餘世界來生此土由先未建立故今以佛眼觀之重爲建立尊者覺天說曰佛以法爲師欲恭敬承事法故晝夜六時以佛眼觀察世間尊者妙音說曰佛欲顯已所作審諦故雖建立而復觀察諸成就等覺支彼成就無漏法耶答諸成就等覺支彼成就無漏法以等覺支是無漏故有成就無

漏法非等覺支謂諸異生以諸異生皆成就非擇滅隨離何品染亦成就擇滅故諸不成就等覺支彼不成就無漏法耶答無不成就無漏法以必成就非擇滅故有不成就等覺支謂諸異生以諸異生必不成就有爲無漏法故諸得等覺支彼得無漏法耶答諸得等覺支彼得無漏法有得無漏法非等覺支謂諸異生問等覺支言得是事可爾入正性離生時未曾得而得故無漏法云何言得無有本來不成就非擇滅故有說此文但應言得等覺支不應言得無漏法有說此中無漏法有二品一覺支二擇滅入正性離生時得覺支隨離何品染時得擇滅異生於八地見修所斷隨離何品皆得擇滅故作是說有說此中無漏法有三品一覺支二擇滅三非擇滅入正性離生時得覺支隨離何品染時得擇滅隨於何時得非擇滅問豈不異生本皆成就非擇滅耶何故言得答雖本成就而依勝進位中亦可言得如或以施或以戒或以聞或以思或以不淨觀持息念念住或以煖頂忍世第一法等故令惡趣等法得非擇滅復次若以種類言之不應言得若以事差別言之亦可言得剎那剎那隨彼彼事各別得故諸捨等覺支彼捨無漏法耶答無全捨等覺支亦無全捨無漏法必無聖者還爲異生故亦無有情不成就非擇滅故然非不有隨分捨義故言無全捨諸退等覺支彼退無漏法耶答無全退等覺支亦無全退無漏法義如前釋復次爲止摩訶僧祇部說預流果有退及止譬喻者不許有非擇滅法故作是說無

全捨全退等覺支及無漏法

諸未斷彼未徧知耶乃至廣說此中依二種徧知作論一智徧知二斷徧知於智徧知中有說惟無漏智有說通有漏無漏智諸說惟無漏智者彼說苦現觀時於五所斷法由智徧知故名徧知於見苦所斷法由斷徧知故名斷集現觀時亦爾差别者說自諦滅現觀時於滅諦由智徧知故名徧知於見滅所斷法由斷徧知故名斷道現觀時亦爾差别者說自諦修道中隨起何智於隨何所緣法由智徧知故名徧知於隨何所斷法由斷徧知故名斷是謂此處略毗婆沙諸未斷彼未徧知耶答諸未徧知彼未斷要由智知乃能斷故有未斷非未徧知謂苦智徧知故已徧知非斷徧知故已斷此謂苦智已生集智未生於四所斷法由智徧知故已徧知非斷徧知故已斷集智已生滅智未生於三所斷法滅智已生道智未生於二所斷法道智已生未離欲界染於一所斷法由智徧知故已徧知離修所斷染於一所斷法由智徧知故已徧知非斷徧知故已斷即彼已離欲界染未離上染於色無色界修所斷法已離色染未離上染於無色界修所斷法由智徧知故已徧知非斷徧知故已斷諸已斷彼已徧知耶答諸已斷彼已徧知謂苦智已生集智未生於二所斷法由智徧知故已徧知斷徧知故已斷集智已生滅智未生於二所斷法滅智已生道智未生於三所斷法道智已生未離修所斷染於四所斷法由智徧知故已徧知斷徧知故已斷即彼已離欲界染未離上染於三界見所斷及欲界修所斷法已離色界染

未離上染於三界見所斷及欲色界修所斷法盡智已生於三界見修所斷法由智徧知故已徧知斷徧知故已斷有已徧知非已斷謂若智徧知故已徧知非斷徧知故已斷此謂苦智已生集智未生於四所斷法等廣說如上諸說智徧知通有漏無漏智者彼說順決擇分善根位於五所斷法由智徧知故名徧知非斷徧知故名斷見道修道位如前說問豈不念住位中於一切法已名徧知耶答雖亦名徧知而非勝進此中說勝進者若行相與聖道同者名勝進有說若聞所成思所成修所成慧若煖頂忍世第一法於有漏事徧知自相共相故皆名智徧知是謂此處略毗婆沙諸未斷彼未徧知耶答諸未徧知彼未斷以先於彼得智徧知後方於彼斷徧知故有未斷非未徧知謂若智徧知故已徧知非斷徧知故已斷此謂順決擇分善根已生見道未生於五所斷法由智徧知故已徧知非斷徧知故已斷餘廣說如上諸已斷彼已徧知耶答諸已斷彼已徧知此如前釋有已徧知非已斷謂若智徧知故已徧知非斷徧知故已斷此謂順決擇分善根已生等廣說如上異生雖有斷而非斷徧知是故不說以非智徧知所證故智徧知者惟聖行相故

諸有此生眼不見色彼依何法引發天眼耶乃至廣說問何故作此論答欲令疑者得決定故如施設論說死生智證通云何加行云何引發死生智證通謂初修業者於世俗三摩地已善修習善得自在令起現前爲欲引發天眼通故先取淨鏡面相或日月輪星宮

藥草燈燭末尼諸光明相或大火聚燒諸城邑多踰繕那餤洞然相取是相已由假想作意力於不見位能起光明勝解相續引發天眼有時即於常眼處所有色界大種所造淨天眼起能見衆色若好若惡乃至廣說或有生如是疑諸有此生眼不見色彼便不能引發天眼耶爲令此疑得決定故顯雖此生眼不見色而彼亦能引發天眼故作斯論又施設論說天耳智證通云何加行云何引發天耳智證通謂初修業者於世俗三摩地已善修習善得自在令起現前爲欲引發天耳通故先取象馬車聲或鍾鼓螺貝簫笛歌詠讚誦等聲或四大聚互相扣擊所發音聲善取如是諸聲相已由假想作意力於離聞時能起諸聲勝解相續引發天耳有時即於常耳處所有色界大種所造淨天耳起能聞衆聲或人非人乃至廣說由此復有生如是疑諸有此生耳不聞聲彼應不能引發天耳欲令此疑得決定故顯雖此生耳不聞聲而彼亦能引發天耳故作斯論諸有此生眼不見色彼依何法引發天眼耶答如有一得自性生念先餘生中眼曾見色彼依此故引發天眼諸有此生耳不聞聲彼依何法引發天耳耶答如有一得自性生念先餘生中耳曾聞聲彼依此故引發天耳問諸有獲得宿住隨念智者亦能引發天眼天耳此中何故不說答應說而不說者當知此義有餘有說若於生盲者天眼生聾者天耳俱能引發者此中說之宿住隨念智惟能引發彼類天眼非天耳所以者何諸生聾者無宿住隨念智故要由

在他教此智生故是以不說問何故天眼惟在四根本靜慮非近分地耶答非其田非其器乃至廣說復次若地有通所依三摩地則有天眼近分地無通所依三摩地故無天眼復次若地有支所攝三摩地則有天眼近分地不爾有說若地有樂通行道則有天眼近分地不爾如是天眼或說惟一謂一天眼或說二謂曾得未曾得或說三謂輭中上或說四謂四靜慮果或說六謂輭中上各有曾得未曾得或說八謂四靜慮果各有曾得未曾得或說九謂輭輭乃至上上或說十二謂四靜慮果各有輭中上或說十八謂輭輭乃至上上各有曾得未曾得或說二十四謂四靜慮各有前六或說三十二謂十六生得及十六修得有說四靜慮果各有輭中上爲十二復各有五品雜修靜慮果爲二十是謂三十二或說三十六謂四靜慮果各有軟軟乃至上上或說七十二謂四靜慮各有前十八若以相續及刹那則有無量今但總說一天眼如天眼天耳亦爾問何故有不同分天眼耳現在前而無不同分天鼻舌身現在前耶答眼耳二根取不至境欲遠見遠聞故起不同分天眼耳現前鼻舌身根惟取至境於不同分無别用故不起現前有說若起不同分鼻舌二根現在前者則世所嗤誚云何此人重鼻兩舌若有不同分身根現在前者世亦嗤誚云何此人如雙生者有兩身耶是故鼻等無不同分又天眼左右勝劣品類必同謂非左劣右勝等又現前時必皆具足無瞎無闕亦無眩亂及彼同分餘如根蘊觸納息中廣說

問何故異生退時見修所斷結增益世尊弟子退時惟修所斷結增益耶答異生用此道斷見所斷結即用此道斷修所斷結故彼退時二結俱增益世尊弟子用此道斷見所斷結彼於此道定不退用餘道斷修所斷結彼於餘道有退有不退世尊弟子設用此道斷見所斷結即用此道斷修所斷結者彼亦無退何故作此論答爲止撥無退性者意顯實有退故作斯論此中諸得以增益名說積集生故有處說得名爲近生近彼法生故如施設論說異生欲貪隨眠起時有五法起一者欲貪隨眠二者欲貪隨眠近生三者無明隨眠四者無明隨眠近生五者掉舉此中異生用此道斷見所斷結即用此道斷修所斷結者謂用九品道俱時斷見修所斷結故彼退時二結得俱起世尊弟子用此道斷見所斷結者謂用一品道斷見所斷結彼於此道定不退用餘道斷修所斷結者謂用九品道斷修所斷結彼於餘道有退有不退世尊弟子設用此道斷見所斷結即用此道斷修所斷結者彼亦無退者謂設用一品道俱時斷見修所斷結者彼亦無退以世尊弟子見所斷結必不退故不可俱斷而別退故又佛弟子先異生時用九品道俱斷見修所斷結令亦不退二道所鎮故復次異生用修道俱時斷見修所斷結故彼退時二結得俱起世尊弟子用見道斷見所斷結彼於此道定不退用修道斷修所斷結彼於此道有退有不退餘准前說復次異生用智俱時斷見修所斷結故彼退時二結得俱起世尊弟子用忍斷見

所斷結彼於此道定不退用智斷修所斷結彼於此道有退有不退餘准前說復次異生不觀諦俱時斷見修所斷結故彼退時二結得俱起世尊弟子觀諦斷見所斷結彼於此道定不退或觀諦或不觀諦斷修所斷結彼於此道有退有不退餘准前說復次異生用起不起道俱時斷見修所斷結故彼退時二結得俱起世尊弟子用不起道斷見所斷結彼於此道定不退用起不起道斷修所斷結彼於此道有退有不退餘准前說復次異生用不猛利道俱時斷見修所斷結故彼退時二結得俱起世尊弟子用猛利道斷見所斷結彼於此道定不退用不猛利道斷修所斷結彼於此道有退有不退餘准前說有說異生用有漏道俱時斷見修所斷結故彼退時二結得俱起世尊弟子用無漏道斷見所斷結彼於此道定不退用有漏無漏道斷修所斷結彼於此道有退有不退然彼說用無漏道斷者決定不退問若爾應無退阿羅漢果者以有頂結惟無漏道斷故答若阿羅漢先以有漏道斷下八地修所斷結者彼容有退以根本不堅牢故若先以無漏道斷下八地修所斷結者彼必不退以根本堅牢故問何故無有退見道者耶答以根本堅牢故云何根本謂求解脫者所有若施若戒若修若營佛法僧事若給侍老病若讀誦聖言爲他演說如理作意若修不淨觀持息念念住三義觀七處善煖頂忍世第一法如是皆名見道根本有說見道猛利捷疾能以一品道斷九品結是故不退有說見道惟一刹那忍智現

前是故不退有說若見道有退即所修梵行不可保信以退見道爲異生故問所說聖者用餘道斷修所斷結彼於餘道有退有不退者誰退誰不退耶答時解脫退不動法不退復次鈍根者退利根者不退復次内因力斷者不退外緣力斷者退有說不淨觀爲加行斷者退持息念爲加行斷者不退有說若以世俗道斷下八地修所斷結者有退若以出世道斷下八地結後得阿羅漢果者不退譬如臺觀基危可傾牢則不爾問何故上三果有退非預流果耶答修所斷結依有事起謂有淨相有不淨相彼由非理作意觀淨相時便於不淨想退見所斷結依無事起無有一法是我我所可令彼觀於無我見退問何故作此論答欲止摩訶僧祇部說預流果有退顯預流果決定無退故作斯論修所斷結依有事起者謂所執取髮毛爪等非無世間少分淨相若非理作意思惟此時便於所修不淨想退起先所斷修所斷結見所斷結依無事起者謂所執取我我所相畢竟無有故契經說法無作用亦無有情命者養者補特伽羅作者受者惟集諸行中無有我如以空拳誑諸童稚智者了達如見舒指是故見無我已必無有退故無退失預流果者退上三果時諸所得無漏根力覺支道支乃至廣說問何故作此論答爲止尊者設摩達多說退阿羅漢果時惟得未來先所捨覺法不得過去所以者何以彼畢竟不現前故今欲顯退阿羅漢果時得過去未來先所捨學法過去雖不可現前而可成就由此因緣故作斯論退

上三果時諸所得無漏根力覺支道支當言曾得得未曾得得耶答當言曾得得謂先得果時捨今退時還得故諸未曾得聖道惟勝進時得故無色界歿生欲界時諸所得蘊界處乃至廣說問何故復作此論答亦為遮止設摩達多說無色界歿生欲界時惟得先所捨未來法不得過去所以者何以彼畢竟不現前故今欲顯無色界歿生欲界時得過去未來先所捨法故作斯論若不爾者從無色界歿生欲界初結生時但應成就二世生死然無有情但成就二世生死者決定成就三世有漏法故無色界歿生欲界時諸所得蘊界處善不善無記根結縛隨眠隨煩惱纏當言曾得得未曾得得耶答應言善染汙法曾得得異熟法未曾得得善染汙法曾得得者善謂生得善四蘊有說亦得慣習聞思所成四蘊此諸善法先由越界地故捨今界地來還故得染汙謂不善有覆無記四蘊此染汙法先由離染故捨今界地來還故得問威儀路工巧處四蘊慣習者亦應得何故不說答應說而不說者當知此義有餘有說無覆無記法中多分不得謂異熟生通果全及餘少分故雖少得而亦不說有餘師說串習者亦不得以羸劣故異熟法未曾得得者謂無始來未曾得惟現在成就故問長養諸蘊亦未曾得得何故不說耶答應說而不說者當知此義有餘復次若說異熟應知亦已說長養以長養防護異熟如人重人如牆重牆必相隨故爾時亦有等流法未曾得得如異生性等以少故不說無

色界歿生色界時諸所得蘊界處善無記根結縛隨眠隨煩惱纏當言曾得得未曾得得耶答應言善染汙法曾得得異熟法未曾得得善染汙法曾得得者善謂生得善四蘊加行善五蘊此諸善法先由越界地故捨今界地來還故得染汙謂有覆無記四蘊此染汙法先由離染故捨今界地來還故得無覆無記染中通果四蘊亦曾得得以少故不說長養及等流如前釋色界歿生欲界時諸所得蘊界處等如無色界歿生欲界說此中解釋亦如前應知依初靜慮引發神境通道時彼極遠至何處耶答乃至梵世依初靜慮引發天耳通道時彼極遠聞何繫聲耶答乃至梵世依初靜慮引發他心通道時彼極遠知何繫心心所法耶答乃至梵世依初靜慮引發宿住隨念通道時彼極遠憶何繫宿住事耶答乃至梵世依初靜慮引發天眼通道時彼極遠見何繫色耶答乃至梵世如依初靜慮乃至依第四靜慮各隨自處廣說亦爾問何故作此論答欲令疑者得決定故如素怛纜毗柰耶說具神通自在身乃至梵世轉或有生如是疑神通自在但至梵世非至上地欲令此疑得決定故說乃至依第四靜慮所起神通乃至廣果或色究竟身自在轉故作斯論問若爾素怛纜毗柰耶說當云何通答若處有自地身表者世尊說之第二靜慮以上無自地身表是以不說有說彼中佛說最初所得上地非初所得有說梵世言攝四靜慮以皆有支所攝受清淨三摩地故問乃至初靜慮有語表故依初靜慮發天耳聞彼聲上

地既無語表依第二靜慮等引發天耳聞何等聲耶答如生初靜慮者依初靜慮語表業等起心發語如是生上三靜慮者亦依初靜慮語表業等起心發語即是彼地天耳所聞有說上地雖無語表聲而有餘聲是彼所聞故無有失問若生欲界依初靜慮發天耳通能聞上三靜慮諸天語表聲不有說不聞以處遠故或微細故有說若極作意者亦能聞以是同地法故問隨依何靜慮發神境通能至何處答依初靜慮發者能至梵世乃至依第四靜慮發者能至廣果或色究竟聲聞不作意傍極小千世界作意極中千世界獨覺不作意極中千世界作意極大千世界佛不作意極大千世界作意能極無邊世界如神境通四通亦爾廣釋六通如大種蘊

若於苦思惟苦得阿羅漢果彼思惟何繫苦答無色界繫苦此隨界總說若隨地者應言非想非非想處繫苦即苦類智若於集思惟集得阿羅漢果彼思惟何繫集答無色界繫集此亦隨界總說若隨地者應言非想非非想處繫集即集類智若於滅思惟滅得阿羅漢果彼思惟何繫諸行滅答或欲界繫或色無色界繫諸行滅即滅法智滅類智若於道思惟道得阿羅漢果彼思惟何繫諸行能斷道答或欲界或色無色界繫諸行能斷道即道法智道類智如是六智各四行相作無間道斷非想非非想處下下品煩惱與金剛喻三摩地俱此能證得阿羅漢果金剛喻三摩地廣說如雜蘊第三納息離色無色修所斷染皆用六智為無間道謂四類智滅道法智

此說無漏道若有漏道惟世俗智彼不徧故非此所說依初靜慮起苦類智無間道時有惟緣自地苦有惟緣第二靜慮苦乃至有惟緣非想非非想處苦無合緣二乃至緣八麤細異故地別斷故如苦類智集類智亦爾起滅類智無間道時有惟緣自地諸行滅有惟緣第二靜慮諸行滅乃至有惟緣非想非非想處諸行滅有合緣二乃至緣八等微妙故皆違染故起道類智無間道時皆緣九地類智品道互相因故種類等故起滅法智無間道時惟緣欲界諸行滅起道法智無間道時皆緣六地法智品道如依初靜慮乃至依無所有處亦爾差別者依三無色無二法智不緣下滅此中一切地不緣下苦集已離下染起無用故依初靜慮起無間道離初靜慮染時苦集類智惟緣初靜慮苦集滅類智有惟緣初靜慮諸行滅有緣初第二靜慮諸行滅有緣初第二第三靜慮諸行滅有緣初第二第三第四靜慮諸行滅有緣初靜慮乃至空無邊處諸行滅有緣初靜慮乃至識無邊處諸行滅有緣初靜慮乃至無所有處諸行滅有緣初靜慮乃至非想非非想處諸行滅道類智總緣九地類智品道滅法智惟緣欲界諸行滅道法智總緣六地法智品道依初靜慮起無間道離第二靜慮染時苦集類智惟緣第二靜慮苦集滅類智有惟緣初靜慮諸行滅有惟緣第二靜慮諸行滅有緣初第二靜慮諸行滅有緣第二第三靜慮諸行滅有緣初第二第三靜慮諸行滅有緣第二第三第四靜慮諸行滅有緣初第二第三第四靜

慮諸行滅有緣第二靜慮乃至空無邊處諸行滅有緣初靜慮乃至空無邊處諸行滅有緣第二靜慮乃至識無邊處諸行滅有緣初靜慮乃至識無邊處諸行滅有緣第二靜慮乃至無所有處諸行滅有緣初靜慮乃至無所有處諸行滅有緣第二靜慮乃至非想非非想處諸行滅有緣初靜慮乃至非想非非想處諸行滅道類智滅道法智如前說依初靜慮起無間道離第二靜慮染時苦集類智惟緣第三靜慮苦集滅類智有惟緣初靜慮諸行滅有惟緣第二靜慮諸行滅有惟緣第三靜慮諸行滅有緣初第二靜慮諸行滅有緣第二第三靜慮諸行滅有緣第三第四靜慮諸行滅有緣初第二第三靜慮諸行滅有緣第二第三第四靜慮諸行滅有緣第三第四靜慮空無邊處諸行滅有緣初第二第三第四靜慮諸行滅有緣第二靜慮乃至空無邊處諸行滅有緣第三靜慮乃至識無邊處諸行滅有緣初靜慮乃至空無邊處諸行滅有緣第二靜慮乃至識無邊處諸行滅有緣第三靜慮乃至無所有處諸行滅有緣初靜慮乃至識無邊處諸行滅有緣第二靜慮乃至無所有處諸行滅有緣第三靜慮乃至非想非非想處諸行滅有緣初靜慮乃至無所有處諸行滅有緣第二靜慮乃至非想非非想處諸行滅有緣初靜慮乃至非想非非想處諸行滅道類智滅道法智如前說依初靜慮起無間道離第四靜慮染時苦集類智惟緣第四靜慮苦集滅類智有惟緣初靜慮諸行滅乃至有惟緣第四靜慮諸行滅有緣初

第二靜慮諸行滅有緣第二第三靜慮諸行滅有緣第三第四靜慮諸行滅有緣第四靜慮空無邊處諸行滅有緣初第二第三靜慮諸行滅有緣第二第三第四靜慮諸行滅有緣第三第四靜慮空無邊處諸行滅有緣第四靜慮空識無邊處諸行滅有緣初乃至第四靜慮諸行滅有緣第二靜慮乃至空無邊處諸行滅有緣第三靜慮乃至識無邊處諸行滅有緣第四靜慮乃至無所有處諸行滅五六七八地合緣如前說道類智滅道法智亦如前說依初靜慮起無間道離空無邊處染時苦集類智惟緣空無邊處苦集滅類智有惟緣初靜慮諸行滅乃至有惟緣空無邊處諸行滅有緣初第二靜慮諸行滅有緣第二第三靜慮諸行滅有緣第三第四靜慮諸行滅有緣第四靜慮空無邊處諸行滅有緣空識無邊處諸行滅有緣初第二第三靜慮諸行滅有緣第二第三第四靜慮諸行滅有緣第三第四靜慮空無邊處諸行滅有緣第四靜慮空識無邊處諸行滅有緣空識無邊處無所有處諸行滅四五六七八地合緣如前說道類智滅道法智亦如前說依初靜慮起無間道離識無邊處染時苦集類智惟緣識無邊處苦集滅類智有惟緣初靜慮諸行滅乃至有惟緣識無邊處諸行滅有緣初第二靜慮諸行滅有緣第二第三靜慮諸行滅有緣第三第四靜慮諸行滅有緣第四靜慮空無邊處諸行滅有緣空識無邊處諸行滅有緣識無邊處無所有處諸行滅有緣初第二第三靜慮諸行滅有緣第二第三第四靜

慮諸行滅有緣第三第四靜慮空無邊處諸行滅有緣第四靜慮空識無邊處諸行滅有緣空識無邊處無所有處諸行滅有緣識無邊處無所有處非想非非想處諸行滅四五六七八地合緣如前說道類智滅道法智亦如前說依初靜慮起無間道離無所有處染時苦集類智有緣無所有處苦集滅類智有惟緣初靜慮諸行滅乃至有惟緣無所有處諸行滅有緣初第二靜慮諸行滅有緣第二第三靜慮諸行滅有緣第三第四靜慮諸行滅有緣第四靜慮空無邊處諸行滅有緣空識無邊處諸行滅有緣識無邊處無所有處諸行滅有緣無所有處非想非非想處諸行滅三四五六七八地合緣如前說道類智滅道法智亦如前說依初靜慮起無間道離非想非非想處染時苦集類智惟緣非想非非想處苦集滅類智有惟緣初靜慮諸行滅乃至有惟緣非想非非想處諸行滅二三四五六七八地合緣如前說道類智滅道法智亦如前說如是依第二靜慮起無間道離第二靜慮乃至非想非非想處染乃至依無所有處起無間道離無所有處及非想非非想處染如其所應皆當廣說有差別者三無色地除二法智及不能緣下地滅如是即說生欲界者若生色無色界一切法智皆不現起生彼上地不緣下滅如無間道解脫道亦爾惟除離非想非非想處下下品染解脫道惟容得有苦集類智

阿毘達磨大毘婆沙論卷第一百八十六 一說切有部發智

音釋

踰繕那 梵語也此云限量繕時戰切

螺貝 螺盧戈切蚌屬貝海介蟲也

輭 而兖切

嗤誚 嗤赤脂切笑也誚才笑切譏也

眩 黄絹切目無常主也

慣 古患切習也

素怛纜 梵語也此云契經怛當割切纜音覽

阿毗達磨大毗婆沙論卷第一百八十七

五百大阿羅漢等造

唐三藏法師玄奘奉　詔譯

見蘊第八中念住納息第一之一

有四念住謂身受心法念住如是等章及解章義既領會已應廣分別問何故作此論答爲欲解釋契經義故如契經說有四念住謂身念住乃至法念住雖作是說而不分別若修身念住彼受耶乃至廣說彼經是此論所依根本彼所不分別者今盡應說故作斯論然佛說有三種念住一自性念住二相雜念住三所緣念住於何處說自性念住耶答如契經說有一趣道能令有情清淨超滅憂苦謂四念住何等爲四謂於身循身觀念住乃至於法循法觀念住復何處說相雜念住耶答如契經說若有說善法聚者即四念住是爲正說所以者何淳具圓滿善法聚者惟四念住何等爲四謂於身循身觀乃至廣說復何處說所緣念住耶答如契經說若有說一切法即四念住是爲正說所以者何具足攝受一切法者惟四念住何等爲四謂於身循身觀念住乃至廣說此中三經標句如其次第別說自性相雜所緣念住釋句皆說自性念住以循觀言俱自慧故問何故世尊於標句中或說自性念住或說相雜念住或說所緣念住於釋句中惟說自性念住耶答欲令勝義念住無失壞故念住有二種一勝義二世俗自性念住是勝義餘是世俗勝義念住於一切時不可失壞故佛於釋句中皆說自性有說由自性念住力故相雜所緣說名念

住有說欲顯三種念住俱以慧爲自性故謂一慧性由俱有法相雜助伴能有所作即名相雜念住由所緣力能徧隨觀即名所緣念住由佛於契經中說此三種念住故阿毗達磨者亦於處處依三種念住而作論云何知然如說云何身念住謂緣身慧乃至云何法念住謂緣法慧是謂說自性念住處此即契經所說有一趣道乃至廣說如說云何身念住謂身增上道所生有漏無漏善乃至云何法念住謂法增上道所生有漏無漏善是謂說相雜念住處此即契經所說善法聚者即四念住乃至廣說如說云何身念住謂十色處及法處所攝色云何受念住謂六受身云何心念住謂六識身云何法念住謂受蘊所不攝非色法處是謂說所緣念住處此即契經所說一切法者即四念住如是阿毗達磨所說與契經相應是故此中亦依三種念住而作論問世尊爲何等有情說自性念住乃至爲何等有情說所緣念住耶答爲即愚彼三種有情說三念住謂愚自性念住者爲說自性念住乃至愚所緣念住者爲說所緣念住復次有情行有差別謂初業等爲初業者說所緣念住爲已習行說相雜念住爲已超作意說自性念住復次有情樂欲有差別謂廣略中樂略者爲說自性念住樂中者爲說相雜念住樂廣者爲說所緣念住復次有情根有差別謂利中鈍爲利根說自性念住爲中根說相雜念住爲鈍根說所緣念住復次有情智有差別謂開發生智分別生智引導生智開發生智爲說自性念住分別生智爲

說相雜念住引導生智爲說所緣念住爲如是等所化有情故佛說此三種念住問此三念住誰斷煩惱答惟相雜念住能斷煩惱非餘問何故自性念住不能斷煩惱耶答若離助伴惟慧不能斷煩惱故問何故所緣念住不能斷煩惱耶答彼作意普散故惟總略所緣作意能斷煩惱問何故相雜念住能斷煩惱耶答具二緣故謂攝受助伴故及總略所緣作意故問若爾修餘念住應成無用答彼能引發相雜念住非爲無用有說斷有二種一暫時斷二究竟斷修餘念住能暫時斷故非無用相雜念住復有三種謂聞思修所成差別問此三何者能斷煩惱答修所成能斷煩惱非餘問何故聞所成不能斷煩惱耶答此必依名乃於義轉惟不待名於義轉道能斷煩惱問何故思所成不能斷煩惱耶答由此作意是不定地所攝故惟定地所攝道能斷煩惱問何故修所成能斷煩惱耶答具二緣故謂不待名於義轉故及定地所攝故問若爾修餘二種應成無用答彼能引發修所成故謂聞所成能引發思所成思所成能引發修所成修所成能斷煩惱故非無用有說斷有二種如前廣說修所成念住復有四種謂身受心法問此四何者能斷煩惱答法念住能斷煩惱非餘問何故前三念住不能斷煩惱耶答彼是自相作意所攝故惟共相作意所攝道能斷煩惱有說彼一一蘊各別緣故要總緣四蘊五蘊或雜蘊道能斷煩惱問若爾修前三種應成無用答能引發法念住故謂身念住能引受念住受念住能引心念

住心念住能引法念住法念住能斷煩惱故非無用有說要先分別諸蘊後方能總緣而斷煩惱故非無用有說斷有二種如前廣說法念住復有二種一雜緣二不雜緣若緣想行蘊及無爲名不雜緣若於五蘊或二二緣或三三緣或四四緣或五總緣及無爲名爲雜緣問此中何等法念住能斷煩惱答二俱能斷謂若緣苦集道諦斷煩惱道是雜緣法念住若緣滅諦斷煩惱道是不雜緣法念住此中或總說一念住謂大地法慧慧根慧力正見擇法覺支或說二謂有漏無漏縛解繫不繫或說三謂軟中上品或聞思修所成或說四謂身受心法或說五謂三界繫學無學或說六謂有漏無漏各有軟中上品或說八謂身受心法各有有漏無漏或說九謂輭軟乃至上上或說十二謂身受心法各有軟中上品復有別說十二如契經說於內身住循身觀於外身住循身觀於內外身住循身觀如身三種乃至法亦爾或說十八謂有漏無漏各有軟輭乃至上上品或說二十四謂身受心法輭中上品各有有漏無漏或說三十六謂身受心法各有軟輭乃至上上品復有別說三十六如契經說於內身住猒逆想於內身住不猒逆想於內身住俱離捨正念正知如於內身於外身內外身亦爾如於身有九乃至於法亦爾或說七十二謂身念住有漏無漏各有輭軟乃至上上品如身念住有十八乃至法念住亦爾若約相續刹那分別則有無量念住問若爾者世尊何故於一等廣說四念住於無量略說四念住耶答爲對

治四顛倒故謂對治於不淨淨想顛倒故說身念住對治於苦樂想顛倒故說受念住對治於無常常想顛倒故說心念住對治於無我我想顛倒故說法念住有說爲對治四食故謂對治段食故說身念住對治觸食故說受念住對治識食故說心念住對治意思食故說法念住有說爲對治四識住故謂對治色近行識住故說身念住對治受近行識住故說受念住對治彼識故說心念住對治想近行行近行識住故說法念住有說爲對治五蘊故謂對治色蘊故說身念住對治受蘊故說受念住對治識蘊故說心念住對治想蘊行蘊故說法念住有說爲對治四種不修故謂對治不修身故說身念住對治不修戒故說受念住對治不修心故說心念住對治不修慧故說法念住有說與四修同法故說四念住謂與修身同法故說身念住與修戒同法故說受念住與修心同法故說心念住與修慧同法故說法念住問念住以何爲自性爲以念爲以慧耶若以念者此說云何通如說於身循身觀乃至廣說若以慧者何故名念住又契經說當云何通如說於何處應觀念根謂於四念住答應說慧爲自性問若爾何故名念住耶答念於此住等住各住故名念住如象馬等所住處名象馬等住此亦如是有說此由念力能於所緣起差別廣博作用而不失壞故名念住有說由念力故此瑜伽師審記所緣於所緣境忘已還憶故名念住有說此修行者於所緣中先以念安住然後觀察復於所緣先通達已後以念安

住爲守護故如守門者故名念住有說此修行者於所緣境先以念攝持後以慧觀察而斷煩惱譬如田夫先以左手攬取草等後以右手執鎌刈之此亦如是故名念住有說此瑜伽師被念鎧甲於心相續上執慧刀仗在生死陣中不爲煩惱怨所降伏而能降伏於彼故名念住有說爲遮取自性過故說名念住若名慧住者便有取自性過失有說爲顯非惟自性能有所作故名念住由是等緣但名念住不名慧住問契經所說復云何通如說於何處應觀念根謂於四念住答以念根於念住位作用增上故作是說如信根於四證淨位作用增上故佛復說於何處應觀信根謂於四證淨如是精進根於四正斷定根於四靜慮慧根於四聖諦亦爾故世尊乃至復說於何處應觀慧根於四聖諦此亦如是

是謂念住自性

已說自性所以今當說何故名念住念住是何義答念於此住等住各住廣說如前已總說念住所以一一所以今當說問何故名身念住答此念住緣身故名身念住問餘念住亦緣身謂受念住緣六受身心念住緣六識身法念住緣六想身六思身等何故不皆名身念住耶答此中所說緣身者謂緣色身餘念住緣非色身故不名身念住有說若緣麤顯易見現見身者名身念住餘念住緣微隱難見難覺不現見身故不名身念住有說若所緣身是極微聚所成者彼名身念住餘所緣身非極微聚所成故彼不名身念住有說若緣於身而能知所知俱時生者名身念住

餘雖緣身而能知所知不俱生故不名身念住雖法念住中有俱生者以少故不說如緣身故名身念住如是緣受故名受念住緣心故名心念住緣法故名法念住問一切皆是法一切皆惟有法故何故惟一名法念住非餘耶答雖一切皆是法而但立一爲法念住如十八界皆是法而但立一爲法界十二處皆是法而但立一爲法處如法界法處如是法智擇法覺支法隨念法證淨法無礙解法實法歸亦爾有說法念住有一名餘念住有二名有說法念住有共名餘念住有共不共名有說一切有爲法由生所起生是彼所緣故名法念住有說一切法由名所顯名是彼所緣故名法念住有說諸有爲相是一切有爲法之幖幟即此諸相墮在彼所緣中故名法念住有說空解脫門覺諸法法性此空攝在彼所緣中故名法念住問若爾者薩迦耶見亦覺諸法補特伽羅性何故不依彼立名耶答彼非眞實覺此是眞實覺故無有過有說慧能分別諸法自相共相安立諸法自相共相損害事愚及所緣愚於諸法中不增減轉此慧墮在彼所緣中故名法念住有說滅諦涅槃是勝義法常住不變此法攝在彼所緣中故名法念住有說此念住能緣多法謂色非色相應不相應有所依無所依有行相無行相有所緣無所緣有警覺無警覺是故名法念住有說身念住緣身不緣緣身慧受念住緣受不緣緣受慧心念住緣心不緣緣心慧法念住緣身亦緣緣身慧緣受心法亦緣緣受心法慧是故惟此名法念住有說身

念住緣身不緣身生老無常受念住緣受不緣受生老無常心念住緣心不緣心生老無常法念住緣身亦緣身生老無常緣受心法亦緣受心法生老無常是故惟此名法念住有說齊此諸瑜伽師我想一合想皆得止息法想差別想修習圓滿故名法念住謂瑜伽師分析身已便計受爲我分析受已便計心爲我分析心已便計法爲我分析法已便知一切非我有情惟空行聚是故齊此法想圓滿名法念住已說念住一一所以彼次第今當說何故世尊先說身念住乃至後說法念住耶答顯示隨順故謂若如是次第顯示則於文字言說隨順有說說受隨順故謂若作如是次第則於師說及弟子受皆得隨順有說此依生起次第故次第有三種一生起次第二顯示次第三現觀次第生起次第者如此念住及靜慮無量無色解脫勝處徧處等顯示次第者謂正斷神足根力覺支道支等現觀次第者謂四聖諦以瑜伽師先起身念住故佛前說乃至後起法念住故佛後說問因論生論何故諸瑜伽師先起身念住乃至後起法念住耶答依麤細次第故謂五蘊中色蘊最麤故先觀察起身念住四無色蘊中受蘊最麤故次觀察起受念住問受等無方所如何可施設麤細耶答雖無方所麤細而有行相麤細亦可施設此中受行相麤如說我手足等痛又說我受如是如是苦故受等蘊雖非色而如色施設麤細四無色蘊中識蘊最細而先想行蘊觀察起心念住者以想行蘊與涅槃最微細法合施設故彼最後觀

察起法念住有說從不可知本際已來男爲女色女爲男色是生染處故先觀色起身念住染著此色由貪樂受故次觀受起受念住貪樂由於心不調伏故次觀心起心念住心不調伏由煩惱未斷故最後觀法起法念住有說以色可施設有增減有取捨相似相續故先觀色起身念住於觀色時起身輕安及心輕安由此爲先引起樂受故次觀受起受念住於觀受時引起勝義境界了別故次觀識起心念住彼作是念若處起心亦起心所故最後觀法起法念住有說身愚能持受愚乃至心愚能持法愚非身愚不轉能轉受愚乃至非心愚不轉能轉法愚故四念住如是次第起有說身不愚能引受不愚乃至心不愚能引法不愚非身不愚不起能起受不愚乃至非心不愚不起能起法不愚故四念住如是次第起有說身觀能引受觀乃至心觀能引法觀非身觀不起能起受觀廣說如上有說身觀與受觀爲因爲根爲眼爲導爲漸爲能作爲緣生爲起集爲等起受觀與心觀心觀與法觀亦爾餘如前說有說身觀與受觀爲加行爲門爲依乃至心觀與法觀亦爾餘如前說有說身觀與受觀爲依止爲跡處乃至心觀與法觀亦爾餘如前說問若爾身觀復以誰爲依止跡處耶答以先所得奢摩他相爲依止爲跡處如說彼先得不動奢摩他故身輕輭相從足至頂周徧積聚由此能起身念住乃至法念住有說彼於相續中分別諸處起四念住謂瑜伽師先欲知諸色處故先分別十色處及法處所攝色是故先起

身念住次即於法處分別諸受故次起受念住次即於法處分別想行蘊及三無爲故次起法念住彼復作是念除此有何即如實知餘有意處由此即分別意處故最後起心念住諸瑜伽師若依自相觀則先起法念住後起心念住若依共相觀則先起心念住後起法念住故四念住如是次第起

問爲先起緣内念住爲先起緣外念住耶若爾有何過若先起緣内念住者經說云何通如說新學苾芻具淨尸羅意樂圓滿欲疾除斷欲貪瞋者應往憺怕路詣死屍所善取其相或青瘀或膿爛乃至廣說若先起緣外念住者餘經說復云何通如說先於内身住循身觀次於外身乃至廣說答應作是說先起緣内念住所以者何以有我故有我所有我執故有我所執有我見故有我所見有五我見故有十五我所見有我愚故有我所愚有我愛故有衆具愛爲長養内我求外資具故

問若爾前所引經云何通答彼是念住加行非根本念住云何知然即彼經說善取相已速還本處憶念先所取相若能者善若不能者復往屍所更善取相馳還本處洗足入房敷座而坐以勝解作意令所取相明了現前是名念住加行若時以外所取相置於内身而觀察者乃名入根本念住有說彼契經說果勝作意非念住位云何知然即彼經說彼新學苾芻得學意已若欲往憺怕路者隨欲而往此中新學苾芻即預流者及一來者故知彼契經說果勝作意非念住位如契經說於内身住循身觀於外身住循身觀於内外

身住循身觀乃至廣說問此中何者名內身等何者名外身等答自相續所攝色名內身他相續所攝色及非有情數色名外身內法外法說亦爾自相續所攝受名內受他相續所攝受名外受內心外心說亦爾有餘師說有情數色名內身非有情數色名外身內法外法說亦爾受心如前說脇尊者言現在名內過去未來及無爲名外問何故現在名內過去未來及無爲名外耶答以現在法多令有情攝受貪著非過去未來及無爲故此中於內身住循身觀者住內身自相觀於外身住循身觀者住外身自相觀於內外身住循身觀者住內外身共相觀乃至法亦爾有說於內身住循身觀者住內身廣觀於外身住循身觀者住外身廣觀於內外身住循身觀者住內外身略觀乃至法亦爾有說於內身住循身觀者對治我執於外身住循身觀者對治我所執於內外身住循身觀者對治我我所執乃至法亦爾如我執我所執我見我所見說亦如是有說於內身住循身觀者對治五我見於外身住循身觀者對治十五我所見於內外身住循身觀者對治二十種薩迦耶見乃至法亦爾如我見我所見如是我愚我所愚說亦爾有說於內身住循身觀者對治我愛於外身住循身觀者對治衆具愛於內外身住循身觀者對治俱愛乃至法亦爾問齊何當言身念住乃至法念住圓滿耶答由二緣故當知圓滿一分別所緣二善根增分別所緣者謂若時能以剎那極微分析所緣或惟以剎那分析所緣善根增者謂依

下生中依中生上齊此應知念住圓滿有說由轉加行應知圓滿謂瑜伽師先分別身分別身已轉身覺慧次分別受分別受已轉受覺慧次分別心分別心已轉心覺慧分別於法譬如農夫引水漑田初畦滿已引漑第二第二滿已引漑第三第三滿已引漑第四此亦如是有說齊怨害相成應知圓滿怨害相有二種一令不喜樂二令生瞋恚此中但說令不喜樂名怨害相謂瑜伽師分別身已便於身不生喜樂而喜樂受等分別受已復於受不生喜樂而喜樂心等分別心已復於心不生喜樂而喜樂於法分別法已便於一切境界不生喜樂應知爾時念住圓滿

阿毘達磨大毘婆沙論卷第一百八十七　說一切有部發智

音釋

鈍　徒困切愚頑也
鎌刈　鎌力鹽切鍥也刈牛例切割也
鎧　可亥切甲也
幖幟　幖卑遥切表也幟昌志切旗也
析　先擊切分也
青瘀　瘀依倨切青瘀謂氣血壅積而色青也
膿爛　膿奴冬切爛郎旰切
漑　古代切灌漑也
畦　戶圭切田畦也

阿毗達磨大毗婆沙論卷第一百八十八

五百大阿羅漢等造

唐三藏法師玄奘奉　詔譯

見蘊第八中念住納息第一之二

復次有三種念住謂聞思修所成差別此中有說於佛所說十二分教受持讀誦思量分別名聞所成念住依聞起思依思起修依修能斷煩惱如依金卝出金依金出金剛依金剛能壞石等堅物脇尊者言於佛所說十二分教受持讀誦思量分別是生得慧依生得慧起聞所成念住依聞起思依思起修依修能斷煩惱如依種子生芽依芽生莖依莖生枝葉依枝葉生華果問此三念住何差別有說名即差別謂此名聞所成念住乃至此名修所成念住有說聞所成念住一切時依名於義轉謂素怛纜說有何義毗柰耶說有何義阿毗達磨說有何義鄔波拕耶說有何義阿遮利耶說有何義餘書論說有何義思所成念住或依名或不依名於義而轉修所成念住一切時離名於義轉譬如三人俱在池浴初人未學浮第二半學第三善學未學浮者一切時依岸浴半學浮者或依岸或離岸而浴善學浮者恒時離岸在中而浴如第一人聞所成亦爾如第二人思所成亦爾如第三人修所成亦爾是謂此三念住差別問此聞思修所成念住何界有幾種答欲界有二謂聞思所成非修所以者何欲界是不定界非修地非離染地作意修時便墮思中故色界有二謂聞修所成非思所以者何色界是定界是修地是離染地作意思時便墮修中

故無色界有一謂修所成然修所成亦不墮界有餘師說欲界具有三種餘如前說有說欲色界各具三種餘如前說有說三界皆具三種惟修所成亦不墮界評曰初說者好問此諸念住誰爲誰因答聞爲三種因思惟思因非聞因以彼劣故非修因以界別故修惟修因非聞因以彼劣故非思因以彼劣及界別故誰爲誰果答聞惟聞果思聞思果非修修聞修果非思問此三念住誰現前修幾答聞所成現前時惟修聞非思修思所成現前時惟修思非聞修此中聞思刹那現前時以習修故名修非修未來以勢劣故即以此故惟修自不修他修所成現前時能修三種聞思自力雖不能修未來而由他力有未來修義問聞思修所成念住佛獨覺聲聞各有幾種答佛具三種而修所成爲勝以自然覺及具力無畏等功德故獨覺亦具有三而思所成爲勝以自思惟覺而無力無畏等功德故聲聞亦具三種而聞所成爲勝以從聞他音入聖道故如說我聖弟子多聞具足斷不善法修習善法復有三種念住謂言說究竟念住思惟究竟念住出離究竟念住應知此三即聞思修所成念住如其次第然聞等三種念住一切皆可名聞所成如說

多聞能知法　多聞能離罪　多聞捨無義
多聞得涅槃

一切皆可名思所成如說思者是業處者是慧彼所說處即思所成一切皆可名修所成如說云何應修法謂一切善有爲法

問何謂念住加行云何自相種性雜緣及聞

思修所成念住生起次第答不淨觀持息念界作意是謂念住加行即此爲先入自相種性身念住即身念住爲先入自相種性受念住即受念住爲先入自相種性心念住即心念住爲先入自相種性法念住從自相種性法念住起雜緣法念住從雜緣法念住起三義觀從三義觀有聞所成身念住先作無常乃至無我行相緣苦諦起次作因乃至緣行相緣集諦起次作道乃至出行相緣道諦起從此無間有聞所成受念住心念住各作十二行相緣三諦起亦爾從此無間有聞所成法念住先作無常乃至無我行相緣苦諦起次作因乃至緣行相緣集諦起次作滅乃至離行相緣滅諦起次作道乃至出行相緣道諦起從聞所成法念住無間有思所成身念住作十二行相緣三諦起從此無間有受念住作十二行相緣三諦起從此無間有心念住作十二行相緣三諦起從此無間有法念住作十六行相緣四諦起從思所成法念住有修所成法念住先作無常乃至無我行相緣苦諦起次作因乃至緣行相緣集諦起次作滅乃至離行相緣滅諦起次作道乃至出行相緣道諦起如是緣四諦作十六行相法念住名爲初煖是謂念住加行所引自相種性雜緣及聞思修所成念住生起次第問何故聞思所成念住皆初起身念住緣三諦作十二行相後乃起餘念住而修所成念住初即起法念住緣四諦作十六行相耶答未曾得種性故漸次得行相故先觀麤蘊後觀細蘊於五蘊中色蘊最麤先觀彼故初起身念

住然身受心皆三諦攝故身念住緣三諦作十二行相如是聞所成身念住引起聞所成受念住聞所成受念住引起聞所成心念住聞所成心念住引起聞所成法念住此聞所成法念住緣四諦作十六行相聞所成四念住漸圓滿已便能引起思所成四念住思所成四念住漸圓滿已復能引起修所成法念住此曾得種性故於一切蘊行相堅住故初即起法念住先緣苦諦作四行相乃至後緣道諦作四行相如契經說如是修真正頓念住能破無明發起於明此中說何名修真正頓念住耶有作是說此中說苦法智忍以此能破無明即欲界見苦所斷十隨眠發起於明即苦法智有說此中說道類智忍以此能破無明即色無色界見道所斷十四隨眠發起於明即道類智有說此中說金剛喻定以此能破無明即非想非非想處輭輭品煩惱發起於明即盡智有說此中說一切無間道以此能破無明即彼所斷煩惱品發起於明即彼品解脫道脇尊者言此中說方便善巧所攝受善慧名修真正頓念住以此能破無明即三不善根發起於明即三善根如薄伽梵說伽他言

若叢網便著　無愛誰能將　佛所行無邊
無跡何跡引

此中佛所行者謂四念住問佛爲得念住邊際而般涅槃爲不得邊際而便般涅槃耶若爾有何過若言得者何故說佛所行無邊若不得者何故說佛得盡智時事善究竟答有因緣故可言得邊際有因緣故可言不得邊

際謂依牽引故可言得邊際依受用故可言不得邊際復次依獲得故可言得邊際依在身故可言不得邊際復次依成就故可言得邊際依現前故可言不得邊際如契經說何謂非苾芻所行處應言五妙欲是何謂是苾芻所行處應言四念住是問五妙欲亦隨入念住中何故說非所行處耶答依能觀者故作是說謂若不如理觀名非所行處若如理觀名所行處

如契經說有三念住聖者應習若有聖者善習此時乃應御衆云何爲三謂如來爲弟子說法時起深憐愍義利悲心告言此爲利益此爲安樂此爲利益安樂若弟子衆恭敬屬耳住奉教心行法隨法不越聖教受學學處如來於彼亦不喜慶心不踊悅惟住正捨正念正知是名第一念住若有聖者善習此時乃應御衆復次如來爲弟子說法時起深憐愍乃至義利悲心告言此爲利益此爲安樂此爲利益安樂若弟子衆不恭敬不屬耳不住奉教心不行法隨法違越聖教不受學學處如來於彼亦不恚恨心無憂慼惟住正捨正念正知是名第二念住若有聖者善習此時乃應御衆復次如來爲弟子說法時起深憐愍乃至此爲利益安樂若一分弟子衆恭敬屬耳乃至受學學處一分弟子衆不恭敬不屬耳乃至亦不受學學處如來爾時於敬受者亦不歡喜心不踊悅於不敬受者亦不恚恨心無憂慼惟住正捨正念正知是名第三念住若有聖者善習此時乃應御衆問若爾者但應有二念住謂於敬受及於不敬受

云何說三種耶答隨衆會有三故說三種謂有衆會一切敬受有衆會一切不敬受有衆會一分敬受一分不敬受是故隨彼說三念住問若爾便應說七念住謂前四及此三種答此中三種即入前四以俱是前雜緣外法念住所攝故問佛說法時若皆敬受便應無三念住若有不敬受者將無世尊於非田非器雨正法雨如是佛說法則爲唐捐答世尊爲人說法欲令人解若當人不解者亦有天能解之如是念住有三亦非佛唐捐說法所以者何以人不解故念住有三天能解故不於非田非器而雨法雨有說佛說法時欲令彼彼有情得阿羅漢果彼不得阿羅漢果而得不還果故念住有三亦非佛唐捐說法所以者何以不得阿羅漢果故念住有三以得不還果故不唐捐說法復次佛說法時欲令彼彼有情得不還果彼不得不還果而得一來果廣說如前如是欲令得一來果預流果順決擇分善根順解脫分善根順福分善根展轉次第廣說亦爾復次佛說法時欲令彼彼有情得現法果彼不得現法果而能種當來善根故念住有三亦非佛唐捐說法廣說如前問何故弟子敬受教時佛不生喜不敬受時佛不生憂耶答佛知有情有如是種性差别惡意樂者行惡善意樂者行善若當惡意樂者行善可於彼生喜善意樂者行惡可於彼生憂但不如是種性别故如知外物種性差别鐵卝出鐵金卝出金是故於銷練時從鐵卝得鐵心不生憂從金卝得金心不生喜若當與此相違得者可生憂喜然無是事

種性異故世尊亦爾知諸有情種性差别不生憂喜有作是説佛已善斷愛恚法故謂喜似愛憂似恚佛於愛恚皆已善斷故無憂喜復有説者佛已善修空爲根本而作是念誰爲恭敬者誰爲不恭敬者惟空行聚故於衆會不生憂喜如契經説有一趣道能令有情清淨謂四念住乃至廣説問云何名一趣道爲以能超越一界故名一趣道爲以能超越一趣故爲以能超越一生故爲以能通達一諦故爲以能趣一究竟故名一趣道爲以但有一道故名一趣道耶設爾何過若以能超越一界故名一趣道者則非一趣道界有三故若以能超越一趣故名一趣道者亦非一趣道趣有五故若以能超越一生故名一趣道者亦非一趣道生有四故若以能通達一諦故名一趣道者亦非一趣道諦有四故若以能趣一究竟故名一趣道者亦非一趣道以究竟有二種一事究竟二功用究竟故若以但有一道故名一趣道者亦非一趣道以道有多種謂隨信行道隨法行道信勝解道見至道時解脱道不時解脱道故云何言有一趣道耶答即由前所説緣及餘緣故名一趣道由前所説緣者謂以能超越一界故名一趣道即無色界以趣此界者更不生三界故亦以能超越一趣故名一趣道即天趣以超此趣者更不往五趣故亦以能超越一生故名一趣道即化生以超此生者更不受四生故亦以能通達一諦故名一趣道即道諦以此諦從無始時來未曾得故及未曾通達故亦以趣一究竟故名一趣道即事究竟以

修功用究竟皆爲得事究竟故亦以但有一道故名一趣道即聖道問豈不有隨信行道乃至不時解脫道如是便有多道耶答一切皆是趣苦滅行故說名一道如趣苦滅行如是趣有滅世間滅生死滅流轉滅生老病死滅行說亦爾是名由前所說緣故名一趣道及餘緣故者謂無異趣故不退還故至不退解脫故至背五趣之一趣故如說涅槃是阿羅漢趣由如是義名一趣道復有說者能對治異道故名一趣道謂諸外道或執不食爲道或執隨日轉爲道或執臥灰飲風服水茹菜噉果裸形麤衣臥不平等各以爲道佛爲對治彼異道故說一趣道此意義言彼種種道皆非眞道但是惡邪妄道是不善士所習近道非諸善士所習近道所以者何眞道惟一謂四念住或有說者能趣一解脫宮門故名一趣道此中應引嗢底迦經所說喻如彼說佛告嗢底迦如國邊城其墻堅厚却敵樓櫓睥睨寮窻並皆嚴備惟有一門委一人捉其人聰慧多聞善習應入者聽不應者止彼每巡城察之乃至不見獸往來處況餘門耶嗢底迦當知彼守門者雖不知日日有爾所有情入城出城然其定知諸有入出皆由此門不從餘門如是如來雖不作意知爾所有情已般涅槃爾所有情當般涅槃然其定知諸有情類已般涅槃未般涅槃皆由此道不依餘道是故以能趣一解脫宮門故名一趣道

問正斷神足根力覺支道支爲是一趣道不若是者何故彼經惟說念住名一趣道不說

餘耶若非者何故惟念住是一趣道非餘耶答應說彼亦是一趣道問若爾者何故彼經而不說耶答應說而不說者當知此義有餘有說若說念住當知亦已說正斷等有說念住是一趣亦是道正斷等是一趣而非道以非一切皆是慧故有說念住從初業地乃至盡無生智作用恒勝王斷等不爾有說念住能分別諸法自相共相能建立諸法自相共相能害事愚及所緣愚於諸法中不增減轉正斷等不爾有說念住如有目者能將導所餘如盲菩提分法趣涅槃宮而無異趣如明眼者引諸盲人令隨正路不行非道念住亦爾是故彼經惟說念住名一趣道而不說餘如契經說有一趣道能令有情清淨超滅憂苦乃至能證隨正理法謂聖正三摩地及彼因緣彼衆具問何故世尊或說般若爲一趣道或說等持爲一趣道耶答隨所化有情所未具者而說故謂所化有情或有闕奢摩他或有闕毗鉢舍那若闕奢摩他者爲說等持爲一趣道若闕毗鉢舍那者爲說般若爲一趣道般若者即前所說念住以念住慧爲法故如契經說若有能辨四念住則能辨正如理若能辨正如理則能辨聖道若能辨聖道則能辨甘露若能辨甘露即能解脱生老病死愁歎憂苦諸熱惱法問念住正如理聖道甘露何差别答名即差别謂名念住乃至名甘露有說念住即顯念住正如理顯正斷神足根力覺支聖道顯道支甘露顯彼果有說念住顯所緣念住正如理顯相雜念住聖道顯自性念住甘露顯彼果有說念住顯聞所

成念住正如理顯思所成念住聖道顯修所成念住甘露顯彼果有說念住顯言說究竟念住正如理顯思惟究竟念住聖道顯出離究竟念住甘露顯彼果有說念住顯見道正如理顯修道聖道顯無學道見地修地無學地說亦爾甘露顯彼果有說念住顯未知當知根正如理顯已知根聖道顯具知根甘露顯彼果是謂念住正如理聖道甘露差別若修身念住彼受耶乃至廣說修有四種謂得修習修對治修除遣修得修習修謂一切善有爲法對治修除遣修謂一切有漏法西方師言修有六種謂前四及防護修分別修防護修者謂修根如說如是六根善調善護善守善防能感當來樂受異熟分別修者謂修身如說此身髮毛爪齒乃至廣說迦濕彌羅國諸師言此後二修即前對治除遣修攝四修義如智蘊等處廣說此中依二修作論謂得修習修依此二修於諸位中修念住有差別謂初煖位中緣三諦法念住現在修未來修四一行相現在修未來修四同分修非不同分緣滅諦法念住現在修即此未來修一行相現在修未來修四亦同分修非不同分非初蘊滅觀能修緣蘊道故增長煖緣三諦四念住隨一現在修未來修四同分不同分修一行相現在修未來修十六緣滅諦法念住現在修未來修四一行相現在修未來修十六問何故初煖惟同分修非不同分增長煖同分不同分修耶答初煖是未曾得種性初緣諦起行相勢力劣故惟同分修非不同分增長煖是曾得種性已緣諦起行相勢力

强勝故能同分不同分修初頂位中緣四諦法念住現在修未來修四同分不同分修一行相現在修未來修十六增長頂位緣三諦四念住隨一現在修未來修四同分不同分修一行相現在修未來修十六緣滅諦法念住現在修未來修四一行相現在修未來修十六初忍及增長位俱緣四諦法念住現在修未來修四同分不同分修一行相現在修未來修十六問何故初忍及增長位皆惟法念住現在修耶答以忍近見道故與見道相似如見道中惟法念住現在修忍亦爾尊者妙音說曰順決擇分善根二在欲界謂煖頂二在色界謂忍世第一法若依彼說初忍緣三諦法念住現在修未來修四一行相現在修未來修四同分修非不同分緣滅諦法念住現在修即此未來修非初蘊滅觀能修緣蘊道故一行相現在修未來修四同分修非不同分增長忍緣三諦四念住隨一現在修未來修四同分不同分修一行相現在修未來修十六緣滅諦法念住現在修未來修四一行相現在修未來修十六問何故初忍惟同分修增長忍亦不同分修耶答如前廣說評曰前說者好然順決擇分善根順見道故初起位中現在皆惟修法念住於增長位有四念住隨一現前從初忍位近見道故於一切時現在惟修法念住世第一法位亦惟法念住現在修未來修四一行相現在修未來修四同分修非不同分問世第一法亦是曾得種性已緣諦起行相何故惟同分修非不同分耶答世第一法是極隣近見道善根最

與見道相似如見道中惟同分修非不同分世第一法亦爾有說世第一法是見道前行修治道者故如見道惟同分修有說世第一法惟有爾所行相可修如裸形者無衣可奪應知增上忍亦爾餘忍位中隨滅所緣則不修彼念住行相如應當知

阿毗達磨大毗婆沙論卷第一百八十八 說一切有部發智

音釋

脇 虛業切 煗 乃管切溫也 慼 倉歷切憂也 卝 古猛切鐵朴也 銅

樓櫓 櫓郎古切樓櫓城上望樓也 睥睨 睥匹詣切睨五計切睥睨城上女墻也

阿毗達磨大毗婆沙論卷第一百八十九

五百大阿羅漢等造

唐三藏法師玄奘奉　詔譯

見蘊第八中念住納息第一之三

若入正性離生苦集現觀各四心頃道現觀三心頃法念住現在修未來修四一行相現在修未來修四同分修非不同分滅現觀四心頃法念住現在修即此未來修非初無漏蘊滅觀即能修緣蘊道故一行相現在修未來修四同分修非不同分以初得無漏種性力未廣故道類智法念住現在修未來修四同分不同分修一行相現在修未來修十六已得無漏種性勢增廣故從此以上一切聖者起未曾得善根現在前時未來皆修四念住十六行相惟除聞思所成慧及入滅定微微心時餘一切異生又無聖行相是故從此已後但說修念住多少不說行相若諸異生離欲界染加行道時四念住隨一現在修未來修四九無間道九解脫道時法念住現在修未來修四如離欲界染乃至離第三靜慮染亦爾離第四靜慮染若即以第四靜慮爲加行彼加行道時四念住隨一現在修未來修四若以空無邊處近分爲加行諸有欲令彼近分地有別緣者彼加行道時四念住隨一現在修未來修四九無間道八解脫道時法念住現在修未來修四第九解脫道時法念住現在修未來修三除身念住諸有欲令彼近分地惟總緣者彼加行道九無間道八解脫道時法念住現在修即此未來修第九解脫道時法念住現在修未來修三除身念

住如離第四靜慮染乃至離無所有染亦爾差別者除身念住即諸異生起不淨觀持息念身念住初三解脫八勝處前八徧處及引發神境天眼天耳通時身念住現在修未來修四起後三念住隨一現在修未來修四起四無量引發宿住隨念通時法念住現在修未來修四引發他心通時心念住或受心法念住隨一現在修未來修四若起無色解脫及後三念住時後三念住隨一現在修未來修三除身念住若起空無邊處識無邊處徧處時法念住現在修未來修三除身念住是謂異生位所修差別若諸聖者離欲界乃至非想非非想處染一切加行道時四念住隨一現在修未來修四一切無間解脫道時法念住現在修未來修四信勝解練根作見至時解脫練根作不動一切加行道時四念住隨一現在修未來修四一切無間道解脫道時法念住現在修未來修四若諸聖者起不淨觀持息念身念住初三解脫八勝處前八徧處及引發神境天眼天耳通及起詞無礙解時身念住現在修未來修四若雜修靜慮及諸有欲令一切法皆是勝義者起義無礙解辯無礙解願智邊際定無色解脫入滅定想微細心時四念住隨一現在修未來修四若起四無量宿住隨念通及諸有欲令惟涅槃是勝義者起義無礙解法無礙解無諍後二徧處空空無願無願無相無相時法念住現在修未來修四若引發他心通時心念住或受心法念住及起後三念住時隨一現在修未來修四是謂此處略毗婆沙

若修身念住彼受耶設修受念住彼身耶答應作四句有修身念住非受謂已得身念住現在前以曾得法現在前時無力能及未來故不修受念住然現前是習修故說修身念住問亦有未得身念住現在前不修受如未曾得聞思所成身念住現在前時此中何故不說答應說而不說者當知此義有餘有說此中依修所成念住而作論無有未得修所成身念住現在前時不修受念住者是故不說有修受念住非身謂已得受念住現在前若未得受念住現在前不修身若未得心法念住現在前修受非身已得受念住現在前者如前釋未得受念住現在前不修身者謂諸異生離空無邊處乃至無所有處染若以受念住爲加行彼加行道時若諸異生起受念住無色解脱時於如是時未得受念住現在前修受非身未得心念住現在前修受非身者謂諸異生離空無邊處乃至無所有處染若以心念住爲加行彼加行道時若諸異生起心念住無色解脱時於如是時未得心念住現在前修受非身未得法念住現在前修受非身者謂諸異生離第四靜慮染最後解脱道時離空無邊處乃至無所有處染若依下根本地起法念住爲加行彼加行道時若依上近分地爲加行諸有欲令無色近分有別緣者若以法念住爲加行彼加行道九無間道九解脱道時諸有欲令無色近分惟總緣者惟第九解脱道時若諸異生起法念住無色解脱又起後二徧處時於如是時未得法念住現在前修受非身有俱修謂未得

身念住現在前若未得受念住現在前修身若未得心法念住現在前修身受未得身念住現在前者謂增長煗頂位身念住現在前若離欲界乃至非想非非想處染身念住爲加行彼加行道時若信勝解練根作見至時解脫練根作不動身念住爲加行彼加行道時若起不淨觀持息念身念住初三解脫八勝處前八徧處引發神境天眼天耳通起詞無礙解時若以身念住雜修靜慮時諸有欲令一切法是勝義者彼起身念住義無礙解及身念住辯無礙解願智邊際定無色解脫入滅定想微細心時於如是時未得身念住現在前修身受未得受念住現在前修身者謂增長煗頂位受念住現在前時若離欲界乃至非想非非想處染受念住爲加行彼加行道時若信勝解練根作見至時解脫練根作不動受念住爲加行彼加行道時若引發他心通受念住現在前時若以受念住雜修靜慮時諸有欲令一切法是勝義者彼起受念住義無礙解及受念住辯無礙解願智邊際定無色解脫入滅定想微細心時於如是時未得受念住現在前修身受未得心念住現在前修身受者謂增長煗頂位心念住現在前時若離欲界乃至非想非非想處染心念住爲加行彼加行道時若信勝解練根作見至時解脫練根作不動心念住爲加行彼加行道時若引發他心通心念住現在前時若以心念住雜修靜慮時諸有欲令一切法是勝義者起心念住義無礙解及心念住辯無礙解願智邊際定無色解脫入滅定想微

細心時於如是時未曾得心念住現在前修身受未得法念住現在前修身受者謂初煖位緣三諦增長煖緣四諦法念住現在前時若初及增長頂緣四諦法念住現在前時若一切忍及世第一法時若入正性離生苦集道現觀各四心頃若離欲界乃至非想非非想處染法念住為加行彼一切加行無間解脫道時若信勝解練根作見至時解脫練根作不動法念住為加行彼一切加行無間解脫道時若引發他心通法念住現在前及引發宿住隨念通起四無量時若以法念住雜修靜慮時諸有欲令一切法是勝義者彼起法念住義無礙解時諸有欲令惟涅槃是勝義者彼起義無礙解法無礙解無諍後二徧處空空無願無願無相無相時若起法念住辯無礙解願智邊際定無色解脫入滅定想微細心時於如是時未得法念住現在前修身受有俱不修謂已得心法念住現在前若未得法念住現在前不修身受一切染污心無記心在無想定滅盡定生無想天已得心法念住現在前者如前釋未得法念住現在前不修身受者謂初煖位緣滅諦若入正性離生滅現觀四心頃若諸異生離第四靜慮乃至無所有處染諸有欲令無色近分惟總緣者若上地近分為加行彼一切加行道九無間道八解脫道時於如是時未得法念住現在前不修身受一切染污心者謂染污心皆順退分性沉重懈怠相應要順勝進性輕舉精進相應心方能修故無記心者謂無記心其性羸劣腐敗萎歇要住強勢堅勝之心

方能修故在無想定滅盡定者謂彼無心要有心者方能修故生無想者有說生彼於一切時善心不起有說雖起而非修所依以不能修未來法故於如是時不修身受問亦有未得心念住現在前不修身受如未曾得聞思所成心念住現在前時此中何故不說答應說而不說者當知此義有餘有說此中說未曾得心念住現在前時能修未來而不修身受者無未曾得心念住現在前時能修未來而不修身受者是故不說問若爾亦應說一切散善心何故但說染汚心無記心耶答應說而不說者當知此義有餘有說彼不決定難用稱說謂若以修言之則彼無力能修未來若以不修言之則現前時是習修攝是故於此修不修中皆不說彼如身念住受念住應知身念住心念住亦爾以未來受念住心念住修不修必俱故若修身念住彼法耶設修法念住彼身耶答應作四句有修身念住非法謂已得身念住現在前此如前釋有修法念住非身謂已得法念住現在前若未得法念住現在前不修身若未得受心念住現在前修法非身已得法念住現在前者如前釋未得法念住現在前不修身者謂初煖位緣滅諦若入正性離生滅現觀四心頂若諸異生離第四靜慮染諸有欲令空無邊處近分惟總緣者若以彼爲加行彼加行道九無間道九解脫道時若諸異生離空無邊處乃至無所有處染以法念住爲加行彼一切加行無間解脫道時若諸異生起法念住無色解脫及起後二徧處時於如是時未得法

念住現在前不修身未得受念住現在前修法非身者如前未得受念住現在前不修身說未得心念住現在前修法非身者即如受說有俱修謂未得身念住現在前若未得法念住現在前修身若未得受心念住現在前修身法未得身念住現在前者如前未得身念住現在前說未得法念住現在前修身者如前未得法念住現在前修身受說未得受心念住現在前修身法者諸增長煖頂位受心念住現在前時若離欲界乃至非想非非想處染受心念住爲加行彼加行道時若信勝解練根作見至時解脫練根作不動受心念住爲加行彼加行道時若引發他心通受心念住現在前時若以受心念住雜修靜慮時諸有欲令一切法是勝義者彼起受心念住義無礙解及受心念住辯無礙解願智邊際定無色解脫入滅定想微細心時於如是時未得受心念住現在前修身法有俱不修謂已得受心念住現在前一切染污心無記心在無想定滅盡定生無想天皆如前釋若修受念住彼心耶設修心念住彼受耶答應作四句有修受念住非心謂已得受念住現在前有修心念住非受謂已得心念住現在前皆如前釋有俱修謂未得身受心念住現在前若未得法念住現在前修受心未得身念住現在前者如前諸未得身念住現在前說未得受心念住現在前者如前諸未得受心念住現在前說未得法念住現在前修受心者如前諸未得法念住現在前修餘念住說有俱不修謂已得身法念住現在前若未

得法念住現在前不修受心一切染污心無記心在無想定滅盡定生無想天未得法念住現在前不修受心者如前諸未得法念住現在前不修餘念住說餘如前釋若修受念住彼法耶設修法念住彼受耶答應作四句有修受念住非法謂已得受念住現在前此如前釋有修法念住非受謂已得法念住現在前若未得法念住現在前不修受已得法念住現在前者如前釋未得法念住現在前不修受者如前諸未得法念住現在前不修餘念住說有俱修謂未得身受心念住現在前若未得法念住現在前修受未得身念住現在前者如前諸未得身念住現在前說未得受心念住現在前者如前諸未得受心念住現在前說未得法念住現在前修受者如前諸未得法念住現在前修餘念住說有俱不修謂已得身心念住現在前一切染污心無記心在無想定滅盡定生無想天皆如前釋如受念住法念住應知心念住法念住亦爾以未來受念住心念住修不修必俱故

於身循身觀念住當言法智乃至廣說問此文應先修而說所以者何以有自性乃可修故而不先說者有何意耶答阿毗達磨應以相求不以次第以阿毗達磨正欲分別諸法性相但不違其義若先若後說皆無失有餘師說欲顯此中惟分別修所成念住非聞思所成等故先說修後明自性於身循身觀念住當言法智謂知欲界繫及一分無漏色當言類智謂知色界繫及一分無漏色不說他心智者他心智知心心所法身念住惟知色

法故當言世俗智謂知一切色當言苦智謂知有漏色作非常苦空非無我行相當言集智謂知有漏色作因集生緣行相不說滅智者滅智惟知無爲法身念住知有爲法故當言道智謂知無漏色作道如行出行相此中不說盡無生智者以此是見蘊但說諸見性智彼智非見性是故不說顯自性已當顯地當言有尋有伺謂依未至初靜慮當言無尋惟伺謂依靜慮中間當言無尋無伺謂依上三靜慮及四無色顯地已當顯相應當言樂根相應謂依第三靜慮當言喜根相應謂依初及第二靜慮當言捨根相應謂依未至靜慮中間第四靜慮及四無色顯相應已當顯行相當言空三摩地俱謂二行相當言無願三摩地俱謂十行相不說無相三摩地俱者

如不說滅智說顯行相已當顯所緣當言緣欲色界繫謂緣苦集當言緣不繫謂緣道於受循受觀念住當言法智謂知欲界繫及一分無漏受當言類智謂知色無色界繫及一分無漏受當言他心智謂知欲色界繫及一分無漏他相續現在前受當言世俗智謂知一切受當言苦智謂知有漏受作非常等四行相當言集智謂知有漏受作因等四行相不說滅智者以受念住惟知有爲法故當言道智謂知無漏受作道等四行相不說餘智者如前釋顯自性已地相應行相皆如前說當顯所緣當言緣三界繫謂緣苦集當言緣不繫謂緣道如於受於心亦爾此二所緣常相應故於法循法觀念住當言法智謂知欲界繫諸行及彼因彼滅彼一切法智品當言

類智謂知色無色界繫諸行及彼因彼滅彼一切類智品當言他心智謂知欲色界繫及一分無漏他相續現在前除受及心餘心所法當言世俗智謂知一切法當言苦智謂知五取蘊作非常等四行相當言集智謂知有漏因作因等四行相當言滅智謂知擇滅作滅等四行相當言道智謂知無漏五蘊作道等四行相不說餘智者亦如前釋顯自性已地相應如前說當顯行相當言空無願三摩地俱亦如前釋當言無相三摩地俱謂四行相顯行相已當顯所緣當言緣三界繫謂緣苦集當言緣不繫謂緣滅道如說受樂受時如實知我受樂受此四智乃至廣說問何故此中再度分別受心法念住一度分別身念住耶答彼作論者意欲爾故乃至廣說有說此中世尊亦應作是說彼行住等時如實知我行住等此四智乃至廣說而不說者有何意耶答若法微細難見難覺不明了不現見者則重分別身念住麤顯乃至現見故不重說有說若依彼起種種不相似異相文句及異相智者則重分別身念住若分別時文句不異智亦不異故不重說問受樂受時則不如實知如實知時則不受樂受所以者何受樂受時彼受在現在非爾時能如實知不知相應故無二心品俱行故如實知時彼受在過去未來非爾時名受樂受無作用故苦受不苦不樂受說亦爾佛何故說受樂受時如實知我受樂受等耶有說此中應作是說受樂受已如實知我已受樂受苦受不苦不樂受已如實知我已受苦受不苦不樂受而不

作是說者有何意耶應知此中說已受名受於過去說現在聲如說大王從何方來此說已來名來又如說菩薩入正性離生時得現觀邊世俗智此說已入名入彼亦如是尊者世友說曰諸受在過去未來時則不可受在現在時惟自性轉亦不可受云何說受樂受苦耶當知彼觀樂苦衆具相續而說謂觀樂具相續言我受樂觀苦具相續言我受苦復次彼觀樂苦因緣相續而說謂觀攝受因緣相續言我受樂觀損害因緣相續言我受苦復次彼於諸受相續轉時中間數起彼境意識便謂此於所依爲益爲損故言我今受樂受苦大德說曰彼於樂苦受所依大種相續轉中謂之爲受故言我今受樂受苦如說受樂受時如實知我受樂受此四智謂法類世

俗道問何故此中不說他心智答他心智知他相續心心所法此中如實智知自相續心心所法是故不說復次他心智知現在心心所法此中如實智知過去心心所法復次他心智但知心心所法此中如實智亦知心心所法所依所緣復次他心智一一法緣此中如實智亦多法總緣以是故不說他心智問此中復何故不說苦集智耶有說此中亦應說苦集智而不說者當知此義有餘有說苦集智是猒行相智此中如實智是欣行相智緣所欣事有說苦集智緣所猒事此中如實是故不說有說苦集智憎惡所緣而轉此智緣所欣事有說苦集智憎惡所緣而轉此中如實智愛樂所緣而轉有說此中說如實知有漏無漏心心所法然有漏心心所法無始數知又麤近易了起世俗智即能了知不

待起無漏智是故無有捨世俗智而以苦集智知者無漏心心所法昔來未知又微細難了起無漏智乃能知之是故此中如實知有漏心心所法惟世俗智如實知無漏心心所法謂餘三智由此不說有苦集智有說此中說如實知有漏無漏心心所法事差别相彼有漏者起世俗智即知更不起苦集智以難起故及起時但知總相故彼無漏者起世俗智不能知故便起道智然道智生雖不如前惟差别知然以總相知差别事故有道智無苦集智有說此中說如實知有漏無漏心心所法行相差别然有漏心心所法多非緣諦行相設所有者亦未善成就故但以世俗智作非諦行相如實知其行相差别無漏心心所法皆是緣諦行相極善成就故還以道智作諦行相如實知其行相差别是故此中無苦集智不說盡無生智者此是見蘊但說諸見性智彼非見性智是故不說此中法智者謂知法智品樂受類智者謂知類智品樂受世俗智者謂知有漏樂受道智者謂知無漏樂受雖無一樂受四智所知謂有漏者一智知無漏者三智知然以總說故言四智如實知樂受有說無漏樂受四智所知受苦受時如實知受苦受此一智謂世俗以苦受惟有漏故世俗智知受不苦不樂受時如實知受不苦不樂受此四智謂法類世俗道如實知樂受說

阿毘達磨大毘婆沙論卷第一百八十九　說一切有部發智

音釋

練連彦切精熟也 懈怠懈古隘切懶也怠徒大切倦也 腐奉甫切朽也

萎於爲切枯也

阿毗達磨大毗婆沙論卷第一百九十

五百大阿羅漢等造
唐三藏法師玄奘奉詔譯

見蘊第八中念住納息第一之四

受樂身受苦身受不苦不樂身受及苦心受時如實知此一智謂世俗一切身受及苦心受惟有漏故起世俗智即如實知受樂心受不苦不樂心受時此四智謂法類世俗道此二心受通有漏無漏故以四智知廣釋如上問此中何者名身受何者名心受耶答若受在五識身名身受在意地名心受復次若受無分別名身受有分別名心受復次若受取自相境名身受取自共相境名心受復次若受取現在境名身受取三世及非世境名心受復次若受取事別境名身受取事別及和合境名心受復次若受一墮境者名身受數數墮境者名心受復次若受於境率爾轉者名身受思度轉者名心受復次若受以色爲所依色爲所緣者名身受以非色爲所依色非色爲所緣者名心受如色非色如是有對無對積聚非積聚和合不和合廣說亦爾尊者世友說曰如佛所說彼於爾時受於二受謂身受心受云何身受云何心受答無有受是身受一切受皆是心受所以者何心相應故然諸受若依五根轉此受名身受恒以身爲增上故若依意根轉此受名心受恒以心爲增上故復作是說無有受是身受一切受皆是心受心相應故然諸受依取至境三根轉此受名身受恒作想故依取不至境三根轉此受名心受不恒作想故大德說曰若是

身受彼亦心受耶答若是身受彼亦心受有是心受而非身受謂若計度外事於內取相及於事取補特伽羅并法處所攝色心不相應行無爲相如此類受皆名心受以於非實有境分別轉故是謂身受心受差別受樂有味受苦有味受不苦不樂有味受及苦無味受時如實知此一智謂世俗以一切有味受及苦無味受皆有漏故起世俗智即如實知受樂無味受不苦不樂無味受時如實知此四智謂法類世俗道此二無味受通有漏無漏故以四智知廣釋如上此中味者是愛味著性故若受與彼爲安足處名有味受有說味名一切煩惱取著性故若受與彼爲安足處名有味受苦受不與愛或一切煩惱爲安足處名無味受問若爾者則一切苦受皆名有味皆能與愛或一切煩惱爲安足處故又如品類足說云何有味法謂有漏法云何無味法謂無漏法何故此中說有苦無味受耶答苦受雖有漏而有少無味依性依彼故說苦無味依受謂彼有與煩惱相違及與煩惱不相雜性有餘師說苦受雖皆是有漏而有能引發隨順勝義無味無漏受者依彼故說苦無味受以能暫時伏諸味故受樂躭嗜依受苦躭嗜依受不苦不樂躭嗜依受及苦出離依受時如實知此一智謂世俗以一切躭嗜依受及苦出離依受皆有漏故起世俗智即如實知受樂出離依受不苦不樂出離依受時如實知此四智謂法類世俗道如前釋此中躭嗜謂愛躭著性故若受與彼爲安足處名躭嗜依受有說躭嗜名一切煩惱執著

性故若受與彼為安足處名躭嗜依受若受不與愛或一切煩惱為安足處名出離依受問若爾一切苦受皆應名躭嗜依皆能與愛或一切煩惱為安足處故又如品類足說云何躭嗜依法謂有漏法云何出離依法謂無漏法何故此中說有苦出離依受耶答苦受雖有漏而有少出離依性依彼故說苦出離依受謂彼有與煩惱相違及與煩惱不相雜性有餘師說苦受雖皆是有漏而有能引發隨順勝義出離依無漏受者依彼故說苦出離依受以能暫時伏諸躭嗜故如說有貪心如實知有貪心乃至廣說有二義故心名有貪一貪相雜故二貪所繫故有說此中依相雜有貪而作論有說此中依二種有貪而作論所以者何若惟依相雜有貪而作論者則有漏善及無覆無記心等應亦名雜貪心然彼亦是有貪心貪所繫故如有貪心應知有瞋心等亦爾此中貪所繫故名有貪心貪對治故名離貪心如是說者好謂貪所繫故名有貪心貪對治故名離貪心若說貪相應故名有貪心貪不相應故名離貪心者則貪不相應餘煩惱相應心等應名離貪心然彼亦是有貪心貪所繫故若說貪相應故名有貪心貪對治故名離貪心者則貪不相應染污心及無覆無記一分善心應非有貪心亦非離貪心然彼亦是有貪心貪所繫故有貪心如實知有貪心此一智謂世俗智離貪心如實知離貪心此四智謂法類世俗道皆如前釋瞋所繫故名有瞋心瞋對治故名離瞋心廣說如貪有瞋心如實知有瞋心此一智謂

世俗智如前釋離瞋心如實知離瞋心此三智謂法世俗道此中依近對治説故不説類智以類智品道非欲界近對治故餘如前釋癡所繫故名有癡心癡對治故名離癡心如是説者好謂癡所繫故名有癡心癡對治故名離癡心若説癡相應故名有癡心癡不相應故名離癡心者則無覆無記一分善心亦應名離癡心然彼亦名有癡心癡所繫故若説癡相應故名有癡心癡對治故名離癡心者則無覆無記一分善心應非有癡心亦非離癡心然彼亦是有癡心癡所繫故有癡心如實知有癡心此一智謂世俗離癡心如實知離癡心此四智謂法類世俗道如前釋染心者謂染污心煩惱相應故不染心者謂善心煩惱相違故有説善心無覆無記心皆名不染心煩惱不相應故染心如實知染心此一智謂世俗不染心如實知不染心此四智謂法類世俗道如前有癡離癡心釋略心者謂善心於所緣略攝故散心者謂染污心於所緣馳散故略心如實知略心此四智謂法類世俗道散心如實知散心此一智謂世俗此隨所應如前釋迦濕彌羅外諸師言略心者謂眠相應心以説心略名眠故如説眠云何謂睡眠者所有眠夢不能持身心略爲性問若爾者此中所説云何通如説略心如實知略心此四智乃至廣説答此文應作是説略心散心下心如實知略心散心下心此一智謂世俗舉心如實知舉心此四智如前説評曰彼不應作是説若作是説則染污眠相應心應亦名略心眠相應故亦名散心以染

汚故由此應知前說者好下心者謂染汚心懈怠相應故舉心者謂善心精進相應故下心如實知下心此一智謂世俗舉心如實知舉心此四智謂法類世俗道如前釋小心者謂染汚心小生所習故大心者謂善心大生所習故問今現見無量有情作惡少有情習善云何染心小生所習耶答此中不以類少名小但以淨法少故名小謂若淨法少生之所習者名小心淨法多生之所習者名大心是故徧生死海中惟佛多修善法而名爲大非一切有情有說染汚心小價得故名小善心大價得故名大以染汚心因少所爲便起無量非理作意令煩惱惡行起如河流善心不爾雖捨百千珍寶或有能起或有不能起者有說染汚心少根故名小善心多根故名大謂染汚心或惟一根或復至二善心一切皆具三根有說染汚心少隨轉故名小善心多隨轉故名大謂染汚心惟三蘊隨轉善心或三蘊或四蘊隨轉有說染汚心少眷屬故名小善心多眷屬故名大謂染汚心無未來修故善心有未來修故有說染汚心少對治故名小善心多對治故名大如一剎那苦法智忍生能頓永斷欲界見苦所斷十隨眠等此一力勝非彼一切如一力士能伏千人而無一剎那染汚心生有此勢力復次染汚心中所有上首闕於眼足彼上首者即是無明如說無明爲上首爲前因故生無量種惡不善法及彼種類無慚無愧善心中所有上首具有眼足彼上首即是明如說明爲上首爲前因故生無量種善法及彼種類慚愧復次

無始時來所習不善法暫時習善則令永斷猶如室中多時積闇燈明暫照則便除遣如於多時習無鹽想暫甞鹽時彼想便捨此亦如是不善斷善無如是事復次善於不善能畢竟伏或畢竟斷不善於善則不如是由此等緣染污心名小善心名大小心如實知小心此一智謂世俗大心如實知大心此四智謂法類世俗道皆如前釋掉心者謂染污心掉舉相應故不掉心者謂善心奢摩他相應故掉心如實知掉心此一智謂世俗不掉心如實知不掉心此四智謂法類世俗道皆如前釋不寂靜心者謂染污心恒喧動故寂靜心者謂善心背喧動故不寂靜心如實知不寂靜心此一智謂世俗寂靜心如實知寂靜心此四智謂法類世俗道皆如前釋不定心者謂染污心散亂相應故定心者謂善心背散亂故不定心如實知不定心此一智謂世俗定心如實知定心此四智謂法類世俗道皆如前釋不修心者謂於得修習修俱不修心修心者謂於得修習修或俱或隨一修心不修心如實知不修心此一智謂世俗修心如實知修心此四智謂法類世俗道皆如前釋不解脫心者謂於自性解脫相續解脫俱不解脫心解脫心者謂於自性解脫相續解脫或俱或隨一解脫心不解脫心如實知不解脫心此一智謂世俗解脫心如實知解脫心此四智謂法類世俗道皆如前釋

如說有內貪欲蓋乃至廣說此聖教中內有二種一內處攝故名內如說此六內處乃至廣說二自相續攝故名內如說於內身循身

觀乃至廣說此中依相續內而作論不依處內所以者何若依處內而作論者則不應言有內貪欲蓋等以貪欲蓋等皆是外法處攝故然彼雖是外處而以自相續攝故說名爲內如說有內貪欲蓋如實知有內貪欲蓋此一智謂世俗此中有者謂自相續中貪欲蓋現行可得或未離彼得獲成就或彼對治道未生此一智者以有漏故起世俗智即如實知無內貪欲蓋如實知無內貪欲蓋此三智謂法世俗道此中無者謂自相續中貪欲蓋非現行可得或已離彼得獲成就或彼對治道已生此三智者謂貪欲蓋惟欲界故彼近對治非類智品如未生內貪欲蓋而生如實知此一智謂世俗此中未生而生者謂由彼彼因彼彼緣內貪欲蓋生此一智者如前釋生已便斷斷已後不復生如實知此三智謂法世俗道此中生已便斷者謂彼對治道已生貪欲蓋斷斷已後不復生者謂或畢竟不生或乃至未退彼對治道此三智者如前釋如貪欲蓋應知瞋恚惛沉睡眠掉舉惡作疑蓋亦爾以彼皆是欲界繫故如說有內眼結如實知有內眼結此一智謂世俗此中亦依相續內而作論不依處內廣說如前所說有者亦謂自相續中眼結現行可得或未離彼得獲成就或彼對治道未生此一智者如前釋無內眼結如實知無內眼結此四智謂法類世俗道此中無者亦謂自相續中眼結非現行可得或已離彼得獲成就或彼對治道已生此四智者謂內眼結欲色界繫故彼近對治通法類智品如未生內眼結而生如實

知此一智謂世俗此中未生而生者謂由彼彼因彼彼緣內眼結生此一智者如前釋生已便斷斷已後不復生如實知此四智謂法類世俗道此中生已便斷者謂彼對治道已生內眼結斷斷已後不復生者謂或畢竟不生或乃至未退彼對治道此四智者如前釋如眼結應知耳身意結亦爾彼近對治俱通法類智品故鼻舌結如蓋說皆惟欲界繫故如說有內念等覺支如實知有內念等覺支此四智謂法類世俗道此中有者謂自相續中念等覺支現行可得或已有彼得獲成就或彼所對治障已斷此四智者有說此中眞實念等覺支三智知謂法類道智相似念等覺支一智知謂世俗智有說此中惟說眞實念等覺支即此爲四智知謂世俗智不明了知法類道智明了知無內念等覺支如實知無內念等覺支此一智謂世俗此中無者謂自相續中念等覺支非現行可得或未有彼得獲成就或彼所對治障未斷一智者如前說如未生念等覺支而生生已住不忘令圓滿倍增廣智作證此四智謂法類世俗道此中未生而生者謂由彼彼因彼彼緣內念等覺支生生已住不忘等者問如爾所生即爾所滅刹那後必不住如何可說生已住不忘等耶答此中說二種善根謂順住分及順勝進分生已住不忘者說順住分善根生已令圓滿倍增廣者說順勝進分善根四智者如前釋如念等覺支應知擇法精進喜安定捨等覺支亦爾以種類同故問喜等覺支即是受前受念住中已觀今何故重觀察耶答前

以受念住門觀察今以法念住門觀察復次前獨觀察今與餘覺支觀察復次前觀察自相今觀察彼共相復次前觀察有漏無漏今觀察無漏有説此中亦觀察有漏無漏以通觀察眞實及相似覺支故

如説等隨觀自貪瞋癡增乃至廣説問何故復作此論答爲欲分别佛經義故如契經説諸苾芻苾芻尼等隨觀自貪增時彼應知退諸善法佛説名退瞋癡亦爾契經雖作是説而不廣分别云何貪增乃至癡增彼經是此論所依根本彼所不分别者今應分别故作斯論云何貪瞋癡增答有下貪瞋癡纏故中有中故上是謂增此中有説依世所現見貪瞋癡增而作論貪增者如諸男子於童子位起下貪纏於少年位起中貪纏於盛年位起上貪纏於彼妻亦爾瞋增者如諸男子展轉鬬諍未發麤語起下瞋纏發麤語時起中瞋纏結憾謀害起上瞋纏癡增者如有男子生外道家未學彼書論起下癡纏學而未達其義起中癡纏若究竟通達起上癡纏有説此中依觀待道理而作論謂觀下品貪纏故施設中觀中故施設上瞋癡亦爾有説此中依退作論謂從下品貪纏退故中從中退故上瞋癡亦爾如説等隨觀自貪瞋癡減乃至廣説問何故復作此論答欲分别即前經中餘所説義故如彼説諸苾芻苾芻尼等隨觀自貪減時彼應知不退善法佛説名不退瞋癡亦爾彼經雖作是説而不廣分别云何貪減乃至癡減彼經是此論所依根本彼所不説者今悉應説故作斯論云何貪瞋癡減答無

上貪瞋癡纏故中無中故下是謂減有說此中依世所現見貪瞋癡減而作論貪減者如諸男子於盛年位起上貪纏於中年位起中貪纏於老年位起下貪纏於彼妻亦爾瞋減者如說男子展轉結憾相謀害時起上瞋纏爲與鬬諍遣使往反起中瞋纏正鬬諍時起下瞋纏癡減者如諸男子生外道家學彼書論已通達時起上癡纏若聞佛語心中住時起中癡纏若於佛語少生信時起下癡纏有說此中依觀待道理而作論謂觀上品貪纏故施設中觀中故施設下瞋癡亦爾有說此中依離染作論謂上品貪纏減故中中減故下云何死邊際受乃至廣說問何故作此論答爲欲解釋契經義故如契經說阿難陀當知昔有轉輪王名曰善見有如是類死邊際受循如壯士多食美食須臾逼悶又契經說我今已生猛利損害死邊際受契經雖作是說而不分別云何死邊際受齊何當言死邊際受乃至廣說故作斯論有說所以作論者爲止世間於非死邊際受起死邊際受想故如世間說我已受死邊際受今受當受彼於非死邊際受起死邊際受想所以者何若受此受不久便命終者乃名死邊際受故云何死邊際受答由此末摩斷命根滅問此受何故名死邊際耶答由此引至死邊際位故名死邊際受問若爾應說最後受名死邊際受不應說由此末摩斷所以者何末摩斷已或經晝夜方命終故答即斷末摩受亦名最後受以斷末摩後不久必命終故有說一衆同分中有二種受一身受二心受斷末摩受是

身受最後命根滅受是心受最後齊何當言死邊際受答齊此末摩斷命根滅問何故復作此論答前說死邊際受自性而未顯位今欲顯之故作斯論死邊際受何處攝答法處幾識相應答身識意識謂初末摩斷受身識相應最後受意識相應問幾大種能斷末摩答三謂水火風問何故地大種不能斷末摩答非田非器乃至廣說有說猛利大種能斷末摩地大種不猛利有說若諸大種能壞外分能爲外災彼亦能壞内分能斷末摩地大種不能壞外分不能爲外災故亦不能壞内分不能斷末摩此中水大種斷末摩者謂將死時於内身中水界增盛由此浸漬令一切筋爛諸筋爛故支節解支節解故不久命終火大種斷末摩者謂將死時於内身中火界增盛由此燒逼令一切筋燋諸筋燋故支節解支節解故不久命終風大種斷末摩者謂將命終時於内身中風界增盛由此鼓擊令一切筋碎諸筋碎故支節解支節解故不久命終亦有欲令地大種能斷末摩彼作是說將命終時身中地界增盛能令一切竅穴閉塞諸穴塞故支節解支節解故不久命終問何處有斷末摩答在欲界非色無色界於欲界中地獄無斷末摩以恒斷故傍生餓鬼有斷末摩人中三洲非北拘盧洲欲界諸天亦無斷末摩彼非惱亂業果故問何等補特伽羅有斷末摩答異生聖者皆有於聖者中預流一來不還阿羅漢獨覺皆有惟除世尊無惱亂業故諸佛世尊無斷末摩聲音不壞無漸命終以佛世尊諸根頓滅故或阿羅漢有

斷末摩非屠羊人等以斷末摩是惱亂業果故若有惱亂業者雖阿羅漢而斷末摩若無惱亂業雖屠羊人等亦無斷末摩事問末摩中間云何安布答象馬牛等諸大力獸末摩中間骨節相拄而復堅固大諾健那骨節相接猶如接版鉢羅塞建提骨節相鉤如鐵鉤相鉤那羅延身骨節連鎖猶如鐵鎖佛身骨節展轉盤結猶如盤龍諸餘有情骨節相離而不堅固是故彼類其力最劣

阿毘達磨大毘婆沙論卷第一百九十（說一切有部發智）

音釋

躭嗜（躭丁含切樂也嗜常利切好也）鹽（余廉切）憾（胡紺切恨也）燋（即消切傷火也）

阿毗達磨大毗婆沙論卷第一百九十一

五百大阿羅漢等造

唐三藏法師玄奘奉詔譯

見蘊第八中念住納息第一之五

阿羅漢般涅槃心當言善耶無記耶答當言無記問何故作此論答欲令疑者得決定故謂阿羅漢已斷不善法成就善法或有便疑若爾阿羅漢應住善心而般涅槃欲令此疑得決定故明阿羅漢雖斷不善法成就善法然住無記心而般涅槃非善若先不作此論者則乃至于今善得是問阿羅漢般涅槃心當言善耶無記耶彼不解故或作是答是善非無記以阿羅漢已斷一切不善法成就善法故由先作此論故乃至于今皆得正解由是因縁故造斯論問何故阿羅漢惟住無記心而般涅槃答惟無記心順心斷故謂善心強盛堅住難壞能令餘心長時續起於心斷不順無記心羸劣如朽敗種不堅住易壞不能令餘心長時續起故於心斷最爲隨順有說以無記心起過患少故謂善不善心由二門於生死中起多過患一由異熟果門二由等流果門無記心但由等流果門起過患非異熟果有說以阿羅漢背一切生故謂餘有情將命終時爲當生故極作意力令善心起勿我當墮諸非愛趣阿羅漢背一切生故不復作意但住無記心而般涅槃有說以阿羅漢不求起異熟器故謂餘有情求起當來異熟器故將命終時以極加行令善心起阿羅漢不求起如是異熟器故但住無記心而般涅槃有說阿羅漢住自性心入於涅槃自性

心者即無記心以生生中未嘗無故或有一衆同分中無善心起謂已斷善根未相續者或有一衆同分中無不善心起謂已離欲界染者無有一衆同分中不起無記心者是以說無記心名自性心惟住此心入於涅槃有說阿羅漢要住如上親友心而涅槃故如人欲適他土親友追送其下親友至門而返中至村界上至國境如是阿羅漢趣涅槃時不善染汙心如下親友於離欲界及非想非非想處染時即便捨離善心如中親友於起無記心時而便捨離無記心如上親友於般涅槃時乃便捨離有說此是阿羅漢漸捨生死法故謂離欲界染時捨一切不善心離非想非非想處染時捨一切染汙心起無記心時捨一切善心入無餘依涅槃時捨一切無記心尊者妙音說曰一切善心皆是作功用起將命終時不能復作功用是故惟住無記心而般涅槃問阿羅漢最後心爲何所緣耶有說緣自身中諸根大種有說緣內六處有說緣外六處有說緣十二處尊者說曰阿羅漢最後心爲何所緣答緣自身彼於自身作無命離命者想空解脫門現在前而般涅槃有說彼心緣一切行以於諸行深見過失無願解脫門現在前而般涅槃有說彼心緣涅槃以於涅槃觀寂靜功德無相解脫門現在前而般涅槃應知此中依阿羅漢相續命終心說非刹那最後心以彼心惟無記故大德說曰阿羅漢最後心緣所見聞覺知境以彼心是異熟生自體所攝由先業行盡故自然斷滅如陶家輪勢極則止

何故雙賢弟子先般涅槃然後佛耶答彼二尊者先長夜中造作增長感無斷業勿空無果異熟故由二因緣彼二尊者求如是處發起此業一以見爲先故二以聞爲先故見爲先者彼二尊者過去曾見先三藐三佛陀雙賢弟子先般涅槃然後彼佛聞爲先者彼二尊者過去曾聞先三藐三佛陀雙賢弟子先般涅槃然後彼佛既見聞已而便引起隨順彼因諸我所行若戒若禁苦行梵行一切迴向願我未來得住如斯善士行類恒與大師現受法樂而無間斷若佛先般涅槃然後雙賢弟子者則彼所造作增長感無斷業應空無果異熟問一切造作增長感無斷業無如佛者若雙賢弟子先般涅槃則佛感無斷業便空無果異熟豈雙賢弟子感無斷業於佛爲勝耶答弟子於師有二種受用勝一財受用二法受用師於弟子有一種受用勝謂財非法然造作增長感無斷業但爲法故非爲財故是以無前過失問雙賢弟子中般若勝者復先涅槃非神通勝者神通勝者於彼既失法受用義云何非感無斷業空無果異熟耶答般若勝者無如世尊彼雖涅槃以世尊在故於法受用非空無果復次由法爾故雙賢弟子先佛般涅槃何謂法爾謂法應如是不可改易不可徵詰是法爾義此顯一切諸佛雙賢弟子法應先佛而般涅槃此理無異有說與轉輪王相似法故如轉輪王欲往彼彼未至方域必令前軍勇將先導而往如是十力法轉輪王欲往未至無餘依涅槃界亦令如前軍勇將雙賢弟子先導而往有說欲

令所化有情入佛法故謂有所化有情雖近佛而住盡衆同分不欲來詣佛所受行佛法若見雙賢弟子般涅槃時便於生死猒怖來詣佛所受行佛法有說爲解所化有情愁憂心故謂若佛先般涅槃則無有能解所化有情愁憂心者若雙賢弟子先般涅槃則有如來能於雨四月中依彼及自說無常教解彼愁憂令修勝行有說欲令所化有情於佛當般涅槃預繫念住故謂由雙賢弟子先般涅槃所化有情便作是念佛亦不久當般涅槃以雙賢弟子巳涅槃故如天欲雷必先掣電若不以電爲先而震雷者則令怯弱有情聞之驚慴或復致死是故天欲雷時愍有情故先流電耀彼既知巳虛心待之雖聞吒雷則無驚駭如是若佛先般涅槃者則令一類於佛慕戀渴仰有情驚怛悶絶若雙賢弟子先涅槃者則令彼類預起如來般涅槃想至佛涅槃則無悶絶故有頌言

恒作無常想　變壞則無憂　如覩電爲先
聞雷不驚怖

有說爲息謗故謂有外道恒謗佛言沙門喬答摩攝受鄔波底沙及俱履多故夜從諮受晝爲他說若彼二人般涅槃巳世尊說法不異先時則諸外道誹謗皆息有說爲顯世尊不久住世必當般涅槃故如世界將欲壞時蘇迷盧山數爲難陀鄔波難陀二大龍王纏遶捨去諸天見巳即知世界不久當壞如是尊者舍利子大目揵連先般涅槃世便知佛不久滅度由如是等種種因緣故雙賢弟子先般涅槃然後佛滅

問何故具壽蘇䟦陀羅先般涅槃然後佛耶答亦由法爾故謂諸佛法爾最後弟子先般涅槃然後佛問何謂法爾答法應如是不可改易故名法爾此顯一切諸佛法應後最後弟子而般涅槃此理無異有說與轉輪王相似法故如轉輪王欲入園苑勝地遊戲必以諸莊嚴具嚴飾最小王子令其先入然後自往如是十力無上法王將欲入如園苑勝地無餘依涅槃界亦先以菩提分法莊嚴最後弟子令先涅槃然後自往有說尊者蘇䟦陀羅作是念一切同梵行者皆在我前入有餘依涅槃界我當復在一切同梵行者前入無餘依涅槃界由其志願故彼先佛而般涅槃有說彼尊者作是念如受爾所聖教功德還受爾所生死過患我既不能領受聖教衆多功德何須久住領受生死衆多過患故彼先佛而般涅槃有說彼尊者怖畏多受利養恭敬故謂拘尸城諸力士等先於彼尊者起大師想復知彼得阿羅漢果彼尊者作是念若佛般涅槃後彼必於我大設供養幸因佛未涅槃諸力士等供養世尊未暇相及我當先佛而般涅槃有說彼欲斷絕諍根本故謂彼尊者作如是念若我後佛般涅槃者外道謂我是彼同類諸苾芻復言是我同類因此便與種種鬪諍彼觀未來有如是事是故先佛而般涅槃有說欲顯世尊於最後位教化功德亦無減故謂或有作是念世尊功德退減而般涅槃故彼尊者欲顯世尊於最後位亦能教化有情令功德圓滿謂令入無餘依涅槃界由如是等種種因緣故彼先佛而般涅

槃如說世尊依不動寂靜定而般涅槃世間眼滅此爲在定爲出定耶答出定問何故作此論答欲令疑者得決定故謂契經說世尊依不動寂靜定而般涅槃世間眼滅或有疑佛在定而般涅槃欲令此疑得決定故明佛出定而般涅槃故作斯論此中不動寂靜定者謂有欲界無覆無記心相應定似第四靜慮故名不動寂靜佛依此而般涅槃西方健馱羅國諸師作如是說如說世尊入第四靜慮而般涅槃世間眼滅此爲在定爲出定耶答出定問佛具入四靜慮而般涅槃何故但言入第四靜慮耶答雖亦入前三靜慮而非堅著若入第四靜慮即便堅著故偏說之有說爲入第四靜慮故入前三靜慮是故偏說第四有說前三靜慮猶如在路第四靜慮是正所往是以偏說有說佛將般涅槃時從第四靜慮起入第三靜慮近分從第三靜慮近分起入第二靜慮近分從第二靜慮近分起入初靜慮近分從初靜慮近分起欲界善心現在前欲界善心無間欲界無覆無記心現在前即住此心而般涅槃以前三靜慮但入出近分非根本第四靜慮入出根本是故偏說尊者妙音說曰佛將入涅槃時第四靜慮無間欲界善心現在前欲界善心無間欲界無覆無記心現在前即住此心而般涅槃問豈有能從第四靜慮無間即起欲界善心耶答有謂佛非餘問何故佛般涅槃時最後入第四靜慮耶答過殑伽沙數如來應正等覺法皆如是次第入定而般涅槃謂一切佛般涅槃時最後法爾入第四靜慮從彼起已而

般涅槃有説欲顯佛於彼定極自在故雖將涅槃而猶現入若不爾者應不能現前有説佛欲悲愍後世生故謂佛滅後有諸衆生當作是念世尊具一切智臨涅槃時尚入第四靜慮況我等不於諸等至中勤作加行耶由此勤修一切等至有説與轉輪王相似法故如轉輪王若先於此地灌頂而受王位後即於此地而命終如是十力無上法王先依第四靜慮受法王位後還依此地而般涅槃有説與大富商主相似法故如富商主最後轉易大價珍寶而無戀著如是世尊最後棄捨殊勝第四靜慮而無戀著世尊臨般涅槃時先起欲界善心從此無間入初靜慮從初靜慮入第二靜慮如是次第乃至從無所有處入非想非非想處從非想非非想處無間入

滅受想定從滅受想定無間入無所有處從無所有處入非想非非想處從非想非非想處入識無邊處從識無邊處入無所有處從無所有處入空無邊處從空無邊處入識無邊處從識無邊處入第四靜慮從第四靜慮入空無邊處從空無邊處入第三靜慮從第三靜慮入第四靜慮從第四靜慮入第二靜慮從第二靜慮入第三靜慮從第三靜慮入初靜慮從初靜慮入第二靜慮從第二靜慮入第三靜慮從第三靜慮入第四靜慮從第四靜慮起便般涅槃如是世尊臨涅槃時四度入第四靜慮前三入時未名不動寂靜定第四入時乃名不動寂靜定所以者何前三入時不縁涅槃第四入時乃縁涅槃故問何故世尊臨涅槃時不順超入諸定而但逆超

入耶答過殑伽沙數如來應正等覺法皆如是超入諸定有說欲顯世尊於諸定得自在故所以者何若有於定得自在者乃能不因順超入而便逆超入若於諸定不自在者尚不能順超況能逆超而入諸定有說欲顯世尊能作難作事故謂不順超而能逆超入諸定者此事爲難非如順超入已方逆超者有說欲顯世尊威力大故世尊威力乃能不順超而逆超聲聞獨覺若不順超即不能逆超而入諸定有說爲欲兼入滅盡定故謂佛爾時若順超入諸定者則無容入滅盡定所以者何以滅盡定要從漸次非想非非想處以無間現在前故如是佛般涅槃時則不應現入一切靜慮解脫等持等至然佛般涅槃時決定現入一切靜慮解脫等持等至是故不順超入諸定而逆超入諸定問世尊何故臨般涅槃現入一切靜慮解脫等持等至耶答過殑伽沙數如來應正等覺法皆爾故謂一切佛臨般涅槃法皆現入一切靜慮等持等至有說欲顯世尊於諸定得自在故謂若於諸定得自在者臨般涅槃時猶能現入若於諸定不得自在餘時尚不能現入況臨般涅槃有說佛爲悲愍後時諸有情故謂佛般涅槃後有諸有情當作是念世尊具一切智臨般涅槃尚現入一切靜慮解脫等持等至況我等於彼不勤作加行耶由此勤修靜慮解脫等持等至有說爲欲熏修所留設利羅故又爲資養羸瘦身故又爲准陀工巧之子福田增廣故又爲止息因碎身所生身中諸苦受故有說與大富商主相似法故如巨富商

主臨命終時開諸庫藏觀閱財寶付囑子孫然後捨命如是世尊爲無上正法商主臨涅槃時開功德庫藏觀閱一切靜慮解脫等持等至諸法財寶付囑弟子然後涅槃尊者妙音說曰世尊自顯不退法故謂佛成就一切功德於一切境智得自在臨般涅槃猶能現起一切靜慮解脫等持等至

如契經說世尊在拘尸城力士生處雙娑羅林間而般涅槃問世尊何故在拘尸城般涅槃耶答爲欲化度拘尸城中諸力士故又爲攝化外道蘇跋陀羅故又爲令大力士補竭娑種獨覺菩提種子故又令彼妻種無上正等菩提種子故有說爲止拘尸城中諸力士等被輕懱事故謂佛若於餘大城中般涅槃者此小城中諸力士等便被輕懱不得如來遺身一分故佛於此而般涅槃有說爲廣流布佛身界故若佛於餘大城般涅槃者彼諸人衆難可摧伏於佛身界或生保恪則不可分布若拘尸城般涅槃者諸力士等身心勇健心勇健故樂爲分布身勇健故不爲他伏樂分布故令佛身界廣得流布有說欲顯佛雖臨般涅槃而於世間猶受增上富貴果故謂佛若於諸餘大城般涅槃者則所受供養雖過輪王多百千倍未爲奇特若雖於此極小邊城入於涅槃而所受供養猶過輪王多百千倍乃爲奇特有說佛曾於此數數捨身命故如彼經說佛告阿難乃至拘尸城有金河雙娑羅林諸力士等增制多界分周帀正等十二踰繕那地如來於此六返捨轉輪王身命今第七返捨如來應正等覺身命阿難

當知我不見於此地處或東或南或西或北如來更捨第八身命所以者何如來諸有道斷生死永盡無後有故

如說佛告阿難汝應往雙娑羅林間爲佛敷設北首臥牀如來於今日中夜當於無依涅槃界而般涅槃乃至廣說問世尊何故令敷設北首臥牀而臥耶答欲顯彼國論師法應爾故謂彼國論師皆敷設北首牀而臥世尊亦爾以佛能伏諸論師故即是無上第一論師故令隨彼敷設而臥有說欲顯遠離世所妄執吉祥事故謂彼國死者乃令牀上北首而臥佛爲破彼妄吉祥執是故未般涅槃即令敷設北首牀而臥有說欲止拘尸城中諸力士等不淨心故謂彼國俗皆於北方建立天祠若佛北足而臥者則諸力士生不淨心云何欺慢我等所事北足而臥有說爲欲顯佛恭敬正法故謂佛預知般涅槃後無上法炬北方熾然久久不滅故於牀上北首而臥有說佛欲顯已於一切時所作漸勝故謂佛三無數劫來所起善根漸漸增勝無有萎歇故令首趣勝方而臥以北方是勝方故有說佛欲顯北方人衆漸增廣故謂佛預知般涅槃後北方人衆漸漸增廣故令敷設北首牀而臥

如說爾時世尊趣所敷牀右脇在下疊足西面北首而臥住光明想具念正知乃至廣說問世尊何故右脇而臥答欲顯佛如師子王而臥故如契經說臥有四種謂師子王臥天臥鬼臥耽欲者臥師子王右脇而臥天則仰面鬼則伏面耽欲者臥左脇著地佛是無上

人中師子故右脇而卧有説欲顯世尊如説而作故謂契經説佛告阿難汝等應學師子王卧佛是如説而作者既勸人右脇而卧故自亦爲之問世尊何故卧般涅槃而不坐耶答欲令大衆於佛一切身分易了知故有説若佛卧涅槃者則身度量現可了知不待分別有説欲顯如來離矯誑故若佛坐涅槃者即不信者當作是言此是矯誑何有死人而能端坐有説爲止當來於諸聖者生誹謗故若坐般涅槃者則於今時諸阿羅漢身力羸劣卧入涅槃世便謗言非阿羅漢若是者何不同佛坐涅槃耶有説爲斷恃力者憍慢心故謂彼見佛卧般涅槃咸作是念世尊一一身分皆具那羅延力尚爲無常所逼不能正坐況我等輩凡下微弱而恃少力生憍慢耶

問世尊何故於中夜分而般涅槃答以此時最寂靜故謂彼土暑熱晝時不堪作務多於初夜後夜分中作諸事業惟中夜分一切寂然如來恒時愛樂寂靜讃美寂靜故於中夜而般涅槃有説欲顯佛於增減事善節量中不須臾捨離故謂佛留初夜分命捨後夜分壽復於中夜分中留前捨後於其中分而般涅槃有説佛欲令大衆於生死黑暗起大猒怖故謂佛於迦栗底迦月白半八日中夜而般涅槃爾時月輪沒於山頂如是佛正徧知月亦隱靜慮大涅槃山即時二種黑暗俱起謂色性暗及無明暗時諸大衆覩斯事已便於生死起大猒怖故於中夜而般涅槃有説佛一切時樂處中行故謂佛昔爲菩薩時於最後天生中生處中覩史多天處於最後人

生中生中印度劫比羅筏窣堵城於中夜分踰城出家習處中行證無上覺爲益有情説離有無處中妙法於夜中分而般涅槃

如説爾時阿難白佛言世尊此拘尸城中有如是如是力士并男女大小僮僕作使親友眷屬一切歸依世尊及法并苾芻僧受諸學處乃至廣説問別解脱律儀由自表得云何彼力士等所受戒由他表得耶答佛神力故謂戒皆由自表而得然佛臨涅槃時以佛威力令力士等戒亦由他表而得有説尊者阿難先曾入拘尸城已授諸力士等三歸學處令但白佛令知欲顯諸力士等是佛眞實弟子及顯如來於最後位猶能攝受諸新學輩是故世尊弟子具足非如外道至臨終時弟子離散有説別解脱律儀亦更有餘從他表得如半迦尸女等雖自表不大明了而由他表力故亦得別解脱律儀

如説佛告苾芻從今已往及我滅度後不應輒度外道出家與受具戒惟除釋種及事火多髮外道若有釋種作外道服來求出家汝等即應度令出家與受具戒所以者何我之眷屬應開許故乃至廣説問世尊成就徧行大悲何故惟令開許自眷屬耶答有諸釋種先歸依外道未歸依佛今方便攝受故發此言謂因惡王毗盧擇迦誅戮劫比羅筏窣堵城諸釋種故有餘釋種以怖畏故依外道出家偷存身命佛爲彼故義言汝等以怖畏故依外道出家受彼法服今無怖畏必應還來歸依佛法故我勑諸弟子特令度彼因此無量釋種外道來歸佛法有説爲欲誘引未入

佛法增上慢釋種令入佛法故謂有釋種增上慢纏心故盡衆同分不來見佛如來說此語已便般涅槃彼彼聞之當作是念佛豈不以我爲眷屬故臨般涅槃猶垂哀愍由此無不發淳淨心來歸佛法出家受戒尊者世友說曰如來爲令釋種眷屬積集增廣殊勝善根故臨涅槃以爲付囑

如契經說爾時世尊袒上身分告苾芻衆曰汝應觀我汝應察我所以者何如來應正等覺難可出現難可得見過鄔曇跋羅華問世尊何故袒上身分告苾芻衆汝應觀我乃至廣說答假如有人習奢摩他滿十二歲所生善品不如於須臾頃觀察佛相好之身所獲功德此中佛語義言我三無數劫所集福聚乃至未作灰聚以來汝等宜應諦仰觀察求堅固法問汝應觀我汝應察我有何差別答汝應觀我者謂以眼識汝應察我者謂以意識復次應觀我者謂以無分別心應察我者謂以有分別心復次應觀我者謂於現在應察我者謂於未來復次應觀我者謂於生身應察我者謂於法身復次觀我者謂觀所集察我者謂察所證復次觀我者謂觀所猒察我者謂察所欣復次觀我者謂觀相好察我者謂察功德是謂觀察差別

如契經說汝等苾芻且可裁默應觀諸行是盡滅法此是世尊最後教誨問世尊何故說此語耶答諸苾芻等以佛將涅槃故極懷愁惱展轉悲號佛欲止其悲哀令生觀行故說是語此中汝等苾芻且可裁默者令住正念應觀諸行是盡滅法者令起正知復次可裁

黙者令修奢摩他觀諸行者令修毗鉢舍那復次可裁黙者令止憂悲觀諸行者令起觀行尊者妙音說曰汝等苾芻且可裁黙者欲止他悲哀應觀諸行是盡滅法者顯自成就無忘失法此中佛語義言我成佛未久巳作是說

諸行無常　有生滅法　以起盡故　彼寂為樂

今復依彼說言諸行是盡滅法豈非我成就無忘失法耶

阿毗達磨大毗婆沙論卷第一百九十一　說一切有部發智

音釋

羸劣　羸力追切病也劣力輟切弱也

徵詰　徵陟陵切驗也詰苦吉切問也

驚慴　驚舉卿切慴質涉切懼也

吒　陟駕切怒也

駭　下楷切驚也

怛　當割切懼也

諮　即移切訪問也

誹謗　誹府尾切非議也謗補曠切訕毀也

懱　莫結切輕易也

踰繕那　梵語也此云限量如此方一驛地踰音俞繕時戰切

萎　鄔賄切蓄縮也

脇　虛業切腋下也

壘　力軌切猶疊也

矯誑　矯居夭切詐也誑古況切欺也

劫比羅筏窣堵　梵語也此云能仁住處平窣蘇没切堵音覩

誅戮　誅陟輸切戮力竹切誅戮殺也

漚曇跋羅華　正云優曇鉢羅梵語也此云瑞應曇徒南切跋蒲撥切

阿毗達磨大毗婆沙論卷第一百九十二

五百大阿羅漢等造

唐三藏法師玄奘奉　詔譯

見藴第八中念住納息第一之六

爾時世尊說此語已便入初靜慮次第乃至入滅盡定時尊者阿難即問尊者阿泥律陀言世尊今者已般涅槃耶答言未也但是入滅盡定耳復問云何知耶答言我親從佛聞世尊入第四靜慮依不動寂靜定而般涅槃世間眼滅問尊者阿難爲知故問爲不知耶若知者何故復問若不知者云何名知佛心耶有說彼尊者知之問若爾者何故復問答亦有知而故問爲發起言論故如說世尊知而故問復次尊者阿難欲顯尊者阿泥律陀有勝德故雖知而問謂彼尊者雖有勝德而衆不知欲令其知是以故問有說彼尊者不知問若爾者云何名知佛心耶答佛出定已阿難知其前心而彼時不知者以佛猶在定故復次彼尊者若住常性心時能知佛心爾時彼心由二憂惱所覆沒故不知佛心一者失眷屬憂惱二者失大師憂惱問尊者阿泥律陀云何知耶有說世尊臨涅槃時入共聲聞等至故彼得知評曰不應作是說以佛爾時現入不共一切聲聞獨覺靜慮解脱等持等至故問若然者彼云何知答世尊爾時起共聲聞獨覺入出定心彼由此知是彼境故猶如象王渡深河時若正在河中則人無知者但觀入出水跡則知象王所入出處如是世尊若住甚深等至河時一切聲聞獨覺不能現見但觀如入出水跡入出定心便知入

如是定從如是定出
如說爾時尊者大迦葉波作是念我當以何滅焚如來身火尋作是念我今應以香乳滅之即起心時便有四道香乳從空而下由此令焚如來身火一時而滅問何故必以香乳滅焚如來身火耶答欲顯與諸仙人相似法故謂彼國俗若仙人命終即以乳滅焚身之火若受欲者命終即以酒滅焚身之火佛於諸仙中勝即是第一仙人故今亦以香乳滅火復次欲令佛設利羅極清淨故以乳灌之復次佛生身是乳所長養故今設利羅亦以乳浴之復次乳性肥而能滅火或有物雖性肥而不能滅火乃令其熾如酥油等有物雖能滅火而性不肥如水酒等惟乳性肥又能滅火故惟以乳由此義故尊者大迦葉波現四道香乳用滅如來焚身之火如說爾時尊者阿難佛涅槃已經七晝夜右繞焚如來火聚說伽他言

千衣纏佛葬　惟二衣不燒　謂外及儭身
此爲奇特事

問何故世尊惟二衣不燒耶答有信敬佛諸天神等威力所持令不燒故有說是佛願力所持令內外淨故謂一衣在內持如來馱都令不散染一衣在外持所有灰令不飄坌有說此表如來正法有內外二種護故內護者謂清淨苾芻苾芻尼等外護者謂淨信國王大臣等此則正法威力令其不燒有說此表如來內心外身俱清淨故心清淨者謂已永離一切煩惱并習氣故身清淨者謂從最勝相異熟業所引生故

如說四有謂本有死有中有生有有聲目多義如前廣說此中有聲說屬衆同分有情數五蘊名有云何本有答除生分死分諸蘊中間諸有此即一期五蘊四蘊爲性問何故此有說名本有答此是前時所造業生故名本有問若爾餘有亦是本有皆前時所造業所生故答若是前時所造業生麤顯易覺明了現見者說名本有餘雖前時所造業生而微隱難覺非明了現見是以不說云何死有答死分諸蘊即命終時五蘊四蘊爲性云何中有答除死分生分諸蘊中間諸有即二有中間五蘊爲性問何故此有說名中有答此於二有中間生故名中有問若爾餘有亦是中有皆於二有中間生故答若於二有中間生非趣所攝者名中有餘雖二有中間生而是趣攝不名中有云何生有答生分諸蘊即結生時五蘊四蘊爲性問此四有幾刹那幾相續答二刹那謂死有生有二相續謂餘有問此四有幾染汙幾不染汙答皆通二種問此四有心幾染汙幾不染汙答生有心惟染汙餘心染汙不染汙問此四有幾有漏幾無漏答皆惟有漏問此四有時心幾有漏幾無漏答二惟有漏謂死有生有時心二通有漏無漏謂餘有時心問此四有時幾起同分心幾起不同分心答二惟起同分心謂死有生有時二起同分不同分心謂餘有時

諸欲有彼一切有五行耶乃至廣說此中諸蘊以行聲說過去如來應正等覺說蘊爲行今釋迦牟尼如來應正等覺說行爲蘊以先佛說五行今佛說五取蘊故此阿毗達磨中

說五行者欲顯今佛所說五蘊即是先佛所說五行故問何故先佛說蘊爲行今佛說行爲蘊耶答佛觀所化有情隨所應而說故謂先佛所化應聞說行而得正解今佛所化應聞說蘊而得正解問何故名行答流轉故名行謂前生諸蘊由後生諸蘊故流轉或後生諸蘊由前生諸蘊故流轉若生欲界以欲界心爲同分心與彼命根衆同分爲同分故以色無色界及無漏心爲不同分心不與彼命根衆同分爲同分故若生色界以色界心爲同分心以欲無色界及無漏心爲不同分心若生無色界以無色界心爲同分心以無漏心爲不同分心

諸欲有彼一切五行耶設有五行彼一切欲有耶答應作四句有欲有非五行謂欲界有情住不同分心及住無想滅盡定彼時欲有惟二行故有五行非欲有謂色界有想天住同分心若無想天不得無想爾時皆具五行彼無想天有心位必不起不同分心故而彼行非欲有有欲有亦五行謂欲界有情住同分心彼時欲有具五行故有非欲有亦非五行謂色界有想天住不同分心及住無想滅盡定若無想天得無想若生無色界爾時但有二行或四行或一行彼行又非欲有故諸色有有想天彼一切五行耶設五行彼一切色有有想天耶答應作四句有色有有想天非五行謂色界有想天住不同分心及住無想滅盡定爾時色有有想天皆惟二行故有五行非色有有想天謂欲界有情住同分心若無想天不得無想爾時雖皆五行而彼行

非色有有想天故有色有有想天亦五行謂色界有想天住同分心爾時色有有想天具五行故有非色有有想天亦非五行謂欲界有情住不同分心及住無想滅盡定若無想天得無想若生無色界爾時但有二行或四行或一行彼行又非色有有想天故諸色有無想天彼一切二行耶設二行彼一切色有無想天耶答應作四句有色有無想天非二行謂無想天不得無想爾時彼色有無想天具五行故所以如前有二行非色有無想天謂欲界有情住不同分心及住無想滅盡定若色界有想天住不同分心及住無想滅盡定爾時雖皆二行而彼行非色有無想天故有色有無想天亦二行謂無想天得無想爾時彼色有無想天惟二行故有非色有無想天亦非二行謂欲界有情及色界有想天住同分心若生無色界爾時乃有五行或四行或一行彼行又非色有無想天故諸無色有彼一切四行耶設四行彼一切無色有耶若諸四行彼一切無色有非欲色界有情有四行故有無色有非四行謂無色界有情住不同分心爾時彼無色有惟一行故

頗有有五行耶乃至廣說問何故復作此論答前文雖成立有二行有而未遮止有三行有亦未成立有一行有今爲遮止有三行有及欲成立有一行有故作斯論頗有有五行耶答有謂欲界有情及色界有想天住同分心若無想天不得無想彼必有自地現在五行故頗有有四行耶答有謂無色界有情住同分心頗有有三行耶答無以無有情三蘊

成故所以者何心心所法定不相離受想思等恒相應故頗有有二行耶答有謂欲界有情及色界有想天住不同分心若住無想滅盡定若無想天得無想彼但有二行故頗有有一行耶答有謂無色界有情住不同分心彼但有一行故頗有有無行耶答無以無有情非蘊成故一切有情必有自地命根等故

見蘊第八中三有納息第二之一

諸捨欲有欲有相續彼一切欲界法滅欲界法現在前耶如是等章及解章義既領會已應廣分别然有聲目多義此中說屬衆同分有情數五蘊名有如說欲界死生欲界彼一切欲有相續耶乃至廣說彼亦說屬衆同分有情數五蘊名有如說諸纒所纒地獄有相續彼初所得諸根大種與此心心所法爲一增上乃至廣說又復如說欲有相續時最初得幾業所生根乃至廣說又如說四有謂本有死有中有生有當知彼文皆說屬衆同分有情數五蘊名有如說頗勒窶那識食所引能感後有令其現前彼說續生時心眷屬名有如說阿難陀如是業有能牽後有彼說牽後有思名有如說取緣有彼說分位五蘊名有尊者妙音說曰彼說牽後有業名有如說云何有法謂一切有漏彼說諸有漏法名有如說七有謂地獄有傍生有鬼界有人有天有業有中有彼說五趣五趣因五趣方便名有如說欲有云何謂業能感欲界後有乃至廣說彼說業及異熟名有不說取所緣有問若爾彼後所說當云何通如說欲有欲界一切隨眠隨增乃至廣說欲有五部 業皆能感

異熟可說欲界一切隨眠隨增色無色有惟修所斷業能感異熟如何可說色無色界一切隨眠隨增耶答後文應作是說欲有欲界一切隨眠隨增色無色有色無色界徧行及修所斷隨眠隨增應作是說而不說者當知彼說有及眷屬悉名爲有和合有法亦名有故有餘師說前說業及異熟名有不說取所緣有後說業及異熟名有亦說取所緣有彼不應作是說諸作論者依章立門不可章所說異門所說異是故如前所說者好問何故名有答能有能非有故名有問若爾聖道應名有聖道亦是能有能非有故答若能有能非有能長養攝益任持諸有者名有聖道雖能有能非有而於諸有損壞離散故不名有復次若能有能非有能令諸有相續流轉令老死道不斷者名有聖道雖能有能非有而令諸有不相續不流轉斷老死道故不名有復次若能有能非有是趣苦集行趣有世間流轉生死老死集行者名有聖道雖能有能非有而是趣苦滅行趣有世間流轉生死老死滅行故不名有復次若能有能非有是有身見事顛倒事隨眠事愛事貪瞋癡安足處有垢有毒諸有所攝墮苦集諦者名有聖道雖能有能非有而非有身見事乃至愛事非貪瞋癡安足處無垢無穢無濁無毒非諸有攝不墮苦集諦故不名有有餘師說是苦器故名有問若爾此亦是樂器如說大名若色一向是苦非樂非隨順樂不增長喜樂惟是離樂因者則諸有情不應於色起貪起染大名以色非一向苦亦是樂亦隨順樂亦增長

喜樂非惟是離樂因故有情於色起貪起染又佛決定建立三受不相雜亂謂樂受苦受不苦不樂受如是有漏法亦是樂器何故但說是苦器故名爲有耶答以苦多故謂生死中苦多樂少順苦法多順樂法少以樂少故置在苦品如一滴蜜墮毒器中不名蜜器猶名毒器以毒多故此亦如是復有說者可怖畏故名有問若爾涅槃應亦名有如說苾芻諸愚夫類無聞異生於涅槃中生大怖畏謂我不有我所不有我當不有我所當不有彼於涅槃既生怖畏是則涅槃亦應名有答於有生怖是則爲正於涅槃生怖是則爲邪以涅槃非可怖故由此不名爲有復次若令異生聖者皆生怖畏乃名爲有涅槃但令異生生怖故不名有

相續有五一中有相續二生有相續三分位相續四法相續五剎那相續中有相續者謂死有蘊滅中有蘊生死有諸蘊由中有諸蘊說名相續故名中有相續生有相續者謂中有蘊滅生有蘊生中有諸蘊由生有諸蘊說名相續故名生有相續分位相續者謂羯邏藍分位滅頞部曇分位生羯邏藍分位由頞部曇分位說名相續乃至壯年分位滅老年分位生壯年分位由老年分位說名相續故名分位相續法相續者謂善法無間染惑無記法現在前善法由染及無記法說名相續染法無記法無間各二現前廣說亦爾故名法相續剎那相續者前剎那無間後剎那現在前前剎那由後剎那說名相續故名剎那相續此五相續皆攝二相續中謂法相續剎

那相續以中有生有分位相續皆名爲法及剎那故欲界具五相續色界有四除分位無色界有三除中有及分位大那落迦及化生有四相續除分位餘皆具五有說天及化生亦具五相續於五相續中此中依二相續而作論謂中有生有

諸捨欲有欲有相續彼一切欲界法滅欲界法現在前耶答諸捨欲有欲有相續彼一切欲界法滅欲界法現在前謂欲界命終還生欲界從死有往中有時捨欲有者謂欲界死有欲有相續者謂欲界中有欲界法滅者謂欲界死有諸蘊欲界法現在前者謂欲界中有諸蘊若從中有往生有時捨欲有者謂欲界中有欲有相續者謂欲界生有欲界法滅者謂欲界中有諸蘊欲界法現在前者謂欲界生有諸蘊問若住欲界無覆無記心命終者住中有時不成就死有住生有時不成就中有可名爲捨若住善惑染心而命終者住中有時成就死有住生有時成就中有云何名捨有說此中但依住無覆無記心命終者說是故無過有說此中依現行捨說雖住中有成就死有住生有成就中有而不現行故說爲捨有說此中棄背前蘊說名爲捨不說成就不成就義有欲界法滅欲界法現在前而非捨欲有欲有相續謂不命終而欲界法滅欲界法現在前其事云何謂羯邏藍位無間頞部曇位現在前乃至壯年位無間老年位現在前善法無間染惑無記法現在前染法無間善惑無記法現在前無記法無間善及染法現在前前剎那無間後剎那現在前

諸捨欲有色有相續彼一切欲界法滅色界法現在前耶答諸捨欲有色有相續彼一切欲界法滅色界法現在前謂欲界命終生色界從死有往中有時捨欲有者謂欲界死有色有相續者謂色界中有欲界法滅者謂欲界死有諸蘊色界法現在前者謂色界中有諸蘊有欲界法滅色界法現在前而非捨欲有色有相續謂不命終欲界法滅色界法現在前其事云何此中有說欲界善心無間未至定現在前有說欲界善心無間未至定初靜慮現在前有說欲界善心無間未至定初靜慮靜慮中間現在前尊者妙音說曰欲界善心無間未至定初靜慮靜慮中間第二靜慮現在前所以者何如超定時初靜慮無間第三靜慮現在前此亦應爾又欲界有四種變化心謂初靜慮果乃至第四靜慮果欲界初靜慮果變化心無間淨初靜慮現在前乃至欲界第四靜慮果變化心無間淨第四靜慮現在前諸捨欲有無色有相續彼一切欲界法滅無色界法現在前耶答如是設欲界法滅無色界法現在前彼一切捨欲有無色有相續耶答如是問此中何故不說不命終欲界法滅無色界法現在前耶答理必無有在無色界不命終而有欲界法滅無色界法現在前故問豈不容有在欲界不命終而欲界得滅無色界得現在前耶答此中說同類法滅同類法現在前無有在欲界不命終而欲界同類法得滅無色界同類法得而現在前是以不說有說此中說心心所法滅心心所法現在前無有在欲界不命終而欲界心

心所法滅無色界心心所法現在前是故不說

諸捨色有色有相續彼一切色界法滅色界法現在前耶答諸捨色有色有相續彼一切色界法滅色界法現在前謂色界命終還生色界從死有往中有時捨色有者謂色界死有色有相續者謂色界中有色界法滅者謂色界死有諸蘊色界法現在前者謂色界中有諸蘊從中有往生有時捨色有者謂色界中有色有相續者謂色界生有色界法滅者謂色界中有諸蘊色界法現在前者謂色界生有諸蘊此中若住無覆無記心命終及住善心惑染心命終時皆名捨色有問答分別如前應知有色界法滅色界法現在前而非捨色有色有相續謂不命終色界法滅色界法現在前其事云何謂初靜慮無間第二第三靜慮現在前第二靜慮無間初第三第四靜慮現在前第三靜慮無間初第二第四靜慮現在前第四靜慮無間第二第三靜慮現在前善法無間染法無記法現在前染法無記法說亦爾前剎那無間後剎那現在前諸捨色有欲有相續彼一切色界法滅欲界法現在前耶答諸捨色有欲有相續彼一切色界法滅欲界法現在前謂色界命終生欲界從死有往中有時捨色有者謂色界死有欲有相續者謂欲界中有色界法滅者謂色界死有諸蘊欲界法現在前者謂欲界中有諸蘊有色界法滅欲界法現在前而非捨色有欲有相續謂不命終而色界法滅欲界法現在前其事云何此中有說未至定無間欲界善

心現在前有説未至定初靜慮無間欲界善心現在前有説未至定初靜慮靜慮中間無間欲界善心現在前尊者妙音説曰未至定初靜慮靜慮中間第二靜慮無間欲界善心現在前所以者何如超定時第三靜慮無間初靜慮現在前此亦應爾又欲界有四種變化心謂初靜慮果乃至第四靜慮果淨初靜慮無間欲界初靜慮果變化心現在前乃至淨第四靜慮無間欲界第四靜慮果變化心現在前諸捨色有無色有相續彼一切色界法滅無色界法現在前耶答諸捨色有無色有相續彼一切色界法滅無色界法現在前謂色界命終生無色界從死有徃生有時捨色有者謂色界死有無色有相續者謂無色界生有色界法滅者謂色界死有諸蘊無色界法現在前者謂無色界生有諸蘊有色界法滅無色界法現在前而非捨色有無色有相續謂不命終色界法滅無色界法現在前其事云何謂第三靜慮無間空無邊處現在前第四靜慮無間空識無邊處現在前

諸捨無色有無色有相續彼一切無色界法滅無色界法現在前耶答諸捨無色有無色有相續彼一切無色界法滅無色界法現在前謂無色界命終還生無色界從死有至生有時捨無色有者謂無色界死有無色有相續者謂無色界生有無色界法滅者謂無色界死有諸蘊無色界法現在前者謂無色界生有諸蘊有無色界法滅無色界法現在前而非捨無色有無色有相續謂不命終無色界法滅無色界法現在前其事云何謂空無

邊處無間識無邊處無所有處現在前識無邊處無間空無邊處無所有處非想非非想處現在前無所有處無間空識無邊處非想非非想處現在前非想非非想處無間識無邊處無所有處現在前善法無間染惑無記法現在前染法無記法說亦爾前刹那無間後刹那現在前諸捨無色有欲有相續彼一切無色界法滅欲界法現在前耶答如是設無色界法滅欲界法現在前彼一切捨無色有欲有相續耶答如是問此中何故不說不命終無色界法滅欲界法現在前耶答理必無有在無色界不命終而有無色界法滅欲界法現在前故餘問答如前諸捨無色有色有相續彼一切無色界法滅色界法現在前耶答諸捨無色有色有相續彼一切無色界法滅色界法現在前謂無色界命終生色界從死有往中有時捨無色有者謂無色界死有色有相續者謂色界中有無色界法滅者謂無色界死有諸蘊色界法現在前者謂色界中有諸蘊有無色界法滅色界法現在前而非捨無色有色有相續謂不命終而無色界法滅色界法現在前其事云何謂識無邊處無間第四靜慮現在前空無邊處無間第三第四靜慮現在前

具隨本文分別義已當隨其義復廣分別問若欲界命終還生欲界彼何所捨何所得何法滅何法現在前乃至若無色界命終生色界彼何所捨何所得何法滅何法現在前答諸欲界命終還生欲界若本住別解脫律儀無不善身語表設有已失者若住善心命終

彼捨善蘊二無記蘊二得無記蘊二即於彼時善五蘊染一蘊無記二蘊滅善一蘊染四蘊無記二蘊現在前若住染心命終彼捨善蘊二無記蘊二得無記蘊二即於彼時善三蘊染四蘊無記二蘊滅善一蘊染四蘊無記二蘊現在前若住無記心命終彼捨善蘊二無記蘊五得無記蘊二即於彼時善二蘊染一蘊無記五蘊滅善一蘊染四蘊無記二蘊現在前即彼若有不善身語表不失者若住善心命終彼捨善蘊二染蘊二無記蘊二得無記蘊二即於彼時善五蘊染二蘊無記二蘊滅善一蘊染四蘊無記二蘊現在前若住染心命終彼捨善蘊二染蘊二無記蘊二得無記蘊二即於彼時善二蘊染五蘊無記二蘊滅善一蘊染四蘊無記二蘊現在前若住無記心命終彼捨善蘊二染蘊二無記蘊五得無記蘊二即於彼時善二蘊染二蘊無記五蘊滅善一蘊染四蘊無記二蘊現在前若本住不律儀無善身語表設有已失者若住善心命終彼捨染蘊二無記蘊二得無記蘊二即於彼時善四蘊染二蘊無記二蘊滅善一蘊染四蘊無記二蘊現在前若住染心命終彼捨染蘊二無記蘊二得無記蘊二即於彼時善一蘊染五蘊無記二蘊滅善一蘊染四蘊無記二蘊現在前若住無記心命終彼捨染蘊二無記蘊五得無記蘊二即於彼時善一蘊染二蘊無記五蘊滅善一蘊染四蘊無記二蘊現在前即彼若有善身語表不失者若住善心命終等廣如住別解脫律儀有不善身語表設若本住非律儀非不律儀無

善不善身語表設有已失者若住善心命終彼捨無記蘊二得無記蘊二即於彼時善四蘊染一蘊無記二蘊滅善一蘊染四蘊無記二蘊現在前若住染心命終彼捨無記蘊而得無記蘊二即於彼時善一蘊染四蘊無記二蘊滅善一蘊染四蘊無記二蘊現在前若住無記心命終彼捨無記蘊五得無記蘊二即於彼時善一蘊染一蘊無記五蘊滅善一蘊染四蘊無記二蘊現在前即彼若有善身語表不失無不善身語表設有已失者若住善染無記心命終如住別解脫律儀無不善身語表設有已失者住三種心命終說即彼若有不善身語表不失無善身語表設有已失者若住善染無記心命終如住不律儀無善身語表設有已失者住三種心命終說即彼若有善不善身語表不失者若住善染無記心命終如住別解脫律儀有不善身語表不失者及住不律儀有善身語表不失者住三種心命終說

阿毗達磨大毗婆沙論卷第一百九十二 說一切有部發智

音釋

阿泥律陀 梵語也此云無滅即阿那律也 儭 初覲切近也 坌 蒲悶切塵坋也 窶 郡羽切 羯邏藍 梵語也此云凝滑 羯 居謁切 頞部曇 梵語也此云皰頞 阿葛切 曇 徒含切

阿毗達磨大毗婆沙論卷第一百九十三

五百大阿羅漢等造

唐三藏法師玄奘奉　詔譯

見蘊第八中三有納息第二之二

諸欲界命終生初靜慮若本住別解脫律儀或不住別解脫律儀有善身語表不失者若住善心命終彼捨善蘊五無記蘊二有說五得善蘊四無記蘊二即於彼時善五蘊染一蘊無記二蘊滅善一蘊染四蘊無記二蘊現在前若住無記心命終彼捨善蘊五無記蘊五得善蘊四無記蘊二即於彼時善二蘊染一蘊無記五蘊滅善一蘊染四蘊無記二蘊現在前若本不住別解脫律儀無善身語表設有已失者若住善心命終彼捨善蘊四無記蘊二有說五得善蘊四無記蘊二即於彼時善四蘊染一蘊無記二蘊滅善一蘊染一蘊無記五蘊滅善一蘊染四蘊無記二蘊現在前若住無記心命終彼捨善蘊四無記蘊二即於彼時善一蘊染一蘊無記五蘊滅善一蘊染四蘊無記二蘊現在前諸欲界命終生第二第三第四靜慮若本住別解脫律儀或不住別解脫律儀有善身語表不失者若住善心命終彼捨善蘊五無記蘊五得善蘊四無記蘊二即於彼時善五蘊染一蘊無記二蘊滅善一蘊染四蘊無記二蘊現在前若住無記心命終彼捨善蘊五無記蘊五得善蘊四無記蘊二即於彼時善二蘊染一蘊無記五蘊滅善一蘊染四蘊無記二蘊現在前若本不住別解脫律儀無善身語表設有已失者若住善心命終彼捨善蘊五無記蘊五得善蘊

四無記蘊二即於彼時善四蘊染一蘊無記二蘊滅善一蘊染四蘊無記二蘊現在前若住無記心命終彼捨善蘊五無記蘊五得善蘊四無記蘊二即於彼時善一蘊染一蘊無記五蘊滅善一蘊染四蘊無記二蘊現在前

諸欲界命終生無色界若本住別解脫律儀或不住別解脫律儀有善身語表不失者若住善心命終彼捨善蘊五無記蘊五得善蘊四無記蘊一即於彼時善五蘊染一蘊無記二蘊滅善一蘊染四蘊無記一蘊現在前若住無記心命終彼捨善蘊五無記蘊五得善蘊四無記蘊一即於彼時善二蘊染一蘊無記五蘊滅善一蘊染四蘊無記一蘊現在前若本不住別解脫律儀無善身語表設有已失者若住善心命終彼捨善蘊五無記蘊五得善蘊四無記蘊一即於彼時善四蘊染一蘊無記三蘊滅善一蘊染四蘊無記一蘊現在前若住無記心命終彼捨善蘊五無記蘊五得善蘊四無記蘊一即於彼時善一蘊染一蘊無記五蘊滅善一蘊染四蘊無記一蘊現在前

諸色界命終還生色界即此地歿還生此地者若住善心命終彼捨無記蘊二得無記蘊二即於彼時善四蘊染一蘊無記二蘊滅善一蘊染四蘊無記二蘊現在前若住染心命終彼捨無記蘊二得無記蘊二即於彼時善一蘊染四蘊無記二蘊滅善一蘊染四蘊無記二蘊現在前若住無記心命終彼捨無記蘊五得無記蘊二即於彼時善一蘊染一蘊無記五蘊滅善一蘊染四蘊無記二蘊現在

前色界下地歿生上地者若住善心命終彼捨善蘊五無記蘊五得善蘊四無記蘊二即於彼時善四蘊染一蘊無記二蘊滅善一蘊染四蘊無記二蘊現在前若住無記心命終彼捨善蘊五無記蘊五得善蘊四無記蘊二即於彼時善一蘊染一蘊無記五蘊滅善一蘊染四蘊無記二蘊現在前色界上地歿生下地者若住善心命終彼捨善蘊五無記蘊五得善蘊五染蘊四無記蘊五即於彼時善四蘊染一蘊無記二蘊滅善一蘊染四蘊無記二蘊現在前若住染心命終彼捨善蘊五無記蘊五得善蘊五染蘊四無記蘊五即於彼時善一蘊染四蘊無記二蘊滅善一蘊染四蘊無記二蘊現在前若住無記心命終彼捨善蘊五無記蘊五得善蘊五染蘊四無記蘊五即於彼時善一蘊染一蘊無記五蘊滅善一蘊染四蘊無記二蘊現在前諸色界命終生欲界者若住善心命終彼捨善蘊五無記蘊五得善蘊四染蘊四無記蘊二有說五即於彼時善四蘊染一蘊無記二蘊滅善一蘊染四蘊無記二蘊現在前若住染心命終彼捨善蘊五無記蘊五得善蘊四染蘊四無記蘊二有說五即於彼時善一蘊染四蘊無記二蘊滅善一蘊染四蘊無記二蘊現在前若住無記心命終彼捨善蘊五無記蘊五得善蘊四染蘊四無記蘊二有說五即於彼時善一蘊染一蘊無記五蘊滅善一蘊染四蘊無記二蘊現在前諸色界命終生無色界若住善心命終彼捨善蘊五無記蘊五得善蘊四無記蘊一即於彼時善四蘊染一蘊無記

二蘊滅善一蘊染四蘊無記一蘊現在前若住無記心命終彼捨善蘊五無記蘊五得善蘊四無記蘊一即於彼時善一蘊染一蘊無記五蘊滅善一蘊染四蘊無記一蘊現在前諸無色界命終生無色界即此地歿還生此地者若住善心命終彼捨無記蘊一得無記蘊一即於彼時善四蘊染一蘊無記一蘊滅善一蘊染四蘊無記一蘊現在前若住染心命終彼捨無記蘊一得無記蘊一即於彼時善一蘊染四蘊無記一蘊滅善一蘊染四蘊無記一蘊現在前若住無記心命終彼捨無記蘊四得無記蘊一即於彼時善一蘊染一蘊無記四蘊滅善一蘊染四蘊無記一蘊現在前無色界下地歿生上地者若住善心命終彼捨善蘊四無記蘊一得善蘊四無記蘊一即於彼時善四蘊染一蘊無記一蘊滅善一蘊染四蘊無記一蘊現在前若住無記心命終彼捨善蘊四無記蘊四得善蘊四無記蘊一即於彼時善一蘊染一蘊無記四蘊滅善一蘊染四蘊無記一蘊現在前無色界上地歿生下地者若住善心命終彼捨善蘊四無記蘊一得善蘊四染蘊四無記蘊一即於彼時善四蘊染一蘊無記一蘊滅善一蘊染四蘊無記一蘊現在前若住染心命終彼捨善蘊四無記蘊一得善蘊四染蘊四無記蘊一即於彼時善一蘊染四蘊無記一蘊滅善一蘊染四蘊無記一蘊現在前若住無記心命終彼捨善蘊四無記蘊四得善蘊四染蘊四無記蘊一即於彼時善一蘊染一蘊無記四蘊滅善一蘊染四蘊無記一蘊現在前諸

無色界命終生欲界者若住善心命終彼捨善蘊四無記蘊一得善蘊四染蘊四無記蘊二有說五即於彼時善四蘊染一蘊無記一蘊滅善一蘊染四蘊無記二蘊現在前若住染心命終彼捨善蘊四無記蘊一得善蘊四染蘊四無記蘊二有說五即於彼時善一蘊染四蘊無記一蘊滅善一蘊染四蘊無記二蘊現在前若住無記心命終彼捨善蘊四無記蘊四得善蘊四染蘊四無記蘊二有說五即於彼時善一蘊染一蘊無記四蘊滅善一蘊染四蘊無記二蘊現在前諸無色界命終生色界者若住善心命終彼捨善蘊四無記蘊一得善蘊五染蘊四無記蘊五即於彼時善四蘊染一蘊無記一蘊滅善一蘊染四蘊無記二蘊現在前若住染心命終彼捨善蘊四無記蘊一得善蘊五染蘊四無記蘊五即於彼時善一蘊染四蘊無記一蘊滅善一蘊染四蘊無記二蘊現在前若住無記心命終彼捨善蘊四無記蘊四得善蘊五染蘊四無記蘊五即於彼時善一蘊染一蘊無記四蘊滅善一蘊染四蘊無記二蘊現在前

何故欲界隨眠不於色界法隨增耶乃至廣說問何故作此論答欲令疑者得決定故謂前結蘊有情納息中說欲界異生有九十八隨眠隨增九結繫色界異生有六十二隨眠隨增六結繫無色界異生有三十一隨眠隨增六結繫或有生疑欲界異生爲色無色界隨眠隨增色界異生爲無色界隨眠隨增欲令此疑得決定故顯成就彼非彼隨增謂欲界異生但爲欲界隨眠隨增非色無色界色

界異生但爲色界隨眠隨增非無色界由此因緣故作斯論何故欲界隨眠不於色界法隨增耶答界應雜亂及不可施設離欲染故界雜亂者謂彼亦是欲界亦是色界則不可說欲色界異及不可施設離欲染者謂離欲界貪時不名離欲界染離色界貪時乃名離欲界染此不應理何故欲界隨眠不於無色界法隨增耶答界應雜亂及不可施設離欲染故界雜亂者謂彼亦是欲界亦是無色界則不可說欲無色界異及不可施設離欲染者謂離欲界貪時不名離欲界染離無色界貪時乃名離欲界染此不應理何故色界隨眠不於欲界法隨增耶答界應雜亂及彼非此所緣故界雜亂者謂彼亦是色界亦是欲界則不可說色欲界異及彼非此所緣故者謂無上地煩惱緣下地法故何故色界隨眠不於無色界法隨增耶答界應雜亂及不可施設離色染故界雜亂者謂彼亦是色界亦是無色界則不可說色無色界異及不可施設離色染者謂離色界貪時不名離色界染離無色界貪時乃名離色界染此不應理何故無色界隨眠不於欲界法隨增耶答界應雜亂及彼非此所緣故何故無色界隨眠不於色界法隨增耶答界應雜亂及彼非此所緣故皆如前應知

問所說三界云何建立爲以地爲以處爲以愛斷耶設爾何失若以地者應說九界地有九故謂欲界四靜慮四無色若以處者應說四十界有四十處故謂欲界二十處色界十六處無色界四處若以愛斷者亦應說九界

謂欲界愛乃至非想非非想處愛各分齊有異故答應說以愛斷故建立三界問若爾應立九界答同類愛斷故惟立三界謂從無間地獄乃至他化自在天皆由欲愛所差別故建立欲界從梵衆天乃至色究竟天皆由色愛所差別故建立色界從空無邊處乃至非想非非想處皆由無色愛所差別故建立無色界復次若處有色有欲立欲界有色無欲立色界無色無欲立無色界復次若處有色有第二立欲界有色無第二立色界無色無第二立無色界復次若處有色有境立欲界有色無境立色界無色無境立無色界復次若處有色有衆具立欲界有色無衆具立色界無色無衆具立無色界復次若處有色有欲有我執立欲界有色無欲有我執立色界無色無欲有我執立無色界復次若處有色有第二有我執立欲界有色無第二有我執立色界無色無第二有我執立無色界境及衆具說亦爾復次若處有色無慚無愧相應立欲界有色無慚無愧不相應立色界無色無慚無愧不相應立無色界復次若處有色慳嫉相應立欲界有色慳嫉不相應立色界無色慳嫉不相應立無色界復次若處有色憂苦根相應立欲界有色憂苦根不相應立色界無色憂苦根不相應立無色界復次若處有色段食婬愛相應立欲界有色段食婬愛不相應立色界無色段食婬愛不相應立無色界復次若處有五蘊異熟因五蘊異熟果不善無記隨眠隨增立欲界有五蘊異熟因五蘊異熟果惟無記隨眠隨增立色界有

四蘊異熟因四蘊異熟果惟無記隨眠隨增立無色界復次若處有四蘊異熟因得一果不善無記隨眠隨增立欲界有五蘊異熟因得一果惟無記隨眠隨增立色界有四蘊異熟因得一果惟無記隨眠隨增立無色界復次若處有三受異熟因三受異熟果不善無記隨眠隨增立欲界有二受異熟因二受異熟果惟無記隨眠隨增立色界有一受異熟因一受異熟果惟無記隨眠隨增立無色界復次若處有四受異熟因四受異熟果不善無記隨眠隨增立欲界有三受異熟因三受異熟果惟無記隨眠隨增立色界有一受異熟因一受異熟果惟無記隨眠隨增立無色界復次若處有有色無色異熟因有色無色異熟果不善無記隨眠隨增立欲界有有色無色異熟因有色無色異熟果惟無記隨眠隨增立色界有無色異熟因無色異熟果惟無記隨眠隨增立無色界如有色無色如是有見無見有對無對說亦爾

問所說三界云何安立爲上下重累爲隣次傍布若上下者云何施設徧離彼染云何神通能徧至彼若傍布者陀羅達多所說當云何通如說下方世界無邊上方世界無邊此中有說上下重累謂從此界風輪之下虛空懸遠有下方色究竟天彼下展轉乃至風輪次下復有色究竟天展轉向下乃至風輪如是展轉下方世界乃至無邊又從此界色究竟上虛空懸遠有上方風輪彼上展轉乃至色究竟天次上復有風輪展轉向上乃至色究竟天如是展轉上方世界乃至無邊問若

爾云何施設徧離彼染云何神通能徧至彼答若有離一欲界染時即名離一切欲界染以相同故然依初定所發神通但能至一欲界梵世非餘以處別故如是離色界染及依餘定發通隨應亦爾有餘師說隣次傍布問若爾陀羅達多所說當云何通答彼應作是說下方欲界無邊上方色界無邊此中欲界諸處同一隨眠色無色界隨地差別各別隨眠問何故欲界諸處同一隨眠色無色界隨地各別答欲界是不定界非修地非離染地此中煩惱如無轡馬自在奔逸故一切處同一隨眠色無色界是定界是修地是離染地此中煩惱如有轡馬不自在轉故上下地各別隨眠復次欲界不善根強盛善根羸劣故一切處同一隨眠色無色界無不善根善根強盛故上下地各別隨眠復次欲界不善增長善法退減色無色界無不善法善法增長復次欲界不善如主善法如客色無色界無不善法善法如主復次欲界有不善根能斷善根色無色界無不善根能斷善根復次欲界禮儀無忌猶如夫妻故一切處同一隨眠色無色界禮儀有隔猶如母子故上下地各別隨眠復次欲界善法威儀有雜猶如王子與旃荼羅子同禁囹圄故一切處同一隨眠色無色界善法威儀無雜猶如王子與長者子同禁囹圄故上下地各別隨眠問三界中間有物間不若有者彼有二物界應成五即五中間復有四物界應成九如是展轉便爲無窮若無者云何不三界合成一耶答應言彼中更無物間問若爾三界云何不成一耶

答於彼中間雖無物間而不成一如十八界十二處五蘊三世四大種等雖無物間而不成一此亦如是復次性相異故物類別故雖無物間而不成一問若爾他化自在天上初靜慮下中間懸遠有無量空界色云何可知此是欲界此是色界分齊差別耶答二界輪際俱有光網二光分齊麤妙不等由此了知此是欲界此是色界復次若欲界生得天眼所能見處是欲界不能見處是色界復次若欲界生得神通所能到處是欲界不能到處是色界復次若處欲界愛所緣是欲界色界愛所緣是色界是謂二界分齊差別何故欲界不徧行隨眠不徧於欲界法隨增耶答此應成徧行及彼非此所緣故此應成徧行者謂此欲界不徧行隨眠若徧於欲界法隨增者亦應成徧行則不可施設徧行隨眠不徧行隨眠相用差別及彼非此所緣故者謂彼異部諸法非此不徧行隨眠所緣此但以自部法爲所緣故所以者何由不徧行隨眠勢力建立五部諸法有異若不徧行隨眠亦徧緣五部者則於五部應徧隨增如是便爲五部雜亂五部雜亂故則對治雜亂對治雜亂故則現觀雜亂現觀雜亂故則不可施設徧知差別沙門果差別欲令無如是過是故欲界不徧行隨眠不徧於欲界法隨增何故色界不徧行隨眠不徧於色界法隨增耶答此應成徧行及彼非此所緣故何故無色界不徧行隨眠不徧於無色界法隨增耶答此應成徧行及彼非此所緣故皆如前釋徧行因義廣説如雜蘊智納息及結蘊不善納息

有十想謂無常想乃至滅想此如定蘊攝納息中已廣分別若修無常想彼思惟無常想耶乃至廣說修有四種謂得修習修對治修除遣修四修義如智蘊他心智納息中廣說此中有說但依習修作論有說通依得修習修作論諸有欲令此中但依習修作論者彼說若修無常想者謂無常想現在前彼思惟無常想者謂以無常想爲所緣即是無常想現在前時緣無常想義若修無常想彼思惟無常想耶答應作四句有修無常想不思惟無常想謂緣餘法修無常想如緣色受行識蘊除無常想緣餘想蘊起無常想問此說在何位答在增長煖頂位起無常行相身受心念住及緣餘法法念住若離欲界乃至非想非非想處染起無常行相身受心念住及緣

餘法法念住爲加行彼加行道時若信勝解練根作見至時解脫練根作不動起無常行相身受心念住及緣餘法法念住爲加行彼加行道時若起無常行相身受心念住及緣餘法法念住時若即以此類念住雜修靜慮時諸有欲令一切法是勝義者即起此類念住義無礙解時及起此類念住辯無礙解願智邊際定無色解脫入滅盡定想微細心時如是等時修無常想無常想現在前故不思惟無常想緣餘法故有思惟無常想不修無常想謂緣無常想修餘想餘想者謂無常苦想苦無我想及餘善餘無記想此中善想者謂加行善及生得善想加行善想謂聞思修所成聞所成者謂緣無常想起非無常行相聞所成想思所成者謂緣無常想起非無常

行相思所成想修所成者謂緣無常想起非無常行相問此修所成想說在何位答在煖頂忍初及增長位緣無常想起非無常行相法念住若世第一法位起三行相法念住若已入正性離生苦現觀四心頃起三行相法念住集道現觀各四心頃起四行相法念住若以緣無常想非無常行相法念住離欲界乃至非想非非想處染若即以此爲加行彼一切加行無間解脫道時若以緣無常想非無常行相法念住信勝解練根作見至時解脫練根作不動若即以此爲加行彼一切加行無間解脫道時若以緣無常想非無常行相法念住雜修靜慮及起他心智宿住隨念智通時起緣無常想非無常行相法念住時起四無量時諸有欲令一切法是勝義者即起此類法念住義無礙解時及起此類法念住辯無礙解願智邊際定無色解脫空識無邊處徧處入滅盡定想微細心時是名善想染想者謂緣無常想起薩迦耶見執我我所起邊執見執斷常起邪見執無因無作及損減起見取執上妙勝第一起戒禁取執淨解脫出離起疑猶豫不決起無明無智黑暗愚癡起貪愛樂悅意起瞋不愛樂不悅意起慢高舉如是等時是名染想無記想者謂緣無常想起非如理非不如理想是名思惟無常想緣無常想故不修無常想起餘想故有修無常想亦思惟無常想謂緣無常想修無常想如無常想長時相續現在前時緣自相續過去未來及他相續三世無常想問此說在何位答在煖頂忍初及增長位緣無常想起

無常行相法念住若世第一法位起無常行相法念住若巳入正性離生苦現觀四心頃起無常行相法念住若以緣無常想無常行相法念住離欲界乃至非想非非想處染若即以此爲加行彼一切加行無間解脫道時若以此類法念住信勝解練根作見至時解脫練根作不動若即以此爲加行彼一切加行無間解脫道時若以此類法念住雜修靜慮及有欲令一切法是勝義者起義無礙解及起願智邊際定無色解脫入滅盡定想微細心時有說及起無願無願三摩地時如是等時修無常想無常想現在前故亦思惟無常想緣無常想故有不修無常想亦不思惟無常想謂除前想問此說在何位答在初煖頂忍及增長忍起緣滅諦法念住若增長煖頂不緣無常想起非無常行相諸念住時若巳入正性離生滅現觀四心頃若於修位無學位中起一切不緣無常想非無常行相諸念住時如是等時不修無常想無常想不現前故亦不思惟無常想不緣無常想故迦濕彌羅國外諸師作如是誦有不修無常想亦不思惟無常想謂緣餘法修餘想如緣色受行識蘊除無常想餘想蘊起餘想緣無爲起餘想餘想者謂無常苦想苦無我想及餘一切非無常想廣說應知如無常想無常苦想若無我想亦爾差別者說自名及第三句中皆除無願無願不淨想猒食想一切世間不可樂想死想斷想離想滅想隨應當知者謂若修不淨想彼不思惟不淨想以不淨想現在前時緣顯形色故若思惟不淨想彼不修

不淨想以緣不淨想時餘想現在前故餘想者謂無常想無常苦想苦無我想及餘善染無記想如不淨想猒食想一切世間不可樂想死想斷想離想滅想亦爾差別者說自所緣謂若修猒食想彼不思惟猒食想以彼想現在前時緣香味觸故若思惟猒食想彼不修猒食想以緣彼想時餘想現在前故餘想者如前說若修一切世間不可樂想彼不思惟一切世間不可樂想以一切世間不可樂想現在前時緣諸世間可愛事故若思惟一切世間不可樂想彼不修一切世間不可樂想以緣彼世間不可樂想時餘想現在前故餘想者如前說若修死想彼不思惟死想以死想現在前時緣命根及命根俱生無常性故若思惟死想彼不修死想以緣彼死想時餘想現在前故餘想者如前說若修斷想彼不思惟斷想以斷想現在前時緣涅槃故若思惟斷想彼不修斷想以緣彼斷想時餘想現在前故餘想者如前說如斷想離想滅想亦爾

阿毗達磨大毗婆沙論卷第一百九十三　說一切有部發智

音釋

蘊　紆問切積也
分齊　分扶問切齊在詣切分齊限量也
轡　彼義切馬轡也
囹圄　囹郎丁切圄魚巨切囹圄獄名
練　力彥切精練也

阿毗達磨大毗婆沙論卷第一百九十四

五百大阿羅漢等造

唐三藏法師玄奘奉詔譯

見蘊第八中三有納息第二之三

諸有欲令此中通依得修習修作論者彼說若修無常想者謂無常想若現前若不現前而修彼思惟無常想者謂以無常想爲所緣即是無常想修時緣無常想義若修無常想彼思惟無常想耶答應作四句有修無常想不思惟無常想謂緣餘法修無常想如緣色受行識蘊除無常想餘想蘊修無常想緣無爲修無常想問此說在何位答此說在增長煖頂位起身受心念住及緣餘法法念住若初頂忍及增長忍起緣滅諦法念住若以滅智離欲界乃至無所有處染以身受心念住及緣餘法法念住爲加行彼一切加行無間解脫道時離非想非非想處染說亦爾惟除第九解脫道時若以緣滅諦法念住信勝解練根作見至若以身受心念住及緣餘法法念住爲加行彼加行無間解脫道時無學練根說亦爾惟除第九解脫道若以身受心念住及緣餘法法念住雜修靜慮時若引發神境天眼天耳通時若以受心念住及緣餘法法念住起他心智通時若起不淨觀持息念初三解脫八勝處前八徧處法詞二無礙解時起無諍空空無願無願無相無相時有說除起無願無願時起身受心念住及緣餘法法念住時諸有欲令一切法是勝義者起身受心念住及緣餘法法念住義無礙解及有欲令惟涅槃是勝義者起義無礙解時起身

受心念住及縁餘法法念住辯無礙解願智邊際定無色解脱入滅盡定想微細心時於如是時修無常想不思惟無常想有思惟無常想不修無常想謂縁無常想修餘想餘想者謂無常苦想苦無我想及餘善染無記想此中善想者謂加行善及生得善想加行善想謂聞思修所成聞思所成如前説修所成者謂縁無常想起非無常行想修所成想而不修無常想問此説在何位答在初煖位縁集道諦時若已入正性離生集現觀四心頃道現觀三心頃若異生離欲界乃至無所有處染若以縁無常想法念住爲加行彼一切加行無間解脱道時即異生引發縁無常想法念住他心智宿住隨念智通時即異生起四無量及縁無常想法念住時即異生起縁

無常想法念住無色解脱及起空識無邊處徧處時是名善想染及無記想如前説是名思惟無常想不修無常想有修無常想亦思惟無常想謂縁無常想修無常想如無常想相續現在前時縁自相續過未及他相續三世無常想問此説在何位答此説在初煖位起縁苦諦法念住增長煖頂起縁無常想法念住初頂忍及增長忍起縁三諦法念住若起世第一法若已入正性離生苦現觀四心頃及道類智時若以縁無常想法念住離欲界乃至非想非非想處染若即以此爲加行彼一切加行無間解脱道時若以縁無常想法念住信勝解練根作見至時解脱練根作不動若即以此爲加行彼一切加行無間解脱道時若以縁無常想法念住雜修靜慮時

若起緣無常想他心智宿住隨念智通時起四無量時諸有欲令一切法是勝義者起緣無常想義無礙解及辯無礙解願智邊際定無色解脱入滅盡定想微細心時起空識無邊處徧處時有説及起無願無願時於如是時修無常想亦思惟無常想有不修無常想亦不思惟無常想謂除前相問此説在何位答此説在初煖位起緣滅諦法念住時若已入正性離生滅現觀四心頃及餘一切不緣無常想亦不修無常想位如其所應盡當知外國師誦亦如前應知如無常想無常苦想苦無我想亦爾差別者説自名及第三句中除有説無願無願不淨想猒食想一切世間不可樂想死想斷想離想滅想隨應當知者謂不淨想等亦應作四句而有差別謂若修不淨想彼思惟不淨想耶答應作四句有修不淨想彼不思惟不淨想謂緣餘法修不淨想問此説在何位答此説若以滅道智離欲界乃至第三靜慮染若以身受心念住及緣餘法法念住爲加行彼一切加行道最後解脱道時有説一切解脱道時若依有色定離第四靜慮乃至非想非非想處染若以身受心念住及緣餘法法念住爲加行彼一切加行道時若生欲色界得阿羅漢果最後解脱道時若以滅道智信勝解練根作見至以身受心念住及緣餘法法念住爲加行彼加行道時解脱道不定如前説時解脱練根作不動若依有色定以身受心念住及緣餘法法念住爲加行彼加行道及最後解脱道時若以身受心念住及緣餘法法念住雜修靜慮

時若引發神境天眼天耳他心智通四無閒道一解脫道及緣餘法他心智通解脫道時若起不淨觀持息念初三解脫八勝處前八徧處法詞二無礙解時若依有色定起身受心念住及緣餘法法念住時諸有欲令一切法是勝義者依有色定起身受心念住及緣餘法法念住義無礙解時及有欲令惟涅槃是勝義者起義無礙解時若依有色定起辯無礙解及起身受心念住及緣餘法法念住願智邊際定時若起無諍時若依有色定起空空無願無願無相無相時於如是時修不淨想不思惟不淨想有思惟不淨想不修不淨想謂緣不淨想修餘想餘想者謂無常想無常苦想苦無我想及餘善染無記想此中善想者謂加行善及生得善想加行善想謂

聞思修所成聞所成者謂緣不淨想起聞所成想思所成者謂緣不淨想起思所成想修所成者謂緣不淨想起修所成想而不修不淨想問此說在何位答此說在初煖頂忍及增長忍位緣苦集諦增長煖頂起緣不淨想法念住若起世第一法若已入正性離生苦集現觀各四心頃若以世俗道或苦集智離欲界乃至第三靜慮染一切九無間道八解脫道時有說惟無間道時若以世俗道離第四靜慮染以空無邊處近分緣不淨想法念住爲加行彼一切加行無間道時若以苦集智離第四靜慮染九無間道九解脫道時若以苦集智信勝解練根作見至彼無間道時解脫道不定如前說若依空無邊處近分起緣不淨想法念住時是名善想染及無記想

如前說差別者緣不淨想於如是時思惟不淨想不修不淨想有修不淨想亦思惟不淨想謂緣不淨想修不淨想問此說在何位答此說若以世俗道或苦集智離欲界乃至第三靜慮染以緣不淨想法念住爲加行彼一切加行道最後解脱道時有說及一切解脱道時若依有色定離第四靜慮乃至非想非非想處染若即依此以緣不淨想法念住爲加行彼一切加行道時若以緣苦集諦法念住信勝解練根作見至以緣不淨想法念住爲加行彼加行道時解脱道不定如前說若依有色定時解脱練根作不動以緣不淨想法念住爲加行彼加行道時若以緣不淨想法念住雜修靜慮時若起緣不淨想他心智通時若起宿住隨念智通時若起四無量時若依有色定起緣不淨想法念住時諸有欲令一切法是勝義者依有色定起緣不淨想義無礙解時若起緣不淨想願智邊際定時於如是時修不淨想亦思惟不淨想有不修不淨想亦不思惟不淨想謂除前想問此說在何位答此說初煖頂忍及增長忍起緣滅道諦法念住若增長煖頂起身受心念住及緣餘法法念住若已入正性離生滅道現觀各四心頃若以滅道智離欲界乃至第三靜慮染彼一切九無間道八解脱道時有說惟無間道時若以滅道智離第四靜慮染九無間道九解脱道時若以世俗道離第四靜慮染即依空無邊處近分以身受心念住及緣餘法法念住爲加行彼加行道九解脱道時若依有色定離空無邊處乃至非想非非想

處染一切無間解脫道時惟除離非想非非想處染最後解脫道若依無色定離空無邊處染以身受心念住及緣餘法法念住爲加行彼一切加行無間解脫道時若依無色定離上三無色染彼一切加行無間解脫道時惟除生欲色界離非想非非想染最後解脫道若以緣滅道諦法念住信勝解練根作見至無間道時解脫道不定如前說時解脫練根作不動若依無色以身受心念住及緣餘法法念住爲加行彼一切加行無間解脫道時惟除最後解脫道若起無色解脫後二徧住時若依無色起身受心念住及緣餘法法念住時若依無色起義無礙解辯無礙解空空無願無願無相無相及起入滅盡定想微細心時善位如是若染汙及無記位不緣不淨想幷一切無心位於如是時不修不淨想亦不思惟不淨想如不淨想猒食想乃至滅想亦爾皆作四句於中差別如理應思

若起欲尋彼思惟欲尋耶答應作四句有起欲尋不思惟欲尋謂緣餘法起欲尋如緣色受想識蘊除欲尋餘行蘊起欲尋是名起欲尋不思惟欲尋緣餘法故有思惟欲尋不起欲尋謂緣欲尋起餘尋此有三種謂善緣無記善者謂加行善及生得善加行善中通聞思修所成聞所成者謂緣欲尋起聞所成思所成者謂緣欲尋起思所成修所成者謂緣欲尋起修所成問此說在何位答此說初煖頂忍及增長忍起緣欲界法念住若增長煖頂起緣欲尋法念住若起世第一法若已入正性離生苦現觀二心頃謂苦法智忍苦法

智集現觀二心頃謂集法智忍集法智若以苦集智離欲界染以緣欲尋法念住爲加行彼加行道九無間道九解脫道時若以世俗智離欲界染以緣欲尋法念住爲加行彼加行道九無間道時若依未至定爲離初靜慮乃至非想非非想處染以緣欲尋法念住爲加行彼一切加行道時乃至若依第四靜慮爲離第四靜慮乃至非想非非想處染以緣欲尋法念住爲加行彼一切加行道時若以苦集法智信勝解練根作見至以緣欲尋法念住爲加行彼加行無間解脫道時若時解脫練根作不動若以緣欲尋法念住爲加行彼加行道時若以緣欲尋法念住雜修靜慮時起緣欲尋他心智通時起緣欲界宿住隨念智通時起四無量時起緣欲尋法念住時諸有欲令一切法是勝義者起緣欲尋法念住義無礙解時若起緣欲尋法念住無諍願智邊際定時是名善染汙者謂緣欲尋起薩迦耶見執我我所廣說如前無記者謂緣欲尋起非如理非不如理作意於如是時思惟欲尋不起欲尋有起欲尋亦思惟欲尋謂緣欲尋起欲尋如欲尋長時相續現在前時緣自相續過未及他相續三世欲尋有不起欲尋亦不思惟欲尋謂除前相外方師誦謂緣餘法起餘尋此中如緣色受想識蘊除欲尋餘行蘊起餘尋緣無爲起諸尋及餘一切不起欲尋不思惟欲尋位如欲尋恚尋害尋亦爾差別者說自名

若起出離尋彼思惟出離尋耶答應作四句有起出離尋不思惟出離尋謂緣餘法起出

離尋如緣色受想識蘊除出離尋餘行蘊起出離尋緣無爲起出離尋問此説在何位答此説依未至初靜慮初煖頂忍及增長忍起緣滅諦法念住若增長煖頂起身受心念住及緣餘法法念住若已入正性離生滅現觀四心頃若依未至定以滅智離欲界及初靜慮染及依初靜慮以滅智離初靜慮染若以身受心念住及緣餘法法念住爲加行彼一切加行無間解脱道時即依彼二地以苦集滅智離第二靜慮乃至非想非非想處染若以身受心念住及緣餘法法念住爲加行彼一切加行無間解脱道時即依彼地以滅智信勝解練根作見至若以身受心念住及緣餘法法念住爲加行彼加行無間解脱道時即依彼地以苦集滅智時解脱練根作不動若以身受心念住及緣餘法法念住爲加行彼一切加行無間解脱道時若以身受心念住及緣餘法法念住雜修初靜慮時若依初靜慮引發神境天眼天耳他心智通四無間道一解脱道及緣餘法他心智通解脱道時若依未至起持息念時若依未至初靜慮起初二解脱前四勝處不淨觀身受心念住及緣餘法法念住諸有欲令一切法是勝義者起身受心念住及緣餘法法念住義無礙解及有欲令惟涅槃是勝義者起義無礙解時即依彼二地起法無礙解詞無礙解若身受心念住及緣餘法法念住辯無礙解時即依彼二地起空空無願無願無相無相時有説但起無相無相時於如是時起出離尋不思惟出離尋緣餘法故

有思惟出離尋不起出離尋謂緣出離尋起餘尋此有三種謂善染無記善者除思所成餘如前說於修所成中此說在何位答此說依靜慮中間及上三靜慮初煖頂忍及增長忍位起緣三諦法念住若增長煖頂位起緣出離尋法念住若起世第一法若已入正性離生苦集道現觀各四心頃若依靜慮中間以苦集道智離初靜慮染若即以此及緣出離尋世俗法念住爲加行彼一切加行無間解脫道時即依靜慮中間以道智離第二靜慮乃至非想非非想處染若即以此及緣出離尋苦集智世俗法念住爲加行彼一切加行無間解脫道時惟除離有頂染最後解脫道若依第二靜慮近分離初靜慮染若即依此以緣出離尋法念住爲加行彼一切加行無間道時若依第二靜慮以道智離第二靜慮乃至非想非非想處染若即以此及緣出離尋苦集智世俗法念住爲加行彼一切加行無間解脫道時惟除離有頂染最後解脫道如依第二靜慮依第三第四靜慮亦爾若依空無邊處以道智離空無邊處乃至非想非非想處染若即以此及緣出離尋世俗法念住爲加行彼一切加行無間解脫道時惟除離有頂染最後解脫道如依空無邊處依識無邊處無所有處亦爾若依非想非非想處爲離彼染以緣出離尋法念住爲加行彼加行道時若依靜慮中間乃至第四靜慮以苦集道智信勝解練根作見至若即以此及緣出離尋世俗法念住爲加行彼加行無間解脫道時即依彼諸地以道智時解脫練根

作不動若即以此及緣出離尋苦集智世俗法念住為加行彼加行道九無間道八解脱道時若依無色定以道智時解脱練根作不動若即以此及緣出離尋世俗法念住為加行彼加行道九無間道八解脱道時若以緣出離尋苦集道智世俗法念住雜修上三靜慮時若依上三靜慮引發緣出離尋他心智通宿住隨念智通時若依靜慮中間乃至第四靜慮起無量時若起緣出離尋無色解脱時若依靜慮中間乃至非想非非想處起緣出離尋法念住時諸有欲令一切法是勝義者依靜慮中間乃至第四靜慮起緣出離尋苦集道智世俗法念住義無礙解時依無色定起緣出離尋道智世俗法念住義無礙解時若依靜慮中間乃至非想非非想處起緣出離尋辯無礙解時若起緣出離尋願智邊際定及入滅盡定想微細心時是名善染汙者謂緣出離尋起薩迦耶見執我我所廣説如前無記者謂緣出離尋起非如理非不如理作意於如是時思惟出離尋不起出離尋有起出離尋亦思惟出離尋謂緣出離尋起出離尋如出離尋長時相續現在前時緣自相續過去未來及他相續三世出離尋問此説在何位答此説依未至初靜慮初煖頂忍及增長忍位起緣三諦法念住若增長煖頂位起緣出離尋法念住若起世第一法若已入正性離生苦集道現觀各四心頃若以世俗道苦集道智離欲界染若即以此為加行彼一切加行無間解脱道時若依未至初靜慮以苦集道智離初靜慮染若即以此及緣

出離尋世俗法念住爲加行彼一切加行無間解脫道時即依彼二地以通智離第二靜慮乃至非想非非想處染若即以此及緣出離尋苦集智世俗法念住爲彼加行彼一切加行無間解脫道時惟除離有頂染最後解脫道即依彼二地以苦集道智信勝解練根作見至若即以此及緣出離尋世俗法念住爲加行彼一切加行無間解脫道時即依彼二地以道智時解脫練根作不動若即以此及緣出離尋苦集智世俗法念住爲加行彼加行道九無間道八解脫道時若以緣出離尋苦集道智世俗法念住雜修初靜慮時若依初靜慮引發緣出離尋他心智宿住隨念智通時若依未至初靜慮起無量時及緣出離尋法念住時諸有欲令一切法是勝義者依未至初靜慮起緣出離尋苦集道智世俗法念住義無礙解時即依彼二地起緣出離尋辯無礙解時有說即依彼二地起空空無願無願時如是等時起出離尋亦思惟出離尋有不起出離尋亦不思惟出離尋謂除前相問此說在何位答此說依靜慮中間乃至第四靜慮初煖頂忍及增長忍位起緣滅諦法念住若增長煖頂位起身受心念住及緣餘法法念住若已入正性離生滅現觀四心頃若依靜慮中間以滅智離初靜慮染以身受心念住及緣餘法法念住爲加行彼一切加行無間解脫道時即依靜慮中間以苦集滅智離第二靜慮乃至非想非非想處染以身受心念住及緣餘法法念住爲加行彼一切加行無間解脫道時若依第二靜慮近分

離初靜慮染以身受心念住及緣餘法法念住爲加行彼加行道解脱道時若依第二靜慮以苦集滅智離第二靜慮乃至非想非非想處染以身受心念住及緣餘法法念住爲加行彼一切加行無間解脱道時如依第二靜慮乃至依無所有處亦爾者依第三靜慮近分離第二靜慮染若即依此以身受心念住及餘法法念住爲加行彼一切加行無間解脱道時如依第三靜慮近分依第四靜慮近分亦爾若依空無邊處近分離第四靜慮染諸説無色近分有别緣者彼説若即依此以身受心念住及緣餘法法念住爲加行諸説無色近分無别緣者彼説若即依此以緣餘法法念住爲加行彼一切加行無間解脱道時如依空無邊處近分乃至依非想非非想處近分亦爾若依非想非非想處爲離彼染起身受心念住及緣餘法法念住爲加行彼加行道時若依靜慮中間乃至第四靜慮以滅智信勝解練根作見乃至以身受心念住及緣餘法法念住爲加行彼加行無間解脱道時若依靜慮中間乃至無所有處以苦集滅智時解脱練根作不動以身受心念住及緣餘法法念住爲加行彼一切加行無間解脱道時若依非想非非想處時解脱爲練根作不動故以身受心念住及緣餘法法念住爲加行彼加行道時若以身受心念住及緣餘法法念住雜修上三靜慮時若依上三靜慮引發神境天眼天耳及緣餘法他心智宿住隨念智通時若依靜慮中間第二靜慮起初二解脱前四勝處時若起第三第八解

脫後四勝處十徧處時若起身受心念住及緣餘法法念住四無色解脫時若依靜慮中間乃至第四靜慮起不淨觀及依靜慮中間第二第三靜慮近分起持息念時若依靜慮中間乃至非想非非想處起身受心念住及緣餘法法念住時諸有欲令一切法是勝義者依靜慮中間乃至非想非非想處起身受心念住及緣餘法法念住義無礙解及有欲令惟涅槃是勝義者即依彼諸地起義無礙解時即依彼諸地起身受心念住及緣餘法法念住辯無礙解時依靜慮中間乃至第四靜慮起法無礙解時有說及依靜慮中間起詞無礙解時若起身受心念住及緣餘法法念住願智邊際定及入滅盡定想微細心時若起無諍時若依靜慮中間乃至非想非非想處起空空無願無願無相無相時如是等時不起出離尋亦不思惟出離尋如出離尋無恚尋無害尋亦爾三惡尋三善尋廣說如雜蘊思納息

阿毗達磨大毗婆沙論卷第一百九十四 說一切有部發智

阿毗達磨大毗婆沙論卷第一百九十五

五百大阿羅漢等造

唐三藏法師玄奘奉詔譯

見蘊第八中三有納息第二之四

諸法因無明此法緣無明耶乃至廣說問何故此中依明無明而作論荅彼作論者意欲爾故乃至廣說有說此二是雜染清淨根本法故謂一切雜染無明爲根本如說所有種種惡不善法若生若長皆以無明爲根爲集爲種類爲等起一切清淨明爲根本如說所有種種善法若生若長無不以明爲根爲集爲種類爲等起有說此二俱是上首法故謂世尊於契經中說此二種爲上首法如說苾芻無明爲上首無明爲前相種種惡不善法皆得生起又由此成無慚愧者明爲上首明爲前相種種善法皆得生起又由此成有慚愧者有說此二是近相障對治法故謂無明是明近障明是無明近對治有說此二是所共知相違法故謂無明違明明違無明有說此二俱緣相攝不相攝四聖諦故俱緣不相攝有漏無漏法故俱緣不相攝有爲無爲法故由此等種種因緣彼作論者依明無明而作斯論然明無明爲因緣法品類差別有十一種彼欲界繫有四種謂善不善有覆無記無覆無記色界繫有三種除不善無色界繫亦爾及無漏法此中欲界繫善法明無明俱非其因並作三緣謂等無間所緣增上不善法無明爲其四因謂相應俱有同類徧行亦爲作四緣明非其因爲作二緣謂所緣增上欲界繫有覆無記法無明爲其四因謂相應

俱有同類徧行亦爲作四緣明非其因爲作一增上緣欲界無覆無記法除無明異熟無明非其因爲作三緣謂等無間所緣增上明非其因爲作一增上緣無明異熟無明爲作一異熟因爲作三緣謂因等無間增上非所緣以彼異熟在五識故明非其因爲作一增上緣色界繫善法明無明俱非其因並作三緣謂等無間所緣增上色界有覆無記法無明爲其四因謂相應俱有同類徧行亦爲作四緣明非其因爲作二緣謂所緣增上色界繫無覆無記法無明非其因爲作三緣謂等無間所緣增上明非其因爲作一增上緣如色界三種無色三種亦爾無漏法無明非其因爲作二緣謂所緣增上除初無漏餘無漏法明爲其三因謂相應俱有同類爲作四緣除初明餘初無漏法明爲其二因謂相應俱有或一因謂俱有爲作二緣謂因增上初明明非其因爲作一增上緣是謂此處略毗婆沙

諸法因無明彼法緣無明耶答若法因無明彼法緣無明此中因無明諸法以種類言之彼法以無明爲五因謂相應俱有同類徧行異熟緣無明者即因無明法以種類言之無明爲其四緣有法緣無明不因無明謂除無明異熟諸餘無覆無記行及善行無明於彼法或爲三緣或爲二緣或爲一緣而非其因諸法因明彼法緣明耶答若法因明彼法緣明此中因明諸法以種類言之彼法以明爲三因謂相應俱有同類緣明者即因明法以種類言之明爲其四緣有法緣明不因明謂

初明及諸有漏行明於彼法或爲三緣或爲二緣或爲一緣而非其因

諸法因無明彼法緣明耶答若法因無明彼法緣明此中因無明諸法以種類言之彼法以無明爲五因如前說緣明者即因無明法以種類言之明爲其二緣謂所緣增上有法緣明不因無明謂除無明異熟諸餘無覆無記行及善行明於彼法或爲四緣或爲三緣或爲二緣或爲一緣無明非其因

諸法因明彼法緣無明耶答若法因明彼法緣無明此中因明諸法以種類言之彼法以明爲三因謂相應俱有同類緣無明者即因明法以種類言之無明爲其二緣謂所緣增上有法緣無明不因明謂初明及諸有漏行無明於彼法或爲四緣或爲三緣或爲二緣或爲一緣明非其因

諸法因無明彼法不善耶答若法不善彼法因無明此中因無明不善法以種類言之彼法以無明爲四因謂相應俱有同類徧行有法因無明非不善謂無明異熟及有覆無記行此中無明異熟以無明爲一異熟因有覆無記行種類言之以無明爲四因謂相應俱有同類徧行而彼法非不善是無記故

諸法因明彼法善耶答若法因明彼法善此中因明善法以種類言之彼法以明爲三因謂相應俱有同類有法善不因明謂初明及善有漏行此中初明是善而不以明爲因無前及俱明故善有漏行亦不以明爲因無因義故

頗有不因明不因無明彼法非無因耶答有

謂除無明異熟諸餘無覆無記行及初明善有漏行如是諸法不因明不因無明而非無因於中除無明異熟諸餘無覆無記行以種類言之有四因謂相應俱有同類異熟初明有二因謂相應俱有善有漏行以種類言之有三因謂相應俱有同類問初明俱無漏得亦不因明不因無明而非無因此中何故不說答此文應作是說及初明彼俱無漏得而不說者當知此義有餘有說此得攝在初明俱有因中是以不說彼不應作是說得非初明俱有因故應言攝在初明品中若說初明當知已說彼聚諸法明無明義廣說如雜蘊緣起納息

見蘊第八中想納息第三之一

諸法無常想生彼法無常想相應耶如是等章及解章義既領會已應廣分別問何故作此論答爲止愚相應法執相應法非實者意顯相應法決定實有故作斯論諸法無常想生彼法無常想相應耶答應作四句有法無常想生非無常想相應謂無常想現前必滅餘想現前必生彼相應法此中說無常想無間無常苦想乃至滅想隨一現在前彼相應法者謂除想餘九大地法十大善地法有尋有伺地尋伺無尋惟伺地伺及心如是諸法無常想生無常想爲等無間緣而起故非無常想相應與苦無我想乃至滅想隨一相應故有法無常想相應非無常想生謂餘想現前必滅無常想現前必生彼相應法此中說無常苦想乃至滅想隨一無間無常想現在前彼相應法者謂除想餘九大地法等廣說

如上如是說法無常想相應非無常想生無常苦想乃至滅想隨一爲等無間緣而起故有法無常想生亦無常想相應謂無常想現前必滅無常想現前必生彼相應法此中說後無常想聚中除無常想餘心心所法廣說如上如是諸法無常想生無常想爲等無間緣而起故亦無常想相應彼聚中有故無常想雖從無常想生而非無常想相應以自性於自性三因緣故不相應如前說有法非無常想生亦非無常想相應謂餘想現前必滅餘想現前必生彼相應法此中說無常苦想乃至滅想隨一無間隨一現在前彼諸想相應法廣說如上如是諸法非無常想生餘想爲等無間緣而起故亦非無常想相應與餘想相應故如無常想乃至滅想亦爾隨其所應皆作四句如是便有十種四句

諸法無常想生彼法無常想一緣耶乃至廣說問何故作此論答欲止愚於所緣體性執所緣性非實有法顯所緣性決定實有故作斯論諸法無常想生彼法無常想一緣耶答應作四句有法無常想生非無常想一緣謂無常想現前必滅餘想現前必生彼有餘緣此中說緣色蘊無常想無間緣受等蘊無常苦想苦無我想隨一現在前緣餘蘊及界處說亦爾彼法從無常想生非無常想一緣緣餘法故有法無常想一緣非無常想生謂餘想現前必滅無常想現前必生彼有此緣此中說緣色等蘊無常苦想苦無我想隨一無間即緣彼蘊無常想現在前界處說亦爾彼法無常想一緣不從無常想生無常苦想苦

無我想隨一爲等無間緣而起故問此中說何想與何想同一緣耶爲說無常想與無常想同一緣爲說無常想與餘想同一緣設爾何失二俱有過若說無常想與無常想同一緣者此文云何通如說彼有此緣若說無常想與餘想同一緣者此文復云何通如說彼法非無常想生有時彼想從無常想生故答此中說無常想與無常想同一緣故言無常想一緣問若爾此文云何通如說彼有此緣有說此文應作是說謂餘想現前必滅無常想現前必生彼相應法此則說無常想相應法與無常想相應如是說者此中攝三想謂無常想後起餘想餘想後復起無常想於中說後起無常想與前無常想同緣故言無常想一緣如是則二文善通或有於此作如是

問今應思擇此中說何想與何想同一緣耶爲說無常想與餘想同一緣爲說餘想與無常想同一緣耶此二何差別若說無常想與餘想同一緣者此文云何通如說有法無常想一緣若苦無我想無間無常想生彼與苦無我想同一緣非無常想若說餘想與無常想同一緣者有時彼法從無常想生則不應說非無常想生有說此中說無常想與餘想同一緣問若爾者此文云何通如說有法無常想一緣答應作是說謂餘想現前必滅無常想現前必生彼想相應法若爾彼法應從無常想生亦與無常想同一緣如是說者此中應說無常想與無常想同一緣是故此中總攝三想謂初無常想次起餘想餘想無間復起無常想此中說後生無常想與前生無

常想同一緣如是則二過俱離有法無常想生無常想一緣謂無常想現前必滅無常想現前必生彼有此緣此中說緣色等蘊無常想無間即緣彼蘊無常想現在前界處說亦爾彼法從無常想生亦與無常想同一緣有法非無常想生亦非無常想一緣謂餘想現前必滅餘想現前必生彼有餘緣此中說緣餘蘊無常苦想苦無我想隨一無間緣餘蘊無常苦想苦無我想隨一現在前界處說亦爾彼法非無常想生餘想爲等無間緣而起故亦非無常想一緣餘想餘緣故如無常想乃至滅想亦爾問此所說中餘想可爾不淨想猒食想過去緣過去現在緣現在未來生者緣未來云何得成第三句耶答依相似說亦無有過謂前不淨想緣骨鎖而滅後不淨想復緣骨鎖而生以境相相似故亦名一猒食想亦爾

諸法由心起非不由心乃至廣說前業蘊中顯示愛非愛果由心而起分位差別此中顯示身語二業由心而起分位差別心有二種謂轉隨轉轉謂能引身語二業在彼前起隨轉謂助身語二業與彼俱生此中說轉不說隨轉問所說諸法謂是何耶或有說者是別解脫律儀若作是說諸法是別解脫律儀者彼說諸法由心起者謂別解脫律儀心力所引起非不由心者無有離心力而得彼律儀若時心起爾時彼法耶答心先起後彼法謂先起如是心我當受別解脫律儀後便正起律儀表業若時心滅爾時彼法耶答心先滅後彼法謂彼心先生已滅後彼律儀表業生

已復滅所以者何諸行無常所吞生已無力能暫停住剎那無間必謝滅故若時心得爾時彼法耶答心先得後彼法謂彼善心由二緣故得一善根相續二界地來還彼律儀由表故得若時心捨爾時彼法耶答彼法先捨後乃心謂彼律儀由四緣故捨一捨學處二二形生三善根斷四捨衆同分有說犯根本罪時亦捨彼心由二緣捨一善根斷二越界地問若欲界命終還生欲界者可先捨彼法後乃心若欲界命終生色無色界及般涅槃者彼法與心俱時而捨云何得說彼法先捨後乃心耶答此中但說欲界命終還生欲界者彼命終時捨衆同分故別解脫律儀亦捨雖捨衆同分而不捨心有說欲界命終生色無色界及般涅槃者亦是此中所說彼將死時身力羸劣或斷末摩苦所觸故便失所受身語律儀後命終時其心方捨問若爾云何可說其苾芻命終答仍本名故無過如王失位猶名爲王問彼衣盋等諸出家者云何得分答彼於昔時亦曾分他如是財物今時命過他還分之又是先來遞傳所許曾聞昔有仙人命終同梵行者以其財物輸納於王而作是言此是某仙所有資產彼無繼嗣今持與王願爲納受王令持還而語之言諸出家者所受用物我等俗人不應受用從今已去諸出家者若當命終所有資具同梵行者應共分之由是開許故無有過評曰如前所說者好所以者何若觸非是捨戒緣戒終故本所要期乃至命終非命未終離斷善等而令戒捨是故最後命終剎那心與律儀一時俱

失若時心受異熟爾時彼法耶答或爾時或餘時爾時者謂一刹那或一相續或一分位或一衆同分餘時者謂異刹那或異相續或異分位或異衆同分以現在時有四種故復有說者諸法謂不律儀若作是說諸法是不律儀者彼說諸法由心起者謂不律儀心力所引起非不由心者無有離心力而得不律儀若時心起爾時彼法耶答心先起後彼法謂先起如是心我當受作如是事業後便正起不律儀表業若時心滅爾時彼法耶答心先滅後彼法謂彼心先生已滅後不律儀生已復滅所釋如前若時心得爾時彼法耶答心先得後彼法謂彼不善心由二緣故得一從離欲退二界地來還彼不律儀由表故得若時心捨爾時彼法耶答彼法先捨後乃心

謂不律儀由四緣故捨一受律儀二得靜慮三二形生四捨衆同分彼不善心由一緣捨謂離欲染時若時心受異熟爾時彼法耶答或爾時或餘時如前釋復有說者諸法謂非律儀非不律儀所有身語妙行惡行若作是說諸法是非律儀非不律儀所有身語妙行惡行者彼說諸法由心起者謂彼身語妙行惡行心力所引起非不由心者無有離心力而得彼身語妙行惡行若時心起爾時彼法耶答心先起後彼法謂先起如是心我當作如是如是事業後便正起彼身語表若時心滅爾時彼法耶答心先滅後彼法如前釋若時心得爾時彼法耶答心先得後彼法謂彼善心二緣故得一善根相續二界地來還彼不善心亦二緣故得一從離欲退二界地來

還彼身語妙行惡行由表故得若時心捨爾時彼法耶答彼法先捨後乃心謂彼身語妙行惡行三緣故捨一意樂息二捨加行三勢力盡彼善心二緣故捨不善心二緣故捨皆如前說若時心受異熟爾時彼法耶答或爾時或餘時如前釋

頗有法是所通達所徧知乃至廣說問何故作此論答欲止他宗顯已義故謂或有說所通達所徧知非實有法或復有說無漏有爲亦是所斷或復有說加行所起無覆無記亦是所修或復有說惟有涅槃是所作證欲止此等意趣明所通達所徧知是實有法所斷惟是有漏所修惟善有爲所證通一切善及依定所起無覆無記故造斯論

所通達者謂一切法皆是善慧所通達故所徧知者謂一切法皆智徧知所徧知故如說所通達云何謂一切法所徧知云何謂一切法所斷者謂一切有漏法是對治道所應斷故如說所斷法云何謂一切有漏法所修者謂一切善有爲法是得修習修隨一或俱故如說所修法云何謂一切善有爲法所作證者謂一切善及依定所起無覆無記是可欣尚求得彼故如說所作證法云何謂一切善法及依三摩鉢底所起無覆無記天眼天耳

頗有法是所通達所徧知非所斷非所修非所作證耶答有謂虛空非擇滅如是二法是所通達是善慧所通達故亦是所徧知是智徧知所徧知故非所斷無漏故非所修無爲故非所作證非可欣尚求得法故頗有法是所通達所徧知非所斷非所修是所作證耶

答有謂擇滅此是所作證是可欣尚求得法故餘如前釋頗有法是所通達所徧知非所斷是所修是所作證耶答有謂無漏有爲法此是所修善有爲故餘如前釋頗有法是所通達所徧知是所斷是所修是所作證耶答有謂善有漏行此是所斷有漏故餘如前釋頗有法是所通達所徧知是所斷非所修是所作證耶答有謂定所起天眼耳此是所斷有漏故非所修無記故是所作證依定所起求得彼故餘如前釋頗有法是所通達所徧知是所斷非所修非所作證耶答有謂除定所起天眼耳餘無記行不善法義如前釋問外國諸師說所作證無覆無記法有八種謂依定所起天眼天耳及彼二識無覆無記法詞二無礙解願智變化心此中何故但說天眼天耳非餘法耶答外國諸師所誦文句作如是說所作證法云何謂一切善法及依三摩鉢底所起無覆無記法迦濕彌羅國諸師亦應作是說而不說者有別意趣謂依定所起天眼耳識攝在所說天眼耳中若說所依當知已說依者法詞二無礙解及願智皆惟是善亦是所修非此所攝不應責問變化心似工巧轉非甚欣尚此中不說以是故不隨彼所說復次若依加行正所求得者是增上故此中說之天眼耳識無別加行但因所求天眼耳得諸變化心因起加行求離染得皆非增上故此不說復次天眼天耳廣設加行暫時成就是爲希有故此說之彼識及變化心因離欲染或界地還時不用功而得得已恒時三世成就非謂希有故此不說復次天

眼天耳是修果故是攝受支定果故離欲染後能現前故於一切時識不空故起必無有彼同分故但成就者必作用故是眼耳通所依止故是猒生死勝根本故此中說之餘法不爾是故不說此中所說非擇滅者謂滅非離繫非擇法所得諸補特伽羅得時不離繫縛所說擇滅者謂滅是離繫是擇法所得諸補特伽羅得時便離繫縛此二滅廣說如雜蘊愛敬納息

頗有法無緣因緣無緣法緣無緣法俱生乃至廣說問何故作此論答欲止他宗顯已義故謂或有說諸有爲相無實體性如譬喻者所說所以者何彼說諸有爲相是不相應行行蘊所攝諸不相應行皆無實體或復有說諸有爲相是無爲法如分別論者所說所以者何彼作是說若有爲相是有爲者其力羸劣何能生他乃至令滅以是無爲故便能生法乃至滅法或復有說有爲相中生老住是有爲滅是無爲所以者何彼說諸法令生老住則易令滅則難若無常相是有爲者其性羸劣何能滅他以是無爲故其性强盛能滅諸法或復有說色法生老住無常體即是色餘亦如是或復有說諸有爲相是相應法爲止如是種種異執顯有爲相是實有性非無爲法非即色等是不相應故造斯論

頗有法無緣因緣無緣法緣無緣法俱生是有是有性非無非無性異色異受想識異相應行耶答有謂五識身彼相應法及緣色無爲心不相應行意識身彼相應法所有生老住無常此法無緣是不相應行無所緣故此

因緣無緣法緣無緣法俱生以前所說六識身及相應法爲因即與彼俱生故由此已遮執有爲相是無爲者意非無爲法從因生故此是有非無法故是有性非假法故非無非無性此爲決定前所說義復次前二句成立已論後二句遮破他論成立已論者如善說法者成立善說法宗惡說法者成立惡說法宗應理論者成立應理論宗分別論者成立分別論宗遮破他論者如善說法者遮破惡說法宗惡說法者遮破善說法宗應理論者遮破分別論宗分別論者遮破應理論宗今此亦然前二句成立自宗後二句遮破他宗若不成立自宗便破他者則爲空論無所依故若但成立自宗不破他者則於自宗非善成立是故先立已宗後破他論義言此生老住無常有如是理趣法爾是有是有性非無非無性由此已遮執有爲相非實有者意此異色非色法故異受想識非受想識法故由此已遮執色等相即是色等此異相應行是不相應法故由此已遮執有爲相是相應法此法於彼法當言因當言緣耶答當言因當言緣此中何謂此法何謂彼法有作是說生老住無常是此法此俱六識身及相應法是彼法若作是說者彼說若此法於俱起彼法當言因當言緣因者一因謂俱有緣者二緣謂因增上若此法於後起彼法亦當言因當言緣因者三因謂同類徧行異熟緣者三緣除等無間若此法於前起彼法當言緣不當言因緣者二緣謂所緣增上若此法總於彼法當言因當言緣因者四因謂俱有同類徧

行異熟緣者三緣除等無間復有說者前所說六識身及相應法是此法此俱生老住無常是彼法若作是說者彼說若此法於俱起彼法當言因當言緣因者一因謂俱有緣者二緣謂因增上若此法於後起彼法當言因當言緣因者三因謂同類徧行異熟緣者二緣謂因增上若此法於前起彼法當言緣不當言因緣者一緣謂增上若此法總於彼法當言因當言緣因者四因謂俱有同類徧行異熟緣者二緣謂因增上復有說者即前生老住無常是此法此同類生老住無常是彼法若作是說者彼說若此法於俱起彼法當言因當言緣因者一因謂俱有緣者二緣謂因增上若此法於後起彼法當言因當言緣因者三因謂同類徧行異熟緣者二緣謂因增上若此法於前起彼法當言緣不當言因緣者一緣謂增上若此法總於彼法當言因當言緣因者四因謂俱有同類徧行異熟緣者二緣謂因增上復有說者即前所說生老住無常是此法此生同類生乃至此無常同類無常是彼法若作是說者彼說若此法於俱起彼法當言因當言緣因者一因謂俱有緣者二緣謂因增上若此法於後起彼法當言因當言緣因者三因謂同類徧行異熟緣者二緣謂因增上若此法於前起彼法當言緣不當言因緣者一緣謂增上若此法總於彼法當言因當言緣因者四因謂俱有同類徧行異熟緣者二緣謂因增上此法當言善耶不善耶無記耶答於善法當言善於不善法當言不善於無記法當言無記以生所生

乃至滅所滅性類必同故此法幾隨眠隨增幾結繫耶答三界有漏緣隨眠隨增九結繫問何故不說此法無漏緣隨眠隨增耶答由二緣故隨眠隨增一所緣故二相應故無漏緣隨眠無所緣故隨增境解脱故雖有相應故隨增而於此無不與此相應故此中依種類總說故言三界有漏緣隨眠隨增九結繫若别說者欲界於欲界乃至無色界於無色界見苦所斷一切及見集所斷徧行於見苦所斷見集所斷一切及見苦所斷徧行於見集所斷見滅所斷有漏緣及徧行於見滅所斷見道所斷有漏緣及徧行於見道所斷修所斷一切及徧行於修所斷欲界九結於欲界色界六結於色界無色界六結於無色界如是三界有漏緣隨眠及九結於此法皆由所緣故隨增及繫非相應故諸有爲相廣說如雜蘊色納息

阿毗達磨大毗婆沙論卷第一百九十五 說一切有部發智

音釋

骨鏁 鏁蘇果切骨鏁謂骸骨相連瑣也 盋 北末切鉢同 遞 大計切代也

阿毗達磨大毗婆沙論卷第一百九十六

五百大阿羅漢等造

唐三藏法師玄奘奉　詔譯

見蘊第八中想納息第三之二

見相應受幾隨眠隨增乃至廣說問何故作此論答爲止撥無世俗正見者意顯實有世俗正見是修所斷及徧行隨眠之所隨增又遮說有修所斷疑隨眠者意顯疑隨眠惟見所斷故作斯論問如夜見物杌耶人耶此疑豈非修所斷耶答此於彼事未了故疑了時便斷非隨眠性問此中何故但依見疑而作論答彼作論者意欲爾故乃至廣說復次惟此二種互不相應而俱緣四諦俱通徧行俱緣有漏無漏俱緣有爲無爲於餘煩惱爲勝貪瞋慢雖互不相應而不能通緣四諦惟不徧行俱緣有漏但緣有爲無明雖緣四諦亦是徧行通緣有漏無漏有爲無爲而與一切煩惱相應皆非增勝是故此中但依見疑而作論

見相應受幾隨眠隨增答三界有漏緣及無漏緣見彼相應無明隨眠隨增此則總說若別說者見相應受差別有五謂見苦所斷乃至修所斷此中見苦所斷見相應受見苦所斷一切及見集所斷徧行隨眠隨增見集所斷見相應受見集所斷一切見苦所斷徧行隨眠隨增見滅所斷見相應受見滅所斷無漏緣見彼相應無明見滅所斷一切有漏緣及徧行隨眠隨增見道所斷見相應受見道所斷無漏緣見彼相應無明見道所斷一切有漏緣及徧行隨眠隨增修所斷見相應受

修所斷一切及徧行隨眠隨增此中隨增差別應作四句或有隨眠於見相應受所緣故隨增非相應故或有隨眠於見相應受相應故隨增非所緣故或有隨眠於見相應受所緣故隨增亦相應故或有隨眠於見相應受非所緣故隨增亦非相應故初句者謂除有漏緣見彼相應無明諸餘有漏緣隨眠第二句者謂無漏緣見彼相應無明第三句者謂有漏緣見彼相應無明第四句者謂除無漏緣見彼相應無明諸餘無漏緣隨眠

見不相應受幾隨眠隨增答除無漏緣見彼相應無明餘隨眠隨增此則總說若別說者見不相應受差別有五謂見苦所斷乃至修所斷此中見苦所斷見不相應受見苦所斷一切及見集所斷徧行隨眠隨增見集所斷見不相應受見集所斷一切及見苦所斷徧行隨眠隨增見滅所斷見不相應受除見滅所斷邪見彼相應無明諸餘見滅所斷及徧行隨眠隨增見道所斷見不相應受除見道所斷邪見彼相應無明諸餘見道所斷及徧行隨眠隨增修所斷見不相應受修所斷一切及徧行隨眠隨增此中隨增差別亦作四句或有隨眠於見不相應受所緣故隨增非相應故乃至廣作四句第一句者謂有漏緣見彼相應無明第二句者謂除無漏緣見彼相應無明諸餘無漏緣隨眠第三句者謂除有漏緣見彼相應無明諸餘有漏緣隨眠第四句者謂無漏緣見彼相應無明

疑相應受幾隨眠隨增答三界見所斷有漏緣及無漏緣疑彼相應無明隨眠隨增此則

總說若別說者疑相應受差別有四謂見苦集滅道所斷此中見苦所斷見集所斷如前說見滅所斷疑相應受見滅所斷疑彼相應無明見滅所斷一切有漏緣及徧行隨眠隨增見道所斷疑相應受見道所斷疑彼相應無明見道所斷一切有漏緣及徧行隨眠隨增此中隨增差別亦作四句或有隨眠於疑相應受所緣故隨增非相應故乃至廣作四句第一句者謂除有漏緣疑彼相應無明諸餘見所斷有漏緣隨眠第二句者謂無漏緣疑彼相應無明第三句者謂有漏緣疑彼相應無明第四句者謂除無漏緣疑彼相應無明謂餘無漏緣隨眠

疑不相應受幾隨眠隨增答除無漏緣疑彼相應無明餘隨眠隨增此則總說若別說者疑不相應受差別有五謂見苦所斷乃至修所斷此中見苦所斷見集所斷如前說見滅所斷疑不相應受除見滅所斷疑彼相應無明諸餘見滅所斷及徧行隨眠隨增見道所斷疑不相應受除見道所斷疑彼相應無明諸餘見道所斷及徧行隨眠隨增修所斷疑不相應受修所斷一切及徧行隨眠隨增此中隨增差別亦作四句或有隨眠於疑不相應受所緣故隨增非相應故乃至廣作四句第一句者謂有漏緣疑彼相應無明第一句者謂除無漏緣疑彼相應無明諸餘無漏緣隨眠第三句者謂除有漏緣疑彼相應無明諸餘有漏緣隨眠第四句者無漏緣疑彼相應無明

因道緣起法幾界幾處幾蘊攝答十八界十

二處五蘊此中因者六因謂相應乃至能作道者八支聖道謂正見乃至正定緣起者十二支緣起謂無明乃至老死此因道緣起具攝一切界處蘊法問因及緣起可爾道云何亦具攝耶答此文應作是說因及緣起十八界十二處五蘊攝道三界二處五蘊攝而不作是說者當知此中總說因道緣起攝一切界處蘊非一一攝復有說者所道緣起法皆謂六因此皆因之差別名故如施設論說因道路等盡同一義是以皆攝十八界等有作是說因謂一切有爲法如品類足說因法云何謂一切有爲法由此具攝十八界等道即是因此因與誰爲道與所得果由此亦攝十八界等緣起亦是一切有爲法如品類足說緣起法云何謂一切有爲法由此亦攝十八界等除眼觸等起想受心相應法及耳觸等起想受心不相應法餘法幾界幾處幾蘊攝答十八界十二處五蘊等起有二種謂因及刹那此中但說刹那等起以說相應不相應故問此所說中除何相應不相應法取何餘法界處蘊攝耶答此中除眼觸聚中非觸想受心餘相應法及耳觸聚中生老住無常取所餘法界處蘊攝所以者何此所說中若法是眼觸等起想受心相應及耳觸等起想受心不相應者是所除彼眼觸聚中觸雖與想受心相應而非眼觸等起自體於自體無等起義故想雖眼觸等起及受心相應而非想相應自體於自體無相應義故受心說亦爾是故眼觸聚中觸想受心皆非所除餘相應法眼觸等起及想受心相應故乃是所除耳

觸聚中觸非耳觸等起亦非想受心不相應想雖耳觸等起及想不相應而與受心相應受心說亦爾餘心所法雖耳觸等起而與想受心相應是故耳觸聚中心心所法皆非所除彼俱起生老住無常耳觸等起及想受心不相應故乃是所除是名所除法餘法云何謂六觸身六想身六受身六識身及耳鼻舌身意觸聚中餘相應行蘊除耳觸聚中生老住無常餘不相應行蘊一切色無爲如是餘法十八界十二處五蘊攝乃至除身觸等起想受心相應法及意觸等起想受心不相應法餘法幾界幾處幾蘊攝答十八界十二處五蘊此中展轉相望所除所取准前應廣釋有餘於此作差别說謂除眼觸等起想受心不相應法及耳觸等起想受心相應法餘法十八界十二處五蘊攝乃至除身觸等起想受心不相應法及意觸等起想受心相應法餘法攝如前說復有於此作差别說謂除眼觸等起想受心相應法及耳觸等起想受心相應法餘法攝如前說乃至除身觸等起想受心相應法及意觸等起想受心相應法餘法攝如前說復有於此作差别說謂除眼觸等起想受心不相應法及耳觸等起想受心不相應法餘法攝如前說乃至除身觸等起想受心不相應法及意觸等起想受不相應法餘法攝如前說

見蘊第八中智納息第四之一

若事能通達彼事能徧知耶 如是等章及解章義旣領會已次應廣釋問何故作此論答欲止他說忍即是智性者意顯示諸忍與自

所斷疑得俱生未重審決不得名智故作斯論事有五種一自性事二繫事三所緣事四因事五攝受事自性事者如世尊說我當爲汝說四十四智事及七十七智事謂緣有支智以事聲說尊者妙音作如是說彼經說所緣事謂諸有支是智所緣故說名事然彼契經說智爲事非諸有支以後釋中但說智故繫事者如前一行中說若事愛結繫彼事亦恚結繫耶謂五部煩惱於五部法或所緣故繫或相應故繫彼五部法以事聲說所緣事者如品類足說一切法皆智所知隨其事云何隨其事謂隨其所行隨其境界隨其所緣諸智所行境界所緣以事聲說因事者如品類足說有事法無事法即是有因法無因法又如世尊伽他中說

苾芻心寂靜　能永斷諸事　生死畢竟滅
更不受諸有

此中諸因以事聲說一切生死無不由因諸因若斷生死便滅不受諸有得般涅槃攝受事者如契經說棄捨所攝受田事宅事財寶等事又如世尊伽他中說

人於田事財　牛馬僮僕等　男女諸親欲
各別而耽愛

又在家者作如是言我已取彼爾所事彼猶負我爾所事諸如是等名攝受事復有五種事一界事二處事三蘊事四世事五刹那事於十種事中此中依自性事而作論謂忍智等自性以事名說

若事能通達彼事能徧知耶答應作四句此中能通達依無漏道智徧知說能如實知故

能徧知依無漏道證斷徧知說能永斷煩惱故此二互有長短故應作四句有事能通達非徧知謂苦集滅道智不斷諸煩惱此則見道中諸所有智及修道等中除正斷煩惱道餘四諦智如是諸智是能通達如實智性故非徧知不斷煩惱故有事能徧知非能通達謂苦集滅道忍斷諸煩惱此則見道中斷煩惱諸忍若未離欲染者通法忍類忍若已離欲染者惟類忍如是諸忍是能徧知永斷煩惱故非能通達非如實智性故問若諸忍非能通達者品類足說當云何通如彼說能通達云何謂善慧所通達云何謂一相法忍是善慧自性何故此中說非能通達耶答此文應作是說若事是能通達彼事亦是能徧知若事是能徧知彼事亦是能通達而不作是說者有別意趣謂此中依智徧知說能通達依能證斷徧知說能徧知故不應難有事能通達亦能徧知謂苦集滅道智斷諸煩惱此則修道中正斷煩惱道苦等四智是能通達如實智性故亦能徧知永斷煩惱故有事非能通達亦非能徧知謂苦集滅道忍不斷諸煩惱此則已離欲染者於見道中四法忍非能通達非如實智性故亦非能徧知不永斷諸煩惱故彼所對治煩惱先已斷故

若事能猒彼事能離耶答應作四句此中猒者於有漏法猒行相轉離者能離所斷煩惱此二互有長短故應作四句有事能猒非能離謂苦集忍智不斷諸煩惱此則已離欲染入見道者於見道中苦集法忍及一切苦集智於修道等中除正斷煩惱道餘苦集智是

能猒緣可猒事轉故非能離不斷煩惱故有事能離非能猒謂滅道忍智斷諸煩惱此則未離欲染者見道中滅道法忍及一切滅道類忍於修道中正斷煩惱滅道二智如是忍智是能離能斷煩惱故非能猒緣可欣事轉故有事能猒亦能離謂苦集忍智斷諸煩惱此則未離欲染者於見道中苦集法忍及一切苦集類忍於修道中正斷煩惱道苦集二智如是忍智是能猒緣可猒事轉故亦能離斷諸煩惱故有事非能猒亦非能離謂滅道忍智不斷諸煩惱此則已離欲染者於見道中滅道法忍及一切滅道智於修道等中除正斷煩惱道餘滅道智如是忍智非能猒緣可欣事轉故亦非能離不斷煩惱故

若事能猒彼事修猒耶答若事能猒彼事亦修猒此中修者得修習修於見道中苦集忍智於修道等中惟苦集智如是忍智是能猒緣可猒事轉故亦能修猒以猒行相於現在未來或一或俱修故有事修猒非能猒謂滅道智斷諸煩惱此則於修道中以滅道智離三界染時於未來世修苦集智猒行相故說名修猒緣滅道諦可欣事轉故不名能猒問有滅道智現在前時不斷煩惱而亦能修猒如在修道無學道中一切離染加行解脫勝進道時滅道二智及則以此二智練根雜修靜慮引發諸通諸無礙解無色解脫及念住等諸功德時亦能修猒而非能猒此中何故不說耶答亦應說而不說者當知此義有餘有說此中說決定者謂滅道智斷諸煩惱無間道時決定能修苦集二智惟未曾得而現

前故餘時不定或是曾得或未曾得若是曾得則不能修是故不說有說此中說最初位不說餘位有說此中隨其顯相以要言之是故不說餘位修猒

若事能離彼修猒耶答應作四句有事能離非修猒謂滅道忍斷諸煩惱此則未離欲染者於見道中滅道法忍及一切滅道類忍如是諸忍是能離斷煩惱故非修猒爾時惟修欣行相故有事修猒非能離謂苦集忍智不斷諸煩惱此則已離欲染者見道中苦集法忍及一切苦集智於修道等中除正斷煩惱道餘苦集智如是忍智是修猒爾時能修猒行相故非能離不斷煩惱故問有滅道智現在前時不斷煩惱亦修猒非離如在修道無學道中一切離染加行解脫勝進道時滅道二智及即以此二智練根雜修靜慮引發諸通諸無礙解無色解脫及念住等諸功德時亦修猒而非離此中何故不說答亦應說而不說者當知此義有餘有說此中說決定者謂彼諸位苦集二智決定修猒滅道二智則不決定以曾得者現在前時不修猒故有事能離亦修猒謂苦集忍智及滅道智斷諸煩惱此則未離欲染者於見道中苦集法忍及一切苦集類忍於修道中正斷煩惱道苦集滅道智如是忍智是能離斷諸煩惱故亦修猒爾時能修猒行相故有事非能離亦非修猒謂滅道忍智不斷諸煩惱此即已離欲染者於見道中滅道法忍及一切滅道智於修道等中曾得滅道智現在前時如是忍智非離不斷煩惱故亦非修猒爾時不修猒行相

故前來所說猒離及修諸句差別皆依無漏法類忍智分位差別不依餘者乘前通達徧知事故通達徧知惟無漏故

問如所說猒體性是何爲是無貪爲是慧耶設爾何失若是無貪此文所說當云何通如說有事能猒亦能離謂苦集忍智斷諸煩惱雜藴所說復云何通如說云何習猒離貪謂無學猒相應無貪無瞋無癡非無貪與無貪可說相應自性與自性不相應故若是慧者即上所說復云何通如說云何習猒離貪謂無學猒相應無貪無瞋無癡無癡即慧非慧與慧可說相應所以如前此中有說猒體性是無貪問若爾者此文所說當云何通如說有事能猒亦能離乃至廣說答彼中說猒相雜法名猒謂無貪與忍智相應說爲忍智問雜藴所說復云何通如說云何習猒離貪乃至廣說答彼文應作是說猒相應無瞋無癡善根不應說無貪而說者當知是誦者隨言勢增益有作是說猒體是慧問若爾者即雜藴所說復云何通如說云何習猒離貪乃至廣說答彼文應作是說猒相應無貪無瞋不應說無癡而說者當知是誦者隨言勢增益評曰應說猒體性異非無貪非慧别有心所法名猒與心相應此即攝在復有所餘心所法中此中說無漏猒然亦有有漏猒謂與不淨觀持息念念住三義觀七處善煖頂忍世第一法見道中現觀邊世俗智修道等中如病如癰如箭行相靜慮無量無色解脫勝處徧處等相應廣說過四大海今略說爾所如是猒所猒事應作四句有猒非所猒謂無漏

猒有所猒非猒謂除有漏猒餘有漏法有猒亦所猒謂世俗猒有非猒非所猒謂除無漏猒餘無漏法問若緣一切法作無我行相當說是欣相作意猒相作意耶設爾何失若是欣相作意者云何亦緣猒事轉耶若是猒相作意者云何亦緣欣事轉耶答應作是說是欣相作意問若爾云何亦緣猒事轉耶答彼觀行者於可欣事深樂觀察雖緣無量可猒事猶故生欣如於銅錢聚上置一金錢以金錢故而於彼聚生欣樂心此亦如是

若法與彼法作因或時此法不與彼法作因耶答無時非因問何故作此論答爲止愚於因緣法執因緣性非實有者意顯因緣法體性實有故作斯論有說此中依一因作論謂相應因以相應因諸心心所因取一緣恒不相離通三世故有說此中依二因作論謂相應俱有以此二因俱通三世不相離故有說此中依三因作論謂相應俱有異熟此三於異有勝功能通三世故有說此中依四因作論謂相應俱有異熟能作以此四因通三世故有說此中依五因作論謂除徧行因有說此中依六因作論問若法未至已生位則不能爲同類徧行因至已生位方能爲因如何依六因作論說無時非因耶答此依最後位說謂未來法至正生位定能爲因從此以後無時非因故作是說問若爾者等無間緣何故不作是說如說若法與彼法作等無間或時此法不與彼法作等無間耶答若時此法未至已生然心心所法應爲等無間緣者至正生位定能爲緣何故不說無時非等無間

耶答彼亦應作是說而不說者當知欲現種種文種種說莊嚴於義令易解故復次欲現二門二略二階二影二明二炬互相顯示如此彼亦爾如彼此亦爾故餘義廣說如雜蘊智納息

若法與彼法作等無間或時此法不與彼法作等無間耶答若時此法未至已生問何故作此論答爲止愚於等無間緣法執等無間緣法非實有者意顯等無間緣法體是實有故作斯論問若時此法未至已生者此法是何爲前爲後爲前法未至已生位不與後法作等無間若至便作等無間耶爲後法未至已生位不與前法作等無間若至便作等無間耶如世第一法生苦法智忍爲世第一法未至已生位不與苦法智忍爲等無間若至便作等無間耶爲苦法智忍未至已生位不與世第一法作等無間若至便作等無間耶如無心定有心位可爾無心位云何可爾如入無想定或滅盡定經七晝夜或復多時若入定心至已生位即與出定心爲等無間者應第二刹那出定心即生所以者何若法與彼法爲等無間緣取彼爲果必無有法或諸有情若藥草若呪術若佛若獨覺若到究竟聲聞有能障彼令第二刹那不得生者是則二無心定應永不起若後法未至已生位不與前法作等無間若至便作者豈不苦法智忍未至已生位亦與世第一法爲等無間耶此中有說若前法未至已生位不與後法作等無間若至便作問若然者有心位可爾無

心位云何可爾答此中說有心位不說餘位有說設依無心位說亦無有過謂入定心現在前時頓取諸定及出心果亦與最初刹那定果後諸定刹那及出定心生時與果非取先已取故評曰彼不應作是說所以者何無有行等無間緣異時取果異時與果若此時取果即此時與果故有作是說若後法未至已生位不與前法作等無間若至便作問豈不苦法智忍未至已生位亦與世第一法爲等無間耶答爾時雖與世第一法作等無間而非等無間緣若至已生位亦名等無間亦名等無間緣如等無間等無間緣如是等無間有等無間相續有相續亦爾餘義廣說如雜蘊智納息

阿毗達磨大毗婆沙論卷第一百九十六 說一切有部發智

音釋

杌 五忽切樹無枝也
癰 於容切癤也
炬 其呂切
刹那 梵語也此云極少言時之極少也刹初轄切

阿毗達磨大毗婆沙論卷第一百九十七

五百大阿羅漢等造

唐三藏法師玄奘奉　詔譯

見蘊第八中智納息第四之二

若法與彼法作所緣或時此法與彼法非所緣耶答無時非所緣問何故作此論答欲止愚於所緣緣法執所緣緣法無實體性顯所緣緣是實有法故作斯論此中無時非所緣者以心心所法於所緣定故問云何心心所法於所緣定爲於處定爲於青等定爲於刹那定耶此中有說心心所法但於處定非於青等及刹那定所以者何若於青等及刹那定者則無量心心所法住不生法中欲令無如是過故唯於處定問若惟於處定者彼色處中有青黃等多種色性若於此不定者彼了青覺即了黃等餘亦如是不可一覺有多了性無二決定故有說心心所法於處定亦於青等定非於刹那定所以者何若於刹那定者則無量心心所法住不生法中勿有斯過是故不說於刹那定問若爾者如青色中有多種青謂青根青莖青枝青葉青華青果若當於此不說定者彼了根覺即了莖等餘亦如是不可一覺有多了性無二決定故如是說者心心所法於三事定問若爾者則應無量心心所法住不生法中答即無量心心所法住不生法中復有何過未來世寛無容處耶然彼本來已有住處問心心所法如於所緣定亦於所依定耶答於所依亦定謂眼等五識及相應法在未來世與所依遠現在則俱過去復遠有說未來與所依遠現在過

去與所依俱餘義廣說如雜蘊智納息

若法與彼法作增上或時此法與彼法非增上耶答無時非增上問何故作此論答爲止愚於增上緣性執增上緣非實有者意顯增上緣體性實有故作斯論問緣和合故諸法生滅此緣無有不和合時諸法云何不恒生滅尊者世友作如是言諸法生滅和合各異謂餘緣和合故諸法生餘緣和合故諸法滅是故不恒生滅復次此法生已餘法隨生有多剎那次第隣逼是故無有重生功能如人墮涯隤壞所壓欲起復壓彼人爾時尚不能動何況得起諸法亦然是故無有恒生滅過餘義廣說如雜蘊智納息

諸意觸彼一切三和合觸耶乃至廣說問何故作此論答欲止他宗顯已義故謂或有執心所即心或有說觸即根境識爲止彼意顯心所非心別有觸體與心相應又爲止他疑故謂或有疑眼觸乃至身觸名三和合是義可爾彼根境識俱時生故意觸亦名三和合觸云何可爾所以者何意根過去意識現在法或三世或離世故今欲決定顯意觸亦名三和合觸以互不相違共生一果名爲和合非惟俱起名和合故由此因緣故作斯論諸意觸彼一切三和合觸耶答諸意觸彼一切三和合觸無觸不因三和合故有三和合觸非意觸謂五識身相應觸故世尊說苾芻當知有意界有法界有無明界無明觸所生受所觸故無聞愚夫便執有執無或執有無此中有意界者謂過去意界有法界者謂三世法界有無明界者謂現在無明界無明觸等

者謂於無我事愚便執有者謂起常見便執無者謂起斷見或執有無者謂起斷常見脅尊者言此中意說於自體愚名無明界彼無間滅六識身名意界爾時心心所法所於轉者名法界無明觸等如前說問五識相應觸由現在根境識有名三和合觸是義可爾意識相應觸根在過去境或未來識在現在云何名三和合觸答和合有二種一俱起不相離名和合二不相違同辦一事名爲和合五識相應觸由二和合故名和合意識相應觸由辦一事和合故名和合所以者何如五識根境現在所有作用如是意識根境異世作用亦爾是故尊者妙音作如是說以根境識同辦一事故名和合非以俱起不相離故名爲和合如此三法隨在何時皆能展轉辦一事故盡名和合有餘於此作增益文諸眼觸乃至身觸彼一切三和合觸耶答諸眼觸乃至身觸彼一切三和合觸有三和合觸非眼觸乃至身觸謂意識身相應觸然今不作如是說者有何意耶欲顯此中但成立不極成義眼觸乃至身觸名三和合觸義自成立故不說之意觸名三和合觸義非極成是以故說由此如前所誦者好

諸慢彼一切自執耶乃至廣說問此見蘊中但應分別見何故分別慢耶答彼作論者意欲爾故乃至廣說有說以相似故謂一切煩惱中無有煩惱非見自性而似見轉猶如慢者有說先已說一一蘊中分別一切法若此蘊中不分別慢者云何名一一蘊分別一切法耶是故此中亦分別慢諸慢彼一切自執

耶答諸慢彼一切自執以慢是自舉自恃執競法故有自執非慢謂諸見趣故世尊說苾芻當知自執有我自執有我所此中自執有我者顯示我見自執有我所者顯示我所見復次自執有我者顯示五我見自執有我所者顯示十五我所見復次自執有我者顯示我執行相自執有我所者顯示我所執行相有作是說自執有我者顯示我愛自執有我所者顯示我所愛有餘師說自執有我者顯示我愚自執有我所者顯示我所愚復有說者自執有我者顯示無別異事薩迦耶見自執有我所者顯示有別異事薩迦耶見一切煩惱中無有煩惱非慢自性而似慢轉猶如見者故說見趣自執非慢

諸慢彼一切不寂靜耶問何故復作此論答前惟分別慢與見相似行相未分別與一切煩惱相似行相今欲分別故作斯論諸慢彼一切不寂靜耶答諸慢彼一切不寂靜以慢是自舉自恃執競法故有不寂靜非慢謂餘煩惱現在前故世尊說苾芻當知動為魔所縛不動脫惡者此中餘煩惱者謂見疑無明貪瞋纏垢現在前者顯不寂靜相問何故現在煩惱有不寂靜相非過去未來耶答現在煩惱於自身中障礙聖道及聖道加行過去未來煩惱不爾復次現在煩惱於自身中能取果與果過去未來煩惱不爾復次現在煩惱於自身中能取等流果異熟果過未煩惱不爾復次現在煩惱能令自身成可訶責可猒賤可遠離過未煩惱不爾復次現在煩惱燒然自身損壞自身逼惱自身過未煩惱不

爾復次現在煩惱自害害他或復俱害過未煩惱不爾復次現在煩惱是不寂靜性有不寂靜用是故說之過去未來煩惱是不寂靜性無不寂靜用是以不說動爲魔所縛等者此中初句顯不寂靜者爲煩惱魔所縛後句顯寂靜者解脫天魔性弊惡者惟天魔故有餘師說此中二句皆顯示煩惱魔性以諸煩惱害善法故說名爲魔起惡業故復名惡者若諸有情不寂靜時爲煩惱所縛若能寂靜修習對治則於煩惱便得解脫

諸業彼不律儀耶答應作四句有業非不律儀謂身語律儀有不律儀非業謂根不律儀有業亦不律儀謂身語不律儀有非業亦非不律儀謂根律儀諸業彼律儀耶答應作四句有業非律儀謂身語不律儀有律儀非業謂根律儀有業亦律儀謂身語律儀有非業亦非律儀謂根不律儀問此中根律儀根不律儀以何爲自性有作是說根律儀以念正知爲自性根不律儀以忘念不正知爲自性云何知然經爲量故如契經說時有天神告苾芻曰苾芻苾芻莫生瘡疣苾芻答曰我當覆之天復問言瘡疣既大以何能覆苾芻答言我當以念正知覆之天即讚言善哉善哉能如是覆是爲善覆由此故知根律儀以念正知爲自性根不律儀以忘念不正知爲自性問若然者經云何通如契經說念及正知滿足故能滿足根律儀豈以自性滿足自性耶答念及正知有因性有果性因性者以念正知名說果性者以律儀名說以因滿故令果圓滿是故無過有說根律儀以不放逸爲

自性根不律儀以放逸爲自性有說根律儀以六恒住法爲自性根不律儀以依六根生諸煩惱爲自性有說根律儀以根永斷徧知諸妙行善根爲自性根不律儀以根不永斷不徧知諸煩惱惡行不善根爲自性如是則以妙行惡行爲根律儀不律儀體有說根律儀以不成就根不永斷不徧知及成就彼對治道爲自性根不律儀以成就根不永斷不徧知及不成就彼對治道爲自性如是根律儀根不律儀俱以成就不成就爲體有說根律儀以不染汙法爲自性根不律儀以染汙法爲自性如是根律儀根不律儀俱以五蘊爲其體性昔迦濕彌羅國招吉祥僧伽藍中有兄弟二阿羅漢俱是法師世稱爲難地迦子彼說根律儀根不律儀俱以無覆無記不相應行蘊中根律儀根不律儀爲自性此自性成立謂體是實有此則攝在復有所餘心不相應行中問若根律儀根不律儀俱以無覆無記行蘊爲自性者此有何差别答此無覆無記行蘊有隨順善品者有隨順煩惱品者順善品者名根律儀順煩惱品者名根不律儀

若事未得彼不成就耶乃至廣說於前所說五種十種事中此中依自性事而作論欲止說無成就不成就性者意顯成就不成就性是實有故若事未得彼不成就耶答若事未得彼不成就謂不淨觀持息念住三義觀七處善煖頂忍世第一法見道修道無學道如是等事若未得彼不成就有事不成就非未得謂得已失此謂即前不淨觀等非未得

而不成就若事已得彼成就耶答若事成就彼已得謂即前不淨觀等得已不失有事已得而不成就謂得已失此謂即前不淨觀等已得而失

除苦聖諦及法處乃至廣說問何故作此論答爲止他宗顯已義故謂或有說諸法攝他性不攝自性集諦惟愛道諦惟是八支聖道或說法處攝一切法或說法處惟是非色或復說無去來二世或說五識惟無記性爲遮此等種種僻執及顯法相相應義故而作斯論除言有二意趣一欲安立二欲遮遣此中除言爲欲遮遣除苦聖諦及法處餘法二界一處一蘊攝此中苦聖諦謂一切有漏法即十五界三界少分十處二處少分五蘊少分法處謂七種法即想受行蘊無表色三無爲餘法謂無漏心是故此法二界謂意界意識界一處謂意處一蘊謂識蘊攝除集聖諦及法處說亦爾若集義異體不異故除滅聖諦及法處餘法十七界十一處二蘊攝此中滅聖諦謂擇滅無爲即法界法處少分法處謂七種法如前說餘法謂有對色及一切心是故此法十七界十一處二蘊攝除道聖諦及法處說亦爾此中以所攝量同故言亦爾然道聖諦謂無漏有爲法即三界意界意識界法界二處即意處法處五蘊少分法處如前說餘法謂有對色及有漏心是故此法十七界十一處二蘊攝

除有色法及法處餘法七界一處一蘊攝此中有色法謂四大種及所造即十界一界少分十處一處少分一蘊法處如前說餘法謂

一切心是故此法七心界一處一蘊攝除無色法及法處餘法十界十處一蘊攝此中無色法謂心心所法不相應行無爲即七心界一界少分一處一處少分四蘊除色蘊法處如前說餘法謂一切有對色是故此法十界十處一蘊攝除有見法及法處餘法十六界十處二蘊攝此中有見法謂眼所行即一界一處及一蘊少分法處如前說餘法謂無見有對色及一切心是故此法十六界除色界法界十處除色處法處二蘊所攝色識除無見法及法處餘法一界一處一蘊攝此中無見法謂除眼所行餘一切法即十七界十一處四蘊一蘊少分法處如前說餘法謂眼所行是故此法一界一處一蘊攝除有對法及法處餘法七界一處一蘊攝此中有對法謂除無表餘一切色即十界十處及一蘊少分法處如前說餘法謂一切心是故此法七心界一處一蘊攝除無對法及法處餘法十界十處一蘊攝此中無對法謂除有對色餘一切法即八界二處四蘊一蘊少分法處如前說餘法謂一切有對色是故此法十界十處一蘊攝除有漏法及法處餘法二界一處一蘊攝此中有漏法謂苦集諦即十五界三界少分十處二處少分五蘊少分法處如前說餘法謂無漏心是故此法二界一處一蘊攝除無漏法及法處餘法十七界十一處二蘊攝此中無漏法謂滅道諦及三無爲即三界二處五蘊少分法處如前說餘法謂有對色及有漏心是故此法十七界十一處二蘊攝除有爲法及法處此除一切法而問餘法是

無事空論此中有爲法謂苦集道諦即十七界一界少分十一處一處少分五蘊法處如前說除此更無餘法可攝是故此名無事空論除無爲法及法處餘法十七界十一處三蘊攝此中無爲法謂虛空擇滅非擇滅即一界一處少分法處如前說餘法謂有對色及一切心是故此法十七界十一處二蘊攝除過去法及法處餘法十七界十一處二蘊攝此中過去法謂已生已滅諸法即十八界十二處五蘊少分法處如前說餘法謂未來現在有對色及心是故此法十七界十一處二蘊攝除未來法現在法及法處說亦爾時別類不別故除善法及法處餘法十七界十一處二蘊攝此中善法謂能得愛果自性安隱法即十界四處五蘊少分法處如前說餘法謂不善無記有對色及心是故此法十七界十一處二蘊攝除不善法及法處說亦爾界類別攝不別故除無記法及法處餘法九界三處二蘊攝此中無記法謂不得愛不愛果及作自性安隱法即八界十界少分八處四處少分五蘊少分法處如前說餘法謂善不善有對色及心是故此法九界三處二蘊攝除欲界繫法及法處餘法十三界九處二蘊攝此中欲界繫法謂欲愛所隨增即四界十四界少分二處十處少分五蘊少分法處如前說餘法謂色界繫有對色及色無色界繫不繫心是故此法十三界九處二蘊攝除色界繫法及法處餘法十七界十一處二蘊攝此中色界繫法謂色愛所隨增即十四界十處五蘊少分法處如前說餘法謂欲界繫有

對色及欲無色界繫不繫心是故此法十七界十一處二蘊攝無色界繫法學法無學法及法處說亦爾此以所攝數量同故除非學非無學法及法處餘法二界一處一蘊攝此中非學非無學法謂一切有漏及無爲法即十五界三界少分十處二處少分五蘊少分法處如前說餘法謂無漏心是故此法二界一處一蘊攝除見所斷法及法處餘法十七界十一處二蘊攝此中見所斷法謂忍所對治即三界二處四蘊少分法處如前說餘法謂一切有對色及修所斷不斷心是故此法十七界十一處二蘊攝除修所斷法及法處餘法二界一處一蘊攝此中修所斷法謂智所對治即十五界三界少分十處二處少分五蘊少分法處如前說餘法謂見所斷不斷心是故此法二界一處一蘊攝除不斷法及法處餘法十七界十一處二蘊攝此中不斷法謂一切無漏法即二界二處五蘊少分法處如前說餘法謂一切有對色及有漏心是故此法十七界十一處二蘊攝

除已生法及定不生法餘法十八界十二處五蘊攝此中已生法謂過去現在即十八界十二處五蘊少分定不生法謂過去現在法及未來必不生法并無爲已生故得不生故無生故決定不生此亦十八界十二處五蘊少分餘法謂正生及可生法是故此法亦十八界十二處五蘊攝除非已生法及定不生法此除一切法問餘法是無事空論此中非已生法謂未來法及無爲即十八界十二處五蘊少分定不生法如前說除此更無餘法

可攝是故說爲無事空論除有色法及定不生法餘法八界二處四蘊攝此中有色法及定不生法如前說餘法謂正生可生諸心心所心不相應行是故此法八界二處四蘊攝除無色法及定不生法餘法十一界十一處一蘊攝此中無色法及定不生法如前說餘法謂正生可生諸有色法是故此法十一界十一處一蘊攝除有見法及定不生法餘法十七界十一處五蘊攝此中有見法及定不生法如前說餘法謂正生可生諸無見法是故此法十七界十一處五蘊攝除無見法及定不生法餘法一界一處一蘊攝此中無見法及定不生法如前說餘法謂正生可生諸有見色是故此法一界一處一蘊攝除有對法及定不生法餘法八界二處五蘊攝此中有對法及定不生法如前說餘法謂正生可生諸無對法是故此法八界二處五蘊攝除無對法及定不生法餘法十界十處一蘊攝此中無對法及定不生法如前說餘法謂正生可生諸有對色是故此法十界十處一蘊攝除有漏法及定不生法餘法三界二處五蘊攝此中有漏法及定不生法如前說餘法謂正生可生諸無漏法是故此法三界二處五蘊攝除無漏法及定不生法餘法十八界十二處五蘊攝此中無漏法及定不生法如前說餘法謂正生可生諸有漏法是故此法十八界十二處五蘊攝除有爲法及定不生法此除一切法問餘法是無事空論此中有爲法及定不生法如前說除此更無餘法可攝是故說爲無事空論除無爲法及定不生

法餘法十八界十二處五蘊攝此中無爲法及定不生法如前說餘法謂正生可生諸有爲法是故此法十八界十二處五蘊攝除過去法現在法及定不生法說亦爾此中餘法俱謂正生可生諸有爲法是故此法皆十八界十二處五蘊攝除未來法及定不生法此除一切法問餘法是無事空論此中未來法及定不生法具攝一切有爲無爲法除此更無餘法可攝是故說爲無事空論除善法及定不生法餘法十八界十二處五蘊攝此中善法及定不生法如前說餘法謂正生可生諸不善無記法是故此法十八界十二處五蘊攝除不善法及定不生法說亦爾以於餘法所攝同故除無記法及定不生法餘法十界四處五蘊攝此中無記法及定不生法如前說餘法謂正生可生善不善法是故此法十界四處五蘊攝除欲界繫法及定不生法餘法十四界十處五蘊攝此中欲界繫法及定不生法如前說餘法謂正生可生色無色界繫及不繫法是故此法十四界十處五蘊攝除色界繫法及定不生法餘法十八界十二處五蘊攝此中色界繫法及定不生法如前說餘法謂正生可生欲無色界繫不繫法是故此法十八界十二處五蘊攝除無色界繫法學法無學法及定不生法說亦爾以於餘法攝數同故除非學非無學法及定不生法餘法三界二處五蘊攝此中非學非無學法及定不生法如前說餘法謂正生可生學無學法是故此法三界二處五蘊攝除見所斷法及定不生法餘法十八界十二處五蘊

攝此中見所斷法及定不生法如前說餘法謂正生可生修所斷不斷法是故此法十八界十二處五蘊攝除修所斷法及定不生法餘法三界二處五蘊攝此中修所斷法及定不生法如前說餘法謂正生可生見所斷不斷法是故此法三界二處五蘊攝除不斷法及定不生法餘法十八界十二處五蘊攝此中不斷法及定不生法如前說餘法謂正生可生見修所斷法是故此法十八界十二處五蘊攝

頗有一界一處一蘊攝一切法耶答有一界謂法界一處謂意處一蘊謂色蘊如是則攝一切法盡所以者何一切法不出五事謂色心心所法不相應行無爲色蘊攝色意處攝心法處攝餘是故攝一切法復次一切法不出十八界於中色蘊攝十色界意處攝七心界法界攝法界故攝一切法復次一切法皆入蘊界處中此三展轉相攝謂色蘊攝十色界十色處法界法處少分意處攝七心界識蘊法界攝法處受想行蘊色蘊少分是故此三攝一切法

阿毗達磨大毗婆沙論卷第一百九十七 一說切有部發智

音釋

隤壤 隤杜回切墜也 壤如兩切土也　壓 烏甲切鎮也　脅 虛業切　慢 莫晏切倨也　瘡疣 瘡初良切瘍也 疣羽求切瘤也　僻 芳辟切偏邪也

阿毗達磨大毗婆沙論卷第一百九十八

五百大阿羅漢等造

唐三藏法師玄奘奉　詔譯

見蘊第八中見納息第五之一

諸有此見無施與乃至廣說問何故作此論答欲釋契經中所說見趣令知斷故所以者何於生死中起大執著引大無義爲大依取者莫如見趣此等廣說如智蘊五事納息諸有此見無施與無愛樂無祠祀無妙行惡行此謗因邪見見集所斷無施與等如上釋此邪見者顯彼自性見集所斷者顯彼對治謂於集諦忍智已生於彼所有不正推尋不正分別顛倒見不平等取便永斷滅沒復次此見依集處轉故見集時即斷如草頭露日出即乾此亦如是無妙行惡行果此謗果邪見見苦所斷此邪見者顯彼自性見苦所斷者顯彼對治謂於苦諦忍智已生於彼所有不正推尋不正分別顛倒見不平等取便永斷滅沒復次此見依苦處轉故見苦時即斷如草頭露日出即乾此亦如是然此但說彼見自性及對治不說等起彼等起云何尊者世友說曰有諸外道現見世間有殺生長壽離殺短壽有盜豐財離盜乏財有慳而富樂施而貧有損惱他無病安樂有不惱他而多疾苦見如是等相違事已便作是念無施與無愛樂乃至無妙行惡行果若有者則應殺生一切短壽乃至不惱他者無病安樂現見相違故知決定無施與乃至廣說然彼外道不善了知妙行惡行果有速近故於現見事中不如理尋思而起此見有說外道得世俗定

見少時分不知終始因果差別見行惡者有得生天見造善者有墮惡趣便作是念無施與無愛樂乃至廣說或有說者有諸外道不因現見亦不因定但由隨順惡友教故說無施與乃至廣說

無此世無他世無化生有情此謗因邪見或見集所斷或謗果邪見見苦所斷問他世是不現見說無可爾此世現見何故言無答彼諸外道無明所盲於現見事亦復非撥不應責無明者愚盲者墮坑復有說者彼諸外道但謗因果不謗法體無此世者謂無此世為他世因或無此世為他世果無他世者謂無他世為此世因或無他世為此世果無化生有情者有諸外道作如是說諸有情生皆因現在精血等事無有無緣忽然生者譬如芽生必因種子水土時節無有無緣而得生者故定無有化生有情此或撥無感化生業或復撥無所感化生或有說者化生有情所謂中有無此世他世者謗無生有無化生有情者謗無中有有諸外道言中有無彼說但應從此世間至彼世間更無第三世間可得此或撥無感中有業或復撥無所感中有或撥中有為生有因或撥中有為死有果此邪見者顯彼自性或見集所斷或見苦所斷者顯彼對治廣說如前無父無母此謗因邪見見集所斷問世間父母皆所現見彼以何故謗言無耶答彼諸外道無明所盲乃至廣說有說彼諸外道謗無父母感子之業不謗其體彼作是論父母自以愛染心故不為子故然以精血和合緣故彼類自生非謂父母有感

子業如因濕葉糞土等故有諸蟲生非濕葉等有感蟲業此亦如是故彼外道有如是頌男女染心合　女值時無病　我從此自有彼於我何爲

或有說者彼諸外道謗父母義不謗其體如因濕葉糞等生蟲葉等於蟲非父非母如是因彼不淨而生彼復何緣獨於生者有重恩德名父母耶是故彼類說無父母此邪見者顯彼自性見集所斷者顯彼對治廣說如前此中但說彼自性對治不說等起彼等起云何尊者世友說曰有諸外道天暴雨時見諸浮泡便作是念此從何來滅至何所但因水雨忽起忽滅如是有情緣合故生緣離故死不從前世來至此生亦非此生往至後世便決定說無此世無他世又見世間父母生子

水土生芽所見皆從緣合而有便作是念何處當有化生有情又見蟲生因濕葉等廣如前說然彼外道不知情與非情生類有別四生有情藉緣不等內法外法緣性各異故於少分相似事中不正尋思起此諸見復有說者彼外道得世俗定有諸有情從上地及餘世界殁來生此間或此間殁生於上地及餘世界彼觀此類不見所從及所往處便起此見無此世無他世又彼獲得麤淺定故觀去來世時但見生有不見中間中有之身以微細故由此便說無化生有情又因定力觀諸有情或從怨家來作父母或從妻子兄弟姊妹來作父母乃至或從駝驢狗等雜類之身來作父母復從父母作彼形類便作是念此如客舍有何決定由此便說無父無母復有

說者彼諸外道不因現見亦不因定但由隨順惡友教故說無此世乃至廣說

諸有此見世間無阿羅漢此謗道邪見見道所斷此謗道邪見者顯彼自性見道所斷者顯彼對治謂於道諦忍智已生於彼所有不正推尋不正分別顛倒見不平等取便永斷滅沒復次此見於道處轉故見道時即斷如草頭露日出即乾此亦如是無正至此謗滅邪見見滅所斷正至謂涅槃是無漏道所應至故此謗滅邪見者顯彼自性見滅所斷者顯彼對治謂於滅諦忍智已生於彼所有不正推尋不正分別顛倒見不平等取便永斷滅歿復次此見於滅處轉故見滅時即斷如草頭露日出即乾此亦如是無正行此世他世即於現法知自通達作證具足住我生已盡梵行已立所作已辦不受後有如實知此謗道邪見見道所斷無正行此世他世者謂彼撥無四種正行即苦遲通等此是謗有學道餘是謗無學道此謗道邪見者顯彼自性見道所斷者顯彼對治廣說如前此中但說彼見自性及對治不說等起彼等起云何尊者世友說曰有諸外道見阿羅漢有老病死及受諸苦同餘有情便說世間無阿羅漢即是謗無阿羅漢法又聞涅槃諸根永滅便作是念彼應是苦復聞涅槃諸行寂滅便作是念彼應是無又見聖者形貌飲食同餘有情便謂彼無一切聖道然彼外道不知聖者有漏身異無漏身異涅槃寂樂非苦非無故起如是差別邪見有說外道得世俗定不能觀見聖道涅槃便作是言無阿羅漢乃至廣說

有說外道不因現見亦不因定但由隨順惡友教故便言世間無阿羅漢乃至廣說有說此中應說始竊持事彼事即是此見等起諸有此見乃至活有命者死已斷壞無有此四大種士夫身廣說乃至此邊執見斷見攝見苦所斷此中乃至活有命者死已斷壞無有者彼執有我名爲命者此命者乃至此生未死恒有死已更不相續名斷壞無有此四大種士夫身者彼所說士夫身亦餘法成而惟說四大種者以麤現故死時地身歸地水身歸水火身歸火風身歸風根隨空轉者彼說衆生死時内大種身歸外地等根無大種爲所依故便隨空轉譬如樹倒鳥則飛空此邊執見常見攝見苦所斷以執我所是常住故轝爲第五者謂四肘竿轝四人舁之以送死屍故言轝爲第五持彼死屍往棄塚間即施身處或燒屍處名爲塚間未燒可知者謂乃至未燒差別可見燒已成灰餘鴿色骨者謂若燒已便成灰燼此中燒言若謂燒薪等者此則正見若謂即燒火者此則邪智非見若謂燒有漏業者此謗因邪見見集所斷若謂燒無漏業者此謗道邪見見道所斷愚者讚施智者讚受施愚謂無智或惡慧者智謂有智及善慧者彼外道言諸愚癡者讚歎行施諸智慧者讚歎受施然佛獨覺及聖弟子諸智慧者皆讚行施彼撥爲愚此即謗無成智者法此謗道邪見見道所斷諸有論者一切空虛妄語乃至活有愚智者死已斷壞無有者說有後世名有論者彼皆謗之爲空妄語云乃至活有愚智者死已一切斷壞無有然

佛獨覺及聖弟子說有後世彼撥爲妄此即謗無實論者法此謗道邪見見道所斷此邊執見斷見攝者顯彼自性此中雖有餘邪見等而但顯示斷壞無有故斷見攝見苦所斷者顯彼對治廣說如前此但說彼自性對治不說等起彼等起云何尊者世友說曰有諸外道不憶前際不見後際計諸有情皆以此生得胎爲初死爲最後又諸命終無有還者故說乃至活有命者死已斷壞無有猶如草木無有後世有說外道得世俗定或有衆生從此間歿生於上地及餘世界彼觀此類不知所往便作是說乃至活有命者乃至廣說有說外道不因餘事但由惡友邪教授故便作是言乃至活有命者乃至廣說

諸有此見無因無緣令有情雜染非因非緣而有情雜染此謗因邪見見集所斷此謗因邪見者顯彼自性見集所斷者顯彼對治廣說如前彼等起云何尊者世友說曰有諸外道現見世間有居阿練若處而生雜染有住城邑而不起染便作是念無因無緣令有情雜染非因非緣而有情雜染若有者則應住阿練若處者不生雜染住城邑者皆生雜染現見相違是故決定無因無緣乃至廣說然由三事故有情雜染一由因力二由加行力三由境界力故住阿練若處者雖無境界而由因力加行力故生諸雜染住城邑者雖有因及境界由無加行力故不生雜染彼於此事不能通達便起此見無因無緣乃至廣說有說外道因得世俗麤淺定故觀見有情起諸雜染而不見其因緣差別便起是見無因

無縁乃至廣説有説外道不因現見亦不因定但因惡友而起此見無因無縁令有情清淨非因非縁而有情清淨此謗道邪見見道所斷此謗道邪見者顯彼自性見道所斷者顯彼對治廣説如前彼等起云何尊者世友説曰有諸外道現見世間有住城邑而得清淨有居阿練若處而不清淨便作是念無因無縁令有情清淨非因非縁而有情清淨若有者則應住阿練若斯皆清淨住城邑者皆不清淨現見相違是故決定無因無縁乃至廣説然由三事故有情清淨一由因力二由加行力三由縁力彼住阿練若處者雖有因縁或由闕加行故不得清淨住城邑者雖或闕縁而由因及加行力故而得清淨彼於此事不能通達便起此見無因無縁乃至廣説有説外道因得世俗麤淺定故觀見有情證得清淨而不見彼得淨因縁便起是見無因無縁乃至廣説有説外道不因現見亦不因定但因惡友而起此見

無因無縁令有情無智無見非因非縁而有情無智無見此謗因邪見見集所斷此謗因邪見者顯彼自性見集所斷者顯彼對治廣説如前彼等起云何尊者世友説曰有諸外道現見世間不爲求無智無見故起諸加行而彼有情自然無智無見便作是念無因無縁乃至廣説若有者則應作加行求無智見者起無智見不求者不起現見相違故知決定無因無縁乃至廣説然由三事故有情無智無見一由樂著阿賴耶故二於所作多疑慼故三於有情不謙敬故有説由五事故三

如前說四由不勤求故五由無方便故彼於此事不善了知便起此見無因無緣乃至廣說有說外道得世俗麤淺定觀見有情無智無見而不見其因緣差別便起此見無因無緣乃至廣說有說外道不因現見亦不因定但因惡友而起此見

無因無緣令有情智見非因非緣而有情智見此謗道邪見見道所斷此謗道邪見者顯彼自性見道所斷者顯彼對治廣說如前彼等起云何尊者世友說曰有諸外道現見世間有求智見起大加行而不生智見有不起加行而生智見便作是念無因無緣乃至廣說若有者則應爲求智見起加行者生於智見不起加行者不生智見現見相違故知決定無因無緣乃至廣說然由四事故有情智見一善取其名二善取其義三樂多推尋四樂揀擇是理非理彼於此事不善了知便言無因無緣乃至廣說有說外道得世俗麤淺定觀見有情得勝智見而不見其因緣差別便起此見無因無緣乃至廣說有說外道不因現見亦不因定但因惡友而起此見

諸有此見無力無精進無力精進無士無威勢無士威勢無自作無他作無自他作一切有情一切生一切種無力無自在無精進無威勢定合性變於六勝生受諸苦樂此若謗有漏力精進等則謗因邪見見集所斷若謗無漏力精進等則謗道邪見見道所斷此中力精進士威勢體一義異皆謂諸法功能差別力者勢力是難屈伏義精進者是發趣義士者士用是雄猛義威勢者是能伏他義彼

說諸法無如是義即是總謗諸法功能無自作者謗自相續諸法功能無他作者謗他相續諸法功能無自他作者謂俱謗此是無衣迦葉波計如後當說一切有情者謂有識類一切生者謂即有情名曰衆生一切種者謂即衆生爲種相續力自在等亦體一義異即諸有情功能差別自在者是能役他義力等如前釋彼說有情無有如是功能差別定謂決定是法爾義合謂和合是緣會義性謂本性變謂轉變彼說有情有如是理趣法爾緣會則本性轉變於六勝生受諸苦樂非由彼有力自在等能受苦樂六勝生後當說此則謗因或謗道邪見者顯彼自性見集或見道所斷者顯彼對治廣說如前彼等起云何尊者世友說曰有諸外道現見世間爲求富貴廣施功力而不能得有不希求自然而得便作是念無力無精進乃至廣說若有者應求乃得不求不得現見相違故知無也然世福樂必由先時定不定業有施功力而不獲者以無先時業故有不施功而便得者以有先時決定因故彼於此事不善了知便謂無力無精進乃至廣說由定及由惡友應准前說前雜蘊中說顛倒處惟明撥有漏因故見集所斷此中通明謗有漏無漏因故見集見道所斷

諸有此見造教造煑教煑害教害殺諸衆生不與取欲邪行知而妄語故飲諸酒穿墻解結盡取所有守阨斷道害村害城害國生命以刀以輪擁略大地所有衆生斷截分解聚集團積爲一肉聚應知由此無惡無惡緣於

殑伽南斷截撾打於殑伽北惠施修福應知由此無罪福亦無罪福緣布施愛語利行同事攝諸有情皆無有福此謗因邪見見集所斷此中無惡者無惡自性無惡緣者不能感惡果無罪福亦無罪福緣應知亦爾於殑伽南斷截撾打者以殑伽南多有藥叉祠於中殺害衆生故於殑伽北惠施修福者以殑伽北多有天祠於中惠施修福故此謗因邪見者顯彼自性見集所斷者顯彼對治廣說如前彼等起云何尊者世友説曰有諸外道現見世間有造惡者受諸快樂有修善者多遭憂苦便作是念造教造廣說乃至皆無有福若有者應造惡受苦修善得樂現見相違故知決定造教造者乃至皆無有福然善惡業果有遠近彼不善知便起此見由定及由惡友應准前說

諸有此見此七士身不作作不化化不可害常安住如伊師迦安住不動無有轉變互不相觸何等爲七謂地水火風及苦樂命此七士身非作乃至如伊師迦安住不動若罪若福若罪福若苦若樂若苦樂不能轉變亦不能令互相觸礙設有士夫斷士夫頭亦不名爲害世間生若行若住七身中間刀刃雖轉而不害命此中無能害無所害無能捶無所捶無表無表處此邊執見常見攝見苦所斷七士身者謂我所執持七士夫身不作者謂無作者能作此身作者謂雖不作而似作顯現不化者謂無化者能化此身化者謂雖不化而似化顯現如伊師迦者謂如伊師迦木或如伊師迦山堅固難壞無有轉變者謂我

常住雖有隱顯而無轉變互不相觸者無有能令互相觸礙若行若住者行謂人等住謂樹等彼說樹等亦名士夫計彼類中有壽命故七身中間雖有孔隙容刀刃轉而不害命以常住我所任持命不可害故無表者無能害能捶業故無表處者無所害所捶境故此邊執見常見攝者顯彼自性見苦所斷者顯彼對治廣說如前彼等起云何尊者世友說曰有諸外道於四大種及苦樂命相續依因依緣和合故有刹那不住中不善了知便計有我於中執持令無損害彼所說命謂識相續然彼不見身心相續刹那刹那因果轉中所有間隙便執有我持令常住捨此身已受彼身時如樹倒時鳥集餘樹故說此七士身乃至廣說由定及由惡友應准前說

諸有此見有十四億六萬六百生門五業三業二業業半業六十二行跡六十二中劫百三十六地獄百二十根三十六塵界四萬九千龍家四萬九千妙翅鳥家四萬九千異學家四萬九千活命家七有想藏七無想藏七離繫藏七阿素洛七畢舍遮七天七人七夢七百夢七覺七百覺七池七百池七險七百險七減七百減七增七百增六勝生類八大士地於如是處經八萬四千大劫若愚若智往來流轉乃決定能作苦邊際如擲縷丸縷盡便住此中無有沙門若婆羅門能作是說我以尸羅或以精進或以梵行令所有業未熟者熟熟者觸已即便變吐以如是斛度量生死苦樂邊際不可施設有增有減亦不可說或然不然此非因計因戒禁取見苦所斷

十四億六萬六百生門者如正法中有四生門謂胎卵濕化是諸有情共所經受其量決定不過不減如是外道無勝髮褐計有爾所雜類生門一一有情徧所經歷數量決定亦不增減五業乃至業半業者如正法中感四生門及於生門所造不出五業等業如是外道所說感爾所生門及於爾所生門所造亦不過於五業等業五業者如正法中說感五趣五趣加行五趣處所如是外道所說五業謂舉下屈伸行爲第五或語手足大小門五三業者如正法中身語意業彼說亦爾但語爲初二業者如正法中思思已業彼說所謂黒業白業業半業者如正法中牽引業名業圓滿業名半業或具二種名業隨但有一名半業如是外道說有二業一者雙業二者隻業牽引業名雙業圓滿業名隻業或具二種名雙業隨但有一名隻業諸雙名業隻名半業又彼外道說有二業謂墮業近墮業若害婆羅門苦行父母師及女人盜金飲酒名爲墮業其餘惡業名近墮業初名爲業後名半業又說語身業名業損益自他故意業名半業惟自損益故又說感生有業名業感中有業名半業又說於未生感衆同分業名業於生已受異熟業名半業又說於業具足造名業少分造名半業六十二行跡者如正法中說四行跡名清淨道如是外道說六十二行跡名清淨道六十二中劫者如正法中說八十中劫爲一分齊如是外道說六十二中劫爲一分齊於此時中修六十二行跡作苦邊際百三十六地獄者如正法中說八大地獄

一一各有十六眷屬如是外道所說亦爾然說有情徧生其中然後解脫有二十根者如正法中說有二十二根如是外道說有百二十根謂眼耳鼻各二爲六舌身意命及五受根信等五根總爲二十六趣各二十有百二十六趣者謂阿素洛爲第六彼說有情要於六趣受爾所根不過不減有說根者是增上義有情要於百二十處爲生已然後解脫三十六塵界者如正法中說有九十八隨眼爲一切雜染依處如是外道說有三十六塵界爲雜染依處四萬九千龍家者家謂族類如正法中龍有四族即胎卵濕化如是外道說有四萬九千龍家一一有情於彼族類無不經受四萬九千妙翅鳥家者如正法中妙翅鳥有四族類謂胎卵濕化如是外道說有四萬九千妙翅鳥家一一有情於彼族類無不經受四萬九千異學家者謂出家外道有爾所類彼說一一有情於彼族類應徧出家四萬九千活命家者謂習工巧處以自活命有爾所類彼說有情於彼處所皆應徧學七有想藏者彼說有七有想定七無想藏者彼說有七無想定如是諸定一一有情皆應徧起七離繫藏者即前所說諸定加行彼說有情於彼加行應離諸繫攝心修習七阿素洛七畢舍遮者彼說有情於阿素洛畢舍遮處七返往還方得解脫七天七人者彼說有情於天人處七返往還方得解脫七夢七百夢者彼說有情生處差別大夢有七小夢七百所更所見各各不同一一有情皆具經歷七覺七百覺者彼說有情生處差別隨爾所大小

夢還有爾所大小覺所更所見亦各不同一一有情皆具經歷七池七百池者彼說世間滅罪泉池大者有七小有七百一一有情皆徧洗浴方得解脫七險七百險者險謂坑谷山巖河岸彼說如此滅罪險處大者有七小有七百一一有情徧於其中經捨身命乃得解脫七減七百減者減謂退失功德彼說有情退功德處大者有七小有七百一一有情皆應於中退失功德七增七百增者增謂增進功德彼說有情進功德處大者有七小有七百一一有情徧於其處隨退還集方得解脫六勝生類者謂滿迦葉波外道施設六勝生類謂黑青黃赤白極白生類差別黑勝生類謂雜穢業者即屠膾等青勝生類謂餘在家活命黃勝生類謂餘出家活命赤勝生類謂沙門釋子白勝生類謂諸離繫極白勝生類謂難陀伐蹉末塞羯梨瞿賒梨子等彼說有情於此六種皆應具受然後解脫佛亦施設六勝生類一者有黑勝生類補特伽羅生長黑法二者有黑勝生類補特伽羅生長白法三者有黑勝生類補特伽羅生長不黑不白得涅槃法四者有白勝生類補特伽羅生長白法五者有白勝生類補特伽羅生長黑法六者有白勝生類補特伽羅生長不黑不白得涅槃法八大士地者如正法中有四靜慮四無色具功德處如是外道說有八梵勝處名八大士地有情於中皆應徧得於如是處經八萬四千大劫若愚若智徃來流轉乃決定能作苦邊際者彼說黑勝生類經十四千大劫徃來流轉然後得入青勝生類即青

勝生類經十四千大劫往來流轉然後得入黄勝生類即黄勝生類復經十四千大劫往來流轉然後得入赤勝生類即赤勝生類復經十四千大劫往來流轉然後得入白勝生類即白勝生類復經十四千大劫往來流轉然後得入極白勝生類即極白勝生類復經十四千大劫往來流轉然後乃能作苦邊際如擲縷丸縷盡便止者如在山上擲大縷丸乃至縷盡然後方止如是有情經八萬四千大劫上諸生處往來流轉然後乃能作苦邊際以如是斛度量生死苦樂邊際不可施設有增有減亦不可說或然不然者如以斛函量稻麥等知數量已不可增減亦不生疑如是彼說有情經八萬四千大劫於上所說諸處往來流轉然後解脫不過不減亦不應疑有說倍此所說數量於中流轉方得解脫以彼說有往來言故此非因計因戒禁取者顯彼自性見苦所斷者顯彼對治廣說如前彼等起云何謂有外道或因不正尋思或因得世俗定或因親近惡友而起此見如前應知諸有此見一切士夫補特伽羅諸有所受無不皆以宿作爲因此非因計因戒禁取見苦所斷諸有所受謂一切現在所受苦樂無不皆以宿作爲因者謂此皆以過去業爲因問此正法中亦說所受苦樂過去業爲因而非惡見彼外道亦作是說何故名惡見耶答此正法中說現所受有以過去業爲因有是現在士用果者彼說一切皆以過去所作業爲因不說現在有士用果故名惡見問彼既謗無現在因果應名邪見何故名戒禁取耶答

今不說彼謗現因果名戒禁取但說彼計餘因所生法以餘法爲因故是戒禁取攝此非因計因戒禁取者顯彼自性見苦所斷者顯彼對治廣說如前彼等起云何謂彼外道現見世間有設功用而不獲果有不希求自然而得便作是念當知皆是宿作爲因非現功力然彼不知善惡業類定與不定及時分差別故起此執有說外道得世俗定念知過去所起諸業便謂一切皆由宿作有說外道但因惡友廣說如前

阿毗達磨大毗婆沙論卷第一百九十八 說一切有部發智

音釋

肓 莫耕切目無童子也 坑 口莖切塹也 駝驢 駝徒河切驢力居切 騫 去乾切 轝 羊諸切兩手對舉之車也 肘 陟柳切二尺爲肘 舁 羊諸切共舉也 屍 書之切屍骸也 塚 知隴切墳塚也 阸 於革切隘也 截 昨結切斷也 撾 陟瓜切擊也 捶 之累切擊也 間隙 間古晏切隙綺戟切間隙孔鏬也 擲 直炙切投也 縷 力主切綫也 屠膾 屠同都切膾古外切 蹉 七何切

阿毗達磨大毗婆沙論卷第一百九十九

五百大阿羅漢等造

唐三藏法師玄奘奉　詔譯

見蘊第八中見納息第五之二

諸有此見一切士夫補特伽羅諸有所受皆以自在變化爲因此非因計因戒禁取見苦所斷此非因計因戒禁取者顯彼自性見苦所斷者顯彼對治廣說如前彼等起云何謂有外道或因不正尋思或因得定或因惡友而起此見如前應知然諸法生非因自在漸次生故謂諸世間若因自在變化生者則應一切俱時而生彼因皆有無能障礙令不生故若謂自在更待餘因方能生者便非自在如餘因故若謂諸法皆從自在欲樂而生故不頓起自在欲樂何不頓生彼生欲樂自在恒有無能障故若謂自在更待餘因方生欲樂便非自在又應無窮彼因復待餘因生故又若自在生諸法者因無別故法應無別若謂自在生初一法後從彼法轉復生多彼法云何能生多法亦如自在體是一故又所生法亦應是常果似因故又自在體應不能生彼體是常如虛空故

諸有此見一切士夫補特伽羅所受皆是無因無緣此謗因邪見見集所斷此謗因邪見者顯彼自性見集所斷者顯彼對治廣說如前彼等起云何謂有外道見諸世間因果形相非定相似諸有營求或不果遂便撥所受無因無緣然諸所受非無因緣現見諸法因緣生故非一切法一時生故若無因緣應皆頓起應一切法無差別故若無因緣由何差

別故諸所受非無因緣諸有此見自作苦樂他作苦樂自他作苦樂此非因計因戒禁取見苦所斷諸有此見所受苦樂非自作非他作無因而生此謗因邪見見集所斷此非因計因戒禁取及謗因邪見者顯彼自性見苦及見集所斷者顯彼對治廣說如前彼等起云何謂無衣迦葉波因緣是此見等起彼無衣迦葉波昔在家時曾爲商主數入海採寶最初入時逢諸海難辛苦得出便作是念此難苦者是我自作坐入海時不洗浴故彼於第二入時便自洗浴既入海已遇難如前辛苦得還復作是念此難苦者是他所作坐入海時不祠天故彼於第三入時便自洗浴及亦祠天既至海中如前遇難因而得免便作是念如是艱苦自作他作坐入海時洗浴祠天不慇重故彼於最後便極慇重洗浴祠天然後入海入已遇難亦復如前僅得迴還復作是念此所遭苦不由自他但無因得彼由此故便見居家攝受過失即往無衣外道法中出家後於王舍城見佛便問苦由誰作爾時世尊以四記論法而調伏之廣說如無衣迦葉波經故彼因緣是此見等起前來所說諸戒禁取皆見苦所斷者依我常倒起於果處轉故即非因計因而見苦所斷謂戒禁取總有二類一非因計因二非道計道非因計因復有二類一迷所執我常法起二迷宿作苦行等起前依我常倒亦於果處轉故隨二倒見苦所斷後唯於果處轉果相麤顯易可見故計因爲因非全邪故既迷果相故亦見苦所斷非道計道亦有

二類一執有漏戒等爲道此迷麤顯果相起故見苦諦時便能永斷二執謗道諦邪見等爲道此親違道於因果相不别迷執故見道時方能永斷謗集滅時既撥所斷所證法相若執爲道便爲無用定依所斷及所證法而立道故又彼所撥與道相異必無彼無間執彼爲道者若於後時執彼爲道定於果處而起道執見苦諦時此見便斷故無戒禁取見集滅所斷見取所執無所待對但執爲勝諸邪見後皆得現前故通四部此中所説諸戒禁取惟非因計因故見苦所斷

諸有此見我及世間常恒堅住無變易法正爾安住此邊執見常見攝見苦所斷此邊執見常見攝者顯彼自性見苦所斷者顯彼對治廣説如前彼等起云何謂有外道或因不正尋思或因得定或因惡友而起此見如前應知然彼所執我及世間皆非常住實我我所不可得故現見一切有情世間器世間物有轉變故因緣生故諸有生者一切皆當有滅壞故不應執我及世間常恒堅等言皆顯常義

諸有此見諦故住故我有我此邊執見常見攝見苦所斷諦故者謂實義故住故者謂法爾故我有我者謂我恒有此邊執見常見攝者顯彼自性見苦所斷者顯彼對治廣説如前彼等起云何謂有外道或因不正尋思乃至廣説諸有此見諦故住故我無我此邊執見斷見攝見苦所斷諦故住故如前釋我無我者謂我當無問此正法中亦説無我而非惡見彼外道亦説無我何故名惡見耶答此

正法中於無我空行聚見空無我說言無我故非惡見彼外道於無我空行聚中妄謂有我但說彼我當來不有故是惡見此邊執見斷見攝者顯彼自性見苦所斷者顯彼對治廣說如前彼等起云何謂有外道或因不正尋思乃至廣說諸有此見我觀我眼色即我此有身見苦斷我觀我者謂有外道執我徧內外法故眼見色時謂我觀我眼相及色俱即我故諸有此見我觀無我眼即我色爲衆具此有身見苦斷我觀無我者謂有外道以眼是不共又是內法故執之爲我色與此相違但是我衆具故即見色時謂我觀於無我諸有此見無我觀我色即我眼爲衆具此有身見苦所斷無我觀我者謂有外道現見世間人地諸山經久不異謂與我理相應便執爲我眼與此相違但是衆具故眼見色時謂無我觀無我問何故不說無我觀無我答以一切法實無有我若說無我觀無我者便是正見故此不說問若有外道執耳聲等是我非餘故眼見色時說無我觀無我此豈正見耶答彼執耳聲等是我雖是惡見若說無我觀無我即是正見是故不說此中諸有身見者顯彼自性諸見苦所斷者顯彼對治廣說如前等起差別亦如前應知諸有此見此是我是有情命者生者養育者補特伽羅意生儒童作者教者生者等生者起者等起者語者覺者等領受者非不曾有非不當有於彼彼處造善惡業於彼彼處受果異熟捨此蘊續餘蘊此邊執見常見攝見苦所斷此邊執見常見攝者顯彼自性見苦所斷者顯

彼對治廣說如前等起差別亦如前應知問初所說常論與此所說有何差別有說初者依定此依尋思有說初者是師後是弟子有說初是軌範後是近住有說初是尊重後是學者有說初是證者亦是說者後是證者而非說者有說初執我從前際至今際恒有後執我從今際至後際恒有是謂初後常論差別問云何建立如是六見爲以自性爲以所依所緣設爾何過若以自性者但應有二謂有身見邊執見若以所依所緣者應有十八謂依眼色有三乃至依意法亦三或成三十六謂依眼色有六乃至依意法亦六答此中以所依所緣故建立六種問豈不已說應成十八或三十六耶答不爾所以者何此中總依覺所覺根根義有境界境界差別行相而建立故若依相續刹那差別則有無量今略說爾所

諸有此見受妙五欲名得第一現法涅槃此取劣法爲勝見取見苦所斷諸有此見離欲惡不善法有尋有伺離生喜樂入初靜慮具足住名得第一現法涅槃尋伺寂靜內等淨心一趣性無尋無伺定生喜樂入第二靜慮具足住名得第一現法涅槃離喜住捨正念正知身受樂聖說能捨具念樂住入第三靜慮具足住名得第一現法涅槃斷樂斷苦先喜憂沒不苦不樂捨念清淨入第四靜慮具足住名得第一現法涅槃此取劣法爲勝見取見苦所斷受妙五欲者謂人及欲界天有說惟欲界天以彼五欲極勝妙故現法涅槃者謂於現身所得涅槃問此何故成見取答

五妙欲有垢有穢有毒有濁是鄙劣法彼執同於出離等樂或涅槃樂故成見取問入四靜慮具足住是勝功德何故取爲現法涅槃亦名見取答世俗靜慮有垢有穢有毒有濁是鄙劣法彼執同於離垢穢樂或涅槃樂故成見取問亦有外道執無色定爲涅槃者此中何故不說答彼諸外道多執靜慮爲涅槃少執無色此中依多分說是以無過復次彼執無色爲究竟涅槃此中說現法涅槃故不說彼復次四根本靜慮是樂道所攝故諸外道計爲現法涅槃四無色是苦道所攝故彼不執爲現法涅槃復次無色定微細諸外道於彼不了達故謂爲斷滅深生怖畏故不說爲現法涅槃以是故不說無色此取劣法爲勝見取者顯彼自性見苦所斷者顯彼對治廣說如前彼等起云何謂有外道聞說涅槃是勝妙樂便謂若得欲界色界五地樂者即名已得現法涅槃故起此見有說外道得世俗定見五地中諸有情類受諸快樂便謂獲得現法涅槃故起此見有說外道由近惡友故起此見問何故此見取見苦所斷耶答此見依我見轉執有我體受涅槃樂故復次此於果處轉執有漏果爲涅槃故復次此迷苦諦以苦法爲樂故

有九慢類乃至廣說問何故作此論答爲欲分別契經義故謂契經中說九慢類而不廣分別今欲分別故作斯論問此見納息中但應分別諸見何故分別諸慢類耶答前已說一一蘊中說一切法是故一一納息亦說多法而無有過尊者世友說曰此納息中正分

別諸惡見亦分別似惡見諸煩惱中無似惡見如諸慢者故於此中亦分別慢大德說曰以諸慢類依有身見是有身見之所長養有身見後而現在前已見諦者不復起故由是此中正分別見亦分別慢尊者覺天說曰諸見慢類俱令有情難入佛法是以皆說謂諸有情若無惡見及諸慢類則能歸依如來正法修習梵行出生死苦得涅槃樂由有見慢便不歸依如來正法失於勝利尊者妙音說曰惡見慢類俱障有情親近善士聽聞正法如理作意法隨法行過失尤重是以俱說我勝者彼於等謂已勝是依見起過慢者是依有身見所起過慢於等謂已勝是過慢攝故我等者彼於等謂已等是依見起慢者是依有身見所起慢於等謂已等而高舉是慢攝故我劣者彼於勝謂已劣是依見起卑慢者是依有身見所起卑慢於多勝謂已少劣是卑慢攝故有勝我者彼謂有他勝已即是於勝謂已劣餘如前說有等我者彼謂有他等已即是於等謂已等餘如前說有劣我者彼謂有他劣已即是於等謂已勝餘如前說無勝我者彼謂無他勝已即是於等謂已等餘如前說無等我者彼謂無他等已即是於等謂已勝餘如前說無劣我者彼謂無他劣已即是於勝謂已劣餘如前說此九慢類即七慢中三慢所攝謂慢過慢卑慢依此本論所釋如是依品類足論我勝慢類中攝三種慢若於劣謂已勝即是慢若於等謂已勝即是過慢若於勝謂已勝即是慢過慢餘八慢類如理應說此九皆通見修所斷而此中不說

者有說以是傍論故有說彼非見相似故諸有此見風不吹河不流火不然乳不注胎不孕日月不出不沒雜染清淨自性安住不增不減此邊執見常見攝見苦所斷此邊執見常見攝者顯彼自性見苦所斷者顯彼對治廣說如前彼等起云何尊者世友說曰有諸外道因不正尋思執有實我微細常住徧一切處於諸法中冥伏作動見風河等吹流等時謂是我作非彼能爾如見樹動知風所爲機關動時知人所作大德說曰有諸外道因惡尋思執有實我微細常住有勝作用轉變諸法見風河等吹流等時謂我令彼現如是相如樹等動見影亦動化主語時化身亦語有說外道得世俗定見諸有情諸趣流轉相續不斷見風河等隨處隨時有無不定便謂有我微細常住有勝作用令風河等種種轉變或有或無有說外道親近惡友隨惡友教發起此見

衆生執我作乃至廣說此中略釋諸契經中訶責惡見伽他中義執我能作等者執內身中有勝義我能作能生能化諸物執他能作等者執外身中有勝義我能作能生能化諸物能作者作內恒有法能生者生外恒有法能化者化爲內外非恒有法復次能作者作自身諸法能生者生他身諸法能化者化爲非情諸法各謂一一非一切者顯諸外道一一別執非一切同箭謂惡見能中傷故者顯此惡見行相猛利速有所傷猶如毒箭彼諸外道無明所盲不能如實觀知過患

當觀此是箭乃至廣說此中觀彼應觀惡見

是眞毒箭與老病死爲前導故者如世毒箭引生衆苦如是惡見引老病等種種苦惱具慢衆生乃至廣說此中顯示具七慢者慢所縛著故於斷常見互相違逆不能越度無際生死七慢如上說著者少分著多著者多分著徧著者周徧著縛等亦爾問著與縛何差別答名即差別復次義亦有別著謂堅著是難洗除義縛謂纒縛是難解脫義復次著者是相應縛縛者是所緣縛謂七慢類具二縛故於彼衆生能著能縛復次著謂著其心縛謂縛其身是謂縛著二義差別斷常見類互相違逆者如在家者由貪縛著故於所攝受互相違逆諸出家者由慢縛著故於斷常見互相違逆無際生死者諸趣諸生流轉無息是生死義如是生死無有前際不可知故有先因故而有後際以般涅槃爲後邊故復次生死其量長遠不知得解脫時故名無際得當得俱坌乃至廣說此顯外道於已得當得蘊界處中爲貪瞋癡塵之所坌故於苦樂行二邊過失不如實見以不見故極沉極走沉謂太緩不能進趣走謂太急不能達到頌中餘義如論具釋

如契經說諸有沙門婆羅門等各依勝解起諸諍論一切皆於五處而轉何等爲五一者執我死後有想惟此諦實餘皆愚妄二者執我死後無想三者執我死後非有想非無想四者執我死後斷滅五者說有現法涅槃彼五即三三即彼五彼五即三者謂彼有想論無想論非有想非無想論即此常見彼斷滅論即此斷見彼現法涅槃論即此見取三即

彼五者謂此常見即彼有想論無想論非有想非無想論此斷見即彼斷滅論此見取即彼現法涅槃論

又梵網經說六十二諸惡見起皆有身見爲本六十二見趣者謂前際分別見有十八後際分別見有四十四前際分別見有十八者謂四徧常論四一分常論二無因生論三有邊等論四不死矯亂論後際分別見有四十四者謂十六有想論八無想論八非有想非無想論七斷滅論五現法涅槃論此中依過去起分別見名前際分別見依未來起分別見名後際分別見若依現在起分別見此則不定或名前際分別見或名後際分別見以現在世是未來前過去後故或未來因過去果故

前際分別見中四徧常論者一由能憶一壞成劫或二或三乃至八十彼便執我世間俱常問彼何故作是執答彼計轉變或隱顯故轉變論者作如是執乳變爲酪種變爲芽薪變爲灰如是等類若續彼而有者皆是彼所轉變非彼法滅有此法生故一切法自性常住隱顯論者作如是執諸法自性或隱或顯彼見此處先有如是形顯分量大地洲渚妙高山王餘山大海諸樹等壞後於此處復有如是形顯分量大地等成便作是念彼於中間不可見者非性壞滅然壞劫時彼性潛隱至成劫位彼性復顯又七士身常無動轉互不相觸命不可害故作是念我及所憶二俱是常由斯便見我及世間俱是常住二由能憶一生或二或三乃至百千生事彼便執我

世間俱常由計轉變或隱顯故彼若能憶外器壞成由見此處先有如是形顯分量大地洲渚如前乃至命不可害若不能憶外器壞成執世間常理不待說故作是念我及所憶二俱是常由斯便見我及世間俱是常住問此與第一義有何異答前雖憶多而於能憶諸生無間未得自在今雖憶少而於能憶諸生無間已得自在三由天眼見諸有情死時生時諸蘊相續謂見死有諸蘊無間中有現前復見中有諸蘊無間生有現前又見生有諸蘊無間本有現前本有諸蘊分位相續乃至死有譬如水流燈焰相續由不覺知微細生滅於諸蘊中遂起常想故便執我世間俱常由計轉變或隱顯故如刀於鞘蛇於其穴人於闇室入出隱顯故作是念我及所見二俱是常由斯便見我及世間俱是常住四由尋伺不如實知謂我世間俱是常住彼作是念有法常有無法恒無無不可生有不可滅彼執因果從無始來性惟是一無滅無起故是前際分別見攝彼若執色以爲我者由見顯形恒相似故便執爲常若執心等以爲我者由心等法無間生故相似生故恒時生故不能了知細生滅故能憶往昔所更事故前後事業互相似故他不疑故便執爲常彼由如是虛妄尋伺執我世間俱是常住如是四種前際分別執徧常論由劫及生死生尋伺四事而起四

一分常論者一從梵世歿來生此間由得宿住隨念通故作如是執我等皆是大梵天王之所化作梵王能化在彼常住我等所化故

是無常二聞梵王有如是見立如是論大種無常心是常住或翻此說心是無常大種常住同彼忍者或住梵世或生此間或展轉聞如是道理便作是執我以大梵天王爲量是故世間一分常住一分無常三有先從戲忘天歿來生此間由得宿住隨念通故便作是執彼天諸有不極遊戲忘失念者在彼常住我等先由極戲忘念從彼處歿故是無常四有先從意憤天歿來生此間由得宿住隨念通故便作是執彼天諸有不極意憤角眼相視在彼常住我等先由意極相憤角眼相視從彼處歿故是無常問如是諸天住在何處有說彼住妙高層級有說彼是三十三天如是四種前際分別一分常論由執大梵大種或心戲忘憤恚四事而起

二無因生論者一從無想有情天歿來生此間由得宿住隨念通故雖能憶彼出無想心及後諸位而不能憶出心以前所有諸位便作是念我於彼時本無而起諸法如我亦應一切本無而生由斯便執我及世間皆無有因自然生起二由尋伺虛妄推求今身所更既皆能憶前身若有彼所更事今此身中亦應能憶既不能憶故知彼無又作是念若依彼生諸有情類必還似彼如酪中蟲還似於酪牛糞中蟲還似牛糞青葉中蟲還似青葉父母生子還似父母非即酪等是蟲等因故知一切身及諸根覺慧等法皆無因起又作是念現見孔雀鸞鳳鷄等山石草木華果刺等色形差別皆不由因自然而有彼作是說誰銛諸刺誰畫禽獸誰積山原誰鑿澗谷誰

復雕鏤草木華果如是一切皆不由因於造世間無自有者由斯便執我及世間皆無因生自然而有如是二種前際分別無因生論由無想天虛妄尋伺二事而起

三有邊等論者一由天眼見下惟至無間地獄見上惟至初靜慮天執我於中悉皆徧滿彼作是念過此若有我及世間我亦應見既更不見故知非有由斯便執我及世間俱是有邊即是二種有分限義二由依止勝分靜慮發淨天眼傍見無邊執我於中悉皆徧滿由斯便執我及世間俱是無邊即是二種無分限義三由天眼及神境通由天眼通見下惟至無間地獄見上惟至初靜慮天由神境通運身傍去不得邊際遂於上下起有邊想於傍世界起無邊想執我於中悉皆徧滿由斯便執我及世間亦有邊亦無邊即是二種俱有分限無分限義四非有邊非無邊者即遮第三爲此第四彼作是念我及世間俱不可說定是有邊定是無邊然皆實有或有說者彼見世間橫無邊故執我世間俱非有邊彼見世間竪有邊故執我世間俱非無邊雖無決定而實有我復有說者彼執我體或舒或卷不可定說舒無邊故說非有邊卷有邊故說非無邊問如是四種既緣現在云何說爲前際分別答彼待未來亦名前際復有說者此四由憶成劫壞劫而建立故皆得說爲前際分別謂第一論由憶過去成劫之時我及世間竪有分限故便起有邊想若第二論由憶過去成劫之時我及世間橫無分限故便起無邊想若第三論由憶過去成劫之時

我及世間竪有分限橫無分限起亦有邊亦無邊想若第四論由憶過去壞劫之時我及世間雖不可得分量狹廣而是實有起非有邊非無邊想有作是說執有邊者即是斷見執無邊者即是常見執亦有邊亦無邊者即是一分斷見一分常見執非有邊非無邊者即是唯起薩迦耶見如是四種前際分別有邊等論依前所說多四事起

四不死矯亂論者不死謂天以天長壽外道執爲常住不死有諸外道求生彼天問外道論作如是說若有能答彼不死天無亂問者得生彼天若不能答彼不死天無亂問者無得生義然無亂有二種一有相有分別二無相無分別有眞見者無相無分別無所依故無眞見者有相有分別有所依故彼外道輩於諸不死無亂問中以言矯亂一作是念我不如實知若善若不善及四聖諦有餘沙門婆羅門等於如是義求如實知彼若問我如是義者我若決定答彼所問便爲妄語由妄語故我便不得生於彼天彼怖妄語故於不死無亂問中以言矯亂謂作是說我於諸天祕密義中不應皆說或自所證或清淨道二作是念我不如實知若善若不善及四聖諦有餘沙門婆羅門等於如是義求如實知彼若問我如是義者我若撥無彼所問義便爲邪見由邪見故我便不得生於彼天彼怖邪見故於不死無亂問中以言矯亂餘如前說三作是念我不如實知若善若不善及四聖諦有餘沙門婆羅門等於如是義求如實知彼若問我如是義者我若不實印彼所問彼

或詰問我便不知由無知故我便不得生於彼天彼怖無知故於不死無亂問中以言矯亂餘如前說四作是念我性昧劣不能構集矯亂言詞又作是念若一向執非爲妙善以一向執非皆稱順諸有情心若於他心有所違逆我便不得生於彼天故我應依不相違理若有問我有後世耶應返問言汝何所欲若言欲有應印彼言我於彼世亦許爲有如是問無亦有亦無非有非無或問如是或不如是或異或不異皆應返問隨彼所欲我便印之又作是念我性愚癡若違拒他彼便別我怖愚癡故於諸不死無亂問中以言矯亂問如是四種是何見攝答彼四於天起不死想皆常見攝計答他問爲生天因是戒禁取問此四寧是前際分別答此四皆於現在事轉待未來故立前際名或有說者此四皆緣先所聞教謂彼外道先聞自師所說至教要由如是答他所問生不死天彼不死天要由如是答問故得故此四種皆是前際分別見攝如是四種前際分別不死矯亂依怖妄語邪見無知愚鈍事起

阿毗達磨大毗婆沙論卷第一百九十九說一切有部發智

音釋

伺息利切察也 渚掌與切洲渚也 鞘仙妙切刀室也 憤房吻切懣也 鸞落官切神鳥也 銛思廉切利也 鑿在各切穿也 鏤盧候切雕刻也 構古候切合集也 拒其呂切違也

阿毗達磨大毗婆沙論卷第二百

五百大阿羅漢等造
唐三藏法師玄奘奉詔譯

見蘊第八中見納息第五之三

後際分別見中十六有想論者謂初四種依三見立如說一類補特伽羅起如是見立如是論命者即身復有一類補特伽羅起如是見立如是論命者異身復有一類補特伽羅起如是見立如是論此總是我徧滿無二無異無缺依第一見建立第一我有色死後有想論謂彼外道執色爲我執餘四蘊以爲我所彼所執我以色爲性故名有色取諸法相說名爲想此有色我有彼想故說名有想以執四蘊爲我所故彼作是念此有色我死後有想此在欲界全色界一分除無想天許無色界亦有色者此亦在彼前三無色此有想故不在後一依第二見建立第二我無色死後有想論謂彼外道執無色爲我執色或餘無色蘊爲我所謂若除想執餘三蘊總別爲我即執想色蘊爲我所若執想蘊爲我即執餘蘊爲我所彼所執我無色爲性故名無色取諸法相說名爲想此無色我或想爲性或有想用說名有想或有彼想說名有想以執想蘊爲我所故彼作是念此無色我死後有想此在欲界乃至無所有處除無想天依第三見建立第三我亦有色亦無色死後有想論謂彼外道執色無色爲我如諦語外道等總於五蘊起一我想由彼各別分別諸蘊不得實我猶如各別分別甘醋鹹辛苦淡無總實有一味可得彼於諸蘊起一想已總執爲

我彼所執我以色無色爲性故名亦有色亦無色取諸法相說名爲想此亦有色亦無色我或以想爲性或有想用說名有想或有彼想說名有想以執自身諸蘊爲我執他諸蘊爲我所故有餘外道於有色我見過失已依無色我而住於無色我見過失已復依有色我而住彼諸外道我見未斷雖執有我而不決定說所執我惟是有色或惟是無色然作是念此亦有色亦無色我死後有想此在欲界全隨其所應乃至廣說第四我非有色非無色死後有想論即遮第三無別依見彼作是念我雖實有而不可說定亦有色亦無色彼見實我定亦有色亦無色俱有過失故作是說此我非有色非無色死後有想餘如前說如是四種或依尋伺或依等至皆容得起

執我有邊死後有想論者若執色爲我彼所執我體有分限或在心中如指節量光明熾盛或在身中稱身形量內外明徹如說我我形相端嚴光明熾盛清淨第一喬答摩尊寧說無我若執非色爲我彼所執我亦有分限以非色法所依所緣有分限故亦名有邊彼依尋伺起如是執若依等至起此執者必未得徧處定如是二種俱作是念我定有邊死後有想此在欲界全色界一分除無想天許無色界亦有色者此亦在彼前三無色執我無邊死後有想論者若執色爲我彼所執我徧一切處如明論說有我士夫其量廣大邊際難測光色如日諸冥闇者雖住其前而不能見要知此我方能越度生老病死異此更無越度理趣又如有說地即是我我即是地

其量無邊若執無色爲我彼作是念如不至火終不能燒若不至刀終不能割若不至水終不能爛如是若有不至我者終不能取無邊分量彼依尋伺起如是執若依等至起此執者必已得徧處定如是二種俱作是念我定無邊死後有想此在欲界全隨其所應乃至廣說執我亦有邊亦無邊死後有想論者若執色爲我彼所執我隨所依身或卷或舒其量不定彼作是念身若有量我即有邊身若無量我即無邊若執無色爲我彼作是念若隨有量所依所緣我即有邊若隨無量所依所緣我即無邊如是二種俱作是念我亦有邊亦無邊死後有想此在欲界全隨其所應乃至廣說執我非有邊非無邊死後有想論者即遮第三爲此第四三門異說如前應知如是四種或依尋伺或依等至皆容得起依想受異故作是說我有一想我有種種想我有小想我有無量想我純有樂我純有苦我有苦有樂我無苦無樂死後有想此中我有一想者謂在前三無色由彼諸想一門轉故說名一想我有種種想者謂在欲色界除無想天由彼諸想六門四門轉故及緣種種境故名種種想依尋伺者我亦有差別謂有一種工巧智者名有一想若有種種工巧智者名有種種想我有小想者謂執少色爲我或執少無色爲我若執少色爲我彼執色我其量狹小如指節等彼執想爲我所依小身故緣少境故說爲小想我與彼合名有小想此在欲界全色界一分除無想天許無色界亦有色者此亦在彼前三無色若執少無色

爲我彼或執受爲我想爲我所依小身故緣少境故説爲小想我與彼合名有小想執行爲我執識爲我廣説亦爾若執想爲我彼想依小身故緣少境故説爲小想彼執小想爲我性故或有想用名有小想此在欲界乃至無所有處除無想天我有無量想者謂執無量色爲我或執無量無色爲我若執無量色爲我彼執色我偏一切處彼執想爲我所依無量身故緣無量境故名無量想我與彼合名有無量想此在欲界全色界一分除無想天許無色界亦有色者此亦在彼前三無色若執無量無色爲我彼或執受爲我想爲我所彼想依無量身故緣無量境故名無量想我與彼合故名有無量想執行爲我執識爲我廣説亦爾若執想爲我彼想依無量身故緣無量境故名無量想彼執無量想爲我性故或有想用故名有無量想此在欲界乃至無所有處除無想天如是四種或依尋伺或依等至皆容得起我純有樂者謂在前三靜慮諸得定者以天眼通見三靜慮恒時受樂後從彼歿來生此間便作是念我純有樂諸尋伺者見諸有情於一切時與樂具合便作是念我純有樂如於此世他世亦爾我純有苦者謂在地獄諸得定者以天眼通見在地獄恒時受苦復從彼歿來生此間便作是念我純有苦諸尋伺者見諸有情於一切時與苦具合便作是念我純有苦如於此世他世亦爾我有苦有樂者謂在傍生鬼界人及欲界天諸得定者以天眼通見彼有情苦樂雜受後從彼歿來生此間便作是念我有苦有

樂諸尋伺者見諸有情有時與苦具合有時與樂具合便作是念我有苦有樂如於此世他世亦爾我無苦無樂者謂在第四靜慮乃至無所有處諸得定者知彼有情無苦無樂後從彼歿來生此間便作是念我無苦無樂諸尋伺者作如是念我體是常不明了轉雖有暫與苦樂相應而彼是客我非有彼此十六種後際分別諸有想論依前所說十六事起八無想論者謂有色等四有邊等四有色等四者一執我有色死後無想謂彼執色爲我得無想定及見他得彼定生無想有情天便作是念我有色死後無想當生無想有情天中想不起故諸尋伺者執色爲我見有風癇熱眠悶絶苦受所切似全無想便作是念我雖有色而無其想如於此世他世亦爾二執我無色死後無想謂彼執命根爲我得無想定及見他得彼定生無想有情天便作是念我無色死後無想當生無想有情天中想不起故諸尋伺者執命根爲我見有風癇熱眠悶絶苦受所切似全無想便作是念我無色亦無想如於此世他世亦爾

有尋伺者除想執餘三蘊爲我亦容執我無色死後無想三執我亦有色亦無色死後無想謂彼執色命根爲我彼於此二起一我想由彼各別分別此二不得實我猶如各別分別甘等不得總味彼執此二爲一我已得無想定及見他得彼定生無想有情天便作是念我亦有色亦無色死後無想當生無想有情天中想不起故諸尋伺者執色命根爲我見有風癇熱眠悶絶苦受所切似全無想便

作是念我亦有色亦無色而全無想如於此世他世亦爾有尋伺者除想執餘四蘊爲我亦容執我亦有色亦無色死後無想四執我非有色非無色死後無想即遮第三爲此第四三門異說如前應知

有邊等四者一執我有邊死後無想謂若執色爲我彼執色我其量狹小如指節等若執無色爲我彼執命根爲我徧在身中稱身形量如是執已得無想定及見他得彼定生無想有情天便作是念我有邊死後無想當生無想有情天中想不起故諸尋伺者亦執彼爲我見有風癎隨其所應廣如前說二執我無邊死後無想謂若執色爲我彼執色我徧一切處若執無色爲我彼執命根爲我亦徧一切處如是執已得無想定及見他得彼定生無想有情天便作是念我無邊死後無想當生無想有情天中想不起故諸尋伺者亦執彼爲我見有風癎隨其所應廣如前說三執我亦有邊亦無邊死後無想謂若執色爲我彼執色我或卷或舒若執無色爲我彼執命根爲我亦如身色或卷或舒如是執已得無想定及見他得彼定生無想有情天便作是念我亦有邊亦無邊死後無想當生無想有情天中想不起故諸尋伺者亦執彼爲我隨其所應廣如前說四執我非有邊非無邊死後無想即遮第三爲此第四三門異說如前應知如是八種後際分別諸無想論依前所說八種事起

八非有想非無想論者謂有色等四有邊等四有色等四者一執我有色死後非有想非

無想謂尋伺者執色爲我彼見有情想不明了便作是念我有色非有想非無想如於此世他世亦爾非得彼定可有此執所以者何要已離無所有處染者方可執非想非非想處諸蘊爲我彼既無色此執理無有依別義說得彼定亦有此執謂生欲色界已離無所有處染者執非想非非想處諸蘊爲我彼所執我體雖非色而與色合名有色我如說有髻人而人體非髻彼雖不執色爲我所而所執我未離色身乃至命終猶隨身故說我有色彼由所入非想非非想處定想不明了故執我現在非有想非無想死後亦然許無色界亦有色者彼許有執非想非非想處我實有色而非有想亦非無想二執我無色死後非有想非無想謂得彼定者執非想非非想處諸無色蘊爲我或爲我所彼所執我以無色爲性或有無色故名無色我彼由所入非想非非想處定想不明了故執我現在非有想非無想死後亦然諸尋伺者執無色爲我彼見有情想不明了便作是念我無色非有想非無想如於此世他世亦爾三執我亦有色亦無色死後非有想非無想謂尋伺者執色無色爲我彼見有情想不明了便作是念我亦有色亦無色非有想非無想如於此世他世亦爾非得彼定可有此執所執所以者何要已離無所有處染者方可執非想非非想處諸蘊爲我彼既無色此執理無有依別義說得彼定亦有此執謂生欲色界已離無所有處染者執非想非非想處諸蘊爲我彼所執我體雖非色而與色合名有色我如說

有髻人而人體非髻彼雖不執色爲我所而所執我未離色身乃至命終猶隨身故說我亦有色執無色爲我故說我亦無色彼由所入非想非非想處定想不明了故執我現在非有想非無想死後亦然許無色界亦有色者彼許有執非想非非想處我實亦有色亦無色而非有想亦非無想四執我非有色非無色死後非有想非無想即遮第三爲此第四三門異說如前應知

有邊等四者一執我有邊死後非有想非無想二執我無邊死後非有想非無想三執我亦有邊亦無邊死後非有想非無想四執我非有邊非無邊死後非有想非無想如是一切皆執無色爲我已得非想非非想處定者皆容有此執又此一切皆容執非想非非想處四無色蘊爲我我所一由彼定時分促故以一一蘊爲所緣故執我有邊二由彼定時分長故總以四蘊爲所緣故執我無邊三由彼定時分或促或長故或一一蘊或總四蘊爲所緣故執我亦有邊亦無邊即遮第三爲其第四三門異說如前應知此中一切皆由所入非想非非想處定想不明了故執我現在非有想非無想死後亦然諸尋伺者及許無色界亦有色者執色無色爲我隨其所應廣如前說如是八種後際分別非有想非無想論依前所說八事而起問何故無想論及非有想非無想論中不說我有一想等八耶答若亦說者一切皆應名有想論以有想受者非無想等故如是一切有想等論說死後故皆是後際分別見攝

七斷滅論者一作是念此我有色麤四大種所造爲性死後斷滅畢竟無有齊此名爲我正斷滅後見此生受胎爲初死時爲後便作是念我受胎時本無而有若至死位有已還無名善斷滅二作是念此我欲界天死後斷滅畢竟無有齊此名爲我正斷滅後作是念我既不因産門而生本無而有有已還無如彗星等名善斷滅三作是念此我色界天死後斷滅畢竟無有齊此名爲我正斷滅彼作是念我既不因産門而生本無而有由等至力有已還無名善斷滅或有説者此三斷見皆緣已離初靜慮染有情而起彼斷見者雖已得定而未能離初靜慮染所發天眼惟見下地前三有情既命終已皆生上地所受中有生有等身非彼境界便作是念得靜慮者既命終已悉皆斷滅四作是念此我空無邊處天死後斷滅畢竟無有齊此名爲我正斷滅五作是念此我識無邊處天死後斷滅畢竟無有齊此名爲我正斷滅六作是念此我無所有處天死後斷滅畢竟無有齊此名爲我正斷滅七作是念此我非想非非想處天死後斷滅畢竟無有齊此名爲我正斷滅此中後四有執空無邊處爲生死頂乃至有執非想非非想處爲生死頂若執空無邊處爲生死頂彼執空無邊處死後無有名善斷滅乃至若執非想非非想處爲生死頂彼執非想非非想處死後無有名善斷滅如是七種後際分別諸斷滅論依前所説七事而起如是七種皆説死後故是後際分別見攝

五現法涅槃論者謂外道執若於現在我受

安樂名得涅槃若我有苦爾時不名得涅槃者不安樂故初作是念此我清淨解脫出離一切災橫謂現受用妙五欲樂爾時名得現法涅槃第二能見諸欲過失彼作是念欲所生樂衆苦所隨多諸怨害定所生樂微妙寂靜無衆苦隨離諸怨害復作是念此我清淨解脫出離一切災橫謂現安住最初靜慮爾時名得現法涅槃第三能見諸欲尋伺俱有過失彼作是念此我清淨解脫出離一切災橫謂現安住第二靜慮爾時名得現法涅槃第四能見諸欲尋伺及喜過失彼作是念此我清淨解脫出離一切災橫謂現安住第三靜慮爾時名得現法涅槃第五能見諸欲尋伺喜入出息皆有過失彼作是念此我清淨解脫出離一切災橫謂現安住第四靜慮爾時名得現法涅槃問云何此五現法涅槃故是後際分別見攝答此五雖緣現在而待過去名後是故說爲後際分別復有說者此五執我現旣有樂後亦有樂故是後際分別見攝問若爾何故說爲現法涅槃論者答現樂爲先而執後樂現居先故用標論名如是五種後際分別現涅槃論依前所說五事而起如契經說苾芻當知世間沙門婆羅門等所依諸見皆入二見謂有見無有見今應分別云何諸見一切皆入此二見中答非此入二顯攝彼體但顯彼入二見品中所以者何有見者即常見無有見者即斷見諸惡見趣雖有多種無不皆入此二品類如此品初補剌拏說無施與等五類邪見入斷見品以執無故有說入二品由執我常謗因等故次說乃

至活有命者死後斷壞無有等斷見攝故即斷見品有作是說此四大種士夫身乃至智者讚受入二品中次說無因無緣等是末塞羯梨見次說造𢿙造等是珊闍夷見此二俱入斷見品以執無故有說入二品由執我常謗因等故次說此七士身等常見攝故即常見品次說有十四億等是無勝髮褐見次說一切士夫諸有所受無不皆以宿住爲因等是離繫親子見此二俱入二品以執有我後斷滅故次說一切士夫所受皆是無因無緣等是羇迦多衍那見入斷見品以執無故有說入二品以執我常謗無因故次說自作苦樂等此入二品以執有我後斷滅故次說所受苦樂非自作等入斷見品以執無故有說入二品以執我常謗無因故次說我及世間常等常見攝故即常見品次說諦故住故我有我等常見攝故即常見品次說諦故住故我無我等斷見攝故即斷見品次說我觀我等入常見品次說受妙五欲等入常見品執有我常得涅槃故有說入二品以執有我後斷滅故次說風不吹等常見攝故即常見品次說衆生執我作等入二見品以執有我後斷滅故後說諸欲淨妙快意受用而無過失等入常見品執有我常受勝欲故有說入二品以執有我後斷滅故

契經中說我有想見我無想見我非有想非無想見斷滅見現法涅槃見此五入二見品謂前三入常見品第四入斷見品第五有說入常見品有說入二品梵網經中所說六十二見亦總入此二見品中謂前際分別見中

四徧常論入常見品四一分常論有說入常見品有說入二品以執有常有無常故二無因論入斷見品有說入二品以執我常謗無因故有邊等四論及不死矯亂四論入常見品有說入二品以執我常後亦斷故後際分別見中有想無想非有想非無想論皆常見攝故即常見品七斷滅論斷見攝故即斷見品五現法涅槃論入常見品執有我常得涅槃故有說入二品以執有我現得涅槃後斷滅故迦多衍那契經中說世有二見一者有見二者無見如次攝入常斷見品師子吼經說一切見皆依二見謂有見無有見依有見者躭著有見憎無有見依無有見者躭著無有見憎有見此二如次亦即攝入常斷見品如契經說常見外道或執轉變或執隱顯或執往來意界常等如是一切常見攝故即常見品如契經說有外道執命者即身命者異身命者非即身命者非異身問外道何故執命者即身耶尊者世友作如是說彼見世間身生時說有情生身壞時說有情死故復次彼見世間於有色根身說有命者於無色根身說無命者故復次彼見世間於身相差別起男女想故復次彼見世間於身力强弱說强弱者故復次彼見世間身形長短麤細肥瘦白黑等異說長短等者故復次彼見世間於身一分有被損害時徧身皆受不安隱苦故復次彼見世間憂及喜時流淚毛竪顏色怡悅故復次彼見世間皆於身起我名想故有餘師說彼見世間守宮蜥蜴等尾若斷時各能動轉故大德說曰彼見世間於有色根

身說有情形相有情言音有情好醜有情威儀有情作業等故由如是等種種因緣諸外道說命者即身問外道何故執命者異身耶尊者世友作如是說彼諸外道執色爲身執心心所以爲命者色與心等相續各異彼覺色身前後轉變不覺心等前後異相故起此見復次彼見身麤心心所細命者是細故異於身復次彼見威儀隨意欲轉即執意欲以爲命者威儀即身轉變差別復次彼見死者身相無異便作是念命者離身說名爲死故與身異復次彼見色身與心心所分位前後轉變各異彼執心等即是命者故異於身復次彼見色身有多分而命者是一故異於身復次彼諸外道見捨前有身受中有身復捨中有身受今有身如是展轉身雖有異而命者一故異於身有餘師說彼見睡眠時身亦有動轉故知其中別有命者復次彼見夢時身在本處而有命者遊歷他方故知異身別有命者復有說者彼見依定能憶過去及知未來多身差別便作是念身雖有多而命者一故知各異復次彼見世間身無動轉能憶過去及知未來故知離身別有命者有作是說彼見世間憶先所作及所更事而身不動故知離身別有命者或有說者彼見身形前後位異工巧智等隨轉無別故知離身別有命者大德說曰彼見世間不自在者及自在者身俱動搖故知彼身由命者轉問外道何故執命者非即身尊者世友作如是說彼見世間身多分異命者不異故非即身復次彼見世間身隨緣轉命者不爾故非即身復次

彼見世間身有增減損益等異命者不爾故非即身大德說曰彼見世間一身而有種種相異命者不爾故非即身問外道何故執命者非異身尊者世友作如是說彼見異身無別實物命者可得故執命者非異於身所餘如前即身中說大德說曰彼見世間於自身上而起我愛不於餘法故執命者非異於身所餘如前即身中說然諸愚夫於色心等剎那相續不善了知說有命者即異身等若說即身及非異身入斷見品若說異身及非即身入常見品故諸外道諸惡見趣無不皆入斷常品中一切如來應正等覺對治彼故宣說中道謂色心等非斷非常

問云何應知死後非斷尊者世友作如是言見今時心多念相續由前前滅有後後生後心必依前心而起前心有力必引後心過極猒緣後方不起由斯此世初受生心定有前心為因引起將命終位無極猒緣正死時心定能引後前身既能引今身起今身何故不引後身由是應知死後非斷復次見今根覺依已起根復能為因引意覺起故知胎中最初意覺必因過去根覺引生前生既能引今生起今生何故不引後生由是應知死後非斷大德說曰非離餘心有餘心轉亦見有色隨心而生復見有心依色而起由煩惱故有色心生由是應知死後非斷復次現見前念有煩惱身必能引生後念心色知命終位有煩惱者定能引後心色令生由是應知死後非斷

問諸色心等何故非常答轉變非恒豈是常

住間寧知轉變不由隱顯而執彼體有生滅耶尊者世友作如是説若彼轉變但由隱顯則處胎藏嬰孩童子少中老位皆應頓起然漸次起故知轉變體有生滅不由隱顯復次若彼轉變但由隱顯則處胎藏嬰孩童子少中老位應有間斷然無間斷故知轉變體有生滅不由隱顯大德説曰世間現見衆緣合時有諸法起緣若乖離諸法便壞非隱顯者有此差別故知轉變不由隱顯但由彼體有生有滅復次法轉變時前後相別體亦應別相體一故若法常住雖有隱顯分位差別而相無異故知轉變體有生滅伽他納息所有義趣如文易了故不復釋

二藏法師玄奘譯斯論訖説一頌言

佛涅槃後四百年　迦膩色迦王贍部

召集五百應眞士　迦濕彌羅釋三藏

其中對法毗婆沙　具獲本文今譯訖

願此等潤諸含識　速證圓寂妙菩提

阿毗達磨大毗婆沙論卷第二百 說一切有部發智

音釋

風癎（癎何間切瘨病也）髻（古詣切束髮也）補刺拏（梵語也此云滿外道名刺羅葛切）封（方容切）蜥蜴（蜥先的切蜴羊益切蜥蜴守宮也）

阿毗曇毗婆沙論

北涼沙門浮陀跋摩共道泰譯

清刻龍藏佛說法變相圖

阿毗曇毗婆沙論序

釋道挺撰

毗婆沙者蓋是三藏之指歸九部之司南司南既准則羣迷革正指歸既宣則邪論輟駕自釋迦遷暉六百餘載時北天竺有五百應眞以爲靈燭久潛神炬落耀含生昏喪重寱方始雖前勝迦旃延撰阿毗曇以拯頹運而後進之賢尋其宗致儒墨競構是非紛如故乃澄神玄觀搜簡法相造毗婆沙抑止衆說或即其殊辯或標之銓評理致淵曠文略蘊博西域勝達之士莫不資之以鏡心鑒之以朗識而冥瀾潛灑將洽殊方然理不虛運弘之由人大沮渠河西王天懷遐廓標誠沖寄雖迹纏紛務而神棲玄境毋能丘壑廊廟館第林野是使淵叟投竿巖逸來庭息心昇堂

玄容入室誠詣既著理感不期有沙門道泰才敏自天沖氣疎朗關博奇趣遠參異言往以漢土方等既備幽宗粗暢其所未練惟三藏九部故杖策冐險爰至葱西綜覽梵文義承高旨并獲梵本十萬餘偈既達涼境王即欲令宣譯然懼環中之固將或未盡所以側席虛襟企矚明勝天竺沙門浮陀跋摩周流敷化會至涼境其人開悟淵博神懷深邃研味鑽仰逾不可測以乙丑歲四月中旬於涼城内苑閑豫宮寺請令傳譯理味沙門智嵩道朗等三百餘人考文詳義務在本旨除煩即實質而不野王屢迴駕陶其幽趣使文當理詣片言有寄至丁卯歲七月都訖合一百卷會涼城覆没淪湮遐境所出經本零落殆盡今涼王信向發中探練幽趣故每至新異希仰奇聞更寫已出本六十卷送至宋臺宣布未聞庶令日新之美敞於當時福祚之興垂於來葉挺以微緣豫參聽末欣遇之誠竊不自默粗列時事以貽來哲如來滅後法勝比丘造阿毗曇心四卷又迦旃延子造阿毗曇有八犍度凡四十四品後五百應真造毗婆沙重釋八犍度當且譯時大卷一百太武破沮渠已後零落收拾得六十卷後人分之作一百一十卷唯三犍度在五犍度盡失

阿毗曇毗婆沙論卷第一

迦旃延子造

北涼沙門浮陀跋摩共道泰譯

云何世第一法何故名世第一法如是章及解章義是中應廣說優波提舍問曰誰造此經答曰佛世尊所以然者諸法性相甚深微妙惟一切智乃能究盡問曰誰問誰答答曰或有說者尊者舍利弗問佛答復有說者五百阿羅漢問佛答復有說者諸天問佛答復有說者化人問佛答所以者何諸法性相應當廣說然無問者爾時世尊化作比丘剃除鬚髮著僧伽梨形容端正彼問佛答如問衆義經因緣問曰若然者何故復言迦旃延子造耶答曰彼尊者常好受持讀誦爲他解說廣令流布名稱歸彼故言其造復有說者即彼尊者迦旃延子造作此經問曰向言諸法性相甚深微妙惟一切智乃能究盡尊者迦旃延子云何能造答曰彼尊者迦旃延子亦有猛利甚深智慧善知總相別相又知文義及前後際通達三藏三明六通具八解脫離三界欲獲得願智於五百佛所修行立願願使我於未來世釋迦牟尼佛遺法之中造阿毗曇經問曰若然者佛阿毗曇何者是耶答曰世尊於處處方邑爲化衆生作種種說彼尊者迦旃延子於種種說中立章門造偈頌制品名作犍度若說種種不相似義立雜犍度若說使相立使犍度若說智相立智犍度若說業相立業犍度若說四大相立四大犍度若說根相立根犍度若說定相立定犍度若說見相立見犍度如法句經世尊於處處

方邑爲衆生故種種演說尊者達摩多羅於佛滅後種種說中無常義者立無常品乃至梵志義者立梵志品此迦旃延子亦復如是又諸佛出世盡說三藏所謂修多羅毗尼阿毗曇問曰修多羅毗尼阿毗曇有何差別答曰或有說者無有差別所以者何從一智海佛河出故因大慈心說故復有說者亦有差別云何差別名即差別所謂此修多羅此毗尼此阿毗曇復次爲分別心名修多羅爲分別戒名爲毗尼爲分別慧名阿毗曇問曰若然者修多羅中亦分別戒亦分別慧毗尼中亦分別心亦分別慧阿毗曇中亦分別心亦分別戒如是三藏有何差別答曰從多分故修多羅中多說心法毗尼中多說戒法阿毗曇中多說慧法復次修多羅中若分別心名

修多羅若分別戒名毗尼若分別慧名阿毗曇阿毗曇中若分別戒名毗尼若分別心名修多羅若分別慧名阿毗曇毗尼中若分別慧名阿毗曇若分別戒名毗尼若分別心名修多羅如是三藏是名差別復次修多羅中應次第求以何等故世尊說此次復說此如說信佛次應信法是次第求義毗尼中應因緣求如說此戒緣何事制阿毗曇中應以相求不以次第復次修多羅依力故說毗尼依大慈故說阿毗曇依無畏故說復次種種雜說名修多羅廣說戒律名曰毗尼說總相別相名阿毗曇復次未種善根令種善根名修多羅已種善根欲令成熟名曰毗尼善根已熟得正解脫名阿毗曇復次爲初入法名修多羅已入法中爲受持戒名曰毗尼已受戒者爲令正解名

阿毗曇修多羅毗尼阿毗曇是名差別問曰彼尊者以何因緣造作此經答曰爲饒益他故若有受持讀誦通利說正憶念無量煩惱及諸惡行不現在前以此勤修能入法相譬如有人欲饒益他於黑闇中然大燈明爲有目者見種種色彼尊者亦復如是爲饒益他造作此經佛亦如是爲饒益他說十二部經一修多羅二祇夜三婆伽羅那四伽陀五優陀那六尼陀那七阿波陀那八伊帝目多伽九闍陀伽十毗佛略十一阿浮陀達磨十二優波提舍所以者何若有衆生雖有內因無外緣者終不能修勝進之行若遇外緣則能修行譬如鉢頭摩分陀利拘物頭優鉢羅華在池水中日光不照不開不敷不香日光若照則開敷出香如闇室中有種種物若無燈照終不可見有燈則見衆生亦然雖有內因若無外緣終不能修勝進之行若遇外緣則能修習勝進之行以是緣故佛說偈言

譬如闇室中　雖有種種物　若無燈明照
有目不能見　若人雖有智　不從他聞法
是人終不能　分別善惡義　譬如有目人
因燈見衆色　有智依多聞　能別善惡義
多聞能知法　多聞能遠惡　多聞離無義
多聞得涅槃

佛經亦說有二因二緣發於正見一從他聞法二內正思惟又說人有四法甚爲希有一親近善知識二從他聞法三內正思惟四如法修行又說若我弟子一心聽法能斷五蓋具足修行七覺分法如佛世尊爲饒益他故說十二部經彼尊者亦復如是復次爲破無

明闇故如燈破闇作明阿毗曇者亦復如是破無明闇與智慧明復次欲令無我像得分明故譬如明鏡照諸色像若人能以阿毗曇慧善分別總相別相無我人像自然顯現復次爲度生死河故譬如百千那由他衆生依堅牢船而無所畏能從此岸到於彼岸如是百千那由他諸佛世尊及諸眷屬亦復如是依阿毗曇船而無所畏能從此岸到於彼岸復次爲諸修多羅經作燈明故如人執炬於諸闇中終無所畏如是行者執阿毗曇炬於諸修多羅義中而無所畏復次爲觀察善不善無記法故如善識寶人善別金剛等寶如是智者以阿毗曇慧分別善不善無記法復次爲現阿毗曇人須彌山不傾動故如須彌山王安住金輪地上四方猛風不能傾動如是智者以阿毗曇慧須彌山安置於戒金輪地上四倒邪風不能傾動復次以三因緣故尊者迦旃延子造作此經一爲增益智故二爲開覺意故三爲斷我人故增益智者於內外法中一切經論莫若阿毗曇開覺意者衆生常眠無有覺時不知何者是一切徧使何者不徧使何者自界緣徧使何者他界緣徧使何者有漏緣何者無漏緣何者有爲緣何者無爲緣云何爲攝云何相應云何因云何緣誰成就誰不成就能了知如是等遠近法者是阿毗曇力斷我人者彼尊者造阿毗曇經未曾說有我人於一切處常說無我無人以如是等衆因緣故彼尊者造阿毗曇經問曰阿毗曇體爲何者是耶答曰無漏慧根自體攝一界一入一陰一界者法界一入者法

入一陰者行陰若取相應共有攝三界二入五陰三界者意界意識界法界二入者意入法入五陰者色受想行識又修多羅説此帝釋長夜其心質直無有諂曲諸有所問爲了知故不爲嬈亂我當以甚深阿毗曇恣汝所問此中何者是甚深義所謂無漏慧根又如經説有梵志姓犢子其性質直無有諂曲諸有所問爲了知故不爲嬈亂我當以甚深阿毗曇恣汝所問此中何者是甚深義所謂無漏慧根復有梵摩瑜婆羅門須跋梵志亦如上説如佛告先尼梵志我法甚深難解難了難知難見非思量分别之所能及惟有微妙決定智者乃能知之非汝淺智之所能及所以者何空即無我而汝計我汝常長夜有異見異欲異心以是之故非汝淺智之所及也此中何者是甚深義所謂空三昧也如説愚人無眼而與上座智慧比丘論甚深義此中何者是甚深義所謂退法是也如佛告阿難此十二因縁法甚深難解難了難知難見非思量分别之所能及惟有微妙決定智者乃能知之非汝淺智之所能及此中何者是甚深義所謂因縁是也如説此處甚深所謂縁起此法離欲寂滅涅槃此中何者是甚深義所謂因縁寂滅性也如説諸法甚深故難見難見故甚深此中何者是甚深一切諸法體性甚深是也問曰阿毗曇體何者是耶答曰無漏慧根以無漏慧根力故令生處得慧能受持十二部經讀誦通利亦名阿毗曇也又以無漏慧根力故能令聞慧知總相别相又令聞慧建立總相别相又令聞慧斷自性愚

及縁中愚於法不謬又以無漏慧根力故能令思慧不淨安般念處等亦名阿毗曇又以無漏慧根力故能令修慧煖頂忍世第一法亦名阿毗曇又以如是等慧令無漏慧根轉得明淨名阿毗曇問曰若無漏慧根是阿毗曇體者何故此經復名阿毗曇答曰阿毗曇具故亦名阿毗曇如處處經中說因種種具立種種名以漏具故說漏如說七漏是煩惱是熾然是苦惱實漏有三所謂欲漏有漏無明漏垢具故說垢如偈說

女垢梵行　女縛衆生　苦行梵行　不因水淨

女實非垢實垢有三所謂貪瞋癡垢樂具故說樂如偈說

飲食時樂　著衣亦樂　經行山窟　斯亦復樂

飲食等非樂實樂者是樂受使具故說使如說比丘爲色所使爲色所繫色非是使實使有七味具說味如說比丘眼味於色色是魔鈎眼非是味實味是愛欲具說欲如說五欲美好能令愛心增長染著色等非欲實欲是愛退具說退如說時解脫阿羅漢有五因縁退一者營事勤勞二者多誦經三者諍訟四者遠行五者長病非營事等是退實退是不善隱没無記法業具說業如說比丘有三種意不善業生苦果報所謂貪恚邪見貪恚邪見體非是業實業有三謂身口意報具故說報如尊者阿泥盧頭說我以一食施報七生三十三天七生波羅柰國食非生報生報者是不善善有漏法如是等處處經中說因種種具說種種名此亦如是阿毗曇具故說阿毗曇問曰以何義故名阿毗曇答曰尊者和

須蜜說能決定分別十二部經名阿毗曇復說能覺了十二因緣名阿毗曇復次於四聖諦能次第得正決定名阿毗曇復說能解說修習八聖道法名阿毗曇復說能證涅槃名阿毗曇尊者婆檀陀說曰煩惱出要繫縛解脫生死涅槃如是等法以名味句身次第撰集分別解說名阿毗曇尊者瞿沙說曰求解脫者諸所施行未分別者皆分別之所謂是苦是苦因是道是道果是方便道是無礙道是解脫道是勝進道是向道是得果名阿毗曇尊者波奢說曰此智是究竟智此智是第一智此智是不謬智名阿毗曇阿毗曇人說曰能種種選擇覺了證知一切諸法名阿毗曇復說法性甚深能盡其原底名阿毗曇復說能淨法眼名阿毗曇復說顯發幽隱甚深智慧名阿毗曇復說若人以阿毗曇慧分別總相別相無有人能如法說其過者名阿毗曇彌沙塞部說曰如燈能照名阿毗曇如說一切照中慧照最上曇摩掘部說曰此法增上名阿毗曇如說一切諸法慧爲最上譬喻者說曰種種諸法涅槃爲上此法次故名阿毗曇聲論者說曰阿毗言除棄亦言選擇除棄者所謂結縛使纏煩惱選擇者所謂陰入界緣起道品等諸法復次阿毗言增上慢如說名增上慢如說上者名增上者如說上逸名增上逸此經增上名阿毗曇復次阿毗言現前一切諸善道品等法皆現在前名阿毗曇復次阿毗言恭敬此法尊重可敬名阿毗曇此經名智慧基本問曰何故名智慧基本答曰諸究竟智皆出此經故名基本復次此

經名安智足處諸究竟智皆因此經而得成立是故名安智足處問曰此經有何利益答曰隨順解脱隨順無我斷計我人顯明無我發人覺意出生智慧除愚癡斷疑網得決定背熾然向出要得相續樂寂靜止生死輪隨順空法到涅槃岸能斷一切外道異見於佛法中能生一切欣樂之心此經有如是等利

名阿毗曇

雜揵度世第一法品第一之一

云何世第一法問曰何故此經先説世第一法爲順次説爲逆次説耶若順次説者應先説不淨若説安般次説念處次説七處善三種觀義煖頂忍然後應説世第一法若逆次説者應先説阿羅漢果次説阿那含果次説斯陀含果次説須陀洹果次説見道然後應説世第一法又問爲以初入法故説爲以達分善根故説爲以最勝功德故説若以初入法説者應説不淨若説安般若以達分善根説者應先説煖法以煖法最在初故如尊者瞿沙論中先説煖法若以最勝功德説者應先説阿羅漢果有如是等事如佛在世尊者大迦旃延有正觀智慧成就無量功德無礙精進入阿毗曇海心無增減覺意無邊言論難勝一切義論無能當者第二迦旃延子亦有如是智慧功德何故造作此經先説世第一法答曰諸論師説世第一法種種不同或有説者不以順次故説亦不以逆次故説但彼作經者意爾隨彼意故造作此經不違法相是故先説世第一法或有説者阿毗曇應以相求不求次第修多羅經應求次第毗尼

應求因緣阿毗曇經若求次第於文煩亂是故不應求其次第或有說者世尊經說若人不能正觀諸行性相能起世第一法者無有是處若能正觀諸行性相能起世第一法者斯有是處如世尊經中先說世第一法彼作經者因經造論故亦應先說世第一法問曰置作經者世尊何故先說世第一法答曰世尊爲化衆生次第說法諸受化者已得下忍中忍未得上忍及世第一法欲令得故世尊說正觀思惟諸行性相當知即是上忍次得此世第一法是故先說或有說者爲止諸誹謗故世第一法多諸誹謗所謂名受誹謗體受誹謗界受誹謗現前受誹謗退受誹謗名受誹謗者或言是性地法非世第一法體受誹謗者或言是五根性界受誹謗者或言是欲界繫或是色界無色界繫或是三界繫或是不繫現前受誹謗者或是多心相續非是一心退受誹謗者或言世第一法退爲止如是等諸誹謗故先說世第一法復次一切生死非牢固法如糞掃汚涅此中誰最勝誰牢固誰如醍醐所謂世第一法是故先說復次以隨順無我故此經常說無我非如外典說我說欲法說有法說財此經惟說無我解脫涅槃此世第一法亦觀無我隨順此經故是以先說復次此經於一切論中最勝世第一法於一切世俗善法中最勝以此經勝故應先說勝法復次若住世第一法時名眞佛出世能得自在受用聖法佛出世間衆生入法凡有二種一假名二眞實假名者剃除鬚髮而被法服正信出家眞實者起世第一法次

第能入苦法忍是假名沙門有二過患一者破戒二者捨戒入正法者無如是過眞實沙門受用聖法能得自在隨其性分終無退失復次住世第一法時無始生死已來聖道門閉今始能開未曾能捨凡夫之性今始能捨未曾能得無漏聖道今始能得是故先說世第一法復次住世第一法時捨名得名捨數得數捨界得界捨性得性捨名得名者捨凡夫名得聖人名數界性亦如是復次住世第一法時得心不得心因得明不得明因得受不得受因復次住彼法時捨舊緣得新緣捨共得不共捨世間得出世間復次爲斷疑故衆生謂凡夫性無始亦謂無終今說世第一法即示其終復次住彼法時凡夫退患凡夫變異凡夫剛强悉不復起煖頂忍法或有起

復次住彼法時無有不得聖法而命終者煖頂忍不爾住彼法時無有不得聖道而命終者不得正決定而得正決定不得果得果出不定聚入正定聚無聖道有聖道無不壞淨有不壞淨亦如是復次住此善根無有上滯煖頂忍法而有上滯復次住彼法時凡夫人所修念處究竟滿足餘則不爾復次住彼法時漏無漏心有斷有續斷者有漏心續者無漏心餘則不爾復次如須彌山王安金輪上四方猛風不能傾動住此法時四倒邪風不能傾動復次住彼法時示始終故猶如明相是夜末晝初彼亦如是世俗之末聖道之初如示始終度已度入出方便究竟亦如是復次欲示相似法有異相故世第一法苦諦所攝能生滅苦道如苦攝世俗攝生死攝諸有

攝身見所使攝能生滅苦道餘則不爾復次世第一法體是世俗緣能生出世緣是故先說如是有垢無垢有過無過有毒無毒有濁無濁有身見聚無身見聚有顛倒聚無顛倒聚有愛聚無愛聚有使聚無使聚亦如是復次以世第一法有勢有力能有所作猶如健夫住此法中得正決定故復次以三事故一以經義故二止誹謗故三即此刹那得果故以經義止誹謗如上說即此刹那得果者世第一法次第能生苦法忍名功用果以是等諸因緣故先說世第一法復次欲逆次說凡夫所得法故如說世第一法乃至煖法是名凡夫所得出要法如說二十身見等是名凡夫煩惱法此二種法誰能知者惟無我智是故第二品中作如是說頗有一智知一切法乃至廣說此無我智何由而生由覺緣起是故第三品中作如是說一人此生十二種緣乃至廣說所以能覺緣起由於愛敬是故第四品中作如是說云何爲愛云何爲敬乃至廣說此愛敬何因而起由有慚愧是故第五品中作如是說云何慚云何愧乃至廣說誰能慚愧由解法相是故第六品中作如是說色中生住老無常當言色也非色也乃至廣說何由能解法相由斷無義修習有義是故第七品中作如是說諸他修苦行當知無義俱乃至廣說何由斷無義修有義由正思憶是故第八品中作如是說云何爲思云何爲憶乃至廣說以是衆因緣事欲逆次說凡夫所得法是故先說世第一法云何世第一法答曰於諸心心數法次第得正決定是名世第

一法問曰已能得正決定當能得正決定復是世第一法不答曰亦是若說現在當知則說過去未來問曰世第一法正決定爲住時得爲滅已得若住時得者亦是凡夫亦是聖人若滅已得者何故不言已得正決定而言今得答曰應說已得所以經文不說已得自有已得說言今得如說大王從何處來此名已來而說今來已覺諸受已斷漏已得解脫亦如是或有說者應作是說無間得正決定是名世第一法評曰無間得正決定次第得正決定有何差別復有說者苦法忍雖未生此第一法決定爲次第緣是故言今得正決定或有說者於諸五根次第得正決定是名世第一法問曰誰作此說答曰舊阿毗曇人說問曰彼何故說五根是世第一法答曰彼不必欲令五根是世第一法爲斷異論故異論者毗婆闍婆提說信等五根一向無漏故一切凡夫悉不成就問曰彼以何故作如是說答曰彼依佛經佛經說言五根猛利通達滿足向阿羅漢若無五根墮凡夫數彼以經作如是說故言信等五根悉是無漏爲斷彼人如是論故說信等五根是世第一法若信等五根是無漏者無始以來未曾能起一念無漏而得世第一法是故當知五根非純無漏復次若五根是無漏者違佛正經如說若我於信等五根不能如實觀是集是滅是味是患是捨者則不能得阿耨多羅三藐三菩提乃至廣說不應以如是相觀無漏法毗婆闍婆提曰應以如是相觀無漏法云何應觀如經說不能如實觀信等五根者是別相觀

信等五根何由而得由親近善知識積集而得是名觀集云何觀滅未知欲知根滅已知根生是名觀滅云何觀味此無漏法亦爲愛所緣是名觀味問曰無漏法亦爲愛所繫耶答曰不也如汝法中有無漏緣使緣而不縛我亦如是云何觀患諸無漏法是無愛故是名觀患云何觀捨一切有爲涅槃時捨是名觀捨爲斷如是種種諸論故作是說於諸五根次第得正決定是名世第一法復次若當五根一向無漏復違佛經如說我以佛眼觀衆生根有上中下毗婆闍婆提說曰佛經說上根者阿羅漢中根者阿那含下根者斯陀含須陀洹育多婆提說曰若爾者世尊不轉法輪名轉法輪一切聖人已滿世間佛亦不須復轉法輪毗婆闍婆提說曰世尊所以說諸衆生上中下根者說根所依處不說根體育多婆提說曰若然者復違此經如說闍提輸那婆羅門往至佛所白佛言沙門瞿曇說有幾根佛答言有二十二根此亦說根所依處然俱同說是根一是根所依一是根體無有是處是故信等五根應有漏無漏問曰毗婆闍婆提所引佛經當云何通答曰信等五根有二種有漏無漏彼經惟說無漏所以者何因諸根故說聖人差別復次五根有漏無漏彼經惟說無漏所以者何以聖爲對治法故聖人差別問曰上言若無五根墮凡夫數此云何通答曰彼言墮凡夫數者謂斷善根凡夫或有說者犢子部說五根是世第一法何以故五根是善性以五根善故餘數法亦善亦以根故聖人差別如說五根猛利遥達

滿足得阿羅漢廣說如上問曰以何事故尊者迦旃延子引犢子部所立義耶答曰彼犢子部所說而與此經少有相違所謂五根是世第一法凡夫性一向染污彼以欲界苦諦所斷十使是凡夫性涅槃有三種學無學非學非無學阿須羅是第六道說有我人爲如是等若五若六與此經相違莫謂彼部所說盡與此經同彼作經者爲斷如是意故次作是說如我義於諸心心數法次第得正決定是名世第一法問曰如汝所說五根性善餘心心數法性非是善者應是不善無記若以五根性善不善無記親近五根亦名善者今五根亦親近不善無記應是不善無記此則不然何以故根與心心數法同一所依同一行同一所緣同一果同一依同一報共成一事而云其性善是親近善者是妄想耳或有說者誦持修多羅者說言五根是世第一法尊者達磨多羅說曰世第一法體性是思名差別耳尊者佛陁提婆說曰世第一法體性是心名差別耳所以者何信心異乃至慧心異若有衆生能於一時以五種心次第得正決定無有是處若一一次第得正決定斯有是處問曰若然者以不相應法得正決定耶答曰不也所以者何汝法心不與心相應有爲所緣有爲所緣故能次第得正決定我信亦爾不與信相應能有所緣有所緣故次第得正決定乃至慧亦如是問曰若然者則有大過所以者何若但信心得正決定不以精進念定慧等得正決定者懈怠失念亂意惡慧亦應次第得正決定乃至慧亦如是爲斷

彼人如是意故故作是說如我義於諸心心數法次第得正決定是世第一法如我義者謂不顛倒如法性順經文同我等意而作是說諸心心數法次第得正決定是名世第一法彼迦旃延子欲顯正義故言世第一法亦是根亦非根問曰如世第一法現在前未來世中心心數法亦修彼爲是第一法不耶答曰或有說者依如經本非世第一法何以故經本說諸心心數法次第得正決定是世第一法彼未來者不能作次第是故非世第一法復次若當是者復違經本如說世第一法當言一心非衆多心評曰應作是說彼未來者亦是世第一法問曰彼未來者不能作次第緣云何是世第一法耶答曰彼未來者雖不能作次第而能隨順作次第法譬如比丘布薩時不在僧中而與僧欲得名布薩僧事亦成如是彼在未來世中爲現在得如與欲者若未來世中無現在得不與欲者今現在者亦不能作次第若作次第當知皆是未來者力何以故彼未來者不與聖道作障礙故復次若彼未來非世第一法者與智揵度經文相違所以者何如未曾得道今現在前彼未來世中相似種修若彼未來不作世第一法者云何名彼種相似修以是事故彼未來者亦是世第一法問曰若未來是世第一法者經文何故不說耶答曰若能與次第緣者經文則說彼不能與次第緣是故不說復次若流轉三世者則說未來不爾或有說者從因而生成就此法住在身中是故說之彼未來者雖從因生成就此法不住身中是故不

說問曰若然者云何非是衆多心耶答曰此中惟說現在剎那能成事者故非衆多心或有說者若能令未來世中修者則說未來不爾或有說者若心彼因彼心此果是以故說未來不爾或有說者能與因能取果住身中能有所緣是以故說未來不爾或有說者有二修義是以故說彼未來者惟有得修無有行修是故不說問曰彼世第一法俱生色心不相應行爲是世第一法不耶答曰或有說者如經本說彼非世第一法所以者何彼不能與次第緣故評曰應作是說彼亦是世第一法問曰彼不能與次第緣云何名世第一法耶答曰彼雖不能與次第緣而能隨順次第緣義所以者何彼與世第一法俱生住滅同一果一依一報是以故說問曰彼若是世第一法者經本何故不說耶答曰彼不能與次第緣故是以不說或有說者若從因生成就此法能有所緣是以說之彼雖從因生成就此法不能有所緣是故不說或有說者若是相應有依有勢有行有緣是以故說彼非相應無依無勢無行無緣是故不說問曰彼世第一法得爲是世第一法不耶答曰彼非世第一法問曰以何等故生住無常是世第一法而得非耶答曰生等一事世第一法同一果共行不相離常相隨無前後得則不爾不同一果不共行相離不相隨有前後或離所得法如樹皮離樹以是義故非世第一法問曰以何義故沙門果得即沙門果而此第一法得非世第一法耶答曰以成就得故名沙門果是以得即沙門果能與次第緣亦能

隨順次第緣義名世第一法得則不爾是故非世第一法如是餘達分善根得非達分善根何以故若得即是達分善根者已得聖果應重起達分善根現在前以成就得故而實不爾是故得非達分善根或有說者若共起世第一法俱生者名世第一法後生者非餘達分善根亦如是或有說者得即是世第一法其餘達分善根得即是善分善根問曰若然者已得聖果應重起達分善根現在前答曰或現前或不現在前何者現前所謂得也何者不現在前所謂諸相應法也評曰不應作如是說如先所說者好

阿毗曇毗婆沙論卷第一

音釋

序

阿毗曇〈梵語也亦云阿毗達磨此云無比法毘頻眉切曇徒南切〉毗婆沙〈梵語也此云廣解〉輟〈陟劣切止也〉寱〈莫鳳切蒙也不明也〉銓評〈銓此緣切銓量也評符兵切品論也〉豔〈以贍切豐滿也〉沮渠〈沮子余切渠求於切沮渠姓也〉蔥〈倉紅切蔥嶺也〉綜〈子宋切綜理也〉企矚〈企去智切舉踵而望也矚之蜀切視也〉浮陀跋摩〈梵語也此云覺鎧跋蒲末切〉迦旃延〈梵語也此云不定或云文飾迦丘伽切旃諸延切〉犍度〈梵語也正云婆犍圖此云法聚犍巨焉切〉

論

優波提舍〈梵語也此云逐分別所說又義翻論義〉嬈〈而沼切亂也〉阿泥盧頭〈梵語也此云無滅或云無貧即阿那律也〉和須蜜〈梵語也此云世友蜜覓筆切〉瞿沙〈梵語也此云妙音瞿權拘切〉彌沙塞〈梵語也此云不著有無觀塞悉則切〉曇摩掘〈梵語也亦云曇摩毱多此云法藏掘巨月切〉

阿毗曇毗婆沙論卷第二

迦旃延子造

北凉沙門浮陀跋摩共道泰譯

雜揵度世第一法品第一之二

問曰世第一法爲幾念處答曰現在一壞緣法念處未來四問曰世第一法爲幾緣答曰爲四緣因緣者相應共有因次第緣者與若法忍作次第緣境界緣者忍智所緣威勢緣者除其自體餘一切法是彼緣生法於世第一法亦有四緣因緣者相應共有法次第緣者苦忍是境界緣者欲界五陰是威勢緣者除其自體餘一切法是復有義說者云何名出世第一法答曰苦法忍是所以者何是聖道種子故復有說者金剛喻定是所以者何能盡諸結得究竟果故復有說者盡智是所以者何以初得盡智餘無漏法時淨修故復有說者正三昧是所以者何得一切有爲法中正定最勝故復有說者涅槃是所以者何一切法中最妙勝故復有說者阿羅漢最後心是所以者何凡夫人最後心名世第一法阿羅漢最後心名出世第一法評曰不應作是說彼阿羅漢最後心非出世法故如先說者好問曰頗有世第一法不與苦法忍作次第緣耶答曰有世間第一法色心不相應法則是問曰頗有相應法不與苦法忍作次第緣耶答曰有未來修者是也尊者佛陀提婆說曰若以信心得正決定是名世第一法與苦法忍作次第緣餘精進念定慧心是名世第一法而不與苦法忍作次第緣說相似法妙門說曰受與受作次第不與想等餘數法

亦如是心法生時遇緣便生若愛前緣生樂受欲有所想生想欲有所作生思問曰若然者無相似次第義答曰有但非一一次第耳如汝法中無想衆生生時心滅死時心生相去雖遠得作次第我法亦爾如受滅想等生復還生受相去雖遠得作次第評曰不應作是說心與心作次第受與受作次第心心數法一一次第生作次第緣若作是說與經文相違如說云何心次第法答曰心心數法是也若然者復更有過如依有覺有觀三昧入無覺無觀三昧有覺有觀三昧不應與無覺無觀三昧作次第緣不相似故無覺無觀三昧則不從次第緣生若依無覺無觀三昧入有覺有觀三昧亦如是若然者無解脱何以故欲相應心惟次第生欲相應心不淨觀等及諸善心無由得生若善心不生則無解脱有如是等過如先説者好以何等故名世第一法問曰何故作此論答曰前雖説世第一法體性未説所以名世第一法今欲説故猶如有人世稱言勝未知爲以族姓財力眷屬言爲勝耶彼亦如是今欲説其所以名世第一名第一者此心心法於餘法爲最爲勝爲長爲尊爲上爲妙以如是第一義故名爲第一問曰言第一者於世法中爲都勝爲分勝耶若都勝者彼則不勝見諦邊等智何以故彼等智見道眷屬不相離慧力勝故一切見道慧力偏多復次彼亦不勝淨修熏禪何以故修熏禪者不與凡夫同生一處復次彼亦不勝得盡智時一切善根何以故得盡智時所修善根永離一切諸垢障故復次彼亦不

勝空空三昧無願無願三昧無相無相三昧何以故空空三昧等乃至惡賊無漏何況有漏若分勝者彼煖頂忍法亦應言第一答曰或有說者應言分勝何以故惟勝煖頂忍法等故復有說言第一者彼則勝一切凡夫所得禪無量解脫除入一切入乃至第一有中思故或有說者彼則都勝言都勝者非謂一切事業中勝但以能開聖道門故勝彼見道邊等智雖是見道眷屬不相離慧力勝而不能開聖道門如等智淨修熏禪盡智俱生善根空空三昧等不能開聖道門亦復如是或有說者一切都勝以能開聖道門故見道邊等智雖是聖道眷屬乃至慧性偏多若當世第一法不開聖道門者彼則不修若得修者皆是彼世第一法功用之力餘淨修熏禪盡智俱生善根空空三昧等亦復如是問曰第一有何義答曰最勝義是第一義得妙果義是第一義能入勝分破有頂義是第一義最後心義是第一義如高幢頂更無有上問曰上言最勝等有何差別答曰或有說者無有差別所以者何此言皆是歎說上妙之義或有說者以善根故而有差別於不淨安般名爲最於聞慧名爲勝於思慧名爲長於煖法名爲尊於頂法名爲上於忍法名爲妙或有說者以地故而有差別若依未至名爲最若依初禪名爲勝若依中間名爲長若依二禪名爲尊若依三禪名爲上若依四禪名爲妙或有說者邊頂義名爲最上義名爲勝增善義名爲長昇進義名爲尊堅牢義名爲上滿足義名爲妙復有說者能與苦法忍作次第

故名爲最勝諸凡夫善根故名爲勝建勝進故名爲長勝世俗善根故名爲尊無二故名爲上與無漏相應故名爲妙復有說者以最故名勝以勝故名長以長故名尊以尊故名上以上故名妙復有說者是凡夫最後心故名爲最猶如樹端能開聖道門故名爲勝根猛利故名爲長於達分善根中勝故名爲尊折伏煩惱名爲上得妙果故名爲妙復次此心心法捨凡夫性者問曰捨凡夫性爲世第一法爲苦法忍耶若世第一法捨凡夫性者云何於一剎那以凡夫法捨凡夫性若以苦法忍捨凡夫性者爲以生時捨爲以滅時捨若以生時捨者云何未起法能有所作若以滅時捨者彼已滅已復何所捨答曰或有說者即彼世第一法時捨問曰若然者云何於一剎那以凡夫法捨凡夫性答曰凡夫性世第一法相妨礙是故住世第一法時捨猶如象師乘象策象馬師船師勝怨之人亦復如是復有說者苦法忍生時捨凡夫性滅時斷見苦所斷十使如燈生時破闇已生燋炷盡油問曰若爾者云何未起法能有所作又一法不應能作二事答曰若然者有何過一切內法有二種於未來中能有所作相應者苦法忍是也不相應者生相是也一切外法於未來世能有所作惟燈是也或有說者世第一法苦法忍捨凡夫性世第一法如無礙道苦法忍如解脫道世第一法與凡夫性成就得俱滅苦法忍與不成就得俱生世第一法依苦法忍苦法忍助其勢力能捨凡夫性譬如羸人依因健者能伏怨家彼亦如是得聖

法者苦法忍是也捨邪性者世第一法是也
問曰邪性有三種一趣邪性二業邪性三見
邪性趣邪性者三惡趣是也業邪性者五無
間業是也見邪性者五見是也於此三種邪
性爲捨何等若捨趣業邪性者爾時則不成
就若捨見邪性者道比智現在前爾時乃捨
答曰三種俱捨問曰云何俱捨答曰不趣不
作不行名爲捨不趣者捨趣邪性不作者捨
業邪性不行者捨見邪性問曰若然者住上
忍時已捨何故乃言住世第一法捨耶答曰
破其所依故諸煩惱以凡夫性爲所依能起
生死過患猶如師子依於窟穴能害諸獸彼
亦如是是故說住世第一法時捨或有說者
苦法忍是邪性對治問曰趣邪性業邪性是
修道所斷何以乃言苦法忍是其對治耶答
曰對治有衆多有捨對治有斷對治有持對
治有不作對治有不趣對治苦法忍是凡夫
性捨對治斷見苦十使是斷對治諸無漏道
是時對治不作無間業及餘不善業是不作
對治不趣惡道是不趣對治如是等名捨邪
性得正性者苦法忍是也得正決定者見道
是也問曰一切聖道是正決定何故獨稱見
道是也答曰或有說者諸煩惱令衆生善根
不熟愛潤增長染著不離彼見諦道能令衆
生善根成熟乾竭愛水離諸染著不作覆障
不爲所壞不雜餘心是故見道名正決定或
有說者衆生根熟入於聖道是故見道名正
決定復有說者拔煩惱根入於聖道是故見
道名正決定復有說者捨五人種入八人性
是故見道名正決定或有說者扶持長養名

正決定猶如牛馬因於水草長養性命一切聖人因於見道長養慧命是故見道名正決定或有說者此法解縛永更不繫是故見道名正決定或有說者正必定義是決定義自有決定而非正所謂邪定是故必定名正決定或有說者相應如法義是決定義見道相應如法故名正決定問曰諸正是正性耶答曰諸正性彼正也頗正非正性耶答曰有世第一法是也問曰以何等故世第一法是正而非正性耶答曰或有說者衆生無始已來煩惱惡行邪見顚倒惱亂此心住世第一法而能制伏是故名正體是有漏爲使所使不名正性復有說者等義是正義猶如稱懸在中物偏則低如是世第一法等住凡夫性見道中間若苦法忍生聖道偏多是故等義是正義也復有說者等義是正義佛辟支佛阿羅漢等住上上法故是故等義是正義也復有說者等現前行義是正義一切行人皆同住一剎那故復有說者彼世第一法與苦法忍四事同等所謂地根行緣地者如苦法忍依何地與何根相應行何行緣何法彼亦如是與苦法忍四事同故名爲正體是有漏爲使所使不名正性世第一法當言欲界繫耶乃至廣說問曰何故作此論答曰先已說世第一法體性及說所以名世第一法未說在何界繫如人言勝已說勝事未知住處今欲說故故作此論或有說者爲止併義者意故如摩訶僧祇部說世第一法是欲界繫如犢子部說是色無色界繫何以故若地有聖道處亦有世第一法如曇摩掘部說或言三界

繫或言不繫或言非不繫法爲止如是等併義意故而作此論問曰以何等故世第一法不當言欲界繫應說其所以不可但以言故此義便立答曰不以欲界道得斷諸蓋亦不能制伏纏亦不能令現前不行所言斷制不行者謂究竟斷制不行何以故以欲界中無道能令蓋纏究竟斷制不行故問曰以何等故欲界中無道能究竟斷蓋制伏纏耶答曰或有說者欲界中不善根强善根弱是故無道能斷蓋制纏色界善根强無不善根是故有道能斷蓋制纏復有說者欲界不善根如舊住善根如客舊住有勢客則無力是故無道色界善根如舊住無不善是故有道復有說者欲界善不善根同一繫縛是故無道色界善根欲界不善根不同繫縛是以色界道

能斷欲界蓋制縛復有說者欲界威儀無有忌難猶如夫妻色界威儀共相敬難猶如母子復有說者欲界是破慚愧法如居士子與旃陀羅子交色界有慚愧如王不與旃陀羅交復有說者欲界愛結愛欲界善根以愛善根故不能生猒離想欲界愛不能愛色界善根以不愛故能生猒離想以如是等因縁故欲界中無道能斷蓋制纏色界有道能斷蓋制纏或有說者言斷蓋者是究竟斷制伏諸纏不現前行者是須臾斷如究竟須臾斷如是有縛無縛有影無影有片無片亦如是復有說者言斷蓋者害其根本言制伏不現前行者是制伏諸纏復有說者言斷蓋者拔諸煩惱制伏不現前行者是制伏諸纏問曰欲界中雖無究竟斷蓋制纏道可無須臾斷蓋

制纏道耶答曰有但不可信何以故不堅牢不久住不相續不相著不久住心中不能久伏煩惱得正決定猶如水上浮萍以小石投之雖散隨合蝦蟆入中數散數合有如是等緣故欲界雖有須臾斷道而不可信色界斷道可信何以故牢固久住相續相著久住心中能制伏煩惱得正決定猶如大石投浮萍中散而不合龍象入中亦散不合有如是等緣是故色界道能拔諸蓋制纏害諸煩惱制伏不行問曰若然者如汝所說世第一法應惟在未至禪所以者何斷欲界蓋制纏對治道惟在未至禪餘上地則不應有答曰對治有二種一斷對治二過患對治若依未至禪斷欲界欲有二種對治道餘上地雖無斷對治有過患對治尊者瞿沙說曰六地中盡有斷欲界欲二種對治道所謂斷對治過患對治何以故依未至禪斷欲界欲其餘諸地而不斷者先已斷故猶如日光於一切時與闇相妨日初出時已破夜闇其餘日分雖與闇相違而不破者先已破故亦如六人同一怨家而共議言隨於何處獲便害之猶如有人次持六燈入於闇室初燈破闇其餘諸燈雖與闇相違而不破者先已破故如是六地中盡有斷欲界欲二種對治道乃至廣說復次云何知六地中盡有斷欲界欲二種對治耶若當六地中無斷欲界欲二種對治者行者依上地得正決定不應分別欲界亦不作證然能分別作證以是緣故知六地中盡有斷欲界欲二種對治若以欲界道能斷蓋制纏亦能除欲界結乃至廣說問曰世第一法不

能斷結何以言若當以欲界道得斷蓋制纏乃至廣說答曰世第一法雖不能斷結而此善根妙勝第一在深遠處宜應與彼地離欲界道同在一處是故以道證之問曰以何等故世第一法不能斷結耶答曰彼善根微小法身未長雖爾有大威勢以善根微小法身未長不能斷結有大威勢故不爲諸結之所毀壞如師子子身小未長不能害獸有大威勢一切諸獸不能侵害或有說者世第一法是一刹那故不能斷結問曰苦法忍亦一刹那何以能斷結耶答曰彼雖一刹那後有同性相續故是以能斷或有說者彼是方便道不以方便道能斷煩惱但不以欲界道得斷蓋制纏亦不能除欲界結乃以色界道得斷蓋制纏乃至廣說作義者說曰以何等故世第一法不欲界繫耶或有說者欲界卑賤彼善根尊勝復有說者欲界薄淡彼善根美妙復有說者欲界散亂彼善根寂定復有說者欲界非修彼善根修復有說者欲界非離欲法彼善根隨順離欲法復有說者若世第一法是欲界繫者有自緣過云何名自緣過如苦法忍緣欲界五陰苦世第一法是欲界繫者亦應緣欲界繫五陰苦緣欲界繫五陰彼應自緣苦不緣者復違經文如說如苦法忍所緣彼世第一法亦緣便有如是自緣之過作義者說曰以何等故世第一法是色界繫答曰色界法能與三種道作次第緣所謂見道修道無學道餘界不能與三道作次第緣苦欲界能與三道作次第緣者則有世第一法如三道三地三根初生法智分次生比智

分如是等色界種種諸功德應當廣說以何等故世第一法不當言無色界繫答曰得正決定先見欲界苦諦苦行後色無色界俱問曰苦諦有四行何以此中說見苦時但說苦行不說無常空無我行耶答曰此文應作如是說得正決定時先見欲界苦諦不應言苦行然不爾者彼作經者有何等意答曰爲現初始次第方便法故如說苦行無常空無我行亦應如苦行說復有說者以苦行惟在苦諦中無常行在三諦中空無我行在一切法中復有說者此苦與一切有法相違能棄生死猶如小兒雖有種種美食在前有人語言此食是苦即便捨之復有說者一切衆生老少愚智内道外道皆信是苦復有說者此苦麤現易以智知所以者何佛說苦智爲緣何法即緣苦法如智所知覺所覺行所行根根義緣所緣應如智說復有說者說苦文句久遠所傳古昔諸佛皆說苦行是以行者先見於苦問曰以何等故先見欲界苦後色無色界俱答曰或有說者欲界苦麤現前了了易見是以先見色無色界苦細不現不了了難見是以後見問曰苦然者色界苦麤無色界苦細何以俱見耶答曰以定不定故欲界不定是以先見色界苦雖麤與無色界俱同定故是以俱見如是定不定住離欲地住不離欲地住修地不住修地說亦如是復有說者欲界苦是行者身生病苦痛是以先見色無色界苦非行者身不生苦痛是以後見復有說者欲界苦近是以先見色無色界苦遠是以後見如近遠現見不現見俱不俱此身他

身亦如是復有説者行者成就欲界凡夫性故是以先見不成就色無色界凡夫性故是以後見復有説者行者於欲界苦現見故是以先見色無色界苦不現見故是以後見問曰若色無色界苦不現見者行者云何見耶答曰現見有二種一離欲現見二自身現見行者於欲界苦有二種現見一離欲現見二自身現見於色無色界苦有一種現見所謂離欲現見猶如商人有財兩擔一自負之二使人擔於自所負有二種現見一知物現見二知輕重現見於他所擔有一種現見所謂知物現見復有説者欲界苦有三種善不善無記現見色無色界苦有二種善無記是以先見色無色界苦有二種善無記是以後見復有説者見欲界苦時斷三種結不善無記見色無色界苦時惟斷無記如不善無記有報無報生一果生二果無慚無愧相應無慚無愧不相應當知亦如是復有説者謗言無苦先從欲界後色無色界若信有苦亦應先從欲界後色無色界如誹謗生信無智有智疑決定邪見正見當知亦如是若聖道起先辦欲界事後色無色界俱問曰見道辦事有何差別答曰或有説者無有差別或有説者亦有差別智聚是見道斷結是辦事復有説者知智是見道斷智名辦事如是智作證得作證明解脱道道果當知亦如是復有説者能見緣境界是見道所作是辦事復有説者一刹那是見道後相續者名辦事如一刹那後相續入數數入當知亦如是復有説者無礙道所作名見道解脱道所作名辦事如無礙道所作解脱道所作遠惡修善

捨無義得有義出下賤入勝處棄愛熾然離愛安樂當知亦如是若得正決定時先見無色界苦諦苦行如是世第一法當言無色界繫乃至廣說問曰得正決定時不先見色界苦不妨世第一法得名色界繫如是得正決定時不先見無色界苦諦苦行世第一法是無色界繫有何過耶答曰色界中有徧緣知智能緣下地是故得有世第一法無色界中無徧緣知智能緣下地是故無有世第一法但聖道起先辦欲界事乃至廣說不應言世第一法是無色界繫作義者說曰以何等故世第一法不當言無色界繫或有說者彼無色界非田非地非器以非器等故是以無世第一法復有說者若彼處有觀諦善根如煖頂忍者是處應有世第一法彼無色中無故無世第一法復有說者若有見道處則有世第一法無色中無見道故無世第一法復有說者若地有智徧緣一切法亦有斷結對治道則有世第一法欲界中雖有智能緣一切地而無斷結對治道無色界中雖有斷結對治道而無智能緣一切地是故欲界無色界無世第一法復有說者欲界善根不寂靜故無世第一法無色界道極寂靜故無世第一法復有說者欲界善根羸弱故無世第一法無色中非其境界故無世第一法復次或有說者入無色定除去色想乃至廣說問曰不應言復次或有說者若言復次或有說者義則不定應作是說入無色定除去色想乃至廣說所以者何同明一義故不應如先說無色界苦諦苦行等應作是說入無色定除去

色想乃至廣說何以故此是根本義故應作是說而不爾者彼有何義答曰言語有二種一者方便二者根本先所說者是方便語後所說者是根本語復有說者先所說者明苦法忍緣欲界法後所說者明世第一法與苦法忍同一緣當知無色界不能緣欲界問曰除去色想體性是何答曰七地謂四無色定及三未至問曰此處言除去色想四大犍度亦說除去色想如波羅延說偈

除去色想　能斷欲愛　於內外法　無不見者

如衆義經說偈

亦不有有想　亦不無無想　如是除色想
能斷渴愛因

如是等有何差别答曰或有說者此處說除去色想者除下地色想四大犍度言除去色想者除有對色如波羅延衆義經所說偈除去色想者斷緣色愛或有說者此處言除去色想者是四念處四大犍度言除去色想者是身念處如波羅延衆義經所說除去色想者是法念處復有說者此處言除去色想者是四無色定及三未至四大犍度言除去色想者是第四禪波羅延衆義經所說偈除去色想者除愛緣色復有說者此言除去色想者此內外道共除色想法餘三是不共除色想法世第一法當言有覺有觀無覺有觀無覺無觀問曰何以作此論答曰復爲止彼人意言世第一法是欲界繫故復有說者先已說世第一法體性已說所以已說界未說地今欲說故復有說者先雖明世第一法是色界繫色界中有三種地有覺有觀無覺有觀

無覺無觀地未說世第一法爲在何地今欲說故所以者何色界善根有在一地者如淨解脱等有在二地者如喜等今欲說世第一法所在地故是以作此論世第一法或有覺有觀乃至廣說云何有覺有觀答曰若依有覺有觀三昧得世第一法如未至禪初禪是也問曰上言依者有何義耶答曰或有說者共俱生義是依義彼世第一法生時相應定力故持彼心品使不散亂是依義也何以知之有成文說共俱生義是依義如說若依空三昧得正決定是中即說俱生是依義如若法忍與空三昧相應是共俱生依義空三昧亦與世第一法相應是名依義復有說者與次第緣義是依義如增上忍相應三昧與世第一法作次第緣是名依義評曰即依彼地是名依義如是說者好云何無覺有觀答曰若依無覺有觀三昧得世第一法是名無覺有觀如禪中間是也云何無覺無觀答曰若依無覺無觀三昧得世第一法是名無覺無觀如二禪乃至第四禪是也問曰何以說世第一法在三地耶答曰爲止併義者意故如彌沙塞部說世第一法是有覺有觀有相有勢無定是凡夫性緣有爲有覺有觀者能分別故有相者能緣故有勢者難得故無定者無相似心相續故是凡夫者凡夫身中可得故緣有爲者緣諸行故爲止如是併義者意故說在三地若依未至地得正決定彼一地見道修一地世第一法修若依初禪得正決定彼二地見道修一地世第一法修若依禪中間得正決定三地見道修一地世第一法

修若依二禪得正決定四地見道修一地世第一法修若依三禪得正決定五地見道修一地世第一法修若依四禪得正決定六地見道修一地世第一法修復有說者若依未至禪得正決定一地見道修一地世第一法修若依初禪得正決定二地見道修二地世第一法修若依禪中間得正決定三地見道修三地世第一法修何以故皆是一地法故此中有漏法一種使所使故此中諸善展轉爲因故二禪以上如先說評曰彼不應作是說何以故若依無覺有觀三昧得正決定得二種世第一法有覺有觀無覺有觀若然者則違經文如說云何名無覺有觀若依禪中間得世第一法是名無覺有觀如先說者好

阿毗曇毗婆沙論卷第二

音釋

佛陀提婆梵語也此云覺天陀徒何切　燋炷燋兹消切炷之戍切燈炷也　蝦蟆蝦胡加切蟆莫霞切　羸力追切瘦也

阿毗曇毗婆沙論卷第三

迦旃延子造

北涼沙門浮陀跋摩共道泰譯

雜揵度世第一法品第一之三

問曰以何等故見道自地他地修非世第一法耶答曰或有說者見道展轉爲因非世第一法復有說者見道聖人身中修以聖人身中修故自地他地修世第一法凡夫身中修以凡夫身中修故惟自地修非他地修復有說者見道有三事故修一從因生二能作對治三能辦事從因生者六地中展轉更相爲因對治者若對治斷一地欲餘地亦名對治斷辦事者如一地事辦餘地亦辦世第一法不從因生者不展轉爲因故非對治者不斷結故不辦事者非如聖道能辦事故修道亦以此三事故自地他地修彼亦展轉爲因如法智斷欲界結比智亦修彼比智非欲界對治道法智現前時亦名修亦名對治辦事者如第四禪地苦智修初禪地亦修如初禪地道辦事第四禪地道亦辦如第四禪地道辦事初禪地亦辦復有說者無漏法所作異有漏法所作異所以者何世第一法爲愛所繫無漏法者不爲愛所繫復有說者世第一法有垢有過患雜毒滓濁是以不依他地自地修見道無垢無過不雜毒不滓濁是以自地他地修復有說者世第一法在界爲界所繫在地爲地所繫無漏法在界在地不爲界地所繫復有說者世第一法在身有繫無漏法在身不繫復有說者世第一法必生報無漏法不生報問曰同是有漏以何等故見道邊

等智自地他地修非世第一法耶答曰或有說者見道邊等智不用功而得以見道力故修如見道中能自地他地修彼見道邊等智亦修世第一法大功力得是以惟自地修非他地修復有說者見道邊等智是見道眷屬常不相離如見道自地他地修彼亦如是世第一法非見道眷屬相離是以惟自地修非他地修復有說者見道邊等智堅信堅法身中可得若起上地法現在前下地便修世第一法凡夫身中可得一切凡夫不能修於他地問曰以何等故上地見道現在前時下地修下地見道現在前時上地不修耶答曰或有說者上地法勝若現在前時下地則修下地法劣現在前時不修上地猶如勝人不造詣劣人劣人則應造詣勝人彼亦如是復有說者若依上地得正決定下地諸法先已得故是以故修若依下地得正決定上地諸法或得不得是以不修復有說者上地諸法從下地因生下地諸法不從上地因生是以不修復有說者下地法不能對治上地上地法不能對治下地以不對治故是以不修復有說者若依上地得正決定爾時離下地欲故是以故修若依下地得正決定上地或離欲或不離欲設使離欲於上地法不得自在設得自在應即上地得正決定而不能得是以知不自在復有說者下地法攝屬上地是以故修上地法不攝屬下地是以不修復有說者猶如六種守護法故三十三天爲備阿修羅故安六種守護一依水住龍二杵手神三持華鬘神四常放逸神五四天王六三十三

天若依水住龍能壞阿修羅者餘五無事而水住龍若不能杵手神助餘四無事而住若二不勝持華鬘神助餘三無事而住若三不勝放逸神助餘二無事而住若四不勝四天王助餘一無事而住若五不勝三十三天助帝釋無事而住彼若不勝爾時帝釋躬身自出執金剛杵雨金剛雹時阿修羅衆即時退散如是見道斷結對治在六地中若依未至得正決定即彼地見道斷見道所斷結其餘五地無事而住若依初禪得正決定上地則無事而住未至禪得修亦隨順初禪若依中間二禪三禪亦如是若依四禪得正決定彼四禪中見道斷見道所斷結下地得修亦隨順第四禪復有說者猶如山陂有六重池次第而下其在上池次流於下下池不能逆流於上如是上地無漏流注下地是以故修下地無漏不能流注上地是以不修問曰世第一法頗有覺非有觀耶有觀非有覺耶亦有覺有觀耶非有覺非有觀耶答曰有云何有覺非有觀耶答曰如未至禪初禪覺相應觀是也所以者何觀不相應故云何有觀非有覺答曰覺謂中間禪觀相應法云何有覺有觀答曰如未至禪初禪除其覺觀餘相應法所謂十大地十善大地及心云何非有覺非有觀答曰謂中間禪觀諸餘覺觀不相應法如二禪三禪四禪相應法及色心不相應行問曰頗世第一法非有覺有觀非無覺有觀非無覺無觀耶答曰有如未至禪初禪地觀彼非有覺有觀所以者何如說云何覺觀相應法答曰若法與覺觀相應彼觀惟與覺相

應不與觀相應云何非無覺有觀答曰觀所以者何如說云何無覺有觀相應法答曰若法不與覺相應與觀相應法彼觀惟與覺相應不與觀相應云何非無覺無觀答曰觀所以者何如說云何無覺無觀相應法答曰若法不與覺觀相應與觀相應彼觀雖不與觀相應與覺相應問曰頗世第一法非與有覺有觀相應非不是觀耶答曰有禪中間觀彼不與覺觀相應非不是觀問曰頗世第一法在有覺有觀地非覺惟觀耶答曰有在未至及初禪地覺惟與觀相應非覺問曰頗世第一法在無覺有觀地非覺非觀相應耶答曰有禪中間觀問曰頗世第一法在有覺有觀地亦有覺有觀無覺有觀無覺無觀耶答曰有云何有覺有觀如未至禪及初禪地覺觀相應法云何無覺有觀即彼覺是也云何無覺無觀即彼色心不相應行是也問曰頗世第一法在無覺有觀地無覺有觀無覺無觀耶答曰有云何無覺有觀如禪中間無覺有觀相應法是云何無覺無觀耶彼觀色心不相應行是世第一法當言樂根相應乃至廣說問曰何故作此論答曰先已說世第一法體性所以界地未說相應今欲說故復有說者先已說世第一法在三地未說在六地今欲以根明六地義分明了了如觀掌中阿摩勒果云何世第一法樂根相應答曰若依第三禪得世第一法何者樂根相應何者非樂根相應答曰除樂根諸餘樂根相應法何者不相應答曰樂根色心不相應行云何喜根相應答曰若依初禪二禪得世第一法此中

誰與相應誰不與相應誰與相應除喜根諸餘喜根相應法誰不與相應喜根色心不相應行云何捨根相應答曰若依未至禪第四禪得世第一法是也問曰何以不說禪中間耶答曰應作是說若依未至中間禪第四禪得世第一法而不爾者有何義答曰中間禪通名未至是中誰與相應誰不與相應誰與相應除捨根諸餘捨根相應法誰不與相應捨根色心不相應行頗有世第一法不與喜根樂根捨根相應耶答曰有色心不相應行頗有相應法而不與世第一法相應耶答曰有即三根體是也世第一法當言一心爲多心乃至廣說問曰何以作此論答曰先已說世第一法體性已說所以已說界已說地已說根相應未說現在前今欲說故或有說者言世第一法是相續現前爲止彼人如是意欲顯世第一法現在前一刹那故或有說者先說諸心心數法次第得正決定或謂有心心數法多彼刹那亦多爲決定此義故而作此論復有說者相續有三種一時相續二生相續三相似相續或謂無二相續惟有相似相續如彌沙塞部所說爲止彼人意故而作此論世第一法當言一心爲衆多心答曰當言一心不當言衆多心問曰如世第一法現在前未來心心數法修亦名世第一法此中何以不說答曰彼亦應說而不說者當知此義是有餘之說如有餘義簡略義亦如是復有說者彼未來者屬現在若說現世當知亦說未來復有說者若能與次第緣是中說之如是義應如先以次第說問曰以何等故世

第一法當言一心應説所以不但以言故此義便立答曰此心心法次第更不起世間有漏心惟生無漏若法忍相應心若當起者無有是處爲分別故設使起者若小若相似若勝若當小者不能得正決定所以者何不以衰退未成道得正決定應以勝進勢力道得正決定若相似者亦不能得正決定所以者何先不以此道得正決定如初刹那後刹那亦爾如初刹那留難停住不得正決定後衆多刹那亦留難停住不得正決定如初刹那不能取聖道後衆多刹那亦不能取聖道問曰若然者修道中若以下心亦不能取聖道答曰見道異本曾得道異若當勝者亦不能得正決定所以者何前者則非世第一法問曰若非者爲是何法答曰是增上忍復是世第一法問曰以何等故修道中若相似若小能與無漏作次第見道惟勝答曰修道是本曾得道不多用功力而現在前是以若相似若小能作次第見道是未曾得道多用功力乃現在前是以必用勝者世第一法於世第一法因威勢因者共生因相應因相似因三因者是總説義若別説者過去於過去二因相應共生過去於未來一相似因未來於未來二因相應共生現在於現在二因相應共生現在於未來一相似因不障礙生得法是威勢緣世第一法當言退當言不退乃至廣説問曰何故作此論答曰前已説世第一法體性所以界地根一心未説不退今欲説故而作此論或有説世第一法是退者爲止彼人意故又欲去他義顯自義與法相相應故

問曰世第一法當言退當言不退耶答曰不退問曰云何不退應說其所以不可但以言故此義便立答曰世第一法隨順諦轉近諦垂入諦云何隨順諦隨順見道故云何轉近諦轉近見道故云何垂入諦垂入見道故復有說者隨順道諦轉近道諦垂入道諦復有說者隨順苦法忍轉近苦法忍垂入苦法忍世第一法於苦法忍有二種轉近一隨順轉近二垂入轉近彼中間不起不相似有漏心使苦法忍不現在前問曰世第一法是有漏心向言不起不相似有漏心苦法忍是不相似心何以言有漏是不相似心無漏是相似心耶答曰世第一法惡賤有漏心以惡賤故言不相似無漏言相似猶如有人爲自親里之所苦惱親近他人作親里想於自所親作他人想彼亦如是復有說者世第一法苦法忍同辦一事故所謂捨凡夫事得住聖法猶如士夫度河度谷度山度坑乃至廣說度河者從此至彼度谷者從此岸至彼岸度山者從此山至彼山度坑者從高至下從下至高猶如有人從高上墮未至地頃便作是念欲還本處得如意不答曰不得假使彼人若以神足若以呪術若以藥草還至本處可有是事住世第一法時無有一法能障苦法忍使不現前譬如閻浮提有五大河一名恒伽二名夜摩那三名薩羅由四名阿夷羅跋提五名摩醯流趣大海乃至廣說問曰前喻後喻有何差別答曰無有差別所以者何欲因二喻以明一義令分明故復有說者前者以内法具爲喻後者以外法具爲喻復有說者前

喻爲止内留難法後喻爲止外留難法復有說者前喻爲止不如法事後喻爲顯如法事彼五河流趣大海無能制者無能遮者無能住者無能移者彼五大河流趣大海頗有人能遮住者不答曰無也若以神足呪術藥草使彼大河停住不流未足爲難無有一法能障世第一法使苦法忍不現在前造此經時在於東方此五大河在於東方故以爲喻復有四大河從阿耨達池出流趣大海一名恒伽二名辛頭三名博叉四名私陀彼恒伽河從金象口出遶阿耨達池一帀流趣東海彼辛頭河從銀牛口出亦遶大池一帀流趣南海彼博叉河從瑠璃馬口出遶大池一帀流趣西海彼私陀河從玻瓈師子口出遶大池一帀流趣北海彼恒伽河有四大河以爲眷

屬一夜摩那二薩羅由三阿夷羅跋提四名摩醯彼辛頭河亦有四大河以爲眷屬一名毗婆奢二名伊羅跋提三名奢多頭四名毗德多彼博叉河有四大河以爲眷屬一名婆那二名毗多羅尼三名多奢四名究仲婆彼私陀河亦有四大河以爲眷屬一名薩梨二名毗摩三名那提四名毗壽波婆此中惟說廣大有名字者然彼四河各有五百眷屬合有二千流趣大海頗有人能遮住者不答曰不能無有是處以分别故假使有人以神足呪術藥草能令彼河停住不流未足爲難無有一法能障世第一法使苦法忍不現在前復次世第一法與苦法忍作次第緣此文是根本義第一答所以者何彼世第一法生時能與苦法忍次第緣果若此法能與彼法次

第緣果者此法無有衆生若法若呪術藥草若佛若辟支佛若聲聞能作障礙使第二刹那不現在前者無有一法速於心者能於爾時爲作障礙使不能得正決定彼言無有一法速於心者即苦法忍相應心是也作義者說曰以何等故世第一法不當言退答曰或有說者根本牢固故彼行者修布施時悉以迴向解脫持戒不淨安般念處七處善暖頂忍亦迴向解脫是名根本牢固復有說者世第一法後次生見道無有退見道者彼亦不退復有說者世第一法後次生忍智無有退忍智者彼亦不退復有說者世第一法後乃至斷非想非非想處見道所斷結無有退非想非非想處見道所斷結者彼亦不退復有說者世第一法是勝進分善根無有退勝進分善根者暖法有三種退分住分勝進分頂亦有三種忍有二種住分勝進分世第一法有一種謂勝進分問曰此皆是達分善根何以說三性答曰名數異耳如定揵度說此善根有三種於此善根退者名退分不退不進名住分勝進者名勝進分彼說三種此說達分善根名數異耳復有說者此善根是一刹那無有退半刹那者問曰頗有二聖人同生一處於世第一法一成就一不成就耶答曰有一依初禪得正決定二依第二禪得正決定彼俱命終生二禪中彼依初禪得正決定則不成就所以者何以離地故失依二禪者彼則成就問曰頗二阿羅漢俱在欲界中於世第一法一成就一不成就耶答曰有一依初禪得正決定二依二禪得正決定彼俱命

終生二禪中陰中得阿羅漢果彼依初禪得正決定者則不成就所以者何以離地故失問曰頗有聖人不成就世第一法成就世第一法解脱得耶答曰有依初禪得正決定彼命終生二禪中以離地故不成就世第一法彼成就世第一法解脱得彼得以二禪所攝故若命終生三禪以上則不成就世第一法問曰頗有聖人不成就世第一法亦不成就解脱得耶答曰有依初禪得正決定彼若命終生第三禪以上則不成就世第一法及解脱得如經説諸比丘我不見一法速疾迴轉過於心者難以喻知乃至廣説問曰言速疾迴轉者爲於世耶爲於緣耶若於世者一切有爲法亦隨世速疾迴轉不但心也若於緣者諸心心數法受緣亦速疾迴轉不但心也答曰此中亦説世速疾迴轉亦説緣速疾迴轉謂一身中非謂一刹那也若一刹那言速疾迴轉者則有少分速疾迴轉少分不速疾迴轉亦無於緣速疾迴轉所以者何如説若法能緣彼法或時不緣無有是事是以説世之與緣速疾迴轉謂一身中非謂一刹那彼一身中或生善心或時染汚或時不隱沒無記或依眼生乃至依意生若緣色生乃至緣法生問曰若於世於緣名速疾迴轉者心心數法亦於世於緣速疾迴轉何以獨言心耶答曰或有説者此是世尊有餘之説亦是世尊爲化衆生簡略之説復有説者於心法中誰爲最勝所謂心也是以説心猶如王來餘人亦來以王勝故但言王來復有説者以因心故名爲心數是故説心以心大故數法亦

名大地是故說心復有說者若修證心通法時彼無礙道惟緣於心是故說心復有說者心是遠行法如說

獨行遠逝　不在此身　若能調伏　是世梵志

復有說者心爲尊導如說

心爲前導　心尊心使　中心念善　亦言亦行　安樂自追　如影隨形

或有說者心猶如王如說

第六增上王　此染彼亦染　無染而生染　染者名愚小

復有說者心名城主如說比丘當知言城主者即有漏識復有說者心是內法徧一切處能有所緣內者內入所攝徧者從阿毗地獄上至有頂能有所緣者緣一切法復有說者能起善不善尸羅如說善不善尸羅皆因心起復有說者心起惡法生惡道中心起善法生人天中如世尊言諸比丘都提夜子叔迦摩納婆以向如來生惡心故身壞命終如擲眞珠瑱當墮惡道比丘都提夜子叔迦摩納婆以向如來起善心故如擲眞珠瑱身壞命終當生善道復有說者此心爲主多所統攝如說此五情根各行境界心悉能行種種境界復有說者如心行於緣數法皆隨猶如雄魚其所往處雌魚皆隨復有說者心是數法所依之處復有說者心所依受身之處無不有心數法不爾有增有減復有說者若心不調伏不守護不淨修數法亦爾若心調伏守護淨修數法亦爾復有說者若心不伏數法不伏以不伏故流行色聲香味觸法若心折伏數法亦伏以折伏故不行色聲香味觸法

如漉水筩上開則漏上閉則止彼亦如是復有說者世尊先說心速疾迴轉當知餘有餘法亦速疾迴轉如經說我不見一法速疾迴轉過於心者難以喻知問曰如餘經說以猨猴爲喻今何故言難以喻知答曰或有說者此經難以喻知不言不以喻知所以者何非凡人能作不易作不過時作非無慧作非凡人作者惟佛能作不易作者用功能作不過時作者佛日出世爾時能作非無慧作者非麤心亂意之所能作又非凡作者能知善心起住滅相亦知出入及知方便如佛緣覺及諸弟子善於總相別相復有說者言難以喻知者喻若同若相似同者如說心速疾迴轉其猶如受此是心法經先巳說若非心法喻不相似復次難以喻知者不以少功而能得知復次難以喻知者如心速疾能有所緣彼喻亦爾而無有法與心等者猶如猨猴從一枝至一枝頃心想迴轉有百千剎那尊者波奢說曰世尊爲化衆生還以心喻心彼猨猴輕躁躁動皆心所爲問曰彼心可以一法爲定喻不答曰或有說者有誰能作惟佛能作但無能知者如佛化作一剎那以喻心而無知者是故比丘應善知心應善知心迴轉乃至廣說問曰善知心善知心迴轉有何差別答曰或有說者無有差別言善知心即是善知心迴轉復有說者有差別若觀心總相是名善知心觀心別相是名善知心迴轉復有說者若觀心是名善知心若觀數法是名善知心迴轉復有說者若觀心念處是名善知心若觀法念處是名善知心迴轉復有說者

若觀識陰是名善知心若觀餘陰是名善知心迴轉復有說者若觀意入是名善知心若觀餘入是名善知心迴轉復有說者若觀七識界是名善知心若觀餘界是名善知心迴轉復有說者若觀心自相是名善知心若觀心所緣行處是名善知心迴轉復有說者若觀識是名善知心若觀識住處是名善知心迴轉尊者波奢說曰若知有欲心是名善知心若知轉離欲心是名善知心迴轉如有欲心轉離欲心有瞋心轉離瞋心有癡心轉離癡心散亂心攝心懈怠心精進心有掉心無掉心少心多心有染心無染心定心不定心修心不修心解脫心不解脫心繫心不繫心當知亦如是尊者佛陀提婆說曰世尊言善知心迴轉者即是善知心異名說耳如定犍度說我弟子中善知心迴轉摩訶般特迦是也此即說心念處名善知心迴轉問曰頗住一剎那頃當得世第一法不當得所依緣耶當得所依緣不當得世第一法耶亦當得世第一法及所依緣耶亦不當得世第一法及所依緣耶答曰有應作四句若依未來禪當得正決定住增上忍一剎那頃當得世第一法不當得所依緣者除未至禪所攝世第一法現在前及所依緣謂諸餘未來世第一法也當得所依緣不當得世第一法者謂初禪二禪三禪四禪所攝世第一法所依緣也當得世第一法及所依緣者謂未來禪所攝世第一法現在前及所依緣也亦不當得世第一法及所依緣者謂初禪二禪三禪四禪所攝世第一法諸餘所依緣問曰頗住一剎那

頃當得世第一法緣有緣法耶當得緣無緣法耶當得緣有緣無緣法耶不當得緣有緣無緣法耶答曰有住增上忍應作四句初句者謂世第一法能緣心心數法也第二句者謂世第一法能緣色心不相應行也第三句者謂世第一法能緣心心數法色心不相應行也第四句者除上爾所事

彼作經者說世第一法凡作七論五是根本二因論生論五根本者從云何世第一法乃至根相應二因論生論者謂當言一心當言不退造毗婆沙者因此造論廣現多文

阿毗曇毗婆沙論卷第三

音釋

滓濁（滓壯仕切濁直角切滓濁澱淤也）雹（蒲角切雨冰也）阿摩勒果（梵語也果名勒歷德切）摩納婆（梵語也此云儒童納奴答切）濾（良倨切漉去滓也）篅（徒紅切斷竹也）躁（則到切急躁也）

阿毗曇毗婆沙論卷第四

迦旃延子造

北涼沙門浮陀跋摩共道泰譯

雜犍度世第一法品第一之四

云何頂法云何頂法退云何暖法乃至廣說問曰此中逆說凡夫所得法說世第一法已何以不次說忍耶答曰或有說者彼作經者意欲爾乃至廣說復有說者應說云何爲忍以何等故名忍當云何繫乃至廣說而不說者有何意耶答曰此是有餘之說簡略之義復有說者先已說忍而不彰顯如先說若後心心數法勝者前者則非世第一法爲是何耶答曰增上忍是名說忍復有說者若佛經說此中便說若經不說此中不說佛經無說忍處是故不說說曰如增一阿含中說若不成就六法則不能遠塵離垢得法眼淨云何爲六一不樂聞法二雖聞法不攝耳聽三不爲知解四所未得法不方便勤求五所得法不善守護六不成就順忍若成就六法則能遠塵離垢得法眼淨云何爲六喜樂聞法乃至成就順忍問曰彼經雖說順忍不說是順諦忍答曰順忍順諦忍有何差别因論生論以何等故忍言順諦忍暖頂不耶或有說者如說忍言順諦暖頂亦應說而不說者當知皆是有餘之說復有說者順者言隨順彼忍善隨順暖頂不爾復有說者暖法能止緣諦增上愚頂止中愚忍止下愚以止身中愚故生世第一法復有說者暖法能生緣諦下明頂生中明忍生上明以此身中有緣諦明故能生世第一法復有說者暖法於陰悅適頂

法於寶悅適忍法於諦悅適以觀聖諦身中悅適故能生世第一法復有說者忍於一切時與見道相似如見道一切時惟法念處現在前彼忍亦爾暖頂不爾所以者何先修法念處後增長三念處展轉現在前是故不相似也忍修習法念處惟增長法念處以與見道相似故名順諦忍暖頂不爾不名順諦復有說者忍法側近見道暖頂不爾復有說者忍法亦多相續亦一刹那現在前暖頂惟多相續現在前復有說者忍法惟一定意暖頂不爾復有說者忍法正觀不雜暖頂有雜或時起欲界善根復有說者忍法正觀不多不廣而能隨順趣向涅槃暖頂正觀亦多亦廣亦能隨順趣向涅槃此中應說轉買摩尼寶喻以如是等衆因緣故忍名順諦暖頂不得名順諦是暖頂及下中忍行十六行緣四眞諦增上忍行四行緣苦諦復有說者增上忍緣道諦問曰忍爲緣何法得正決定答曰或有說言緣於道諦問曰若然者云何不緣行倒錯耶若緣行倒錯云何不爲得正決定而作留難答曰假令緣行倒錯於正決定不作留難所以者何於此善根修習緣行先有徑路是以入聖道時於此緣行自在能用如見道中先起欲界忍智道次生有頂忍智道彼有頂忍智道後復還生欲界忍智道觀苦行後復生觀習行乃至廣說如此皆名緣行倒錯不以緣行倒錯便爲見道而作留難何以故以於見道修習緣行先有徑路故忍亦如是於得正決定不作留難諸作是說緣道諦增上忍後得正決定彼有三心應同一緣一

行所謂世第一法苦法忍苦法智二心應同一行不同一緣謂苦比忍苦比智二心同於一緣不同一行謂習法忍習法智評曰應作是說應緣苦諦增上忍後得正決定彼見道是猛健善根雖緣行倒錯於正決定而無留難彼忍是世俗有漏善根其性羸劣若緣行倒錯則與見道而作留難如實義者應觀苦增上忍後得正決定非先觀道忍後得正決定增上忍行苦行緣苦而忍方便道廣行十六行緣四眞諦彼行者正觀欲界苦觀色無色界苦欲界行集色無色界行集欲界行滅色無色界行滅斷欲界行道斷色無色界行道如是三十二心是名下忍行者後時漸漸減損行及緣復更正觀欲界苦色無色界苦乃至觀斷欲界行道除觀斷色無色界行道從是名中忍復更正觀欲界苦觀色無色界苦乃至觀色無色界行滅除滅一切道復更正觀欲界苦色無色界苦乃至觀欲界行滅除色無色界行滅復更正觀欲界苦乃至觀色無色界行集除一切滅復更正觀欲界苦乃至觀欲界行集除色無色界行集後更正觀欲界苦色無色界苦除一切集復更正觀欲界苦除色無色界苦復更正觀欲界苦常相續不斷不遠離如是觀時深生猒患復更減損但作二心觀於一行如似苦法忍苦法智如是正觀是名中忍彼復以一心觀欲界苦是名上忍後次生世第一法世第一法後次生苦法忍譬如有人欲從已國適於他國多有財寶及諸生業之具不能持去以此財物轉以易錢猶嫌其多不能持去以錢易金

猶嫌其多不能持去以金復易多價寶珠持此寶珠隨其所安往適他國如是行者乃至漸捨相續不離生於上忍忍後次生世第一法世第一法後次生苦法忍論言緣苦忍後得正決定彼四心頂同一行一緣所謂增上忍世第一法苦法忍苦法智二心同一行不同一緣所謂苦比忍苦比智二心同一緣不同一行所謂集法忍集法智是故如此說者好問曰世第一法爲有上中下不答曰無也不得一人心中有多人心中乃有如尊者舍利弗是上目連是中其餘聲聞是下性分亦有上中下佛爲上緣覺爲中聲聞爲下云何名頂以何等故名頂尊者瞿沙說曰有二種達分善根一是欲界所謂暖頂二是色界所謂忍及世第一法欲界中下者是名爲暖上者名頂色界中下者名爲忍上者名世第一法評曰彼不應作是說此盡是色界法是修法住定地法能行聖行法如是說者好問曰何以言頂法耶答曰色界善根有動者有不動者有住不住有難無難有斷不斷有退不退諸彼動者諸不住有難有斷有退者有二下者是煖上者是頂諸彼不動住無難不斷不退者有二下者是忍上者是世第一法復有說者應言下頂所以者何在下煖法頂故復有說者猶如山頂故名爲頂如山頂之道人不久住若無諸難必過此山到於彼山若遇諸難即便退還如是行者住頂無久住者若無諸難必到於忍若有諸難還退到煖是以猶如山頂故名爲頂復有說者勝於暖法故名爲頂云何爲頂歡喜於佛法僧生下小

信乃至廣說問曰何以故言此信爲下小耶答曰如尊者瞿沙說此暖頂二達分善根是欲界法故言下小復有說者此住不久停故故言下小復有說者此信當言異信何以故異於色界定地修地行聖行暖法故故名爲異於佛僧生下小信是緣道諦信於法生下小信是緣滅諦信問曰如頂能緣四諦此中何以唯說緣二諦信不說緣苦集信耶答曰或有說者此中說名義最勝法故於此四諦何者最勝所謂滅道何以故此二諦清淨無過故復有說者此二諦是妙是離復有說者此二諦能生信處復有說者此二諦有二義一可信二可求復有說者爲生受化者信樂心故若世尊說苦集是可敬信者則無受化者何以故彼受化者當作是念此是煩惱惡行邪見顛倒何可敬信而我等常爲此苦之所逼迫若世尊說滅道是可敬信彼受化者心生欣樂是故滅道最勝可信復有說者此滅道有可信敬事一樂觀在前二無心捨離復有說者信佛信僧說緣道信信法是緣三諦信若如是者則說盡緣四諦信也如說波羅延摩納婆等能於佛法僧生下小信是名頂法彼作經者引經爲證問曰如住頂時亦信陰亦信三寶亦信諦以何等故世尊爲摩納婆等但說信寶不說信陰諦耶答曰或有說者彼摩納婆等非不信苦集諦但不信三寶以不信故故佛爲說復有說者彼爲苦所困欲求離苦往詣佛所如偈說

爲苦所逼諸衆生　不知離苦來詣佛
願示法要除衆患　猶如熱時入涼池

如實能離苦者唯有滅道彼有二義可信一常樂觀二常喜求復有說者信佛說緣二諦信信僧說緣道諦信信法說緣滅諦信復有說者信佛說緣四諦信信僧說緣道諦信信法說緣三諦信復有說者三寶是生信敬處是以說之復有說者隨行者意悅適故是以說之若於陰生悅適是名爲煖於寶生悅適是名爲頂於諦生悅適是名爲忍問曰如頂體性是五陰何以世尊爲波羅延等以信名說爲諸新學比丘以慧名說答曰或有說者唯佛世尊決定明解法相亦知所應作事非餘所及應爲衆生而說何法即便說之復有說者以波羅延等未住所作地未入佛法中未得舍摩他未有漸次聞他天言生信來詣佛所爾時世尊因彼善根欲令增長故以信名說彼諸新學比丘與上相違故即慧名說復有說者隨他乏少爲饒益故如波羅延等乏少於信釋種比丘乏少於慧是以波羅延等說信以饒益之釋種比丘說慧饒益之復有說者爲止諂曲愚癡意故波羅延等雖復聰明乏少於信無信之慧能增長諂曲是故爲波羅延等說信止其諂曲新學比丘釋種出家雖少有信而乏於慧無慧之信增長愚心是故爲新學比丘說慧止其愚心復有說者世尊說法受化者二種有利根有鈍根爲利根者說信爲鈍根者說慧以波羅延等利根故說信新學比丘等鈍根故說慧如利根鈍根内因力外緣力内分力外分力内正觀思惟增益外從他聞法内增益無愚無貪如不修損身見聚處不損身見聚處當知亦如

是云何頂法退乃至廣說問曰以何等故說頂有退不說暖退答曰或有說者如說頂退亦應說暖退而不說者當知皆是有餘之說復有說者行者在頂之時多諸留難有三時諸煩惱業多諸留難如從頂至忍爾時惡道諸煩惱業多作留難所以者何彼諸煩惱而作是念若彼行者已到於忍我復於誰身中當生果報離欲界欲時彼欲界諸煩惱業多作留難所以者何諸煩惱業而作是念若彼行者出於欲界我復於誰身中生於果報離非想非非想處欲時受未來有諸煩惱業多作留難所以者何諸煩惱業而作是念若彼行者離彼欲已更不受身我復於誰身中生於果報行者於此三時多諸留難是故說頂有退不說暖退復有說者行者爾時生大憂惱猶如有人見珍寶藏見已歡喜作是思惟我今永斷貧窮根本後欲取時忽然還滅彼人爾時於此寶藏生大憂惱如是行者住頂法時自念不久當得於忍永斷惡道心生歡喜後便還退生大憂惱復有說者若說頂有退當知亦說暖有退復有說者以頂法不久住故是以有退復有說者欲得忍時大獲重利猶如聖人不墮惡道得忍之時亦復如是如沙門二十億九十一劫不墮惡道與上相違名失重利云何頂退答曰猶如有人親近善知識從其聞法乃至廣說何以復作此論答曰前雖說頂體相未說云何得頂云何失頂今欲說之故作此論猶如有人親近善知識者說親近善友從其聞法者聽隨順方便法內正觀思惟者自身修行正行信佛菩提

信善説法信僧清淨功德是説信寶説色無
常乃至説識無常是説信陰知有苦集滅道
是説信諦彼於餘時不親近善知識者親近
惡友不從他聞法者不聽隨順方便法不正
觀思惟者自身行邪行失此信法是名頂退
問曰頂退體相爲是何耶答曰是不成就性
不隱沒無記心不相應行行陰所攝復有説
者是不信體性所以者何有信便得無信便
失復有説者以何使纏而退頂法即彼使纏
性如是説者亦是染汚性復有説者若法隨
順退法即是其性若然者一切諸法盡是退
性何以故一切諸法與威勢縁故尊者佛陀
提婆説曰無所有性是退性强生分別無有
相對彼善根和集名頂善根離散名退復有
何性猶如有人多諸財物他人劫去後便貧

窮人問之言汝今貧窮爲是何性彼人答言
我本有財他人劫去今唯貧窮當有何性又
如有人衣裂他人問言汝今衣裂爲是何性
彼人答曰衣本完堅今者破裂更有何性又
如有人身本著衣人奪其去他人問言汝今
倮形無衣爲是何性彼人答言我本著衣他
人奪去今者倮形無衣當有何性如是行者
善根和集之時名之爲頂後若離散名之爲
退當有何性是故無所有性是名退性評曰
不應作是説如前説者好頂退是不成就性
不隱沒無記心不相應行行陰所攝問曰如
説信佛菩提是名信佛乃至廣説以何等故
世尊或説信寶或説信陰或説信諦答曰或
有説者佛於法明了乃至廣説復有説者隨
衆生愚處佛隨其所愚而解説之復有説者

受佛化者有三種一多疑心二深著於我三爲見所覆爲疑者說實爲深著我者說陰爲見所覆者說諦云何暖法乃至廣說以何等故名暖答曰或有說者智緣境界能生於暖燒煩惱薪猶如火鑽上下相依生火燒薪復有說者以有智知有能生暖智令有萎悴猶如夏時聚華爲積華生暖氣還自萎悴復有說者生依陰在陰智火還燒於陰猶如兩竹相磨生火還燒竹林尊者瞿沙說曰求解脫智火彼最在初如火以煙在初爲相無漏智火亦以暖法在先爲相如日明相在初爲相無漏智日亦以暖在初爲相是故名暖云何爲暖於正法毗尼中生信愛敬乃至廣說問曰若然者說於正法毗尼中生信愛敬盡得暖耶答曰不然何以故暖者乃是色界修地定地能行聖行所攝於正法毗尼中生信愛敬者也彼正法者說緣道諦信毗尼者說緣滅諦信問曰暖能緣四諦何以但說緣滅道諦信答曰或有說者滅道於諦中最勝故應如先頂中廣答復有說者滅道是可歸依處是以故說復有說者正法說緣三諦信毗尼說緣滅諦信是亦名暖能緣四諦彼作經者引經爲證如說佛告馬師滿宿比丘我有四句法當爲汝說爲欲知不當恣汝意彼二人言我等今者便爲非器何用知爲乃至廣說問曰佛深知彼人不堪受法何故告言當恣汝意答曰或有說者人謂彼人無教化者所以造作衆惡而自毀壞是以如來舉手語言我所應作今已作之而汝自行邪行以自毀壞非我不教化之過復有說者爲止外道誹

謗故所以告言當恣汝意若當如來不告彼者諸外道等當作是謗云何大悲於弟子衆有隨順者說法敎化不隨順者不說法教化若當如來告彼人者諸外道等不生誹謗復有說者爲止諸釋不信心故若當如來不告彼者爾時諸釋生不信心云何悉達不爲親族說法教化心懷嫉妬將處彼人共已相似若其如來告彼人者諸釋爾時便更不生不信之心復有說者彼人自行邪行如來以彼即爲證人而語之言汝本在家及今出家自行邪行非是我過爾時如來即以軟語面前責數是故告言當恣汝意復有說者爲生彼人將來善根故佛知彼人而今雖復不能受化將來必生追悔善根所以者何彼人作是念彼大悲者恣我意而我不受非如來過能生如此追悔善根以此緣故必出惡道復有說者佛知彼人於此命終必生龍中受大苦痛便作是念我本從何來生此間自知本在佛法出家次作是念無化我者我今應往作不利益事破壞佛塔及諸精舍殺諸比丘當於爾時佛神力故有如來像當立其前而告之言馬師滿宿我有四句之法汝欲知不當知今苦是汝等過非我咎也我應作者皆已作之而汝今者自爲邪行欲止彼龍瞋恚纏故今守護佛法是以告言當恣汝意問曰云何名四句法答曰或有說者是四諦法何以故彼二人以不見諦故造斯惡行復有說者四念處是何以故彼二人以顚倒故造斯惡行復有說者四正勤是何以故彼二人者多懈怠故造斯惡行復有說者四如意足是何

以故彼二人者不能積集諸善故造斯惡行復有說者四聖種是何以故彼二人者貪著利養故造斯惡行復有說者四沙門果是何以故彼二人者實不得沙門而言我得四沙門果故造斯惡行復有說者四善是一善知界二善知入三善知緣起四善知處非處也何以故彼二人者愚於因果故造斯惡行復有說者如雜阿含中說偈

賢聖法中善言最　二常愛言遠不愛
三常實語離虛妄　四常法言遠非法

是名爲四復有說者如增一阿含所說無貪無恚正念正定是名爲四彼作是言我今何用知是法爲世尊告言汝愚癡人遠離我法乃至無有少許暖法問曰彼二人者何以作如是說我今何用知是法爲答曰或有說者彼人自知非是法器趣向善道猶爲非器況趣涅槃當是器也復有說者諸邪惡行在彼身中數數犯禁自知此身非是法器瓦石可令生牙我今此身終不能生解脫法分復有說者彼人已作決定業故復有說者彼人已近報果法故彼人惡道報相已現在前乃至十指水流而出復有說者佛記彼人當成辟支佛菩提彼作是念何煩如來爲我說法我於現世終不能得入正決定以是等衆因緣故彼作是言我今何用知是法爲世尊告言遠離我法愚癡人於我正法毗尼中乃至無有少許暖法問曰有衆多毗尼有時毗尼有方毗尼有種性毗尼有家法毗尼有罰罪毗尼有犯毗尼有明毗尼有聖毗尼有欲瞋癡毗尼此中爲說何者毗尼耶答曰或有說者此中說聖毗尼復有說者此中說欲瞋癡毗

尼問曰諸不得暖法一切皆與馬師滿宿同耶答曰不一切也衆生凡有三種一有期心二除期心三斷期心有期心者清淨持戒者是也除期心者所作已辦阿羅漢是也斷期心者犯戒者是也以彼無有期心無除期心但有斷期心是以世尊而呵責之其餘衆生斷期心者亦與彼同如說乃至無有少許暖法問曰此暖善根最勝微妙住寂靜地今何以言少耶答曰以於達分善根中最是微小故言爲少復有說者以是見聚善根後邊生故故言少許（見聚善根者謂安般不淨四念處也）此四種善根所謂暖法頂法忍法世第一法名爲達分亦名觀諦亦名修治亦名善根言達分者無漏聖道是達此善根隨順彼法羽翼彼法是彼法性分故言達分觀諦者以無常等行觀諦察諦故名觀諦修治者爲求聖道及果修治此身除去穢惡欲爲法器猶如農夫爲求子實修治田地除去惡草彼亦如是故名修治言善根者聖道言善涅槃言果此諸法等是彼初基始立之本故名善根問曰此暖等善根有何差別答曰暖法能止緣諦增上愚乃至能止身中愚故生世第一法復有說者暖法能生緣諦下明乃至身中有緣諦明故生世第一法復次暖法能生緣諦下信頂法生中信忍法生上信以身中有此信故能生世第一法復次暖法於陰悅適乃至身中悅適故生世第一法復有說者暖是念處所入處頂是暖法所入處忍是頂法所入處世第一法是忍所入處如是次第無間亦如是尊者瞿沙說曰此善根二是欲界所謂暖頂二是

色界所謂忍世第一法評曰不應作是說此是色界定地修地能行聖行所攝法如是說者好問曰暖法有幾種乃至世第一法有幾種答曰或有說者暖法有三種謂下下下中下上頂法有三種中下中中中上忍有二種上下上中世第一法有一種謂上上此四善根以三言之暖是下頂是中忍世第一法是上復有說者暖有二種謂下下下中頂有三種謂下上中下中中忍法有三種謂中上上下上中世第一法有一種謂上上此善根以三言之暖是下頂是下中忍是中上世第一法是上尊者瞿沙說曰暖有三種下下下中下上頂有六種下下乃至中上忍有八種下下乃至上中世第一法一種謂上上若以三言之暖法一種謂是下頂有二種謂下中忍有三種謂下中上世第一法有一種謂上得暖法亦捨捨有二種離界地時及退時捨退時捨者作無間業能斷善根亦墮惡道復有何善利已爲涅槃作決定因如吞鉤餌法得頂法亦捨捨有二種離界地時及退時捨退時捨者作無間業亦墮惡道復有何善利更不斷善根若然者提婆達多不得頂法耶如偈說

無德受供養　是名爲凡心　有善皆忘失
是名爲頂退

此偈當云何通答曰此說得退復有說善者世尊如頂彼以惡心向佛墮於惡道故言頂墮得忍亦捨捨有一種離界地時捨彼善根無退不作無間業不斷善根復有何善利不墮惡道得世第一法亦捨捨有一種離界地

時捨不退所以者何此善根性是不退不作無間業不斷善根不墮惡道復有何善利彼次第得正決定復有說者得暖法亦捨捨有二種離地界時及退時退時捨者作無間業亦墮惡道復有何善利惟不斷善根若然者提婆達多不得暖法何以故彼斷善根故得頂法亦捨捨有二種離地界時及退時退時捨者墮惡道復有何善利不作無間業不斷善根得忍亦捨捨有一種離界地時彼善根無退不作無間業不斷善根不墮惡道復有何善利不染著我問曰若然者尸利掘多安仇利摩羅薩遮尼犍子便爲不得忍何以故染著我故答曰彼不染著我以論義故言有我耳問曰彼與如來競諍論我云何乃言不染著我耶答曰彼以不斷我見暫現在前非染著也世第一法得亦捨離界地時捨餘如先說西方人作此論言暖善根有何意趣爲何所依有何因緣何法有何果有何依有何報有何善利爲行幾行爲緣名生爲緣義起爲是聞慧爲是思慧爲是修慧爲欲界繫爲色無色界繫爲有覺有觀爲無覺有觀爲無覺無觀爲樂根相應爲喜捨根相應爲一心爲衆多心爲退爲不退乃至世第一法亦如是問曰暖有何意趣答曰所有布施持戒乃至上忍善根盡以迴向解脫是其意趣爲何所依者依色界定起有何因者於自地前生善根是相似因緣何法者緣四眞諦有何果者頂近於暖是功用果有何依者自地相似後生善法是其依果有何報者謂色界五陰有何善利者或有說者是涅槃決定因復有

說者不斷善根爲行幾行者行十六行爲緣
名生爲緣義生者當言緣義生爲是聞思修
慧者當言是修慧欲色無色界繫者當言色
界繫有覺有觀無覺有觀無覺無觀者當言
三行爲何根相應者當言三隨所應說爲一
心爲衆多心者當言多心爲退不退者當言
退忍於頂近者是功用果頂有何善利或有
說者不斷善根或有說者不作無間業餘如
暖說世第一法於忍近者爲功用果忍有何
善利有此善利不墮惡道復有說者不染著
我亦不退其餘如頂世第一法緣苦苦法忍
是功用果世第一法有何善利次第得正決
定行四行當言一心不退其餘如忍生暖法
時若苦集道諦現在一法念處未來修四念
處現在行一行未來修四行取其同性非不
同性若緣滅諦現在一法念處未來修一法
念處現在一行未來四行增長暖法以下增
長中以中增長上時若緣苦集道諦現在四
念處展轉現在前未來四現在一行未來十
六若緣滅諦現在法念處未來四現在一行
未來十六問曰以何等故生暖法時未來同
性者修非不同性增長暖時未來同性不同
性修答曰生時以行觀諦未曾得彼種而得
增長時以行觀諦已曾得彼種而得是以具
修初生頂時緣苦集滅道現在一法念處未
來四現在一行未來十六增長時下增長中
中增長上若緣苦集道諦四念處展轉現在
前未來四現在一行未來十六若緣滅諦現
在一法念處未來四現在一行未來十六初
生忍及增長時現在一法念處未來四現在

一行未來十六尊者瞿沙說曰初忍時若緣苦集道諦現在一法念處未來四現在一行未來四同性修不異性若緣滅諦現在一法念處未來亦一法念處現在一行未來四同性修不異性若增長時緣苦集道諦四念處展轉現在前未來四現在一行未來十六若緣滅諦現在一法念處未來四現在一行未來十六評曰彼不應作是說如前說者好

阿毗曇毗婆沙論卷第四

音釋

萎悴（萎於爲切枯也悴秦醉切憔悴也）　積（子智切聚也）　餌（忍止切）

阿毗曇毗婆沙論卷第五

迦旃延子造　北涼沙門浮陀跋摩共道泰譯

雜揵度世第一法品第一之五

問曰以何等故忍一切時法念處現在前耶答曰如見諦道一切時法念處現在前忍亦相似問曰如增長忍時盡修十六行耶答曰不也如漸除所緣行亦如是若緣四諦有十六行若緣三諦有十二行若緣二諦有八行若緣一諦有四行通一忍生勢則有十六問曰以何等故增長忍時或十六或十二或八或四行修答曰漸除所緣漸除所行轉近得正決定是以或時修十六行乃至四行生世第一法時現在一法念處未來四現在一行未來四問曰如世第一法曾得彼種以行觀諦何以故同性行修不異性耶答曰隨彼所得即此法修如人倮形無衣可奪彼亦如是復有説者世第一法最近見道如見道中不修餘行唯修同性世第一法亦復如是問曰若生暖乃至忍時爲常相續爲不相續答曰或有説者言常相續緣於四諦如見道中十五心常相續現在前彼暖法生時常相續緣四眞諦復有説者此義不定或相續或不相續或有暖緣苦而止者或緣集滅道而止者問曰爲正觀思惟何法次能生暖耶答曰是色界修地定地心有猒離有惡賤有渴仰有不隨順生勢不樂有如此正思惟時次能生暖暖次生頂頂次生忍忍次生世第一法世第一法次得正決定問曰若離欲者可爾不離欲者云何答曰不離欲者彼亦可爾有欲界思慧正觀思惟緣苦行苦行次第生暖法

餘如上說問曰諸前身生暖法未生頂法彼便命終於此生中欲生頂法爲即生頂法爲還起暖法耶答曰或有說者若從師順次聞頂法即從頂去若師不爲說還從根本起問曰若然者何以言暖次生頂頂次生忍忍次生世第一法答曰作如是說者謂一身中次第生者若前身中曾得暖法從根本起者也問曰若前身曾得暖法於此生中欲生頂法作何正觀思惟答曰如暖正觀思惟頂亦復爾如生頂生忍亦爾問曰若生暖法爲離欲不答曰或有說者不爲離欲所以者何彼行者愛樂寧生頂法不起有頂中忍復有說者若彼行者自知有力能生頂者即便生頂自知無力不能生頂欲得離欲所以者何若得離欲我生處轉勝問曰若依根本地生達分

善根爲有退不答曰或有說者暖頂有退忍則不退何以故此善根是不退法故評曰彼不應作是說何以故若依根本地生達分善根者即於現身得正決定何以故此諸善根盡爲生聖道故若依未至此則不定問曰若依未至禪生暖法亦生頂忍世第一法得正決定耶答曰或有說者若依未至禪生暖法乃至生世第一法得正決定初禪乃至第四禪亦如是復有說者若依未至禪生暖法次生初禪暖頂忍世第一法得正決定禪中間二禪三禪四禪亦如是復有說者若依未至禪生於暖頂次生初禪頂忍世第一法得正決定禪中間二禪三禪四禪亦如是復有說者若依未至禪生暖頂忍次生初禪忍生世第一法得正決定乃至第四禪亦如是此則

說聲聞次第決問曰菩薩云何答曰菩薩依第四禪生暖法乃至生世第一法得正決定復有說者菩薩依初禪生暖法頂法忍法二禪三禪亦如是第四禪中生暖頂忍世第一法得正決定問曰如達分善根中不應次生下上不應次生中下云何菩薩而能生耶答曰自地不能他地則能復有說者欲離如是過當作是說若依初禪生暖法乃至第四禪若依初禪生頂法乃至第四禪若依初禪生忍法乃至第四禪次生世第一法得正決定評曰不應作是說如前說者好所以者何一切菩薩盡依第四禪生暖法乃至生世第一法得正決定故問曰辟支佛復云何答曰辟支佛獨出世者當知如佛若衆多出世者此則不定與聲聞同如渴伽獸獨生一角彼亦如是獨出世者當知如佛問曰菩薩前身爲曾生達分善根不耶答曰或有說者曾生爲障惡道故菩薩九十一劫不墮惡道者是達分善根之力此是他性達分善根非是己性評曰不應作是說應作是說菩薩不曾生達分善根所以者何一切菩薩所有善根不經歷世菩提樹下一結跏趺坐生不淨觀乃至盡智問曰菩薩九十一劫不墮惡道此豈非忍力耶答曰不必以達分善根能障惡道或以施力或以戒力或以不淨或以安般或以聞慧或以思慧或以暖頂後乃以忍尊者佛陀提婆說曰障於惡道非不因知緣起法其義云何彼作是說覺知緣起法即是無漏道非無漏道力不能障惡道評曰不應作是說如先說者好所以者何菩薩若行布施亦以

戒以慧若行戒時亦以施以慧若行慧時亦以施以戒以是因緣能障那由他惡道況十處惡道耶聲聞辟支佛所有暖頂菩薩盡能起以障惡道惟不起忍所以者何忍與惡道相妨菩薩於三阿僧祇劫在生死中以願力故生惡道中以中應說魚因緣喻復有說者起聲聞辟支佛忍以障惡道不起菩薩忍所以者何於得道身大玄遠故求辟支佛人以生辟支佛忍不能生佛種忍以近辟支佛道故復有說者求辟支佛人能起佛種忍評曰不應作是說應作是說求辟支佛人不能起佛種忍問曰得忍凡夫命終時爲捨忍不若捨者何故不生惡道若捨者何故凡夫捨聖人不捨若不捨者行犍度四大犍度何故不說耶如說若成就身彼成就身業乃至廣說

答曰或有說者捨問曰若捨者何以不生惡道答曰或有說者彼善根勢力能爾雖捨不墮惡道自有善根雖成就不障惡道況不成就所謂生處得善自有善根雖不成就能障惡道況復成就所謂忍也是故彼善根勢力能障惡道復有說者彼善根勢力能令身中墮惡道煩惱業極令遠離於此身中更不復行若其不行何由得墮惡道耶如人秋時服於下藥藥亦不住彼人身中或有與病俱出或身中自消而能除去病患永使不起如是彼善根勢力令墮惡道諸煩惱業永更不起復有說者此善根曾在彼身中如師子住處在彼身中雖不成就熏著之力能令惡道諸煩惱業更不復行況墮惡道猶如師子所住之處師子若行不在其餘小獸無能到者何

況在時復有說者彼善根住此身中猶如舊住諸惡道煩惱業住此身中其猶如客舊住力强客則不如復有說者行者有二種期心一者期心遠離諸惡二者期心深著善法以有此二期心故不墮惡道是故尊者瞿沙說彼行者有如是期心有如是欲如是忍如是可如是意如是敬如是愛如是樂復有說者彼惡道已得非數緣滅諸法已得非數緣滅終不現前復有說者彼行者墮法兩駛流河中不容作餘惡道之業是以不墮惡道復有說者依倚聖道故彼行者依倚聖道使此身中惡道煩惱業不現在前況墮惡道猶如有人畏於怨家依倚於王而彼怨家猶尚不能正面視之何況加害復有說者彼行者以此善根於自身中以守護聖道所住處故猶如王人先守護王所住之地一切人民不敢復住復有說者彼善根決定作人天處故若作決定處業必生彼處猶如貴勝之坐處所已定不應復更坐於餘座如是彼善根所住處定亦復如是復有說者彼行者以正方便令彼惡道諸煩惱業更不復行何況生於惡道復有說者彼行者見惡行過患見善行利益是故不作惡行墮惡道中復有說者有善好期心在此身中不作惡行墮惡道中復有說者以心柔軟故隨順趣涅槃故以信根深牢固故是以不作惡行墮於惡道問曰若捨者何以凡夫捨聖人不捨耶答曰彼凡夫人無聖道對治力以自持御雖有對治道以自持御此道羸劣不堅固久住是以命終時捨聖人身中有無漏對治道以自持御彼以無漏

定力牢固久住是以命終時不捨此中應說合衆彩喻復有說者不捨問曰若不捨者業揵度四大揵度何以不說耶答曰或有說者彼中應說而不說者當知此義是有餘之說復有說者彼業揵度中亦說在第三句中說聖人在胎是也聖人有二種有名數聖人實義聖人得達分善根者謂名數聖人得正決定者謂實義聖人是故彼亦說之若人有一出家之心猶得名爲聖弟子何況得達分善根者也復有說者或有捨者有不捨者誰不捨耶於此善根常勤方便故作方便一切時作方便善受持善修習者不捨與上相違捨如先所聞若於善根常勤方便乃至善修習者雖經生死而常不捨如彌多羅達子初生之時便作是言結有二種乃至廣說如先所聞若於善根不勤方便乃至不善修習於此身中雖得速捨如是當知有捨不捨評曰如實義者凡夫人依彼地生達分善根猶有捨者何況生於他地問曰達分善根言得報所謂色界五陰爲作彼身初業不答曰或有說者不作初業所以者何彼似無漏道憎惡受生故餘業作初業彼達分善根惟作滿業然後受報復有說者亦作初業得身報妙好隨順行道此暖等善根有七十三種其事云何欲界有十種所謂一具縛凡夫二除一品結乃至九品盡者初禪有九或有除一品結乃至九品初禪無具縛人即欲界說故如是乃至無所有處有九種頂忍世第一法亦如是問曰具縛凡夫所得暖法除一品結乃至九品爲一種耶答曰不也具縛凡夫異除一品

結異乃至九品異問曰若退暖法還生暖法爲本得得不答曰不也所以者何彼不數數得用功而得不前後相似故如捨波羅提木叉戒後更受非本得得彼亦如是如暖頂亦爾問曰增長暖時暖增長已還起初者不答曰不也所以者何得勝進善根前所得者無可欣尚頂忍亦如是問曰爲於何處生此善根耶答曰欲界人中謂三天下非欝單越問曰欲界六天不能生耶答曰不能初生已曾生者能起現在前所以者何若有好身亦有隨順猒患正觀彼處則能生暖此三天下具有此二問曰若有好身則諸天勝人若取隨順猒患正觀則惡道勝答曰如先說俱有者能天與惡道不俱有故是以不能問曰暖法亦依男身亦依女身若依女身得於暖法復得自身中男子所依暖法耶答曰得如是當知頂忍亦爾問曰若依男身得於暖法復得自身中女人所依暖法耶答曰不得頂忍亦如是黄門般吒無形二形不能生暖等四善方便法慧有三種聞慧思慧修慧答曰或有師略說十八界十二入五陰復有善誦修多羅毗尼阿毗曇生猒惱心彼作是說三藏所說要者惟是十八界十二入五陰彼即觀察界觀察界已復作三種所謂名體性總相名者謂眼界乃至法界體性者謂別相總相者謂無常苦空無我如是觀時修習此智轉得定意於此界中生猒惱想復略界觀十二入眼界即是眼入乃至觸界即是觸入七識界即是意入法界即是法入又略入觀陰彼觀十色入及法入中造色即是色陰意入即是

識陰法入即是三陰又略陰即是四念處色陰即是身念處受陰即是受念處識陰即是心念處想陰行陰即是法念處又略陰觀諦諸五陰果是苦諦諸五陰因是集諦五陰滅是滅諦學無學法是道諦彼諦復作三種名體性總相名者謂是苦乃至道體性者謂別相別相者逼迫行義是苦義乃至出要行義是道義總相者苦有四行無常苦空無我集有四行因集有緣滅有四行滅止妙離道有四行道如迹乘彼修習此智轉得定意時如見彼諦時彼亦次第觀別欲界苦作異相別色無色界苦乃至別斷欲界行道亦別乃至色無色界行道當於爾時觀諦猶如觀氎外物作如是觀時是名聞慧滿足如是展轉修習次生思慧轉進修習次生修慧能行聖行

如是觀時是名暖法如是展轉增長次生頂頂次生忍忍次生世第一法次生苦法忍斷見苦所斷十使次第生苦法智如是次第生道比智得須陀洹果次第乃至生盡智是名諸善根生次第生法善根有三種一福分善根二解脱分善根三達分善根福分善根者謂能作生天種子若在人中生豪貴家有大威勢多饒財寶眷屬成就顏貌端嚴能作轉輪聖王帝釋魔王梵王種子解脱分善根者謂能作解脱種子決定不退因必至涅槃達分善根者謂暖法乃至世第一法問曰解脱分善根於何處種耶答曰於欲界中非色界欲界中人道非餘道人道中在三天下非欝單越佛出世時非無佛時復有說者若無佛時遇辟支佛亦種解脱分善根體性是何答

曰若身業口業意業但意業偏多爲是五識身爲是意地答曰是意地非五識身爲是方便善爲是生得善答曰亦是方便善亦是生得善爲是聞慧爲是思慧爲是修慧答曰是聞慧思慧非修慧爲以何事種此善根答曰或以布施或以持戒或以多聞而不必定所以者何有人以一摶食施能種解脫分善根自有能作長齋般遮于瑟而不能種解脫分善根或有持一日齋能種解脫分善根自有終身持戒而不能種解脫分善根或有誦持一偈能種解脫分善根自有善通三藏文義而不能種解脫分善根是故不定何以故或有種者有不種者若以此事迴向解脫涅槃欲求離生死有如是勇猛心者是則能種若不爲迴向解脫涅槃求離生死雖多布施終身持戒廣學多聞而不能種解脫分善根有近有遠近者前身中種此身成熟來身解脫遠者曾種解脫分善根經那由他世受身而不能生達分善根聲聞所得解脫分善根可迴向趣辟支佛辟支佛所得解脫分善根亦可迴向趣佛佛所種解脫分善根不可迴轉問曰有生滅觀彼以何爲方便耶答曰彼行者見春時草木青色如紺瑠璃見河駛流浮沫著岸見已作是思惟此諸外法今已復生若入城邑聚落見諸男女歌舞戲笑而問之言何以故爾答言此中生男生女彼復思惟如此內法今已復生彼行者於後秋時見諸草木爲秋日所曝冷風所吹被諸霜露枝葉零落河水枯涸彼復思惟如此外法今已復滅若入城邑聚落見諸男女亂髮舉手號咷

啼哭而問之言何以故爾答言此中男女死喪彼復思惟此中内法今已復滅彼行者深見如此相已還所住處自觀己身有少壯老無常之相次第觀於歲月日時晝夜相續是名方便於此諸時展轉除滅乃至觀陰二刹那一生一滅是名生滅觀滿足問曰此生滅觀爲虚想觀爲實觀耶若是虚想觀者此偈云何通如說

若有知見能盡漏　若無知見云何盡
若能觀陰生滅者　是則解脱煩惱心

非以虚想觀能斷煩惱若當非實觀者應見諸行有來去相而諸行實無來去或有作論者說是虚想觀問曰若爾者此偈云何通答曰有轉轉因故是以說彼轉轉相生猶子孫法其事云何虚想觀能生實想觀實想觀能斷煩惱是故說轉轉因如子孫法復有說者是實想觀問曰若然者諸行無來去然彼行者見於來去答曰若生滅觀未滿足時便見諸行有來去相若其滿足見諸行無來去相猶如小兒弄於獨樂旋速則見如住旋遲則見來去陶家輪喻亦復如是問曰爲以一心見生滅爲二心一見生一見滅耶若以一心見生滅者云何一心而有二處若有二處破一心義復云何見爲以見生生時復見滅耶見滅滅時復見生耶若見生生時唯見生者是則爲正若見生生時復見滅者是則爲邪若見滅滅時唯見滅者是則爲正若見滅滅時復見生者是則爲邪若當一心見生一心見滅者則無生滅觀答曰應作是說一心見生一心見滅問曰若然者則無生滅觀答曰

此說通一生中相續生滅觀耳非謂一剎那也此二十種身見幾是我見幾是我所見乃至廣說問曰何故作此論答曰世尊經中處處說二十種身見而不廣分別惟尊者舍利弗經中一處分別彼雖分別而不說此二十種身見幾是我見幾是我所見因彼諸經不分別故今欲分別故作此論復次毗婆闍婆提作是說身見無所緣如身見緣我實義中無我彼何所緣如人見繩謂是虵見杌謂是人爲止彼人如是意故亦欲顯身見有所緣故身見緣五陰但所見事異非無所緣如彼人喻見繩謂是虵見杌謂是人此亦所見事異非無所緣是故爲止異人意欲顯已義亦欲示決定法相故而作此論問曰此二十種身見幾是我見幾是我所見答曰五種是我見十五種是我所見問曰若我見有五我所見亦應有五何故說十五我所見耶答曰緣行故說五我見具故說十五我所見所以者何此十五我所見以具故生應說一我見所謂五見中我見應說二如我見我所見應說三謂欲界色無色界我見應說六如欲界中有我見我所見色無色界亦爾應說九如欲界地我見乃至非想非非想地我見應說十八如欲界地我見我所見乃至非想非非想地我見我所見如分別行緣陰應說二十不分別所起處見色是我色異我色屬我我在色中如色四種受想行識亦如是如是五四則有二十以行緣分別十二入則有四十八不分別所起處如見眼入是我眼入異我眼入屬我我在眼入中如眼入有四乃至法入

亦有四如是十二四則有四十八以行緣分別界則有七十二不分別所起處如眼界是我眼界異我眼界屬我我在眼界中如眼界有四乃至法界亦有四如是十八四則有七十二若分別緣陰分別所起處則有六十五如說色是我受是我瓔珞受是我僮僕受是我器如受有三想行識亦三如是四三有十二及色有十三如是五種十三則有六十五若分別緣入分別所起處則有四百八眼入是我色入是我瓔珞是我僮僕是我器如眼入有三十四乃至法入亦有三十四十二種三十四則有四百八若分別緣界分別所起處則有九百三十六眼界是我色界是我瓔珞是我僮僕是我器如眼界有五十二乃至法界有五十二十八種五十二則有九百三十六如是種種身諸刹那相續則有無量我見我所見此處分別行緣陰不分別所起處則有二十問曰以何等故此身見言種答曰此二十種身見各有差別故言種問曰以何等故因陰說二十我見非因界入答曰或有說者彼作經者有如是意如是欲如是可隨彼意作經不違法相復有說者爲現初起初方便入法如因陰說見因界入亦應如是說而不說者當知此義是有餘之說復有說者此陰說見者正佛經所說佛經因陰說二十種我見彼作經者亦依佛經作論說二十種我見問曰置作經者以何等故世尊因陰說二十種我見答曰爲化衆生故佛因陰說二十種我見若受化者應聞界入而得度者世尊亦因界入說於我見以不應聞是故不說

復有説者諸見生時多依於陰少依界入是
故世尊因陰説見不因界入色是我者云何
爲色諸所有色盡四大四大所造定諸所有
有二種有盡諸所有有不盡諸所有言不盡
者如求糟糠等少物有亦名諸所有言盡者
如求一切物及糟糠等亦諸所有此中唯説
盡諸所有色問曰如我見是自界緣非他界
緣彼云何能見一切色是我答曰諸是彼所
行是彼境界者計以爲我非一切色也色異
我者云何色異我於此四陰展轉計異於我
彼作是念此色是我有如人有財名爲有財
色屬我者云何色屬我於此四陰展轉計屬
我如人有僮僕言僮僕屬我色中我者云何
色中我於此四陰展轉計是色中我彼作是
念色是我器如油在麻中膩在摶中如酥在
酪中如刀在鞘中蛇在篋中如血在身中問
曰如受是我色是具可爾色麤受細故如説
色是我受是具云何見麤色入細受中尊者
波奢説曰不應責盲人墮坑亦不應問無明
者愚復有説者彼見色是我受是具者彼人
見受麤色細是以見色住於受中尊者和須
蜜説曰此四大身中盡能覺觸有所觸處則
能生受以受處處生故言色裹在受中尊者
佛陀提婆説曰彼見受徧在身中從足至頭
無不有受處然計色是我不徧在身是故彼
見色住在受中問曰以何等故我見説二十
種其餘諸見不説耶答曰或有説者彼作經
者意欲爾乃至廣説復有説者此爲現初起
初方便初入法如説身見有二十種戒取應
有四十種邪見見取應各有八十種應説而

不說者此義是有餘之說復有說者爲對治我見故佛說十種空十種空者所謂內空外空內外空有爲空無爲空第一義空無所行空無始空性空空空此十種空與何法相對與我見相對以空與我見相對故有二十種我見餘見不爾是故不說問曰頗於一陰起我見我所見耶答曰起如於眼入起我見其餘諸色起我所見餘四陰亦如是問曰頗有我見者一時於五陰盡計我不耶若有者朔迦書云何通如說惟有一我見無有五我見無五我見者無計五陰是我者是也所以者何計我見唯計一法五陰是別異法計我見家說一我一人無分不壞不變是常若無者薩遮尼乾子經云何通如說瞿曇沙門色是我受想行識是我答曰無有一時計五陰是

我者問曰若然者薩遮尼乾子經云何通耶答曰彼自大心重故作如是說復有說者彼不信佛內有知見欲試如來彼爲知不故作不順理說次見如來諸論議相領如師子鉤牙銛利口四十齒出梵音聲彼人聞已心懷怖懅作不順理說復有說者彼人見如來威德勝於梵釋難近難親有如是威德故作不順理說復有說者天神威逼故令彼人作不順理說復有信佛天神作如是念此弊惡人何以久惱如來故以威逼能令彼人作不順理說復有說者或有一時計五陰爲我問曰若然者朔迦書所說云何通答曰彼人於此五陰盡作一具聚相問曰若然者復以何爲具答曰若計內入爲我則以外入爲具若計外入爲我則以內入爲具問曰爲有見微塵

計以爲我不若有者是則無我見非是我見若無者朔迦書復云何通如說五大微塵雖各異相是我是常若言無常是則無理問曰彼書云何通我見見微塵答曰此書說邊見緣微塵此義已立當知我見緣微塵此義亦立答曰無有見微塵計以爲我問曰若然者朔迦書復云何通答曰此書所說不順正理復有說者有見微塵計以爲我有推理見義無實見生時義評曰不應作是說如前說者好問曰五陰之外爲有起我見者不若有者此經云何通如說若有沙門婆羅門起於我見盡見五受陰若無者說第六我見復云何有答曰無有五陰之外起於我見問曰若然者第六我見云何而有答曰思是行陰於思起我見其餘行陰起於我所見即是第六我見佛經說身見是六十二見根本餘經復說若有沙門婆羅門所起諸見盡依二邊若斷若常此二經有何差別答曰能生諸見故說身見爲根本守護長養諸見故是說邊見復有說者能生諸見是說身見爲根本使諸見轉行是說邊見

阿毗曇毗婆沙論卷第五

音釋

渴伽 梵語也正云羯伽此云犀牛渴丘葛切　駛 爽士切疾也　般吒 梵語也此云黄門般補末切　涸 下各切竭也　咷 徒刀切號咷哭聲也　杌 五忽切無枝也　鞘 私妙切刀室也　篋 詰叶切箱屬　銛 息廉切利也

阿毗曇毗婆沙論卷第六

迦旃延子造　北涼沙門浮陀跋摩共道泰譯

雜揵度世第一法品第一之六

復有經說若入地一切處定行者作是念地即是我我即是地不離不異餘一切處亦如是問曰諸得一切處定必離第三禪欲彼若見地是我當知是第四禪地身見見第四禪中地爲我一切處定法緣欲界彼云何不相違耶答曰此中不定說定如非沙門說名沙門復有說者以本名說故如王失位猶名爲王行者本曾得此定後雖失時猶稱得定復有說者行者於定速疾故失於彼定起欲界身見捨於身見還得彼定如提婆達多於定速疾以神足力自化巳身作太子像於阿闍世王抱上迴轉遊戲復現相貌令阿闍世王知是尊者提婆達多當作太子像時阿闍世王抱弄嗚之唾其口中貪利養故即便咽之是以世尊而語之言汝是死屍食唾之人若咽唾時彼非離欲若作太子爲阿闍世王所抱弄時爾時離欲復有說者身見見第四禪中地是我一切處定亦緣第四禪中地問曰若然者一切處定不緣欲界耶答曰一切處定亦緣欲界亦緣第四禪中地問曰如色界諸天一切悉白彼復云何見青黃赤等差別答曰彼衆生數者其色悉白非衆生數有青黃赤色評曰不應作是說所以者何若我見與一切處定是相應共有法者應有是過云何是一切相應共有法少緣欲界少緣色界身見與一切處定雖非相應共有法而一人亦得二名以計我故名爲身見以得定故名

得定人身見緣第四禪中地一切處定緣於欲界不同一時是故此論爲已善通無常見常乃至廣說問曰何以作此論答曰此諸邪見於生死中爲諸衆生作大繫縛作大衰患作大藏伏猶如世間繫縛衰患藏伏人若不見不能遠避人若見時則能遠避此諸邪見乃至廣說亦復如是此中應以二事推求邪見一以體性二以對治如智揵度見揵度如增益智論彼中亦以二事推求邪見一體性二對治如增益智論中說沙門瞿曇汝是幻世尊之道已過於幻此邪見謗道是其體性見道斷是其對治復作是說此是阿羅漢汝何故慳惜阿羅漢名也世尊之道已過於慳此邪見謗道是其體性見道斷是其對治如偈問論如梵網經說應以起處推求邪見便有三事所謂起處體性對治復有說者不應推求邪見三事所謂起處體性對治若推求邪見如責無明汝何以愚復有說者應以三事推求邪見所謂起處體性對治若能以三事推求邪見雖是具縛凡夫邪見過患不現在前猶如聖人以無漏道斷諸邪見永不復起如陀婆法師昔在罽賓與衆多修行比丘共會一處論說諸見有作是言者諸大德聖人能斷多諸過患邪見惡行永不現前甚爲希有爾時陀婆法師在此會中而作是言聖人以無漏道斷諸邪見永不現前有何奇事如我今者住凡夫地以此二事推求邪見若久住生死者無有是處設久住生死更不現前以是緣故應以三事推求邪見無常有常見者云何無常答曰一切有爲法問曰彼諸

外道爲以何事言常耶答曰見色相似相續諸心法憶本所作能誦持經論云何見色相似相續如昨日所見色今日相似彼作是念童幼時色即老時色云何心法憶本所作如昨日所作今日故憶如是諸先所作後時皆憶能誦持經論者如少所讀至老能誦彼作是念今日誦心即往日讀心彼以是故計常無常計常是邊見邊見有二種有斷有常是則說邊見體性見苦斷是其對治此見緣苦而生故見苦斷如草上露日照則乾彼亦如是若見苦時彼見則斷復有說者苦法忍苦法智是其對治若苦法忍苦法智生時斷此虛妄分別顛倒險惡斷見問曰如善說法中亦說諸法有自體性相常住而不是邪見何故惡說法中若說此相便是邪見答曰或有說者善說法雖說有自體性相常住而無所作惡說法中於一切時常有所作復有說者善說法中說法性不數數作惡說法中說於法性則數數作復有說者善說法中說於法性爲生所生爲老所老爲無常所壞惡說法中不爲生所生乃至廣說復有說者善說法中說法性屬諸因緣彼所說法不屬因緣復有說者善說法所說則與生滅相應彼則不爾復有說者善說法中說法則從因生能有所作屬於衆緣以是諸因緣故善說法雖說體性常住不墮邪見惡說法者墮於邪見問曰邊見是何義答曰取於斷邊取於常邊是邊見義如經說佛告迦旃延若以正智觀世是集言無所有則更不行無所有者即斷見也見此有滅未來身生而作是念是衆生死

此生彼非是斷也又迦旃延若以正智觀世是滅言世有所有則更不行言世有所有者則是常見知此陰界諸入展轉相續彼作是念此諸法等有生有滅非是常也復次起我見者猶是邊僻下賤世所呵責況復於我計有斷常復有說者此見行邊處故有二種義名行邊處一行常邊二行斷邊以是等義故名邊見問曰實義常者是滅盡涅槃云何無常見常不名邪見答曰諸言無所有是名邪見此則不言無所有更增益所有是故非邪見常見無常者云何爲常答曰滅盡涅槃問曰彼諸外道爲以何事言涅槃無常答曰彼以四無色定爲解脱涅槃一名無身二名無邊意三名淨聚四名世塔無身者是空處定無邊意是識處定淨聚是無所有處定世塔是非想非非想處定彼作是說如此涅槃雖久當還當知釋種所說涅槃亦當復還是以故言涅槃無常彼常見無常者此是邪見是其自性見滅所斷是其對治此見因滅生故故見滅斷如草上露乃至廣說問曰爲有邪見能觀是無常行不若有者波伽羅那經云何通如說云何邪見使使答曰諸謗無因無作是名邪見使此中何以不說若無者此文復云何通如說常見無常此是邪見見滅所斷答曰有此邪見常見無常問曰若然者波伽羅那經何以不說耶答曰彼說邪見行相不盡自有諸結行相彼中不盡說復有說者雖有此見悉入彼所說中如謗言無因當知謗集如謗言無作當知謗於三諦復有說者謗言無因是說謗於三諦謗言無作是說謗

於滅諦復有説者無有邪見能謗常言無常問曰若然者此文復云何通答曰涅槃有常相若言無涅槃亦謗常相猶如有人謗人無指亦謗指所依色香味觸彼亦如是復有説者彼外道言五陰是常釋種言涅槃是常非陰彼作是説除陰之外更無有常以是義故豈非謗涅槃耶苦作樂見者乃至廣説云何爲苦五愛陰是實苦彼諸外道以何等故言苦是樂答曰以少時樂故言樂如人極時止息爲樂熱時凉爲樂寒時暖爲樂飢渴時得飲食爲樂以是事故言陰是樂如説以下法爲最名曰見取是其自性見苦斷是其對治問曰苦有樂見名曰見取以何等故無常見常不名見取答曰彼無常見常者勝不勝法同爲一體自有法雖言常不勝如計虛空非數緣滅苦有樂見以下法爲最名爲見取無常見常不名見取復有説者陰中有大苦故以小苦爲樂以此小樂同於涅槃故名見取無常見常陰中無有少常同於常者所以者何一剎那頃更無停住是散滅法如説云何滅時法答曰現在法以是事故無常見常是名邊見不名見取樂有苦見者乃至廣説云何爲樂實義樂者滅盡涅槃彼諸外道以何等故以涅槃爲苦答曰如人壞一根時便以爲苦彼作是念若壞一根猶以爲苦況衆多根以是事故以樂法爲苦尊者和須蜜説曰若一根在猶爲苦因況多根在不爲苦因若諸根滅則爲解脱涅槃樂有苦見此名邪見是其體性見滅斷是其對治此見依滅生還見滅斷如草上露乃至廣説問曰以何等故

見涅槃是苦名爲邪見非見道諦耶如說道諦亦是樂能至樂故答曰道有二分苦分樂分以道能至樂處故名爲樂分無常故苦名爲苦分涅槃無二分純樂謗者即是邪見道諦不爾復有說者如見犍度所說有二種樂一名數樂二實義樂上言能至樂處者是名數樂非實義樂復次以涅槃樂故道得稱樂問曰爲有邪見能緣涅槃是苦不耶若有者波伽羅那經云何通如說云何邪見使使答曰諸謗無因無作乃至廣說應如上常計無常句中說不淨見淨者云何不淨答曰一切有漏法有二事故不淨一以煩惱二以境界彼諸外道以何事故不淨見淨答曰愚於所行以少時淨故如治爪齒髮膚形容摩身洗浴等以是事故彼見是淨若此法中有少淨性者彼計則非邪見以顛倒想故計屎尿腸胃等是淨故名爲見取復應以二事知有漏行是不淨法一從煩惱生二從婬欲生如說以下法爲最此名見取是其自性見苦所斷是其對治乃至廣說問曰現見屎尿洟唾流出彼云何言淨答曰彼作是說所流出者雖是不淨彼流出處是淨猶如緊首迦樹華其色似肉華盛之時野干見之便作是念如我今者定當食肉久住樹下或時樹華有墮地者即便齅之乃知非肉復作是念墮者雖非是肉樹上餘者必應是肉彼諸外道亦復如是所流出者雖非是淨所流出處必應是淨問曰如善說法中亦說有漏善行是淨而非邪見彼說即是邪見答曰有少淨相便見少淨問曰何等是淨相答曰不離煩惱復與煩

惱相違是故非是邪見彼惡說法中以不淨法同於實義清淨之法是名邪見復有說者如善說法中以善行爲淨故非邪見彼以善不善行不善根煩惱顛倒邪見是淨故名邪見問曰如有漏法雜煩惱故當知不淨云何說言三淨答曰如實義一切有漏法盡是不淨以假名故說淨云何假名從無貪無恚無癡善根生故亦能對治貪欲等法故名假名淨見不淨者此見有二種乃至廣說云何爲淨答曰道道果彼諸外道以何事故言滅道不淨答曰彼作是說如實義諸煩惱是不淨法道能斷之以道能斷諸煩惱故道亦不淨以涅槃從不淨道生故亦是不淨猶如以刀割不淨物刀則不淨以不淨刀更割餘物能令餘物不淨又如水洗不淨物水則不淨若以此水更洗餘物物則不淨如是以道斷諸煩惱道則不淨若以此道生於涅槃亦是不淨言道是不淨此見名邪見是其自性見道斷是其對治若言滅是不淨此見名邪見是其自性見滅斷是其對治見道斷邪見緣道生故若道智道忍生時斷見滅斷邪見亦如是無我見我者乃至廣說云何無我答曰一切諸法無我彼諸外道以何事故見我答曰愚於來去威儀法故彼作是說若無我者誰來誰去誰住誰坐誰屈誰伸耶以有我故能來去住坐屈伸復次若無我者則無見聞齅香知味覺觸憶念以有此事必知有我彼無我見我此名身見是其自性見苦所斷是其對治此見緣苦生乃至廣說我有二種一假名我二計人我若計假名我則非邪見若計

人我此則邪見問曰此中但說我見何以不說我所見答曰我見是顛倒性我所見非顛倒性復有說者我見是根本若說我見當知亦說我所見復有說者以有我見得有我所見若說我見當知亦說我所見已見已所見亦如是問曰以何等故不說我見無我名爲邪見答曰以無我故復有說者若我見無我是則正見不名邪見非因見因乃至廣說問曰彼云何非因見因答曰謬見因故如農夫種植秋大穫實彼作是言此皆尸利夜天思陀夜天舍摩夜天恩之所與若生男女彼作是言此皆難陀天難陀婆羅天之所與若富貴者生男女彼作是言此皆是毗紐天摩醯首羅天之所與彼作如是謬見於因非因計因此名戒取是其自性見苦所斷是其對治此戒取緣苦生故還見苦斷問曰無因見因是亦名謗因云何非邪見答曰尊者和須蜜說若謗無因是名邪見彼不言無因非因計因故非邪見有因無因見乃至廣說彼諸外道以何事故言無因耶答曰見內外所有諸物有種種相故彼作是言誰鑿河誰積山誰纖刺誰彩畫禽獸故說是偈

誰能造刺纖　彩畫諸禽獸　此皆無因作
世無自在者

彼有因無因見此名邪見是其自性見集所斷是其對治此見緣集生還見集斷乃至廣說問曰以何等故此中說謗因邪見見集所斷見揵度中說謗因邪見當言見集見道斷答曰或有說者彼作經者意欲爾乃至廣說復有說者此中不說一切因義彼說一切因

義復有說者此中謗生果因彼中說者謗生果不生果因若說涅槃無因此豈非正見耶復有說者此中說謗苦因彼中說謗苦不苦因復有說者此中無謗道因義是故不說是謗道邪見惟有謗集因義是以說是謗集邪見有作無見乃至廣說云何爲有答曰四諦是也彼諸外道以何事故言無諦耶答曰以有我見故言無諦彼作是說我無有苦是則謗苦我無有因是則謗集我若無滅是則謗滅若無有滅則無對治如善法中作如是言此陰是苦無我生信苦心言有苦諦此苦有因生信集心言有集諦若苦有滅生信滅心言有滅諦若苦有對治生信道心言有道諦彼有作無見此名邪見是其自性見苦集滅道所斷是具對治此見緣四諦生還見四諦斷乃至廣說問曰以何等故邪見不緣虛空非數緣滅答曰或有說者若法是陰是陰因是陰滅是陰對治邪見則緣虛空非數緣滅非陰因滅對治是以邪見不緣復有說者若法是苦是苦因是苦滅是苦對治邪見則緣虛空非數緣滅與上相違是故邪見不緣復有說者若法是煩惱是出要邪見則緣虛空非數緣滅與上相違是故不緣復有說者若法爲無漏正見所緣亦爲邪見所緣虛空非數緣滅不爲正見所緣邪見亦不緣如邪見正見明非明智非智決定疑信誹謗當知亦如是問曰若言無虛空非數緣滅此心爲何所緣答曰即緣虛空非數緣滅名所以者何此無深重心如謗煩惱出要法問曰爲是何智答曰此是思惟所斷不隱沒無記邪智有

作無見者有有三種一相待有二處所有三實有相待有者因有故有無因無故有有處所有者如此處有彼處無實有者此實有此實無如若實有我實無也復有說者有有二種一物體有二施設有物體有者謂五陰施設有者謂男女等謗苦有二種一謗物體二謗果若謗集者謗物體謗因若謗滅者謗物體不謗果若謗道者謗物體不謗因或有說者亦謗因無作有見乃至廣說問曰何以作此論答曰或有說者應作是說若無作有見當言是身見見苦所斷復有說者應作是說無作有慧所以者何此非見性復有說者應作是說此非是見所以者何五見不說故而不說者彼有何意答曰欲作問答故如說無作有見此是何見是名爲問答曰此非是見是名爲答

自有雖無是事而有問答如十問中未知欲知根知根知已根無漏無爲法亦問幾使所使此亦是問答曰不爲使所使此亦是答如彼雖無是事而有問答此亦如是無有是事而作問答無作有見此是何見答曰此非是見是邪智問曰云何邪智答曰或有說者是思惟所斷不隱沒無記法如行正路作非路想如行非路作正路想如男作女想女作男想如是等想是也復有說者此智亦有隱沒無記所謂與慢相應者如彼梵天作如是說我是大梵諸梵中尊我能造化此是邪智所以者何無有住見諦所斷心能作是言者應作是說如前說者好是思惟所斷不隱沒無記法問曰若然者違智揵度如說云何邪智謂染污慧答曰不與彼相違所以者何無知

有二種所謂實義假名實義者與無明使相應是諸阿羅漢已斷盡假名者如見杌謂是人等者阿羅漢辟支佛亦有唯有如來等正覺二事俱盡有四倒所謂常樂淨我爲相似法所覆故不知無常爲適意威儀法覆故不知苦爲皮膚所覆故不知不淨爲所作事覆故不知無我問曰此四倒性是何答曰是慧性問曰若是慧者此五見幾是倒幾非倒答曰二見半是倒二見半非倒二見半是倒者身見見取及邊見所攝常見二見半非倒者邪見戒取及邊見所攝斷見問曰以何等故二見半是倒二見半非耶答曰以三事故名倒一轉行二增益三性倒邪見斷見雖轉行性倒而非增益所以者何是壞物性故戒取雖轉行雖增益性非是倒所以者何有少相似法故亦說有色界道能離欲界欲有無色界道能離色界欲此是倒自體是我是物是相是分是性已說自體所以今當說以何等故名爲倒答曰倒有所增故名倒此四倒唯見苦斷所以者何緣苦生故還見苦斷復次此倒緣果生還以見果慧斷復次身見見苦所斷性是倒若身見斷亦斷復次苦麤若於麤苦有錯謬者賢聖所呵如人晝日錯謬人之所呵三諦微細若於微細有錯謬者不深呵責如於夜中有脫失者則世人不深呵責復次行者已見苦永無倒心若當行者見苦已不見集者無有是處爲分別故設見苦已更不見餘諦若問彼言此陰爲是常爲是無常彼定答曰是無常乃至無一刹那停住者若問爲是苦爲是樂彼定答曰是苦猶熱鐵

丸若問爲淨爲不淨彼定答曰是不淨猶如糞聚若問爲有我無我耶彼定答言無我以無作者無彼作者無受者故如草木糞掃等

雜揵度智品第二之一

頗有一智知一切法耶知此章及解章義是中應廣說優婆提舍問曰何以作此論答曰爲止他義故如摩訶僧祇部作如是說自體能知自體如燈是照性能自照亦能照他彼智亦爾是智性能自知亦能知他曇摩掘部作是說智能知相應法彌沙塞部作是說智能知共有法彼作是說智有二種一時共生一與心相應一不與心相應心相應智知心不相應法心不相應智知心相應法犢子部作是說人能知非智爲止如是諸異義故而作此論頗有一智知一切法耶答曰無也若復有此智生一切諸法無我此智何所不知耶答曰不知自體是爲便止摩訶僧祇意不知相應便止曇摩掘部意不知共有便止彌沙塞部意以智知不以人知便止犢子部意此中作問作答作難作通如說頗有一智知一切法耶此則是問答曰無也此則是答若復有此智生一切諸法無我此知何所不知此則是難答曰不知自體不知相應不知共有此則是通問曰誰作此問誰作此答或有說者毗婆闍婆提問育多婆提答如毗婆闍婆提問育多婆提言頗有一智知一切法耶育多婆提答無也毗婆闍婆提復難若此智生一切法無我此智何所不知育多婆提作如是通不知自體不知相應不知共有復有說者弟子問師答復有說者無有問者無有

答者但作經者有如是意若有人問頗有一智知一切法耶我當答無也彼復作此難答此智生一切諸法無我此智何所不知我當答言不知自體不知相應不知共有此中說一智者是一剎那智是故說不知自體乃至廣說若作是說此十智中頗有一智知一切法耶可作是答有謂等智是也如是九八七六五四三亦如是若作是說此二智中頗有一智知一切法耶答曰有謂等智也頗即彼等智能知一切法不答曰知若一剎那頃等智除自體相應共有能知餘一切法次第二剎那生能知前剎那等智及相應共有是故等智二剎那頃一智能知一切法上言一智不知者言一剎那一智問曰以何等故自體不知自體答曰或有說者諸法除自體於他

有緣生義自體於自體無長無損無害無利無育養無壞無增無減無因無緣無次第復有說者若自體知自體者則與世間現喻相違猶如指端不能自觸如眼瞳黒不自見黒如刀不自割是故自體不知自體復有說者若自體知自體者則無二處法如世尊說眼緣色生眼識乃至意緣法生意識復有說者若自體知自體者則無三等觸如世尊說眼緣色生眼識是三等觸然有此觸生是以無有自體能知自體復有說者若自體知自體者則無邪見若邪見能自知我是邪見此則正見不名邪見復有說者若自體知自體者此智畢竟性能自知不能知他然能知他是故不知自體復有說者若自體知自體者則無取所取如取所取智所知亦如是復有說

者若自體知自體者云何知耶爲知自體是自體爲知他體亦如知自體耶爲知他體是他體爲知自體亦如知他體耶若知自體是自體是則爲正若知他體如知自體是則爲邪若知他體是他體是則爲正若知自體如知他體是則爲邪若此智生能知自體亦知他體者一智則有二作相有二作相則有二智有二智則有衆多自體問曰若自體不知自體者摩訶僧祇喻云何通答曰此喻不必須通所以者何此喻非修多羅毗尼阿毗曇中說不可以世俗現喻難賢聖法賢聖所作法異世俗所作法若必欲通者當云何通答曰應說其喻過若喻有過所喻法亦有過云何喻有過答曰燈無根無心非衆生數彼智亦非根非心非衆生數耶復次燈衆微塵所成彼智亦衆微塵所成耶若不爾者則不相似復次如燈體性是照不若是照性復何所照若體性非照應當是闇則無明性爲破闇故取燈若燈體性是闇則有大不相似過以何等故不知相應答曰同緣一法生故是諸心心數法同緣一法生以同緣一法故不能展轉相緣如衆多人仰視虚空不能展轉自相見面彼亦如是復次若慧緣自相應受彼受爲自緣爲緣他若自緣者有上自緣之過若緣他者則不與慧共同一緣以何等故不知共有法答曰以逼近故如以銅籌盛安闍那藥著於眼中以逼近故眼不得見問曰云何名共有法答曰彼迴轉身口業生住無常是也西方沙門作如是說云何共有法慧生時所依陰身是共有法問曰如汝所說慧生

時所依身是共有法若然者眼識生時則不自見身衆色差别如眼識餘識亦爾彼作是說五識生時能各自緣所依意識不能問曰意能緣一切法汝先言不能是則不然復次若慧生時所依身是名共有法者則有大過何以知之如苦忍生時便於自身不得決定是名於苦得少決定彼作是言若苦法忍不盡決定苦法智生盡得決定如道法忍不盡決定道法智生盡得決定彼亦如是者彼不應作是說所以者何於道得決定時異於苦得決定時異問曰其事云何答曰如道諦所斷邪見總謗一切道欲令於道少分決定無有是處爲分别故設使於道少分決定便能斷謗道邪見何況盡決定唯餘一刹那相應共有法如身見或計色是我乃至計識是我若苦法忍生時於所依身不得正決定者所緣身我見則不應斷所以者何以苦忍不見我見所緣身故如身見於苦諦所斷煩惱爲首若其不斷則餘結不斷餘結不斷則無於苦究竟得正決定若於苦不得究竟正決定於集滅道亦不得究竟正決定以是事故苦法忍現在前於所依身亦見是苦得正決定何以知之如說苦法忍所緣世第一法亦緣彼世第一法緣欲界五陰盡無有餘

阿毗曇毗婆沙論卷第六

音釋

罽賓 梵語也此云賤種罽居例切
數數 並色角切頻也
戻 失指切與屎同
尿 奴弔切
洟 他計切鼻液也
穫 胡郭切刈禾也
毗紐 梵語也亦云毗瑟笯此爲幻惑義紐女久切
摩醯首羅 梵語也此云大自在醯馨夷切

阿毗曇毗婆沙論卷第七

迦旃延子造　北涼沙門浮陀跋摩共道泰譯

雜揵度智品第二之二

頗有一識識一切法乃至廣說問曰以何等故智後次說識答曰或有說者彼作經者意欲爾乃至廣說復有說者此是經論舊法如經說長老摩訶拘絺羅往長老舍利弗所問言長老舍利弗所言智者云何爲智次作是問所言識者云何爲識乃至廣說如波伽羅那論中說云何智法次問云何識法如此等義先說智次說識如尊者曇摩難提說若以智以識有所觀察此事必定彼作經者亦隨順舊法是以先說智次說識復有說者識即智智即識唯長一字何者闍那秦言智毗闍那秦言識長一字者所謂毗也爲斷如是意欲說差別義故先說智次說識復有說者以此俱是根本法故增長法中識爲根本寂滅法中智爲根本復有說者俱是元首法故如說道品法中誰爲元首所謂智也生死法中誰爲元首所謂識也復有說者此俱是依法故如說依智不依識亦說如行五根識盡依意識復有說者若說智則說數法所未說者唯是心是故先說智次說心復有說者十二入中二入能緣所謂意入法入若說智即說法入若說識即說意入復有說者此六識各別行境界如眼識識色耳識識聲鼻識識香舌識識味身識識觸意識惟識法爲止如是意欲說意識能緣一切法故次智說識復有說者智能緣一切法故次智說識復有說者智能緣總相別相識唯緣別相爲止彼人意

欲說識能緣總相別相故次智說識復有說者智行相似不相似境界識唯行相似境界爲止彼人意欲說識行相似不相似境界故次智說識復有說者欲止犢子部意故彼說智是道支識是有支彼依佛經作如是說識緣名色故知是有支云何聖道所謂正見乃至正定是故說智是道支爲止如是意欲說智識俱是有支俱是道支故次智說識復有說者止譬喻者意譬喻者說智之與識是次第生法不一時生爲止彼人意故作如是說若此智生一切法無我此智何所不知此智必有相應識便止彼人識智次第生意故如智能緣一切法無我識亦如是餘文如上說頗有一識識一切法此中亦有問有答有難有通應如智文說如說有緣一切法無我行

問曰此何處經中說答曰如偈說

若能以智觀　一切行無我　能生猒苦心

是道行清淨

此偈當知說諸行無我問曰如說能生猒苦心此云何能緣一切法答曰有說者初半偈說一切法無我行後半偈說緣苦諦行復有說者初半偈是觀行時後半偈說見苦時復有說者此偈舉說緣苦時無我行所以者何無漏法非是可猒法問曰若然者云何是緣一切法無我行答曰一切有二種有少分一切有一切一切此中說少分一切非一切一切餘經亦說一切皆熾然無漏法不熾然當知說少分一切彼亦如是說少分一切復有說者餘經亦說一切行無常一切行無我涅槃寂靜此經即說一切法無我行評曰且置

佛經說與不說如是說者好應有緣一切法無我行所以者何行者在初行地必有如是觀現在前是以說之問曰如空行亦能緣一切法此中何以不說答曰或有說者彼作經者意欲爾乃至廣說復有說者應說而不說者當知此義是有餘之說復有說者如空行有所以空有所以不空有所以空者如自中無他有所以不空者以自故不空無我行無如此分別是以尊者和須蜜作如是說我不說一切諸法悉空問曰以何等故有漏無我行能緣一切法無漏無我行唯緣於苦答曰或有說者有漏無我行於觀行中勢用勝無漏無我行得正決定時自分中勝如初觀行時行者必觀一切法是無我是以有漏無我行勢用勝能緣一切法無漏無我行於自分中明了故勝是以不緣一切法復有說者無漏無我行能對治四倒如四倒所緣彼無漏無我行亦緣有漏無我行不能對治四倒是以能緣一切法復有說者無漏觀諦有分齊有漏觀諦無分齊復有說者無漏者對治煩惱非一切法是煩惱性有漏者不對治煩惱是以能緣一切法問曰如有漏無我行不能盡緣一切法彼作是念一切諸法無我云何非是邪也答曰或有說者彼緣多分不緣少分緣多分者如大海水少分不緣者如海水一滴復有說者隨其所行隨其境界盡緣自體相應共有非其所行非其境界是以不緣問曰緣一切法無我行體性是何答曰慧是體是性乃至廣說已說體性今當說所以名無我行答曰此行無我法故名無我行界者

在欲色界無色界中亦有緣一切法無我行而不能普緣一切法地者在七地謂欲界未至禪中間根本四禪空處亦有而不能緣一切法問曰爲能緣幾所法答曰緣四無色陰諸彼因諸彼滅諸彼比智分諸比智分非數緣滅諸無色非數緣滅及虛空虛空與衆生若言是一若言是異彼空處無我行盡能緣識處亦有無我行而不能緣一切法問曰能緣幾所法答曰緣三無色陰諸彼因諸彼滅諸彼比智分諸比智分非數緣滅三無色非數緣滅除一切虛空彼識處無我行盡能緣不用處緣二地非想非非想處緣一地餘如上說復有說者空處無我行能緣如上所說法復緣五地非數緣滅四無色第四禪如是識處緣四地不用處緣三地非想非非想處緣二地非數緣滅評曰不應作如是說如前說者好所依身者依欲色界身初生依欲界身後依色界所以者何初生依欲界身命終生色界依色界身重起現在前行者唯行無我行緣者緣一切法念處者唯緣法念處智者等智三昧相應者不與三昧相應根相應者三根相應謂喜樂捨第三禪與樂根相應初禪二禪喜根相應未至中間禪及第四禪捨根相應欲界二根相應謂喜捨問曰如喜憂根相應能緣一切法此中何以不說與相應答曰體性相違無我行體性欣尚憂相體性愁悴是以不與相應世者當言在過去未來現在緣世者緣過去未來現在及非世法善不善無記者當言善緣善不善無記者當言三種緣欲色無色界繫者當言欲色界繫

亦無色界繫緣欲色無色界繫法者當言緣欲色無色界繫法亦緣非繫法是學無學非學非無學者當言非學非無學緣學無學非學非無學者當言三種緣見諦斷修道斷不斷者當言修道斷緣見道斷法修道斷法不斷法者當言三種緣緣名緣義者當言二俱緣緣已身緣他身者當言緣已身他身亦緣非已非他聞慧思慧修慧者當言是三種慧欲界是聞慧思慧色界是聞修慧無色界是修慧方便得生得者當言是方便得是生得如色界聞慧可言是方便得亦可言是生得云何言方便得答曰如於此閒修總相別相生彼則得若不修習雖生彼不得云何亦可言生得答曰此雖修習不生彼閒不名生得欲界命終生二禪中二禪命終生初禪中彼爲得不答曰或有說者不得所以者何以遠故若即二禪得修習生初禪中則得初禪命終生二禪中初禪地法盡捨二禪命終還生二禪彼爲得不答曰得欲界命終生無色界中無色界命終還生無色界中彼爲得不答曰或有說者不得以遠故復有說者若即無色修習還生無色界則得問曰爲是聖人能生此法爲凡夫人能生此法答曰聖人亦能凡夫亦能凡夫有二種有内道凡夫有外道凡夫何道凡夫能生此法答曰内道亦能外道亦能内道凡夫亦方便得亦生處得外道凡夫唯生處得復有說者外道凡大惟生處得不起現在前所以者何以計我故問曰云何起緣一切法無我行現在前答曰生欲界中起現在前時緣一切法生欲界中起色界

者現在前亦緣一切法若生初禪不入定現在前時亦緣一切法若入定現在前時緣初禪乃至非想非非想處生初禪起二禪三禪四禪者現在前亦緣初禪乃至非想非非想處若生二禪不入定現在前時能緣一切法若入定現在前時緣二禪乃至非想非非想處若生二禪起三禪四禪者現在前亦緣二禪乃至非想非非想處生三禪四禪亦如是無色中緣一切法無我行若生欲界若生色界若生無色界現在前緣一切法如上說問曰欲界者緣法多色界者緣法多答曰色界者若不入定所緣與欲界等若入定欲界者多非色界者所以者何不自緣定共色故應作是說不入定時無有不緣一切色身念處無有緣一切受受念處無有緣一切心心念處無有緣一切法法念處問曰一切法無我行爲是欣尚行爲是猒離行若是欣尚行者云何緣苦集若是猒離行者云何緣可欣尚法答曰應作是說是欣尚行非猒離行問曰若是欣尚行者云何能緣苦集答曰雖緣苦集故是欣尚行所以者何設使彼多緣有漏法少緣無漏法而於無漏法故是欣尚行如銅錢積上置一金錢銅錢雖多得一金錢猶生欣尚彼亦如是問曰此行爲斷結不答曰不斷問曰若不斷結何用起現在前答曰欲令心猛利故心若猛利能入聖道問曰空行無我行有何差別答曰對治我是無我行對治我所是空行復次對治五我見是無我行對治十五我所見是空行復次對治已見是無我行對治已所見是空行我愛我所愛亦

如是復次陰非是我是無我行我不入陰中是空行復次見眼無我生悦適是無我行見我不入眼中生悦適是空行乃至意入亦如是復次性空義是無我行行空義是空行頗有二心展轉相因耶問曰何以作此論答曰爲止外道意故外道作如是說後心是前心因所以者何如水流時後水能逼前水使流如是法生未來世法逼使現在現在逼使過去如是未來法是現在因現在法是過去法因爲斷如是意故明後心非前心因若當後是前因者則違內外因緣生法如世尊說無明緣行乃至生緣老死若後是前因應當行緣無明乃至老死緣生如說眼緣色生眼識若後爲前因應當緣眼識生色如父母是兒因若然者應兒是父母因違如是等內緣生法云何與外緣生法相違如種子爲芽因乃至華爲果因若然者應芽爲種子因乃至果爲華因若後爲前因復有大過何以故不作業而受果已作業而無果故云何不作業而受果答曰如先受善不善果然後作善不善業先受律儀不律儀戒果然後受律儀戒先受阿毗地獄果然後作五逆業先受轉輪聖王果然後修轉輪聖王業先得阿耨多羅三藐三菩提然後行諸波羅蜜若爾不作業而受果已作業應無果作業而無果則無解脫出要之道若後是前因則有如是大過復次所以作此論者如摩訶僧祇部說二心俱生爲止如是意故作此論復次或有說者言因緣無體性今欲分明因緣體性故作此論頗有二心展轉相因耶答曰無也所以者何無

有一人前後二心俱生復有説者言前者諸過去心無二俱生者言後者諸未來心無二俱生者是故答言一人前後二心不俱生復有説者言前者除過去世言後者除未來世不俱者欲明現在一刹那無二心俱生若作是説無有一人前後二心俱生此則止二心俱生者意次作是説非未來心與前心因此則止後與前作因者意復有説者若作是説無有一人前後二心俱生此則止相應共有因義次作是説非未來心與前心因此則止相似因一切徧因報因義此中依五因作論故答曰無若依六因作論者應答言有以有所作因故如二心二受二想二思二觸二作意二解脱二念二定二眼乃至二身二命根二身種類如是等則無展轉因義頗有二心展轉相縁乃至廣説問曰不應先作是論應先作此論以何等故一人前後二心不俱生然後應次作此問頗有二心前後展轉相縁應作是説而不説者有何意耶答曰或有説者彼作經者意欲爾乃至廣説復有説者論有二種一是根本二是傍生諸作是問頗有二心展轉相因頗有二心展轉相縁此是根本論以何等故一人前後二心不俱生是傍生論是以先論根本次問傍生復有説者阿毗曇應以相求不以次第若前若後俱無有過但莫違其相不應責次第頗有二心展轉相縁問曰何以作此論答曰前説無有二心展轉相因亦謂二心無展轉相縁義欲斷如是疑故而作是論頗有二心展轉相縁耶復有説者或有言境界縁無體性爲止彼人如

是意欲分明境界緣有實體性故作此論問曰頗有二心展轉相緣耶答曰有問曰若答言有此言便足所以者何如說若法是彼境界緣或時不作境界無有是事以何等故復作是說若生無當來心耶答曰不應作是說所以說者欲饒益弟子令受義時分明了了故頗有二心展轉相緣耶答曰有若發意思惟無有未來問曰其事云何答曰邪見生言無未來次後復生邪見言無過去邪見亦言無過去諸法是名二心展轉相緣邪見次生身見身見復計過去邪見爲我如身見邊見計斷常亦如是見取計過去勝第一戒取計淨能至解脫計是乘疑猶豫計二理想愛計好妙適意恚計不好不妙不適意慢計自高自舉無明於彼愚冥不知如是等名染污心展轉相緣善心云何答曰如正見計過去是無常苦空無我因集有緣是有是性分是有因是有緣如是等名善心邪見展轉相緣不隱沒無記心云何答曰非是巧便非是不巧便是名無記心邪見展轉相緣若發意思惟有未來其事云何答曰如正見生言有未來次後生正見言有過去亦言有過去諸法是名二心展轉相緣身見計過去正見爲我乃至不隱沒無記緣過去正見亦如是若發意思惟無未來道問曰何以復作此論答曰先說有漏心相緣今欲說無漏心相緣問曰其事云何答曰若發意思惟無未來道此心與邪見相應緣無未來道後得正決定緣過去法作無常苦空無我因集有緣此中言後時者遮一念遮相續不限時不限身不限無始

已來以何等故不限時答曰或有初夜謗道中夜得正決定中夜謗道後夜得正決定或有後夜謗道晝得正決定有晝謗道夜得正決定或有一日一夜謗道一日一夜得正決定如是半月一月一時一歲乃至一身當知亦如是若發意思惟有未來道此心與正見相應緣有未來道次後生無漏道緣過去正見是無常苦空無我因集有緣如是正見緣未來道未來道生還緣正見是名展轉相緣後時者如說總相觀後能入聖道者遮一刹那頃不限相續不限時不限身乃至不限無始生死已來如說三種正觀後能入聖道不限一刹那頃乃至不限無始生死已來如二知他心智亦展轉相緣問曰何以復作此論答曰前說已身相緣法今欲說他身相緣法

故如二知他心展轉相緣問曰此中爲說何等二知他心答曰此中說根同同利根同中根同下根同是初禪地他心智乃至第四禪地他心智同有漏同無漏同是法智分同是比智分問曰彼云何相緣答曰俱緣彼心不緣彼心所緣若緣心所緣是則自緣心不名緣他心問曰此中爲說何等知他心智答曰此中說得證他心智通者問曰亦更有餘能知他心智此中何以不說答曰或有說者彼作經者意欲爾乃至廣說復有說者此應說而不說者當知此義是有餘之說復有說者此中說名義俱好者復有說者若體性是通若體性是修若是離欲得若是四支五支禪果此中說之復有說者若智知他心如實無謬是中說之因此事故擾動智海如二心展

轉相緣諸數法亦如是亦應分別五識種界善染汚不隱没無記威儀工巧彼五識不能展轉相緣各行境界故意識能展轉相緣緣一切法故苦諦所斷心與集諦所斷心能展轉相緣苦諦所斷心與修道所斷心展轉相緣集諦所斷心與修道所斷心展轉相緣滅諦所斷有漏緣使展轉相緣亦能緣無漏緣使無漏緣使不能緣有漏緣使道諦所斷有漏緣使展轉相緣亦能緣無漏緣使無漏緣使不能緣有漏緣使無漏緣使於道展轉相緣修道所斷善不善隱没無記能緣五行所斷心其餘修道所斷展轉相緣不斷心如苦忍苦智集忍集智能緣五行所斷心道緣道隨其所應展轉相緣界者欲界色界展轉相緣欲界不繫法展轉相緣欲界無色界無展轉相緣色界無色界及不繫心展轉相緣善者能緣三種善染汚不隱没無記染汚能緣三種善染汚不隱没無記善報無記心緣三種善染汚不隱没無記不善報無記無展轉緣所以者何意地無不善報無記如說頗業身受受報非心耶答曰有諸不善業威儀無記心展轉相緣其事云何答曰威儀有二種一是威儀二是威儀心威儀者謂色香味觸威儀心者能起威儀心是也四識是威儀方便非起威儀心意識是威儀方便亦是起威儀心彼四識能緣威儀不能緣起威儀心意識能緣威儀亦能緣起威儀心復有說者因威儀心更生意識能緣十二入是能展轉相緣工巧無記心展轉相緣其事云何答曰工巧有二種一是工巧二是工巧心工巧謂色

聲香味觸工巧心者能起工巧心者是也五識是工巧方便非起工巧心意識是工巧方便亦是起工巧心五識能緣工巧不能緣起工巧心意識能緣工巧亦能緣起工巧心復有說者因工巧心更生意識能緣十二入是能展轉相緣邪見或以因謗果或以果謗因或不以果謗因或不以因謗果云何以因謗果如說此善惡業無果報云何以果謗因如說是人諸所受報無因無緣云何不以果謗因衆生煩惱無因無緣云何不以因謗果如說無過去未來現在是名不以因謗果此邪見苦諦所斷先說二心展轉相因展轉相緣者此中說二緣義所謂因緣境界緣問曰以何等故此中不說次第緣威勢緣耶答曰或有說者彼作經者意欲爾乃至廣說復有說者應說而不說者當知此是有餘之說復有說者此義已入彼所說中其事云何若說因緣當知已說次第緣所以者何如說二心無展轉相因當知二心亦無次第緣若說境界緣當知亦說威勢緣所以者何如說二心展轉相緣當知二心亦展轉威勢緣是名已入彼所說中以何等故一人前後二心不俱生問曰何以作此論答曰此是傍生論所以者何前說二心不得展轉相因何以故無有一人前後二心俱生故雖有是說未說所以今欲說之故作此論以何等故一人前後二心不俱生者答曰無第二次第緣此說心心數法依次第緣生未來世法依現在世法和合則生不和合則不生現在若與未來次第則生不與次第則不生復有說者以何等故一

人前後二心不俱生乃至廣說答曰衆生法爾一一心次第生不得有二所以者何無第二次第緣故復有說者此說前如兩鞅相繫以何等故無第二次第緣答曰衆生一一心次第生不得有二以何等故衆生一一心次第生不得有二答曰無第二次第緣是名展轉更相答義如現在有一次第緣未來生一心是中應說如圈中閙衆多羊門狹小喻猶如羊圈狹小門中一一羊出彼心心法生亦復如是現在一剎那與未來一剎那開次設現在世有衆多剎那者則與未來衆多剎那開次以無故現在一剎那與未來一剎那開次作義者說曰以何等故二心不俱生答曰或有說者如命根是一剎那依命根心亦一剎那是故不俱復有說者如身根是一剎那

依身根心亦一剎那是故不俱復有說者若二心俱生則心不可調伏如今一心猶剛強難伏何況二心復有說者若二心俱生者則一時有煩惱出要一心煩惱一心出要若爾者則無解無離無乘如是等過復有說者若二心俱生何妨有三若有三者則三界身可一時受若三界一時受身則破界若界破一人亦是欲界亦是色界無色界若然則無解脫乃至廣說若三心俱生何妨有四若有四心則可一時受四生身若然者則壞四生一身亦是胎生亦是卵生亦是濕生亦是化生則無解脫乃至廣說復有說者若四俱生何妨有五若有五者則可一時受五道身若然者則五道壞若五道壞地獄身乃至即是天身乃至廣說若五俱生何妨有六若有六者則

可一時緣六根義乃至廣說若不妨六乃至百千未來世中一時俱生一刹那生一刹那滅若然則無未來以有未來則有現在以有現在則有過去若無未來則無現在若無現在則無過去若無過去則無有爲若無有爲則無無爲若無有爲無爲則無一切諸法有如是等過不得二心一時俱生問曰如衆多數法一時生無如上等諸過若當二心如數法一時生者復有何過答曰如一次第緣與未來一心和合以一心和合故衆生一一心生復有說者如作觀與未來一心和合以一心和合故衆生一一心生若有二心俱生應有二受俱生若有二受則破衆生身法若破衆生身法則有二種身若有二身則有十陰以有如是過故二心不得俱生

阿毗曇毗婆沙論卷第七

音釋

鞅(倚兩切牛駕具也在腹曰鞅)狹(胡夾切隘也)圈(巨卷切養畜閑也)

阿毗曇毗婆沙論卷第八

迦旃延子造

北涼沙門浮陀跋摩共道泰譯

雜揵度智品第二之三

問曰次第緣體性是何答曰如波伽羅那說除過去現在阿羅漢最後心諸餘過去現在心心數法是也復有說者諸過去現在心心數法是次第緣體性問曰若然者阿羅漢最後心無次第緣義云何名次第緣耶答曰不以阿羅漢最後心過故餘心不生更有餘事故令後心不生若當生者能與次第緣問曰次第緣者有何相耶答曰所言體性即是其相所言相者即是體性一切諸法不可離體性別立其相尊者和須蜜說曰相避義是次第緣復有說者發跡相避義是次第緣復有說者能生心義是次第緣復有說者心相續義是次第緣復有說者能取義是次第緣復有說者心勢用義是次第緣尊者佛陀提婆說曰次第生心相是次第緣復有說者未生剎那令剎那生是次第緣阿毗曇人說曰異相法令俱生是次第緣復有說者未生法似自已是次第緣已說次第緣體相未說所以以何等故名次第緣答曰等無間義是次第緣問曰若然者心與心作次第不與數法作次第耶數法與數法作次第不與心作次第耶答曰如說相似法沙門所說心與心作次第受與受作次第如是說者則有過所以者何貪欲心還與貪欲心作次第瞋恚還與瞋恚愚癡還與愚癡善還與善不善還與不善無記還與無記如是說者則無解脫涅槃如

是說者好所謂心與心作次第亦與數法作次第數與數作次第亦與心作次第前心聚與後心聚作次第問曰若心與心作次第則相隨順非數法耶若數法與數法作次第則相隨順非心耶答曰若如說相似法沙門所說心隨順心數法隨順數法評曰不應作是說作如是說者好所謂心與數法作次第數法與心作次第前心聚與後心聚作次第等無差別猶如豆聚如波伽羅那所說若法與彼法作次第或時不作次第耶答曰有若彼法未生問曰此說未生爲前者耶爲後者耶爲如前法未生後法不名次第若生是次第耶復如後法未生前法不名有次第若生是有次第耶如世第一法苦法忍作次第爲如世第一法未生苦法忍不名次第若生是次第耶復如苦法忍未生世第一法不名有次第若生是有次第耶若前法未生後法不名次第若生是次第者有心時可爾無心時云何可爾如入無想定滅盡定若一七若過一七出定心與入定心名爲次第彼第二剎那心必生所以者何若法與彼法能作次第緣果無有衆生無有法無有呪術無有藥草無有佛無有辟支佛無有聲聞能遮此法使第二剎那心令不生者若然者二定則無體若當後法未生前法不名有次第若生是有次第若然者則苦法忍未生世第一法不名有次第何故說未生耶或有說者應作是說前法未生不名次第問曰若然者有心時可爾無心時云何答曰有心時已爾無心時亦可爾其事云何如入無想定滅盡定彼入定心

定初刹那亦取果亦與果諸餘刹那及出定心但名取果彼入定心滅在過去定餘刹那及出定心其現在者與果彼不應作是說所以者何次第緣義無有異時取果異時與果即與果時取果問曰若與果時取果有心時可爾無心時云何答曰如入無想定滅盡定彼入定心與定初一刹那取果與果彼滅在過去定餘刹那及出定心若現在前取果與果若作是說則無異時取果異時與果問曰若然者過去法則有所作答曰雖過去有所作能取果與果而無有過過去世見色乃至知法無如是作事與果取果可有是事復有說者後法未生前法不名次第後法若生則前法名次第問曰若然者苦法忍未生世第一法不名次第耶答曰可名次第不名次第

緣若苦法忍生是名次第亦名次第緣如次第次第緣次第有次第相續有相續依有依當知亦如是問曰未來世中有次第緣不耶若有者諸法應未來世中已次第住修正方便則無有用所以者何聖道於未來世中已有次第時到則生修正方便復何所爲復有大過何以故無有制伏貪欲生不淨觀如是亦不能制伏一切煩惱生對治觀若爾則無解脫涅槃乃至廣說若無者八分經云何通如說是人十三劫不墮惡趣乃至二十劫云何知三業差別是現法報是生法報是後法報何以故一切時世第一法但生苦法忍何以不生乃至盡智等諸法何故金剛喻定但生盡智不生餘法答曰應作是說未來世中無次第緣問曰若無者則無前說諸過此八

分經云何通答曰世尊觀過去現在以此相亦知未來世其事云何答曰世尊觀過去世見彼衆生修如此業爾所劫中不墮惡道見此衆生修如是業爾所劫中當不墮惡道見諸衆生於過去世修如是業於現世中受如此報見諸衆生於彼造業若受生報若受後報見諸衆生於此造業若受現報若受生報若受後報復有說者衆生有相是心不相應行住衆生身中世尊不因禪定神通能知衆生身中有此法者爾所劫中不墮惡道即見此相知是衆生受現法報次受生報復受後報評曰不應作是說若作此說明如來唯有此相智無了達智應作是說佛世尊有了達智能知未來雖未來法亂無定次第如來以明淨智能知未來亂法無定次第知諸衆生造如此業經爾所劫不墮惡道受於現報次受生報復受後報悉實無謬知筭數法知於穀聚明了無謬何況如來有自然智問曰以何等故世第一法次生苦法忍不生乃至盡智等諸法答曰此名數定事相不定所以者何苦法忍在於六地未知爲是何地苦法忍三根相應不知定與何根相應行於四行不知定行何行如住增上忍時地行根定刹那不定所以者何有多刹那故不知生者是何刹那次第緣亦不定住世第一法時有五事定地根行次第刹那是名數定事相不定復有說者若法依前法相續生不必次第緣猶如外物無次第緣依於前法相續而生如牙依前種相續得生乃至果依前華相續而生內法亦爾不因次第緣依於前法相續而生

苦法忍依世第一法故相續而生餘乃至盡智不依世第一法故是以不生金剛喻定亦應如是通然未來世法屬於現在若於現在和合則生若不和合不生世第一法後能生修道無有是處以分別故設當世第一法與修道和合爾時則生以不與和合故是則不生如是苦法忍屬世第一法故生餘乃至盡智不屬故不生復有說者未來世中有次第緣問曰若未來世有說次第緣諸法應次第住答曰未來世中有次第緣義無次第住未來世法應從何次第緣生者已定然不次第住後若生時從何緣生亦定次第住亦定猶如衆多比丘亂住一處臘數已定行列不定後次第住時臘數亦定行列亦定如是法未生時應屬何緣生者已定次第住不定後若生時從緣生亦定次第住亦定問曰若然者修正方便則無有用亦無解脫涅槃答曰一心次第略說有二種心當生所謂善與染汚若修正方便善心便生染汚不生若行邪方便染汚心便生善心不生如一種子後二種當生所謂牙與爛壞若遇生牙因緣則便生牙若遇爛壞因緣則生爛壞一心次第生二種心亦復如是評曰應作是說未來世中無次第緣所以者何次第緣者是次第住法未來世中無次第住次第緣者是不亂法未來世亂復有說者若未來世有次第緣者修善者常應修善不應作惡若修惡時常應作惡不應修善今現見提婆達多本欲修善而後作惡央掘魔羅氣嘘惡人本欲作惡而後修善以如是等因緣故知未來世無次第緣問

曰以何等故色法無次第緣答曰或有說者若法定有所依定有所行定有所緣故有次第緣色法無有所依無所行無所緣是故無次第緣復有說者若法是相應有所依有所行有勢用有所緣故有次第緣色法不相應無依無行無勢用無緣故無次第緣復有說者次第緣者是次第住法色非次第住法或二萬劫或四萬劫或六萬劫或八萬劫斷絶者復有說者次第緣現在前時不亂色法現在前時亂如一時中起欲色界繫色現在前欲界繫不繫色現在前色界繫不繫色現在前是故尊者和須蜜說曰欲界增益色未滅色界增益色生尊者佛陀提婆說曰少色無間生多色多色無間生少色彼少色無間生多色者如空中雲少便生多如小種子生於大樹如小迦羅羅後成大人多色無間生少色者如燒大草積後生少灰以少色無間生多色多色無間生少色故無次第緣問曰如心數法少無間生多多無間生少其事云何答曰如無覺無觀地次生無覺有觀次生有覺有觀如此名少無間生多如有覺有觀地生無覺有觀次生無覺無觀如此名多無間生少答曰不應以地定應以數法定若一受次第生二受若二受次第生一受有如上過以不生故無如上過問曰以何等故心不相應行無次第緣答曰或有說者若法定有所依定有所行定有所緣故有次第緣心不相應行不爾色法二界繫心不相應行三界繫餘如上色法說問曰以何等故說無想定滅盡定是心次第不說無想天答曰或有說者

亦應說而不說者當知此是有餘之說復有說者若用功難得者說不用功不難得者不說復有說者若是善者說彼是無記故不說問曰以何等故無想定滅盡定是心次第而非次第緣耶答曰或有說者若法能生心能增益心能取心是次第緣彼定生時住心礙心使心不相續是以不作次第緣復有說者此定斷心遮心行處是不相應無勢用法是以不作次第緣問曰入無想定滅盡定心出定心是其次第中間有爾許多相續定云何是次第答曰此中更無餘心故得名次第猶如有人一在前行一在後來他人問言彼後來人與誰共來其人答言與其甲人次後而來彼二中間雖有村落樹木畜生等物更無餘人故言次第如是彼二心中間雖復曠遠更無餘心故得名次第問曰諸法是心次第亦是無間耶答曰或有是心次第非心無間有是心無間非心次第有是心次第亦心無間有非心次第非心無間是心次第非心無間者除定初剎那及餘有心法諸餘定及出定心是謂心次第非心無間是心無間非心次第者定初剎那及餘有心法生住無常是謂心無間非心次第是心次第亦心無間者定初剎那諸餘有心法是謂心次第亦心無間非心次第非心無間者除定初剎那及餘有心法生住無常諸餘定剎那及出定心生住無常是謂非心次第非心無間問曰諸是心次第亦是定無間耶答曰應作四句是心次第非定無間者謂定初剎那諸餘有心時是謂心次第非定無間是定無間非心次第

者除定初刹那及餘有心法生住無常諸餘定及出定心生住無常是謂定無間非心次第是心次第亦定無間者除定初刹那及餘有心法諸餘定及出定心是謂心次第亦定無間非心次第非定無間者定初刹那生住無常及餘有心生住無常是謂非心次第非定無間觀有三種所謂别相觀總相觀虚相觀别相觀者觀色是色相乃至觀識是識相觀地是堅相乃至觀風是動相是名别相觀總相觀者十六聖行觀是名總相觀虚相觀者不淨安般無量除入解脫一切處是名虚相觀問曰此三種觀何觀次第能入聖道出聖道時何觀最初現在前答曰或有說者入聖道時三種能入出聖道時三種現在前復有說者總相觀能入聖道出聖道時三種現在前問曰若虚相觀不入聖道此經云何通如說不淨觀次修念覺意答曰此說展轉相因如子孫法其事云何答曰先以不淨觀善調伏心使心止息堪任質直柔軟心得自在然後總相觀現在前能入聖道復有說者總相觀現在前能入聖道出聖道時亦總相觀而現在前問曰若然者若依未至若依初禪若依中間得正決定出聖道時欲界總相觀現在前可爾若依二禪三禪四禪得正決定彼無欲界總相觀所以者何以大遠故復更不得總相觀除達分善根所以者何以聖道後不能復起現在前故出聖道時爲起何等總相觀現在前答曰於暖頂忍中間修總相觀所謂諸行無常苦空無我涅槃寂靜出聖道時此觀現在前評曰不應作是說如前說

者好欲界有三種觀所謂聞慧思慧生得慧色界有三種所謂聞慧修慧生得慧無色界有二種修慧生得慧問曰欲界有三種觀慧何等慧現在前能入聖道答曰欲界思慧觀現在前能入聖道出聖道時三種觀現在前色界修慧觀現在前能入聖道出聖道時二種聞修慧觀現在前非生得慧無色界修慧現在前能入聖道出聖道時亦修慧觀現在前非生得慧問曰以何等故出聖道時欲界生得慧現在前非色無色界答曰欲界生得慧猛利色無色界不猛利若依未至禪得阿羅漢出聖道時還起未至地及欲界心若依無所有處得阿羅漢出聖道時還起無所有處及非想非非想處心若依餘地得阿羅漢出聖道時即起彼地心初禪有三種味淨無漏乃至無所有處亦三種非想非非想處二種味淨味相應次第生味相應及淨不生無漏淨有三種無漏二種淨及無漏不生味淨初禪有四種有退分住分勝進分達分乃至非想非非想處亦有四種退分次第生退分生住分不生勝進分不生達分住分次第生住分生退分生勝進分不生達分勝進分次第生勝進分生住分生達分不生退分達分次第生達分生勝進分不生住分退分復有說者退分次第生三種不生達分住分勝進分盡生四種達分次第生三種除退分問曰若生二禪三禪四禪地欲入初禪識現在前幾種觀現在前答曰隨所住地未離欲者三種觀現在前所謂善染污不隱沒無記出時亦三種現在前若離欲二種有十二種心欲

界繫四種善不善隱沒無記不隱沒無記色界繫三種善隱沒無記不隱沒無記無色界繫亦三種學無學心問曰欲界繫善心次第生幾心復從幾心次第生乃至無學心次第生幾心復從幾心生答曰欲界繫善心次第生九心欲界繫四色界繫二善隱沒無記無色界繫一隱沒無記學無學亦從八心次第生欲界繫四色界二善隱沒無記學無學不善心次第生欲界四心亦從十心次第生欲界繫四色界繫三無色界繫三隱沒無記心亦如是欲界繫不隱沒無記心次第生七心欲界四色界二善隱沒無記無色界一隱沒無記亦從五心次第生欲界四色界一善心色界繫善心次第生十一心除無色界繫不隱沒無記心餘次第能生亦從九心生自地三欲界二善不隱沒無記無色界二善隱沒無記學無學心色界繫隱沒無記心次第生六心色界繫三欲界三除不隱沒無記心亦從八心次第生色界三欲界二善不隱沒無記無色界三色界繫不隱沒無記心次第生六心色界三欲界二不善隱沒無記無色界一隱沒無記亦從色界三心次第生無色界善心次第生九心無色界三欲界二不善隱沒無記色界繫二善隱沒無記學無學心亦從六心次第生無色界三色界一善心學無學心無色界繫隱沒無記心次第生七心無色界三欲界二不善隱沒無記色界二善隱沒無記亦從七心次第生無色界三欲界二善不隱沒無記色界二善不隱沒無記無色界繫不隱沒無記心次第生六心無色界三

欲界二不善隱沒無記色界一隱沒無記亦從無色界三心次第生學心次第生五心欲界善色界善無色界善學無學心亦從四心次第生欲界善色界善無色界善學心無學心次第生四心欲界善色界善無色界善無學心亦從五心生欲界善色界善無色界善學無學心

九八四與十　七五當知欲　十一九六八
六三當知色　九六七亦七　六三知無色
五四亦四五　當知學無學

有二十種心欲界有八心方便善心生得善心不善心隱沒無記心威儀心工巧心報心通果心色界有六心方便善心生得善心隱沒無記心威儀心報心通果心無色界有四心方便善心生得善心隱沒無記心報心無漏有二心學心無學心問曰欲界方便善心次第生幾心亦從幾心次第生乃至無學心次第生幾心亦從幾心生答曰欲界方便善心次第生十心欲界七除通果心色界一方便善心學心無學心亦從八心次第生欲界四方便善生得善不善隱沒無記色界二方便善隱沒無記學無學欲界生得善心次第生九心欲界七除通果心色界隱沒無記心無色界隱沒無記心亦從十一心次第生欲界七除通果心色界二方便善隱沒無記學無學不善心次第生欲界七心除通果心亦從十四心次第生欲界七除通果心色界四生得善隱沒無記威儀報無色界三除方便善隱沒無記心亦如是欲界威儀心次第生八心欲界六除方便善通果心色界一隱沒

無記心無色界一隱没無記心亦從七心次第生欲界七除通果心報心亦如是工巧心次第生六心除方便善通果心亦從七心次第生欲界七除通果心欲界通果心次第生二心欲界通果色界方便善心亦從二心次第生欲界通果色界方便善心色界方便善心次第生十二心色界六欲界三方便善生得善通果心無色界一方便善學無學心亦從九心次第生色界四除威儀心報心欲界二方便善通果心無色界一方便善隱没無記學無學心色界生得善次第生八心色界五除通果心欲界二不善心隱没無記無色界一隱没無記心亦從色界五心次第生除通果心色界隱没無記心次第生九心色界五除通果心欲界四方便善生得善不善隱

没無記心亦從十一心次第生色界五除通果心欲界三生得善威儀報心無色界三除方便善色界威儀心次第生七心色界四除方便善通果心欲界二不善隱没無記心無色界一隱没無記心亦從五心次第生色界五除通果心報心亦如是色界通果心次第生色界二方便善通果心亦從二心次第生色界方便善通果心無色界方便善心次第生七心無色界四色界一方便善學無學心亦從六心次第生無色界三除報心色界一方便善學無學心無色界生得善次第生七心無色界四欲界二不善隱没無記色界一隱没無記心亦從無色界四心次第生無色界隱没無記心次第生八心無色界四欲界二不善隱没無記心色界二方便善隱没無

記心亦從十心次第生無色界四欲界三生得善威儀報心色界三生得善威儀報心無色界報心次第生六心無色界三除方便善欲界二不善隱沒無記心色界一隱沒無記心亦從無色界四心次第生學心次第生六心欲界二生得善方便善色界一方便善心無色界一方便善心學無學心亦從四心次第生欲界一方便善心色界一方便善心無色界一方便善心學心無學心次第生五心欲界二方便善心生得善心色界一方便善心無色界一方便善心無學心亦從五心次第生欲界一方便善心色界一方便善心無色界一方便善心學無學心

十八次生九　十一生於七　十四亦生八
七六及與七　二生二欲盡　十二十八五
九十一七五　二二當知色　七六七四八
十六四無色　六四亦五五　當知學無學

以何等故如人不可得乃至廣說問曰何故作此論答曰爲止他人意故或有說者有人以有人故憶本所作復有說者物性相入相入論者作如是說一切有爲法有二分若晝若夜夜時晝入夜中晝時夜入晝中所以者何如夜中所作晝則憶之以夜入晝中故如晝中所作夜則憶之以晝入夜中故是故憶本所作或有說者物性變物性變論者作如是說迦羅羅變作阿浮陀乃至中年變作老年是故憶本所作如婆吒樹葉青變爲黃彼亦如是或有說者物性往來往來論者作如是說迦羅羅來至阿浮陀中住故乃至廣說以是事故憶本所作問曰物性變論往來論

有何差别答曰物性變論言迦羅羅變作阿浮陀往來論言迦羅羅來至阿浮陀中住俱增長故或有說者覺是一性後所知覺即是前所作覺或有說者意界是常以意界常故憶本所作或有說者有根本陰有客陰客陰所作根本陰能知以是故能憶本所作或有說者前心往後心語後心我作如是事是故憶本所作恒河沙數諸佛及佛弟子不作此論言有人不言物性相入不言物性變不言物性往來不言覺性是一不言意界常不言有根本陰客陰不言前心往後心然能憶本所作如此事微細甚深難知爲顯如此微細甚深難知法故而作此論問曰以何等故唯說如人不可得前心不往後心言我有所作而能憶本所作答曰應如是說以何等故人不可得物性不相入物性不變物性不往來覺性不一意界不常陰性無根本無客陰前心不往後心而能憶本所作而不說者欲現始終略其中間令經文易故若說如人不可得則止有人者意前心不往後心則止往來論者意前心後心則止其餘諸論者意答曰衆生之法得如是相似習智問曰前言無人今何以言衆生答曰欲令所說與法體相順故所以者何若不言衆生但言法法於義雖順於文不便若言衆生文義俱順以是故說於衆生復有說者前說實義今說假名衆生之法得如是相似習智習智者是決定是修習是自在義本所作者隨其本事本事者如其性如其體如其相如其物復有說者應言憶本共作云何共作如本所見曾所更復有

説者應言憶本作事云何本作事隨本形色本所爲欲明憶本所作義故而作此論喻如能書者乃至廣説如能書者不至彼能書者所問言汝作何字彼亦不答我作是字然能書者得如此所習智自所作字亦知他所作字亦知乃至海外書來亦能讀知如是前心不往後心然後心能憶本所作復欲重明此義故更作喻如二知他心展轉相緣此亦不問彼汝思何事彼亦不答我思此事乃至百由旬外二心而能相知如是前心不至後心後心而能憶本所念

阿毗曇毗婆沙論卷第八

音釋

央掘魔羅梵語也正云鴦寠利魔羅此云指鬘掘渠勿切　噓休居切吹也

阿毗曇毗婆沙論卷第九

迦旃延子 造

北涼沙門浮陀䟦摩共道泰譯

雜犍度智品第二之四

復次諸心心數法於所緣定問曰爲於何法定言定耶爲於眼入定爲於色定爲於剎那定答曰或有說者於眼入定不於色定剎那定也所以者何未生心心數法甚多云何於眼入定答曰如眼識於色定其餘諸識各於自境界定若眼與青色和合則生青識若與餘色和合則生餘識問曰若然者便有二心知青色心則異知黃色等心復違識身經文如說過去眼識爲緣過去法緣現在法緣未來法耶答曰緣過去法不緣現在未來法復有說者於眼入定色定於剎那不定所以者何未生心心數法甚多云何於色定答曰若緣青色則生青識餘則不生緣黃等色亦復如是問曰青色衆多有青莖青枝青葉青華青果若緣青莖識云何不即是緣青枝青葉青華青果識耶評曰應作是說於二法定問曰若然者未生心心數法則多答曰未生法多復有何過未來世寬無住處耶先已有住處故問曰若心心數法於緣定於所依亦定耶答曰於所依亦定其事云何如未來心心數法於所依則遠若生現在前與所依則俱若滅則遠所依復有說者未生心心數法於所依遠若現在前則俱若滅俱滅問曰若心心數法於所緣所依定者彼於何時能有所緣爲於生時爲於滅時若以生時生時是未來云何未來能有所作若以滅時滅是壞散

衰退之法云何壞散衰退之時能有所緣評曰應作是說滅時能緣非是生時所以者何未生法是未來未來法不能有所作滅時名現在現在法能有所作問曰若然者云何以壞散衰退之法能有所作答曰一切有法皆爾體性羸劣屬衆因緣不得自在若心心數法於依所緣和合能有所緣未來世依及境界散亂如未來過去亦爾現在則衆緣和合若當現在不能緣境界者則畢竟無緣境界義問曰若心心數法於所緣所依定者此中何以但說所緣不說所依答曰此中說所念事故不說所依若有所念必依所緣不用所依如一境界則爲衆多心心數法所緣如前一心緣已後衆多心亦緣猶如一人而有百子若一子念父餘子亦念彼一境界爲多心所緣亦復如是問曰若所更事異所念事異云何不提婆達多所更延若達多能憶若延若達多所更提婆達多能憶答曰提婆達多身異延若達多身異憶本所作者身則不異復有說者如提婆達多延若達多心不得展轉爲因憶本所作前爲後因復有說者若心相續若身相續能憶本所作提婆達多延若達多心不相續身不相續問曰若心相續者何以先見一牛後見餘牛言是本牛答曰曾所更事要當相似爾乃識之先所見牛雖後曾更而與後牛不相似故是以不識若前牛與後牛相似爾乃可識前所更意必當有力後不失念而能憶本所作先生心聚以意名說後生心聚以念名說以前意有執力故令後念憶本所作不失念者所謂不狂心不亂

不爲苦痛所逼是也有二種心一同行心二同緣心苦法忍苦比忍苦比智是名同行心不名同緣心集法忍集法智是名同緣心不名同行心苦法智亦名同行心亦名同緣心其餘心亦不同行亦不同緣同行心所更事同緣心能憶同緣心所更事同行心能憶有三種心善不善無記若善心所更事善不善無記心能憶不善無記心亦如是復有四種心善不善隱没無記不隱没無記如善心所更事四種心能憶乃至不隱没無記心所更事四種心能憶復有四種心從因緣生心從次第緣生心從境界緣生心從威勢緣生心若一心曾所更事四心盡能憶復有五種心見苦所斷心乃至修道所斷心若見苦所斷心所更事五種心能憶見集所斷修道所斷亦如是見滅所斷心所更事四種心能憶除見道所斷心修道亦如是除見滅所斷心復有六種心所謂六識若六識所更事意識能憶復有十二種心欲界善心不善心隱没無記心不隱没無記心色界三種除不善無色界亦如是學心無學心如十二種心有相似十二法十二念如欲界善心所更法十二念盡能憶不善亦如是隱没無記心所更法有八種念能憶欲界四色界善不隱没無記學無學欲界不隱没無記亦如是色界善心所更法十二種念能憶色界隱没無記心所更法十種念能憶除欲界隱没無記不隱没無記色界不隱没無記心所更法十種念能憶除無色界隱没無記不隱没無記無色界善心所更法十種念能憶除欲界隱没無記不

隱沒無記無色界隱沒無記心所更法九種念能憶欲界善不善色界善隱沒無記無色界三種學無學不隱沒無記亦如是學心所更法十二種念能憶無學心亦如是如經說尊者舍利弗作如是言諸長老若不壞意内入照了外入法能生正觀現在前則意識生彼云何壞意入答曰壞有三種所謂須臾壞命終壞究竟壞須臾壞者若入無想定滅盡定是名須臾壞命終壞者如斷善根壞善意如凡夫人離欲乃至命終時壞不善意究竟壞者知苦比智生苦諦所斷意究竟壞乃至道比智生見諦所斷意究竟壞住不退法斯陀含見諦所斷意及欲界修道所斷六種意究竟壞住不退法阿那含一切見諦所斷意欲界修道所斷染污意究竟壞住不退法阿羅漢一切染污意究竟壞以何等故所念事忘而復憶答曰衆生之法心相似次第生知見者有三種相似所謂方便相似境界相似隨順相似云何方便相似如人讀修多羅而後忘失後勤方便還復通利毗尼阿毗曇勤方便亦如是先修不淨觀而後忘失後勤方便隨其境界還現在前安般觀界方便亦如是曾聞有婆羅門子讀違陀經而後忘失還欲通利盡其方便而猶不能往詣師所而問之言本所讀經今悉忘失還欲通利雖勤方便猶故不能今當云何其師問言汝本讀時云何而讀弟子答言初讀經時手則索繩口誦經文師告之言當如先法還讀誦之弟子如教後便通利是名相似方便云何境界相似如於此處見河池山林經行住處後至異

處若見如先事者還復憶念本所見事是名境界相似云何隨順相似如得隨順飲食方土住處說法同行之人則能憶本所作曾聞有一比丘讀誦阿含而後忘失雖勤方便猶故不能還得通利往詣大德阿難所作如是言本讀阿含而今忘失雖勤方便猶故不能還令通利今當云何阿難語言可求多油入浴室中以用塗身煖水洗浴加求隨順飲食方土住處說法同行之人彼如其言具諸方便即還通利是名隨順相似云何次第彼相續不斷是名次第復有說者次第者不相續心還令相續無能遮止不爲對治所壞亦所更意力強而不失念者前生心聚以意名說後生心聚以念名說前心有力故能令後心憶本所作不失念者不狂不心亂不爲苦痛所逼尊者和須蜜說曰以三事故所念事忘而復憶一者善取前相二者有相似方便三者不失念以何等故先所念事忘而不憶答曰衆生之法心不相似次第生心知見者有三種不相似所謂方便不相似境界不相似隨順不相似云何方便不相似如人讀修多羅而後忘失復讀毗尼阿毗曇亦復忘失先修不淨觀後復忘失復修安般觀界方便亦復忘失是名方便不相似云何境界不相似本曾見河池山林經行住處如是等事後至異處不見如是等事於前所見更不復憶是名境界不相似云何隨順不相似若不得隨順飲食方土住處同行之人於前所作永不復憶是名隨順不相似不次第者不相續斷絕是名不次第亦所更意力弱而失所念者

彼前生心聚以意名說後生心聚以念名說前心弱故不能令後心憶本所作失念者若狂心亂爲苦所逼尊者和須蜜說曰以三事故前所念事忘而不憶一者不善取前相二者無相似方便三者失所念問曰色界修慧亦有忘而不憶耶答曰亦有以身羸弱故心亦羸弱心羸弱故所念事忘而不憶誰有此忘而不憶耶答曰聖人凡夫俱有聖人者須陀洹斯陀含阿那含阿羅漢辟支佛亦於所念事忘而不憶唯有如來憶而不忘何以知之如經說佛告舍利弗假使諸比丘衆於百年中若以坐牀卧牀轝我而行若當如來無上智辯而有退失無有是處如持四弓喻乃至廣說以是事故知如來無忘何故祭祀餓鬼則到乃至廣說問曰何故作此論答曰欲解佛經故如經說生聞婆羅門往至佛所問佛言沙門瞿曇我有親里命過欲施其摶食爲得食不佛告婆羅門此事不定所以者何有五道生處地獄乃至天道婆羅門若汝親里生地獄中即食地獄中食以自存活彼云何能受汝所施摶食生畜生人天中亦復如是婆羅門言沙門瞿曇若我親里不生餓鬼中者所施摶食誰當受之佛語婆羅門欲令餓鬼道中無汝親里者無有是處彼經雖說施與餓鬼則到未說所以今者欲說祭祀餓鬼則到非餘處故而作此論彼佛經是此論根本因緣諸經中未說者今盡說之以何等故祭祀餓鬼則到問曰爲以此道高勝故到爲以下賤故到若以此道是下賤者地獄畜生是則下賤若以此道是高勝者人天則勝

答曰應作是說不以勝到亦不以賤到云何能到答曰此道自爾乃至廣說有二事故祭祀餓鬼則到一者是業二者此道自爾先已說之猶鴻鴈孔雀鸚鵡舍利瞿翅羅共命等諸鳥而能飛行乃至廣說然神不勝人勢不勝人隨其所欲而能飛行於虛空中久住遊戲然人欲住虛空去地四指經須臾間猶無能者如彼衆鳥而能飛行生處自爾此餓鬼道祭祀則到生處亦爾亦如一地獄道中或有能自識宿命者如經說地獄衆生作如是念諸沙門婆羅門恒如是說貪欲見將來過患可畏之處是以當斷貪欲我等以不能斷貪欲因緣故今受極劇苦痛極惱問曰彼作如是念時爲初生時爲中時爲後時耶答曰初生時非中後時所以者何初生之時未受

苦痛若受苦痛次前滅事尚不能憶況復久遠問曰爲住何心作如是念善耶不善無記耶答曰住三種心能作是念爲是意地爲五識身答曰意地非五識身爲是威儀爲是工巧爲是報心答曰是威儀非是工巧報心所以者何彼處無有工巧以報心是五識地故爲念幾世耶答曰一世於彼處死來生此間或有說者亦能憶念多世評曰不應作是說如先說者好亦能知他心者其事云何答曰若獄卒杻械種種殺害之器在前而立作如是念彼獄卒意今欲殺我評曰不應作是說若然者人亦能知可名他心智耶如是說者好彼有生處得智能知他此事爲初知爲中知爲後知耶答曰應如前廣說畜生中亦有能自識宿命者如經中說傷佉汝若是我父

都提耶者可昇此座即便昇之復作是言汝若是我父都提耶者可食此秔米肉飯即便食之復作是言汝若是我父都提耶者可示我所藏寶物即便示之問曰作如是念時爲是初爲中後耶答曰三時俱能爲住何心答曰住善不善無記心中悉能威儀工巧報心亦能能知幾世耶答曰或有說者能知一世死彼生此處或有說者能知多世何以知之曾聞有一女人置其嬰兒在於一處有因緣故餘行不在時有一狼擔其兒去時人捕搦而語之言汝今何故擔他兒去狼答之言此小兒母是我怨家時人問言有何怨耶狼即答言此小兒母五百世中常食我兒我亦五百世中常殺其子若彼能捨舊怨之心我亦能捨時人語其兒母可捨怨心兒母答言我今已捨時狼觀兒母心雖口言捨而心不放即便害其兒命而去如此者能知他心亦識宿命何時知耶答曰初中後悉知住何心知答曰善不善無記悉知意地知非五識身威儀工巧報心亦能知彼經文雖不說而餓鬼道亦有此智何以知之曾聞有一女人爲餓鬼所持即以呪術而問鬼言何以惱他女人鬼答之言此女人者是我怨家五百世中而常殺我我亦五百世中斷其命根若彼能捨舊怨之心我亦能捨爾時女人作如是言我今已捨怨心鬼觀女人雖口言捨而心不放鬼即斷其命根捨之而去爲何時知耶答曰廣說如上諸天道亦有此生處得智而無現事可說爲何時知耶答曰廣說如上人道中無如此生得智問曰何以故無答曰非器非

田故復次人中有瞻相智有覩言相智彼生得智爲如此智所覆蔽故復次人中雖無此生得智而有勝妙者所謂他心智願智問曰爲知幾心答曰或有說者地獄還知地獄心畜生還知畜生心餓鬼還知餓鬼心復有說者地獄還知地獄心畜生還知畜生心亦知地獄心餓鬼還知餓鬼心亦知地獄畜生心天盡知五道心問曰若畜生不知天心者施設世界經云何通如說善住龍王伊羅拔那龍王知帝釋心所念猶如猛健丈夫屈伸臂頃於自住處没在帝釋前立答曰此是比智何以知之諸天若欲出軍鬭戰之時善住龍王脊背諸骨自然出聲彼作是念今我脊背聲出定知諸天必與阿修羅共戰諸天若欲遊戲之時伊羅拔那龍王背上自然有香手像現彼作是念我今背上有香手像現定知諸天欲遊戲園林餓鬼亦有生得智能識宿命如偈說

我本求財物　如法或非法　他人得其樂　今我受苦惱

問曰爲何時知答曰廣說如上諸天亦有生得智能自識宿命如偈說

今我祇洹林　恒住諸聖衆　法王亦在中　令我心歡喜

問曰爲何時知答曰廣說如上問曰以何等故人無生得智自識宿命答曰非其器廣說如上復次爲餘法所覆蔽如性自念前生智復次人中雖無生得智自識宿命通而有勝妙者所謂宿命通願智彼亦能雷電興風降雨者唯畜生能非餘畜生道中唯龍能作非

餘彼畜生中能與風降雨近者是其功用果所住之處遠邊外出者是其威勢果問曰爲一龍能作如是等事不耶答曰能作問曰若然者經何以説異耶如説或有天能雨或有天能風乃至廣説答曰隨其所樂故或有樂爲雨者樂爲風者乃至廣説以所樂不同經説有異如此等自爾所欲便異彼餓鬼道自爾施其摶食則到復有説者五道生處各有自爾之法如地獄報色斷便還續生處自爾畜生中能飛虛空餓鬼施摶食則到人中有勇健念力梵行勇健者不見果而廣能修因念力者久遠所作久遠所説而能憶念梵行者能得解脫分達分善根得正決定天中有自然隨意所須之物如是等諸道各有生處自爾之法復有説者方土亦有生處自爾之

法如罽賓土秋時牛胭繫欝金華鬘餘方貴勝所不能得如那伽羅國凡夫飲蒲萄酒東方貴人所不能得如東方貴勝衣絹凡人衣氍如北方人貴勝衣氍凡人衣絹如諸道諸方各有生處自爾之法隨意能果彼餓鬼亦爾施其摶食隨意能果復次有人長夜有如是欲有如是念乃至廣説彼人長夜有如是欲如是念所念便果猶如邊僻聚落中人爲富名故守護家財多畜牛羊衣服穀米及諸生業之具爲名譽故不施與人以不施與人故身壞命終墮餓鬼中復有説者有人性親愛眷屬欲饒益之爲眷屬故如法或不如法求財及其得時以慳惜故於已眷屬尚無心與況復餘人以無施心故身壞命終墮餓鬼中若在本舍邊不淨糞穢廁溷中住諸親里

等生苦惱心作如是念彼積聚財物自不受用又不能施人以苦惱心故欲施其食請諸眷屬親友知識沙門婆羅門施其飲食爾時餓鬼親自見之於眷屬財物生已有想作如是念如此財物我所積聚今施與人心大歡喜於福田所生信敬心即時增長捨相應思以如此業能得現報是故施其摶食則到復有說者過去世時作如是業施與則到其事云何尊者和須蜜答曰彼諸餓鬼以慳惜故有顛倒想有顛倒見以有顛倒想見故河見非河水見非水於好飲食見是不淨彼諸親里爲於此人修布施時能生信心則除顛倒見河是河見水是水見食是食復有說者餓鬼有二種一者樂淨二者樂不淨彼樂淨者以慳惜故於河等顛倒想如先說樂不淨者見河則乾於滿器飲食見其中空若諸親里爲其人故修布施時其鬼見已於所施物及福田所生歡喜心即能增長捨相應思以是業故除顛倒想樂淨者於河見河見水是水器中飲食見是淨食樂不淨者見水滿河於空器中見食滿器以是事故作如是說施與餓鬼摶食則到復有說者彼餓鬼前世有少善行於諸飲食不生倒想以慳惜故身心怯弱以怯弱故不能往詣諸餓鬼中有威德者所或有因緣往詣其所心不喜樂所以者何以自身卑賤故彼威德餓鬼以福德因緣有種種飲食此鬼身心怯弱故不敢食之若諸親里爲其人故修布施時其鬼見已於所施物及福田所生歡喜心以此信樂心故便得勝身心以得勝身心故而能往詣諸餓鬼中

有威德者所生喜心樂心所得飲食盡能食之以是事故施於餓鬼搏食則到尊者佛陀提婆說曰不應他作他受但以彼諸親里爲其鬼故修行布施其鬼若於福田財物生信敬心於此果報亦有其分以其事故施與餓鬼搏食則到非餘道也問曰爲餓鬼作福爲唯得飲食亦增益其身耶答曰亦得飲食亦增益身得飲食如先所說云何增益其身其身臭者得香惡色得好麤觸得細無威德身得威德身問曰餘道中亦能得此果報不耶答曰若能生信心則得不能生者則不得問曰若諸道中皆得如是等事此中何以獨說餓鬼道不說餘道答曰以諸餓鬼爲饑渴故常有希望飲食之心以自存活餘道不必有如是心是故不說復有說者以餓鬼道中常有求心期心是故施之則到有五趣所謂地獄畜生餓鬼人天問曰五趣體性爲是不隱沒無記爲是三種若是無記者波伽羅那說云何通如說趣性是一切使所使若有三種則壞諸趣體云何壞趣體答曰地獄衆生則應成就他化自在天煩惱業及善他化自在天亦成就地獄衆生煩惱業及不善應作此說趣體性是不隱沒無記問曰若然者波伽羅那說云何通答曰彼應作如是說地獄畜生餓鬼人趣體性是欲界一切徧使及思惟所斷諸使所使天趣體性是三界一切徧使及思惟所斷諸使所使應如是說而不說者有何意耶答曰彼誦者錯謬故作如是說復有說者和合諸趣心是五行所斷是以一切使所使復有說者趣體性有三種問曰若然

者云何不壞趣體性答曰若以成就言之則壞若以現在行言之則不壞云何現在行言之則不壞答曰如地獄畜生餓鬼成就他化自在天煩惱業及善而不現前行如他化自在天成就地獄餓鬼畜生煩惱業及不善而不現在行評曰應作是說地獄體性是不隱没無記何以知之如尊者舍利弗作如是言諸長老若地獄漏現在前造作地獄苦痛身口意業所謂身口意曲濁穢果報生地獄中生已受彼報色乃至識是名地獄趣諸長老除此五陰更無有法名地獄趣以是事故知趣體性是不隱没無記然以報故五趣差別此是趣性今當說趣所以者何故名爲趣答曰趣彼生處趣彼生相續是名爲趣已說諸趣總相一一相今當說云何名地獄趣答曰是地獄分與地獄衆生爲伴受地獄身處所得體性得諸入得生彼處得不隱没無記色受想行識是名地獄趣以何等故名泥犂迦所以者何彼中無有喜樂無氣味無歡喜無利無喜無樂無喜樂故言無有復有說者作增上身口意惡行故生彼處彼處生相續是名地獄趣復有說者地獄趣者是名施設是想施設不必如名悉有其義復有說者是趣卑下於五道中更無卑下如地獄趣故名卑下復有說者是趣墮落如偈說

諸墮地獄者　其身盡倒懸　坐誹謗賢聖
及諸淨行者　諸根皆毀壞　如彼燋爛魚

復有說者泥犂迦所以者何生彼衆生無有去處無有依處無有救處故名無去處復以何故名阿毗至阿毗至亦名渟受苦痛亦名

百釘釘身亦名六苦觸復有說者衆生生彼者多無容受處故言無間不應作是說所以者何生餘地獄者多生阿毗至者少何以知之作增上身口意惡業生阿毗至中衆生少有作增上身口意惡業者如衆生少作增上善行生有頂中彼亦如是復有說者無有暫樂故名無間問曰若然者餘大地獄中有意樂爲樂受間耶答曰雖無意樂樂受有二種一者依二者報一切地獄無報樂受而有依樂受阿毗至中依樂受亦無何以知餘大地獄中有依樂受如施設世界經中說唱活地獄中有冷風來吹衆生身還生血肉或作是唱諸衆生活諸衆生活爾時衆生即便還活以是事故知餘地獄有依樂受阿毗至中無如是事故無依樂受復有說者生阿毗至中衆生其身雖大受苦痛時無有間處故名無間問曰地獄爲在何處答曰或有說者閻浮提下四萬由旬有阿毗至地獄問曰其餘諸獄爲在上下耶爲在傍邊耶答曰或有說者阿毗至獄在於中央其餘諸獄周迴四邊如今城在其中村落圍遶問曰此閻浮提縱廣七千由旬下諸地獄各各廣大如偈說

火炎遍滿多由旬　見者恐怖身毛竪
諸惡衆生常然之　其炎熾盛不可近

如是地獄一一廣大云何可受答曰此大地形下廣上狹其猶堆穀在地是故經說大海漸廣轉深復有說者阿毗至獄最在其下次上有大炙地獄次炙地獄次大叫喚地獄次叫喚地獄次壓地獄次黒繩地獄次唱活地獄彼阿毗至獄縱廣高下二萬由旬周帀八

萬由旬其餘諸獄縱廣萬九千由旬或有說者其餘諸獄縱廣萬由旬復有說者閻浮提下四萬由旬有阿毗至獄阿毗至獄縱廣高下二萬由旬周迴八萬由旬大炙地獄縱廣高下五千由旬乃至唱活地獄各各五千由旬如是七地獄合三萬五千由旬餘五千由旬千由旬青色地千由旬黃色地千由旬赤色地千由旬白色地有五百由旬是白墡五百由旬是泥一一地獄有十六眷屬云何十六答曰一一地獄各有四門一一門各有四眷屬一名熱沙上下没膝地獄二名惡蟲沸屎地獄有刀道地獄有雨刀葉地獄有刀林地獄如是三種是第三眷屬第四名熱灰河地獄如是門門各有四種眷屬阿毗至獄通已身及眷屬合有十七餘七地獄亦爾都合有一百三十六諸眷屬地獄中以種種苦治罪人正地獄中以一種苦治罪人閻浮提下亦有正地獄閻浮提地上唯有邊地獄或在山上或在谷中或在曠野或在空中弗婆提瞿陀尼唯有邊地獄無正地獄鬱單曰無正地獄亦有邊地獄所以者何彼是淨果報故問曰以何等故閻浮提下有正地獄餘處則無答曰閻浮提人修善猛利作不善業亦復猛利是故閻浮提有正地獄餘處則無問曰如餘方亦作五無間諸餘重業為於何處受其報耶答曰於此閻浮提下受問曰諸地獄卒為是衆生為非衆生耶若是衆生者多作不善業當於何處復受此報若非衆生者曇摩須菩提所說偈復云何通如說

剛强瞋恚人　常樂作諸惡　見他苦生喜

死作閻羅卒
答曰或有說者是衆生數問曰若然者多作不善業當於何處復受此報答曰即於彼處受報所以者何作無間業斷善根增上邪見者猶於彼受報況地獄卒復有說者非衆生數以諸衆生罪業因緣故實非衆生作衆生像而現其前以種種事治諸罪人問曰若然者曇摩須菩提偈云何通答曰此造文頌不必須通所以者何造文頌有增有減有得有失若欲通者其事云何答曰諸以鐵鎖繫縛衆生詣閻羅王所是衆生數餘種種治諸罪人者非衆生數如是說者好地獄衆生其形云何答曰其形如人言語云何答曰初生未受苦痛時盡作聖語後受苦痛時雖出苦痛聲乃至無有一言可分別者但有打棒壞裂之聲云何名畜生趣答曰是畜生趣分與畜生爲伴乃至廣說以何等故名畜生趣答曰其形傍故行亦傍其行傍故形亦傍故名畜生趣復有說者作身口意過行生彼道中故名畜生趣復有說者畜生者名施設想施設不必如名盡有其義復有說者徧有故名畜生趣此徧五道中地獄中有無足者如能究陀等有二足者如烏鵄羅那等有四足者如狗等有多足者如百足等餓鬼中亦有無足者如蛇等有二足者如烏鵄羅那等有四足者有威德者則有象馬等無威德者唯有狗等有多足者如百足等人中亦有無足者如腹行蟲等有二足者如鴻鴈等有四足者如象馬等有多足者如百足等天中四天王三十三天有二足者如鴈孔雀等有四足者如

象馬等自上有二足者如鴈孔雀鳥等問曰聞自上諸天亦乘象馬今言無者其事云何答曰彼衆生福業因緣故作非衆生數象馬形以自娛樂復有說者以盲冥故名爲畜生盲冥者謂無明也五道之中無明多者莫若畜生問曰畜生住處正在何所答曰根本住處在大海中諸渚亦有其形云何答曰其形傍側亦有形上向者如毗舍遮如伊盧薩迦如闍盧破麴羅緊那羅等言語云何答曰世界初成時一切衆生盡作聖語後以飲食過患時世轉惡諂曲心多便有種種語乃至有不能言者云何名餓鬼趣答曰是餓鬼分乃至廣說以何等故名卑帝梨或有衆生最初生彼道中名爲祖父後諸衆生生彼處生彼相續者亦名祖父是故此趣名爲祖父復有說者衆生長夜不修行廣布慳貪之心生彼趣中故名餓鬼復有說者此是名施設乃至廣說復有說者多飢渴故名曰餓鬼彼諸衆生其腹如山咽如針孔於百千歲不聞水聲亦不曾見何況得觸復有說者被驅使故名曰餓鬼彼恒爲諸天處處驅使是故此趣名曰驅使復有說者常於他人有希望故名曰餓鬼以如是等緣故此趣名餓鬼問曰此趣住在何處答曰或有說者閻浮提下五百由旬有閻羅王住處是根本住處其餘諸渚亦有住閻浮提渚者有二種一有威德二無威德有威德者住華林果林種種樹上好山林中亦有宮殿在虛空中者無威德者住不淨糞穢屎尿之中弗婆提瞿陀尼亦有二種有威德者無威德者鬱單越唯有威德者所以

者何彼地清淨果報處四天王三十三天唯有威德者復有說者閻浮提西有五百渚兩渚中間有五百餓鬼城其二百五十有威德者住其二百五十無威德者住是故尼彌轉輪聖王告御者摩多羅曰我欲昇天汝可從是道去使吾見諸衆生受惡報者受善報者爾時摩多羅御者即如王教從諸城過爾時彼王罪福俱見有威德者如諸天子頭戴天冠身著天衣食甘美飲食各各遊戲而自娛樂無威德者倮形無衣以髮自覆手執瓦器行乞自活其形云何答曰有上立者有傍側者或面似猪如壁上畫像言語云何答曰世界初成一切衆生盡作聖語餘如先說復有說者隨其死處往生彼間如彼本形隨彼本語評曰不應作是說所以者何若從無色界死來生此趣可無形無言耶應作是說隨彼生處形言亦爾人趣云何答曰是人分是人伴侶乃至廣說以何等故名摩㝹奢昔有王名頂生化四天下告諸衆生諸有所作意當善思當善籌量當善憶念時諸衆生即如王教諸有所作思量憶念然後便自有工巧作業種種差別以人所作先意思故是故名人爲意如人先未有此名時展轉相呼多羅裳伽亦呼阿婆建荼復有說者以修下身口意善業生彼趣中故名人趣復有說者是名施設廣說如上復有說者慢偏多故五道之中慢心多者莫若於人是故此趣名爲人趣復有說者此趣能止息意故五道之中能止息意莫若人趣所以者何人能得解脫分善根達分善根能親近善知識等四法亦能修行

親近善知識等四法是故此趣名人問曰爲住何處答曰住四天下亦住八大渚上所謂一名拘羅婆二名喬羅婆三名毗地呵四名蘇毗地呵五名奢吒六名欝多羅曼提那七名婆羅八名遮摩羅彼拘羅婆喬羅婆二渚是欝單越眷屬毗地呵蘇毗地呵二渚是弗婆提眷屬奢吒欝多羅曼提那二渚是瞿陀尼眷屬婆羅遮摩羅二渚是閻浮提眷屬復有說者此二渚是閻浮提別名三天下二渚亦如是復有說者此諸渚上盡有人住但其形短小此一一渚有五百小渚以爲眷屬或有人住或無人住問曰人形云何答曰其形上立言語云何答曰世界初成時盡作聖語餘如上說云何天趣答曰天分天伴侶得天身乃至廣說以何等故名天趣答曰諸趣中勝故有何等勝所謂有勝樂勝吉善勝身勝形體勝有如是勝故名曰天趣復有說者行增上身口意善業生彼趣中故名天趣復有說者此名施設廣說如上復有說者諸天無晝夜常以光明自照故名天趣復有說者以善行因緣故生彼天趣中常自遊戲娛樂故名天趣爲住何處答曰住須彌山側四邊水上遶須彌山廣萬六千由旬有杵手天住處次上萬由旬遶須彌山廣八千由旬是持華鬘天所住之處次上萬由旬遶須彌山廣四千由旬是常放逸天所住之處次上二萬由旬遶須彌山廣二千由旬是四天王所住之處有七種金山四天王城天民村落悉在其中此處諸天於下最多次上四萬由旬須彌山頂有善見城縱廣萬由旬是三十三天所

住之處須彌山頂縱廣幾何答曰周匝四萬由旬離須彌山頂四萬由旬中間如雲有㶩摩諸天依地而住如是次第上至善見諸天皆依地住從善見天上至阿迦膩吒天亦依地住

阿毗曇毗婆沙論卷第九

音釋

瞿翅羅梵語也此云好聲鳥瞿權俱切翅施智切　劇奇逆切甚也　杻械杻敕久切械胡懈切杻械桎梏也　秔古行切稻之不黏者曰秔　捕搊捕薄故切捦捉也搊楚鳩切手搊也　胭於乾切胭喉也　蒱萄蒲薄孤切萄徒刀切　廁溷廁初吏切溷胡困切　泥犂迦梵語也此云無有迦居牙切　墡常演切白土也　毱巨六切　畢帝梨梵語也此云祖父畢班糜切　摩㝹奢梵語也此云意㝹奴侯切奢詩遮切

阿毗曇毗婆沙論卷第十

迦旃延子造

北涼沙門浮陀跋摩共道泰譯

雜揵度智品第二之五

齊量云何如須彌山頂量上至他化自在天量亦如是如四天下齊量初禪地齊量亦如是如千世界齊量第二禪地齊量亦如是如二千世界齊量第三禪地齊量亦如是如三千大千世界齊量第四禪地齊量亦如是復有說者如須彌山頂齊量焰摩諸天齊量轉大一倍如是乃至他化自在天轉大一倍亦爾如千世界齊量初禪齊量亦爾如二千世界齊量第二禪齊量亦爾如三千大千世界齊量第三禪齊量亦爾第四禪地齊量則無量無邊是故於第四禪地起我見者是見難斷難捨復有說者第四禪地齊量不定若諸天子生彼禪中則有爾許宮殿處所若其命終處所便滅是故不定評曰如前說者好彼地無量無邊問曰彼第四禪地三災所不及云何非是常耶答曰非常墮諸剎那故諸天其形云何答曰其形上立言語云何答曰盡作聖語已說諸趣種種所以今當復說阿脩羅所以何故名阿脩羅答曰脩羅是天彼非天故名阿脩羅復有說者脩羅言端正彼非端正故名阿脩羅何以知之世界初成就時諸阿脩羅先住須彌山頂後光音諸天命終生須彌山頂上亦有宮殿自然而出諸阿脩羅與大瞋恚即便避之如是有第二天宮展轉乃至三十三天悉滿其上諸阿脩羅生大瞋恚捨須彌山頂退下而住以瞋恚故形不

端正以是事故名不端正問曰爲住何處答曰或有說者須彌山中有空缺處猶覆寶器中有大城諸阿脩羅在中而住問曰若然者諸龍見阿脩羅軍著金銀瑠璃玻瓈鎧手執弓箭種種器仗從阿脩羅城出此言善通如說阿脩羅言我所住大海同一鹹味此說云何通答曰諸阿脩羅村落人民居在大海阿脩羅王住須彌山中復有說者阿脩羅居大海水以金爲地地上有金臺縱廣五百由旬其上有城諸阿脩羅在中而住問曰若然者此經善通如說諸阿脩羅言我住大海同一鹹味此言善通如說諸阿脩羅軍從城而出乃至廣說此云何通答曰諸天以龍在金山中用爲守邏是以見之阿脩羅城中有四種園觀一名歡喜二名喜樂三名大喜樂四名愛樂亦有質多羅婆吒梨樹問曰阿脩羅爲天趣所攝爲餓鬼趣攝若是天趣何以無有得正決定者若是餓鬼趣者何以乃與諸天交親何以復與諸天戰鬪此經復云何通如說帝釋作如是說毗摩質多羅王汝本是此處天答曰或有說者此是天趣所攝問曰若然者何以無有得正決定者答曰爲諂曲所覆故其事云何答曰彼阿脩羅作如是念佛偏爲諸天若佛爲說四念處彼作是念爲我等說四念處必爲諸天說五念處若佛爲說三十七助道法彼作是念佛爲我等說三十七助道法必爲諸天說三十八助道法以爲如是諂曲心所覆故不能得正決定復有說者是餓鬼趣所攝問曰若然者何以與諸天交親答曰諸天貪美色故不爲族姓如舍脂

阿脩羅女端正無雙是以帝釋納之爲妻亦如頭摩緊那羅王女名曰摩㝹訶利須陀那菩薩納之爲妻菩薩是天趣緊那羅是畜生趣如此皆爲美色不爲族姓以何等故復與諸天共戰鬭耶答曰亦有不如與勝者共鬭如奴僕亦與其主而共鬭諍狗亦與人諍彼亦如是此經復云何通如說毗摩質多羅王汝本是此處天答曰毗摩質多羅王是帝釋婦公以尊重恭敬故作如是言問曰如跋陀那神女旃陀迦神女旃陀利迦神女伊吒地婆神摩頭建陀神等爲是天趣所攝爲餓鬼趣所攝若是天趣所攝何以奪人精氣亦斷人命受人祠祀若是餓鬼趣所攝者此經云何通如偈說

欝多利莫鬧　畢陵伽亦然　若我見眞諦　汝等亦當得

答曰或有說者是天趣所攝問曰若然者何以奪人精氣亦斷人命受人祠祀答曰彼不奪人精氣亦不斷人命不受人祠祀彼所將眷屬或有奪人精氣者斷人命者受人祠祀者復有說者是餓鬼趣所攝問曰若然者如所說偈云何通耶答曰彼有信向諦心故實不見諦於諦中愚何由能見如摩頭建陀神所說云何通答曰此是自高之言於諸趣中愚何能見趣差別但自高故作如是說如今富者於奴僕邊亦自稱高彼亦如是是四天王給使自言我是天生四天王天中諸依地住神彼盡餓鬼趣所攝諸毗舍遮神緊那羅神醯樓索迦神婆樓尼神奢羅破仇羅神盡畜生趣所攝彼雖其形上立猶有畜生相或

有耳尖或有著甲諸夜叉羅刹竭吒富單那鳩槃茶等盡是餓鬼趣所攝如說是地獄分是地獄伴侶命根等心不相應行此說是地獄衆生或有說者不應作是說言是處所得體性得諸入得應言是地獄分地獄伴侶復有說者應說所以者何說處所得者諸界得體性得者諸陰得諸入得者說內外入得問曰若說界陰入得便足何以復作是說生地獄衆生得無記色乃至識答曰爲說報果故以報果故五道差別當言一眼見色乃至廣說問曰何以作此論答曰爲止併義者意故如尊者曇摩多羅說眼不見色識見色爲止如是意故言眼見非識見如犢子部說一眼見色非二眼一時見所以者何以相遠故以捷疾故人謂兩眼一時見色問曰若以相遠不得一時見者身根亦相遠如兩臂而能一時覺觸生於身識兩眼亦應爾是故爲止併義者意而作此論復次爲斷人疑意故而作此論衆生兩眼相去或半指一指二三四指半尺一尺一肘一尋半拘盧舍一拘盧舍半由旬一由旬二三四由旬乃至百由旬如大海中有衆生身或百由旬或百四十由旬或二百一十由旬如色界阿迦膩吒天身長萬六千由旬如是等衆生兩眼相去甚遠有如此事人生疑心爲二識一時生兩眼中爲一眼各有一識耶爲二識一眼中生已復生一眼中爲一識分爲二分在兩眼中生爲如橫木通兩眼中耶若當二識一時生兩眼中者云何不有二心過若當一眼中生已復生一眼中者云何不有前後刹那過若當一識分

爲二分在二眼中者云何一識非是分法若依身生是名身識若依眼生是名眼識若當如横木通兩眼中者云何一識不亦是身識亦是眼識耶而此五識所依各異所得境界亦異一識二依事不應爾如是二識一時生兩眼中一識生一眼中已復生一眼中一識分爲二分在兩眼中如横木通兩眼中皆不應爾非不依二眼生於一識而能分别極遠微細之色如此皆是甚深微妙難知之法欲説甚深微妙難知之法故而作此論問曰云何一識依二眼生答曰是識所依法故兩眼相去雖遠能爲一識而作所依俱是眼識所依法故設有百眼而爲一識作依者亦無有過如百水精器一面往觀則有百面像現彼亦如是雖是二依生於一識行於境界當言一眼見色乃至廣説答曰當言兩眼見色應説所以令世人生信何以故當言兩眼見色不當言一眼見色如合一眼不生淨眼識則不能廣見境界於境界不明不了不淨若開兩眼則生淨眼識則能廣見境界於境界明了清淨設如合一眼不生淨眼識不廣見境界乃至廣説開兩眼亦不生淨識不廣見境界乃至廣説者不當言兩眼見色但一眼見色生不淨識不廣見境界乃至廣説若開兩眼生淨眼識能廣見境界乃至廣説是故當言兩眼見色不當言一眼見色合者若以手以衣以葉諸餘障眼具壞者若漂翳若赤膜若眼雲若生白膜覆者爲煙塵垢所覆滅者若爛敗若虫噉若墮若破若消涸若挑出若自脱如眼色耳聲鼻香亦如是如所依淨識

則淨所依不淨識則不淨實義淨者善識是淨染汚是不淨或有眼淨識不淨或有識淨眼不淨或有眼識俱淨或有眼識俱不淨眼淨識不淨者如眼無諸障翳生染汚識識淨眼不淨者如眼有障翳生善識眼識俱淨者如眼無障翳生善識眼識俱不淨者如眼有障翳生染汚識問曰何故眼耳鼻有二處所而舌身無兩處所耶答曰如此諸根以莊嚴身若有二舌是鄙陋事世所嫌笑云何此人而有二舌如似毒蛇若有二身亦是鄙陋爲世所笑云何一人而有二身如孿子併問曰以何等故但有二眼二鼻二耳而不多耶答曰如此諸根以莊嚴身若有多眼廣説如上復有説者若有多眼則無所益所以者何如二眼見色則淨多亦無益以無益故唯有二眼耳鼻亦應如是説問曰何故二眼二鼻二耳處所唯説一界一入一根答曰行一境界一識所依以作一事故説一界乃至廣説問曰爲眼見色爲識見爲識相應慧見爲和合見若眼見者無識時亦應見若與餘識合時亦應見若識見者識即見性亦是識性若識相應慧見者耳識相應慧亦應見應聞若和合見者未甞不和合答曰眼見色而必須識眼有二種一報眼二長養眼耳鼻舌身亦如是色入有三種有長養報依香味觸亦如是聲有二種有長養有依意入有三種報依剎那彼苦法忍相應心名曰剎那法入有四種有報依剎那物體物體者以有無爲法故問曰頗有惟報眼無長養眼頗有唯長養眼非報眼答曰無有有報眼無長養眼者如人重

人如墻重墻報眼長養眼亦如是頗唯有長養眼無報眼耶答曰得天眼者是或時長養眼有勢力非報眼或時報眼有勢力非長養眼或時長養眼報眼有勢力或時長養眼有勢力非報眼者如少年時眼或時報眼有勢力非長養眼者如老病時彼長養力少或時長養眼報眼俱有勢力者如中年時或有衆生長養眼有勢力非報眼或有報眼有勢力非長養眼或有長養眼報眼俱有勢力或有長養眼報眼俱無勢力長養眼有勢力非報眼者如富貴人本眼性劣以種種所須令眼明淨或報眼有勢力非長養眼者如田作人無種種所須之具本眼自淨或有長養眼報眼俱有勢力者如富貴人有種種所須之具本眼明淨或長養眼報眼俱無勢力者如田作人無種種所須之具本眼不明淨問曰爲長養眼見色多爲報眼見色多答曰長養眼見多所以者何天眼是長養眼故或時長養眼見淨好非報眼或時報眼見淨好非長養眼或長養眼報眼俱見淨好或時長養眼報眼俱見非淨好問曰爲善行報眼見淨好爲不善行報眼見淨好答曰總而言之善行報眼見淨好所以者何善行報得人如佛辟支佛轉輪聖王皆是人故不善行報是畜生是故總而言之善行報眼見淨好以身言之或有象見勝人如人眼雖是善行報而有障翳畜生眼雖是不善行報而無障翳問曰眼微塵爲次第傍布爲前後重生若次第傍布云何不散壞若前後重生云何前者不障於後答曰或有說者次第傍布於黒瞳子上對諸

境界猶如器中盛水以糠坌上亦如阿閦華子次第傍生眼微塵亦如是問曰若然者云何不散壞耶答曰薄膜覆故而不散壞復有說者前後重生於黑瞳子上問曰若然者前者云何不障於後答曰造色性不相障礙復有說者明淨色不相障礙猶如秋時潢水明淨不障細鍼墮底猶故可見明淨色不相障礙亦復如是耳微塵住耳孔內鼻微塵住鼻孔內此三根遶頭如著華鬘舌微塵依舌如半月像其中間空猶如毛許是身根分餘者悉是舌微塵身微塵次第而立復有說者眼微塵其形如銅杵頭耳微塵在耳孔內其形如燈器鼻微塵在鼻孔內其形如爪甲舌微塵其形如偃月刀身微塵其形如大刀男根微塵其形如指沓女根微塵其形如鼓匡以如是等因緣是佛經說相似喻眼微塵或時是分或時是彼分或時是一分或時是彼一分耳根鼻根舌根微塵亦如是身根微塵或時是彼分或時是一分或時是彼一分無有全是分時問曰若無全是分時者如入冷池水時如入熱鑊湯時如地獄中十三種猛炎遶身之時此豈非是耶答曰如此之時故是彼分所以者何若身根微塵盡能生身識者則散壞色入有二十一種所謂青黃赤白長短方圓適不適高下光影明闇煙雲塵霧虛空色問曰爲緣一色能生眼識爲緣多色能生眼識若緣一色能生眼識者此云何通如說眼能緣五色若緣多色能生眼識者云何不有二覺意有二覺意則有多體答曰緣一種色能生眼識問曰若然者能緣五色云何

通尊者和須蜜答曰於緣捷疾故佛說俱緣如旋火輪而實不帀以捷疾故而似輪像彼亦如是尊者佛陀提婆說曰於色不決了故言俱緣如觀樹林葉有種種諸色彼亦如是復有說者如五色能生一色見一色時名見五色復次若諸色集聚則見多色生一識若諸色別異則見一色生一識聲入有八種有內大因聲有外大因聲內大因聲有二種有適意不適意外大因聲亦如是有衆生數有非衆生數衆生數有二種適意不適意非衆生數亦如是爲緣一聲能生耳識爲緣多聲能生耳識若但緣一聲能生耳識者如今一時能聞五樂聲亦聞多人誦聲若緣多聲生耳識者云何不有二心乃至廣說答曰應作是說緣一聲生耳識問曰若然者不於一時聞五樂聲及多人誦聲耶答曰五樂聲多人誦聲同是一聲能生耳識復有說者若諸聲聚集則緣多聲能生一識若聲別異則緣一聲而生一識香入有四種有好有惡好有二種有等有增減惡香亦爾問曰爲緣一香能生鼻識爲緣多香能生鼻識若緣一香生鼻識者如今一時能齅百種和香若緣多香生鼻識者云何不有二心乃至廣說答曰應作是說緣一香能生鼻識問曰若然者不能一時齅百種香耶答曰或有說者百種香能生一種香生於鼻識如是說者好如多香聚集則齅多香生於一識若香別異則齅一香能生一識味入有六種甜醋鹹辛苦淡問曰爲緣一味能生舌識爲緣多味能生舌識若緣一味能生舌識者如今一時能甞百味歡喜

丸等若緣多味能生舌識者云何不有二心乃至廣說答曰應作是說緣於一味能生舌識問曰若然者不能一時甞百味歡喜丸耶答曰或有說者百味歡喜丸能生一種味生於舌識如是說者好如多味聚集則甞多味生於一識若味別異則甞一味生於一識觸入有十一種四大澁滑輕重冷煖飢渴問曰為緣一觸能生身識為緣多觸能生身識答曰十一種觸能生十一種身識復有說者五觸能生一身識如四大及滑生一身識如是四大乃至及渴生一身識問曰若然者云何不名總緣境界答曰同一觸入故不名總緣境界評曰不應作是說如前說者好問曰為齅甞覺身中香味觸不若齅甞覺身中香味觸者云何檀越所施而有果報復云何不於一切時齅甞覺耶若齅甞覺外香味觸外香味觸與內香味觸無有因義答曰應作是說能緣內香味觸問曰若然者云何檀越所施而有果報云何不一切時齅甞覺耶答曰外香味觸能發內香味觸以是事故名之為食復有說者亦齅甞覺觸內入外入若時覺內則不知外覺外則不知內問曰內香味觸體無增減云何齅甞覺觸答曰彼法雖無增減亦為識所緣所知法入有七種無作假色受想行虛空數緣滅非數緣滅問曰為緣一法生意入為緣多法生意入答曰一法亦生二三乃至多法亦生唯除自體相應共有餘一切法能生意識曾聞菩薩六識猛利為知幾所法名為猛利答曰菩薩宮邊有阿泥盧頭合舍中次第行列然五百燈菩薩爾時於自

宮中不見彼燈及與燈炎但見其光知然五百燈若一燈滅時菩薩作是言彼五百燈中一燈已滅以是事故言眼識猛利阿泥盧頭舍中有五百妓女作樂歌舞菩薩聞聲知有五百妓女中或琴弦絶或時睡眠不彈琴時菩薩亦知是名耳識猛利菩薩宮中常燒百種和香菩薩齅之便知是百種香彼合香者欲試菩薩於百種中或增或減若燒香時菩薩亦知本有百種今增爾所種減爾所種是名鼻識猛利菩薩食時常有百味歡喜丸彼諸使人於百味中或增或減菩薩即知以是事故名舌識猛利菩薩洗浴時侍者奉劫波育氎菩薩觸時即便知彼織氎師身有熱病以是事故名身識猛利菩薩意根於一切法而無罣礙以是事故名意識猛利問曰此六根幾到境界能知答曰到有二種一者取境界二者於境界無間若以取境界言之六根盡到若以無間言之則三到三不到三到者謂鼻舌身根三不到者謂眼耳意根問曰若三是不到而能知者何故聞近聲而不見近色尊者和須蜜答曰彼境界法自爾復有説者眼能取遠境界以極近故不見問曰耳亦是遠境界何以聞近聲答曰如以銅籌著安闍那藥置黑瞳上以近故不見若聲到耳根微塵上亦復不聞尊者佛陀提婆説曰眼因明故能見近則㝠奪於明是以不見如是耳因空故聞聲鼻因風故齅香舌因水故知味身因地堅故覺觸意因所觀故能知法問曰頗有一微塵作所依一微塵爲境界能生識不答曰無也所以者何此五識身依有對縁

有對依積聚緣積聚依和合緣和合復有說者如眼識依自分緣自分彼分耳識亦如是意識依自分彼分緣自分彼分鼻舌身識依自分緣自分復有說者眼識依自界緣自界他界耳識亦如是意識依自界他界緣自界他界餘三識依自界緣自界界者三界也復有說者眼識依無記緣三種耳識亦如是意識依三種緣三種餘三識依無記緣無記復有說者眼識依近遠緣近遠耳識亦如是意識依近遠緣近遠餘三識依近緣近所以者何若三塵與三依合時三識則生不合時則不生復有說者眼識或所依小所緣大或所依大所緣小或所依所緣等所依大所緣小者如見毛端所依小所緣大者如見大山所依所緣等者如見蒲萄珠耳識亦如是意識所依雖無大小而所緣有大小餘三識所依所緣等隨香與所依等生鼻識乃至舌身識亦如是或有色雖遠而是境界或有色雖不遠而非境界有色亦遠亦非境界有色亦不遠亦非不境界云何有色雖遠而是境界如四大王所居宮遠人眼所不見此非不是境界以遠故人眼不見不遠亦非境界者如梵天在此人眼不見亦遠亦非境界者如梵天自住宮亦不遠亦非不境界者除上爾所事尊者和須蜜說曰色有四事故不見極近極遠極細障色迦毗羅弟子作是說色有八事故不見極遠極近根壞意不住微細障爲勝所翳同故不見問曰眼根爲有筋骨皮肉不耶答曰無也是淨四大言有骨等者是眼根處所筋骨皮肉是四入謂色香味觸諸過去者盡

不現耶乃至廣説問曰何以作此論答曰優陀耶經是此論本縁世尊共優陀耶東方遊行爾時世尊著一重衣而自洗浴時優陀耶給事世尊摩拭身體優陀耶是菩薩少小親友常爲菩薩案摩調身今見世尊光明照耀勝菩薩時生於尊敬歡喜之心白佛言世尊我今欲以龍喻之偈讚歎世尊世尊告言隨意説之時優陀耶便説此偈

一切結過去　於林離林來　出欲生喜樂
猶如山頂金

一切結過去者過去有二種一世過去二巧便過去世尊於諸結得解脱是名結過去於林離林來者林名居家離林來者所謂出家於家來出家故名於林離林來出欲生喜樂者欲有二種一煩惱欲二境界欲出者出欲煩亂生喜樂者身心寂靜是名出欲生喜樂猶如山頂金者山者日出處山也金者日也如日在山頂出時其光明淨世尊於諸煩惱使垢山頂出時其光明淨亦復如是復有説者山者黒沙山也金者金沙山也若除黒沙山則金沙山其光明淨世尊亦爾除去一切煩惱使垢黒沙之山則力無畏念處大悲金沙之山其光明淨是故説猶如山頂金是名過去非不現所以者何如來身猶現在故或有不現非過去者猶如有一若以神足若以呪術乃至廣説若以神足者爾時世尊入如是三昧於梵世中放大光明普令周徧出大音聲令梵天王及諸梵衆普使聞知而無見者如尊者目連入如是三昧能令提婆達多不見其身問曰此神足於誰不現答曰佛於

一切衆生邊不現辟支佛除佛餘一切衆生邊不現舍利弗除佛辟支佛餘一切衆生邊不現目揵連除佛辟支佛舍利弗餘一切衆生邊不現乃至利根於鈍根邊能令不現呪術者諸仙人結如是呪有能誦者令身不現彼神足者於呪術邊令身不現呪術不能於神足邊令身不現問曰呪術還於呪術能令身不現耶答曰能如善呪術者於不善呪術邊能令身不現藥草者有如是藥草人若執之令身不現如毗舍遮鳩槃茶等呪術者能於持藥草者邊令身不現持藥草者於呪術者邊不能令身不現何以故呪術力能取藥草故生得處者如地獄生得處不能令身不現若當能令身不現者乃至須臾不住地獄中受苦復有說者雖於地獄卒邊不能令身不現能於餘處令身不現畜生餓鬼天亦能令身不現問曰如是各各能於誰令身不現答曰或有說者地獄還於地獄令身不現畜生於畜生地獄能令身不現餓鬼能於餓鬼畜生地獄令身不現天於五道能令身不現評曰應作是說地獄能於五道令身不現乃至天能於五道令身不現所謂障隔也是謂不現非過去云何過去亦不現耶諸法生始生乃至過去過去世攝如此盡明生法是謂過去亦不現云何非過去非不現答曰除上爾所事諸法第一第二第三句已稱已說已行已立名字者除諸餘法未稱未說未行未作名字者作第四句彼已說者是何等耶答曰所謂一切過去法現在世中取如來身及障隔不現者其餘現在法一切未來世法無

爲法在在者作第四句是謂非過去非不現問曰以何等故此中不說結不現耶答曰處處有說結是盡是滅無有處說結不現如此四句亦依世俗法亦依佛經亦依世諦亦依第一義諦諸過去者彼盡耶乃至廣說過去不盡者如長老優陀耶所說廣說如上盡不過去者如世尊言此比丘盡地獄趣乃至廣說問曰地獄畜生餓鬼即說地獄畜生餓鬼盡何以復言不墮惡道惡趣耶答曰更無未曾有事言不墮惡道者即是盡地獄畜生餓鬼但前廣說後是略說文雖有異義無異也復有說者前是廣說後是略說前說是解後說不解復而說者盡是地獄畜生餓鬼如前說不墮惡道惡趣者是黄門般吒無形二形所以者何此亦是人中惡道惡趣故復有說者盡地獄等如前說不墮惡道惡趣者是不斷善根所以者何若斷善根即是惡道惡趣故如說身壞命終如擲真珠頃墮惡道中復有說者盡地獄等如前說不墮惡道惡趣者說十二非律儀家所以者何此亦是惡趣故復有說者盡地獄等如前說所墮惡道惡趣者說惡道惡趣因以因說果故如世尊言汝等比丘若見有人作身口意惡業當知是地獄趣復有說者盡地獄等如前說不墮者說地獄趣所以者何不能成熟善果故惡道者是餓鬼趣所以者何於一切時常乏少所須故惡趣者是畜生趣所以者何有衆生生彼趣中世界成時受身乃至世界壞時命終復有說者不墮者盡說三惡道如畜生餓鬼中雖有成就善果者少惡道者盡說三惡道以

人天言之盡是惡道惡趣者亦盡說三惡趣以身心生其中故盡地獄趣乃至廣說問曰如今地獄鑊湯獄卒等猶在何以言盡答曰或有說者不往不生故言盡不往者不復往彼處不生者不復生地獄陰界入復有說者彼聖人不生故言盡彼諸陰界入住不生法故復有說者得非數緣滅故言盡問曰彼亦盡天趣亦盡人趣盡天趣者不生無想天盡人趣者不生欝單越何以但言盡地獄等趣答曰以都盡故說盡不都盡故說不盡過去亦盡者諸行始生廣說如上亦不過去不盡者除上爾所事如前廣說已說者一切過去現世有如來身未來世中聖人墮惡趣陰界入住不生者餘未來現在法無爲法在在者作第四句此說世盡四句今當說結盡四句

復次今當說結結有過去不盡乃至廣說結過去不盡者諸過去結不斷不知不滅不吐不斷者不以聖道斷諸結得不知者不證解脫得復有說者不斷者是斷知不知者是智知不滅者不得數緣滅不吐者不斷諸結得不證無爲得復有說者不吐者不捨棄彼不斷等復是何耶答曰具縛人見道修道所斷結是也聖人若住苦法忍時亦爾苦比智生餘有四種結如是次第乃至道比智生餘有一種見諦具足修道所斷隨相而說盡不過去者諸未來結已斷已知已滅已吐斷者以聖道斷諸結得已知者諸解脫得復有說者已斷者所謂斷知乃至廣說斷等復是何耶答曰阿羅漢三界結使斷乃至廣說斷等復是何耶答曰阿羅漢三界結使斷乃至欲界

凡夫結使斷應隨相說過去亦盡者諸過去結已斷乃至廣說斷者以聖道斷乃至廣說不過去亦不盡者諸未來結不斷乃至廣說諸過去盡滅耶乃至廣說作四句過去不滅者如長老優陀耶言乃至廣說是謂過去不滅滅不過去者當說小事小舍言舍滅乃至廣說此是世所傳如東方人小舍言舍滅乃至小眼見色言眼滅故作是說頗有滅眼能見色耶答曰有如此者是也是名滅不過去過去亦滅者諸行生始生廣說如上不過去亦不滅者除上爾所事廣說如上已說者是何一切過去法現在有佛身及小滅餘現在法未來世及無爲法在在者作第四句復次今當說結乃至廣說前四句明世滅今四句明數緣滅結或過去不滅乃至作四句廣說如上問曰以何等故但說結不說結法答曰或有說者作經者意欲爾乃至廣說復有說者若說結當知亦說結法所以者何同一對治斷故復有說者若緣結法皆爲結故復有說者結一向染汚故說結法染汚不染汚故不說復有說者若與聖道相妨者說善有漏不隱沒無記法不與聖道相妨所以者何善有漏法於道有出有入於定亦有出有入不隱沒無記與聖道作所依煩惱與聖道相妨所以應斷若斷煩惱彼法亦斷以同對治斷故譬如燈明不與炷油器相妨唯與闇相妨欲壞闇故燒炷盡油熱器如是有漏善法不與無漏道相妨猶如燈炷油不隱沒無記法不與無漏道相妨如器是以說結不說結法譬如王不與自國自軍相妨與他國他軍相

妨爲壞他軍故亦少自損國少自壞軍如有漏善法不與無漏道相妨猶如自軍不隱没無記法猶如自國如是若說斷結當知結法亦斷復有說者若斷害煩惱亦斷害生死以是故說結不說結法如結結法受受法使使法垢垢法纏纏法亦如是若苦生疑乃至廣說問曰何故作此論答曰此是佛結如經說有事論婆羅門往詣佛所作如是問沙門瞿曇甚爲希有是疑難度非是易度佛語婆羅門如是如是甚爲希有是疑難度非是易度婆羅門於意云何古昔諸婆羅門作韋陀者造呪術者一名阿吒駒二名傍摩駒三名傍摩提婆四名毗婆蜜哆五名閹婆阿尼六名阿祈羅七名婆羅池殊八名婆私吒九名迦葉十名毗浮如是等皆不斷疑心而便命終婆羅門以是因緣故當知疑心難斷難度佛經說疑不廣分別佛經是此論根本因緣彼中未說者今當盡說故作此論若苦生疑乃至廣說此是甚深微細難可顯現若緣此苦如是之間多心已過以是事故尊者迦旃延子說苦法忍生乃至道比智生於其中間有六十剎那現其性速疾有苦耶是一意無苦耶是二意彼耶字者以成疑義所以者何若無耶字者有苦是正見無苦是邪見如是以耶字成於苦疑亦應以耶字乃至成於道疑如此八心是最少者若緣諦生疑亦有多心頗有一意是疑非疑乃至廣說問曰何以作此論爲以自體爲以境界若以自體者疑心相應法猶豫是疑慧是非疑若以境界者一切凡夫於如來身疑一切聖於如來身不疑

若作是說頗有一意是疑非疑何以答言無
答曰所問者頗有一意是疑非疑是疑者一
意猶豫亦是決定耶非疑者一意決定亦是
猶豫耶是故答曰無也是苦耶此心是疑是
苦此心非疑是正見無苦耶此心是疑無苦
此心非疑是邪見如是有四正見有四邪見
有八疑問曰此八疑心幾能生正決定幾能
生邪決定答曰四能生正決定四能生邪決
定問曰何等人疑能生正決定何等人疑能
生邪決定答曰有人喜親近善知識樂聽聞
法有人不喜親近善知識不樂聞法若人喜
親近善知識樂聽聞法者如此人疑能生正
決定有人不喜親近善知識不樂聞法者如
此人疑能生邪決定復有說者有人多與內
道人共住有人多與外道人共住若多與內
道人共住者如此人疑能生正決定若多與
外道人共住者如此人疑能生邪決定復有
說者有人多好習內道經有人多好習外書
若好習內道經者如是人疑能生正決定若
好習外書者如是人疑能生邪決定有三種
冥身所謂於過去世疑猶豫現在未來亦如
是問曰如疑性非是無明何以說是冥身答
曰與無明相似故無有法非無明而與無明
相似如疑者是故說疑是冥身復有說者冥
是無明彼疑是其處所是其舍宅復有說者
疑是住處故所以者何若身中有疑必有無
明如世人言以親他故言汝即是我身復有
說者同是一法所以者何俱是不決定故問
曰以何等故世尊說緣世生疑是冥身不說
緣無爲是冥身耶答曰或有說者世是麤法

現可了知若於世脫失諸聖說是冥身無爲法微細不可現得了知是故諸聖不說是冥身如人晝行脫失爲世人所呵笑如人夜行脫失則不爲世人所呵笑彼亦如是復有說者爲諸外道故緣世生疑說是冥身諸外道偏愚於世我曾在過去世不乃至廣說是故說疑世是冥身復有說者疑心多緣世生少緣無爲生復有說者世乃至小兒猶於中愚所謂去來今事以如是等現事故世尊說疑世心是冥身涅槃是非根法甚深微細覺性乃能了知是故疑此法者不說冥身如經說佛告比丘以五事故令心弊惡云何爲五所謂有人於如來所而生疑心不解不觀不信是名於如來所不斷心弊惡於法於戒於教亦如是佛所讚歎智人所識修梵行者常以

麤言譏刺毀呰觸惱無恭敬心是名於梵行者不斷心弊惡問曰此心弊惡體性是何答曰此心弊惡有二分所謂疑與瞋恚四是疑分一是瞋恚問曰瞋恚是弊惡是事可爾所以者何如說云何瞋恚結答曰若心生害心生弊惡心生瞋恚是名瞋恚結如疑心性非瞋恚何以說是弊惡答曰或有說者無有法性非瞋恚而與瞋恚相似如疑心者如所說疑隱弊心令心堅硬弊惡猶如良田不種植時堅硬弊惡彼亦如是復有說者疑隱弊心時尚不能生邪決定況正決定如田弊惡猶不生草何況苗稼復有說者如瞋恚令自身弊惡疑心能令自身弊惡亦復如是如田弊惡人所棄捨所生稗莠猶不任用何況粇粮如是疑結令衆生生心弊惡猶不能生於邪

決定況正決定復有説者同行相對故同行者俱行愁慼行相對者同與欣踊行相對問曰以何等故於佛生疑説是弊惡於僧非耶答曰佛無過失之行若於佛生疑此疑無過而起僧少有過失之行可見若於僧生疑此疑因過而起以是事故因佛生疑名爲弊惡因僧生疑不名弊惡復有説者一向無過故佛世尊乃至無有少過若於佛生疑此疑無過而起衆僧有少不隨順事可見故若於僧生疑因過而起以是事故因佛生疑名爲弊惡因僧生疑不名弊惡如佛生疑法戒教亦如是問曰以何等故於僧生恚名爲弊惡於佛非耶答曰若佛生恚此心偏重以偏重故更立重名名爲横惡

阿毗曇毗婆沙論卷第十

音釋

拘盧舍梵語也此云五里拘恭于切　膜莫各切翳膜也　攣子所患切丁生兩子也　坌蒲悶切塵坌也　潢胡光切積水池也　捷疾葉切疾也　澁滑澁所立切滑胡八切　拭式職切揩也　鑊胡郭切鍋也　譏刺譏居依切譏誚也刺七自切諷刺也　硬于孟切堅也　稗莠稗蒲拜切莠與久切似苗草也